Laura Labas

Der Verbannte Prinz

Von Göttern und Hexen

Buch 2

Drachenmond Verlag

Drachenmond Verlag GmbH
Auf der Weide 6
50354 Hürth
http: www.drachenmond.de
E-Mail: info@drachenmond.de

Lektorat: Marlena Anders
Korrektorat: Michaela Retetzki
Satz: Marlena Anders
Layout: Astrid Behrendt
Umschlagdesign: Alexander Kopainski
Bildmaterial: Shutterstock

Druck: Booksfactory

ISBN 978-3-95991-336-2

Für Silvana

Kaisto
Criena
Leistia
Gespiegelter
Ozean
Drarath
Ascil
N
NW
NO
W
O
SW
SO
S

Vergessenes Land
Adrela
Claoni
Vadrya
Yastia
Krea
Grausturm insel
Polia
Tacoma
Atheira
Lohnam
Vinuth
Brimstone
Ayathen
Scaonia
Wüstensteppe
Damari
See der Fäden
Idrela
Diamantsee
Knochen inseln

Komm näher und kriech hinein.
Sieh nur, ob es recht geheizt ist,
um dein Brüderchen zu braten
und ihn gänzlich zu verschlingen.

Verfallene Mauern und mit Kletten überwucherte Steine umgaben das Mädchen, als es sich suchend nach seinem älteren Bruder umsah. Sie glaubte nicht, dass er sie allein zurückgelassen hatte, trotzdem schlich sich die Angst in ihren Bauch. Dort wuchs sie zu einem großen Ball heran, der sie beinahe lähmte.

»Bruder, wo hast du dich versteckt?«, rief sie und erhielt als Antwort ihre eigenen Worte, die von den Wänden des heruntergekommenen Tempels widerhallten.

Sie fühlte sich so schrecklich allein. Dabei konnten kaum mehr als ein paar Augenblicke vergangen sein, seit sie ihren Bruder zuletzt zwischen den Steinen des Geröllhaufens gesehen hatte. Wohin war er bloß verschwunden?

Entschlossen ballte sie ihre schmalen Hände zu Fäusten und stapfte über den schmutzigen Mittelgang, der sie direkt ans offene Ende des Tempels führte. Gigantische Steinsäulen ragten links und rechts von ihr auf und schienen von der Zeit unberührt. Der Himmel blitzte weiß und blau hinter der löchrigen Wolkendecke auf.

Das Mädchen wich dem Unrat von Vögeln und Nagern aus, weil es sich an die warnenden Worte seiner Tante erinnerte. *Und dass du mir keinen Schmutz nach Hause bringst. Du und dein Bruder – ihr macht mir größere Mühe, als ihr wert seid. Wenn eure Eltern doch nicht schon tot wären …*

Kopfschüttelnd vertrieb sie den Gedanken an ihre Tante. Es war nicht die Schuld des Mädchens, dass seine Eltern vorbeiziehenden Dieben zum Opfer gefallen waren. Sie würde außerdem lieber allein mit ihrem Bruder in Katta leben, als sich ein Haus mit ihrer griesgrämigen Tante zu teilen.

»Ich komme jetzt zu dir«, warnte sie ihn vor, nachdem sie das Ende des Ganges erreicht hatte und herausfordernd den mittig platzierten Geröllhaufen anstarrte. Sie würde ihn besteigen und auf der Spitze einen triumphierenden Schrei ausstoßen. Ganz genau so, wie es ihr Bruder vor einer kleinen Weile getan hatte.

Der Berg bestand aus heruntergefallenen Steinen, zwischen denen jahrhundertelang Pflanzen ihre Wurzeln geschlagen hatten und ineinander verwachsen waren, sodass sich nur wenige Brocken lösten, als sich das Mädchen an den Aufstieg machte. Es hielt sich an hervorstehenden Steinen fest und zog sich daran hoch, während es mit seinen Füßen nach neuen Vorsprüngen tastete. Ein kühler Wind kam auf, der ihr ein paar Strähnen ihres strohblonden Haares ins Gesicht wehte. Sie pustete diese ungeduldig zurück.

Angestrengt atmend wischte sie sich mit dem Handrücken über die schweißnasse Stirn, nachdem sie für einen kurzen Moment sicheren Halt mit den Füßen gefunden hatte.

Herausfordernd blickte sie nach oben zur Spitze, die nur noch wenige Schritte von ihr entfernt aufragte. Sie presste die Lippen zusammen, senkte den Kopf und überwand auf diese Weise auch die letzten Steine, ohne sich von der Höhe beeindrucken zu lassen. Diese hatte ihr noch nie etwas ausgemacht. Seit sie laufen konnte, war sie auf Bäume geklettert und hatte laut aufgelacht, wenn ihre Mutter sie dafür getadelt hatte. Als ob sie fallen würde! Als ob die Höhe ihr Feind wäre!

Bloß nach dem Tod ihrer Eltern war sie vorsichtiger geworden, hatte Bäume gemieden und das Klettern aufgegeben. Das war der Grund, wieso ihr Bruder ohne sie vorgegangen war. Sie hatte sich von ihrer Angst beherrschen lassen …

Sie streckte sich, stützte ihre Unterarme auf dem obersten Stein ab, der gefährlich wackelte, und stemmte sich dann nach oben. Der Stoff ihres Kleides blieb an einer Kante hängen und sie hörte sein Reißen, bevor sie das Unheil verhindern konnte.

Für Vorsicht war es nun zu spät und sie überwand den letzten Zoll mit einem weiteren Reißen. Dann endlich stand sie aufrecht auf wackligen Steinen und drehte sich zum offenen Tempel um. Sie ließ einen Schrei verlauten, der tausendfach widerhallte.

Das Echo verursachte ihr eine Gänsehaut.

Lächelnd sah sie auf die halb zerstörten Bankreihen hinab, die damals aus Stein gemeißelt worden waren. Heute besaßen sie in Katta einen anderen Tempel, dessen Bänke aus Holz bestanden. Das Mädchen fand, dass sie viel angenehmer waren, wenn man Stunde um Stunde darauf sitzen und den Worten des Bluthexers lauschen musste. Abgesehen davon stellte sie sich aber gerne vor, wie das Leben in dieser zerfallenen Stadt gewesen sein musste. Hatte es einen großen Markt gegeben, zu dem Leute aus Katta und anderen umliegenden Dörfern angereist waren? Waren die Menschen glücklich gewesen in ihren Steinhäusern und mit den riesigen Brunnen, von denen das Mädchen bereits einige Ruinen erkundet hatte? Hatte es … Magie gegeben, die nicht von Bluthexern bestimmt worden war? Waren Hexen möglicherweise frei gewesen?

Seufzend wandte sie sich von dem weitläufigen Tempel ab, um weiter nach ihrem Bruder zu suchen. Sie kratzte sich gerade einen Streifen Schmutz vom Unterarm, als sie sah, was der Geröllhaufen bisher vor ihr verborgen gehalten hatte.

Ein riesiges Loch klaffte im Boden.

Nein, kein Loch, es war eine Art Zugang. Denn wenn sie die Augen zusammenkniff, konnte sie den Weg erkennen, der hinab in die Erde führte. Immer tiefer, wie es schien, und gerade als sie sich an den Abstieg machen wollte, erschien ihr Bruder vollkommen verschmutzt, aber mit einem breiten Lächeln auf den Lippen in dem Eingang.

»Du glaubst nicht, was ich entdeckt habe, Schwester. Komm schnell!« Er wedelte ungeduldig mit der Hand und verlagerte das Gewicht von einem Bein aufs andere. Sie drehte sich eilig um, damit sie besser hinabklettern konnte.

Das Mädchen brach sich an einem Stein den Nagel ihres kleinen Fingers ab und sie konnte nur schwer einen Aufschrei unterdrücken. Ihre Lippe zitterte, als sie endlich wieder festen Boden unter ihren Füßen hatte. Eigentlich war ihr jegliche Lust auf ein Abenteuer vergangen, jetzt, da der Rausch des Aufstiegs verklungen war und sie sich ihren blutenden Finger in den Mund schieben musste. Er schmeckte nach Dreck und Salz.

»Na komm. Es wird dir gefallen«, versprach ihr der Junge und tätschelte ihre Schulter, als würde er erkennen, dass die Freude sie verlassen hatte.

Sie zwang sich zu einem Lächeln, weil sie ihren Bruder liebte und keine Spielverderberin sein wollte. Davon gab es in ihrem Dorf genügend und die Geschwister machten sich nicht selten über sie lustig. Nie wollten sie ihre Kleider schmutzig machen, nie mit ihrem Ball spielen und erst recht nicht die Ruinen der vergessenen Stadt erkunden.

Nein, sie durfte ihren Bruder nicht im Stich lassen, denn er hatte nur sie und sie hatte nur ihn.

Er nahm sie an der Hand und gemeinsam traten sie in den unheimlichen Tunnel. Das Herz des Mädchens klopfte schnell, als sie von undurchdringlicher Dunkelheit empfangen wurden und sie sich blind zurechtfinden mussten. Allein ihr hektischer Atem drang an ihre Ohren und versicherte ihr, dass sie noch lebte und nicht zu einer Traumgestalt geworden war.

»Pass auf, gleich wird es besser«, beschwichtigte ihr Bruder sie und der Griff um ihre Hand verstärkte sich für einen Moment.

Sie schritten vorsichtig weiter. Ein Fuß nach dem anderen, bis sich die Dunkelheit verflüchtigte. An den Wänden des Tunnels zogen sich nun bernsteinfarbene Adern entlang, die so hell leuchteten, dass das Mädchen mehrere Fuß weit vor und zurück sehen konnte. Ihre Angst verschwand.

»Das ist wunderschön«, flüsterte sie ehrfürchtig. »Magie?«

Mit den Fingerspitzen tastete sie eine Ader entlang. Sanfte Wärme ging von ihr aus.

»Ich glaube schon. Sollen wir weitergehen?« Seine Miene verriet seine Ungeduld. Er wollte diese Höhle erkunden, koste es, was es wolle, aber er würde sie nicht zwingen. Niemals.

Sie nickte und ließ sich von ihm weiterziehen, als hätte er keine andere Antwort von ihr erwartet.

Der Tunnel war breit genug, sodass sie nicht so eng beieinander hätten gehen müssen, doch sie fühlte sich mit ihrem Bruder an der Seite wohler. Außerdem vertrieb seine Nähe die Angst davor, niemals ans Ende zu kommen. Die Wände mit den leuchtenden Adern schienen sich nicht zu verändern, waren immer gleich. Immer dunkel. Allein die Steigung nahm ab, bis der Gang irgendwann nur noch geradeaus verlief, was in dem Mädchen die Hoffnung weckte, bald das Ziel zu erreichen. Was auch immer dieses war.

»Ich bin durstig«, teilte sie ihrem Bruder mit und leckte sich über die trockenen Lippen. »Sollen wir nicht lieber umkehren?«

»Ich glaube, wir sind fast da. Hörst du das?«

Sie spitzte angestrengt die Ohren, bis auch sie das Plätschern von Wasser vernahm. Dies verlieh ihr neue Zuversicht und sie ließ zu, dass sie die Geschwindigkeit erhöhten.

Schon bald wurde ihre Entschlossenheit belohnt, denn der Tunnel öffnete sich zu einer Krypta, die von einem Wassergraben eingefasst war.

Die Geschwister schritten über eine kleine Steinbrücke, deren Pfeiler bereits vom rauschenden Wasser angegriffen und an mehreren Stellen zerfallen waren. Trotzdem hielt sie ihr Gewicht aus und brachte Bruder und Schwester sicher auf die andere Seite.

Der Bruder betrat als Erster den verschmutzten grauen Boden und blickte staunend hoch ins Gewölbe, von dem mehrere steinerne Säulen nach unten wuchsen.

Ein kalter Luftzug ließ das Mädchen erzittern, als es ebenfalls die Plattform betrat. Sie verzog bei dem Geruch von feuchter Erde das Gesicht und dachte sehnsüchtig an den stürmischen Himmel zurück. Am liebsten hätte sie sofort wieder kehrtgemacht, doch sie ahnte, dass sich die Neugier ihres Bruders jetzt nicht mehr zügeln ließ. Also folgte sie ihm mit einem Schritt Abstand unter den glatt verputzten Rundbögen hindurch und ließ die Fingerkuppen über die sandigen Säulen streichen. Die Decke war an einigen Stellen so niedrig, dass das Mädchen fast die Bögen berühren konnte, wenn es sich auf Zehenspitzen stellte und streckte.

Das Licht der Bernsteinadern wurde zunehmend schwächer, bis sie endgültig aus seinem Kreis traten und sich dem Herz der Krypta näherten. Nach einem Moment der vollkommenen Finsternis erwachten mehrere Fackeln zu neuem Leben und erhellten einen steinernen Sarg, der auf einem gewaltigen Podest stand. Jenes Podest, in das mehrere Bildnisse gemeißelt worden waren, umgab ein Graben aus feuchter Erde – daher auch der Geruch.

»Sieh nur, ist das Gold?« Der Junge zupfte an dem Ärmel seiner Schwester und deutete mit der anderen Hand auf den Sarg, der durch ein goldenes Band versiegelt worden war. »Und dort, das sind Juwelen! Richtige Juwelen. Wenn wir davon ein paar mit nach Katta nehmen, können wir uns ein eigenes Haus kaufen!«

Das Mädchen konnte den Bruder nicht aufhalten, als er Anlauf nahm, um über den Graben zu springen. Er lief und lief und sprang und ... Sie schrie auf, als vier Arme aus dem Graben herausschossen und ihren Bruder aus der Luft pflückten. Er zappelte und trat um sich, doch obwohl die Arme aus feuchter Erde bestanden, die stetig von ihnen herabrieselte, konnte er ihnen nichts entgegensetzen. Sie ließen den Jungen nicht los. Stattdessen zogen sie ihn in den Graben, obwohl er schrie und versuchte, sich zu wehren. Das Mädchen war unfähig, das Geschehene zu begreifen. So etwas kannte sie bloß von alten Kinderreimen und Volksmärchen.

Als sie sich endlich aus ihrer Starre lösen konnte, folgte sie dem Ruf ihres Herzens und eilte ihrem Bruder hoffentlich noch rechtzeitig zu Hilfe.

»Bruder!«, rief sie und streckte und streckte sich, bis sie seine Hand zu fassen bekam.

Für einen Augenblick glaubte sie, ihn auf die Plattform zurückziehen zu können, dann verstärkte sich der Griff der erdigen Hände jedoch und mit einem Ruck zogen sie ihren Bruder in die Tiefe. Seine Hand entglitt ihr und sie verlor ihr Gleichgewicht, sodass sie neben ihn in den Graben fiel.

Ein weiterer Schrei entfloh ihr. Die Panik setzte sich tief in ihrem Inneren fest, vermischte sich jedoch mit der Gewissheit, dass dies ihr Ende sein würde. Etwas, das nicht zu dem jungen Alter des Mädchens passte, sondern zu der Magie, die in der Luft schwirrte. Die Erde fühlte sich weich und warm an, doch das Gefühl änderte sich, sobald auch das Mädchen in einen Käfig aus Armen gehüllt und nach unten gezogen wurde. Ihre Hände griffen durch die erdigen Körperteile ins Nichts. Zuerst verschwanden ihre Beine, dann ihr Oberkörper und schließlich wurde auch ihr Kopf unter die Oberfläche gezogen.

Sie versuchte, ihren Atem anzuhalten, doch schon bald brannte ihre Lunge derart, dass sich ihr Mund unwillentlich öffnete und sie Erde verschluckte.

Tränen sammelten sich in ihren Augen. Der Schmerz in ihrem Inneren, das nun mit Erde gefüllt war, ließ irgendwann nach.

Ihr Herz hielt inne.

Das Mädchen verschwand jedoch nicht. Sie lebte in ihrem toten Körper, der in der Erde neu geboren wurde.

Beschützen, wisperte eine Stimme ganz nah an ihrem Ohr. *Wir müssen ihn beschützen.*

Erde auf Erde auf Erde.

Die Ewigkeit verging und das Mädchen hatte vergessen, wer es war und woher es kam. Sie dachte bloß daran, den Sarg zu schützen. Niemand durfte sich ihm nähern. Niemand dürfte ihn öffnen.

Beschütze ihn.

Ein Äpflein für deine Mühen.
Sieh nur, wie glänzend er scheint.
Kein Gift hängt ihm an,
beiß nur hinein.

Kapitel · 1

Ich werde dich nicht lieben können. Niemals. Geh, Knochenhexe!

Morgan presste die Hände auf ihre Ohren, in der Hoffnung, Aithans Stimme auszublenden. Doch die Worte kamen nicht von außen. Sie saßen tief in ihr drin und zerrissen ihr Innerstes.

Aithan hatte ihr nicht richtig zugehört. Er hatte nicht … Sie sollte zurückkehren und ihm noch einmal in aller Deutlichkeit sagen, dass sie nur egoistisch gewesen war, weil sie ihn nicht hatte verlieren wollen. Sie hatte ihn nicht betrügen wollen.

Ein paar Kriegern, die es bis zu den Toren des Schlosses geschafft hatten, musste sie ausweichen. Sie wollte nicht entdeckt werden. Wollte mit niemandem reden.

Ihr Herz pochte träge in seinem Käfig, als Morgan den dunklen Wald betrat, der gar nicht mehr so dunkel war. Die Glüher hatten sich verzogen und auch die Stocker, ehemalige Krieger, die aus dem verwunschenen Bach getrunken hatten, ließen sie in Ruhe. Aithan hatte mit dem Kuss der Prinzessin nicht nur ihren Bann gebrochen, sondern damit das Königreich von dem Fluch der Hexe befreit. Nach und nach, so schien es, erwachte es aus seinem Jahrhunderte andauernden Schlaf und vertrieb das Böse, das sich derweil in ihm eingenistet hatte. Selbst in der Dunkelheit der Nacht bemerkte Morgan das berauschende Grün der Baumkronen, die vorher in gedämpftem Braun getaucht gewesen waren. Einzelne Blüten streckten ihre Köpfe bereits gen Himmel in Erwartung der Sonne, die am nächsten Tag sicherlich das erste Mal seit langer Zeit den feuchten Boden mit seinen Strahlen beglücken würde.

Morgan rieb sich über ihre Arme und berührte dabei unwillkürlich die Wunde, die ihr von Cáel mit ihrem eigenen Beil zugefügt worden war. Sie schmerzte kaum, genauso wenig wie ihr gebrochener Wangenknochen oder die Platzwunde an ihrem Hinterkopf. Nur die Kälte machte Morgan zu schaffen. Allem anderen gegenüber war sie vollkommen abgestumpft.

Aithan hatte sie mit seinen verdammenden Worten mitten ins Herz getroffen und sie konnte nicht einmal wütend auf ihn sein. Sie fühlte bloß bodenlose Verzweiflung.

Seufzend setzte sie einen Schritt nach dem anderen über den feuchten Waldboden und blinzelte durch den stetigen Regen hindurch, von dem sie hier unter den Kronen besser geschützt war als noch in der verwunschenen Stadt.

Cáel und sie hatten Aithan den Wunsch gekostet. So sah die Wahrheit aus und ganz egal, wie sehr Morgan sich dagegen sträubte, sie würde sich nicht ändern.

Larkin, der Alphawolf der Schmuggler, sollte recht behalten. Er hatte sie immer davor gewarnt, auf ihre Gefühle zu hören. Sie verschlimmerten jede Situation und verschleierten das Urteilsvermögen eines jeden.

Wenn Morgan Aithan nicht ihr Herz geöffnet hätte, dann hätte sie nicht gezögert, ihm von Cáels Plänen zu erzählen.

Oder du hättest ihm selbst den Wunsch gestohlen, rief die altbekannte Stimme ihr in Erinnerung.

Sie umfasste ihren Oberkörper und überstieg ein riesiges Wurzelgebilde, das sich mehrere Fuß über den Boden erstreckte. Wo sollte sie nun hin? Durch den Wald und dann?

Das Zittern wurde schlimmer, sodass sich zu dem Prasseln des Regens das Klappern ihrer Zähne mischte. Ein Orchester des Versagens.

Ein Rascheln zu ihrer linken Seite ließ sie innehalten. Mit einer Hand wischte sie sich das feuchte Haar aus dem Gesicht und blickte angestrengt in die Richtung, aus der sie eine Gefahr vermutete. Waren doch noch Glüher zurückgeblieben, obwohl die Dunkelheit nicht mehr länger so undurchdringlich war? Würden sie sich nun über sie hermachen, in ihren Kopf dringen und sie Dinge sehen lassen, die nicht Wirklichkeit waren?

Angst zersetzte ihre Entschlossenheit und griff ihren Überlebenswillen an. Mutlos stürzte sie zu Boden, ließ sich auf ihre Knie fallen und grub die Hände in die Erde. Tränen vermischten sich auf ihren Wangen mit kalten Regentropfen.

Wann hatte sie aufgehört, auf ihre geschärften Sinne zu hören, und hatte sich stattdessen von falscher Sicherheit einlullen lassen?

In dem Augenblick, da sie sich entschieden hatte, im Lager an Aithans Seite zu bleiben. Sie war geblieben, anstatt ihre hart erkämpfte Freiheit zu nutzen und nach Yastia, der Hauptstadt von Atheira, zurückzukehren. Sie hatte in Aithans Aufmerksamkeit gebadet, hatte jedes seiner Worte förmlich in sich aufgesaugt, weil er *sie* gesehen hatte und nicht abgestoßen war. So war es ihr erschienen, bis er ihr seine wahren Gefühle ins Gesicht schmetterte.

Sie stieß einen lautlosen Schrei aus, spürte das Gewicht ihrer Beile auf dem Rücken und das Buch über Knochenmagie, dessen Kanten in ihren Bauch drückten.

Knochenmagie.

Geh, Knochenhexe!

Was hatte sie schon zu verlieren? Sie wusste, dass sie von hier wegmusste und obwohl der Fluch gebrochen war, lauerten noch immer Gefahren auf sie. Allein waren ihre Überlebenschancen gleich null, es sei denn, sie nutzte ihre Magie.

Magie, die nicht aus einer Laune heraus verboten war. Mit jedem weiteren Zauber gab man einen weiteren Teil von sich, seiner Seele auf. Morgan hatte sie bereits mehrmals angewandt und noch immer spürte sie die Auswirkungen. Ein dunkler Fleck, der sich nicht fortwischen ließ.

Sollte sie es trotzdem wagen?

Es wird Zeit, dir einzugestehen, dass die Dunkelheit ein Teil von dir ist.

Sie sprang auf und rannte aus dem finsteren Wald hinaus, stolperte und fiel mehrmals auf den schlammigen Boden, doch nichts vermochte sie aufzuhalten. Sobald sie die Lichtung betrat, auf der die Krieger aus dem Bach getrunken hatten, eilte sie zielstrebig auf den abgehackten Arm zu. Vor ein paar Stunden hatte sie die Macht eines Fingerknochens genutzt, um sie alle vor den Stockern zu retten, und jetzt würde sie die Überreste nehmen, um sich einen eigenen Vorteil zu verschaffen. Um diese verdammten Wälder für immer hinter sich zu lassen!

Der Regen hatte das menschliche Fleisch durchweicht, sodass es sich in ihren Händen glitschig anfühlte, als sie es von den Stofffetzen befreite.

Sich auf den matschigen Boden kniend nahm sie einen ihrer übrig gebliebenen Dolche zu Hilfe und entfernte das Fleisch von den Knochen, die sie ordentlich neben sich legte. Die Elle und Speiche zerkleinerte sie mit ihrem Beil, damit sie problemlos in ihren Mund passen würden, sollte sie diese dafür benötigen. Vorerst legte Morgan sie zusammen mit den anderen Knochen bis auf einen in ihren leeren Proviantbeutel und schnürte diesen fest zu.

Mit Blut und Wasser an den Händen griff sie nach dem Buch der Knochenmagie, das ihre Spuren wie normales Papier aufnahm, um den Schmutz und die Feuchtigkeit dann verschwinden zu lassen. Fasziniert beobachtete sie eine Weile dieses sich wiederholende Schauspiel. Auch wenn sie gewusst hatte, dass dieses Buch besonders war, so hatte sie nicht angenommen, dass in ihm selbst Magie innewohnte.

Es wird Zeit.

Sie nickte zustimmend und las sich noch einmal die Passage durch, die für sie von Wichtigkeit war. Dann steckte sie das Buch zurück. Vorsichtig griff sie nach dem kleinsten Fingerknochen, den sie als einzigen nicht in ihren Beutel getan hatte, und schloss die Augen.

Sie öffnete sich der Knochenmagie, flehte die Hexe in ihr an, sie auszufüllen und zu beherrschen. Nur ein kleiner Teil scheute sich davor, sich selbst aufzugeben. Morgan erkannte wie aus weiter Ferne, dass es derjenige war, der von Cáel berührt worden war. Durch ihn hatte Cáel sie zurück in die Wirklichkeit gezerrt und nun würde sie durch ihn die Kontrolle behalten. Das hoffte sie zumindest.

Als die Hexe ihren Schädel aus der Erde schob, hatte sich die Kälte der Nacht bereits tief in Morgans Körper festgesetzt. Sie zitterte so unkontrolliert, dass sie mehrere Anläufe brauchte, bis sie den Knochen zwischen ihre klappernden Zähne geschoben hatte. Erst dann ließ sie sich in die Umarmung der Erde fallen.

Zum ersten Mal wehrte sie sich nicht, als sich ihre Kehle, ihre Nase und ihre Ohren mit dem Leben der Welt füllten. Ihr Körper reagierte jedoch instinktiv, versuchte sich mit unkontrollierten Bewegungen aus dem unterirdischen Gefängnis zu befreien, ehe sich der Schädel der Knochenhexe über Morgans eigenen legte.

Der Knochen löste sich gemeinsam mit der Erde auf. Morgan nahm einen tiefen Atemzug und dann flossen die Worte wie ein zurückgehaltener Strom aus ihrem Mund.

Zerteil mich. Zerteil mich. Zerteil mich.

Sie spürte, wie die Erde unter ihren Füßen zu beben begann und sie schließlich nach vorne fiel. Doch vor ihr befand sich nichts mehr außer Schwärze. Ihr Körper löste sich auf und wurde vom Wind in die Dunkelheit getragen, die sich in den verwunschenen Wald wandelte, zerteilte und einen anderen Abschnitt zeigte, bis sie zu der Lichtung wurde, auf dem sich ursprünglich Aithans Lager befunden hatte. Dort setzte sich ihr Körper aus den Millionen Teilen wieder zusammen und sie kam hart auf dem Boden auf, rollte zur Seite, ehe sie sich mit ihren zittrigen Armen abstützen konnte. Übelkeit übermannte sie und sie verlor sämtlichen Mageninhalt, ohne Atem schöpfen zu können. Sie glaubte fast, an ihrem eigenen Erbrochenen ersticken zu müssen, bevor der Schwindel und das Würgen nachließen.

Kraftlos fiel sie auf ihren Rücken und genoss das Gefühl des prasselnden Regens auf ihren klammen Wangen. Auf ihrer Zunge haftete noch der bittere Geschmack von Magensäure, aber er ließ sich ignorieren. So sehr war Morgan von der Tatsache abgelenkt, dass ihr Vorhaben beim ersten Versuch geglückt war. Sie hatte die Kraft der Knochenhexe genutzt, um sich von einem Ort zum anderen zu … was genau war es gewesen? Im Buch hatte sie nur einen Teil der Passagen verstehen können, der andere war in einer Sprache verfasst, die sie noch nie zuvor gesehen hatte. Sie erinnerte Morgan weder ans Drarathische noch ans Idrelische. Das Wort, das jedoch wiederholt in mehreren Sprachen vorgekommen war, war *zerteilen* gewesen. Also nahm sie an, dass es das gewesen war, was sie gerade getan hatte.

Sie hatte sich zerteilt.

Während sie versuchte, sich für ein weiteres Zerteilen zu erholen, sah sie sich auf der verlassenen Lichtung um. Sie entzündete eine zurückgebliebene Fackel, stieg über hastig zusammengeworfene Zeltplanen, die zurückgelassen worden waren, und erreichte den Ort, an dem Cáel seine Erinnerungskiste vergraben hatte. Da diese Stelle des Öfteren von Windwern überquert wurde, achtete Morgan ganz besonders auf ihre Umgebung. Stetig näherte sich den roten Kugelkletten.

Schon von Weitem sah sie also, dass Cáel die Kiste bereits ausgegraben hatte. Wahrscheinlich hatte er ein besseres Versteck gefunden oder er hatte den Inhalt mit nach Vadrya genommen. So oder so, es gab für sie keinen Grund mehr, weiter im Regen auszuharren.

Die Knochenhexe regte sich, sobald die Fackel in den Schlamm fiel und mit einem Zischen erlosch. Ein weiterer Knochen, ein weiteres Niedersinken und Morgan ließ den Wald, der das verwunschene Königreich von dem angrenzenden Land Vinuth trennte, endgültig hinter sich zurück. Ihre Kraft ließ erst nach, als sie die Minen Pelias erreichte.

Pelia.

Diesen Ort hatte sie sich nicht bewusst ausgesucht, doch nun, da sie vor dem dunklen Berg stand und zu den Eingängen blickte, erkannte sie, dass es wichtig gewesen war, zurückzukehren. Sie hätte sich bloß etwas bedeckter halten und nicht mitten auf dem Vorplatz landen sollen.

Tagein, tagaus hatte sie in dieser Mine geschuftet. Zusammen mit Missa und Gertha war sie in den Schlund hineingegangen und hatte den Stein zerhauen, ohne jemals den Blick auf einen Diamanten zu erhaschen. Mit jeder weiteren Strafe in Form eines brennenden Eisens auf ihrem Rücken entfernte sie sich weiter von ihrer Menschlichkeit, bis nur noch ein Fetzen übrig blieb. Diesen nutzte sie, um Missa vor einem Verrückten zu retten, der besessen war von ihrem Haar. Als Belohnung musste sie seinen Platz als Tribut einnehmen und kurz darauf machte sie die Bekanntschaft mit den *Nebelgeistern.*

Noch vom Schwindel und der Übelkeit geschwächt, wankte sie vom Platz zu der Hütte, in der die Kommandantin Dorona wohnte.

Die Knochenhexe zog sich für den Moment zurück, als würde sie Morgans Bedürfnis spüren, sich allein umzusehen.

Morgan stützte sich mit einer Hand an der Wand ab und atmete tief durch die Nase ein und durch den Mund wieder aus, als ein allzu bekannter süßlicher Geruch zu ihr herüberwehte. Der Regen war zu einem leichten Nieseln abgeschwächt, sodass Morgan problemlos dem Geruch folgen konnte.

Das ist der Geruch von Verwesung, schoss es ihr durch den Kopf.

Sie presste ihren schmerzenden Unterarm eng an ihre Mitte. Noch wusste sie nicht, wie sie die Knochenmagie nutzen konnte, um

Fleischwunden zu heilen, oder ob dies überhaupt möglich war, aber sie wollte sich nicht in ihrer Situation daran versuchen. Um ihren Wangenknochen müsste sie sich früher oder später allerdings kümmern, denn Schmerz schlich sich wie ein gemeiner Dieb an, um ihr früher oder später Verstand und Durchhaltevermögen zu stehlen.

Sie umrundete das feudale Gebäude und sah sich einer Zerstörung riesigen Ausmaßes gegenüber. Das gesamte Lager war verwüstet, niedergebrannt, auseinandergerissen worden. Überall lagen noch Leichenteile, manche bis zur Unkenntlichkeit verbrannt, andere aufgedunsen und vergessen. Der Regen vermischte sich mit vergossenem Blut und verflüssigten Innereien.

Morgan würgte, doch ihr Magen war leer und sie musste der Übelkeit anders Herr werden. Sich von den leblosen Körpern abwendend, die auf den Wegen lagen, als hätten sie versucht zu flüchten, stolperte sie zu dem Haus der Kommandantin zurück.

Was war hier nur passiert? Wer war für diesen Massenmord verantwortlich?

Es schien keine Überlebenden zu geben und wenn Morgan richtiglag, musste der Überfall während der Abwesenheit der Wachen stattgefunden haben, die sie in ihrem Lager überrascht hatten. Ein paar von ihnen waren ihnen entkommen und wahrscheinlich hierher zurückgekehrt, aber hatten sie überlebt? Oder hatte das Monster ihnen aufgelauert, um auch sie zu verschlingen?

Kopfschüttelnd überstieg sie die Leiche einer Frau mit fehlendem Schneidezahn und ihr Herz setzte aus, als sie diese erkannte. Gertha. Die gackernde Kriminelle, die Morgan jedoch stets den Rücken freigehalten hatte. Zusammen mit Missa, die in wenigen Monaten freigelassen worden wäre. Auch sie befand sich zu großer Wahrscheinlichkeit unter den Toten.

In Gerthas Brust klaffte eine riesige Wunde, die ihr nur durch ein Schwert oder etwas Ähnliches zugefügt worden sein konnte. Sie musste auf der Stelle tot gewesen sein, der erschrockene Ausdruck noch auf ihrem aufgedunsenen Gesicht, während sie hilflos in den grau verhangenen Himmel starrte.

Morgan beugte sich hinab und schloss Gerthas Augen, bevor sie sich erneut aufrichtete und das Haus der Kommandantin betrat. Hier entzündete sie allein mit ihrer Magie eine Kerze. Sie wäre stolz auf sich gewesen, wenn sie noch etwas anderes außer Angst und Schmerz spüren würde.

Im Inneren herrschte die gleiche Verwüstung wie auf dem Vorplatz. Regale waren eingestürzt, Rechnungsbücher und Namenslisten lagen verteilt auf dem Boden, zerrissen und mit Fußspuren aus Schlamm bedeckt. Menschen. Es hatten also wirklich Menschen die Minen überfallen.

Aber warum?

Und ... befand sich noch jemand hier?

Plötzlich von irrationaler Panik ergriffen, presste sie sich eng an die Wand und horchte auf etwas neben ihrem laut klopfenden Herzen. Doch abgesehen davon herrschte weiterhin unheimliche Stille.

Im nächsten Moment atmete sie erleichtert aus.

Die Knochenhexe hätte sie gewarnt, wenn sich ihr etwas näherte, das ihr gefährlich werden konnte. So eng war ihre Verbindung, da Morgan sie jeden Moment nutzen konnte. Sie würde nicht länger als nötig hierbleiben, sondern lediglich ... einen Augenblick lang nach Antworten suchen.

Im Vorraum gab es glücklicherweise keine Leichen, nur ein paar Blutspuren, die in ein angrenzendes Schlafzimmer führten. Auf dem breiten Bett mit der mit gelben Blumen bestickten Überdecke lag die Kommandantin auf dem Rücken. Hand- und Fußgelenke waren mit Lederbändern an die Bettpfosten gefesselt worden, auf ihrem Gesicht sowie auf ihren nackten Armen und Beinen zeichneten sich mehrere oberflächliche Schnittwunden ab. Ihr Kleid bauschte sich um ihre Mitte und hatte gemeinsam mit der Decke jegliches Blut aufgesogen, das aus der schweren Wunde in ihrer Brust ausgetreten war.

Morgan harrte aus, betrachtete die Kommandantin und wartete auf die Genugtuung, die sich jedoch nicht einstellte. Sie empfand nichts für diese Frau, die es geliebt hatte, die Sklaven zu erniedrigen und von ihren Wachmännern schänden zu lassen, um sie anschließend den Nebelgeistern zu opfern. So wie Morgan. Nur so hatte sie herausgefunden, dass die Nebelgeister eine von Aithans Erfindungen waren, wodurch er neue Krieger rekrutieren konnte.

Die einzige Frage, die sich Morgan nun stellte, war, warum gerade die Kommandantin gefoltert worden war. Welche Informationen hatte sie preisgeben müssen? Entweder hatte sie ein rachsüchtiger Geist aus ihrer Vergangenheit eingeholt oder es war um die Sklaven innerhalb dieser Mine gegangen.

Als ihr klar wurde, dass Tote keine Antworten geben würden, drehte sie sich herum und schritt in den Vorraum zurück. Sie besah sich willkürlich ein paar Bücher und Listen, doch nichts besaß einen Wert für Morgan. Also verließ sie das Haus und geisterte ein letztes Mal über das Gelände der Minen.

So viele Leichen sie auch erblickte, sie alle waren Teil der Minen gewesen. Es gab keine Opfer seitens der Angreifer. Hatte es also wirklich keine gegeben oder waren sie fortgeschafft worden, um keine Spuren zu hinterlassen?

Es sollte dich nicht kümmern. Denk lieber darüber nach, was du jetzt tun sollst.

Die Stimme hatte recht. Morgan fühlte sich inmitten von Tod und Zerstörung vollkommen verloren.

Seufzend schritt sie durch das herausgerissene Tor, um dem Geruch von Verwesung zu entkommen, als der Regen wieder stärker wurde.

Sie setzte sich auf einen einsamen Felsen am Wegesrand, tropfte etwas Wachs von der Kerze auf den Stein und positionierte die Kerze darauf. Sie würde auch im Regen so lange brennen, wie Morgan es ihr befahl. Anschließend holte sie ein Fragment eines Mittelhandknochens aus ihrem Beutel hervor. Mit geschlossenen Augen legte sie sich dieses in den Mund.

Dieses Mal nutzte sie keinen Zauberspruch aus dem Buch, weil sie das instinktive Gefühl besaß, ihn nicht für ihren eigenen Körper zu brauchen. Sie spürte den gebrochenen Wangenknochen, der ein stetiges Pochen aussandte, das sie mit ihrer Seele einfing.

Die Knochenhexe regte sich, ergriff Morgans Körper, hüllte sie in Erde und bewegte ihren Mund, um Worte auszusprechen, die Morgan noch nie zuvor gehört oder gesagt hatte. Mit den Fingerkuppen strich sie sich über die Wange.

Es war, als würden Haut und Muskeln zerfallen, damit allein der geschundene Knochen zurückblieb.

Ihre Nervenenden brannten lichterloh und der Schmerz brachte Morgan einer Ohnmacht nahe, bis sich der Knochen unter der Anleitung der Hexe richtete. Haut und Fleisch füllten ihr Gesicht auf, der Schädel der Hexe löste sich von Morgans und sie rutschte den Felsen hinab.

Jegliche Kraft war aus ihren Gliedmaßen verschwunden und sie konnte sich nicht gegen die Bewusstlosigkeit wehren. Ihr Kopf sackte nach vorn und noch halb sitzend gab sie sich der Erschöpfung hin.

Kapitel · 2

Blinzelnd erwachte Morgan im schwachen Schein der Morgensonne. Ihr Körper fühlte sich klamm und kalt an, ihre Finger waren steif und sie benötigte mehrere Versuche, ehe sie sich aufgerichtet und das verworrene Haar erfolgreich aus dem Gesicht gestrichen hatte. Dabei berührte sie ihre Wange und zuckte dieses Mal nicht vor Schmerzen zusammen. Der Knochen war tatsächlich verheilt.

Morgan lächelte triumphierend und warf den Kopf in den Nacken, doch die Bewegung bescherte ihr einen scharfen Schmerz an ihrem Hinterkopf. Die Wunde hatte sie fast genauso vergessen wie die an ihrem Unterarm. Beide musste sie früher oder später säubern, wenn sie keine Entzündung riskieren wollte. Aber nicht hier.

Überall, nur nicht hier.

Ihr Magen knurrte, als sie sich auf dem Felsen abstützend wieder hinstellte. Weit und breit herrschte kein Leben, nur Tod und Schmerz, die in der Sonne glänzten.

Nur für einen Moment zögerte sie, dann legte sie einen weiteren Knochen in ihren Mund und zerteilte sich erneut, um diesen verfluchten Ort hinter sich zu lassen.

Morgan zerteilte sich noch zwei weitere Male, bis sie sich nur wenige Zoll vor einer Scheunenwand wiederfand. Beinahe hätte sie sich in der Wand selbst materialisiert, so erschöpft fühlte sie sich, trotz der wenigen Stunden Schlaf, die sie vor Morgengrauen gestohlen hatte. Sie wollte sich nicht ausmalen, was passiert wäre. Ihr Körper in einer Wand.

Der Tod hätte sie nicht auf schmerzlose Weise ereilt.

Mit dem Rücken lehnte sie sich gegen das Gebäude, um sich die Umgebung anzusehen. Sie musste sich irgendwo zwischen Krea und

Pelia befinden, hier gab es jedoch nichts anderes außer Felder und Weiden. Am Horizont zeichneten sich vereinzelt Bäume und ein paar kleinere Hügel ab, zwischen denen sich schmale Wege schlängelten.

Zu ihrer Linken konnte sie einen Bauernhof erkennen, auf dem sich ein paar Gestalten bewegten. Neben der Scheune, an die sie sich lehnte, gab es noch vier weitere, die in unregelmäßigen Abständen voneinander errichtet worden waren.

Die Sonne schien erbarmungslos auf sie herab, trocknete zwar ihre Kleidung, brachte sie jedoch gleichzeitig ins Schwitzen. Keine einzige Wolke schenkte ihr Hoffnung auf erholsame Schatten.

Sie nutzte die sich ihr bietende Möglichkeit und schlurfte zum Eingang, der nur mit einem Riegel verschlossen war und sich problemlos beiseiteschieben ließ. Eilig schlüpfte sie in die wohltuende Dunkelheit.

Es gab zwei Stockwerke und auf beiden stapelten sich riesige Heuballen. Morgan kletterte die stabil wirkende Leiter in den zweiten Stock hoch, wo sie über mehrere Ballen hinweg nach hinten wankte. Ihre Schritte waren nicht mehr vorsichtig gesetzt und sie stolperte mehrmals. Vor sich sah sie nur einen möglichen Rastplatz, den sie unter allen Umständen erreichen musste. Ganz hinten legte sie ihren Waffengurt mit den Beilen und das Buch ab, bevor sie den letzten Schluck aus ihrem Wasserschlauch nahm. Anschließend legte sie sich vollkommen kraftlos auf einen der Heuballen, zog ihre Gliedmaßen so eng wie möglich an ihren Körper heran und schlief fast augenblicklich ein.

Sie erwachte erst nach Sonnenuntergang durch die Schmerzen an ihrem Unterarm. Die rot geränderte Wunde pochte und eine helle Flüssigkeit, die wohl nichts Gutes zu bedeuten hatte, trat aus ihr aus.

»Verflucht«, zischte sie, bevor sie einen Stoffstreifen von ihrem Unterhemd abtrennte, um ihn sich um den Arm zu wickeln. Anschließend streifte sie sich ihren Waffengurt über, packte das Buch ein und erleichterte sich, nachdem sie nach unten geklettert war. Anschließend flüchtete sie aus der Scheune, um dem Bauernhof einen kurzen Besuch abzustatten. Sie war ein Tier, das vollkommen von seinen Instinkten beeinflusst wurde. Es gab kein Gestern, kein Morgen – nur das Hier und Jetzt und der Wunsch zu überleben.

Sie näherte sich dem hölzernen Zaun auf der rückwärtigen Seite des Wohngebäudes, als sie das Bellen von Hunden vernahm. Für einen Augenblick gefror sie mitten in der Bewegung. Die schmutzigen Hände mit den eingerissenen Fingernägeln auf dem Holzbalken gelegt, harrte sie aus, bis sie bemerkte, dass nicht sie angebellt wurde, sondern ein Mann, der gerade links von ihr durch ein Tor schritt.

Eilig duckte sie sich und hoffte, von der Dunkelheit verschluckt zu werden.

Die drei goldfarbenen Hunde sprangen an dem grauhaarigen Mann hoch, der sie lachend von sich schob. Er zog den Hut von seinem Kopf, bevor er zusammen mit den Hunden in Richtung des Hauseinganges verschwand. Zumindest nahm sie an, dass sich dort die Tür befand. Von ihrer Warte aus hatte sie keinen direkten Blick darauf.

Morgan wartete noch ein paar Momente, bis sie sich sicher war, dass die Hunde nicht sofort zurückkehren würden, dann kletterte sie über den Zaun und rannte geduckt zum hinteren Teil des Hauses. Dort blickte sie durch ein Fenster in ein dahinterliegendes, nicht beleuchtetes Zimmer. Sie konnte die Umrisse eines Bettes und einer Kommode erkennen. Niemand schien sich darin aufzuhalten, also wagte sie es und schob das Fenster hoch.

Glücklicherweise waren die Menschen auf dem Land so vertrauensvoll und brachten keine Schlösser an ihren Fenstern an.

Sie hoffte, dass die Familie gerade ahnungslos beim Essen zusammensaß und dadurch noch einige Zeit vergehen würde, bis sich die einzelnen Mitglieder auf ihre Zimmer zurückziehen würden. Bei allen Göttern, sie brauchte Zeit, um wieder zu sich selbst zu finden, und konnte sich nicht einmal ein Gespräch mit einer anderen Person vorstellen.

In der Kommode fand Morgan die Kleidung eines Mannes, was ihr gelegen kam. Sie musste aus ihren eigenen schmutzigen Sachen raus, wollte sich jedoch nicht in ein Kleid zwängen müssen, das vollkommen unpraktisch gewesen wäre.

Es gab außerdem eine Schüssel und eine Keramikkaraffe mit frischem Wasser darin, das sie nutzte, um ihre Wunden und ihre Haare zu säubern. Nachdem sie den Schnitt an ihrem Arm mit einem frischen Leinentuch verbunden hatte, schüttete sie das schmutzige Wasser aus dem Fenster, um keine Spuren zu hinterlassen. Ihre eigene Kleidung stopfte sie in einen Beutel, den sie in der untersten Schublade der Kommode gefunden hatte. Die Kette mit den Manschettenknöpfen behielt sie weiterhin an ihrem Hals.

Das Wasser, die neue Kleidung und der Schlaf zuvor halfen ihr dabei, sich wieder wie sie selbst zu fühlen und ihr Verstand klärte sich, wurde nicht mehr länger nur von Verzweiflung und Zorn beherrscht. Nur der Hunger nagte noch an ihr.

Behutsam öffnete sie die Zimmertür und blickte sich in dem dämmrigen Flur um. Es gab nur einen Kerzenleuchter, der ihn erhellte.

Noch war Morgan allein.

Nachdem sie aus dem Zimmer getreten war, lauschte sie dem rauen Lachen, das durch das Haus hallte. Anscheinend verstand sich die Familie gut und zog das Beisammensein in die Länge, was Morgan bisher zum Vorteil gereicht war.

Trotzdem wünschte sie sich insgeheim, dass die Familie weniger glücklich war. Es weckte bloß die Sehnsucht in ihrem eigenen Herzen.

Sie fand hinter der zweiten Tür eine Abstellkammer und schlüpfte eilig hinein. Sich in die Ecke des kleinen Raumes hockend, betrachtete sie die unzähligen Spinnweben, die von den Wänden hingen, und schlang die Arme um ihre Knie.

Nachdem Ruhe in ihr Innerstes eingekehrt war, fragte sie sich, warum sie überhaupt nach Yastia zurückkehrte. Wieso machte sie sich nicht auf die Suche nach ihrer Familie?

Wie so oft, nachdem sie sich in der Vergangenheit die Frage gestellt hatte, ertönte sogleich die passende Antwort: *Weil du sie nicht mit dem konfrontieren willst, zu was du geworden bist.*

Ein Monster.

Eine Hexe.

Seufzend bettete sie die Wange auf ihre Knie und lauschte dem Leben außerhalb ihrer kleinen Kammer.

Stuhlbeine, die über den harten Holzfußboden kratzten. Jemand hustete, Schritte folgten. Schnell, dann langsam. Lachen. Noch eine geraume Weile herrschte reges Durcheinander, bevor die Geräusche nach und nach verklangen.

Die fremde, fröhliche Familie legte sich schlafen.

Zuletzt näherte sich jemand der Kammer und Morgans Herz schlug ihr bis zum Hals. Man würde sie sofort entdecken, sollte die Tür geöffnet werden. Sicherheitshalber nahm Morgan einen Knochen aus ihrem Beutel, lautlos und behutsam, doch da setzte der Unbekannte seinen Weg bereits fort. Eine andere Tür wurde geöffnet und wieder geschlossen.

Morgan atmete erleichtert aus, behielt den Knochen jedoch griffbereit in der äußeren Tasche der Weste, die sie gestohlen hatte. Unter dieser trug sie ein raues Leinenhemd, das sich vorne zuschnüren ließ, dazu hatte sie sich eine braune Wollhose übergezogen, die sie mit einer Schnur am Bund hatte festzurren müssen, damit sie ihr nicht sofort wieder herunterrutschte. In dieser neuen, widerstandsfähigen Kleidung fühlte sie sich gestärkt und wieder wie die Wölfin, die sie war.

Nachdem sie für längere Zeit nichts mehr außer gelegentliches Husten und Schnarchen vernommen hatte, entschied sie, dass nun der beste Zeitpunkt gekommen war. Also erhob sie sich langsam und trat in den dunklen Flur hinaus. Die Kerzen des Leuchters waren wie erwartet gelöscht worden. Niemand wollte in der Nacht von einem Brand in seinem eigenen Haus überrascht werden.

Sie schlich mit einer Hand an der Wand die Flure entlang bis zu der Tür, hinter der sie die Küche vermutete. Immer wieder hielt sie inne, aus Angst, dass einer der Bewohner plötzlich erwachen und durch das Haus geistern würde. Doch sie wurde nicht gestört und erreichte die Küche, wo sie von der Ordentlichkeit überrascht wurde. Dabei hatte ihr das restliche Innenleben des Hauses bereits einen Hinweis auf die Sauberkeit und die Pflege gegeben – nun, bis auf die Abstellkammer. Das Licht des Mondes reichte aus, um sich weiter zurechtzufinden, und sie trat endgültig ein.

Es gab mehrere Küchenschränke, breite Ablagen, einen schwarzen Ofen und diverse Töpfe und Pfannen, die an metallenen Haken von der Decke hingen. Zudem führte eine zweite Tür nach draußen, vermutlich in den Kräutergarten.

Die Familie, die hier lebte, wirkte zwar nicht reich, aber recht wohlhabend, sodass sich Morgans schlechtes Gewissen nicht meldete, als sie sich an dem Brot und dem Käse bediente. Sie schnitt sich von beidem jeweils eine Scheibe ab und schlang sie genüsslich herunter.

Mit geschlossenen Augen konnte sie sich nur gerade so ein Stöhnen verkneifen. Sie hatte fast vergessen, wie gut Käse und weiches Brot schmecken konnten.

Nachdem der erste Hunger gestillt war, füllte sie an einer Karaffe ihren Wasserschlauch auf und nahm auch daraus ein paar Schlucke, ehe sie den zweiten Beutel mit den Fingerknochen mit in Leinentüchern eingeschlagenem Brot, Käse und Äpfeln füllte. Sie wog gerade ein Stück Schinken in der Hand und dachte darüber nach, davon etwas abzuschneiden, als sie das Knarzen von Holzdielen zusammenfahren ließ.

»Wer bist du?«, hörte sie jemanden hinter sich fragen.

Sofort ließ sie den Schinken fallen und drehte sich mit dem Messer in ihrer Hand zu der Stimme um.

Ein junges Mädchen, vielleicht zählte es gerade einmal sieben heiße Jahreszeiten, stand in ein Nachthemd gekleidet vor ihr und rieb sich verschlafen die Augen. Sie wirkte weder ängstlich noch alarmiert, so als würde sie jeden Tag Fremden in der Küche ihrer Eltern begegnen.

»Ich bin … Mor, und du?« Morgan ließ das Messer sinken und setzte ein freundliches Lächeln auf.

»Meranda«, antwortete diese prompt und legte den Kopf schief. Merandas Blick wirkte nun viel wacher, als sie sie aus dunklen Augen musterte. »Trägst du die Weste meines Bruders?«

»Findest du denn nicht, dass sie mir steht?« Morgans Lächeln wurde breiter, als sie den Dolch nun gänzlich wegsteckte und dadurch beide Hände frei hatte, um an dem Saum der Weste zu zupfen.

Sie kicherte, bevor ihr Blick von dem Schinken, der auf den Boden gefallen war, abgelenkt wurde. »Hast du Hunger?«

»Hatte ich, ja, aber jetzt nicht mehr«, gestand Morgan und hob den Schinken auf, um ihn auf den Tisch zu legen.

Meranda ließ sie für keine Sekunde aus den Augen.

»Sind das … Beile?« Wider Erwarten wich sie nicht vor Morgan zurück, sondern trat näher an die Fremde heran.

Morgan konnte nicht umhin, innerlich ihre Eltern zu tadeln. Hatten sie ihrer Tochter denn nicht beigebracht, auf sich aufzupassen? Niemandem zu trauen?

»Ich brauche sie, um … mich zu verteidigen.« Es war das Erste, das ihr in den Sinn kam, um sich nicht als Monster zu erkennen zu geben. »Ich muss jetzt leider gehen, Meranda.«

»Wirklich? Kommst du wieder?« Ihre Unterlippe zitterte. Mittlerweile stand sie so nahe, dass Morgan die geweiteten Pupillen ihrer Augen erkennen konnte.

»Ich …« Morgans Schultern sanken herab. Sie wollte ihre kleine Freundin nicht anlügen, gleichzeitig musste sie vorsichtig sein. Meranda konnte jeden Moment in Tränen ausbrechen und das ganze Haus aufwecken. »Vielleicht. Zuerst muss ich jemanden finden, der mir wehgetan hat.«

»Wirst du ihm auch wehtun?« Merandas Lippe blieb still, als sie den Kopf schief legte. »Cam hat mich an den Haaren gezogen und wenn ich ihn wiedersehe, werde ich ihm auch an den Haaren ziehen.«

Morgan lachte leise, bevor sie es verhindern konnte. Merandas grimmiger Blick verriet ihr jedoch, dass es das Mädchen nicht sonderlich schätzte, ausgelacht zu werden.

»Rache macht nicht glücklich, Meranda«, sagte die Wölfin leise und blickte aus dem Fenster in die Nacht hinaus. »Du solltest Cam nicht verletzen.«

»Warum bleibst du nicht noch etwas?«

»Deine Eltern würden mich nicht willkommen heißen. Es ist das Beste, wenn du ihnen nichts von mir erzählst, Meranda.« Morgan bedachte die Kleine mit einem weiteren Blick. »Pass auf dich auf.«

Sie wartete keine weitere Antwort ab, sondern schritt hocherhobenen Hauptes aus der Küche in den Garten hinaus. Dort legte sie einen Knochen in ihren Mund und beschwor die Knochenhexe.

Einen Wimpernschlag später zerteilte sie sich und verließ den Garten, das Mädchen und den Bauernhof.

Kapitel · 3

Morgan benötigte vier weitere Tage, bis sie vor den Toren Yastias stand. Sie wagte es nicht, sich in die Stadt hinein zu zerteilen, aus Angst, im Gemäuer eines Gebäudes stecken zu bleiben.

Mittlerweile hatte sie ihre Fähigkeit gut im Griff, doch die Knochenhexe überraschte sie gelegentlich, indem sie sich dem schwarzen Teil von Morgans Seele bediente und sie vom Weg abführte. Morgan war froh, dass sie die Magie erst einmal nicht mehr einsetzen musste.

Sie hatte in einem Gasthaus außerhalb der Stadt ein paar Kronen und einen dunkelgrünen Umhang ergaunert, dessen Kapuze sie nun tiefer ins Gesicht zog. Um sie herum herrschte reger Trubel, da die Sonne gerade unterging und damit das Ende eines langen Arbeitstages einläutete. Frischer Wind wirbelte Morgans Umhang auf, als sie, ohne von der Stadtwache belästigt zu werden, durch das Tor schritt. Es wurden lediglich diejenigen beachtet, die auf großen Karren unterwegs waren und Ware ins Innere der Stadt lieferten.

Morgan atmete einmal tief durch, als sie die ersten Schritte auf den gepflasterten Steinen Yastias tat. Es fühlte sich an, als wäre sie Jahre fortgewesen und plötzlich wirkten die schief stehenden Häuser, die flachen Dächer der Neustadt und die schwarzen Gaslaternen fremd und Furcht einflößend.

Um den Wölfen nicht sofort in die Arme zu laufen, blieb sie erst einmal in der Neustadt und suchte ein Gastlokal auf, von dem sie wusste, dass es von den Wölfen nicht frequentiert wurde.

Zur Toten Krähe war ein Gasthaus, das sich stets an die Ausschenkregeln hielt und keine Kartenspiele gestattete. Da sich des Öfteren Stadtwachen hierher verirrten, wollte der Wirt keine Schwierigkeiten herausfordern. Kartenspiele waren zwar nicht verboten, aber Männer verloren oftmals dabei ihren Kopf und ließen ihre Fäuste sprechen. Und am Ende musste der Wirt für jedwede Zerstörung die Verantwortung tragen und es kam nicht selten vor, dass er dadurch Verluste einfuhr, da andere Kunden einen großen Bogen um die Ansammlung von Kämpfenden und herbeieilenden Stadtwachen machten.

Sie betrachtete die dunklen Gebäude mit den Spitzbogenfenstern der Universität im Vorbeigehen. Die Fassade war mit mehreren Hundert Statuen besetzt, die allesamt verschiedene Patrone über die Jahrhunderte zeigten. Diejenigen, die am meisten Geld in die Universität hatten fließen lassen, bekamen die höchsten Positionen zugeteilt. Unter den dunkel gekachelten Dächern, über den Eingängen und auch daneben. Jede Statue war mit solch akkuraten Einzelheiten bestückt, dass sie beinahe echt wirken. Ein Mann mit Spitzbart und einem Füller in der linken Hand starrte auf Morgan hinab. Ihr Blick fuhr weiter bewundernd über die nächste Statue. Sie spürte gemischte Gefühle in sich aufsteigen. Sehnsucht nach einem Leben, das ihr aus mehreren Gründen verwehrt geblieben war, und Hass auf die sorglosen Studenten, die auf dem Areal verteilt waren, um ihre Schlafräume oder die Bibliothek aufzusuchen. Das Semester hatte gerade erst angefangen, aber soviel Morgan über das Leben eines Studenten wusste, gab es keinen Moment der Ruhe und Gelassenheit für sie. Wer seine Arbeiten nicht rechtzeitig ablieferte, wurde bestraft.

Eiligen Schrittes wandte sie sich von dem gepflasterten Hof mit den Grünflächen ab und steuerte das Haus *Zur Toten Krähe* an, das sich direkt an einen Buchladen schmiegte. Der Kontrast hätte nicht größer sein können. Während aus dem einen Geschäft brillentragende und in schwarze Uniformen gekleidete Studenten traten, besuchten Männer mit rauen Händen und lauter Stimme das Lokal.

Der sichelförmige Mond war bereits als blasses Abbild am zartgrauen Himmel zu erkennen, als Morgan das *Zur Toten Krähe* betrat. Der Geräuschpegel hielt sich in Grenzen, aber das Gasthaus war gut besucht und so achtete niemand auf den Neuankömmling, auch wenn dieser die Kapuze tief ins Gesicht gezogen hatte. Sie würde sich nicht darauf verlassen, keinem Wolf zu begegnen. Es war besser, ihre Identität weiterhin zu verbergen.

Sie musterte den Innenraum, der mit runden Tischen und knarzenden Holzstühlen sowie einer langen Theke, hinter der sich zwei Barmädchen befanden, ausgefüllt war. Im hinteren Teil fand Morgan einen freien Tisch, an den sie sich so setzte, dass sie den Eingang im Blick behielt.

Ihre Kapuze schob sie nur ein kleines Stück nach hinten, damit sie von dem hübschen Ding mit den goldenen Korkenzieherlocken verstanden werden konnte, als sie ihre Bestellung aufgab. Einen Unterarm legte sie auf der zerkratzten Tischplatte ab, die andere Hand hielt sie in der Nähe ihres Dolches, der sich in einer Halterung an ihrem Oberschenkel befand. Ihre Beile waren unter dem Umhang versteckt und in diesem engen Raum an sie zu kommen, wäre zu umständlich.

Sie ließ ihren Blick über die größtenteils männlichen Gäste schweifen. Es gab jedoch auch Ausnahmen. Frauen, die in der Arbeitskleidung von Waschweibern an der Theke saßen und sich ein Bier teilten. Für mehr reichte das magere Gehalt wahrscheinlich nicht, das sie in diesem Arbeitszweig verdienten.

Morgan dachte an Gertha zurück, die vor ihrer Bestrafung auch als Waschfrau gearbeitet und vermutlich eine ähnliche graue Uniform getragen hatte. Nun verweste ihr Körper an einem Ort, den niemand je sehen wollte, und Morgan bekam ein schlechtes Gewissen. Sie hätte sich zumindest die Mühe machen und sie vergraben sollen. Warum hatte sie es nicht getan?

Weil sie schwach und erschöpft gewesen war.

Weil sie wieder einmal nur an sich selbst gedacht hatte.

Das Barmädchen kehrte mit einer dampfenden Schale Fleischeintopf und einem Becher Bier zurück, den Morgan jedoch nicht anrührte. Sie hatte es nur bestellt, um keine Aufmerksamkeit zu erregen. Jeder, der hier Unterschlupf suchte, gönnte sich ein Apfelbier, um dem schweren Arbeitstag doch noch etwas Gutes abzugewinnen.

Obwohl es eine Sache der Auslegung war, dieses Bier als *gut* zu bezeichnen.

»Das war alles.« Morgan reichte dem Mädchen zwei Silberlinge und scheuchte es mit einer Handbewegung davon. Ihren Blick hatte sie längst wieder auf eine Gruppe Männer gerichtet, die nun lauthals über einen Witz lachte. Der Geruch von Schweiß und Urin wehte zur ihr herüber und sie musste ihre Nase tiefer in die dampfende Schale stecken, um ihre Übelkeit zu unterdrücken.

»... müssen uns auf den Weg machen, wenn wir den Hof noch vor Mitternacht erreichen wollen«, sagte der Mann mit dem grauen Backenbart. Er machte Anstalten, sich zu erheben, griff dann jedoch noch einmal nach seinem Krug, um die letzten Schlucke Bier herunterzustürzen. Als er ihn geleert hatte, knallte er ihn so fest auf den Tisch, dass das andere Geschirr klapperte.

»Du hast recht. Auch wenn ich am liebsten das Bett meiner Frau aufsuchen würde«, stimmte ihm der Jüngere zu und erhob sich schwerfällig.

»Irgendjemand muss ja das Geld nach Hause bringen. Die Ernte bezahlt für dein nächstes Kind, Foley.«

»Bei den alten und neuen Göttern.« Foley zeichnete ein Zeichen zum Schutz in die Luft, indem er mit Daumen und Zeigefinger von Schulter zu Schulter fuhr. »Wenn ich noch ein siebtes Kind bekommen sollte, verlasse ich die Stadt.«

Seine Freunde brachen in Gelächter aus und riefen ihm grölend ein paar Obszönitäten hinterher, als er zusammen mit seinem Freund das Haus verließ.

Morgan schmunzelte wegen dieser Einfachheit.

Diese Menschen gingen unbeirrt ihrem Tagwerk nach, standen auf, arbeiteten, liebten sich und legten sich abends wieder zu Bett. Sie ahnten nichts von den Machtkämpfen, die unter der Oberfläche brodelten und die schon bald Yastia erschüttern würden. Aber nicht durch Aithan, oder? Er besaß nichts mehr, mit dem er seinen Thron erobern könnte. Dafür hatte Morgan gesorgt.

Kopfschüttelnd vertrieb sie diesen Gedanken, schlürfte ihren Eintopf und überlegte, wie sie nun vorgehen sollte.

Eines stand fest: Sie würde sich den Wölfen noch nicht zu erkennen geben. Erst musste sie herausfinden, wer für den Verrat verantwortlich war, der sie zuerst in den Kerker und dann zu den Minen gebracht hatte.

»... der Kopf des Gefängniswärters wurde endlich abgenommen«, hörte sie einen ihrer Nachbarn sagen. Er beugte sich gerade zu seinem Freund vor und wischte sich einmal über das Gesicht, das Morgan allerdings nicht sehen konnte, da er von ihr abgewandt saß.

»Wurde auch mal Zeit. Der arme Schlucker hat sich bestimmt von der falschen Schönheit der Hure einwickeln lassen. Wie soll man ihm die Schuld geben?«

»Weiß man denn, wer dieses geflüchtete Mädchen gewesen ist?« Sein Gegenüber zuckte die Schultern.

»Wahrscheinlich irgendeine Prostituierte. Davon gibt es ja genug ...«

Morgan blendete das Gespräch wieder aus und lehnte sich auf ihrem Stuhl zurück. Der Gefängniswärter ... Helmar, wenn sie sich recht erinnerte, war also hingerichtet worden. Er war nicht unfreundlich zu ihr gewesen, aber ihr Mitleid hielt sich in Grenzen.

Als sie sich sicher war, keine weiteren Neuigkeiten mehr zu erfahren, verließ sie das Gasthaus, ohne einen Blick zu erwidern. Auch dies hatte sie während ihrer Ausbildung unter Larkin gelernt, damit sich niemand bei einer Befragung an jemanden wie sie erinnern konnte. Wenn man niemanden ansah, sah auch niemand einen selbst.

Morgan nutzte die langen Schatten und den aufkommenden Nebel, welche die Stadt in vertrautes Terrain wandelten. Endlich flimmerte das Gefühl von Heimat in ihr auf und sie glitt problemlos in die Rolle der Wölfin zurück.

Sie entschied sich dafür, nachdem sie die Brücke über der Thoan in die Altstadt überquert hatte, durch die engen Gassen, auf verlassenen Stiegen und durch mit Müll übersäte Hinterhöfe zu schreiten, bis sie den Henkersplatz erreicht hatte. Von dort aus dauerte es nicht mehr lange und sie betrat das Viertel, in dem sich Cardeas Näherei befand.

Am liebsten wäre sie sofort in den Laden gestürmt, aber ihre alten Gewohnheiten übernahmen die Kontrolle über sie.

Sie schritt von Hauseingang zu Hauseingang, besah sich die Dächer und beobachtete die wenigen Menschen, die sich zu dieser abendlichen Stunde noch auf den Straßen aufhielten. Doch sie konnte weder eine Stadtwache noch einen der Wölfe entdecken, also tat sie einen Schritt aus der Gasse, die dem Hintereingang von Cardeas Laden schräg gegenüberlag. Eine Möwe kreischte und ließ sie zusammenzucken. In der nächsten Sekunde öffnete sich Cardeas Tür, aber an ihrer Stelle trat ein Mann mit dunkelrotem Haar über die Schwelle.

Nein.

Er drehte sich noch einmal um und nun konnte Morgan auch Cardea erkennen, die dem Mann mit einem Lächeln auf den Lippen gestattete, eine Hand an ihre Wange zu legen.

Es war, als würde jemand den Boden unter Morgans Füßen wegziehen. Ihr Atem beschleunigte sich, aber sie fühlte sich gleichzeitig wie gelähmt.

Die Knochenhexe regte sich, geweckt von dem Sturm aus dunklen Gefühlen, der nun in ihr tobte. Morgan drängte sie mit aller Macht zurück. Sie konnte sich noch nicht verlieren, obwohl es – bei den neuen Göttern – so schmerzte, als würde man ihr das Herz bei lebendigem Leib entreißen.

»Kommst du morgen wieder?«

»Ich versuche es«, antwortete … Thomas. Er beugte sich hinab und sie küssten sich. Es war kein kurzer, scheuer Kuss, sondern einer, der Leidenschaft entfachte und Königreiche niederreißen konnte. Atemlos trennten sie sich voneinander und Morgan kam wieder zu Sinnen. In einer fließenden Bewegung schlich sie zurück, um sich gegen die Hauswand in der Gasse zu pressen und mit ihr zu verschmelzen.

Thomas schritt an der Kreuzung vorbei weiter die Straße entlang und sie konnte ihm das Glück durch den schwungvollen Gang ansehen. Auch sein Äußeres hatte sich verändert. Seine Kleidung wirkte sauberer und geflickt. Hatte auch hier Cardea im wahrsten Sinne des Wortes ihre Finger im Spiel?

Sie drehte sich um, eine Hand auf den kalten Backstein legend, und sah um die Ecke, doch Cardea hatte die Tür bereits geschlossen.

Zu ihrer Freundin.

Zu ihrer Vergangenheit.

Wie konnte sie Morgan so hintergehen? Selbst wenn sie dachte, dass sie … tot war. Hatte sie etwa vergessen, wie Thomas sie all die Jahre behandelt hatte? Wie er die anderen Wölfe gegen sie aufgehetzt und ihr immer wieder gesagt hatte, wie wertlos sie war?

Sie stieß sich von der Wand ab und lief in die entgegengesetzte Richtung, um Thomas im Auge zu behalten. Es gab noch immer die geringe Möglichkeit, dass er sie erpresste und von ihr verlangte, dass sie sich ihm hingab.

Das erklärt allerdings nicht ihren verklärten Blick, mit dem sie ihn angesehen hat, erinnerte sie die Stimme und Morgan verfluchte sie dafür.

Thomas machte sich nicht die Mühe, sich bedeckt zu halten. Es ließ in Morgan die Vermutung aufkommen, dass ihm seine Beziehung zu Cardea so egal war, dass es ihn nicht kümmerte, wer davon erfuhr, oder – was noch viel schlimmer wäre – dass jeder bereits davon wusste.

Oh Götter, was ist während *meiner Abwesenheit bloß geschehen?*

Sie konnte nicht sagen, ob sie Cardea noch ihr Leben anvertrauen würde. Würde sie das Geheimnis um Morgans Anwesenheit in Yastia für sich behalten oder würde sie es Thomas mitteilen?

Thomas begrüßte einen Bäcker, der gerade seinen Laden abschloss, und blieb sogar stehen, um ein paar Worte mit ihm zu wechseln. Da Morgan zu weit weg in einem Hauseingang stand, damit sie sich nicht verriet, konnte sie nicht sagen, ob das Gespräch freundlich war. Aber sie nahm von dem Wolf nur das Schlechte an, weshalb sie das Lächeln auf den Lippen des Bäckers überraschte. Er berührte zum Abschied seine Stirn, dann schlenderte er weiter und pfiff entspannt eine ihr unbekannte Melodie.

Sie wartete, bis Thomas um die nächste Ecke verschwunden war, dann folgte sie ihm mit großem Abstand. Als er sich jedoch in die Neustadt begab, blieb sie an der Thoan stehend zurück. Was tat sie hier? Er würde sie wohl kaum zu einem geheimen Ort führen, an dem er seine bösen Pläne schmiedete.

Eine ganze Weile schlenderte sie das Ufer hoch und runter und dachte über Cardea und die möglichen Gründe für ihr Verhalten nach. Sie kam nicht dahinter. Vermutlich würde sie dies auch nicht, solange sie nicht das Gespräch mit ihrer Freundin suchte. Das allerdings würde ihr eigenes Leben in Gefahr bringen. Ihr Leben und ihre Freiheit – und beides durfte sie nicht aufs Spiel setzen, solange sie nicht wusste, wer sie verraten hatte.

Also gab es nur einen weiteren Ort, wohin sie gehen konnte, um sich für das Kommende vorzubereiten. Entschieden schlich sie durch den Nebel ins Viertel der Tuchhändler.

Kapitel · 4

Rhea betrachtete die Silhouette Brimstones am westlichen Horizont. Erst vor zwei Tagen hatten sie die Wüstensteppe – das Zuhause der Wanderer – erreicht, doch schon jetzt hatte sich Rhea an den blauen Schimmer gewöhnt, welcher der Dämmerung vorausging. So auch in dieser Stunde, da sie die Stadt betrachtete, von der Helmar ihr die unheimlichsten und schockierendsten Geschichten erzählt hatte.

Helmar. Als sie an sein Lächeln dachte, seine breiten Schultern und die Umarmung, die er ihr stets so freimütig geschenkt hatte, da wurde ihr Herz schwer.

Ihr Kerkermeister und Vaterersatz war gestorben, weil sie geflohen war. Ewen, der neue Gott des Todes, hatte sein Leben genommen, weil Rhea ihn um das ihre betrogen hatte.

Zehn Jahre hatte sie in ihrer Zelle auf den Tod gewartet und als es so weit gewesen war, war sie mit Jeriahs Hilfe geflohen.

»Woran denkst du?«, fragte Taime, der neben ihr auf seinem Pferd aufgetaucht war. Er lächelte sie freundlich an, was im starken Kontrast zu seinem kriegerischen Aussehen stand. Wie fast alle männlichen Wanderer trug er eine ärmellose Weste, die seine gebräunten und muskulösen Arme gut zur Schau stellte. Mehrere Klingen waren überall an seinem Körper befestigt und wirkten auf jeden Gegner einschüchternd. Viel lieber als die Waffen betrachtete Rhea jedoch sein dunkles, seidenglänzendes Haar, das er offen trug, seit sie Yastia verlassen hatten. Es schien, als fühlten sich er und die anderen Wanderer in ihrer Karawane nun freier.

»An Brimstone«, sagte sie ausweichend. Es war nicht einmal eine richtige Lüge. Schließlich hatte sie sich die Silhouette der Stadt angesehen, die nun von dem blauen Schimmer angestrahlt wurde. Dieser Schimmer war eine der Eigentümlichkeiten, die Fremde von der Wüstensteppe fernhielten. Man konnte leicht die Orientierung verlieren, wenn sie Taime Glauben schenkte.

Seine Miene verdüsterte sich und die schwarzen Wirbel seines Wangentattoos drehten sich schneller und schneller, als würden sie seine Gefühle widerspiegeln.

»Ein unseliger Ort«, murrte er, beugte sich vor und klopfte seiner grauen Stute auf den Hals. »Wir schlagen gleich unser Lager auf. Du machst dich bisher sehr gut.«

»Beim Reiten?« Rhea lachte leise und entlockte auch ihrem einzigen Freund unter den Wanderern ein Schmunzeln.

»Du weißt genau, was ich meine«, beschuldigte er sie. »Ich habe Aiofe lange nicht mehr so zufrieden gesehen.«

Rhea hob unsicher eine Schulter. »Ich wünschte, sie würde mir endlich zeigen, wie ich mit meiner Webmagie angreifen kann. Oder mich verteidigen.«

»Kontrolle ist wichtig. Darauf lässt sich alles andere aufbauen.«

Es störte sie, dass er die gleichen Lehren wie Aiofe benutzte, aber sie erwiderte nichts darauf, sondern ritt stattdessen weiter mit der Karawane. Taime schien ihren Stimmungswechsel zu bemerken, da er ihr kein weiteres Gespräch auflastete und schweigend neben ihr her ritt.

Rhea lockerte den Griff um ihre Magie und erlaubte ihr, sie zu umspülen. Dicke und dünne Fäden sprudelten aus dem Boden, verbanden sie und die Welt miteinander, färbten die eigentlich triste Gegend kunterbunt.

Noch hatte sie nicht gelernt, wie sie die Fäden miteinander verweben konnte, um größere Zauber zu wirken, aber ihre Kontrolle hatte sich verbessert. Sie konnte einzelne Fäden allein mit ihrem Willen zu sich heranziehen und sie wieder von sich wegschweben lassen. Es war ein Spiel, das ihr von Aiofe beigebracht worden war. Doch seit ein paar Tagen entglitt ihr immer wieder der klare Blick auf die Fäden, als besäße sie nicht genügend Kraft, um die Verbindung aufrechtzuerhalten. Die *Sicht* flackerte auf und dunkelte dann wieder ab – wie eine Kerze im Wind.

Seufzend verschloss sie sich wieder der Magie, als die Karawane auf der flachen Ebene zum Stehen kam. Rhea konnte meilenweit alles erkennen. Es wuchsen vereinzelte Bäume und Sträucher auf dem harten, eingerissenen Boden, aber es gab nichts, das ihr die Sicht verwehrte.

Ihr Herz war schwer, denn in ihrem Inneren hatte sich die Befürchtung eingenistet, dass sie einen Fehler begangen hatte, als sie den Wanderern so bereitwillig aus der Stadt gefolgt war. Sie konnte nicht aufhören, an Jeriah zu denken und an die Konsequenzen, denen er sich jetzt gegenübersah, da sein Geheimnis ihretwegen aufgedeckt worden war. Mittlerweile würde der Spion den Dux Aliquis über Jeriahs Webmagie unterrichtet haben und Jeriah … Was würde mit ihm geschehen? Sie hätte in Yastia bleiben und dort nach einem Weg suchen sollen, ihn zu retten.

Die Eintönigkeit der gewohnten Aufgaben gestattete ihr die gewohnte Freiheit, weiterhin ihren trüben Gedanken nachzuhängen. Sie sattelte das Pferd ab, striegelte und versorgte es und half den anderen beim Aufbau des Lagers.

Vielleicht sollte sie einfach das Gespräch mit Aiofe suchen?

Rhea schüttelte den Kopf und konzentrierte sich lieber auf die Aufgabe, ihr Zelt zu errichten. Ja, sie fühlte die Frustration in sich aufsteigen, weil sie noch nichts gelernt hatte, mit dem sie sich gegen den Dux Aliquis zur Wehr setzen könnte. Aber ihre Zeit würde kommen. Davon war sie überzeugt.

»Bist du für eine weitere Lehrstunde bereit, Rhea?« Aiofe stand plötzlich vor ihr, auf ihren groben Stock gestützt. Mit der anderen Hand hielt sie ihr wie so oft einen der dunkelroten Äpfel hin, von denen die Wanderer einen endlosen Bestand zu besitzen schienen.

»Natürlich, Geehrte«, sprach sie die Webhexe mit dem Ehrentitel an, den sie unter den Wanderern besaß. Sie nahm den Apfel entgegen und folgte Aiofe in das gerade erst errichtete Zelt. Das Wasser lief ihr bereits im Mund zusammen und Aiofe lächelte sie bloß milde an, als sie einen festen Bissen nahm. »Vielen Dank.«

Da sich im Inneren noch nichts befand, setzten sie sich beide auf dem harten Sandboden gegenüber, wie sie es bisher auch immer getan hatten. Aiofe wartete, bis Rhea den Apfel bis auf das Kerngehäuse aufgegessen hatte, bevor sie diese bat, die Fäden herbeizurufen.

Sie erschienen strahlend hell und in tausend Farben, dann verschwanden sie. Dies geschah noch ein paar Mal, was Rhea den Schweiß auf die Stirn trieb. Sie ballte die Hände zu Fäusten und presste sie neben sich auf den Boden.

»Geehrte, ich habe das Gefühl, die Magie entgleitet mir«, gestand sie schließlich mit starken Kopfschmerzen, als die Fäden nun vollends verschwunden waren. Sie blinzelte, um gegen die Tränen anzukämpfen, und beugte sich vor, damit ihr dunkelrotes Haar, aus dem die Farbe der Beeren längst verschwunden war, ihr Gesicht verdeckte.

»Sorge dich nicht, Rhea, das ist für Webhexer kurz nach ihrer Erweckung nichts Ungewöhnliches. Die Magie und du, ihr müsst erst lernen, im Einklang miteinander zu leben«, beschwichtigte Aiofe die jüngere Webhexe. »Vielleicht sollten wir eine Pause machen, damit du dich ausruhen kannst.«

»Das ist sehr großzügig von Euch, Geehrte, vielen Dank.« Rhea wartete, bis sich Aiofe schwerfällig erhob und im Vorbeigehen eine Hand auf ihren Kopf legte, bevor sie ihren angehaltenen Atem ausstieß.

Aiofe hatte sie allein gelassen, aber die Zweifel waren geblieben und fraßen sich durch jede in der Vergangenheit getroffene Entscheidung.

»Warum fühlt es sich so an, als würde mir die Magie aus der Brust gerissen werden?«, fragte sie in die Dunkelheit hinein. Niemand antwortete.

Die Karawane und Rhea befanden sich mittlerweile so tief in der Steppe, dass sie die Silhouette von Brimstone nicht mehr länger sehen konnten. Hier wuchsen jedoch mehr Bäume, die sich zu kleinen Hainen zusammengeschlossen hatten. Durch einen von ihnen schritt Rhea nun auf der Suche nach Wasser, um sich die Hände zu waschen. Sie hatte gerade bei der Zubereitung des Abendessens geholfen und eines der Kaninchen ausgenommen.

Da sie so etwas noch nie zuvor getan hatte, hatte eine junge Wanderin sie anweisen müssen. Schließlich war es Rhea mit viel Geduld gelungen, doch nun waren ihre Arme bis zu den Ellbogen in Blut getaucht.

Ein paar Fuß in den Hain hinein hörte sie schon das Sprudeln der Quelle und sie beschleunigte ihre Schritte. Doch sie blieb abrupt stehen, als sie eine alte Frau bemerkte. Sie beugte sich gerade zur Quelle hinab, um unter einem ständigen Singsang etwas zu waschen, das Rhea erst erkannte, als sich die Alte zu ihr umdrehte.

»Ferrana«, rief sie aus, da sie nicht nur den Gegenstand in den Händen der Frau erkannte, sondern auch die Frau selbst. Sie hatte ihr erlaubt, sich auf den Karren, der gefüllt war mit Äpfeln, zu setzen und mit ihr durch die Stadttore Yastias zu fahren. »Was machst du hier?«

Ferrana erhob sich ganz langsam, in ihrer linken Hand hielt sie weiter den Apfel umfasst. Sie drehte diesen einmal und Rhea konnte sehen, dass seine andere Seite keinesfalls prall und glänzend war, sondern verrottet und mit Würmern durchsetzt. In der nächsten Sekunde war die Illusion verschwunden und der Apfel wirkte so normal und schön wie alle Äpfel, die sie während ihrer Reise gegessen hatte. Obwohl sich Rhea weit von ihrer Magie entfernt fühlte, hatte sie in dem Aufflackern von Magie gespürt, dass Ferrana eine Bluthexe war.

»Ich habe dir gesagt, dass du auf dich aufpassen sollst, Mädchen«, sagte die Alte und lispelte wegen ihrer fehlenden Zähne.

»Was …« Rhea unterbrach sich selbst, weil sie plötzlich den Sinn hinter den Worten verstand. Die Äpfel, ihre fehlende Kontrolle … »Warum tust du das?«

»Weil Aiofe mich darum gebeten hat. Sie ist meine Schwester.« Die Alte trug das Symbol der Wanderer auf dem Handrücken, und obwohl Rhea den sechszackigen Stern bei ihrem ersten Aufeinandertreffen bemerkt hatte, hatte sie nicht die richtigen Schlüsse gezogen. Sie hatte überhaupt keine Schlüsse gezogen.

»Das ist … nicht möglich«, stotterte Rhea. »Sie ist eine Webhexe.«

»Gleiche Mutter, anderer Vater, aber das ist nicht von Bedeutung.« Ferrana hob ihre knöchernen Schultern und wog den Apfel beinahe nachdenklich in ihren Händen. »Aber was von Bedeutung ist, ist deine Reaktion. Was wirst du tun, nun, da du es weißt?«

»Da ich was weiß?«

»Nun stell dich nicht so an«, murrte Ferrana. »Ich habe die Erkenntnis in deinen Augen aufblitzen sehen. Du bist kein Dummchen …«

Rhea kniff die Lippen zusammen und sah sich um. Zum ersten Mal kam ihr der Gedanke, dass sie sich in furchtbarer Gefahr befand.

»Ihr zerstört meine Magie.« Rhea zitterte am ganzen Leib. Sie fühlte sich auf fundamentale Art und Weise betrogen und wusste nicht, ob sie bleiben und kämpfen oder sich umdrehen und fliehen sollte.

»Wir zerstören sie nicht«, widersprach Ferrana vehement. »Aiofe fügt sie ihrer eigenen hinzu. Eines Tages wird sie sogar stärker sein als die erste Webhexe Nedaja.«

»Sie ist verrückt«, keuchte Rhea und wich einen Schritt zurück. »Ich will meine Magie zurück! Ich will ...«

»Das, was du willst, ist nicht wichtig.« Rhea erstarrte, als sie die Stimme der älteren Webhexe vernahm. Ganz langsam drehte sie sich zu Aiofe um und erschrak, als sie ihr grausames Lächeln sah. Die schwarzen Zähne blitzten im schwachen Schein des Mondes auf und jedwede Sympathie, die Rhea ihr entgegengebracht hatte, verschwand in diesem Augenblick.

»Nein.« Rhea zögerte nicht länger, sondern lief in die entgegengesetzte Richtung davon – und rannte direkt in eine unsichtbare Mauer. Der Aufprall war so schmerzhaft, dass sie zurücktaumelte. Eine blutige Hand an ihre wunde Stirn gelegt, versuchte sie gegen die dunklen Flecken vor ihren Augen anzukämpfen.

»Iss den Apfel, Rhea, dann wird es dir besser gehen.« Aiofe hatte ihrer Schwester die Frucht abgenommen und hielt sie Rhea nun direkt vor die Nase. Die Jüngere schlug sie ihr aus der Hand.

»Niemals!«, schrie sie, erhielt als Antwort jedoch nicht mehr als ein tiefes Seufzen.

Aiofe beugte sich hinab, um den Apfel aufzuheben und an ihrer purpurnen Robe von dem Sand zu befreien.

»Das macht nichts. Früher oder später wirst du ihn essen. Und bis dahin werden wir unsere Reise fortsetzen.«

»Ihr seid wahnsinnig! Wieso lasst ihr mich nicht gehen?« Rhea flehte und bettelte, aber Aiofe setzte ihre Magie ein, sodass sie Rhea wie eine Marionette kontrollieren konnte.

Ihre Gliedmaßen bewegten sich wie von fremder Hand, ganz gleich, wie sehr Rhea gegen diese furchtbare Macht ankämpfte. Nichts außer dem letzten Funken Magie schien ihr noch zu gehorchen und sie hätte geschrien, wenn sich ihr Mund hätte bewegen lassen. Tränen der Wut und der Verzweiflung stiegen in ihre Augen und rannen ungehindert über ihre Wangen.

»Beiß in den Apfel, um das Ritual abzuschließen, und du bist frei«, antwortete Aiofe, während sie Schulter an Schulter den Hain verließen und das Lager betraten. Die Wanderer warfen ihnen neugierige Blicke zu, doch niemand schien sich dazu berufen zu fühlen, einzugreifen.

Es sollte Rhea nicht wundern, schließlich war Aiofe eine Webhexe und ihre spirituelle Anführerin. Sie würden sich für eine Fremde nie gegen sie stellen.

»Taime, öffne den Wagen für unseren Gast«, befahl die Hexe und der nette Wanderer gehorchte augenblicklich. Er zweifelte nicht eine Sekunde an dem Befehl, als hätte er von Anfang an damit gerechnet, Rhea bald schon einsperren zu müssen.

Aber nein, gerade als Rhea an ihm vorbeiging, konnte sie das Flackern in seinen Augen sehen. Das Bedauern und das Mitleid.

Beides würde ihn allerdings nicht dazu bewegen, ihr zu helfen, und die Verzweiflung drohte, sie wie eine Decke gespickt mit Speerspitzen niederzudrücken.

Sobald Rhea die drei Stufen in den bunt bemalten Wagen erklommen hatte, rissen die Fäden, mit denen Aiofe sie kontrolliert hatte, entzwei. Sie drehte sich sofort zur Flucht um, doch die Tür knallte ihr ins Gesicht und sie musste zurückweichen.

Dunkelheit umfasste sie, trotz des vergitterten Fensters auf der linken Seite.

Mehrere Minuten lang war Rhea zu nichts anderem imstande, als unbewegt ins Nichts zu starren. Ihre Atmung war ruhig, aber ihr Herz pochte in einem schnellen Rhythmus. Sie konnte nicht glauben, dass sie sich so sehr in Aiofe und den Wanderern getäuscht hatte.

Hatten sie alle von Aiofes Plänen gewusst? Warum gierte es sie so nach Macht?

Behutsam drehte sich Rhea in dem vollgestellten Innenraum um. Es gab Kisten über Kisten und in jeder von ihnen – so schien es – befanden sich Kleider und Stoffe.

Rhea fand während ihrer frustrierten Suche nichts, das ihr hätte helfen können zu fliehen. Auch von ihrer Magie fühlte sie sich noch weiter entfernt, obwohl sie sich geweigert hatte, den Apfel zu essen.

Bedeutete dies, dass Aiofe sie nicht zwingen konnte, den letzten Bissen zu nehmen? Musste sie also freiwillig ihre Magie aufgeben?

Der Gedanke war nur ein schwacher Trost, schließlich stand Rhea dadurch vor einer unmöglichen Entscheidung. Entweder gab sie ihre Magie oder ihre Freiheit auf.

Kapitel · 5

Da sich das Quartier der Wölfe direkt neben der Hutmacherei befand, entschied sich Morgan für einen Weg durch die Kanalisation. Dort kannte sie sich genauso gut wie auf den überirdischen Straßen aus, aber zudem gab es mehr Möglichkeiten, sich zu verstecken, falls sie den Weg eines Wolfes kreuzte.

Sie nutzte den Zugang in einer verlassenen Gasse, auf die keine Fenster hinauszeigten. Da es regnete, rutschte ihr der schwere Kanaldeckel beinahe aus den Händen, aber sie konnte ihn im letzten Moment noch festhalten. Vorsichtig schob sie ihn über den Boden, ehe sie die eisernen Sprossen hinabstieg, bis sie den Deckel wieder über das Loch ziehen konnte.

Dunkelheit hüllte sie ein, aber sie verfehlte ihre übliche Wirkung. Morgan empfand weder Angst noch Unbehagen. Der muffige Geruch, das leise Rauschen des Abwassers und das Quietschen von Ratten vermochten sie nicht abzuschrecken, nachdem sie so viel Zeit hier verbracht hatte.

Als sie wieder festen Boden unter ihren Füßen spürte, schob sie sich die Kapuze vom Kopf und suchte links von sich nach einem Geheimversteck, in dem die Wölfe Fackeln, Laternen und Kerzen aufbewahrten. In der metallenen Kiste waren sie vor der Feuchtigkeit geschützt, wodurch Morgan sie auch jetzt nutzen konnte. Eine Kerze würde ausreichen, denn sie wollte ihre Anwesenheit nicht verraten und diese konnte sie am schnellsten von allen löschen.

Der Weg zur Hutmacherei ließ sich in der Kanalisation in kürzester Zeit bewältigen, obwohl die Tunnel so verwinkelt waren. Man musste nur die richtigen auswählen.

Sie war noch nicht weit gegangen, da vernahm sie das Geräusch von sich nähernden Schritten. Sie mussten zu mindestens zwei Personen gehören, die sich stramm und zielgerichtet fortbewegten. Es waren ganz sicher Stadtwachen, die das schwere Los gezogen hatten, hier unten zu patrouillieren. Normalerweise stellten sie keine Bedrohung für die Wölfe oder das andere Gesindel dar, da die Wachen nicht sonderlich erpicht darauf waren, jemanden gefangen zu nehmen, der nach Unrat stank. Zudem liefen sie niemandem hinterher, weil sie sich nicht weit von ihrer Position entfernen wollten, da sich schon viel zu viele von ihren Männern in dem Labyrinth verlaufen hatten.

Morgan bog an der Kreuzung rechts ab und entfernte sich damit von der Patrouille. Ihre Sohlen setzte sie ausschließlich an den trockenen Stellen auf, die durch den zunehmenden Regen rasch weniger wurden.

Sie beschleunigte ihre Schritte, behielt aber noch immer genau ihre Umgebung im Auge. Die Flamme der Kerze flackerte gefährlich.

Eine ganze Weile verging, bevor sie den Weg mit einer Handvoll Waisenkindern kreuzte. Zerlumpt und mit grimmigen Mienen, die nicht zu ihrem jungen Alter passten. Wie es schon immer gewesen war, ignorierten sie sich gegenseitig, als wären sie Gespenster, die nicht in der Wirklichkeit existierten.

Morgan hatte stets einen Teil ihres mageren Gehaltes – den sie nicht darauf verwendet hatte, ihre Schulden abzubezahlen – an die hiesigen Waisenhäuser gespendet. Aber auch dies machte keinen richtigen Unterschied, da die Häuser nicht alle elternlosen Kinder aufnehmen konnten. Dafür gab es einfach zu viele und sowohl Larkin als auch der Meister der Assassinen hatten leichtes Spiel, neue Diebe und Mörder für sich zu rekrutieren.

Schließlich erreichte Morgan die letzte Kreuzung, bevor sie in den Tunnel einbog, von dem der Eingang zu den Wölfen und dem zum Hutmacher abzweigte. Morgan wurde plötzlich von der Nervosität gepackt und ihre Hand zitterte verräterisch, als sie die Kerze auspustete.

Sie drängte sich eng an die feuchte Steinwand, ohne sie zu berühren. Sie wollte wahrlich nicht wie eine Kanalratte stinken, wenn sie die unterirdischen Gänge wieder verließ. Geduldig lauschte sie dem stetigen Tropfen von Wasser auf Stein und dem Trippeln der Ratten, bevor sie sich sicher war, dass sich niemand in ihrer unmittelbaren Nähe aufhielt. Sie huschte um die Ecke und lief lautlos zur ersten der drei Leitern. Mit geübten Handgriffen war sie in Windeseile oben angekommen, wo sie den Deckel anheben und zur Seite schieben konnte.

Noch bevor sie den Ausgang gänzlich frei gemacht hatte, vernahm sie leise Stimmen. Ihr Herz raste vor Aufregung. Sie war kurz vor ihrem Ziel und sie würde *nicht* zulassen, dass man sie nun entdeckte.

Es gelang ihr, den Deckel auch das letzte Stück wegzuschieben und sich daraufhin durch das Loch zu ziehen.

Eilig drehte sie sich um, platzierte den Deckel möglichst geräuschlos zurück an seinen Platz und setzte sich dann atemlos auf die kalten Fliesen.

Mit den Händen hinter ihrem Rücken ausgestreckt stützte sie sich auf und blickte erleichtert gen Decke, von der klebrige Spinnweben herabhingen. Ein paar Lichtstreifen drangen durch die Wandbretter neben der Stiege herein, sodass sie ausreichend von dem verstaubten Keller sehen konnte.

Für ein paar Augenblicke bewegte sie sich nicht von der Stelle, sondern genoss das Gefühl des Triumphes. Sie war nicht entdeckt worden. Larkin hatte keine Ahnung, dass sie sich in der Stadt befand.

Nachdem sie sich wieder beruhigt hatte, entzündete sie die Kerze mit einem Streichholz und umrundete ein paar herumstehende leere Kisten. In dem Kellerraum des Hutmachers gab es nicht viel Nützliches. Hier verstaute er lediglich die Dinge, die er nicht mehr brauchte, wofür er aber zu bequem war, um sie wegzuschmeißen. Stattdessen lagerte er Kissen, Stoffreste, alte Puppen und Kleider hier unten ein, um sie schließlich aus seinem Gedächtnis zu verbannen.

Morgan berührte im Vorbeigehen eine seidene Nachtrobe, die sich trotz der Staubschicht noch edel anfühlte. Hochwertiger Stoff.

Als sie die Treppe erreichte, achtete sie wieder auf jeden Schritt. Sie wusste, dass der Hutmacher auch um diese Uhrzeit noch Kunden empfing und sie wollte noch von niemand anderem außer ihm gesehen werden. Also schlich sie die Stiege nach oben und übersprang jede knarzende Stufe, an die sie sich erinnern konnte.

Sie hatte geglaubt, dass die Zeit, die sie fern von Yastia verbracht hatte, keinen Einfluss auf ihre Erinnerungen haben würde, aber sie hatte sich getäuscht. Schon nach acht Schritten trat sie auf eine Stufe, die morsch war und durch die sie beinahe mit ihrem Fuß einbrach. Im letzten Moment konnte sie ihr Gewicht noch anders verteilen und sich mit einer Hand an dem Holzgeländer festkrallen.

Die Kerze hielt sie noch immer fest, doch eine Wachsspur zog sich nun über ihre Haut und brannte unangenehm. Sie sollte besser aufpassen, damit sie die Hutwerkstatt nicht in Brand setzte.

Sie atmete ein paar Mal tief durch und horchte auf besondere Geräusche, die ihr verrieten, ob sie entdeckt worden war. Doch obwohl die Wände derart dünn und löchrig waren, drangen nichts weiter als schwache Lichtstreifen zu ihr hindurch. Vielleicht hielt sich der Hutmacher in seinem Atelier auf, das sich auf der anderen Seite des Hauses befand.

Als der aufgewirbelte Staub bereits in ihrer Nase kitzelte, setzte sie ihren Weg fort. Dieses Mal tastete sie sich bei jeder Stufe, bei der sie sich unsicher war, mit der Fußspitze vor, ehe sie ihr vollständiges Gewicht darauf verlagerte. So schaffte sie es bis ins Dachgeschoss. Dort endete die geheime Stiege hinter einem aufklappbaren Gemälde, das der Hutmacher allein für sie angebracht hatte. Das Bild zeigte eine pastorale Landschaft während der blühenden Jahreszeit und erinnerte an die grasbewachsenen Hügel in Vinuth.

Seufzend klappte sie das Gemälde wieder zurück, nachdem sie hindurchgetreten war, entzündete mit der Kerze einen dreiarmigen Messingleuchter, der auf einem runden Tisch stand, und pustete sie dann aus. Langsam durchmaß sie den engen Raum, der im Gegensatz zum Keller mit allerlei Möbeln zugestellt war. Ein paar davon waren von ihr jedoch noch regelmäßig gebraucht worden, da sie sich des Öfteren hierher zurückgezogen hatte, wenn es im Quartier der Wölfe wieder einmal zu gefährlich für sie geworden war. Nicht immer hatten sich die erhitzten Gemüter der anderen sofort beruhigt und sie hatte Abstand gebraucht. So war es oft gewesen, seit sie von Larkins Privathaus ins Quartier gezogen war …

Sie berührte das vergilbte Spitzendeckchen, die Teekanne aus blauem Ton und die schweren Brokatvorhänge, die die Aussicht aus dem einzigen Fenster verdeckten.

Ihren Mut zusammennehmend schob sie ihn zur Seite und blickte nach draußen in die Dunkelheit, die sich mittlerweile in den Ecken der Stadt eingenistet hatte. Regen prasselte an die unförmig geblasene Scheibe und verhinderte, dass sie viel mehr sehen konnte als die Silhouette des gegenüberstehenden Hauses. Dies wäre das einzige, auf dem sich keine Patrouillen befanden, da der Hausherr ein Abkommen mit Larkin geschlossen hatte. Larkin ließ ihn in Ruhe in seinem Gebäude sein Leben dahinfristen und im Gegenzug alarmierte er Larkin, wenn ihm etwas Ungewöhnliches auffiel.

Morgan lehnte ihre Stirn an die Scheibe, wie sie es schon oft getan hatte. Nur noch vage konnte sie sich an ihre erste Begegnung mit dem Hutmacher erinnern. Er schien schon immer da gewesen zu sein, seit sie Yastia das erste Mal betreten hatte. Seine Präsenz hatte ihr immer Hoffnung gegeben.

Wenn jemand, der so rau und grob aussah wie er, ein Hutmacher sein konnte, dann konnte doch auch sie alles sein, was sie wollte, oder nicht?

Sie glaubte, dass sie ihm das erste Mal in ihrer Straße begegnet war. Er hatte sie mit einem schmalen Lächeln im Blick behalten, während sie versucht hatte, drei Säcke Mehl ins Haus zu tragen. Nur einmal wagte sie es, ihn anzusehen und sie erkannte die schwarzen Runen auf seinen Händen und Fingern. Sie waren so eng beieinander gezeichnet, dass man kaum die Haut dazwischen sehen konnte. Wenn sie die Augen zukniff, sah es so aus, als würden sie sich über seine Hände bewegen und eine Kette bilden, die eine Geschichte erzählte.

Eilig hatte sie ihren Blick abgewandt und er hatte ihr nicht geholfen. Letztlich hatte sie diese Aufgabe allein bewältigt, was dem Zorn, den sie ihm gegenüber für seine Untätigkeit empfunden hatte, den Nährboden genommen hatte.

Von da an sah sie ihn immer wieder, bis sie sich dazu überwand, ihn zu grüßen und seine Nähe zu suchen, obwohl sie seinen Gehstock immer mit großem Argwohn besah. Sie wusste, dass dies eine schlimmere Waffe als ein Dolch sein konnte, wenn man sie richtig beherrschte, doch es schien, als wäre ihr Misstrauen vollkommen unbegründet. Nie hatte er ihr einen Anlass gegeben, an ihm und seiner Freundlichkeit zu zweifeln. Er kochte für sie, bot ihr einen Zufluchtsort, von dem Larkin nichts ahnte, und hörte sich ihre Sorgen an. Niemals mischte er sich in Angelegenheiten ein, die ihn nichts angingen. Niemals bat er Larkin um einen Handel. Er lebte, arbeitete und wohnte in diesem Gebäude. Mehr brauchte er anscheinend nicht.

Sie zog sich zurück, schob den Vorhang an seinen Platz und löste die Kordel ihres Umhangs. Mit einem leisen Rascheln fiel er zu Boden, wo sie ihn aus Faulheit liegen ließ. So etwas würde ihr Larkin nie erlauben, den Hutmacher schien diese Verhaltensweise jedoch stets zu amüsieren.

Nachdem sie eine Weile auf dem klapprigen Stuhl gesessen und vor Erschöpfung ins Nichts geblickt hatte, stieg ihr ein allzu bekannter Geruch in die Nase. Ein Lächeln erschien auf ihren zerbissenen Lippen und sie erhob sich prompt, um die zweite Treppe, die nicht geheim war, nach unten zu gehen.

In ihrem Bauch flatterte es vor Erwartung und Freude und sie konnte sich kaum zurückhalten, sodass sie schließlich in die hell erleuchtete Küche stürzte. Sie hielt nach zwei Schritten inne und sog den Anblick ihres Freundes in sich auf.

In den wenigen Monaten ihrer Abwesenheit war er gealtert. Doch anstatt sich auf seinem schwarz glänzenden Stock aufzustützen, stand er am Herd und rührte in dem Kanincheneintopf herum, den sie von oben gerochen hatte. Ihre Lieblingsmahlzeit, die er allein für sie kochte.

Tränen stiegen in ihre Augen, als sie seinem wissenden Blick begegnete. In dem Schein des kleinen Leuchters sah sie die Furchen, die schon bei ihrer ersten Begegnung vorhanden gewesen waren, sowie die blasse, kreisrunde Narbe an seiner Schläfe. Einmal hatte sie ihn gefragt, mit welcher Art von Waffe ihm diese hinzugefügt worden war, doch er war ihr bis heute eine Antwort schuldig geblieben. Obwohl er ein Hutmacher war, hatte sie ihn noch nie selbst einen Hut tragen sehen. Deshalb war seine ungezähmte weiße Mähne auch jetzt keine Überraschung.

Er drehte sich nun vollständig zu ihr um und breitete die Arme aus. Sie zögerte nur eine Sekunde, dann nahm sie die Einladung an und vergrub sich in diese wärmende Umarmung.

»Du bist es wirklich«, flüsterte er mit dieser rauen Stimme an ihrem Haar und sie spürte die Enden seines gezwirbelten grauen Bartes an ihrer Schläfe.

Seine Hand strich über ihren Kopf und es fühlte sich für einen Wimpernschlag wirklich so an, als wäre er ihr Vater und sie wäre zu ihm nach Hause gekommen.

Zusammen mit diesem Gefühl schüttelte sie seine Umarmung ab.

»Woher wusstest du, dass ich hier bin?«, fragte sie, nachdem sie sich geräuspert hatte. Sie wandte sich von ihm ab, damit er ihr nicht die widerstreitenden Gefühle vom Gesicht ablesen konnte. Darin war er ein wahrer Meister.

»Ich kenne mein Haus, kleine Wölfin.« Sie hörte das Lachen aus seinen Worten. »Sind das Hackebeile an deinem Rücken?«

Abwesend strich sie über die Halterung. »Ich hatte sie ganz vergessen. Tut mir leid, ich weiß, wie du zu Waffen in deiner Hutmacherei stehst.«

»Vergiss die Waffen, kleine Wölfin. Du lebst!«, rief er aus und riss die Arme in die Höhe, als sie beide gleichzeitig das Überkochen des Eintopfes hörten. Eilig wandte er sich dem Herd zu, während sie sich kopfschüttelnd der Halterung entledigte.

Wieso hielt sie noch an den Beilen fest, die Aithan ihr angefertigt hatte? Ja, sie waren wunderschön, aber sie erinnerten sie bloß an ihre gemeinsame Zeit und an den tiefen, tiefen Schmerz.

Nachdem sie sich an den länglichen, massiven Tisch gesetzt hatte, wurde sie von dem Hutmacher bedient. Er servierte ihnen den Eintopf in seinen bunten Keramikschüsseln, schob ihr ein Brett mit geschnittenem, weichem Brot zu und goss ihnen beiden einen rot glänzenden Wein ein.

Sie hatte zwar bereits vor einer Stunde gegessen, aber ihr Leibgericht konnte sie nicht ablehnen, auch wenn ihr der Hutmacher dies nicht übel genommen hätte. Er war noch nie böse auf sie gewesen, nahm sie hin, wie sie war, und lachte, wenn sie sich entschuldigte.

»Wie ich sehe, hast du noch immer nichts gegen deinen scheußlichen Aufzug getan«, kommentierte Morgan die blassblauen Rüschen an seiner alten Anzugjacke.

Er lachte bellend wie ein Bär, der unter einem Hustenanfall litt. »Was ist passiert, kleine Wölfin?«

Sie presste die Lippen zusammen und legte den Löffel zur Seite. Langsam lehnte sie sich in dem Sitz zurück. »Ich bin mir nicht sicher, ob ich noch eine Wölfin bin, Hutmacher.«

Hutmacher, wie heißt du?

Sind Namen wichtig?

Natürlich. Sie bedeuten, wer du bist.

Falsch. Sie stecken bloß Grenzen und geben dir eine Ausrede, sie nicht zu durchbrechen.

Nie hatte sie ihn besser verstanden als in diesem Augenblick. Sie hasste ihren Namen. Hasste jeden Namen.

»Du wirst immer eine Wölfin sein«, versprach er ihr, als stünde dies wahrlich in seiner Macht. Er beugte sich vor und umfasste ihre Hand mit seiner. Die Tattoos stachen auch in diesem dämmrigen Licht scharf hervor, aber sie verhinderten nicht, dass sie erkannte, wie knochig er geworden war. »Sag mir, was geschehen ist.«

Nickend erwiderte sie den Griff seiner Hand, dann wandte sie ihren Blick ab und begann, ihm von Thomas und ihrem letzten Auftrag zu erzählen. Der Auftrag mit dem idrelischen Kunstliebhaber, der alles ins Rollen und sie schließlich ins Gefängnis gebracht hatte. Sie berichtete ihm von dem Verrat, Erik und Jeriah, ihrem Überlebenskampf in Pelia und ihrer Begegnung mit dem vergessenen Prinzen. Auch den Gott ließ sie nicht unerwähnt, obwohl der Hass ihre Seele dunkel färbte und die schlummernde Knochenhexe weckte. Aber etwas stieß die Hexe ab und für den Moment ließ sie Morgan in Frieden.

»Es gibt keinen Grund, Tränen zu vergießen«, sagte der Hutmacher, nachdem sie mit einem letzten, zittrigen Atem geendet hatte. Mit seiner freien Hand strich er über ihre feuchten Wangen und wartete geduldig, bis sie sich beruhigt hatte.

»Wie du siehst, bin ich weit … sehr weit vom Weg abgekommen.«

»Und was hast du jetzt vor?«

»Willst du nicht erst deinen Kommentar zu den Geschehnissen abgeben? Interessiert es dich denn gar nicht, dass ich dem vergessenen Prinzen *und* einem verwunschenen Gott begegnet bin?« Sie entzog ihm ihre Hand, da sie plötzlich nicht mehr still sitzen konnte, und so sprang sie auf, um die geräumige Küche mehrmals zu durchqueren. »Es hört sich alles so … absurd an. Kannst du mir überhaupt glauben? Vielleicht habe ich ja alles nur geträumt …«

»Die Knochenhexe ist noch immer bei dir, nicht wahr?« Er betrachtete sie eingehend und hielt den Stock, nach dem er zuvor gegriffen hatte, fest umfasst. Zögerlich nickte sie. »Dann hast du deine Antwort: Du hast es nicht geträumt.«

»*Ich* weiß es, aber du kannst ihre … Anwesenheit nicht spüren. Also wieso glaubst du mir?« Sie blieb direkt neben dem wärmenden Ofen stehen. Ihr war gar nicht bewusst gewesen, wie kalt sie sich fühlte.

»Ich habe dir immer geglaubt«, antwortete er, ohne mit der Wimper zu zucken, und da wusste sie, dass sie bloß nach einem Grund suchte, um einen Streit anzuzetteln. Er hatte recht. Nicht ein Mal hatte er ihr Wort angezweifelt. Nicht ein Mal hatte er sie der Lüge bezichtigt, als sie von Larkin und seinen neuesten Foltermethoden berichtete. Nicht ein Mal …

»Ich kann nicht …« Sie barg das Gesicht in ihren Händen, versuchte sich zu sammeln, obwohl in ihrem Inneren ein derartiger Aufruhr herrschte. Hatte sie wirklich angenommen, sie würde hier in Yastia die Ruhe finden, die sie benötigte, um ihre Ziele zu erreichen? Wie lächerlich.

»Während der Zeremonie wurde wieder nur eine begabte Bluthexe gefunden«, drang die dunkle Stimme des Hutmachers zu ihr durch. »Einen Tag später erließ der König ein Dekret, das besagt, dass jede praktizierende Bluthexe gemeldet werden muss, damit sie in den Dienst der Monarchie gestellt werden kann.«

Zunächst senkte sie verwirrt ihre Hände, weil sie nicht wusste, warum er plötzlich das Thema gewechselt hatte, bis sie erkannte, dass er sie ablenken wollte. Er wollte ihr Zeit geben, sich zu sammeln, aber gleichzeitig schenkte er ihr etwas, über das sie nachdenken konnte, ohne zu verzweifeln.

»Aber Cardea …« Der Hutmacher war der Einzige, dem sie von ihrer Arbeit als Heilerin erzählt hatte, und er hatte ihr nie Grund gegeben, dies zu bereuen.

»Ihr ist nichts geschehen. Noch nicht.« Er nickte, wie um seine Worte zu bekräftigen. »Ich habe auf sie achtgegeben, aber die Gemüter sind erhitzt. Jeder begegnet jedem mit Misstrauen.«

»Wieso? Niemand bringt dem Dux Aliquis große Sympathien entgegen und jeder muss wissen, dass der König nur seinetwegen das Dekret erlassen hat.« Stirnrunzelnd kramte Morgan in ihren Erinnerungen nach einem Grund, konnte aber nichts finden.

»Es wurde ein Kopfgeld ausgesetzt für jede gefundene Bluthexe«, sagte der Hutmacher ruhig und zwirbelte seinen Schnurrbart. »Und du weißt, dass die kalte Jahreszeit bereits auf die Bevölkerung lauert.«

»Verstehe.« Sie stützte sich auf der Lehne eines Stuhls auf. »Es sollte mich nicht wundern.«

»Auf die menschliche Gier ist immer Verlass.« Er hob eine Schulter, als hätte er schon lange Zeit damit aufgehört, sich darüber aufzuregen, und vielleicht stimmte dies sogar.

Morgan ließ sich seine Worte einen Moment durch den Kopf gehen und stutzte. »Du hast auf Cardea geachtet? Dann weißt du auch von …«

»Thomas? Ja.« Er massierte sein Kinn, wich ihrem Blick allerdings aus. »Ich kann dir dazu nicht die Antworten geben, auf die du hoffst, kleine Wölfin. Da bist du auf dich allein gestellt.«

Sie versuchte, sich ihre Enttäuschung nicht anmerken zu lassen. Es wäre auch zu schön gewesen, wenn sie das Geheimnis um diese verwirrende Beziehung sofort hätte aufdecken können.

»Was ist noch während meiner Abwesenheit passiert? Mit den Wölfen.«

»Ehrlich gesagt …« Seufzend erhob sich der Hutmacher und kratzte sich am Hinterkopf, der von seinen gekräuselten Haaren überwuchert war. »Larkin war außer sich, nachdem er erfahren hat, dass du gefangen genommen worden bist. Ich habe vieles erst im Nachhinein erfahren, aber so viel steht fest: Er hat getobt.«

»Und trotzdem hat er nichts getan«, entgegnete Morgan fest und mit einer Prise Enttäuschung, die sie sich selbst am wenigsten eingestehen wollte.

»Oh, er wollte … Aber er konnte nicht, weil ihm sein Auftraggeber nur eine Möglichkeit gab, seine Gunst zu erlangen, nachdem du versagt hattest. Er gehorchte und der Moment verstrich. Du wurdest zu den Minen gebracht.« Er sammelte die Schüsseln ein und stellte sie in das Wasserbecken. »Und dann erfuhr er von deinem Tod.«

Kapitel · 6

Morgan riss die Augen auf. »Was …? Wie?«

»Er schickte jemanden nach Pelia, um dich zu befreien, und dort teilte man ihm mit, dass du geopfert worden seist«, antwortete der Hutmacher ruhig.

»Um mich zu befreien? Wohl kaum. Er wollte wahrscheinlich das Diebesgut zurück, nachdem ihm klar geworden ist, dass ich es noch immer besitzen musste.«

Das war die einzige Erklärung, die in ihren Augen Sinn ergab. Larkin hatte noch nie einen Schmuggler aus Pelia oder einem der außerhalb der Stadt liegenden Gefängnisse befreit. Daraus hatte sich auch ihre Angst ergeben, dass er ihr einen Assassinen auf den Hals hetzen würde – aber auch dafür war sie ihm zu unwichtig gewesen.

»Wenn das so ist, wieso hat er dann angeblich das gesamte Minenlager zerstört?«, entgegnete der Hutmacher vorsichtig.

Morgan hielt in der Bewegung inne, über die behelfsmäßig verbundene Verletzung an ihrem Unterarm zu streichen, als die Bilder von Pelia auf sie niederprasselten. Leichen über Leichen. Die Kommandantin ans Bett gefesselt. Jedes Leben ausgelöscht.

»Ich kann das nicht glauben« wisperte sie. »Ja, seine Investition in mich war verschwendet, aber das erklärt nicht sein Bedürfnis nach dieser Art von … Rache.«

Ein Kloß setzte sich in ihrem Hals fest, als der Strom an Bildern nicht abriss und er sich immer und immer wieder vor ihrem inneren Auge widerholte. Larkins Verhalten wirkte vollkommen überstürzt und sinnfrei. Noch nie hatte sie ihn derart die Beherrschung verlieren sehen. Jede Entscheidung war kalkuliert und kühl. Es gab immer alles zu bedenken und jede Handlung zog eine Konsequenz nach sich.

»Vielleicht gibt es etwas, das wir nicht wissen?« Der Hutmacher tätschelte ihre Wange. »So oder so, er ist gestern wieder zurückgekommen. Muss geritten sein wie ein Wilder.«

Morgan erinnerte sich, dass sie für die Reise nach Pelia knapp zehn Tage gebraucht hatten. Mit einem Pferd konnte man die Strecke deutlich schneller hinter sich bringen. Dann schüttelte sie den Kopf wegen dieses unwichtigen Gedankens. Larkin hatte ein ganzes Lager zerstört! Er hatte Gertha und Missa auf dem Gewissen! Ganz gleich, ob er es getan hatte, um ihren Tod zu rächen, er brachte immer und immer wieder Tod und Zerstörung mit sich.

»Ich hätte mit allem gerechnet, nur nicht damit«, sagte sie nach einer Weile, nachdem sie die Erkenntnis verdaut hatte. »Und hier dachte ich, *ich* hätte die unglaublichsten Neuigkeiten.« Sie zwang sich zu einem Lachen, das seltsam hohl in ihren eigenen Ohren klang.

»Ich finde nicht, dass Larkin deinen verwunschenen Gott in den Schatten stellt«, entgegnete der Alte und stützte sich mit beiden Händen auf dem silbernen Griff seines Gehstockes auf. »Also, was hast du jetzt vor?«

»Ich muss einen Weg in den Palast finden, weil ich das Gefühl habe, nur dort die Antworten zu finden, nach denen ich suche«, sagte sie langsam, gedanklich noch nicht ganz bei der Sache. »Mich ungesehen hereinzuschleichen, würde allerdings nicht reichen. Ich werde Zeit brauchen, mich umzusehen.«

Der Hutmacher presste für einen Moment seine Lippen zu einer blassen Linie zusammen. Die Zwirbel seines Schnurrbartes zitterten.

»Ich hätte da eine Idee.«

Wieder beruhigter lehnte sie sich mit der Hüfte gegen die Küchenzeile und verschränkte die Arme. »Lass hören, Hutmacher.«

»In ein paar Tagen beginnen die Festlichkeiten zum neunjährigen Bestehen des Königreiches. Das Fest wird fünf Tage andauern und zum ersten Mal hat der König den Circus aus Drarath eingeladen.« Er ließ sich wieder auf dem Stuhl nieder, sodass Morgan dazu gezwungen war, sich ebenfalls hinzusetzen, wenn sie nicht gegen seinen Hinterkopf reden wollte.

»Du meinst also, ich soll mich so verkleiden, als würde ich dazugehören? Sie würden mich entdecken …«

»Nein, nein, nein, kleine Wölfin. Du wirst wie jede andere sein.« Er nickte mehrmals bekräftigend. »Sie sind heute angekommen und mussten ihr Lager gerade vor der Stadt aufschlagen. Zufälligerweise kenne ich eine ihrer Bauchtänzerinnen, die sich ganz hervorragend als deine Mentorin eignen würde.«

»Zufällig, hm?« Morgan verdrehte lächelnd die Augen. »Ich hätte niemals deine Vorstellungskraft anzweifeln sollen.«

»Das sehe ich genauso. Ich werde ihr noch heute Abend eine Nachricht zukommen lassen. Für dich brauchen wir allerdings eine neue Garderobe, damit du dich auch problemlos einfügen kannst. Ja, ich denke, ich werde dich morgen zu Madam Elvira bringen.«

»Madam Elvira?«, wiederholte Morgan schwach und hob die Brauen. »Sie hat hoffentlich nicht deinen Anzug geschneidert.«

Der Hutmacher strich selbstbewusst über sein Revers, das mit Rüschen besetzt war. »Tatsächlich war dies ihre erste Kreation. Ich gebe zu, dass dies nun schon ein paar Jahrzehnte her ist.«

Morgan lachte leise und erschrak beinahe selbst darüber. Das Geräusch klang so fremd und angsteinflößend.

Freude – sie hatte geglaubt, ihr nie wieder zu begegnen, aber hier war sie. Ja, es war die beste Entscheidung gewesen, den Hutmacher aufzusuchen.

Gähnend schloss sie die Augen.

»Du ruhst dich jetzt in deinem Zimmer aus und ich kümmere mich um den Rest, einverstanden?« Er sah sie mit so viel Zuneigung an, dass sie ihm in diesem Moment nichts abschlagen konnte. Behutsam erhob sie sich vom Stuhl und wandte sich dem Ausgang zu. »Was ist mit deinen Beilen?«

Als Morgan sich zu dem Hutmacher drehte, griff er nach der Halterung, um ihr diese hinzuhalten. Sie zögerte nur einen Wimpernschlag, bevor sie den Kopf schüttelte.

»Ich brauche sie nicht mehr.« Sie verließ die Küche und damit auch die letzte Verbindung, die sie zu Aithan gehabt hatte.

Am nächsten Tag stand sie in einem mit kirschfarbenen Vorhängen abgetrennten Bereich und drehte sich auf dem kreisrunden Podest erst nach links, dann nach rechts. Madam Elvira schnalzte mit der Zunge, als sie den halb nackten Körper ihrer Kundin näher betrachtete.

Der Hutmacher hatte sie einander vor einer halben Stunde vorgestellt und darum gebeten, Morgan vollkommen zufriedenzustellen. Das Flirten zwischen den beiden war kaum zu ertragen gewesen. Sie hätte sich nicht gewundert, wenn der Hutmacher die korpulente Schneiderin in die nächste Kabine gezerrt hätte, um sich über sie herzumachen.

»So einen Busen!«, rief Madam Elvira aus und legte eine Hand an ihr schwammiges Kinn. »Frauen würden dafür töten und Ihr versteckt ihn unter diesen fürchterlichen Tuniken.« Ihr angewiderter Blick richtete sich auf das waldgrüne Kleidungsstück, das Morgan über die Lehne des Stuhls geworfen hatte.

»Für mich gibt es keine Gelegenheiten, mich … anders zu präsentieren«, wehrte sich Morgan, um von ihren dunkelroten Wangen abzulenken. Sie wich ihrem Spiegelbild aus und bedachte die Schneiderin mit einem düsteren Blick.

Eine Hand an ihre graue Turmfrisur gelegt, schüttelte sie erneut den Kopf, dann verschwand sie hinter Morgans Rücken und die dreihundert Stofflagen ihres aufwändig hergestellten Kleides raschelten beim Gehen. Morgan hoffte inständig, dass nicht auch sie sich in etwas Derartiges quetschen musste.

»Eure Figur ist fraulich genug, auch wenn Ihr etwas klein geraten seid, aber das kriegen wir schon hin«, dachte Madam Elvira weiterhin laut. »Ihr stammt aus Vinuth? Schönes Land, schönes Land.« Sie wartete keine Antwort ab, sondern klatschte in die Hände, woraufhin zwei Frauen zwischen den Vorhängen hervorkamen und den Anweisungen ihrer Herrin lauschten. Die ältere Dame kümmerte sich um Morgans Maße, während das junge Mädchen nach diversen Stoffbeispielen suchen sollte.

Morgan breitete ihre Arme aus und ließ die Prozedur nur aus einem Grund über sich ergehen – dadurch würde sie in den Palast gelangen.

Ein kalter Windzug ließ sie erzittern, da sie nichts weiter als ihre Unterwäsche trug. Madam Elvira kehrte gerade von einer anderen Kundin zu ihr zurück.

»Von nichts anderem können sie mehr reden, als von dem attraktiven Herzog aus Leistia«, beschwerte sie sich lautstark. Das junge Mädchen zeigte ihr gleichzeitig einen Stoffabschnitt nach dem anderen und Elvira ließ diese nach kurzer Betrachtung zu Boden fallen. »Nein, nein, nein. Ah, das hier. Nein. Und nein.«

»Was für ein Herzog?«, fragte Morgan, als die ältere Gehilfin das Maßband um ihre Taille legte, um sich die Nummer daraufhin auf einem Block zu notieren. Morgan bemerkte, dass ihr Blick immer wieder von den Narben auf ihrem Körper angezogen wurde, aber sie sagte nichts.

Madam Elvira winkte ab und ließ dabei ein weiteres Stoffquadrat fallen. »Ach, irgendein Tunichtgut, der allein für die Feierlichkeiten angereist ist. Ich sollte mich nicht beschweren, dadurch habe ich zu dieser Zeit mehr Kundinnen als sonst. Jede will für ihn und die Delegation aus Drarath bestmöglich aussehen.«

Morgan hatte nicht gewusst, dass eine ganze Delegation erwartet wurde und sie ahnte nichts Gutes. Wieso beschäftigte sich der König mit den Ländern auf dem anderen Kontinent, wenn er sich lieber um seine eigene Bevölkerung kümmern sollte? Wenn Morgan Aithan nicht den Wunsch gestohlen hätte, wäre jetzt alles anders? Sie konnte sich zu gut vorstellen, wie er sich mit einer Armee aus Magie und Kriminellen nach Yastia schritt.

»Der Hutmacher sagte mir, dass Ihr zu den Kleidern einer Bauchtänzerin auch ein Ballkleid benötigt?«, erkundigte sich Madam Elvira und trat direkt vor Morgan, sodass diese den Blick aus den silbernen Augen einfangen konnte. Eine gewisse Ernsthaftigkeit konnte Morgan das erste Mal in ihnen entdecken, als wäre Madam Elviras Arbeit wirklich etwas, das diesen Ernst hervorrief.

»Ja.« Morgan stockte und betrachtete sich im Spiegel. Ihr langes, fast schwarzes Haar, das sie gestern endlich hatte waschen und schneiden können, die hohen Wangenknochen und das spitze Kinn … sie hatte sich verändert, war erwachsener geworden. »Etwas Skandalöses«, wisperte sie aus einem Impuls heraus.

Madam Elvira klatschte in die Hände. »Oh, Ihr seid ganz nach meinem Geschmack, Herrin. Und es wird perfekt zu Eurer anderen Kleidung passen.«

»Eines noch«, bat Morgan, als sich die Schneiderin bereits abwandte. »Ich bräuchte Schleier für das Kostüm der Bauchtänzerin und eine Maske, die ich am besten jetzt schon haben müsste.«

»Kein Problem, kein Problem. In welcher Farbe soll die Maske sein?«

Morgan betrachtete ihr eigenes Gesicht, das Grün ihrer Augen. »Schwarz reicht aus.«

Der Tag verging allein damit, dass Morgan allerlei Varianten des Ballkleides anprobierte, bis Madam Elvira voller Zufriedenheit erklärte, dass sie genug Inspiration gesammelt hatte. In zwei Tagen würde sie fertig sein – dank der großzügigen Spende des Hutmachers.

Die schwarze Maske fest umschlossen trat sie nach draußen in den Nieselregen. Ein Mann mit Hut rempelte sie beinahe an und sie konnte gerade noch einen Schritt zurückweichen. Sie ballte ihre freie Hand zu einer Faust, fühlte die Knochenhexe in ihr und war fast bereit nachzugeben, um Rache an diesem rücksichtslosen Bürger zu üben. Doch auch dieses Mal gewann Morgan den Kampf, atmete tief durch die Nase ein und zog die Kapuze ihres Umhangs hoch, bevor sie ihre Maske aufsetzte.

Die Dunkelheit setzte allmählich ein, wodurch sie sich perfekt in der Stadt bewegen konnte, ohne von den Wölfen entdeckt zu werden. Fast wie um das Schicksal herauszufordern, suchte sie ein weiteres Mal Cardeas Näherei auf. Sie wollte mit ihrer Freundin reden, *brauchte* ihren Rat, aber das Bild von ihr und Thomas ließ Morgan nicht los.

Während sie durch die gepflasterten Straßen schritt, fühlte sie, wie die Anspannung der letzten Tage von ihr abfiel. Hier war sie zu Hause, wenn schon nicht im Quartier der Wölfe. In Yastia kannte sie sich aus, konnte sich so lautlos wie ein Geist bewegen und eins mit den Schatten werden. In Vadrya, wo sie nichts als Wald umgeben hatte, da war sie nur von Zweifeln geplagt worden. Nichts hatte sich mehr richtig angefühlt.

Nichts, bis auf Aithan.

Sie schüttelte den Gedanken an ihn ab und bog an der nächsten Kreuzung ab, wo sie prompt zum Stehen kam. Von ihr abgewandt standen drei Männer, die mit Knüppeln und geriffelten Messern eine Frau bedrohten. Eine Frau, die eine spitzenbesetzte Maske und eine braune Perücke trug.

Es gab nur eine Person, von der Morgan wusste, dass sie eine derartige Verkleidung nutzte.

Cardea. Und sie war in Schwierigkeiten. Offensichtlich hatte sie sich auf dem Weg von oder zu einer Heilung befunden und war von den Männern abgefangen worden.

»Dein Kopf bringt uns ein hübsches Sümmchen ein«, sagte gerade einer von ihnen, da sie Morgans Anwesenheit noch nicht bemerkt hatten. Sie hatten sich die richtige Straße für einen Überfall ausgesucht, da weißer Nebel von dem Kanal hinter Cardea aufstieg und das spärliche Licht der Straßenlaternen verschluckte. Links und rechts gab es bloß verbarrikadierte Fenster. Niemand würde sich in diese Gegend begeben, wenn es sich vermeiden ließ. Nur Morgan war es gleich, welchen Weg sie einschlug. Sie konnte sich gegen jede Gefahr wehren – aber nicht Cardea.

Der Mann mit dem Holzknüppel preschte als Erster vor und versuchte, Cardea mit einer Hand zu ergreifen. Anscheinend nahm er sie nicht sonderlich ernst, sonst hätte er direkt Gebrauch von seiner Waffe gemacht. Cardea blieb möglichst lange stehen, dann – als ihr Angreifer nicht mehr würde ausweichen können – wirbelte sie herum und zog ihm mit einem Fuß das rechte Bein weg. Er fiel auf den feuchten Boden und stöhnte laut, während der Knüppel klappernd aus seiner Hand fiel.

Die anderen beiden Männer warfen sich einen kurzen Blick zu, wie um sich abzusprechen, dann griffen sie Cardea gleichzeitig an und Morgan konnte sich nicht länger zurückhalten. Ganz gleich, wie wütend sie gerade auf Cardea war, sie würde ihre Freundin nicht im Stich lassen.

Mit einer fließenden Bewegung zog Morgan einen Dolch aus der Scheide an ihrem Gürtel und sprintete auf die Angreifer zu. Sie stieß absichtlich einen Kampfschrei aus, damit sie sich irritiert zu ihr umdrehten.

Cardea konnte einen Moment durchatmen und Morgan verpasste dem Mann, der ihr am nächsten stand, einen Schlag mit dem Heft gegen das Kinn. Während er nach hinten stolperte, kümmerte sie sich bereits um seinen Freund. Dieser hatte seine Überraschung bereits verarbeitet und konnte ihrer ersten Angriffsstafette problemlos ausweichen. Er blockierte gerade ihre rechte Faust, als ein gemeines Lächeln auf seinen zerbissenen Lippen erschien. Sofort duckte sie sich und entging dabei dem Schlagstock des anderen Angreifers, der sie von hinten hatte überraschen wollen.

»Nicht so schnell«, presste sie hervor, durchtrennte ihrem Gegenüber mit der Klinge die Sehnen seiner Kniekehle.

Als er zu ihrer Genugtuung vor Schmerzen aufschrie und dabei eine Reihe goldener Zähne offenbarte, grinste sie überlegen. Kein Wunder, dass er das Kopfgeld brauchte, wenn er jährlich einen neuen Goldzahn benötigte. Er klappte in sich zusammen und Morgan wandte sich ab.

Cardea wehrte sich tapfer gegen einen der Männer, den sie auf den Boden befördert hatte, sodass sich Morgan des hinterhältigen Gauners entledigen konnte. Es stellte sich heraus, dass dieser nicht ganz so geübt in Nahkampftechniken war wie sein Freund. Sie schlug ihn mit ihrem Ellbogen gegen die gebogene Nase und setzte mit ihrem Knie in seinen Magen nach, wodurch er ein paar Schritte zurücktaumelte. Blut spritzte über sein Gesicht und er spuckte aus, was sein Fehler war. Er unterschätzte sie abermals und seine Unaufmerksamkeit strafte sie nur einen Moment später. Sie setzte nach und ließ das Heft ihres Dolches gegen seine Schläfe niedersausen und packte gleichzeitig sein langes mausbraunes Haar. Da er offensichtlich keine Schmerzen dieser Art gewohnt war, wehrte er sich nicht länger, stöhnte auf und hieß den nächsten Schlag beinahe willkommen. Er war zwar nicht bewusstlos, doch er sackte zu Boden und widmete sich wie eine verwundete Katze seinen Verletzungen. Er war kein Problem mehr.

Morgan, die nicht einen ordentlichen Schlag eingesteckt hatte, wandte sich zu Cardea um. Ihr Puls raste und der Kampf spülte jedweden schweren Gedanken aus ihrem Verstand. *Das* hier fühlte sich befreiend an.

Als sie Cardea zu Hilfe eilen wollte, hörte sie das schrille Pfeifen der Stadtwache. Der einzige Mann, der noch aufrecht stand, warf ihnen nacheinander einen Blick zu, dann entschloss er sich, davonzurennen, anstatt die Chance auf das Kopfgeld zu wahren.

»Wir müssen auch von hier weg«, rief Morgan, steckte den blutigen Dolch ein und packte die Bluthexe grob an der Hand. Sie zog diese in die entgegengesetzte Richtung, aus der das Pfeifen erklungen war.

Gemeinsam rannten sie durch enge Gassen und überfüllte Straßen, bis sie sich sicher waren, nicht verfolgt worden zu sein.

Unter dem Dachvorsprung einer geschlossenen Schenke hielten sie schließlich inne und rangen nach Atem. Morgan war vom Regen vollkommen durchnässt, aber in ihren Adern pumpte das Leben. Sie fühlte sich frei und stark und unbesiegbar. Dieses Mal hatte es jedoch nichts mit der Knochenhexe, sondern allein mit ihr selbst zu tun.

Cardea stützte sich auf ihren Oberschenkeln ab, während der Regen von ihrem schwarzen Regenmantel herabperlte. Erst jetzt fiel Morgan auf, dass sie in Hosen gekleidet war. Etwas, das Cardea in ihrer Gegenwart noch nie getan hatte.

Schließlich richtete sich die Bluthexe auf und blickte Morgan direkt an.

Es machte keinen Unterschied, dass Morgan die Kapuze tief ins Gesicht gezogen und die Maske aufgesetzt hatte, ihre Freundin hatte sie erkannt. Vorsichtig tat sie einen Schritt auf sie zu und als Morgan sich nicht wegbewegte, schlang sie die Arme um sie.

»Du bist es wirklich. Oh ihr Götter, habt Dank«, wimmerte Cardea an Morgans Schläfe, bevor sie ihr die Kapuze von ihrem Kopf zog.

Morgan ließ jedoch nicht zu, dass sie ihr die Maske abnahm und wich zurück. Das ließ Cardea zwar in ihrer Euphorie innehalten, aber schon einen Augenblick später vergaß sie die Zurückweisung und zog ihre eigene Maske aus. »Was ist passiert? Ich dachte, du bist tot!«

»Es ist eine sehr lange Geschichte«, sagte Morgan, plötzlich heiser. Sie befeuchtete ihre Lippen, weil die Nervosität in ihr anstieg. Obwohl sie Cardea hatte aufsuchen wollen, wusste sie nun nicht, was sie sagen sollte. »Ich wurde hereingelegt. Jemand hat mich verraten, als ich im Palast war. Und ich bin mir ziemlich sicher, dass Thomas dahintersteckt.«

Ihre linke Hand ballte sich zu einer Faust, als sie den Schmerz des Betrugs in ihrem Herz aufflackern spürte.

»Thomas?«, rief Cardea atemlos und Entsetzen zeichnete sich in ihrem Gesicht ab.

»Du erinnerst dich doch noch an den Grund, warum ich den letzten Auftrag bekommen habe, oder nicht?«

»Natürlich, aber …«

»Thomas hat einen Fehler begangen, den er normalerweise unter allen Umständen vermieden hätte«, rief Morgan ihr nochmals in Erinnerung, weil sie sehen konnte, wie sehr die Vermutung Cardea schockierte. Glaubte sie etwa nicht, dass ihr Geliebter zu so etwas fähig wäre? »Er hat Larkins Ruf geschädigt, weißt du noch? Es war seine Absicht zu versagen, weil er wollte, dass Larkin mir den Auftrag gibt, um mich ein für alle Mal loszuwerden.«

Morgan hatte sich so in Rage geredet, dass sich ihr Speichel mit dem Regen vermischte. Wütend wischte sie sich mit dem Handrücken den Mund ab und atmete heftig ein und wieder aus.

»Morgan, ich denke wirklich, dass du mit ihm reden solltest.« Cardea berührte Morgan am Unterarm, doch diese schüttelte ihre unwillkommene Berührung ab.

»Warum? Es ist doch kristallklar, oder nicht?« Natürlich war es das für Morgan noch lange nicht, bis sie Thomas nicht dazu gebracht hatte zu gestehen. Aber darum ging es in ihrem Streit gerade nicht. »Oder hast du dich von ihm so blenden lassen, dass du ihm einfach vergibst? Plötzlich hat sich seine Grausamkeit in Charme verwandelt?«

Cardea erbleichte und wich einen Schritt zurück, ihre Hände halb erhoben, als würde sie sich vor der Wahrheit schützen wollen. »Du … weißt es?«

»Ich habe dich gestern mit ihm gesehen.« Morgan spuckte aus. »Er muss ein verdammt guter Küsser sein, dass du vergessen kannst, was er getan hat. Alles, was er zu mir gesagt hat …« Ihre Stimme brach. Erst jetzt spürte sie das gesamte Ausmaß ihrer Enttäuschung, die sich in dem Moment in ihr eingenistet hatte, als sie Thomas und Cardea zusammen gesehen hatte.

»Du verstehst das nicht.«

»Dann erkläre es mir!«, schrie Morgan ihre Freundin so an, wie sie es noch nie zuvor gewagt oder für nötig gehalten hatte. Redete sie denn gegen eine Wand? Verstand Cardea denn nicht, was sie mit ihrem Verhalten in ihr auslöste? »Bitte, denn du hast recht, gerade jetzt verstehe ich überhaupt nichts mehr.«

»Morgan …« Cardea überbrückte den Abstand zwischen ihnen erneut, um Morgans Hände in ihre zu nehmen. »Ich … Ich kann es dir nicht sagen. Verzeih mir, aber du musst … du musst mit Thomas reden, bitte.«

Morgan entzog ihr ihre Hände und betrachtete sie voller Abscheu. »Ich habe genug vom Reden.« *Nur noch einen Moment. Reiße dich noch einen Moment zusammen, dann darfst du zerbrechen.* »Wenn irgendwo in dir noch meine Freundin steckt, dann wirst du niemandem von meiner Anwesenheit in Yastia erzählen.«

Sie wartete keine Antwort ab, sondern zog im Drehen ihre Kapuze über und rannte kopflos davon.

Immer weiter und tiefer in die Stadt.

Es war ihr gleich, wohin ihre Beine sie trugen, sie wollte nur weg. Weg von Cardea. Weg vom Schmerz.

Kapitel · 7

Jeriah lag rücklings auf seinem Balkon und blickte in den dunklen Himmel hinauf, der mit silbernen Sternen übersät war. Die Blutschlieren auf seinen Armen trockneten allmählich.

Auch der Schmerz ließ nach.

Er hatte an diesem Tag eine weitere Lehrstunde mit einem Priester gehabt und nachdem er sich wiederholt geweigert hatte, seine Magie gegen einen Unschuldigen zu richten, war er bestraft worden. Der König hatte dem Dux Aliquis erlaubt, Jeriah zu disziplinieren, wenn dies notwendig war. So hatte es sich der Hohe Priester nicht nehmen lassen, selbst Hand anzulegen.

Von dem Prinzen war verlangt worden, einen Jungen mit seiner Magie zu foltern, um seine Grenzen auszutesten. Jeriah kannte jedoch bereits die Grenzen seiner Webmagie. Schließlich hatte er damit einen von Dux Aliquis' Spionen getötet. Mit seinen Fäden förmlich auseinandergerissen, damit er niemandem verraten konnte, dass er und Rhea zusammen gewesen waren.

Dem Priester reichte der Bericht jedoch nicht aus. Er wollte die Macht in allen Einzelheiten betrachten und studieren. Er glaubte, dass er Jeriah mit Schmerz und Angst gefügig machen könnte. Deshalb nutzte er seine Blutmagie, um dem Prinzen tiefe Schnittwunden auf seinen Armen zuzufügen. Es dauerte nicht lange, da entstand eine Blutlache zu Jeriahs Füßen. Die warme Flüssigkeit rann von seinen geschundenen Armen hinab. Tropfen um Tropfen. Nichts konnte den Hohen Priester aufhalten, als er Jeriah mit einem fanatischen Glitzern in den Augen immer weitere Verletzungen hinzufügte. Eine tiefer als die andere.

Obwohl Jeriah irgendwann durch den Blutverlust in die Knie gezwungen wurde, gab er nicht auf. Er würde eher sterben, als so grausam wie sein jüngster Bruder Cillian zu werden und einen Unschuldigen zu quälen, gar zu töten. Schon einmal war Jeriah dies unabsichtlich passiert und dieses Ereignis hatte seine Seele bereits für immer dunkel gefärbt.

Nachdem der Hohe Priester so erschöpft war, dass er nicht mehr aufrecht stehen konnte, erlaubte er Jeriah, sein Gemach aufzusuchen.

Der Prinz würdigte ihn keines Blickes, als er sich schwerfällig vom Boden erhob und aus der Bibliothek, in der die Lehrstunden stattfanden, torkelte. Er versuchte die Blutung mit seinen Händen zu stillen, doch es gab zu viele Wunden. Trotzdem schaffte er es irgendwie die Treppen hinauf zurück in seine Gemächer, ohne von jemandem entdeckt zu werden. Dort schleppte er sich auf seinen Balkon, in der Hoffnung, dass die Kälte das wütende Fieber in seinem Inneren bändigen würde.

Das Fieber schien seine körperliche Reaktion auf die Magie zu sein, mithilfe derer der Dux Aliquis ihn angegriffen hatte.

Nun lag er mit den Armen von sich gestreckt erneut auf dem Boden und versuchte einen Grund zu finden, aufzustehen.

Er dachte darüber nach, für wen er diese Schmerzen ertrug. Er rief sich in Erinnerung, *warum* er stark sein musste.

Das Bild von Rhea erschien vor seinem inneren Auge. Sie saß auf ihrer Pritsche, wurde von der Sonne golden umrandet und kämmte ihr dunkelrotes Haar. Er konnte sich ihre grünen Augen ganz genau vorstellen. Sah jeden Flecken, jede Linie in ihnen. Der Humor, der beizeiten in ihnen aufblitzte.

Wie sehr er ihre Gesellschaft vermisste.

Sie hätte ihm jetzt vermutlich gesagt, dass er sich gefälligst aufrichten sollte, um weiterzukämpfen. Schließlich war er zurückgeblieben, damit der Dux Aliquis nicht Jagd auf sie machte. Er wollte, dass dieser sich von Jeriahs Webmagie ablenken ließ, damit er Rheas eigene vergaß.

Bisher hatte es funktioniert. Er durfte dem Dux Aliquis nur nicht zu lange das vorenthalten, was er von ihm verlangte. So sehr es ihn auch innerlich zerriss.

Irgendwann rappelte er sich auf und begann damit, seine Wunden zu versorgen. Noch hatte ihm niemand gezeigt, wie er mit seiner Magie heilen konnte, was auch der Grund war, weshalb er sich in dieser Nacht nicht daran traute. So wie er sein momentanes Glück einschätzte, würden sich die neuen Götter abwenden und er würde nur noch größeren Schaden anrichten.

Es dauerte eine Weile, bis er jeden einzelnen Kratzer, jede einzelne Schnittwunde gereinigt und verbunden hatte, aber immerhin fühlte er sich danach gut genug, um die Küche aufzusuchen. Er könnte zwar seinen Kammerdiener beauftragen, aber er fühlte sich danach, ein paar Schritte zu gehen. Ganz gleich, wie langsam er durch den Blutverlust auch vorankam und wie sehr es ihn beizeiten schwindelte.

Er schritt die marmornen Treppen hinab, die zu dieser nächtlichen Stunde verlassen waren, und wanderte den Korridor entlang, der schließlich in einem Alkoven endete. Hinter dem Vorhang auf dem Sofa hatte sich Jathal oft mit einem Buch zurückgezogen, wenn er die Ruhe genießen und seinen Geschwistern aus dem Weg gehen wollte. Als Jeriah diesen Rückzugsort herausgefunden hatte, hatte er Jathal jedoch des Öfteren aus ihm hervorgelockt. Dann war Jathal zur Grausturminsel geschickt worden, um seine Ausbildung als Bluthexer anzutreten. Mittlerweile hatte Jeriah seinen jüngeren Bruder seit vier Jahren nicht mehr gesehen. Eine sehr lange Zeit, die sie mit unregelmäßig geschriebenen Briefen überbrückten.

Fast wäre er am Alkoven vorbeigeschritten, wenn er nicht ein Wimmern vernommen hätte.

Alarmiert zog er die schweren Brokatvorhänge auf und offenbarte damit Cillian, der über ein junges Mädchen gebeugt war. Es blutete aus der Nase und seine Kleidung war an mehreren Stellen zerrissen. Es war deutlich, dass das, was Cillian tat, nicht im gegenseitigen Einvernehmen stattfand.

»Was tust du da?« Am liebsten hätte sich Jeriah für diese Frage geohrfeigt. Er brauchte keine Antwort darauf, um das Geschehen zu verstehen.

Cillian ließ solange von der in Schockstarre verfallenen jungen Frau ab, die ein paar Jahre älter als er sein musste, um sich zu seinem Bruder umzudrehen. Ganz langsam, als gäbe es nichts, was ihn zur Eile trieb.

»Wonach sieht es denn aus, Bruder?«, fragte er träge und seine Lippen verzogen sich zu einem höhnischen Lächeln.

»Lass sie gehen. Sofort«, zischte Jeriah und baute sich vor ihnen auf. Die Miene der Frau war von Entsetzen verzerrt. Sie schien kaum begreifen zu können, was ihr widerfuhr.

»Du bist solch ein Spielverderber, weißt du das?« Er setzte sich gerade auf. Sein Hemd war geöffnet und die Schnüre baumelten an der Vorderseite herab. Ein paar Minuten später und Jeriah wäre zu spät gewesen.

»Cillian!«

»Fein. Nimm sie dir.« Er warf der Frau, eine Dienstmagd, wie Jeriah nun an ihrer zerrissenen Uniform erkannte, einen kurzen, auffordernden Blick zu und winkte in Jeriahs Richtung. Zögerlich rutschte sie nach vorn an die Kante des Alkovens.

Gerade berührte sie mit ihren Sohlen den Boden, als sie ihre Augen weit aufriss.

Jeriah war so von dem Anblick ihrer riesigen Pupillen und dem Blut, das aus ihrem Mund sprudelte, überrascht, dass er im ersten Moment überhaupt nicht verstand, was passierte.

»Was hast du getan?«, rief er aus, als Cillian das Messer aus ihrem Rücken zog. Das Blut rann von der Kette mit schmalen Eisengliedern, an der es befestigt war, weiter seine Hand hinab und färbte sein Leinenhemd dunkel. »Du bist verrückt.«

Jeriah stürzte vor, um zu verhindern, dass das Mädchen zu Boden fiel. Behutsam legte er einen Arm um es und bettete es zurück auf die Kissen, die sich sofort mit seinem Blut vollsogen. Sie hörte nicht auf zu bluten und innerhalb von wenigen Sekunden des Röchelns erlosch das Licht in ihren Augen. Leblos starrte sie gen Decke.

»Ich bin nicht verrückt, Bruder«, entgegnete Cillian, der langsam aufstand. Seine Silhouette wurde von dem Licht des Mondes, das durch das Fenster hinter ihm hereinschien, erhellt. »Ich tue nur das, was ich in meiner Vision gesehen habe.«

Jeriah schluckte. Es fiel ihm schwer, den Blick von dem Dienstmädchen zu nehmen und seinen Bruder anzusehen. Ihn hasste er in diesem Moment mehr als jeden anderen auf dieser verfluchten Welt. Mehr noch als den Dux Aliquis. Mehr noch als seinen Vater.

»Und das wäre?«

Cillian hob eine Hand an seinen Mund und leckte einen blutigen Finger ab. Jeriahs Magen drehte sich um.

»Ich ernte Blut. Ich bin der Tod. Nichts und niemand wird mich aufhalten können, wenn ich aus dem Berg voller Leichen auferstehe, den ich errichtet habe. Ich werde König sein.« Cillians Lippen zuckten. »Du solltest besser von hier verschwinden. Sonst denkt jemand noch, dieses Durcheinander ist *deine* Schuld.«

Mit diesen Worten wandte sich Cillian ab, als hätte er lediglich ein angenehmes Gespräch mit Jeriah geführt. Gemächlichen Schrittes verließ er den Korridor.

Und Jeriah – er ballte seine blutigen Hände an den Seiten zu Fäusten. Er schwor sich, seinem Bruder früher oder später ein Ende zu setzen. So durfte es nicht mehr weitergehen.

Er warf einen letzten Blick auf das unschuldige Opfer, ehe er den Vorhang zuzog und zurück zu seinen Gemächern ging. Sein Hunger war ihm vergangen, aber der nach Gerechtigkeit blieb.

Weder Cillian noch seine Mutter, die ihn als ihren liebsten Sohn behandelte, durften weiterhin frei das tun, wonach ihnen der Sinn stand. Sonst würde genau das eintreten, was sein Bruder gesehen hatte.

Ich ernte Blut. Ich bin der Tod.

Vielleicht würde Jeriah dafür seine Seele verkaufen, aber es schien, als bliebe ihm allein die Zusammenarbeit mit dem Dux Aliquis, um seine Machtstellung am Hof zu sichern. Sosehr es ihm auch widerstrebte, aber der Dux Aliquis war neben dem König der mächtigste Mann in Atheira. Und Jeriah würde sich seinen Lehrstunden ergeben müssen. Er würde stärker werden müssen, damit er die beschützen konnte, die er liebte.

Es wurde Zeit.

Kapitel · 8

Irgendwann flüchtete Morgan aus dem Regen ins Haus des Hutmachers, der bereits mit einer Umarmung und einem köstlich duftenden Abendessen auf sie wartete. Auch wenn ihr der Appetit noch vor dem Eintreten vergangen war, leerte sie ihren Teller bis auf den letzten Brotkrumen. Sie wusste nicht, wie sie ihre Dankbarkeit sonst ausdrücken sollte.

»Heute Nacht werde ich in Larkins Privathaus einbrechen«, verkündete sie, nachdem sie mit dem Abwasch fertig geworden und zurück in den gemütlichen Wohnraum getreten war. Der Hutmacher saß in einem antiken Ohrensessel, aus dem bereits an mehreren Stellen die gelb verfärbte Polsterung hervorquoll. Aber wie bei jedem Möbelstück, das er besaß, schätzte er auch an diesem die Alterserscheinungen.

»Hast du schon eine Ahnung, wie du hineinkommst?«

»In meinem Buch gibt es einen Zauber, mit dem ich mich in Nebel wandeln kann«, erklärte sie und setzte sich ihm gegenüber auf den Hocker. Ihr Rücken wurde von dem knisternden Feuer gewärmt, während ihre nackten Sohlen über den ausgeblichenen Teppich strichen.

»Sagtest du nicht, dass deine Seele mit jedem weiteren Mal schwärzer wird?« Der Hutmacher beugte sich nicht vor, sah sie nicht einmal an, trotzdem konnte sie die Intensität seiner Worte spüren.

Verlegen holte sie das weiße Buch der Knochenmagie unter ihrer Tunika hervor und bettete es auf ihre Oberschenkel. Sanft berührte sie den makellosen Einband. Die Magie in ihm rief nach ihr.

»Nur noch das eine Mal«, wisperte sie. »Hilfst du mir?«

Der Hutmacher schwieg eine so lange Zeit, zwirbelte mit geschlossenen Augen seinen Bart, dass sie glaubte, er würde ihr nicht mehr antworten. Sie wusste nicht, wie sie mit einer weiteren Ablehnung zurechtkommen sollte. Panik mischte sich bereits in ihre Gedanken, als der Hutmacher endlich seine Zustimmung gab.

»Was musst du tun?«, fragte er und blickte sie aus silbernen Augen an, die sie an Madam Elviras erinnerten.

»Ich habe noch ein paar Knochen übrig …« Sie löste den Beutel an ihrem Gürtel und schüttelte seinen Inhalt auf den Boden. Die Knochen, auf denen sich noch immer getrocknetes Blut befand, klackerten leise.

Der Hutmacher lauschte ihren Worten und versprach, dass er im Notfall versuchen würde, sie zurückzuholen. Viel mehr als dies vermochte er nicht zu tun, da er weder ein Hexer war noch ein verwunschener Gott.

Sobald Morgan den kleinsten Knochen in ihren Mund legte, regte sich der Schädel und nur einen Wimpernschlag später wurde sie unter die Erde gezogen. Sie wehrte sich nicht, ließ sich fallen und nahm die tröstende Umarmung an.

Das erste Mal erstickte sie beinahe an den Worten des Zaubers, als wären diese zu mächtig für sie. Morgan spuckte den halb zerfallenen Knochen aus und rutschte vom Hocker zu Boden, wo sie atemlos liegen blieb. Frustration und Angst davor, dass es ihr niemals gelingen würde, stiegen immer weiter an. Es gab nichts, was sie unversucht ließ, doch sie versagte.

Nach dem dritten Mal brachte ihr der Hutmacher einen Becher Wein und kühlte mit einem Lappen ihre Stirn.

»Warum ist dein Herz so schwer, kleine Wölfin?« Er sah sie ganz eigentümlich an, was sie innerlich sich wie eine Schlange winden ließ.

»Ist es das?« Sie stellte den Becher nach nur einem Schluck neben sich ab und betrachtete ihre schwieligen Hände. Seit sie nach Yastia zurückgekehrt war, versuchte sie, nur nach vorne zu schauen; sich ein Ziel nach dem anderen zu setzen, weil sie sich vor der Zukunft fürchtete. Sie wusste nicht mehr, was sie wollte oder zu erwarten hatte. Obwohl sie die Zeit im Quartier der Wölfe überwiegend gehasst hatte, so hatte sie doch immer gewusst, was sie am folgenden Tag erwartete. Diese Sicherheit war verschwunden und es machte ihr Angst. »Es fühlt sich gebrochen an.«

»Was gebrochen ist, kann geflickt werden«, erinnerte sie der Hutmacher sachte.

»Herzen sind keine Hüte. Ich glaube nicht, dass es so einfach ist, Hutmacher.« Ihre Worte waren aufbrausender formuliert, als sie beabsichtigt hatte. Sie holte tief Atem. »Er … Er hat Worte benutzt, um meinem Herzen zu schaden.«

Er lächelte sanft.

»Dann weißt du bereits, was es braucht, um zu heilen.«

Vielleicht hatte er recht, aber gerade gab es wichtigere Dinge, mit denen sie sich beschäftigen sollte als ihr gebrochenes Herz. Sie zwang sich zu einem Lächeln, damit er das Thema fallen ließ, bevor sie es ein letztes Mal versuchte.

Nach dem letzten Wort des Zauberspruchs löste sie sich in Wind und Nebel auf.

Es war ein eigentümliches Gefühl. Die Knochenhexe verband so viel mit dem Element der Erde, dass es sich für einen Augenblick so anfühlte, als würde Morgan entzweigerissen werden. Dann jedoch atmete sie, schwebte und sah als Nebel. Sie bauschte sich zusammen und sie breitete sich so weit aus, dass sie den ganzen Wohnraum ausfüllte.

Da sie die Möglichkeit nicht vertun wollte, flüchtete sie aus dem Zimmer und aus dem Haus des Hutmachers, um mit dem Nebel der Stadt zu verschmelzen.

Morgan kostete zum ersten Mal wahre Freiheit und die Knochenhexe in ihr stieß einen triumphierenden Schrei aus. Sie waberten durch die nächtliche Stadt, drängten sich an Backsteinwände und schmiegten sich wie Liebhaber an die einsamen Wanderer. Es gab nichts, das Morgan verschlossen war. Kein Weg, der endete. Sie stieß einen Atem aus und fühlte sich noch leichter, noch verlorener, während ihre Seele dunkler und dunkler wurde. Allein diese Erkenntnis brachte sie zur Rückkehr in die Straße, in der Larkins Privathaus lag.

Es dauerte nicht lange und sie fand im untersten Stockwerk ein offenes Fenster. Als unauffällige Wolke huschte sie durch den schmalen Spalt.

Um von niemandem entdeckt zu werden, waberte sie an der Decke entlang und schwebte von dem mit wellenförmigen Mustern verzierten Salon ins Foyer.

Es war noch genauso wohlhabend eingerichtet, wie sie es in Erinnerung hatte. In der Mitte lag ein riesiger blauer, mit silbernen Fäden durchzogener Teppich, über dem ein goldener Kronleuchter thronte. Morgan wand sich in ihrer Nebelform um ihn, betrachtete die beiden Sofas, die ebenfalls mit blauen Polsterungen ausgestattet waren und somit auch zum Teppich passten, der sich über die beiden Holztreppen schleppte. Links und rechts zweigte jeweils ein offener Raum ab, die für Morgan jedoch nicht von Belang waren. Sie kroch an der tickenden Standuhr vorbei in den ersten Stock, schenkte den Gemälden an der beige getünchten Wand kaum Beachtung, weil sie in Gedanken bereits von der Vergangenheit gefangen genommen worden war.

Nach ihrer Entführung waren Larkin und sie durch verschiedene Sklavenorte gereist, bis er sie schließlich nach Yastia gebracht hatte, um sie dort auszubilden. Die ersten drei Jahre durfte sie in seinem Privathaus leben, weil es für ihn angenehmer war, nicht ständig das Haus wechseln zu müssen, um sie zu … quälen.

Morgans Nebelform bewegte sich hektisch im Kreis und sie versuchte, die Kontrolle zurückzugewinnen. Da sie keinen fleischlichen Körper besaß, dauerte es eine Weile, bis sie herausfand, wie sie ihre Form besser kontrollieren konnte.

Larkin hatte sie anfangs nur unregelmäßig verletzt, erinnerte sie sich, als sie wieder ruhiger war. In ihrem zweiten Jahr hatte sie solch ausgezeichnete Fortschritte verzeichnen können, dass er ihr an *walmeeren* erlaubt hatte, das Haus mit blauen und grünen Girlanden zu schmücken, während draußen ein Schneesturm tobte. *Walmeeren* war eins ihrer Lieblingsfeste gewesen, weil man an diesem Abend einer ausgewählten Person etwas schenken sollte. Da sie niemand anderes außer Larkin hatte, der ihr noch etwas bedeutete, backte sie gemeinsam mit der Köchin einen Blaubeerkuchen für ihn, über den er sich tatsächlich freute.

Gemeinsam setzten sie sich an die längliche Tafel und ließen den Kuchen von der Dienerin anschneiden. Bevor sie diesen jedoch probieren konnten, erschien ein weiterer Dienstbote mit einer Nachricht aus Drarath.

Morgans Herz klopfte heftig, da sie so aufgeregt war. Sie wollte unbedingt wissen, ob ihm der Kuchen schmeckte und der Brief zögerte alles hinaus.

Larkin legte das Papier schließlich vor sie. An seiner Miene vermochte sie nicht abzulesen, ob die Nachricht, die er erhalten hatte, gut oder schlecht war. Abwartend sah er sie an, bis das Verständnis an ihrer Wirbelsäule hochzuschleichen schien, um sich wie eine dunkle Wolke in ihrem Kopf auszubreiten.

Ihre Hände zitterten, als sie nach dem Brief griff, um ihn näher heranzuziehen. Sie schluckte, als die drarathischen Worte vor ihren Augen ineinander verschwammen. Erst vor einem halben Jahr hatte sie damit begonnen, Drarathisch zu lernen und ihre Fähigkeiten ließen noch zu wünschen übrig, obwohl sie sich Mühe gab.

»Worauf wartest du noch? Wenn wir den Kuchen genießen wollen, solltest du dich besser anstrengen.« Larkin legte die Serviette von seinem Kragen zurück auf seinen Teller und lehnte sich in dem thronähnlichen Stuhl zurück. Seine dunkelblauen Augen jagten ihr einen eiskalten Schauer über den Rücken.

Sie bemühte sich. Wahrlich. Aber sie stockte bei jedem dritten Wort, verbesserte sich eilig und vergaß sogleich wieder, was sie nur einen Moment zuvor gesagt hatte.

Schwitzend presste sie die Handflächen auf die Tischplatte links und rechts neben dem Brief, weil sie nicht wollte, dass Larkin ihr Zittern bemerkte.

Aus dem Augenwinkel sah sie, wie er nach dem Schneidemesser griff und mit der Spitze den Schmutz unter seinen Fingernägeln pulte.

»… das nicht am-angemessen …«, stotterte sie. Ihre Kehle zog sich zusammen, weil sie sich nun einem Wort gegenübersah, dass sie noch in keiner ihrer Studien gelesen hatte. Sie rang mit sich, ob sie Larkin nach der Vokabel fragen sollte. »Das Wort kenne ich noch nicht.«

Der Alphawolf beugte sich vor, aber anstatt den Blick auf den Brief zu senken, sah er sie durchdringend an.

»Du enttäuschst mich«, sagte er schließlich und ließ ein tiefes Seufzen folgen.

»Aber …«, begann sie, doch die nächsten Worte blieben ihr im Hals stecken.

Larkin rammte das Messer in ihren Handrücken. Morgan, die sich in den kommenden Jahren erst noch an die Schmerzen gewöhnen musste, schrie laut auf, während Larkin die Klinge noch tiefer bohrte, bis die Spitze im Holz steckte.

Vor ihren Augen flimmerte es und sie wankte gefährlich auf dem Stuhl. Ohne die Armlehnen wäre sie vermutlich zur Seite gekippt.

Larkin fasste sie fast zärtlich am Kinn. »Du wirst so lange hier sitzen bleiben, bist du mir den Brief übersetzen kannst.« Er ließ sie los, nahm sich ein Stück des Kuchens und erhob sich. Alles, ohne Morgan noch einmal anzusehen.

Sie nahm kaum wahr, wie er den Speisesaal verließ; konnte den Blick nicht von dem Blut abwenden, das aus ihrer Wunde rann und die weiße Tischdecke rot färbte.

tropf

tropf

tropf

Zwei Stunden hatte sie so da gesessen und sich schließlich aus Angst eingenässt, bis ihr eine Dienerin zu Hilfe gekommen war. Sie übersetzte den Text und holte schließlich Larkin. Als er sich mit Morgans Text zufriedengab, zwang er sie, das Messer eigenhändig herauszuziehen.

Ihr gelang es.

Aber sie verlor das Bewusstsein, sobald Larkin das Zimmer verlassen hatte.

Es gab nicht nur schlimme Erinnerungen, aber ihre guten … befanden sich in der Minderheit. Nach diesem Vorfall hatte sie nie wieder irgendein Fest gefeiert.

Obwohl sie sich noch immer in ihrer Nebelform befand, konnte sie ihre schmerzende Hand spüren, als sie sich in den Korridor im Ostflügel begab, an den Larkins Arbeitszimmer grenzte.

Morgan schwebte unschlüssig vor der schweren Tür mit goldenen Scharnieren. Sie konnte die durch sie hindurchrauschenden Gefühle nicht ganz fassen. Larkin war nie wie ein Vater für sie gewesen; trotzdem, sie wollte nicht, dass er etwas mit dem Verrat zu tun hatte. Sie wollte dem Hutmacher glauben.

Aber in ihrem Leben war es noch nie darum gegangen, was sie wollte, und so flog sie durch den unteren Türspalt und manifestierte sich im verlassenen Zimmer. Die Knochenhexe versuchte sie mit knöchernen Fingern festzuhalten, aber Morgan war so entschlossen, dass sie den Griff abschüttelte.

Auch hier hatte sich kaum etwas seit ihrem letzten Besuch verändert. Wenn Larkin eines in seinem Haus schätzte, dann war es Beständigkeit. Jede Veränderung gab zu viel Raum für Fehler.

Der Raum wurde von dem massiven Schreibtisch mit den Schnitzereien an der Kante beherrscht. Er glänzte dunkel im Licht der Straßenlaternen, das aus den zwei schmalen Fenstern hereindrang. Die Oberfläche war wie immer aufgeräumt und auf eine Art geordnet, der nur Larkin einen Sinn beifügen konnte. Papiere auf Büchern, Notizen in Blau und Schwarz verfasst.

Morgan ließ ihren Blick über den Rest der Einrichtung wandern, bevor sie sich daranmachte, Larkins Geheimnisse aufzudecken.

Sie wusste noch nicht genau, wonach sie Ausschau hielt, aber wenn sie es fand, würde sie es erkennen.

Links vom Schreibtisch gab es eine weitere Tür, die in Larkins privaten Schrank führte, in dem er ausschließlich seine kostbaren Mäntel aufbewahrte. Für drei Monate hatte Morgan sie jeden Tag ausschütteln und von Haaren und Fusseln befreien müssen.

Kopfschüttelnd schritt sie zur schmalen Kommode, die direkt unter den Fenstern stand. Auf ihr waren mehrere Dolche ausgestellt, die Larkin von überall aus der Welt erstanden hatte. Neben einer besonders bösartig aussehenden geriffelten Klinge stand jedoch eine kleine Kiste, von der Morgan wusste, dass sie eine Spieluhr enthielt.

Morgan war ausdrücklich verboten worden, sie jemals zu öffnen, und auch jetzt traute sie sich nicht. Larkin könnte sich ganz in der Nähe befinden und dann würde ihn die Melodie darauf aufmerksam machen, dass sich jemand in sein Arbeitszimmer geschlichen hatte.

Da Morgan ihren Besuch möglichst kurz gestalten wollte, widmete sie sich den Schriften auf dem Schreibtisch und in den Schubladen. Jedes Blatt Papier legte sie sorgfältig an seine angestammte Stelle zurück, um zu verhindern, dass Larkin Verdacht schöpfte.

Sie fand viele Tabellen, Zahlen und Abrechnungen, aber das Interessanteste war die Korrespondenz mit einem Geschäftsmann, der ausschließlich mit roter Tinte schrieb und seine Briefe mit dem verschnörkelten Buchstaben B unterzeichnete. Die Briefe konnte Morgan allerdings nicht lesen, da sie verschlüsselt waren, und mitnehmen ließen sie sich auch nicht. Larkin würde dadurch alarmiert werden, was sie unter allen Umständen vermeiden wollte. Er sollte nicht einmal den Hauch eines Verdachtes haben, dass Morgan noch lebte.

Gerade als sie die Schublade schloss, vernahm sie sich nähernde Stimmen. Hektisch griff sie an ihren Gürtel, um einen Knochen aus ihrem Beutel hervorzuholen, als ihr mit Entsetzen klar wurde, dass sie ihn im Haus des Hutmachers gelassen hatte.

Verfluchte Götter.

Nun hörte sie auch auf dem Läufer gedämpfte Schritte und ihr blieb nur eine Möglichkeit, wenn sie nicht sofort entdeckt werden wollte.

Sie schlüpfte in den Schrank und schloss die Tür, obwohl es in ihren Fingern kribbelte, sie einen Spaltbreit geöffnet zu lassen. Doch Larkin kannte sein Arbeitszimmer zu gut und ihm würde die angelehnte Tür sofort auffallen.

Wenige Sekunden später betraten mindestens drei Personen den Raum und die Tür wurde sanft ins Schloss gedrückt. Jeder wusste, dass man sich in Larkins Privathaus zu benehmen hatte.

Morgan hörte, wie ein Stuhl zurückgeschoben wurde, was wohl bedeutete, dass Larkin der Einzige war, der sich setzte.

»Also, wo ist der Kristall?« Die Stimme des Alphawolfs war zwar gedämpft, aber Morgan verstand jedes einzelne Wort, während sie sich mit der Stirn an die geschlossene Tür lehnte. Ihre Nervosität krampfte ihren Magen zusammen. Auf der anderen Seite saß Larkin. Der Mann, der sie in dieses Leben geführt und für den sie jahrelang alles getan hatte.

»Wir sind zum vereinbarten Ort in die Halle gegangen, aber als wir dort ankamen, war der Kristall bereits verschwunden.« Das war eindeutig Alber. Er besaß einen schweren idrelischen Akzent, den er auch nach all der Zeit in Yastia noch nicht losgeworden war.

»Was bedeutet das? Wo waren unsere Kontaktmänner?« Larkin musste eine Faust auf die Tischplatte geschlagen haben, da die Heftigkeit sogar die Holztür erzittern ließ. »Muss ich euch alles aus der Nase ziehen?«

Selbst Morgan biss sich nervös auf ihre Unterlippe, als sie die Kälte in seinen Worten vernahm. Sie konnte sich nur allzu gut vorstellen, wie es Alber und dem anderen Wolf erging. Larkin war ihr Alphawolf und gefährlicher als fast jeder andere in der Stadt.

»Nun, sie waren bereits tot, als Damian und ich ankamen«, antwortete Alber und hustete verlegen.

»Wie?« Larkin sprach so leise, dass Morgan ihn kaum durch das Holz der Tür verstand.

»Nun, mein Alpha, das ist das Seltsame«, antwortete Damian. Er musste neu rekrutiert worden sein, da ihr sein Name nicht bekannt vorkam. »Bis auf leichte punktuelle Brandwunden schienen sie unverletzt zu sein. Sie rochen allerdings verbrannt, als wären …« Er räusperte sich und Morgan stellte sich vor, wie er einen Blick mit Alber wechselte, der ihm allerdings nicht zu Hilfe kam. »Als wären sie von einem Blitz getroffen worden.«

Holz schabte über den Boden und schwere Schritte folgten. »Du willst mir also weismachen, dass sie alle in einer Lagerhalle vom Blitz getroffen worden sind?«

»N-Nun … vielleicht war es auch Magie? Oder uns sind die Assassinen zuvorgekommen? Das ist schon mal passiert«, sprudelte es aus Damian hervor.

»Oder ihr seid zu gierig geworden und spinnt euch nun diese … diese Geschichte zusammen! Der Kristall war von unschätzbarer Wichtigkeit für mich.« Für einen Moment sagte niemand etwas, dann hörte Morgan ein Stöhnen und Sekunden später einen dumpfen Aufschlag – wie der eines Körpers, der auf dem Boden aufkam. »Kümmere dich um seine Leiche, Alber. Ich erwarte von dir, dass du dich nach einem geeigneten Ersatz für den Kristall umsiehst. Bete, dass es ihn gibt.«

»Ja, Herr, aber natürlich, Herr«, stammelte der Überlebende.

Morgan lauschte den unterschiedlichen Geräuschen, die dadurch verursacht wurden, dass Alber die Leiche nach draußen schleppte. Sie malte sich aus, wie die Blutspur den gewebten Teppich dunkel färbte und Larkin eine armselige Dienerin beorderte, ihn sauber zu schrubben. Obwohl alle wussten, dass die Aufgabe eine unmögliche war.

Die Tür fiel schließlich wieder ins Schloss, aber Morgan entspannte sich nicht. Es herrschte durchdringende Stille, trotzdem fühlte sie, dass sie nicht allein war. Larkin musste sich weiterhin im Raum befinden. Starr und in Gedanken versunken.

Ein scharfer Schmerz durchfuhr ihren Unterarm.

Bei allen Göttern …

Verwirrt löste sie sich von der Tür und schob den Ärmel nach oben. Auf ihrer Haut war ein kleiner Kratzer erschienen, ohne dass sie von etwas Spitzem berührt worden war.

Der Name, der sofort in ihren Verstand sickerte, war Cáel. *Er* musste sich verletzt haben und sie trug mit ihm zusammen die Konsequenzen. Es war das eingetreten, was sie befürchtet hatte. Nicht nur er spiegelte ihre Verletzungen, sondern sie auch die seinen. Der Wunsch hatte sich wahrlich einen Scherz mit ihnen erlaubt.

Larkins Schritte rissen sie aus ihrer Beobachtung und für einen Augenblick glaubte sie, dass er sich ihr näherte – doch nein, er entfernte sich von ihr und ging zu den Fenstern. Ein Moment verging, dann vernahm sie die sanfte Melodie der Spieluhr.

Sie erstarrte.

Sie hätte schwören können, dass sie diese Melodie noch nie zuvor gehört hatte, und doch berührte sie etwas tief in ihr drin. Eine Erinnerung? Ein Gefühl? Vollkommen gefangen lauschte sie dem sanften Klavierspiel, bis das Lied endete und Larkin die Uhr mit einem Seufzen zuklappte.

Minuten oder Stunden vergingen, Morgan mangelte es an jeder Vorstellung von Zeit, so sehr hing sie der Frage nach, wo sie die Melodie schon einmal gehört hatte, bis Larkin das Zimmer endlich verließ. Dies war Morgans einzige Möglichkeit, aus dem Haus zu verschwinden, bevor eine Bedienstete hereinkommen würde, um den Teppich vom Blut zu reinigen.

Ihren Ärmel über den Kratzer ziehend atmete sie noch einmal tief durch, dann öffnete sie lautlos die Schranktür und trat hinaus. Noch während sie die Tür wieder schloss, bemerkte sie die Blutflecken, die größer waren, als sie sich vorgestellt hatte. Die Grausamkeit hatte Larkin also auch jetzt nicht verlassen.

Sie beschloss, ein offenes Fenster in Kauf zu nehmen, da Larkin diesen Raum höchstwahrscheinlich erst nach dem Dienstmädchen wieder betreten würde und dieses würde das Fenster sicherlich wieder schließen, damit es nicht reinregnete. Einen anderen Weg wusste Morgan nicht. Sicher, sie könnte versuchen, durchs Haus zu schleichen, aber ohne ihre Magie glaubte sie nicht, dass sie jedem Wolf und Diener aus dem Weg gehen könnte.

Als ihre Finger bereits das Schloss berührten, nahm sie aus den Augenwinkeln die weiße Spieluhr mit den Goldverzierungen wahr. Sie musste für Larkin eine besondere Bedeutung besitzen. Kurzzeitig spielte sie mit dem Gedanken, sie mitzunehmen, damit sie endlich etwas von ihm stehlen konnte und nicht er immer nur nahm und nahm und nahm ... aber die unpraktische Größe und Form hielten sie von dem Entschluss ab.

Bevor sie es sich noch einmal anders überlegen konnte, stieg sie mit bloßen Füßen aus dem Fenster auf den schmalen Vorsprung.

Sie war zwar noch nie zuvor aus Larkins Fenster gestiegen, aber sie hatte das Haus bereits öfter auf einem ähnlichen Weg verlassen. Sie hielt sich möglichst nahe an der Backsteinmauer, presste ihre Fingernägel in die Fugen und schlich seitwärts voran. Der Regen hatte sie innerhalb von Sekunden durchnässt, doch er und die Nacht boten ihr auch Schutz vor den Augen der Wölfe, die die Gegend patrouillierten.

Ein paar heikle Sekunden vergingen, als Morgan mit einer Hand abrutschte und sich schon tot auf der Straße liegen sah. Doch sie weigerte sich, nach unten zu sehen. Das würde alles nur verschlimmern. Solange sie den Blick nach vorne gerichtet hielt, konnte sie sich einreden, dass sie sich gar nicht so hoch befand.

Schließlich erreichte sie das spitze Dach des Erkers und von dort aus war es selbst für sie einfach, nach unten zu springen. Sie blieb für einen Moment in der Hocke, sammelte sich und löste dann ihren Zopf. Die feuchten Haare fielen nach vorn und verdeckten ihr Gesicht fast noch besser, als es ihre Kapuze gekonnt hätte.

Möglichst unauffällig verließ sie das Tuchviertel, um durch die Kanalisation wieder zurückzukehren.

Obwohl sie keinen Beweis für Larkins Verwicklung in ihren Verrat gefunden hatte, war ihr Besuch doch nicht umsonst gewesen. Sie ahnte, dass die Spieluhr eine tiefere Bedeutung besaß, genauso wie die Briefe in blutroter Tinte. Alle anderen Kunden kannte sie, nur diesen nicht.

Wer auch immer B war, sie hegte den leisen Verdacht, dass er der Kunde war, für den sie die Manschettenknöpfe hatte besorgen sollen ...

Kapitel · 9

Aithan streifte durch die Stadt Claoni, in der er sich befand, seit ihm der Wunsch genommen worden war.

Nach und nach zogen sich die Pflanzen zurück, überließen der Zivilisation wieder die Herrschaft über diesen einst zauberhaften Ort. Auch der Nebel wurde sanfter und weniger gefährlich, schmiegte sich an die zerstörten Häuser und schlich um die steinernen Ruinen. Aithan hoffte, dass dieser Ort eines Tages wieder voller Leben sprühte, aber um dies zu erreichen, musste er seinen schweren Weg fortsetzen.

Vor ein paar Stunden hatte er das Schloss verlassen, da Mathis ihm ständig in den Ohren gelegen hatte, sich endlich zu entscheiden, wohin sie gehen sollten. Dazu hatten ihn Olivias große, unschuldig blickende Augen beinahe wahnsinnig gemacht. Es war nicht so, als würde sie ihn um etwas bitten, und trotzdem konnte er das Gefühl, das dem doch so war, nicht ganz abschütteln.

Er hatte sich schließlich umgedreht und war einfach aus dem Schloss spaziert, um sich allein von dem Schock zu erholen. Dem Schock, den Wunsch, Cáel und Morgan in einer Nacht zu verlieren …

Er hatte kurz vor einer Verzweiflung gestanden, die beinahe noch tiefschürfender gewesen war als die nach dem Tod seiner Eltern. Aber er weigerte sich nachzugeben. Dieses Mal war er stärker und weiser.

Natürlich hatte er sich ein Jahr darauf vorbereitet, den Wunsch zu stehlen, und nun stand er regelrecht vor den Trümmern seiner Pläne, doch das bedeutete nicht, dass er aufgab. Niemals. Aber was für Möglichkeiten blieben ihm noch?

Er ließ seine Gedanken schweifen, sann über seine Heimatstadt Yastia nach und erinnerte sich dann an die Webhexe, die vermutlich noch immer im Kerker weggesperrt war. Vor seinem Aufbruch hätte er sie gerne an seiner Seite gewusst, aber es wäre ein unmögliches Unterfangen gewesen, sie zu befreien. Das bedeutete allerdings nicht, dass der Gedanke an sie verschwendet gewesen wäre.

Er betrat erneut das Schloss, ignorierte die neugierigen Blicke der Soldaten, die es nach ihnen noch durch den Wald geschafft hatten, und stieg die Treppen hinauf, bis er sich auf dem Balkon irgendeines Gemachs wiederfand.

Wenn eine Webhexe wie die Gefangene noch existierte, dann musste es irgendwo auf dem Kontinent noch mehr geben. Er weigerte sich zu glauben, dass sein Vater und sein Großvater vor ihm sämtliche Webhexen und -hexer verbrannt hatten, so gewissenhaft sie auch gewesen waren.

»Über was denkst du nach?«, erkundigte sich Mathis, der sich ihm von hinten näherte. Es wunderte Aithan nicht, da er sich nicht die Mühe gemacht hatte, seine Anwesenheit zu verschleiern.

»Über unsere Zukunft«, antwortete Aithan, drehte sich aber nicht um und stützte sich auf der Balustrade auf. Seine geschwollene Lippe tat beim Sprechen so weh, dass er beinahe vergaß, was er hatte sagen wollen. »Erinnerst du dich an die Gerüchte über die Wanderer?«

Mathis stellte sich nun neben Aithan, blieb aber im Gegensatz zu ihm aufrecht stehen und gönnte der Umgebung nicht einen einzigen Blick. Stattdessen schenkte er allein seinem Vetter seine Aufmerksamkeit, als wäre er das Kostbarste auf der Welt. Ein Prinz in der ewigen Verbannung, wie es schien. »Welches genau? Es gibt einige …«

»Darüber, dass sie Verbindungen zu Webhexern haben und sie sogar gelegentlich beschützen«, half ihm Aithan auf die Sprünge, der sich von der Balustrade löste, um sich mit den Händen durch das dunkelbraune Haar zu fahren. So wie es Morgan gemacht hatte, als … *Nein. Stopp. Denk nicht an sie.*

»Oh, das.« Mathis kratzte sich am stoppeligen Kinn. Ihnen beiden würde eine Rasur guttun. »Ja, das kommt mir bekannt vor.«

»Ich werde ihnen einen Besuch abstatten und sie um Hilfe bitten.«

»Bist du verrückt geworden?« Mathis packte ihn grob an der Schulter, damit Aithan ihn ansehen musste. »Sie werden wohl kaum den Sohn des Königs unterstützen, der für den Tod so vieler Hexen verantwortlich gewesen ist.«

Aithan schüttelte die Hand seines Vetters ab. »Das werden sie, wenn ich ihnen verspreche, dass es unter meiner Regentschaft keine Verfolgungsjagden mehr geben wird. Jede Art von Magie wird akzeptiert werden.«

»Auch Knochenmagie?« Mathis schnaubte.

»Das wäre nicht nötig gewesen«, knurrte der vergessene Prinz und ballte eine Hand zur Faust. Wie gerne würde er seinen Frust an Mathis auslassen, doch er war der einzige Verbündete, der ihm noch geblieben war. Er sollte es sich mit ihm wohl besser nicht verscherzen, bevor er letztlich allein dastand und versuchte, sein Königreich zurückzuerobern.

Anstatt sich zu entschuldigen, zuckte Mathis mit den Schultern. »Sie ist eine Knochenhexe gewesen und es hat sie nicht zu einer besseren Person gemacht. Magie hat der Menschheit nichts Gutes gebracht.«

»Du würdest also meinem Vater zustimmen?«

»Du nicht?« Kopfschüttelnd wandte sich Aithan ab, doch Mathis gab sich nicht so leicht geschlagen. »Sieh nur, wie Morgan dich um den Finger gewickelt hat! Sie wäre nicht zu einer Knochenhexe geworden, wenn die Dunkelheit nicht vorher bereits in ihr existiert hätte.«

Aithan spürte die Wut wie Lava in seinem Körper aufsteigen. Innerhalb eines Wimpernschlags drehte er sich zu seinem Vetter um, packte ihn am Kragen und schüttelte ihn.

»Sie ist nur *meinetwegen* zur Hexe geworden, Mathis! Ganz egal, was davor oder danach geschehen ist«, presste er hervor und wartete auf ein Zeichen, dass Mathis verstanden hatte.

»Wie du meinst«, war alles, was er sich entlocken ließ. Aithan hielt ihn noch einen Moment länger fest, dann ließ er ihn los.

»Pack unsere Sachen. In zwei Stunden machen wir uns auf den Weg«, befahl er ihm und erlaubte seinen Schultern erst, sich zu entspannen, als Mathis im Inneren verschwunden war. »Wie viel hast du mitbekommen?«, fragte er Sonan, die er im Schatten einer Birke bemerkt hatte. Auch die Balkone und Terrassen konnten sich nur allmählich aus der erstickenden Umarmung des Fluches befreien. Es würde Zeit benötigen.

»Genug«, antwortete sie ruhig, näherte sich ihm aber nicht.

»Lass uns nicht darüber reden«, bat er – nein, *befahl* er, da es ihn näher an den Abgrund treiben würde. Er wusste, dass er einen Fehler gemacht hatte. Er hatte Morgan wie ein Objekt, von dem er genug gehabt hatte, entsorgt. Als sie gesagt hatte, dass er ihr nicht geglaubt hätte, da war er nicht fähig gewesen, ihr zuzustimmen, aber sie hatte recht gehabt. Er hätte ihr vorher nicht geglaubt, so wie er ihr da nicht geglaubt hatte.

Sonan drängte ihn nicht, darüber zu sprechen. Gemeinsam packten sie ihre Sachen, schärften ihre Waffen und begannen dann mit etwas von dem Reichtum auf ihren Rücken den Weg zurück durch den verwunschenen Wald. Ein Teil der Einheit, die es nach ihnen noch in die Stadt geschafft hatte, würde zurückbleiben. Es wäre von Vorteil, ein Quartier zu besitzen, das nicht so leicht entdeckt und überfallen werden könnte.

Unterwegs blickte Aithan hin und wieder zu Olivia, die immer noch blass wirkte. In den letzten Tagen hatte sie jedoch an Kraft dazugewonnen. Ein richtiges Gespräch hatte Aithan aber noch nicht mit ihr geführt. Er konnte sich nicht dagegen wehren, immer wenn er sie anblickte, sah er ihre Schwäche und die Unterschiede zwischen ihr und Morgan. Deshalb schob er die Verantwortung auf Mathis ab, in der Hoffnung, dass er genug von ihr bekäme und sie die Prinzessin bei irgendeiner netten Familie zurücklassen konnten.

Warum er es selbst nicht über sich brachte, konnte er nicht genau sagen. Vielleicht fühlte er sich tief im Inneren schuldig, dass er nicht der nette Prinz war, auf den sie während ihres tausend Jahre andauernden Schlafes gewartet hatte.

So oder so, es war besser, ihr aus dem Weg zu gehen, um sie nicht weiter zu verletzen.

Kaum hatte sie ihre blasse Hand ausgestreckt
und den Kamm berührt,
da tat das Gift seine Wirkung.
Ohne Besinnung fiel sie nieder.

Kapitel · 10

Morgan versuchte, nicht weiter an den Perlen ihres … Kostüms herumzuzupfen. Erst vor einer halben Stunde hatte sie die Kleider angezogen, die Madam Elvira ihr geschneidert hatte. Die restliche Kleidung befand sich bereits in einer Truhe, die Shina auf einen Wagen hatte laden lassen. Shina war die Bekannte des Hutmachers. Eine Drarathin, die als Bauchtänzerin in dem Circus arbeitete und Morgan einen Platz unter ihnen gesichert hatte.

Nun saßen sie beide auf einer dunkelrot gepolsterten Bank einer Kutsche und warteten darauf, durch die Palasttore zu fahren. Wieder einmal würde Morgan das Gebäude verkleidet betreten, aber sie erhoffte sich nun einen größeren Erfolg, unentdeckt zu bleiben.

»Hör auf, dich so zu bewegen, sonst steche ich dir mit der Nadel noch in den Kopf«, wies Shina sie zurecht, während sie weiße Perlen in Morgans herabfallendes Haar zu stecken versuchte. Sie hatten nur gerade so viel Zeit vor ihrer Abreise gehabt, ihr Haar in Locken zu legen, deshalb mussten sie die Verkleidung in der muffigen Kutsche fortsetzen. Immerhin waren sie allein und Morgan musste die Rolle der Bauchtänzerin noch nicht spielen.

»Dann solltest du vielleicht geschickter mit der Nadel werden«, entgegnete sie, hörte aber damit auf, die Perlen und die silbernen Münzen anzufassen. Sie waren an dem Gürtel befestigt, der die leichten, fast durchsichtigen Stoffbahnen zusammenhielt. Sie fielen in verschiedenen Lagen bis zu ihren Füßen hinab, sodass sie sich bei jeder Bewegung aufbauschten und wieder sanft in sich zusammenfielen. Ihr Oberkörper war in die gleichen Stoffbahnen gehüllt, die lediglich über ihre Schultern fielen, ihren Busen bedeckten und sich dann an ihrem oberen Rücken kreuzten. Dort verdeckten sie einen Großteil ihrer verräterischen Narben.

Ihr Bauchnabel blieb unbedeckt, wie es sich für eine Tänzerin gehörte. Das änderte aber nichts daran, wie unwohl sich Morgan damit fühlte. Sie wünschte sich, dass es einen anderen Weg gegeben hätte. Doch der Hutmacher hatte ihr die einzige Möglichkeit präsentiert und sie sollte dankbar dafür sein.

»Hätte ich vorher gewusst, was für eine Göre du bist, hätte ich mich nicht dazu bereit erklärt, dir zu helfen«, zischte Shina verärgert, wodurch ihr drarathischer Akzent deutlicher hervorstach. »So, das war's.«

»Und ob du das hättest. Auf das Geld hättest du nicht verzichtet«, widersprach Morgan und setzte sich wieder gerade hin, wodurch die Münzen an ihrem Armreif klirrten. »Der Schleier?«

»Du denkst auch, dass du alles weißt, hm?« Shina mochte Morgan vielleicht nicht, aber der Hutmacher hatte Morgan versichert, dass sie bis zu einem gewissen Grad vertrauenswürdig war. Sie würde Morgans wahre Identität nicht enthüllen und das war das Wichtigste. »Ich helfe dir.«

Sie steckte den Seidenschleier an Morgans silbernem Haarreifen fest, damit Mund und Nase bedeckt waren. Schon jetzt verfluchte die Wölfin dieses vermaledeite Kleidungsstück, doch sie wollte nicht riskieren, direkt bei der Vorführung entdeckt zu werden, wenn alle Augen auf sie gerichtet sein würden.

»Danke«, zwang sich Morgan zu sagen, um Shinas Gunst nicht gänzlich zu verlieren.

Die gebürtige Drarathin schnaubte nur.

Es war leichter gewesen als gedacht, nachdem Shina bei ihrem Direktor Sho für Morgan gebürgt hatte. Eine andere Bauchtänzerin hatte plötzlich unter Darmbeschwerden gelitten, sodass sie einen Platz für Morgan frei hatten.

Der Direktor hatte so unter Druck gestanden, dass er sich nicht einmal von Morgans Fähigkeiten, die nicht vorhanden waren, überzeugte. Dies war Morgans Meinung nach der schwierige Teil gewesen. Jetzt musste sie nur noch die Vorstellung im Thronsaal überstehen und dann könnte sie sich von den meisten Auftritten fernhalten.

Morgan würde Informationen sammeln müssen und das am besten, indem sie Fragen stellte, die nicht zu auffällig waren. In einem so großen Palast mit so vielen Angestellten musste zwangsläufig getratscht werden. Wichtig war zudem, dass sie früher oder später Jeriahs Leibwächter ausfindig machte, um ihn nach der Person zu fragen, die ihn vor dem drohenden Attentat an Jeriah gewarnt hatte. Natürlich würde er misstrauisch werden, sollte sie ihn rundheraus fragen, deshalb würde sie es geschickt anstellen müssen. Möglicherweise war eine direkte Konfrontation ja überhaupt nicht notwendig, wenn der Hauptmann andere Wächter in sein Wissen eingeweiht hatte.

»Wir sind da«, weckte Shina sie aus ihren Gedanken. »Halte dich an mich, verstanden?«

Morgan nickte, als die Kutsche die letzten Fuß über das Kopfsteinpflaster holperte und dann stehen blieb.

Sie befanden sich in einem der hinteren Wagen, weshalb vor ihnen bereits die meisten anderen Künstler und Akrobaten aus den schwarzen Kutschen ausgestiegen waren. Es gab vierbeinige Frauen, Einradfahrer, Feuerspeier mit spitz zulaufenden Zähnen, schlangenähnliche Zungen und einen Riesen, der einen Vogelkäfig in der Hand hielt. Statt eines Vogels saß jedoch eine Frau in ihm. Sie hatte ihre Gliedmaßen so ineinander verknotet, dass sich Morgan sicher war, sie würde für immer in dem Käfig gefangen bleiben.

Das Feuer des Feuerspeiers erhitzte ihre Wangen, während der Rhythmus der Trommler ihr Blut zum Singen brachte. Magie knisterte in der Luft und ließ sie schwerer werden, als würde Morgan durch einen See waten.

Shina und sie reihten sich direkt hinter der verknoteten Frau und dem Riesen ein, dessen Schulterspanne fast Morgans Körperlänge maß. Seine schweren Sohlen hinterließen jedes Mal einen Donnerschlag, wenn sie auf die Steine aufkamen. Weitere *Magie.* Fast jeder, der Teil des Circus war, konnte Elementarmagie wirken, wie es in Drarath üblich war.

Morgan war noch nie einem Elementarmagier von Angesicht zu Angesicht begegnet, trotzdem spürte sie die Andersartigkeit dieser Magie wie ein Surren auf ihrer Haut.

Schon immer hatte sie fühlen können, wenn in ihrer unmittelbaren Nähe Magie gewirkt worden war. So hatte sie auch von Cardeas Blutmagie erfahren. Eines Nachts, als Morgan bei ihrer Freundin übernachtet hatte, hatte Cardea mit ihrer Magie experimentiert, und obwohl dies in einem anderen Raum geschehen war, hatte Morgan es fühlen können. Anders als das Surren, war es ein Kribbeln in ihren Adern gewesen. Sie war aufgestanden und hatte nach der Ursache gesucht. Zunächst war Cardea erschrocken gewesen, doch sie vertraute Morgan und so wurden sie noch engere Vertraute.

… und jetzt hatte sie Thomas.

Morgan schüttelte den Kopf, um den Gedanken daran zu vertreiben. Ein paar Pfützen hatten sich während des ständigen Nieselregens gebildet, sodass sie sich wie bei einer ihrer Trainingsstunden mit Sonan vorkam, in denen sie verschiedenen Hindernissen hatte ausweichen müssen. Anstatt ihre Lehrmeisterin jedoch stolz zu machen, wollte sie nur vermeiden, dass ihre filigranen Sandalen schmutzig wurden.

Dieses Mal musste Morgan nicht den Weg durch den Küchentrakt nehmen, da sie gemeinsam durch das aufragende Tor mit den massiven Eisenbeschlägen geführt wurden. Glas und Stein schlossen sich ihm zu allen Seiten an und spiegelten das Feuer der Fackeln wider. Um sie herum gab es mehr Wachen, als sie je zuvor auf einem Haufen gesehen hatte. Waren sie zu ihrem Schutz eingeteilt oder sollte dies eine Warnung sein, dass sie jede falsche Bewegung in Richtung der Königsfamilie bestrafen würden?

Ihre Prozession bewegte sich aufgrund ihrer Größe langsam, aber mit deutlichem Krawall voran. Jeder redete, sang oder summte, Flöten mischten sich zu den Trommeln und das Rauschen von Stoffen gesellte sich zum dumpfen Bass ihrer Schritte. Und überall atheiranische Wachen.

»Bleib ganz ruhig. Das ist normal. Fremde Länder, fremde Sitten«, murmelte Shina und stieß Morgan in die Seite. Auch sie trug die passende Kleidung einer Bauchtänzerin, aber statt blau leuchteten ihre Stoffbahnen dunkelrot. Ihre Haare waren wie die der meisten Drarathen blond und lockig. Sie ringelten sich bis zu ihrem Gesäß, was umständlich sein musste, aber Morgan schwieg. Es wäre besser, Shina in dieser Situation nicht gegen sich aufzubringen. Letztlich könnte die Drarathin Morgans Meinung jedoch mit einem Lächeln abtun, so wie ihr die Blicke der Männer folgten – nicht weil sie in ihr eine Gefahr sahen, da war der Riese schon eine offensichtlichere Bedrohung, sondern weil sie eine ätherische Schönheit war.

Schließlich erreichten auch sie nach dem Riesen den glänzenden Thronsaal, der mit dem höchsten Adel gefüllt war. An seinem Ende warteten bereits Seine Majestäten, aber Jeriah suchte Morgan erfolglos. Lediglich Cillian, der jüngste Sohn, befand sich an der Seite seines ernst dreinblickenden Vaters und stellte eine ausdruckslose Miene zur Schau. Ein Stück weit hinter ihm in den Schatten standen zwei seiner Leibwächter, die Morgan beinahe als unwichtig abgetan hätte, wenn sie nicht Erik als einen von ihnen unter der Rüstung erkannt hätte. Er stierte geradeaus, schien nicht einmal seine Brust zum Atmen zu heben, während er den Saal nach Gefahren absuchte. Oder wünschte er sich etwa an einen anderen Ort? Sie wusste nicht, wie sie zu diesem Schluss kam. Vielleicht war es das Unverständnis darüber, warum er hier und nicht an der Seite des Thronfolgers war.

»Senk den Blick«, zischte Shina und Morgan gehorchte augenblicklich. Sie durfte sich keine Fehler erlauben. Nicht jetzt, da sie kurz davor war, ihr Ziel erreichen.

Nachdem alle vierzig Mitglieder des Circus in den Saal getreten waren, verbeugten sie sich oder knicksten, um damit ihre Dankbarkeit für die Einladung auszudrücken. Die Trommeln und Flöten verstummten.

Morgan beobachtete das Flackern der tausend Kerzen, das sich im auf Hochglanz polierten Marmorboden widerspiegelte. Der gleiche Boden, auf dem das Blut eines Unschuldigen vergossen worden war, nur weil Cillian einen Blick in die Zukunft hatte werfen wollen. Der Adel und auch Morgan hatten zugesehen, ohne einzugreifen, weil Angst ihr Handeln bestimmt hatte. Sie ballte ihre Hände an den Seiten zu Fäusten, bevor sie sich zwang, sie wieder zu lockern.

Es verging Sekunde um Sekunde und obwohl es in dem Saal nicht unangenehm warm war, begann sie zu schwitzen. Dann endlich erklang die volltönende Stimme des Königs.

»Erhebt euch, meine Freunde«, sagte er. Während sie seinem Befehl Folge leisteten, hatte er dem Orchester, das ihr zuvor nicht aufgefallen war, am hinteren Ende des Raumes ein Zeichen gegeben. Eine sanfte Melodie wurde angestimmt, die jedoch nicht so laut war, dass man sich nicht hätte frei unterhalten können. »Ich hoffe, eure Reise ist unbeschwerlich verlaufen.«

Sho, der Direktor, trat einen Schritt vor und verbeugte sich erneut in seiner goldglänzenden Robe. Die schwarzen Tattoos auf seiner Glatze wirkten unheimlich, fast so, als würde man in seinen Schädel hineinsehen können. Die Gesichter der Königsfamilie blieben jedoch allesamt unbewegt. Vermutlich hatten sie schon viel Aufregenderes gesehen. Morgan selbst konnte ihre Faszination kaum verbergen und wenn sie nicht um ihre Verkleidung gefürchtet hätte, hätte sie jedes Mitglied des Circus nacheinander mit offenem Mund angestarrt.

»Eure Majestäten, wir freuen uns, Euch in dieser Woche voller Festlichkeiten begleiten zu dürfen. Vor neun Jahren demonstriertet Ihr Macht und Klugheit. Ihr wart gesegnet von Euren Göttern – Ewen, Gott des Todes, und Diama, Göttin des Triumphes.« Es erstaunte Morgan, dass Sho die Namen ihrer neuen Götter kannte. Schließlich beteten Drarathen nur die Geisterelemente an, durch die sie Magie wirken konnten. Auch König Deron schien positiv überrascht, da er sich ein beinahe freundliches Lächeln entlocken ließ. »Wir werden unser Bestmögliches tun, um die prachtvollen Festlichkeiten zu etwas Besonderem zu machen.« Sho wandte sich von der Königsfamilie ab und einem anderen Podest zu, das Morgan von ihrer hinteren Position aus nur schwer erkennen konnte. Auf ihm saßen mehrere gut gekleidete Männer und Frauen. Er verbeugte sich tief. »Eure Hoheiten, wie schön, Euch ebenfalls hier zu wissen.«

»Das sind die drarathische Prinzessin und ihr Gemahl«, flüsterte Shina Morgan ins Ohr. Offensichtlich hatte sie ihren fragenden Blick bemerkt. Morgan konnte lediglich ihre silbernen Kronen auf ihren blonden Häuptern erkennen, aber sie malte sich ihre gut geschnittenen und wohlhabenden Kleider in ihrem Inneren aus. So sehr würden sie sich wohl kaum von ihrer eigenen Königsfamilie unterscheiden.

Sho hob eine Hand, nachdem er sich wiederaufgerichtet hatte, und das Orchester folgte der Anweisung. Die Musik stockte. Eine Sekunde, zwei, dann erklangen die tiefen Töne des Cellos und die Melodie wurde düsterer und schwerer. Die Trommler setzten ihre Instrumente ein. Das Kerzenlicht flackerte, einige Flammen erloschen zischend und aus Shos bestickter Jacke schossen plötzlich vier weiße Möwen hervor, die sich kreisförmig um seinen Kopf bewegten. *Ohs* und *Ahs* strömten aus der Menge, bevor sich die Möwen innerhalb eines Wimpernschlags zu langen weißen Stoffbahnen wandelten, die Sho umschlossen und schließlich zu Boden fielen. Von dem Direktor war nichts zurückgeblieben – bis sich ein Klatschen über dem Orchester erhob und die Blicke auf sich zog. Sho stand hinter Morgan und Shina, die dies als Zeichen ihres Einsatzes verstanden.

Morgan ahmte Shinas Bewegungen nach, legte die Handflächen aneinander und streckte diese über ihren Kopf, während sie versuchte, verführerisch ihre Hüften kreisen zu lassen.

Glücklicherweise gab es noch zwei weitere Bauchtänzerinnen, die vor Morgan standen und sie damit vor dem Großteil der Blicke schützten. Wäre sie nicht so konzentriert gewesen, wäre sie vor Verlegenheit wahrscheinlich rot angelaufen. So bemühte sie sich, ihre Arme und Hüften zum dramatischen Takt der Musik zu bewegen, und Sho gleichzeitig Platz zu machen. Schleichend, viel zu langsam für ihren Geschmack, schritt er an ihnen vorbei, hauchte einen Kuss auf Shinas Wange und streckte dann die Hand nach der Frau mit den vier Beinen aus. Morgan und die anderen Tänzerinnen durften sich wieder in den Hintergrund mischen.

Erst dort erkannte die Wölfin, dass es zwei Frauen waren, die in der Mitte zusammengewachsen waren. Der Kopf der kleineren Frau war zu einer Seite gestreckt und war von der anderen Seite aus nicht sichtbar.

Sie tanzten mit Sho einen schnellen Volkstanz, bei dem sie ihre Beine in die Höhe streckten, wodurch sich ihre Röcke aufbauschten und man ihre wohlgeformten Beine erkennen konnte. Sho drehte sich aus der Umarmung und klatschte ein weiteres Mal in seine Hände. Sein goldener Mantel färbte sich pechschwarz und aus seinem Mund zog er eine blühende Rose.

Ganz langsam näherte er sich dem Königspaar, um den Wachen keinen Anlass zu geben, ihn anzugreifen, weil sie ihn als Bedrohung ansahen. Als er direkt vor der Königin mit dem eiskalten Lächeln stand, ging er in die Knie und hielt ihr die Rose hin. Morgan war sich fast sicher, sie würde sich diesem albernen Spiel nicht hingeben, da berührten ihre Finger den grünen Stängel. Die Blume verlor jegliche Farbe und erstarrte zu Eis.

»Für die schönste Königin dieser Lande«, beendete Sho sein Schauspiel, drehte sich um und verbeugte sich vor der Menge. Die Tattoos auf seiner Glatze glänzten fast genauso sehr wie das Lächeln auf seinen blutroten Lippen.

Das königliche Ehepaar erhob sich und als der König anerkennend nickte, brandete Applaus auf und begleitete den Circus beim Abgang durch ein anderes Tor als jenes, durch das sie gekommen waren.

Sie alle winkten der Menge zu oder vollführten tiefe Verbeugungen. Ein paar der Akrobaten verabschiedeten sich mit Überschlägen und Handständen.

Morgan erhaschte einen letzten Blick auf den Hauptmann, der regungslos hinter Cillian stand, bevor sie den Thronsaal unter der Musik verlassen konnte. Sie wurden vom Haushofmeister in den Dienstbotentrakt geführt, wo sie sich zu zweit ein Zimmer teilen mussten. Die Umstände waren besser, als Morgan sich vorgestellt hatte; vor allem, da sie Shina als Zimmergenossin zugeteilt bekam und sich dadurch nicht ständig in Acht nehmen musste, etwas Falsches zu sagen oder zu tun.

Als sie in den kleinen Raum, der gerade einmal für zwei gegenüberstehende Betten, zwei Kommoden und einen Schreibtisch mit Stuhl ausreichte, eintraten, fanden sie ihre Kleidertruhen bereits vor.

»Ich hätte gedacht, dass wir in euren Zelten übernachten müssen«, kommentierte Morgan bei ihrem Eintritt.

»Wir brauchen sie für verschiedene Veranstaltungen, deshalb müssen sie schnell auf- und abgebaut werden können«, erklärte Shina und strich sich durch ihr lockiges Haar. »Normalerweise schlafen wir auch in ihnen, das stimmt.«

»Unsere Königsfamilie scheint sehr anspruchsvoll zu sein, hm?« Wahrscheinlich hatte der Haushofmeister spezifische Befehle erhalten, wie die Veranstaltungen in den kommenden Tagen abzulaufen hatten.

»Sozusagen. Bis zur Mitternachtsmesse dürfen wir uns nun jedenfalls ausruhen«, erklärte Shina auf Drarathisch, als wäre sie es müde, eine fremde Sprache zu sprechen, und ließ sich rücklings aufs Bett fallen. Die leichte Gaze bauschte sich einen Moment auf, bevor er sich wie eine zweite Haut auf Shina legte. »Wirst du mitkommen oder werde ich dich decken müssen?«

Morgan riss den Schleier von ihrem Gesicht und kramte nun in der Truhe nach etwas Wärmeres zum Anziehen.

»Das weiß ich noch nicht«, antwortete sie ebenfalls auf Drarathisch. »Kommt darauf an, was sich bei meiner Suche ergibt.«

Sie spürte Shinas durchdringenden Blick auf sich, während sie die Perlen aus ihrem Haar entfernte und die dünnen Bahnen aus Gaze gegen gemütliche Stoffleggings, ein dunkelblaues Leinenhemd und ein Lederkorsett tauschte. Auf das Korsett hätte sie gerne verzichtet, doch sie wusste nicht, wem sie begegnen würde und es war besser, nicht vollkommen aus der Rolle zu fallen.

»Wir sehen uns später«, verabschiedete sie sich von der Bauchtänzerin.

»Lass dich nicht erwischen«, hörte sie noch, bevor die Tür hinter ihr ins Schloss fiel. Der Flur lag wie ausgestorben da, als würden sich wirklich alle an Shos Anweisungen halten und sich ausruhen.

Morgan konnte über so viel Gehorsamkeit nur den Kopf schütteln, bis ihr einfiel, dass auch sie sich Larkin in den letzten Jahren nicht widersetzt hatte. Sie war seine Vorzeigewölfin gewesen, hatte jeden Auftrag zu seiner Zufriedenheit ausgeführt und sich niemals etwas zuschulden kommen lassen. Stets hatte sie seinen Ruf verteidigt, ging Konfrontationen aus dem Weg, wenn sie wusste, dass ihr Sieg nicht garantiert war, und … Bei allen Fäden, wie sehr hasste Morgan diese Wölfin.

Es stimmte, ein Teil von ihr liebte es, als Schmugglerin durch die nächtliche Stadt zu streifen, doch ein anderer, größerer Teil wollte mehr. Sie hatte sich weiterentwickelt, aber noch wusste sie nicht, wonach es sie verlangte. Auf die Frage nach dem Betrüger würde sie früher oder später eine Antwort erhalten, aber was geschah dann?

Sie müsste sich Gedanken darüber machen, doch jetzt galt es, sich zu konzentrieren.

Den Dienstbotentrakt hatte sie bereits hinter sich gelassen und einen Flügel erreicht, in dem sich unter anderem die Bibliothek befand. Eigentlich hatte sie vorgehabt, Jeriah einen Besuch abzustatten, aber seine Abwesenheit vom Empfang ließ sie diesen Entschluss noch einmal überdenken. Vielleicht befand er sich überhaupt nicht im Palast. Sie hatte zwar nichts Gegenteiliges gehört, aber sie würde das Risiko nicht eingehen, sein Gemach aufzusuchen, wenn es nicht einmal die Möglichkeit gab, mit Jeriah zu reden. Außerdem würde er sie vermutlich sofort gefangen nehmen lassen, wenn er sie erkannte. Obwohl sie hoffte, dass er sich ihr Gesicht nicht gemerkt hatte. Es waren bereits mehrere Monate vergangen und er würde sicherlich nicht damit rechnen, dass sie aus den Minen fliehen könnte, um dann als drarathische Bauchtänzerin ihr Geld zu verdienen.

Vor sich hin grübelnd schlich sie weiter und erkundigte sich schließlich bei einem Dienstmädchen, wo die Quartiere der Palastwache lagen.

Das Mädchen setzte ein wissendes Lächeln auf, als würde es genau wissen, warum Morgan danach fragte. Morgan öffnete den Mund, um ihr zu widersprechen, schloss ihn dann aber wieder. Es war besser, wenn sie dies annahm, anstatt den wahren Grund für ihren Besuch zu erfahren.

»Auf der gegenüberliegenden Seite des Dienstbotentrakts«, sagte das Mädchen schließlich und ließ Morgan kichernd stehen, während es mit den gefalteten Stoffbahnen den Korridor entlanglief.

Morgan biss die Zähne zusammen. Es sollte sie nicht aufregen, was diese Fremde von ihr dachte. Sie war nur ein einfältiges Mädchen, das ihre Person schon bald in der Langeweile seines Alltags würde vergessen haben.

Entschlossen nutzte die Wölfin die Dienstbotentreppe, um den Rückweg anzutreten. Die Wände waren immer noch kahl und schmucklos und die Fackeln dienten als einzige Lichtquelle.

Nachdem sie den Dienstbotentrakt erreicht hatte, huschte sie eilig durch ihn hindurch, bis sie einen runden Raum mit breiten Fenstern erreichte, von dem zwei Türen abzweigten. Sie entschied sich für die Tür, die der, aus der sie gerade gekommen war, direkt gegenüberlag, und wusste sofort, dass es die richtige gewesen war.

An den Wänden, die im Dienstbotentrakt karg und leer gewesen waren, hingen nun diverse stumpfe Waffen, Schwerter und Speere sowie purpurne Wandbehänge, die verschiedenste Schlachten darstellten.

»Hey, was machst du hier?«

Sie erstarrte vor einem der Behänge, die sie sich angesehen hatte. Ganz langsam drehte sie sich zu der Wache um, die sie erwischt hatte, und setzte ein verführerisches Lächeln auf. Eine Hand legte sie sicherheitshalber an den Dolch, den sie unter ihrem Hemd verborgen hielt, während sie mit der anderen verlegen über ihren Nacken strich.

Die Miene der Wache wurde sofort weicher und seine Hand löste sich von dem Knauf seines Schwertes. Immerhin war er allein, wodurch sich ihre Chancen verbesserten, ungeschoren davonzukommen.

»Entschuldigt, ich war auf der Suche nach dem Zimmer des Hauptmannes … von Erik«, verbesserte sie sich und senkte den Blick.

Die Wache lachte und trat näher, um ihr Gesicht mit einem Finger unter ihrem Kinn anzuheben. »So ein hübsches Ding wie du sollte ihre Zeit nicht mit unserem Hauptmann verbringen.«

»Er weiß noch nichts von seinem Glück. Ich habe ihn mir ausgesucht, als ich ihn heute bei der Vorstellung sah«, erklärte sie, um einen Teil der Kontrolle zurückzugewinnen.

Die Augen des Wachmannes strahlten Wärme aus, was sie davon überzeugte, dass er nicht zu der sadistischen Sorte gehörte. Solch eine Freundlichkeit konnte nicht vorgespielt werden.

»Ah, wusste ich doch, dass du mir bekannt vorkamst. Eine der Tänzerinnen … das Zimmer ist direkt dort.« Er ließ sie los und deutete mit dem Finger auf eine Tür hinter ihm. »Aber wenn du genug von dem Langweiler hast, dann frag nach Gerrit.« Er zwinkerte ihr zu, was Morgan als Zeichen ansah, sich der Tür nähern zu dürfen.

Vorsichtig schritt sie an ihm vorbei und zur Tür, während sie fieberhaft überlegte, wie sie Erik davon abhalten sollte, sie sofort festzunehmen. Sie hob die Faust, um anzuklopfen und sah zum Wachmann zurück, der sie mit verschränkten Armen noch einen Moment länger beobachtete.

Bevor sie anklopfte, schenkte sie ihm ein letztes Lächeln, was ihm zu genügen schien, da er sich endlich abwandte und seinen Weg in einem lässigen Gang fortsetzte.

Sie atmete tief durch und zog ihre Hand zurück, bevor sie das Holz berühren konnte. Im gleichen Augenblick wurde die Tür nach innen aufgerissen und Morgan sah sich einer Assassinin gegenüber.

»Talia?«, rief Morgan aus.

Die zierliche Idrelin mit der Haut so dunkel wie die Nacht ließ sich ihre Überraschung nur für einen Augenblick anmerken, dann huschte sie wie ein Schatten über ihr Gesicht und wurde durch ein gerissenes Lächeln ersetzt.

»Allerliebste Wölfin, was verschafft mir die Ehre?«

Kapitel · 11

Talia gehörte seit ihrem vierten Lebensjahr zu den Assassinen und Morgan hatte sie schon bei ihrem ersten Treffen zu fürchten gelernt. Ein gemeinsamer Freund hatte sie einander bekannt gemacht, doch obwohl sie Neel, der auch ein Auftragsmörder war, ihr Leben anvertrauen würde, hatte sie sich nie dazu überwunden, Talia mit der gleichen Sentimentalität zu begegnen.

Trotzdem würde sich Morgan ihre Furcht niemals anmerken lassen. Talia war wie eine Schlange. Sobald sich ihr die kleinste Schwäche offenbarte, würde sie ihren tödlichen Biss setzen.

»Das sollte ich eher dich fragen«, entgegnete Morgan, kreuzte die Arme und nickte zur Tür. »Das ist nicht dein Zimmer.«

Talias Lächeln vertiefte sich und das Giftgrün ihrer Augen blitzte gefährlich. Es gab nur einen Grund für ihre Anwesenheit. »Oh, so aufmerksam …«

»Rück schon mit der Sprache raus, Tally«, nutzte Morgan den Spitznamen, den Neel Talia gegeben hatte. Es hatte den erhofften Effekt, da Talias Lächeln auf ihren Lippen gefror. »Du hättest das Zimmer auch zu einem späteren Zeitpunkt verlassen können, aber du wolltest, dass ich dich sehe.«

Morgan hätte Talia am liebsten zu einem anderen Ort gebracht, aber sie fürchtete, dass die Assassinin nur so lange zu einem Gespräch bereit war, wie sie sich in einer heiklen Situation befanden. So war die zierliche Idrelin schon immer gewesen und hatte Morgan und Neel dadurch des Öfteren in tödliche Gefahr gebracht.

»Du hast mich erwischt.« Talia zuckte mit den Schultern. »Ich bin engagiert worden, um den Hauptmann zu töten.«

Obwohl die Wölfin mit dieser Tatsache gerechnet hatte, sobald sie Talia gesehen hatte, konnte sie ihr Entsetzen doch nicht für sich behalten. Sie ließ die Arme sinken. »Warum? Wer hat dich beauftragt?«

»Die Königin.« Talia hob eine Schulter. »Es soll wie ein Anschlag auf Cillian aussehen, den sein älterer Bruder Jeriah verübt.«

Morgans Gedanken rasten, während sie mit gerunzelter Stirn den Worten ihrer Feindin, ihrer ehemaligen Freundin lauschte. »Das bedeutet … es soll für jeden deutlich sein, dass Jeriah …?«

Talia verdrehte die Augen und entfernte sich ein paar Schritte von der Tür, um aus einem der Fenster in den Garten zu sehen. Grün verlief in Grün und überall glitzerten Regentropfen in der von Fackeln erleuchteten Nacht. »Jeriah hat sich einen grausamen Plan überlegt, um Cillian zu beseitigen. Allerdings stirbt *versehentlich* der Hauptmann und Cillian ist gerettet.«

»Seit wann erledigt ihr die Drecksarbeit der Königin?«, verlangte Morgan zu erfahren, während sie bereits nach einem Weg suchte, diesen Plan zu vereiteln.

»Solange wir ausreichend bezahlt werden, ist es uns egal, wer uns beauftragt«, erwiderte Talia und wandte sich wieder der Wölfin zu. »Oder hast du das etwa vergessen?«

Sofort versuchten schmerzhafte Erinnerungen Morgan an einen dunklen Ort zu ziehen, doch sie wehrte sich dagegen. Sie hatte keine Zeit, um sich mit ihrer Vergangenheit und Neel auseinanderzusetzen.

»Wie könnte ich?« Sie stieß ein hohles Lachen aus. »Aber wieso erzählst du mir das alles?«

»Kommst du wirklich nicht dahinter? Ich bin enttäuscht.« Mit einer Hand strich sie über ihr raspelkurzes Haar, doch Morgan ließ sie nicht aus den Augen und sie … wartete.

Morgans Blick hingegen wanderte von Talia zur Tür und wieder zu Talia, bis sie die Antwort wie einen Stich in die Magengrube traf. »Du denkst, ich kann es nicht mehr verhindern.«

»Korrekt.« Sie nickte und kratzte sich an ihrem Hals. »Warum solltest du auch? Mach dir nicht die Mühe, alles ist bereit.«

»Ich kann dich das nicht tun lassen«, zischte Morgan und überbrückte den Abstand zwischen ihnen, um Talia am Kragen zu packen. Diese wehrte sich nicht einmal, ließ ihre Hand sinken.

»Warum nicht? Du bist doch nicht auf einer Mission, bei der du Erik lebend brauchst, oder?«

»Zufälligerweise ja. Larkin wäre nicht erfreut, wenn er hört, dass der Hauptmann tot ist«, log sie, in der Hoffnung, dass die Erinnerung an Larkin irgendetwas in Talia bewegte.

»Und mein Meister wäre nicht erfreut, wenn er es nicht ist.« In einer fließenden Bewegung hatte Talia Morgans Arme weggeschlagen, die diese grobe Behandlung stoisch über sich ergehen ließ. Sie wollte nicht gegen sie kämpfen. Nicht hier, nicht jetzt.

»Es scheint, als befänden wir uns in einer Pattsituation«, murmelte Morgan.

»So sieht es aus.« Talia entfernte sich rückwärtsgehend tiefer in den Gang hinein. »Allerdings nicht für lange.«

»Was meinst du damit?«, rief Morgan.

»Bis später, Wölfin«, verabschiedete sich Talia, wandte sich um und lief davon, bevor Morgan diese Begegnung auch nur ansatzweise verarbeitet hätte. Was genau hatte Talia in Eriks Zimmer getan? Hatte sie dort eine Waffe zurückgelassen? Oder hatte sie etwas entwendet, das Erik gehörte, um es gezielt irgendwo zu platzieren? Damit es so aussah, als würde er mit Jeriah unter einer Decke stecken?

Es gab keine andere Möglichkeit, sie müsste sich Zutritt zu dem Zimmer verschaffen.

Sie drehte sich gerade um, als sie Schritte vernahm, die direkt auf sie zukamen. Ihr blieb keine Zeit davonzulaufen, da der Korridor nicht gewunden war und sie sich schon in der nächsten Sekunde dem Hauptmann mit … Cáel an seiner Seite gegenübersah.

Sie wirkten zwar nicht sonderlich vertraut miteinander, zwischen ihnen herrschte genügend Abstand, doch sie schienen sich gut zu verstehen, da an Cáels Lippen tatsächlich ein Lächeln haftete. Dann richteten sich die Blicke der beiden auf ihre Person und die Mienen verdüsterten sich augenblicklich.

Morgan war fassungslos. Ihr Herz klopfte heftig und ihre Beine fühlten sich wie Wackelpudding an. Ausgerechnet der verwunschene Gott … Das letzte Mal, als sie ihn gesehen hatte, war er kurz davor gewesen, sie zu töten. Nur der Wunsch hatte ihn davon abgehalten, da sie durch ihn miteinander verbunden waren.

»Was tust du hier?«, stellte jedoch Erik die erste Frage, der seine Rüstung mittlerweile abgelegt hatte. Für einen kurzen Moment dachte Morgan, dass er sie erkannt hatte. Er trat einen weiteren Schritt vor und stemmte die Hände in die schmalen Hüften. Sie hatte wirklich vergessen, wie beeindruckend und ... gut er aussah. Diese eisblauen Augen ... noch immer erinnerten sie Morgan an den Jungen, den sie einst gekannt hatte. »Wurde dir nicht gesagt, dass sich Schausteller nur im Dienstbotentrakt aufhalten sollen?«

... also doch nicht erkannt.

Ihr blieb keine Zeit, um sich in ihrer Erleichterung zu suhlen *oder* darüber nachzudenken, wie genau Cáel es vollbracht hatte, sich in den Palast zu schleichen, ohne rausgeworfen zu werden. Sie brauchte eine Ausrede und zwar schnell.

»Ich ...«, begann sie, aber die Begegnung mit Talia hatte sie durcheinandergebracht und nun Cáel ... sie war außerstande, einen klaren Gedanken zu fassen.

Mehrere Herzschläge lang geschah nichts, dann löste sich Cáel von Eriks Seite und legte einen Arm um Morgans Mitte, drückte sie dadurch eng an sich. Sie vergaß zu atmen, als sein Geruch nach Wald und Erde und Regen sie umgab. Was bildete er sich eigentlich ein?

»Sie ist meinetwegen hier«, erklärte er. »Ich habe ihr eine Nachricht zukommen lassen, mich hier zu treffen.«

Sie wollte seine Finger von ihrem Körper kratzen, seine Augen aus ihren Höhlen graben und ... Erik schüttelte nachsichtig lächelnd den Kopf und das Eis seiner Augen schmolz.

»Die Schausteller befinden sich nicht mal einen Tag hier und schon hast du zugeschlagen«, sagte Erik mit einem Lächeln, als wäre Cáel tatsächlich sein Freund. Er bedachte sie noch einmal mit einem musternden Blick. »Aber bei ihr kann ich es verstehen.«

In ihrem Bauch kribbelte es aus unerfindlichen Gründen, bis sie sich an ihren Stolz erinnerte.

»Niemand hat zugeschlagen. Allein *ich* suche mir aus, mit wem ich Zeit verbringe.« Dies gab ihr endlich einen Grund, sich aus Cáels Berührung zu entfernen.

»Und Feuer besitzt sie auch ...« Erik hob beide Augenbrauen, dann wandte er sich seiner eigenen Tür zu. »Viel Spaß, Càel.«

»Geh nicht rein!«, rief Morgan aus, bevor sie sich zurückhalten konnte, und trat mit erhobenen Händen zwei Schritte vor.

Erik hielt inne, die Hand auf der Messingklinke liegend sah er sie über die Schulter hinweg an. »Warum nicht?«

»Weil …« Sie stockte, um nach einer plausiblen Erklärung zu suchen. Sie konnte ihm wohl kaum von Talia erzählen, oder? Er würde sie verhören und währenddessen entdecken, wer sie war. »Ich habe gerade zwei Männer das Zimmer verlassen sehen und sie … sie haben darüber gelacht, dass jemand auf ihren Scherz hereinfallen wird, den sie … vorbereitet haben.«

Cáel lehnte sich an die Wand und wirkte, als würde er die Situation genießen. Erik hingegen erwiderte unschlüssig ihren Blick. Suchte er in ihren Augen nach einem Grund, ihr zu misstrauen?

Morgan wusste nicht genau, was Erik erwartete, aber sie wollte ihn das Zimmer nicht ohne ihre Vorwarnung betreten lassen. Mehr konnte sie allerdings nicht tun, um nicht ihre eigene Sicherheit zu gefährden.

»Das waren bestimmt meine Männer«, sagte Erik schließlich und drückte die Klinke nieder. »Wenn ihnen langweilig wird, werden sie zu Kindern. Dabei sollte man meinen, dass ihnen die drarathische Delegation jedweden Gedanken an Langeweile nehmen würde.«

Morgan spannte ihren Körper an, als er die Tür nach innen drückte und vorsichtig ins Zimmer trat. Auf leisen Sohlen folgte sie ihm, bis sie unter der Zarge stand und ihr ein Blick in ein kleines Schlafzimmer gewährt wurde. Bevor sie allerdings mehr sehen konnte als ein Bett und einen Schreibtisch, verstellte ihr Erik den Weg.

»Scheint so, als hätten sie noch nichts in die Tat umgesetzt. Danke für deine Warnung«, betonte er und blickte mit unbewegter Miene auf sie herab. Sie stand ihm so nahe, dass sie die einzelnen Bartstoppeln erkennen und seinen ganz eigentümlichen Geruch, ein Gemisch aus Seife und Tannenzapfen, riechen konnte. »Cáel, wir sehen uns bei der Mitternachtsmesse.«

Aus dem Augenwinkel sah sie Cáels Nicken, dann schlug ihr Erik die Tür direkt vor der Nase zu und sie konnte nur noch blinzelnd gegen das Holz schauen. Einen Moment später packte Cáel sie grob am Oberarm und zerrte sie hinter sich her. Weg von den Quartieren der Palastwache und durch einen gläsernen Durchgang in den nächtlichen

Garten. Erst dort riss sie sich von ihm los, weil sie erkannt hatte, dass sie sich nicht mit ihm unterhalten konnte, wenn sie von allen Seiten belauscht werden könnten.

Nun umgaben sie hohe Hecken und ein hölzerner Zaun. Es gab eine steinerne Bank mit Vogelkrallen als Füße, neben der zwei Fackeln Licht spendeten und zum Zirpen der Grillen knisterten. Grober Kies knirschte unter ihren Sohlen, als sie etwas Abstand zwischen sich und dem Gott bringen wollte, der dies jedoch nicht zuließ. Er folgte ihr gnadenlos, raubtierhaft und sie – sie hasste es. Hasste ihn, trotzdem fühlte sie sich längst nicht mehr so hilflos wie noch bei ihrer letzten Begegnung.

»Was zur Hölle tust du hier?«, presste er zwischen zusammengebissenen Zähnen hervor. Nichts war mehr von der stillen Freundlichkeit zu sehen, die er Erik entgegengebracht hatte, was sie vermuten ließ, dass sie – wie alles andere, was er tat – nur vorgespielt gewesen war. Vielleicht würde ihr die Verbindung zwischen ihm und dem Hauptmann jedoch in die Hände spielen. Wenn der verwunschene Gott Erik brauchte, dann würde er ihn sicherlich vor einem Attentat schützen, oder nicht?

Trotzdem, etwas hielt sie zurück, ihm von Talia zu erzählen.

»Was interessiert es dich?«, entgegnete sie und rieb sich den Oberarm, an dem er sie festgehalten hatte. Dann erinnerte sie sich an den Kratzer, der vor ein paar Tagen auf ihrem Unterarm erschienen war. Da er jedoch eine langärmelige Tunika trug, konnte sie nicht sehen, ob er wirklich verletzt war. Andererseits heilte er sehr schnell, und auch wenn sie seinen Arm sehen könnte, wäre vermutlich nichts mehr von der Wunde übrig.

»Du hast meine Pläne schon einmal ruiniert. Ich werde es dir nicht noch mal gestatten.« Er ragte über ihr auf. Das fast schwarze Haar ordentlich nach hinten gekämmt und die grünen Augen so durchdringend wie eh und je, fühlte sie sich beinahe zurück in die Vergangenheit katapultiert, als sie ihn das erste Mal im Lager gesehen hatte.

»Oh, schon wieder neue Pläne?« Sie weigerte sich, sich von ihm einschüchtern zu lassen, verschränkte in dem geringen Raum zwischen ihnen ihre Arme und verdrehte die Augen. »Was kannst du schon tun, um mich aufzuhalten, selbst wenn sie mich interessieren würden? Mich *verletzen*?«

Er öffnete den Mund und schloss ihn wieder, da er genau verstand, worauf sie hinauswollte. Es war nicht möglich, sie zu verletzen, ohne sich selbst Schaden zuzufügen. Ein Fluch, der möglicherweise noch zum Segen wurde.

»Es gibt noch andere Wege, sich um dich zu kümmern«, warnte er sie. »Ohne dich zu verletzen. Also führe mich nicht in Versuchung.«

Sie löste ihre Arme und schubste ihn mit den flachen Händen auf seiner Brust – zumindest hatte sie das vor, aber er bewegte sich keinen Zoll. »Führe *mich* nicht in Versuchung! Ich bin nicht mehr das Mädchen, das du gekannt hast. Ich bin stärker, als du jemals sein wirst, verwunschener Gott, der du bist!«

»Pass auf!«, zischte er.

Sie überbrückte den letzten Abstand, spürte seinen Atem auf ihren Wangen. »Oder sollte ich sagen: zweifach verwunschener Gott?«

In dem Augenblick, da sich die Worte aus ihrem Mund gestohlen hatten, wusste sie, dass sie einen Fehler begangen hatte. Vielleicht war er verflucht, aber er war immer noch ein Gott, dessen Stolz bereits angeknackst war. Innerhalb eines Wimpernschlags hatte er seine Hände um ihren Hals geschlungen, aber er drückte nicht zu, zwang sie bloß auf Zehenspitzen und bohrte seinen Blick tief in ihren.

Eine Warnung.

Nein, sie war nicht länger schwach. Das Flackern der Knochenhexe schickte ihm ihre eigene Warnung und seine Augen weiteten sich, doch er ließ sie nicht los.

»Du hast sie erneut benutzt?« Unglaube und etwas anderes färbte seine Stimme dunkel.

»Warum sollte ich nicht?«, strengte sie sich unter seinem Griff an zu sagen.

»Hast du die Warnung der Hexer vergessen? Hast du vergessen, dass ich dich jedes Mal zurückholen musste, wenn du die Knochenmagie benutzt hast?« Er schüttelte leicht den Kopf.

»Ich habe bessere Kontrolle darüber. Auch ohne dich«, erwiderte sie heiser und endlich, endlich ließ er sie los, sodass sie sich dieses Mal nicht der Magie bedienen musste.

Sie unterdrückte ein Husten, konnte jedoch nicht umhin, sich den wunden Hals zu reiben.

»Ich weiß nicht, ob ich dich für deinen Mut bewundern oder dich für deine Naivität bedauern soll«, sagte er leise, fast zu sich selbst.

»Lass uns einen Waffenstillstand schließen«, schlug sie vor, da sie sich nicht wirklich in seine Pläne einmischen, ihn aber von sich fernhalten wollte. »Du lässt mich in Ruhe und ich gehe dir aus dem Weg. Mich interessiert es nicht, wie du dir das Vertrauen des Hauptmannes erschlichen hast oder warum du wirklich hier bist.«

»Wirklich nicht?« Er schien sich wieder gefangen zu haben, da nun ein raubtierhaftes Lächeln auf seinen Lippen erschien. Auch sein Grübchen konnte Morgan in dem grauen Licht der sterbenden Jahreszeit erkennen. »Was ist mit Aithan?«

»Was soll mit ihm sein?« Unwillkürlich hatte sie bei der Erwähnung seines Namens die Hände zu Fäusten geballt. Sie lockerte diese wieder, um nichts von ihren Gefühlen preiszugeben. Aber Cáel hatte sie bereits durchschaut.

»Ach, komm schon, Mor, ich dachte nicht, dass er dir vergibt nach dem, was du … was wir ihm angetan haben.«

»*Wir* haben gar nichts getan«, fauchte sie, weil sich ihre Gefühle anfühlten, als hätte er sie ihr einzeln aus der Seele gezogen. Roh und brachgelegt. »Und er hat mir nicht verziehen.«

»Und du hasst mich nicht dafür?« Er zog seinen linken Mundwinkel nach unten, als würde er sie verhöhnen. »Schwer vorstellbar.«

»Oh, und wie ich dich hasse«, zischte sie, obwohl sie ihre Gefühle besser unter Kontrolle haben sollte. »Aber deine Zeit ist noch nicht gekommen. Ich habe noch andere Dinge, um die ich mich vorher … kümmern muss.«

Er sah sie lange schweigend an, was ihr hätte unangenehm sein sollen, doch ihr Herz war ihm gegenüber für den Moment erkaltet. Im Gegensatz zu vielen anderen befand er sich nicht mehr in der Position, um sie zu verletzen. »Gut, also ein Waffenstillstand.«

Nickend wandte sie sich ab und ließ ihn stehen.

Sie weigerte sich, ihm die Hand zu reichen und so zu tun, als wäre ihre Abmachung ein Grund zum Feiern. Außerdem rauchte ihr Kopf wegen ihrer überraschenden Begegnungen und den Erkenntnissen, die sie gewonnen hatte. Dazu kamen die Fragen, die sie nicht hatte stellen können. Was tat Cáel hier? Wie hatte er sich Zugang zum Palast verschafft?

Gerne hätte sie sich Cáel hier und jetzt entledigt, aber sie konnte sich nicht auf ihn konzentrieren, solange Eriks Leben auf dem Spiel stand. Sie musste herausfinden, was Talia geplant hatte, bevor es zu spät war.

Kapitel · 12

Rhea hatte den Apfel nicht gegessen.

Zwei Tage waren vergangen, seit sie die bösen Machenschaften von Aiofe und Ferrana aufgedeckt hatte. Zwei Tage, in denen sie im Wagen ausharrte. Zwei Tage, die sie stärker hatten zweifeln lassen als ein Großteil der Zeit im königlichen Kerker. Dieses Mal lag die Entscheidung bei ihr, ob sie freigelassen werden würde oder nicht. Aiofe hatte es im Vorbeigehen immer und immer wieder betont. Nur noch einen Bissen und Rhea würde ihre Magie verlieren, aber ihre Freiheit gewinnen.

»Siehst du nicht, was sie mir antun?«, fragte Rhea Taime, der sich um ihr leibliches Wohl sorgte.

Als sich die Steppe blau gefärbt und damit den Sonnenuntergang angekündigt hatte, hatte sich die Karawane in den Schatten einiger Olivenbäume begeben, um ihr Lager für die Nacht zu errichten. Rhea konnte aus dem vergitterten Fenster nur von der Hitze rissigen Lehmboden und einzelne Eidechsen erkennen, die von vertrocknetem Gebüsch zu vertrocknetem Gebüsch huschten.

»Sie sagten mir, dass du versucht hast, Ferrana zu bestehlen«, wiederholte Taime. Als er Rhea am Morgen nach ihrer Gefangennahme diese Lüge erzählt hatte, war sie vor Frustration in Tränen ausgebrochen und hatte ihn *angefleht*, ihnen nicht zu glauben.

»Warum wollen sie dann unbedingt, dass ich diesen Apfel esse?« Sie blickte über ihre Schulter hinweg auf den kleinen Tisch. Auf ihm hatte sie die rote Frucht abgelegt, die Aiofe ihr vorgestern gebracht hatte. Seitdem hatte sie sich nicht verändert, war weder gefault noch dunkler geworden.

»Bitte nimm dein Brot und …« Er kam nicht dazu, den Satz zu beenden, da in diesem Moment Rufe laut wurden. Brot und Becher fielen zu Boden und Taime rannte von ihrem Fenster davon, um den Wagen zu umrunden.

Rhea verfluchte ihre Situation, aber noch mehr, dass es nur dieses eine Fenster gab. Ihr blieb nichts anderes übrig, als sich auf ihr Gehör zu verlassen, um herauszufinden, was geschehen war.

Ein großes Problem stellte allerdings der Dialekt der Wanderer dar. Meistens sprachen sie Atheiranisch, doch wenn sie sich nur untereinander befanden, verfielen sie in eine Form der Sprache, der Rhea schwer folgen konnte.

Sie verstand die Worte *Fremde*, *Pferde*, *Waffen*, die ihre Ahnung darin bestätigten, dass etwas Schlimmes bevorstand.

Das Blau der Steppe schimmerte, um von dem Gold und Rot der untergehenden Sonne abgelöst zu werden, und Rhea konnte erkennen, wie Wanderer in bereits aufgestellte Zelte und offene Wagen liefen. Auf ihren Gesichtern lag Angst, aber auch Entschlossenheit, als sie mit Speeren und Bögen bewaffnet wieder herauspreschten.

Für eine kurze Weile herrschte vollkommene Stille. Die Ruhe vor dem Sturm in einer Steppe aus Hitze und Kälte. Dann näherten sich ihnen Reiter im schweren Galopp, um von einem Reigen aus bewaffneten Kriegern begrüßt zu werden.

Rhea vernahm das Aufeinanderprallen von Klingen, das Brechen von Speeren und die Schreie, die Männer und Frauen kurz vor ihrem Tod ausstießen. Der Kampf verlagerte sich schnell ins Innere des Lagers, sodass die Webhexe sehen konnte, dass die Wanderer gegen vermummte Gestalten kämpften. Sie alle waren von Kopf bis Fuß in sandfarbene Kleidung gehüllt und auch die untere Hälfte ihrer Gesichter wurde von dunklen Stofffetzen verdeckt, die im Wind der Bewegungen aufgeregt flatterten.

Ängstlich umklammerte Rhea die Eisenstäbe ihres Fensters, blickte hektisch von einem Kampf zum anderen, bis sie Taime erkannte, der sich tapfer gegen zwei Gegner zur Wehr setzte. Aber sie bewegten sich zu geschwind und zu wendig. Ihre Schwerter sausten so präzise durch die Luft, als wären sie eine Verlängerung ihrer Arme und Taime konnte sich nur mit seinem Schild aufrecht halten. Doch auch diesen durchbrachen sie mit einem Breitschwert und er zersplitterte.

Taime ließ den in der Mitte zerbrochenen Schild fallen und umfasste mit beiden Händen sein Kurzschwert. Er wagte einen Schritt vor, täuschte sein Gegenüber mit einer Finte und stieß die Klinge in den Magen des linken Angreifers. Der rechte nutzte die Möglichkeit jedoch aus. Anstatt seinem Mitkämpfer zu helfen, womit Taime ganz offensichtlich gerechnet hatte, wirbelte er herum und bohrte die Hälfte seines Schwertes durch den Bauch des Wanderers.

Rhea schrie auf.

Sie umklammerte die Gitterstäbe so fest, dass ihre Nägel abbrachen, aber sie bemerkte dies kaum. War so gefangen in dem Anblick des einzigen Freundes, des einzigen Verbündeten, den sie hier gehabt hatte … Sie konnte sein Gesicht nicht sehen, als er zuerst mit den Knien den Boden berührte und dann zur Seite fiel. Blut tränkte den trockenen Boden in sattes Rot.

Ihr schwindelte es so sehr vor Hilflosigkeit und Angst, dass sie zunächst kaum wahrnahm, dass der Mörder ihres Freundes nicht aus Triumph, sondern vor Schmerzen schrie. Hinter ihm tauchte Aiofe auf und sie webte magische Fäden. Ihre Hände bewegten sich in einer schnellen, aber klaren Abfolge und auch wenn Rhea die Fäden nicht sehen konnte, so wusste sie, dass Magie gewoben wurde.

Der Mörder schrie weiter, als blutige Striemen auf seinem Gesicht erschienen und das Tuch vor seinem Mund dunkel färbten. Kurz bevor er auseinandergerissen wurde und in tausend Teile zersprang, erkannte Rhea, was mit ihm geschehen würde, und blickte zur Seite.

Die Geräusche dieser Brutalität mischten sich unter das Orchester des Kampfes. Immer wieder.

Rhea traute sich nicht aufzusehen, aber es gab kein Entkommen. In ihrer Brust schlugen zwei Herzen, als sie den Kampf weiter beobachtete. Er wurde langsamer und zäher. Ein Zeichen dafür, dass er kurz vorm Ende stand.

Sie wollte Rache für Taime nehmen und die Eindringlinge bestrafen, aber gleichzeitig hasste sie Aiofe und Ferrana, die sich ihrer Schwester angeschlossen hatte. Auch sie wollte sie leiden sehen …

Aber war dies der Weg?

»Schwester!«, rief Ferrana, ihre Lippen voller Blut. Sie zog einen Kreis mit ihren Händen und fremdartige Worte huschten aus ihrem

Mund, als wollte sie einen Bannkreis ziehen. Rhea blickte von ihr zu Aiofe, welche die Warnung gehört hatte und sich umdrehte. Ein Eindringling hatte das Schwert gehoben, um es in ihren Rücken zu bohren, doch die Klinge zerbrach an dem Schutzschild, den Ferrana um ihre Schwester gezogen hatte.

Der Fremde betrachtete mit großen Augen sein zersplittertes Schwert, bevor Aiofe ihn mit ihrem Lachen verhöhnte. Sie hob einen Arm und drehte das Handgelenk. In der nächsten Sekunde brach der Fremde vor ihr zusammen, ließ das nunmehr wertlose Heft fallen und griff sich mit beiden Händen an den Hals. Blut sprudelte wie aus einem Brunnen aus seinem Mund und verhinderte, dass er Luft holen konnte.

Rhea fühlte sich kaum dazu imstande, das Geschehen weiter zu beobachten, und wandte den Blick ab, gerade rechtzeitig, um Ferrana zu sehen, die ihre Hände auf ihre Brust presste. Ihr Gesicht war zu einer ungläubigen Maske verzerrt, als sich ihr eine Frau im schwarzen Kleid näherte. Ihre Arme waren nackt und bluteten aus mehreren Einschnitten – eine Bluthexe, die, was Ferrana bewusst war, wie sie mit ihrer Magie Schaden zufügen konnte.

Ferrana fiel zu Boden und rührte sich nicht mehr, als die Bluthexe mit dem verhüllten Gesicht über sie drüberstieg und sich Aiofe widmete, die sich Zeit mit dem Tod des Fremden ließ.

Er spuckte noch immer Blut, obwohl er längst hätte ersticken müssen. Ein Zeichen dafür, dass Aiofe es genoss, ihn zu quälen. Immer wieder schenkte sie ihm eine kurze Pause, damit er gerade genug Luft einatmen konnte, um weiter zu leiden.

Die Bluthexe streckte einen Arm aus und als das Blut ihrer Wunden auf den trockenen Boden tropfte, erbebte die Erde.

Aiofe verlor den Griff um den Eindringling und sah sich suchend nach der Quelle um, denn sie konnte sicherlich die fremde Magie in der Luft spüren. Als sie die Hexe erkannte, weiteten sich ihre Augen und Rhea konnte ihren anschließenden Zorn beinahe schmecken. Sie hatte Ferranas Leiche entdeckt.

Die fremde Hexe griff Aifofe sofort mit verschiedenen Flüchen an, die jedoch allesamt an dem Schutzzauber abprallten. Funken sprühten und die Luft knisterte.

Für wenige Momente schien es, als wäre die Zeit stehen geblieben. Aiofe blickte von der Hexe zu Rhea, die ihren Blick regungslos erwiderte. Sie meinte so etwas wie Bedauern in ihren Augen zu lesen, bevor Aiofe ihre Arme nach oben streckte und eine komplizierte Abfolge von Bewegungen mit Fingern und Händen vollführte.

Der Sand um ihre Füße kräuselte sich durch einen schnellen Wind, stieg nach oben und umhüllte ihre gesamte Gestalt. Die Bluthexe schrie auf, doch sie konnte Aiofe nicht mehr stoppen. Der Sandsturm wirbelte davon und verschwand hinter dem Horizont.

Rhea starrte mit offenem Mund die Stelle an, an der sich Aiofe aufgelöst hatte. Sie hatte ja keine Ahnung gehabt, wozu Webmagie fähig war. Ihre Eltern hatten sich nie dieser Art von Zaubern bedient oder hatten sie das Ausmaß ihrer Macht lediglich vor ihrer Tochter verheimlicht?

Erst jetzt, da Aiofe verschwunden war, fiel Rhea die Stille im Lager auf. Die Wanderer waren entweder tot oder sie hatten sich ergeben und wurden nun in Ketten gelegt.

Zu spät dachte Rhea daran, sich zu verstecken, da landete auch schon der Blick der Hexe auf ihr. Sie deutete mit einem Finger auf sie und sofort setzten sich zwei Krieger in Bewegung, um Rhea vermutlich aus ihrem Gefängnis zu *befreien.*

Sie zog sich vom Fenster zurück und schob ihre Handknöchel in den Mund, um nicht laut aufzuschreien. So hilflos wie jetzt hatte sie sich nie wieder fühlen wollen. Ihr war nichts geblieben. Weder Helmar noch Jeriah oder ihre Magie. Sie hatte alles verloren!

Die Tür wurde mit einem Quietschen aufgezogen, das ohrenbetäubend laut in der Stille nachklang.

»Komm freiwillig raus oder …« Die Stimme des größeren Kriegers wurde durch das Tuch gedämpft, aber sie konnte ihn gut genug verstehen, um sich der unausgesprochenen Drohung bewusst zu sein.

Aus dem Augenwinkel sah sie den Apfel, der nicht mehr länger rot und glänzend war. Ein fauliger Geruch stieg von ihm auf und mehrere Würmer schlängelten sich durch das Fruchtfleisch nach draußen. Rhea unterdrückte einen Schauder, als sie an ihm vorbei zu ihren neuen Gefängniswärtern wankte.

Sie waren Sklavenhändler.

Rhea brauchte nicht lange, bis sie das verstanden hatte. Man kettete ihre Hand- und Fußgelenke zusammen und schob sie neben die anderen Wanderer. Niemand interessierte sich dafür, wer sie war und warum man sie zuvor eingesperrt hatte. Die Hexe, die ganz offensichtlich die Anführerin war, hatte sich jeden von den dreißig Überlebenden angesehen und dabei verschiedene Preise ausgesprochen.

Fünfzehn Kronen, starke Arme.

Acht Kronen, Hände einer Waschfrau.

Siebzehn Kronen, schöne Haut und angenehmes Gesicht.

Zwanzig Kronen, rote Haare sind gefragt. Die Gärtnerin wird sich freuen. Das hatte sie bei Rhea gesagt, bevor sie weitergegangen war. Nichts hatte sie von dem letzten Hauch Webmagie gespürt, der in ihr flackerte. Die kühlen silbernen Augen nur das Fleisch sehend und die Kronen, die schon bald in ihrem Beutel klimpern würden.

Noch in der Nacht wanderten sie zu Fuß Richtung Westen, während hinter ihnen die bunt bemalten Wagen lichterloh brannten.

Eine Wanderin vor ihr, vielleicht zwei Jahre jünger als Rhea, begann zu schluchzen. Ihre Schultern bebten, aber niemand wagte es, sie zu trösten, aus Angst, die Peitsche zu spüren, die die Sklavenhändler an ihren Gürteln trugen. Einer von ihnen hatte sie bereits demonstrativ auf den Boden schnellen lassen, um ihnen zu zeigen, was sie erwartete, sollten sie nicht gehorchen.

Rhea senkte den Kopf und versuchte, das Schluchzen auszublenden. Stattdessen blickte sie auf ihre Handgelenke, die von den schweren Eisenschellen bereits gerötet waren und schmerzten. Angst krampfte sich wie eine Hand um ihre Eingeweide, wenn sie daran dachte, welcher Schmerz ihr noch bevorstand.

Sie hatte nicht nur jede Chance vertan, Jeriah zu helfen, sie würde sich auch selbst nicht mehr helfen können.

Wie kann man nur so leichtsinnig sein? Sie hätte niemals die Stadt verlassen sollen.

Ihre Beine fühlten sich müde an und es fiel ihr von Mal zu Mal schwerer, die Füße für einen weiteren Schritt anzuheben, sodass sie mehrmals stolperte. Sie waren zwar nicht mit Ketten miteinander verbunden, aber Rhea wollte niemanden in Schwierigkeiten bringen, indem sie ihn anrempelte. Also konzentrierte sie sich so sehr auf jeden weiteren Schritt, dass sie beinahe doch in das Mädchen vor ihr gelaufen wäre, als es plötzlich stehen blieb.

Im letzten Moment konnte sie sich bremsen.

Sie hatten ein vorübergehend errichtetes Lager erreicht. Es gab nur sehr wenige Zelte, aber einige Feuerstellen und Schlafsäcke, in die sich Männer und Frauen bereits zurückgezogen hatten. Selbst durch den Lärm, den die Neuankömmlinge verursachten, rührten sie sich nicht, als wären sie diese Art von nächtlicher Störung schon gewohnt.

Mittlerweile hatten die meisten Händler die Tücher vor ihren Gesichtern abgenommen und offenbarten dadurch vom Sand und der Sonne aufgeraute Gesichtszüge. Rhea sah niemanden, den sie als wirklich schön hätte bezeichnen können, und sie musste an Taime zurückdenken.

Taime, der ihr Freund gewesen war. Wenigstens für kurze Zeit.

Taime, dessen Lächeln stets das ihre geweckt hatte.

Taime, der nun tot war.

Sie schloss für wenige Sekunden die Augen, um dem Schreck, der in ihrer Brust blühte, zu entkommen, aber er folgte ihr auch in die Dunkelheit.

»Streckt eure Hände nach vorn«, befahl ihnen der Mann, der sie persönlich gefesselt hatte. Die Bluthexe überließ ihm die Handhabung der Sklaven, indem sie sich ohne einen Kommentar von ihnen wegdrehte und eines der Zelte aufsuchte.

Alle dreißig Männer und Frauen gehorchten. Sie waren den Fremden zahlenmäßig weit unterlegen und die erlittene Niederlage war zu frisch in ihren Erinnerungen, um sich dagegen zu wehren.

Da Rhea in der Mitte stand, musste sie fünfzehn Mal mit ansehen, wie die Schellen auf der linken Seite gelöst wurden, bis sie an die Reihe kam. Anschließend wurde ein Brandeisen aus dem Feuer geholt, das rot in der Nacht glühte und ihnen allen den Schweiß auf die Stirn trieb. Als das heiße Eisen auf die dunkle Haut traf, drehte sich Rheas Magen um. Das Geräusch, der Schrei des Mannes und der Geruch von verbranntem Fleisch.

Das Mädchen neben ihr fiel auf die Knie und übergab sich. Die Händler waren glücklicherweise zu sehr mit ihrem zweiten Opfer beschäftigt, sodass sie nicht auf sie achteten.

»Steh auf. Komm schon«, bat Rhea sie und umfasste panisch ihren Arm. »Es wird nicht das Ende sein. Versprochen.«

»Wir werden als Sklaven gebrandmarkt«, wimmerte sie, ließ sich jedoch aufhelfen. Von ihrem Mundwinkel hing ein Speichelfaden, den sie grob mit ihrem Ärmel wegwischte.

Rhea konnte nicht genau sagen, ob es die Kälte war, die sie erzittern ließ, oder die Worte der Wanderin. Sie hatte recht. Sie würden als Sklaven gekennzeichnet werden und auch wenn in Ayathen Sklaverei nicht ganz legal war, so gab es doch genug Adlige, die ungestraft mit der Beschäftigung dieser davonkamen. Weder der König von Atheira noch die Königsfamilie in Vinuth machten sich die Mühe, dagegen vorzugehen. Allein Idrela verabscheute die Haltung von Sklaven, aber Rhea wusste nicht genau, wie sie dies bestraften … War also Idrela der einzige Ort, an den sie fliehen konnte, nachdem man sie gekennzeichnet hatte? Sah so ihre Zukunft aus?

Sie war so in Gedanken versunken gewesen, dass sie nicht bemerkt hatte, wie schnell sich die Männer vorgearbeitet hatten. Neben ihr schrie das Mädchen auf, erblasste und verlor schließlich das Bewusstsein. Bevor sie auf den Boden fallen konnte, hielt der Mann neben ihr sie fest, obwohl er die gleichen Schmerzen wie sie verspüren musste.

»Deine Arme«, blaffte der große Fremde und sie gehorchte augenblicklich. Ein anderer zog ihren linken Ärmel über ihren Ellbogen und offenbarte dadurch das zarte, blasse Fleisch, das kaum jemals Sonne gespürt hatte.

Ihm wurde die Eisenstange mit dem glühenden Dreieck gereicht. Rhea konnte ihren Blick nicht abwenden. Die Hitze wärmte ihr Gesicht und rief gleichzeitig solchen Ekel in ihr hervor, dass sie beinahe ihren Mageninhalt ausgespuckt hätte.

Das glühende Eisen näherte sich ihr langsam und langsamer, bis nicht mehr als ein Finger zwischen ihm und ihrer Haut passte. Fast hörte sie, wie die kleinen Härchen knisterten, und sie sah, wie sie sich kräuselten und schwarz verfärbten. Dann spürte sie nur den Schmerz, der durch ihren gesamten Körper fuhr.

Die Magie in ihr regte sich, schlug wild um sich, Farben und Fäden flackerten auf, dann wurde alles schwarz.

Kapitel · 13

Morgan stand vor dem Tempel auf der steinernen Plattform. In der Dunkelheit wartete der Circus darauf, dass die königliche Familie aus der Mitternachtsmesse kam. Sie selbst zitterte aufgrund der durchdringenden Kälte am ganzen Körper und musste sich dazu zwingen, nicht herumzuzappeln, um Wärme in ihre Gliedmaßen zu treiben.

Bereits vor einer Stunde hatten sie und der Circus die Familie in einer Prozession vom Palast bis zu dem Tempel am anderen Ende der Altstadt begleitet. Seitdem harrten sie aus. Selbst Shina, die nichts ernster nahm als ihre Arbeit, rieb sich verräterisch über die Arme.

»Sie kommen!«, rief jemand aus dem gemeinen Volk, das am unteren Ende der breiten Treppe wartete. Einem Teil der Bürgerlichen war der Eintritt in die Messe, die vom Dux Aliquis geleitet wurde, gestattet worden. Der Rest musste genauso wie der Circus draußen warten und füllte die drei Straßen, die in den Tempelplatz mündeten.

Shos Assistent, ein schlaksiger Junge und nicht älter als zwölf, verteilte die Eisrosen an die Tänzerinnen, die sie während des Feuerwerks und der Prozession dem Adel überreichen sollten. Wurden die Rosen angehaucht, schmolz das Eis und sie färbten sich rot.

Morgan hielt ein halbes Dutzend von ihnen in einem Strauß zusammen und richtete ihren Blick auf das nunmehr offene Tor mit den Bildnissen der neuen Götter. Da sie keine eigenen Körper besaßen, wenn sie einmal im Jahr zu *levengrond* die Erde betraten, wurden sie lediglich mit blanken Gesichtern dargestellt. Man konnte sie allein durch die Szenen und die Gegenstände in ihren Händen auseinanderhalten. Zunächst trat das einfache Volk hinaus. Auf seinen Mienen zeichneten sich Glück und Zufriedenheit ab, als würde es die Erinnerung an die Mitternachtsmesse für lange Zeit in seinem Herzen tragen. Ihnen folgten nach kurzer Unterbrechung die fünfzehn Adelsfamilien, deren Frauen ausladende Hüte und die Männer dunkle Krawatten trugen. Als Letztes trat das Königspaar gemeinsam mit dreien der vier Kinder und den Leibwächtern heraus.

Zuvor hatte Morgan nur einen kurzen Blick auf Jeriah erhascht, doch jetzt konnte sie sehen, dass sie sich die Müdigkeit in seinem Gesicht nicht nur eingebildet hatte. Seine Augen waren rot gerändert und dunkle Schatten lagen darunter, als hätte er seit vielen Tagen keinen Schlaf mehr gefunden.

Morgan setzte ein breites Lächeln auf, obwohl man es ihr wegen des Schleiers nur an den Augen ablesen konnte. Sie machte es den anderen Tänzerinnen nach und mischte sich unter das Volk.

Über ihnen explodierte Sekunden später buntes Feuerwerk. Es tränkte den schwarzen Nachthimmel in tausend Farben und erhellte die triste Nacht. Jemand aus dem Circus spuckte Feuer, Schreie der Begeisterung wurden laut und der erste Adelige hauchte die Rose an, als die Trommeln einsetzten. Das Eis zerschmolz, ohne zu tropfen, und die Rose leuchtete rot.

Morgan arbeitete sich weiter in der Prozession nach hinten, bis sie schließlich die gut bewachte Königsfamilie erreichte. Ihr wurde es mit einem milden Lächeln gestattet, Cillian eine Blume zu überreichen, obwohl sie eigentlich Jeriah angesteuert hatte. Doch im letzten Moment sah sie, dass sich Erik wieder einmal in der Nähe des jüngsten Thronfolgers aufhielt und nicht an Jeriahs Seite.

Als Cillian nach der dargebotenen Rose griff, berührte er Morgans Finger absichtlich länger als notwendig und sie musste sich dazu zwingen, sich ihren Ekel nicht anmerken zu lassen. Der Schleier aus grüner Gaze war ihr dabei eine große Hilfe. Sie wartete, bis er die Rose aus dem Eis befreit hatte, bevor sie sich einmal um ihre Achse drehte und sich dann verbeugte. Ihr Plan funktionierte und er schritt mit einem zufriedenen Lächeln an ihr vorbei, sodass sie sich direkt zwischen seinem Rücken und Erik stellen konnte. Im Gegensatz zu Cillian sah er sie mit einem grimmigen Gesichtsausdruck an und wirkte, als würde er sich an jeden anderen Ort wünschen, nur nicht an diesen. Auf seiner Stirn glänzte eine dünne Schicht Schweiß oder war er von Regentropfen getroffen worden?

»Für Euch«, wisperte sie und gab ihm ihre dritte Rose. Als er danach griff, stellte sie sich auf die Zehenspitzen und streifte mit ihrer Wange die seine. Der Stoff war so dünn, dass Morgan ihn kaum durch die Wärme seiner Haut spürte.

»Pass auf dich auf, du bist in Gefahr«, warnte sie ihn und ließ im gleichen Augenblick die Rose los. Instinktiv griff er danach, wodurch sie die Möglichkeit hatte, in die Menge abzutauchen, um seinen Fragen zu entgehen.

Sie hatte Talia weder in der Prozession noch unter dem jubelnden Volk gesehen, das bedeutete jedoch nicht, dass sie nicht hier war. Hoffentlich nahm Erik Morgans Warnung ernst und gab auf sich acht.

Während sie durch die Reihen der Adligen streifte, hielt sie weiterhin nach der zierlichen Assassinin Ausschau, doch sie könnte sich überall verstecken. Viele der Bürgerlichen hatten dunkle Masken zu Ehren Ewens aufgesetzt, um damit ihre Stärke und Einheit auszudrücken, sodass sie schnell zu einem Strom am Rande von Morgans Blickfeld verschmolzen.

Erst als sie durch die Tore schritten und das letzte Feuerwerk erlosch, gestattete sie sich aufzuatmen. Shina tauchte neben ihr auf und Morgan ließ sich von ihr an einem Arm in den Ballsaal führen. Gleichzeitig sah sich Morgan nach Erik um. Die Bauchtänzerin schenkte ihr zwar ein genervtes Schnauben, aber sie schob Morgan nicht von sich, wie sie es erwartet hatte.

Erik und Cillian gehörten zur ersten Gruppe, die den Saal betraten, der großzügig in verschiedenen Rottönen und mit goldenen Girlanden geschmückt worden war. Die Dienstboten standen bereit, servierten den durstigen und frommen Gästen prickelnden Sekt, süßen Vinuthwein und herzhafte Häppchen. So wie es Morgan vor nicht allzu vielen Monaten getan hatte. Musik hallte durch den Saal und trug zur gelassenen Atmosphäre bei, in der sich die Menschen in dem goldenen Licht der tausend Kerzen so wohlfühlten.

Es kribbelte in ihren Fingern, die Gelegenheit zu nutzen, um sich weiter durch die Menge zu winden, doch sie musste ihre Rolle spielen und dazu gehörte es, zu lächeln und zu tanzen.

In der nächsten halben Stunde verfluchte sie sich dafür, Erik gewarnt zu haben. Sie wollte in seiner Nähe bleiben, um Talia aufzuhalten, aber zu nahe konnte sie ihm nun auch nicht kommen, weil sie in seinen Augen die Entschlossenheit sah, sie zur Rede zu stellen. Er hatte sich nur noch nicht entschieden, ob er es selbst wagen oder jemanden vorschicken sollte. Das nahm sie zumindest an, anders konnte sie sich sein Zögern nicht erklären.

Schließlich nahm sie die Entscheidung selbst in die Hand, nachdem sie den Saal drei Mal umrundet hatte und von Talia keine Spur zu sehen war. Der Hauptmann war an diesem Ort mit den Hunderten Gästen so sicher, wie jemand sein konnte.

Sie schlüpfte aus einer der drei Türen, die nicht auf die Balkone führten, und nahm ihren Schleier ab, während sie sich weiter von der stickigen Halle entfernte. Endlich konnte sie freier atmen.

Ihre Gedanken rasten. Was genau hatte Talia gesagt? Dass Morgans Bemühungen vergebens sein würden, weil bereits alles in Gang gesetzt worden war? Erik hatte sein Zimmer nach ihr betreten, aber keine Falle hatte auf ihn gewartet … oder?

Plötzlich überkam sie eine Vorahnung und sie beschleunigte ihren Schritt. Da ihre Sohlen so weich waren, war es ein Leichtes, sich mithilfe der Schatten zu den Quartieren der Wachen zu schleichen. Zwei Männer kamen ihr in eine angeregte Unterhaltung vertieft direkt auf dem Korridor entgegen, aber sie bemerkten Morgan nicht, die sich eng mit dem Rücken an einen Steinbogen presste. Als sie an ihr vorbeigingen, blickten sie nur geradeaus und achteten nicht auf die Schatten, die von den Fackeln geworfen wurden.

Erst als ihre schweren Schritte verhallt waren, erlaubte sie sich auszuatmen. Sie blickte nach links und dann nach rechts, bevor sie den Korridor bis zum vorletzten Fenster hinabschritt. Wenn sie sich richtig erinnerte, war dies Eriks Zimmer.

Instinktiv legte sie eine Hand an ihre Hüfte, doch ihr Dolch lag unter ihrem Kissen, weil Shina sie davor gewarnt hatte, ihn mitzunehmen. Hin und wieder wurden sie nämlich durchsucht, wenn sie sich der Königsfamilie annäherten.

Morgan hatte auf ihren Rat gehört, doch ganz ohne Waffen würde sie sich niemals unter ihre Feinde begeben. Statt des Dolches zog sie eine spitze Nadel, die ihre Haare zusammengehalten hatte, aus ihrer Frisur und hielt das stumpfe Ende fest in der Faust. Das Haar fiel in sanften Locken bis zu ihren Schultern hinab, bevor sie die Tür öffnete.

Erik sollte wirklich darüber nachdenken, sein Zimmer abzuschließen, dachte sie. So oft wie jemand Fremdes den Raum betrat, wäre ein funktionierendes Schloss sicherlich keine unnötige Anschaffung.

Lautlos drückte sie die Tür hinter sich wieder zu, bevor sie eine Kerze entzündete, die sie im Halbdunkel gerade noch erkennen konnte. Sofort wurden die tiefsten Schatten vertrieben und Morgan konnte sich seelenruhig umsehen.

Sie löste sich von dem Nachttisch, auf dem sie die Kerze entzündet hatte und der ansonsten leer war, und steuerte den Schreibtisch an. Da sie sich nun nicht mehr in einem überfüllten Ballsaal bewegte, spürte sie die schnell heraufkriechende Kälte und sie musste sich während ihrer Musterung über die nackten Arme reiben. Der Hauptmann besaß zwar eine Feuerstelle, allerdings lag sie kalt und unberührt da. Die Asche strahlte nicht einmal den Hauch von Wärme aus, als wäre schon seit Tagen kein Feuer mehr entzündet worden.

Auf dem Schreibtisch herrschte heilloses Durcheinander. Als Erstes bemerkte sie trotzdem das zierliche Drahtgestell einer Brille, das auf einem dicken Wälzer mit dem einfachen Titel *Botanik* lag. Morgan wusste zunächst nichts damit anzufangen, da diese Sehhilfe so im Kontrast zu dem starken, grimmigen Mann stand, den sie kennengelernt hatte.

Sie erinnerte sich daran, als wäre es gestern gewesen, als er ins Schlafgemach des Prinzen gestürmt war und sie festgenommen hatte. Wie sein Griff unnachgiebig gewesen war und seine Stärke sie eingeschüchtert hatte, obwohl sie es nie zugeben würde. Er hatte es sogar gewagt, ihr unter den Rock zu fassen, um nach dem Dolch zu tasten, den sie an ihrem Oberschenkel festgebunden hatte.

Wut, Scham und noch etwas anderes, das sie nicht näher benennen konnte, stiegen in ihr hoch.

Kopfschüttelnd ignorierte sie die Brille, um sich die anderen Bücher anzusehen. Schnell erkannte sie jedoch, dass sie sich alle um dasselbe Thema drehten: Landschaften, Pflanzen und deren Züchtung. Zudem gab es grobe Skizzen von fantastischen Gärten mit besonderen Bauten, die stets als Zentrum für das jeweilige Pflanzenarrangement dienten.

Anscheinend steckte in dem jungen Hauptmann mehr, als sie zunächst vermutet hatte …

Sie wandte sich von dem Schreibtisch ab und blickte an die Decke, um nach weiteren Fallen Ausschau zu halten, was zugegebenermaßen reichlich spät geschah, doch Morgans Ahnung war ohnehin eine andere. Sie fragte sich, ob …

Ihr Blick wanderte über die Kommode, auf dem eine Kanne und eine Waschschüssel ihren Platz fanden, zu einem weiteren länglichen Tisch, der dicht an die kahle Wand gerückt war. Sie schritt konzentriert über den abgetretenen braunen Teppich, bis sie direkt vor dem Tisch stand und die seltsamen Objekte als Geschenke erkannte. Manche von ihnen waren bereits aus ihren Kisten geholt worden, es waren Bücher, Waffen oder glänzende Schreibfedern.

Morgan achtete darauf, keines davon zu berühren, als sie erkannte, dass die Geschenke nicht für Erik bestimmt waren, sondern für Cillian. Offensichtlich sollte der Hauptmann die Geschenke erst überprüfen, bevor er sie dann an den jüngsten Sohn weiterreichte.

Ihre Ahnung verstärkte sich zu einem Kribbeln in ihrem Nacken, als sie die Länge des Tisches ablief und an seinem Ende eine seegrüne Weinflasche bemerkte. Eine dicke Staubschicht hatte sich auf das Etikett gelegt, doch die angeheftete Karte konnte sie trotzdem lesen, ohne sie zu sich drehen zu müssen. Da das Kerzenlicht kaum bis zu ihr reichte, beugte sie sich vor und kniff die Augen zusammen.

Ich hoffe, ich kann eines Tages ein besserer Bruder für dich sein.
Jeriah

Sie erstarrte. Wieso sollte Jeriah seinem Bruder etwas schicken, das hier bei Erik landete? Ihm würde doch direkter Zugang zu Cillian gestattet werden. Aber wieso kontrollierte der Hauptmann überhaupt Cillians Geschenke und harrte ständig an seiner Seite aus? War er vielleicht versetzt worden?

»Konzentrier dich«, zischte sie und fokussierte sich auf die Flasche. Vorsichtig beugte sie sich vor, schnupperte an der weißen Substanz, die sie fälschlicherweise für Staub gehalten hatte und nun als das erkannte, was sie war. Gift. Der süßliche Geruch, der von ihr ausging, war unverkennbar etwas, mit dem Morgan des Öfteren bei Cardeas Versuchen mit Pflanzen konfrontiert gewesen war. Das Einatmen war nicht tödlich, aber die Berührung … »Du Miststück.«

Morgan hatte Talia unterschätzt. Sie war der Meinung gewesen, die Assassinin zu kennen und zu wissen, dass sie wie Morgan eine Abneigung gegen Gift hegte. Anscheinend hatten die Jahre seit ihrer letzten Begegnung sie etwas Gegenteiliges gelehrt.

Verfluchte Götter …

Als die Tür hinter ihr aufging, konnte sie sich nur umdrehen und ihre Nadel hochheben. Sie erkannte die Silhouette, die sich im Türrahmen ausbreitete, sofort, konnte jedoch nicht einschätzen, ob das ein Grund war, sich zu entspannen.

Erik trat einen Schritt auf sie zu, sodass sein Gesicht von der Kerze beleuchtet wurde und das Licht die harten Kanten und Linien scharf umriss. Seine Wangenknochen stachen deutlich unter der Haut hervor, das Blau seiner Augen glich einem Schneesturm, so durchdringend war der Blick aus ihnen, und den Mund hatte Erik zu einer grimmigen Linie verzogen. Sie traute sich kaum, den Rest seines Körpers zu mustern, doch es war unabdinglich, um einzuschätzen, ob er sie auf der Stelle mit seinem Schwert niederstechen würde. Mit Erleichterung stellte sie allerdings fest, dass seine linke Hand zwar auf dem zu einem Hirschkopf geformten Knauf lag, er jedoch keinerlei Anstalten machte, das Schwert zu ziehen.

Ganz langsam, um ihm zu zeigen, dass sie keine Gefahr darstellte, steckte sie die Nadel in ihren Rockbund. Das Metall lag warm an ihrer Haut an, bevor sie beide Hände auf Schulterhöhe anhob und sich ihm näherte. Als Warnung verengte er die Augen und sie blieb, wo sie war, während sein Blick sich in den ihren bohrte.

»Hör zu, ich …«

»Ich hatte im Gefühl, dass ich dir bereits begegnet bin«, sagte er mit gefährlich leiser Stimme, die ihr Herz höherschlagen ließ. Wie kam es, dass er mit so wenigen Worten, mit so wenigen Bewegungen so viele Gefühle in ihr erzeugte? »Aber bis jetzt konnte ich dich nirgendwo einordnen.« Er tat einen weiteren Schritt auf sie zu, bis er drohend über ihr aufragte. »Jetzt sehe ich es deutlich. Du bist das Dienstmädchen, das Jeriah töten wollte. Bist du zurückgekommen, um deinen Auftrag zu beenden?«

Noch hatte er sie nicht festgekettet.

Noch zog er sie nicht an den Haaren in den Kerker.

»Glaub mir, es ist nicht so, wie es aussieht.« Warum war ihre Stimme plötzlich so kratzig? Sie wollte ihre Hand auf die spitze Nadel legen, doch sie fürchtete, dass Eriks Geduld damit überstrapaziert werden würde.

»Dir glauben?« Er verzog sein Gesicht zu einer hämischen Grimasse, die sie zu sehr an Cáel erinnerte – und dadurch von ihren wirbelnden Gefühlen ablenkte. Sie war eine Wölfin, verflucht noch mal, und eine Wölfin ließ sich nicht einschüchtern. »Warte … Wie bist du geflohen? Aus Pelia? Das ist unmöglich!«

»Das sollte dich nicht kümmern, Hauptmann«, fauchte sie und weigerte sich, seinem nunmehr leicht verschleierten Blick auszuweichen. »Ich bin nicht hier, um irgendjemanden zu töten. Ganz im Gegenteil … Hast du diese Flasche hier berührt?«

Ihre Worte trafen ihn sichtbar unerwartet. Er blinzelte mehrmals, bevor er sie so schnell an den Oberarmen packte, dass ihr keine Zeit blieb, seinem Griff zu entfliehen.

»Wovon redest du? Wieso bist du in meinem Zimmer? Zum zweiten Mal sehr wahrscheinlich, hm? Und warum warnst du mich davor, dass ich in Gefahr schwebe? Macht es den Triumph um so vieles süßer für dich?«

»Kannst du einmal den Mund halten?«, rief sie, weil ihr der Geduldsfaden gerissen war. Sie deutete trotz seines Griffes mit beiden Händen umständlich auf die Flasche neben sich. »Hast du oder hast du nicht diese Flasche berührt? Sie ist vergiftet.«

»Vergiftet?« Er ließ seine Arme sinken, blickte von ihr zu der Flasche und wieder zu ihr, als würde er nicht genau bestimmen können, was die größere Gefahr für ihn darstellte. »Könnte sein. Am Abend … vielleicht … aber ich fühle mich gut … ich …«

»Ja?« Morgan betrachtete ihn genauer und bemerkte erneut die dünne Schweißschicht auf seiner Stirn. »Ist dir nicht gut?«

»Vielleicht habe ich … Kopfschmerzen«, entschlüpfte es ihm, bevor er sich zurückhalten konnte. Eine der ersten Regeln, die man in ihrem Milieu lernte, war, seinem Gegner keine Schwächen zu offenbaren.

»Talia sei verflucht«, zischte die Wölfin, wandte sich von dem Hauptmann ab und suchte in seiner Kommode nach etwas, in das sie die Flasche einwickeln konnte. »Besitzt du einen Beutel oder etwas in der Art?«

»Neben dem Kamin an dem Haken«, antwortete Erik prompt, doch etwas in seiner Stimme ließ sie innehalten. Als sie zu ihm aufsah, bemerkte sie, dass er blasser geworden war und sie fluchte noch einmal. »Wir müssen eine Heilerin holen …«

Sie schüttelte entschieden den Kopf.

Nachdem sie den Beutel vom Haken genommen hatte, stülpte sie ihn über die vergiftete Flasche und verknotete ihn. Sie legte sich außerdem Eriks Mantel über ihre freizügige Kleidung, um sich die Kordel, die den Beutel zusammenhielt, quer über den Oberkörper zu hängen.

»Traust du mir?«, fragte sie ihn. »Nur für eine Nacht.« Sie streckte ihm ihre Hand entgegen, um ihn zu stützen.

Sie konnte unter keinen Umständen zulassen, dass er starb, weil er dadurch all ihre Pläne vereitelte. Diese verdammte Furie von Königin! Konnte sie ihre Drecksarbeit nicht selbst erledigen und ihren Sohn aus dem Weg schaffen?

»Du stirbst, wenn du es nicht tust«, fügte sie hinzu, als der Hauptmann zögerte. Sein glasiger Blick besaß noch immer eine Intensität, vor der sie im Normalfall zurückgewichen wäre, doch dafür war keine Zeit.

»Verrate mir erst deinen Namen«, brachte er noch hervor, aber immerhin wehrte er sich nicht dagegen, dass sie einen Arm um ihn legte und ihn zur Tür führte.

»Morgan«, antwortete sie und befestigte ihren Schleier erneut vor ihrem Gesicht.

Kapitel · 14

Morgan wusste, dass sie weder die Ausbildung noch die Magie dafür besaß, jemanden zu heilen, der vergiftet worden war. Jemand anderes hatte damit allerdings tagtäglich zu tun und dieser jemand wurde zu ihrer einzigen Hoffnung, als sie den Hauptmann durch die Dienstbotenquartiere nach draußen lotste.

Im Außenhof begegneten ihnen zwei seiner Kollegen, die sie belustigt ansahen. Es war nur zu deutlich, was sie dachten.

»Unser Hauptmann amüsiert sich«, sagte der eine lachend und schlug sich gegen die Brust. Mit der anderen Hand drückte er sich die Öffnung einer braun gefärbten Flasche an den Mund und der derbe Geruch von Bier wehte zu Morgan herüber.

»Schade, dass er nicht teilt«, ließ der andere verlauten, der ebenso unsicher auf den Beinen war, als er in ihre Richtung torkelte.

Erik richtete sich abrupt auf, löste sich von Morgan und setzte eine grimmige Miene auf. Woher auch immer er seine Kraft nahm, sein Wille musste eisern sein.

»Stillgestanden«, befahl er seinen Wachen, die nur eine Sekunde zögerten, dann siegte das ergebene Verhalten, das ihnen mit stundenlangem Training eingetrichtert worden war. »Sorgt dafür, dass jemand Seine Hoheit Cillian bewacht, da ich für die restliche Nacht beschäftigt sein werde. Sollte mir auch nur eine Klage zu Ohren kommen, wird es euch die Stelle kosten.«

»Jawohl, Hauptmann.« Beide Wachen salutierten trotz ihrer Trunkenheit und traten eilig ab. Die Flasche landete geräuschvoll in einer Ecke.

Sobald sie außer Sicht- und Hörweite waren, wankte Erik gefährlich und ließ zu, dass Morgan ihn wieder stützte. Sie war für eine Weile unfähig, etwas zu sagen, da sich unwillkürlich Bewunderung in ihr ausgebreitet hatte. Der Hauptmann nahm seine Arbeit ernst, lebte sie mit Leib und Seele.

Als sie den Henkersplatz erreicht hatten, hatte sich Morgan wieder gefangen und sie konnte sich darauf konzentrieren, Erik möglichst schnell zu Cardea zu bringen. Sie wusste nicht, wie sie zu ihrer Freundin stand, ob sie ihr vertrauen konnte, aber sie zweifelte nicht einen Moment daran, dass diese einem Menschen in Not helfen würde.

Erik stöhnte und blieb neben ihr stehen. Sie hatte ihren Arm nach wie vor um seine Mitte geschlungen, aber selbst durch seine schwarze Jacke mit den dunkelblauen Applikationen konnte sie die Hitze spüren, die von ihm ausging. In dem gelben Licht der Straßenlaterne wirkte seine Haut kränklich und blass, die Schatten unter seinen Augen wurden dunkler.

»Es ist nicht mehr weit«, versprach sie ihm und versuchte, möglichst einfühlsam zu klingen.

Sie verkniff sich ein erleichtertes Seufzen, als er sich wieder in Bewegung setzte, wenn auch stolpernd und in unregelmäßiger Geschwindigkeit, aber sie nahm alles, was er ihr bot. Sie würde ihn wohl kaum zu Cardea tragen können, sollte er hier und jetzt das Bewusstsein verlieren. Sie verfluchte Talia noch einmal in Gedanken.

»Erzähl mir … etwas«, bat er atemlos, als wäre er bereits mehrere Meilen gelaufen und würde nun eine Verschnaufpause einlegen. Ihre Hand verkrampfte sich in dem Stoff seiner Tunika. Er musste durchhalten.

»Ich hasse dich«, sagte sie vollkommen unbedacht, aber ihre Gefühle gehörten in dieser Nacht nicht ihr, wie es schien. »Deinetwegen wurde ich nach Pelia überführt und musste diese … diese Hölle überstehen.«

»Ich würde ja sagen, es tut mir … leid, aber …« Er hustete in seine freie Hand und als er sie von seinem Mund nahm, erkannte sie dunkle Tropfen auf seiner Haut. Eilig versuchte er, diese vor ihr zu verbergen.

»Ich würde es dir ohnehin nicht abkaufen«, entgegnete sie prompt, um ihm am Weitersprechen zu hindern. Er sollte seine Kräfte sparen.

Sie hatten den Henkersplatz nun hinter sich gelassen und liefen am Rand des Villenviertels entlang. Normalerweise mied sie diesen Stadtteil, da sich hier viel zu viele Patrouillen aufhielten, aber der Weg war ein kürzerer und im Notfall konnte sich Erik herausreden. Schließlich war er der Hauptmann der königlichen Leibwache.

Mit geschärftem Blick betrachtete sie ihre Umgebung, musterte jeden Schatten und achtete auf jede Bewegung hinter den dunklen Fenstern, bis Eriks Schuhspitze an einem hervorstehenden Pflasterstein hängen blieb. Er stolperte und sie konnte ihn nur mit größter Mühe aufrecht halten.

Sie hatte ihren zweiten Arm um ihn geschlungen, sodass sie nun von Angesicht zu Angesicht standen und sie den Tribut, den das Gift von ihm forderte, noch deutlicher erkennen konnte. Er wirkte wie eine geisterhafte Gestalt aus alten Zeiten.

Schließlich hörte sie gleichmäßig gesetzte Schritte, was in ihrer Situation nichts Gutes bedeuten konnte.

Sie blickte sich um, konnte durch den Nebel jedoch nicht sehen, wie weit die Gestalt von ihnen entfernt war. Es musste sich um eine Wache handeln. Nur sie schritten in dieser Art und Weise die dunklen Straßen entlang. Schon vor langer Zeit hatte sie sich ihre Bewegungsmuster eingeprägt.

»Komm mit.« Sie zog Erik an eine kalte Backsteinwand, an die sie sich mit dem Rücken lehnte. Der Umhang des Hauptmannes schützte sie vor der Feuchtigkeit, aber die Kälte sickerte durch den grobmaschigen Stoff. »Stütz dich neben mir auf und beug dich runter.«

»Wieso?« Stirnrunzelnd hob er seinen Kopf, als würde er sich umsehen wollen. Kurzerhand legte sie eine Hand in seinen Nacken und zog ihn daran zu sich herunter, damit seine Wange beinahe an ihrer anlag. Sein heißer Atem streifte ihren Hals.

»Weil du nicht mehr dazu in der Lage bist, Befehle zu erteilen«, wisperte sie an seinem Ohr. Er streckte seine Arme nun doch aus, um sich rechts und links von ihr an der Wand abzustützen. »Ich kann nicht riskieren, dass jemand sieht, wie schlecht es dir geht. Es würde uns aufhalten.«

Die Schritte wurden lauter. Morgan legte einen Arm um Eriks Mitte und zog ihn näher an sich, sodass sie die fiebrige Hitze spürte. Sie wärmte sie zwar, gleichzeitig aber bereitete sie ihr Sorgen.

Morgan konnte nicht über Eriks Schulter hinwegblicken, aber sie glaubte, dass der Wachmann nun den Nebel durchbrochen und sie erblickt hatte. Sein Gang verlangsamte sich, als würde er sie beobachten.

Erik beugte sich tiefer hinab. Seine Lippen berührten beinahe die Kuhle zwischen ihrer Schulter und ihrem Hals. Sie war sich sicher, dass nur noch wenige Zoll fehlten und …

»Macht, dass ihr davonkommt. Bei meiner nächsten Runde seid ihr hoffentlich verschwunden«, grunzte der Wachmann.

»Jaja«, antwortete Erik lallend, um seiner Rolle als liebestoller Betrunkener gerecht zu werden. Glücklicherweise ließ es der Wachmann dabei bewenden, da er nicht darauf wartete, ob sich Erik zu ihm umdrehte, sondern seinen Rundgang fortsetzte. Ihr Plan wäre nichtig gewesen, wenn er Eriks Uniform erkannt hätte.

Morgan wartete noch ein paar Herzschläge, nachdem die Schritte verklungen waren. Dann erst strich sie Erik auffordernd über die Seite.

Er atmete tief durch, bevor er sich von der Wand abstieß. Mit ihm verschwand auch die Wärme, was der einzige Grund war, warum sie ihm wieder stützend zur Seite stand.

»Geht es?« Sie strich seine Arme hinauf und blickte in sein Gesicht. Sie wartete und betete, dass das Blau seiner Augen nicht verschwand, nicht noch weiter verblasste.

»Warum hilfst du mir?« Er leckte sich über die trockenen Lippen und für einen Wimpernschlag konnte sie den Blick nicht von ihnen nehmen. »Wieso lässt du mich nicht einfach hier liegen, wenn du mich so sehr hasst?«

Sie musste sich eine Antwort nicht einmal zurechtlegen. »Ich würde dich gerne selbst bestrafen und wenn du durch dieses Gift stirbst, wird mir meine Rache wohl nicht mehr gewährt werden.«

»Charmant«, hustete er, setzte aber seinen Weg fort. »Warum würde sich jemand die Mühe machen, … mich zu vergiften? Ich bin ein Niemand.« Er klang nicht bedauernd oder als würde er um Mitleid heischen. Es war eine einfache Aussage, von der er annahm, dass sie wahr und rechtens wäre.

»Du bist kein Niemand«, widersprach sie ihm sofort. »Trotzdem bist du sozusagen nur der Kollateralschaden.«

»Was hat das zu bedeuten?«

Sie bogen an der nächsten wie ausgestorbenen Kreuzung links ab und Morgan gestattete sich aufzuatmen. Das Villenviertel hatten sie damit hinter sich gelassen. Bis zu Cardeas Näherei war es nicht mehr weit.

»Shh, später. Wir sind da.« *Oder so gut wie*, fügte sie in Gedanken hinzu. »Bleib hier stehen.«

Sie half ihm dabei, sich gegen die raue Steinwand zu lehnen. So würde er nicht wie ein von Straßenkindern leicht zu überwältigendes Opfer aussehen, und sie selbst versank in den Schatten. Auch vor ihrer Gefangenschaft hatte sie die Gegend stets erkundet, bevor sie Cardea einen Besuch abgestattet hatte, aber damals war es immer darum gegangen, dass ihr niemand folgte. Nun musste sie sicherstellen, dass sich niemand anderes bei Cardea aufhielt.

Durch das zugestellte Schaufenster wurde ihr nur ein unzureichender Blick ins Innere gewährt. Auch hinten hatte sie kein besseres Glück, sodass sie auf ihren Ausweichplan zurückgriff. Sieben Mal klopfte sie an die Tür, jedes Mal unterschiedlich schnell. Dies war ihr abgemachtes Zeichen dafür, wenn Morgan bei einem Besuch nicht von einem ihrer Kunden gesehen werden durfte. Die Wölfin hatte dies zunächst umgehen wollen, weil sie dazu Cardea vertrauen musste, und dafür fühlte sie sich nicht völlig bereit.

Es vergingen keine zwei Minuten, da öffnete sich die Tür. Morgan festigte den Griff um ihre Eisennadel, doch es war nur die Bluthexe, die ihr in einen Morgenmantel gehüllt gegenüberstand. Sie riss bei dem Anblick ihres Gastes die Augen weit auf, als hätte sie trotz des vereinbarten Klopfens mit jedem anderen gerechnet, nur nicht mit ihr.

»Morgan?« Sie legte eine Hand auf ihr Herz.

»Bist du allein?«, fragte die Wölfin an dem Kloß in ihrer Kehle vorbei. Bei dem Anblick ihrer Freundin fühlte sie sich sofort wieder in alte Zeiten versetzt, da sie die Frau mit den goldenen Locken jederzeit in den Arm hatte nehmen können. Doch jetzt war alles anders …

»Natürlich, sonst hätte ich die Tür nicht geöffnet«, entgegnete sie schnippisch. Also gab es doch noch ein Feuer hinter den sturmgrauen Augen und Thomas hatte sie nicht vollkommen verändert.

»Ich brauche deine Hilfe.«

Cardea schien entweder von ihren Worten oder von etwas, das in ihrer Stimme nachgeklungen hatte, bewegt zu werden, da das Feuer in ihren Augen sofort zu einer anderen Art wurde. Weniger Sturheit und mehr … Aufregung.

Morgan führte die Hexe zu der Stelle, an der sie Erik zurückgelassen hatte. Glücklicherweise befand er sich noch immer aufrecht, aber sein Zustand hatte sich weiter verschlechtert, sodass Morgan erleichtert war, Cardea an ihrer Seite zu wissen. Gemeinsam schafften sie es, Erik ungesehen in ihr Haus zu bringen. Durch das Hinterzimmer führten sie ihn in den Raum im unteren Stockwerk, den Morgan hin und wieder als Bleibe genutzt hatte.

Es gab lediglich eine Kommode und ein schmales Bett, auf das sie den Hauptmann legten, der so groß war, dass seine Füße über das Bettende hinausragten.

Keuchend zog Morgan den Beutel und den Mantel aus, während Cardea die Hintertür verriegelte und sämtliche Fenster mit Vorhängen verhüllte. Das Gazetuch nahm Morgan ebenfalls von ihrem Gesicht, damit sie besser atmen konnte.

Cardea kehrte schließlich mit einem Kerzenleuchter und einer leeren Messingschüssel zurück, was sie beides auf die Ablage der Kommode stellte.

»Wo bin ich?«, murmelte Erik und wälzte sich in seinem Bett, vollkommen in einem Fieberdelirium gefangen, und Morgan konnte nichts anderes tun als zuzusehen. Sie eilte an seine Seite, um sich neben ihn hinzuhocken und seine Hand in ihre zu nehmen.

Zuerst wehrte er sich gegen ihren Griff, ohne in ihre Richtung zu sehen, doch als er merkte, dass sie sich nicht abschütteln ließ, wurde er ruhiger. Seine Lider flatterten.

»In dem Beutel befindet sich eine Flasche, auf der ein weißes Pulver haftet. Ich glaube, das hat ihn vergiftet«, klärte sie Cardea auf, die daraufhin ein Paar Lederhandschuhe aus einer Schublade holte und sich überzog, damit sie die Flasche herausholen konnte. Morgan hasste es, untätig herumzusitzen, also schüttete sie kaltes Wasser in einer Schüssel und befeuchtete ein Tuch, mit dem sie Erik über den Nacken strich, bevor sie es auf seine Stirn legte.

Cardea untersuchte derweil die weiße Substanz, berührte sie mit den Handschuhen und rieb sie zwischen ihren Fingerkuppen, um sie sich dann näher an die Nase zu führen. Als würde der Geruch ihr etwas über die Art des Giftes verraten.

»Ich muss noch einen Test durchführen, um sicher zu sein, aber ich glaube, es handelt sich um eine pulverisierte Halbstabpflanze. Sie wächst nahe der Steppe und ist nur dann giftig, wenn ihre weißen Blüten sprießen«, murmelte Cardea beinahe gedankenverloren.

»Ist sie tödlich?« Natürlich war sie das. Morgan verstand nicht, warum sie eine derart naive Frage gestellt hatte und auch ihre Freundin sah sie überrascht an.

»Ohne Gegenmittel, ja«, sagte sie. »Lass mich den Test machen, dann wissen wir mehr.« Sie rannte beinahe zur Tür, um sich in ihren Versuchsraum zurückzuziehen, wo sie stets die Wirkung von neu entdeckten Pflanzen und Wurzeln zu erkunden versuchte. Bevor sie das Zimmer jedoch verließ, drehte sie sich noch einmal zu Morgan um. »Du solltest ihn von seiner Kleidung befreien und ihn weiter kühlen. Zwischendurch wird ihn Schüttelfrost heimsuchen, dann darfst du ihn zudecken.«

»Danke.« Morgan erhob sich.

»Ich danke dir«, flüsterte Cardea und verschwand, bevor Morgan nachfragen konnte, was sie damit meinte.

Kopfschüttelnd begab sie sich ans Bettende und begann damit, die schweren Stiefel aufzuschnüren. Sie saßen so fest an seinen Füßen, dass sie einiges an Kraft aufwenden musste, um Erik davon zu befreien. Mit lautem Poltern fielen sie auf die alten Holzdielen. Morgan atmete tief durch, wischte sich den Schweiß von der Stirn und erinnerte sich dadurch daran, das Tuch auf Eriks Stirn neu zu befeuchten.

Der Hauptmann wälzte sich hin und her und versuchte mit fahrigen Bewegungen, seine Jacke aufzuknöpfen, was Morgans Arbeit nur erschwerte, da sie seine Hände immer wieder zur Seite schieben musste. Sie beschloss, ihn erst von sämtlichen Klingen zu befreien, damit er sich nicht selbst verletzte. Es verschlug ihr fast die Sprache, als sie den siebten Dolch aus einer Halterung holte. Da nahm jemand seine Arbeit sehr ernst.

Während sie seine Kleidung entfernte, konnte sie nur daran denken, dass er nicht sterben durfte. Ihr wurde heiß und kalt gleichzeitig, wenn sie in seine fiebrig glänzenden blauen Augen sah, die sie manchmal an Eis und manchmal an blühende Vergissmeinnicht erinnerten. Wenn er starb, wie sollte sie dann den Verräter finden?

Als sie sein durchgeschwitztes Leinenhemd über seinen Kopf ziehen wollte, wehrte er sich erneut. Seine Knöchel trafen sie fest auf ihrem Wangenknochen, den sie vor einer Woche selbst geheilt hatte. Immerhin schien es, als hätte sie dabei gute Arbeit geleistet, da der Schlag nicht mehr schmerzte als sonst.

»Na, komm schon«, bat sie ihn, zog das Hemd über seinen flachen Bauch, die muskulöse Brust und schließlich über seinen Kopf, bis ihr bewusst wurde, dass sie vermutlich erst seine Arme hätte befreien sollen. »Was mache ich hier eigentlich? Dafür bin ich nicht geschaffen. Ich kann niemanden pflegen«, murmelte sie in sich hinein und griff nach dem linken Arm, der ihr am nächsten lag. Erik hielt für ein paar Sekunden still, als würde er Kraft sammeln müssen, um sich dem nächsten Fieberschub zu stellen.

»Natürlich kannst du das«, erklang Cardeas sanfte Stimme, als sie erneut den Raum betrat.

Morgan hielt mitten in der Bewegung inne, um sie anzusehen. In ihrer linken Hand hielt sie einen Löffel, in der rechten ein Einmachglas mit einer klebrigen grünen Flüssigkeit.

»Ist das schon das Gegengift?«, fragte die Wölfin hoffnungsvoll.

»Nein, aber es sollte dabei helfen, das Fieber zu senken«, erklärte Cardea und legte beides auf der Kommode ab. »Warte, ich helfe dir.«

Gemeinsam zogen sie den linken Arm durch den Ärmel und erstarrten, als sie Eriks gebräunten Unterarm sehen konnten. Neben den üblichen Narben, die vermutlich jeder besaß, der tagtäglich mit Schwertern und allerlei Waffen trainierte, fand sich noch ein Brandzeichen auf dem Unterarm. Ein ausgefülltes Dreieck. Das Sklavenzeichen.

»Was …?« Morgan löste sich aus ihrer Starre, um Erik auch von dem zweiten Ärmel zu befreien, und sie bemerkte zwei weitere Brandzeichen. Ein eingekreistes F und ein C. Die zwei Herren, denen er gedient haben musste. »Wie ist das möglich? Ein Sklave, der nun ein Hauptmann ist?«

»Das ist der Hauptmann?« Cardea nahm das feuchte Hemd samt Jacke an sich. Morgan war sich sicher, dass sie beides waschen würde. »Ich muss sagen, das macht selbst mich sprachlos.«

Eriks Haut glänzte golden in dem sanften Kerzenlicht und Morgan kam sich plötzlich schmutzig und würdelos vor, wie sie ihn so anstarrte, während er bewusstlos war. Cardea und sie arbeiteten schnell, als sie ihm die Hose auszogen, seine Unterhose jedoch nicht anrührten.

»Gib ihm davon vier Löffel«, wies Cardea Morgan an. »Ich kümmere mich um das Gegengift. Jetzt, da ich weiß, dass es tatsächlich die Blüte der Halbstabpflanze ist. Das Pulver hat sich beim Heizen lila gefärbt und …«

»Du musst es mir nicht erklären«, unterbrach sie Morgan. »Kannst du ihm nicht einfach mit deiner Magie helfen?«

»Gifte sind für mich zu komplex. Sobald das Gegengift seine Wirkung tut, kann ich die Heilung des Hauptmannes unterstützen, aber bis dahin …«

»Aber das Gegengift wirkt ganz sicher? Es ist nicht zu spät?« Morgan deckte Erik bis zu seiner schmalen Hüfte zu, um dann das Tuch erneut ins Wasser zu tunken. Als Cardea nicht sofort antwortete, wandte sie sich zu ihr um. Die Miene der Bluthexe war verschlossen.

»Ein Gebet an die alten und neuen Götter könnte nicht schaden«, sagte sie leise, bevor sie das Zimmer verließ.

»Als ob sie mich erhören würden«, entgegnete Morgan leise, setzte sich erneut auf den Bettrand und wusch Eriks feuchte Haut.

Seine Lider flatterten und die Finger verkrampften sich gelegentlich, als würde er von unangenehmen Fieberträumen heimgesucht werden. Auch seine Lippen bewegten sich, doch wenn er sprach, so waren seine Worte für Morgan zu leise, um sie zu verstehen.

Nachdem er sich etwas kühler anfühlte, flößte Morgan ihm die vier Löffel der kalten Brühe ein, die er nur widerwillig zu sich nahm. Zwischendurch glaubte sie, er wäre erwacht, weil er das fiebersenkende Mittel so gut runterschluckte. Doch es waren bloß seine Reflexe.

Es dauerte noch eine Stunde, bis der Schüttelfrost nachließ und Erik in einen ruhigeren Schlaf glitt. Morgan wachte durchgehend an seiner Seite, bis Cardea mit müden Augen, aber einem zufriedenen Lächeln zurückkam.

»Ich habe es geschafft. Er muss mindestens die Hälfte davon trinken«, erklärte sie Morgan und hob zur Betonung den Becher mit der dampfenden Flüssigkeit an, die nach Zwiebeln stank.

»Gut, ich halte ihn aufrecht, damit er sich nicht verschluckt.« Sofort setzte sich Morgan ans Ende des Bettes, drückte Eriks Oberkörper nach oben und lehnte seinen Rücken gegen ihre Knie. Seinen Kopf hielt sie fest in ihren Händen, obwohl seine Haut unter ihrer Berührung glühte. Hatte das Fiebermittel überhaupt geholfen?

Cardea setzte den Becher behutsam an Eriks aufgerissene Lippen und kippte ihn dann ganz langsam, damit ihm Zeit zum Schlucken blieb. Nach dem ersten Schluck wehrte er sich jedoch so heftig, dass er Cardea den Becher beinahe aus der Hand geschlagen hätte.

»Noch einmal«, rief Morgan, beugte sich hinter ihm vor und hielt statt seines Kopfes die Arme fest. Cardea versuchte noch einmal, ihm das Heilmittel einzuflößen.

Selbst von Fieber geschwächt war Erik noch unfassbar stark und bereitete ihnen große Probleme. Letztlich gelang es ihnen und sie konnten Erik wieder ruhen lassen. Cardea stellte den Becher fort und Morgan säuberte sein Gesicht und seinen Oberkörper, wo ein Teil der Flüssigkeit danebengegangen war.

»Darf ich?« Cardea stand neben Morgan und wartete, bis diese ihr Platz gemacht hatte. Sie setzte sich auf die Bettkante, nahm ein Messer aus ihrem Gürtel und schnitt sich in die Handfläche. Die Hand zu einer Faust geballt, hielt sie diese über Eriks Stirn, sodass ein paar Tropfen auf ihn fielen. Währenddessen murmelte Cardea Worte, die Morgan nicht verstand, schloss die Augen und ließ die Magie aus sich herausströmen. Dies war etwas, das die Wölfin schon immer hatte spüren können. Ein rotes Glühen, das in ihrem eigenen Inneren widerhallte. Selbst jetzt noch, da ihr die Blutmagie durch die Knochenhexe in ihr für immer versagt blieb.

Es vergingen einige Minuten, in denen Morgan unruhig im Zimmer auf und ab lief und die Hände knetete. Ihre Muskeln schmerzten und ihr Nacken war steif, doch an Schlaf war nicht zu denken, bis sie nicht mit Sicherheit wusste, dass Erik überleben würde.

»Ich denke, wir können ihn jetzt schlafen lassen«, verkündete Cardea, die mit rot geränderten Augen auf den Hauptmann hinabsah, als Morgan zurück ans Bett trat. Bildete sie es sich nur ein oder war tatsächlich etwas Farbe in sein Gesicht zurückgekehrt? »In den nächsten Stunden wird sich zeigen, ob wir ihm rechtzeitig helfen konnten.«

»Aber wie ist deine … Einschätzung?«

»Er ist stark und gesund. Das sollte ihm helfen«, war alles, was Cardea dazu sagte, bevor sie sich erhob. »Wie wäre es mit einem Tee in der Küche?«

Morgan spürte Widerwillen in sich aufsteigen, Erik unbeaufsichtigt zu lassen, doch sie schluckte den Protest eilig runter. Alles war in Ordnung und im Notfall befanden sie sich nur einen Raum weiter.

Schweigend folgte sie Cardea, erlaubte sich nur einen letzten Blick über die Schulter und war beruhigt zu sehen, dass Erik ruhig zu schlafen schien.

Kapitel · 15

Cardea und Morgan saßen sich schweigend gegenüber. Dampf stieg in lang gezogenen Wolken aus ihren hellen Keramiktassen und der Tee verströmte den Duft nach Lavendel mit einem Hauch von Zitrone.

Während sich Morgan um das Wasserkochen und die Zubereitung gekümmert hatte, war Cardea in die Näherei gegangen, um Eriks Kleidung zu waschen, die jetzt vor dem brennenden Ofen an einer Schnur zum Trocknen hing. Es verlangte jedes Fünkchen an Willenskraft von Morgan, nicht aufzuspringen, um nach ihrem Patienten zu sehen. Ihre Hand verkrampfte sich um die heiße Tasse, doch sie bemerkte den Schmerz kaum, dafür war sie viel zu sehr in Gedanken vertieft.

Cardeas Anwesenheit machte es nicht einfacher, sich in ihrer Haut so wohlzufühlen, dass sie besser auf sich achtgab. In ihr herrschte ein Ausnahmezustand, der sie dazu brachte, Schmerzen zu unterdrücken, um eine schwierige Situation zu überstehen. Diese Eigenschaft hatte sie sich in ihrer Anfangszeit bei den Wölfen angeeignet, um noch immer funktionieren zu können, selbst wenn ein Dolch durch ihre Hand gebohrt wurde.

»Ich wäre dir nachgegangen«, flüsterte Cardea so leise, dass Morgan sie kaum über das Knistern des Feuers hinweg verstand. Überrascht blickte sie die Hexe an, betrachtete ihre bleiche Haut, die selbst in dem goldenen Schimmer der Kerze nicht gebräunt wirkte. Die Schatten unter Cardeas grauen Augen waren das einzige Dunkle an ihrer Gestalt. Ihr goldenes Haar, das sie zu einem unordentlichen Knoten auf ihrem Kopf gebunden hatte, ihr blasser Teint und das grauweiße Kleid – alles war hell und sanft. »Wenn ich gewusst hätte, dass du noch lebst, wäre ich dir nachgegangen und hätte unermüdlich nach einem Weg gesucht, um dich zu befreien.«

Morgan wollte ihre Entschuldigungen nicht; wollte sich nicht von den Worten, die sie sich so sehr gewünscht hatte zu hören, einlullen lassen, und trotzdem konnte sie sich nicht wehren.

»Wer sagte dir, dass ich tot bin?«, entschlüpfte es ihr rau, heiser, als würde sich ihre Stimme nur mit letzter Kraft an einer Wurzel festhalten, bevor sie den Abgrund hinabstürzte und verloren ging.

»Thomas.« Cardea seufzte, als Morgan sich plötzlich auf ihrem Stuhl zurücklehnte. Was hatte sie denn erwartet? Dass Morgan bei der Erwähnung seines Namens in Freudentränen ausbrach? »Das wurde ihm von Rhion mitgeteilt. Wir wussten alle zunächst nicht, was mit dir geschehen war und bevor Larkin dich befreien konnte, bist du aus dem Kerker gebracht worden. Es dauerte eine Weile, bis Larkin herausbekam, dass man dich nicht in eines der Gefängnisse, sondern nach Pelia gebracht hatte. Irgendwann bekamen wir die Nachricht, dass du geopfert worden seist. An unheilvolle Götter.«

»Keine Götter … Nebelgeister«, verbesserte Morgan sie instinktiv und entlockte Cardea damit unwillentlich ein zartes Lächeln, doch noch immer streckte sie nicht ihre feingliedrige Hand nach Morgan aus, wie sie es sonst gerne tat.

»Nebelgeister also«, verbesserte sie sich, bevor sie an ihrem Tee nippte und Morgan es ihr gleichtat, um ihre Gedanken zu ordnen. Gedanken, die wie Wasser unaufhaltsam aus einem Brunnen sprudelten, ohne dass es sich in einem Becken sammelte. Es sprudelte und sprudelte, aber Morgan war nicht fähig dazu, die Gedanken zu sammeln, um sie zu einem großen Ganzen zusammenzufügen. »Ich habe um dich geweint, Morgan, und Thomas hat mit mir getrauert.«

Die Wölfin stieß ein ungläubiges Schnauben aus, legte ihren Unterarm auf die Lehne hinter sich und bewegte ihre Hand. »*Das* kann ich nun wirklich nicht glauben.«

Sie legte all den Hohn und Spott, den sie besaß, in ihre Stimme und in das darauffolgende Lächeln. Beides ließ Cardea vollkommen unbeeindruckt. Die Heilerin schüttelte sanft den Kopf.

»Hör zu, ich würde dir gerne alles erzählen, aber ich kenne nicht alle Tatsachen. Thomas hat mir das meiste gestanden. Ich befürchte allerdings, dass ich in meiner Trauer nicht immer richtig zugehört habe.« Eine leichte Röte breitete sich tatsächlich auf ihren Wangen aus und verdrängte die Blässe für einen Moment. Ganz langsam lehnte sie sich vor, streckte ihre Arme aus und umfasste Morgans Hand, die neben ihrer Tasse geruht hatte. Morgan wagte nicht, sich zu rühren. »Du musst doch sehen, dass ich mich nicht verändert habe. Ich bin immer noch *ich*.« Als Morgan in das Grau ihrer Augen sah, schlug ihr Herz schneller und sie war bereit, ihrer Freundin alles zu verzeihen. Ihr alles zu erzählen … »Nur mit einem Mann an meiner Seite, den ich liebe.«

Die Knochenhexe gackerte.

Die Wölfin hob eine von Cardeas Hand und berührte damit ihre eigene Wange. Nur für einen kurzen Moment.

Und Morgan … Morgan legte die Hand vorsichtig wieder zurück auf den Tisch.

»Ich liebe dich, Cardea, nur vertraue ich dir in diesem Moment nicht.« Sie sah die Enttäuschung über ihre Miene flackern, bevor sie diese vor der Wölfin, der Knochenhexe und Morgan verschloss. »Die Minen haben mich zerstört. Das Leben danach war … befreiend auf eine Weise und schlimmer auf eine andere.«

»Was ist passiert?«

Sollte sie ihr von Aithan erzählen? Von dem Königreich und dem Gott?

»Es gab jemanden, dem ich mein Herz schenkte, aber es stellte sich heraus, dass er es nicht wollte«, wisperte sie, ohne ihre Freundin anzusehen. Denn dass sie ihre Freundin war, war nach diesem Gespräch nur zu deutlich. Sie machte Cardea keine Vorwürfe, da sie ganz offensichtlich noch immer in Morgans Sinn handelte. Aber Thomas … Nein, das würde sie nicht akzeptieren. Sie musste nur die Augen schließen und schon sah sie sich selbst im Alter von dreizehn Jahren, als sie ihm das erste Mal im Quartier der Wölfe begegnet war. Es war die erste Nacht gewesen, die sie dort allein verbringen sollte. Vorbei war die Zeit, da sie von allen anderen abgeschottet in Larkins Privathaus gelebt hatte. Nun sollte sie damit beginnen, ihren Unterhalt zu bestreiten.

Mit nichts als der Kleidung an ihrem Leib trat sie in den Wohnraum und sah sich den großen, bulligen Wölfen gegenüber, die sie mit Neugier und Ratlosigkeit betrachteten. Nach Sekunden, die sich bis in die Unendlichkeit zogen, löste sich ein rothaariger Wolf von einem Kartenspiel und trat auf sie zu. In seinem linken Mundwinkel steckte ein Zahnstocher, den er während seines schleichenden Ganges herausnahm, um mit ihm in seiner Hand zu spielen.

Die Gespräche waren längst durch Morgans Eintreten verstummt, aber jetzt stellte sich eine spannungsgeladene Stille ein, sodass sich die Härchen in Morgans Nacken und auf ihren Unterarmen aufrichteten.

»Du ziehst also jetzt bei uns ein, kleines Ding?« Seine Stimme klang freundlich, wie Morgan fand, aber etwas in seinen blauen Augen ließ sie innehalten. Sie wirkten nicht offen, sondern gestählt und … Wenn sie ehrlich war, dachte sie an ein Gefängnis, als sie seinen Blick erwiderte. Sie hatte Zeichnungen von solchen Orten gesehen und das Gefühl, das sie bei diesem Anblick gespürt hatte, stellte sich auch jetzt ein. Ausweglosigkeit. Gefangenschaft. Angst.

Als sie nichts darauf antwortete, weil ihre Zunge fest an ihrem Gaumen klebte, wandte sich der Wolf mit ausgebreiteten Armen ihrer Zuhörerschaft zu. »Sie hat in den drei Jahren hier wohl nicht gelernt zu sprechen«, verhöhnte er sie und erntete Gelächter. Nicht böse gemeint, nachsichtig und doch auf der Hut.

»Ich … kann reden«, zwang sie sich zu sagen, um Larkin keine Schande zu bereiten. Sie ballte die Hände zu Fäusten und reckte das Kinn. Ganz gleich, wie sehr sie diesen unberechenbaren roten Wolf fürchtete, er konnte nicht schlimmer sein als Larkin.

»Oho, sie kann ihre Zunge bewegen!« Er verbeugte sich spöttisch vor ihr, bevor er zu einem der Tische schlenderte und davon eine Schüssel gefüllt mit dampfendem Eintopf nahm.

Morgan konnte nur hilflos zusehen, als er die Schale direkt vor ihren Füßen ausleerte, sodass die Wurst- und Kartoffelstückchen auf ihre Schuhspitzen klatschten.

»Dann benutze deine Zunge doch mal, um diese Sauerei wegzumachen.«

Stille.

Vor Morgans Augen tanzten dunkle Punkte, bis sie merkte, dass sie aufgehört hatte zu atmen. Sie riss den Kopf hoch, blickte hilflos die Männer an, von denen sich ein Großteil nun beschämt wegdrehte, und sah dann den rothaarigen Wolf an. Herausfordernd. Stolz.

»Das werde ich nicht«, brachte sie entschlossen hervor und verschränkte die Arme vor ihrem schmalen Körper, der sich gerade erst zu dem einer Frau zu verändern begann.

Der Wolf war innerhalb eines Moments bei ihr, presste eine Hand in ihren Nacken und schlug ihr die Füße weg, sodass sie hart mit den Knien und den Händen auf dem Boden aufkam. Seine Hand drückte sie tiefer und tiefer, bis sie mit der Nasenspitze die noch warme Flüssigkeit berührte.

»Du wirst das jetzt auflecken, weil *du* den niedrigsten Rang von uns allen besitzt. Du hast keine Rechte und keine Ansprüche. Hast du verstanden?«, stieß er so nachdrücklich hervor, dass sie seinen Speichel auf ihrer Wange fühlen konnte. Als sie sich ihm immer noch widersetzte, drückte er sie weiter nieder, aber bevor ihr ganzes Gesicht in den Eintopf getaucht wurde, streckte sie ihre Zunge hervor.

Ihre Augen bannten vor Scham und sie spürte, wie ihr Kinn zitterte, als sie den ersten Kartoffelbrocken herunterwürgte. Ihre Hände ballten sich an ihren Seiten erneut zu Fäusten, während die Hitze in ihre Wangen kroch. Noch eine weitere Kartoffel und der Druck in ihrem Nacken ließ etwas nach.

Sie traute sich nicht aufzusehen. Das Licht in ihr war ausgelöscht. Sie lauschte einzig und allein dem Rauschen in ihren Ohren, als sie sich noch tiefer beugte, um mit der Zunge über die Bodendiele zu streichen. Staub, Dreck und Eintopf. Sie musste sich dazu zwingen, sich nicht sofort zu übergeben. Der Wolf würde zweifellos darauf bestehen, dass sie auch ihr Erbrochenes aufaß.

»Thomas«, bellte plötzlich jemand und ließ jeden im Raum aufhorchen. Auch Morgan hielt inne, da sich die Hand des Wolfes wieder fester um ihren Hals schloss. »Was tust du da?«

»Unserer Wölfin zeigen, was sie zu erwarten hat, wenn sie bleibt«, sprach der Wolf, der sie festhielt, gedehnt.

»Lass sie augenblicklich los«, befahl der Fremde mit solcher Autorität, dass Morgan kurzzeitig nicht bestimmen konnte, vor wem sie mehr Angst haben sollte. Dann erkannte sie seine Stimme jedoch und die Hitze in ihren Wangen verstärkte sich.

Rhion. Es war Rhion, der sie in dieser erniedrigenden Position sah. Die Tränen, die sie bisher erfolgreich hatte zurückhalten können, sprangen nun hervor und vermischten sich mit der Soße an ihrem Kinn.

Es vergingen ein paar Sekunden, in denen sich niemand rührte, niemand etwas sagte, bis sich die Hand endlich von Morgans Nacken löste. Dies als Zeichen nehmend, wagte sie es, sich aufzurichten und schließlich aufzustehen.

Rhion stand nicht weit von ihr in der Türzarge und wartete mit gekreuzten Armen und seiner Ballonmütze darauf, dass sie zu ihm kam. Seite an Seite verließen sie den Wohnraum, doch Morgan spürte Thomas' hasserfüllten Blick auf sich und sie ahnte, dass dies wahrlich nur der Anfang gewesen war.

»Mach dich sauber, danach gehen wir zwei aus«, befahl Rhion, ohne sie anzusehen, als sie den Fuß der morschen Treppe erreicht hatten.

Sie gehorchte ihm an diesem Tag und an jedem weiteren. Er beschützte sie zwar nie wieder vor Thomas, aber er brachte ihr die Fähigkeiten bei, die sie brauchte, um sich selbst vor seinen Angriffen zu verteidigen, die nicht immer körperlicher Natur waren. Unter Rhions Anleitung wurde sie stärker und selbstbewusster. Er machte das Leben unter den Wölfen erträglich. Er schenkte ihr Freundschaft an einem Ort, den sich die neuen Götter nur als Hölle ausgedacht haben konnten.

»Alles in Ordnung?«, fragte Cardea und sah sie mit gerunzelter Stirn an. »Wo warst du nur mit deinen Gedanken?«

»Ich … nirgendwo. Hattest du etwas gesagt?« Sie erhob sich, um den Rest ihres Tees in die Spüle zu schütten. Dort blieb sie stehen, mit den Händen auf dem Rand aufgestützt.

»Ich wollte wissen, ob es für euch wirklich keine Chance gibt? Für dich und deinen mysteriösen Mann«, erklärte sie wie aus weiter Ferne. Noch immer klebten die Fetzen der Erinnerung an Morgan. Die Scham, die Wut, die Hilflosigkeit. Sie hatte seitdem alles dafür getan, um zu verhindern, dass sie sich je wieder so fühlte.

»Sein Name ist Aithan«, gestand sie, das Gesicht senkend. »Und nein. Es ist endgültig vorbei. Er hat etwas Besseres als mich verdient.« *Da!* Sie hatte sie ausgesprochen. Die Wahrheit, die wie die Knochenhexe an ihr genagt hatte, seit sie aus Claoni geflohen war.

Cardea packte sie an den Schultern, hatte sich erhoben, ohne dass Morgan etwas davon bemerkt hatte. Sie drehte die Wölfin grob zu sich herum, damit sie ihr ins Gesicht blicken konnte.

»So einen Blödsinn hast du selten von dir gegeben, Morgan, und ich werde nicht zulassen, dass du weiterhin daran festhältst. Du bist der wundervollste Mensch, den ich kenne. Du sorgst dich um die Schwächeren, achtest auf deine Mitmenschen und versuchst, deine Arbeit zu erledigen, ohne der Bösartigkeit Einlass zu gewähren, wie es die anderen Wölfe tun«, beschwor sie Morgan. Ihre grauen Augen glühten, wirkten fast so silbern wie die des Hutmachers.

»Du musst das sagen. Als meine Freundin.« Morgan winkte ab, obwohl sie von den Worten gewärmt wurde. Vielleicht war sie doch nicht so schlecht. Vielleich hätte jeder andere genauso wie sie gehandelt. Vielleicht …

»Bin ich das noch? Deine Freundin?« Unsicherheit, Hoffnung, beides schwang in Cardeas Stimme mit.

»Natürlich. Sonst hätte ich den Hauptmann nicht in deine Obhut gegeben.«

Morgan musste nicht lange warten, bis sie das Verstehen in Cardeas Augen aufblitzen sah. Über die Angelegenheiten ihres Herzens könnten sie sich ein anderes Mal unterhalten. Es würde noch seine Zeit dauern, bis sich Morgan dazu bereit fühlte. Vielleicht war es auch nie so weit. Ohnehin war es in der Vergangenheit stets die Wölfin gewesen, die das Herz der Bluthexe hatte flicken müssen. Morgan selbst hatte Cardea nie von ihren Gefühlen, nie von dem Jungen im Namenlosen Ort und nie von Neel erzählt, der nicht nur ein Assassine gewesen war, sondern mit dem sie auch ihren ersten Kuss, ihr erstes Mal erlebt hatte.

»Wie kam es überhaupt dazu?« Cardea wandte sich ab und setzte sich zurück auf den Stuhl. Morgan blieb, wo sie war und lehnte sich lediglich mit der Hüfte an die Theke. Die Kerze auf dem Tisch flackerte. »Und wieso hast du ihn nicht zu den Heilerinnen gebracht?«

»Wir sind uns durch unglückliche Umstände begegnet und die Heilerinnen … Das würde Fragen aufwerfen und jemand Schlechtem in die Hände spielen.« Morgan umfasste die Kante der Küchenzeile. »Nein, du warst die bessere Wahl.«

»Du meinst das bessere von zwei Übeln?« Cardea zwinkerte.

»Das hast du gesagt.« Morgan lächelte, während Cardea ein Gähnen zu unterdrücken versuchte. »Leg dich schlafen. Ich kümmere mich um ihn.«

»Bist du sicher?«

»Wir können nichts anderes tun, als ihn zu beobachten, oder?« Als Cardea nickte, wiederholte Morgan ihre Bitte und die Hexe gehorchte. Kurz zögerte sie nach dem Aufstehen, als würde sie Morgan umarmen wollen, entschied sich dann jedoch dagegen.

»Vielleicht findest du auch noch ein wenig Schlaf. Gute Nacht«, verabschiedete sie sich mit einem zaghaften Lächeln, ehe sie aus der Küche verschwand.

Morgan blickte ihr nach und seufzte tief. Mit einer Hand rieb sie sich über die müden Augen, in der Hoffnung, die Erschöpfung zu vertreiben, doch sie saß tief in ihren Knochen. Bevor sie Erik aufsuchte, berührte sie seine Kleidung, die noch ein wenig klamm war. Bis zum Morgengrauen sollte sie allerdings wieder trocken sein.

Da die Tassen mit den Teeresten noch immer in der Spüle und auf dem Tisch standen, entschloss sie sich, diese erst einmal zu waschen, um Cardea so wenig Umstände wie möglich zu bereiten. Nicht dass es ihr vorher je etwas ausgemacht hatte, aber …

Mutlos betrachtete sie ihre in Wasser getauchten Hände und dachte an den wahren Grund für ihre Sorgfalt.

Morgan fürchtete sich.

Sie fürchtete sich davor, ins Gästezimmer zurückzukehren und die Leiche des Hauptmannes vorzufinden. Sein starker Körper, der Schwert und Schlag trotzte, still und kalt …

»Mach dich nicht lächerlich«, presste sie zwischen zusammengebissenen Zähnen hervor, schrubbte die letzte Tasse und stellte sie zum Trocknen auf ein Tuch.

Sie löschte die Kerze und schlich durch den kargen Flur ins Gästezimmer. Ein paar Dielen knarzten unter ihrem Gewicht, aber die Geräusche klangen seltsam gedämpft. Morgan konzentrierte sich nicht auf ihre Umgebung, den Klang des alten Hauses, den Regen und den Wind, der draußen stürmte, sondern allein auf ihr aufgeregt schlagendes Herz.

Schließlich stand sie vor der offenen Tür und blickte direkt auf das Bett, auf dem Erik lag und sich nicht bewegte. Ihr Herz flatterte schneller und schneller und dann – dann sah sie, dass sich seine Brust hob und senkte. Im gleichmäßigen Rhythmus. Hoch und runter. Hoch und runter.

Sie stützte sich mit einem Arm im Türrahmen ab und lehnte ihre Stirn auf den Unterarm. Ihre Glieder fühlten sich zittrig und fremd an, aber ihr Herz hatte sich beruhigt. Es war noch nicht vorbei. Erik war nicht tot und sie hatte noch immer die Möglichkeit, den Verräter ausfindig zu machen.

Ganz langsam löste sie sich von dem Rahmen und betrat das dämmrige Zimmer. Bevor sie sich einen Stuhl ans Bett heranzog, wusch sie Erik noch einmal den Schweiß vom Körper und bemerkte dabei, dass seine Temperatur gesunken war. Auch sein Schlaf schien ruhiger.

Nachdem sie ihm das feuchte Tuch auf die Stirn gelegt hatte, breitete sie seinen Umhang um ihre Schultern aus, da sie immer noch die dünne Kleidung der Bauchtänzerinnen trug, und setzte sich ans Bett. Eine ganze Weile beobachtete sie den Hauptmann, der durch die steile Falte zwischen seinen dunklen Brauen selbst im Schlaf ernst wirkte, bevor die Müdigkeit sie übermannte.

Ganz klein und niedlich
saß ein Mädchen in der Blume.
Eine Walnussschale bekam es zur Wiege
und auf Rosenblättern ward sie gebettet.

Kapitel · 16

Rhea erwachte zum sanften Schaukeln eines Schiffes auf ruhigem Gewässer. Blinzelnd versuchte sie, den Schemen um sich herum Konturen zu verleihen, um herauszufinden, wo sie sich befand und wie sie dort hingekommen war. Das Letzte, woran sie sich erinnern konnte, waren unerträgliche Schmerzen, die das Licht in ihr ausgelöscht hatten. Ihre Magie!

Sie setzte sich abrupt auf und bereute es sofort, da die Schemen, die sich allmählich zu bekannten Gegenständen zu formen begonnen hatten, erneut wild durcheinanderwirbelten. Übelkeit schnürte ihr die Kehle zu und sie musste sich wieder zurück auf den harten Boden sinken lassen.

»Die Prinzessin ist erwacht«, ertönte eine Stimme über das Rauschen ihrer Ohren und das Knarzen des Schiffes hinweg.

»Wo bin ich?«, zwang sie sich zu fragen. Endlich erkannte sie in dem rauen, länglichen Muster über ihr eine grob gezimmerte Decke, von der eine Lampe herabbaumelte. Die Flamme flackerte unregelmäßig auf, aber sie spendete zusammen mit den Ritzen in der Schiffswand genug Licht, damit Rhea die anderen Menschen sehen konnte, die sich mit ihr in dem engen Raum befanden. Der scharfe Geruch von Erbrochenem wehte zu ihr herüber. Da vertrug anscheinend jemand den Wellengang noch weniger als sie.

»Auf dem Schiff, das uns direkt zur Gärtnerin bringt«, antwortete ihr die Frau, die sie als Prinzessin bezeichnet hatte. Sie saß gegenüber von Rhea gegen die Wand gelehnt und betrachtete die Webhexe aus dunklen Augen.

Rhea beging den Fehler nicht zwei Mal und setzte sich nun vorsichtiger auf, damit ihr nicht wieder schwindelig wurde. Stattdessen bemerkte sie jedoch das stete Pochen an ihrem linken Unterarm. Als sie den Blick senkte, sah sie, dass ihre Erinnerungen nicht aus ihren Träumen resultierten. Sie war tatsächlich als Sklavin gebrandmarkt worden. Ihre Haut wellte sich rot an der Stelle, die von dem heißen Eisen berührt worden war. Mit der Fingerkuppe ihrer anderen Hand berührte sie die empfindliche, nässende Verletzung und zuckte bei dem darauffolgenden Schmerz heftig zusammen.

»Das vergeht«, versicherte ihr eine Wanderin, die sie vom Sehen kannte. Ihr Tattoo flackerte leicht auf und verschaffte Rhea ein Gefühl von Erleichterung. Solange sie das Wangentattoo von Wanderern sehen konnte, war sie noch eine Webhexe. »Ich spüre mein Brandzeichen kaum noch.«

Rhea runzelte die Stirn. Sie versuchte angestrengt, sich auf etwas zu konzentrieren, das ihr Klarheit verschaffte. Ihre Gedanken waren jedoch von einem undurchdringlichen Nebelschleier umgeben.

»Wir … sind überfallen worden?«

Sie hatte nicht bemerkt, dass sie ihre Frage laut ausgesprochen hatte, doch die Wanderin antwortete ihr. Also musste sie etwas von sich gegeben haben.

»Ja, sie kamen wie aus dem Nichts und töteten jeden, der sich ihnen in den Weg stellte. Meinen Mann …« Sie stockte und schniefte. Die Frau neben ihr legte einen Arm um ihre bebenden Schultern, doch Trost gab es keinen. Nicht hier auf diesem Schiff. »Danach brachten sie uns in ihr vorübergehendes Lager, erinnerst du dich?«

»Dort haben sie uns gebrandmarkt«, murmelte Rhea und dachte an das junge Mädchen zurück. Sie sah sich noch einmal genauer in der Kabine um, aber die Gesichter der Anwesenden kamen ihr größtenteils nicht bekannt vor. Also waren noch weitere Orte überfallen worden.

»Und anschließend verschifft«, ergänzte die Fremde mit den dunklen Augen. Sie trug zerrissene Kleidung und ihr graues Haar hing fettig zu beiden Seiten ihres zerfurchten Gesichts herab. »Nun bringt man uns nach Blane.«

»Blane? Das … das liegt im Norden Atheiras.« Helmar hatte sie in Geographie alles Wichtige gelehrt, auch wenn es nie ihr liebstes Fach gewesen war. Was nützte es ihr, darüber Bescheid zu wissen, wo die Hauptstadt Idrelas lag, wenn sie niemals die Möglichkeit haben würde, sie zu besuchen? Trotzdem waren einige Einzelheiten wie Kletten in ihrem Verstand hängen geblieben, als würden sie Rhea verhöhnen wollen. Auch jetzt war sie wieder gefangen. »Und dort … treffen wir auf … die Gärtnerin? Wer ist das?«

»Sag bloß, du weißt, wo Blane liegt, hast aber keine Ahnung davon, wer dort residiert?« Die Frau schüttelte den Kopf, während sie ein herablassendes Lachen verlauten ließ.

Rhea hob die Schultern. »Willst du mich nun verspotten oder verrätst du mir, wer sich dahinter verbirgt und was sie mit uns vorhat?«

»Kannst du es dir nicht denken? Sie wird uns vermitteln. Wir sind Sklaven. Mehr nicht.« Die anderen Frauen wandten sich ab, als würden sie sich nicht der Wahrheit stellen wollen. Sie lehnten sich aneinander an, führten leise Gespräche oder schlossen die Augen, um Schlaf vorzutäuschen. Jemand anderes schwankte zur hinteren Ecke und positionierte sich auf einem Zinneimer, der wohl für ihre Bedürfnisse gedacht war. Rhea und die Frau mit dem stolz gereckten Kinn blickten sich direkt an. »Die Gärtnerin hat die Namenlosen Orte gegründet und nachdem sie nun von den Unterhändlern am Laufen gehalten werden, lebt sie in Blane, um dort die Sklaven an Leistia zu vermitteln.«

»Namenlose Orte? Du meinst, es gibt sie wirklich?« In ihrer Zelle hatte Rhea des Öfteren Gefangene über diese Orte wispern gehört. Orte, an denen Sklaven gegen Sklaven und Sklaven gegen Gold eingetauscht wurden. Niemand wagte sich dorthin, wenn er nicht zu den Kreisen gehörte, die dort verkehrten. Man munkelte, dass sie es nicht erlauben würden, eine Person ziehen zu lassen, die weder Sklave noch Sklavenhändler oder Käufer ist, um die Geheimhaltung der Orte zu sichern.

»Der Beweis pocht an der Innenseite deines Unterarms, Prinzessin«, wisperte die Frau resignierend. »Und schon bald wirst du … werden wir alle Bekanntschaft mit der Gärtnerin machen, bevor wir Ayathen für immer verlassen werden.«

Die Frau schloss abrupt die Augen, als wäre mit dem letzten Wort das Leben in ihr erloschen.

»Warum nennst du mich Prinzessin?«

»Weil niemand anderes so reine Haut wie du hat. Als hättest du nicht einen Tag in deinem Leben geschuftet.«

Und obwohl die Bezeichnung nicht weiter von der Wahrheit hätte entfernt sein können, so hatte die Wanderin doch recht. Rhea wusste nicht, wie es war zu arbeiten. Tag für Tag zu schuften. Auf ihre Weise hatte sie ein geschütztes, wenn auch grausames Leben geführt.

Rhea starrte sie sprachlos an. Ihr ganzes Sein war von Grauen erfüllt und sie fühlte sich dem Ersticken nahe. In ihrem Hals saß ein riesiger Kloß, den sie nicht runterschlucken konnte.

Nichts war ein Traum gewesen. Weder ihre Vergangenheit noch ihre Zukunft.

Das Mal pochte.

Nichts würde sie zurück zu Jeriah bringen.

Ihre Augen brannten.

Sie war weder Freundin noch Gefangene noch …

Sklavin. Du bist nicht mehr als eine namenlose Sklavin.

Hier ist Wasser und Brot.

Benutz den Zinneimer.

Das sind die Seemänner. Sie besingen die Göttin der Meere Venou.

Nur noch eine kleine Weile.

Ich muss mich übergeben.

Versuch zu schlafen, hier lässt es sich nichts anderes tun.

Rhea hielt sich die Ohren zu, während sie auf ihrer Seite lag. Auch ihre Augen hatte sie fest geschlossen, um sich für eine kurze Weile in ihren Träumen zu verlieren. Träume, die davon handelten, wie sie und Jeriah nebeneinander auf einer weiten Wiese lagen und in den blassblauen Himmel der heißen Jahreszeit starrten. Wolken, die sich zu Gebilden formten und die ihnen fröhliches Gelächter entlockten. Seine Hand an ihrer und die grünen Augen, die die Farbe des Grashalmes in seinem Mundwinkel besaßen.

Sie wünschte sich diese Wirklichkeit.

Sie sehnte sich Jeriah herbei. Seine Zuversicht, seine … Liebe? War es Liebe gewesen? Konnte sie seinen Worten vertrauen? Vielleicht nicht, aber sie vertraute seinen Taten und diese hatten ihr deutlich bewiesen, dass er sich mehr um ihr Wohl sorgte als um sein eigenes.

Ihre Atmung wurde tiefer und ihre Hand löste sich aus ihrer Verkrampfung. Sie schlief ein letztes Mal ein, bevor sie den Hafen von Blane erreichten.

Die Sklavinnen scharten sich vor der Seitenwand, um durch die Ritzen der Holzplanken einen Blick auf die Landzunge zu erhaschen. Da sie sich jedoch backbord befanden, blieb ihnen die Sicht bis zum Schluss verwehrt. Erst dann drehte sich das Schiff und ankerte vor dem nebelverhangenen Hafen.

Der Morgen graute gerade erst, sodass die weißen Schlieren wie Gespenster zwischen den Stegen spukten. Gelbes Licht der schwarzen Laternen verstärkte zusätzlich den Eindruck einer Stadt, die Neuankömmlinge nicht gerne willkommen hieß. *Blane.*

Es verging noch eine geraume Zeit, in der über ihnen laute Geschäftigkeit herrschte. Seemänner riefen sich gegenseitig Anweisungen zu und beklagten sich über die Feuchtigkeit, die wie eine zweite Haut über allem lag. Erst gefühlte Stunden nach dem Ankern wurde die Tür zu ihrer Kabine geöffnet. Drei Seemänner drängten sich um die Öffnung, blickten ernst drein und hielten für einen Moment an der Tür inne, wie um sie zu zählen.

»Aufstehen«, befahl ihnen der Mann mit dem grauen Backenbart und der tätowierten Wolfspfote an seinem dicken Hals. »Kommt einzeln zu uns und streckt die Hände nach vorne aus. Keine Mätzchen, oder ihr werdet dieses Schiff nicht auf einem Beiboot verlassen.«

Da Rhea der Tür am nächsten saß, erhob sie sich als eine der Ersten und streckte widerwillig die Arme aus. Sie hörte bereits das Klirren der Ketten und Schellen, aber es gab nichts, was sie tun konnte, um das Geschehen aufzuhalten. Sie war auf diesem Schiff genauso gefangen wie in ihrer Zelle unter dem Palast von Yastia.

Sie schritt in ihrem grob gestickten Kleid, das nach Tagen in ihrem Schweiß bereits unangenehm roch, zu den Seemännern. Der Bärtige winkte sie an sich vorbei, sodass ihr von dem zweiten die Ketten an Händen und Füßen angelegt werden konnten. Sie versuchte die Stellen, an denen er sie mit seinen schmutzigen Fingern berührte, aus ihrem

Gedächtnis zu verbannen, sonst würden sie Rhea für immer verfolgen. Sie würde immer auf ihre Hand- und Fußgelenke hinabblicken und an diesen Seemann denken.

Nachdem das Schloss an ihren Füßen klickte, wurde sie mit einem Grunzen dazu aufgefordert, weiterzugehen. Schließlich brachte man sie die enge Stiege nach oben aufs Deck, auf dem noch immer rege Betriebsamkeit herrschte. Für eine Sekunde genoss sie die frische, kalte Luft auf ihren Wangen und in ihrer Lunge. Sie nahm einen tiefen Atemzug und erfreute sich sogar an den Schmerzen, die diese eiskalte Luft in ihr hervorrief. Alles war besser als der Gestank in der Kabine.

Dann schubste sie jemand an der Schulter und sie stolperte gegen die Reling auf Steuerbord.

Mehrere Strickleitern hingen von ihr herab. Ein Blick über die rote polierte Reling zeigte ihr, dass auf dem ruhigen Meer kleinere Boote auf sie warteten. Mit ihnen würden sie zum Pier gelangen und ihrem Schicksal begegnen.

»Du steigst zuerst hinab und setzt dich dann nach hinten«, brummte ein anderer Seemann mit schwarzer Kappe. Wie alle anderen besaß er auch starke Muskeln, die in seiner zusammengeflickten Uniform, bestehend aus einer Lederjacke und widerstandsfähigen Hosen, deutlich zu erkennen waren.

Die Angst trieb ihr trotz der Kälte den Schweiß auf die Stirn. Wie sollte sie mit verbundenen Händen und Füßen über die Reling klettern, ohne das Gleichgewicht zu verlieren und herabzustürzen? Ein Blick in das Gesicht des Seemannes zeigte ihr jedoch, dass ihr keine Wahl blieb. Entweder sie nahm ihr Schicksal selbst in die Hand oder er würde für sie entscheiden und sie einfach über Bord werfen. Eine Ader pochte an seiner Schläfe. Seine Geduld näherte sich dem Ende. Rhea spürte die erwartungsvollen Mienen der anderen Sklaven auf sich, aber sie wagte es nicht, sie anzusehen. Sie würde es nicht ertragen, Furcht oder Mitleid in ihnen zu erkennen. Beides würde sie weiter verunsichern. Sie musste einfach nur daran glauben, dass sie es schaffen konnte.

Entschlossen zog sie die Schultern hoch und umfasste mit von der Kälte steifen Händen die Reling, bevor sie das linke Bein darüberschwang. Ganz langsam zog sie auch das zweite nach, da der Abstand zwischen den Schellen nicht besonders groß war. So musste sie sich mit ihren Händen festhalten, während sie mit ihren Fußspitzen nach der ersten Sprosse tastete.

»Schneller, Weib!«

Ihre Finger rutschten immer weiter von der glitschigen Oberfläche ab und das Herz klopfte so heftig gegen ihren Brustkorb, als würde es jeden Moment daraus hervorbrechen. Dann endlich spürte sie die schlanke Sprosse an ihrem linken Fuß und testete darauf ihr Gewicht aus. Als sie Rhea mit nur einem leisen protestierenden Quietschen hielt, stellte sie auch ihren zweiten Fuß darauf ab. Danach fiel es ihr einfacher, Sprosse um Sprosse die Leiter nach unten zu klettern, bis sie direkt über dem Boot stand.

Kleine Wellen schwappten gegen den Bug und die Gischt spritzte gegen ihre Beine, die vom Wind entblößt wurden. Nur ein Sprung und sie landete auf allen vieren zwischen zwei fest vernagelten Bankreihen. Das Boot schaukelte gefährlich hin und her, aber es beruhigte sich wieder, als sie sich nicht mehr bewegte.

Bevor die nächste Sklavin folgte, kämpfte sie sich ans Heck vor, wo sie sich auf einer Bank niederlassen und sich festhalten konnte. Erst dann erlaubte sie sich, beruhigt aufzuatmen und nach oben zu schauen. Von ihrer Position aus wirkte der Schiffsrumpf noch gigantischer als von oben, da ihr kaum Zeit geblieben war, den Ausblick zu begreifen. Hier hatte man sie bewusstlos hinaufgetragen, um sie dann wie ein wertloses Tier in den Kammern der Sklaven einzusperren.

Rhea erinnerte sich an die mächtige Bluthexe, die sogar Aiofe in die Flucht geschlagen hatte. Ob sie auch mit ihnen gereist war? Vielleicht sollte sie sich ihr als Webhexe zu erkennen geben?

Der kurze Hoffnungsschimmer versiegte schnell. Wahrscheinlich würde die Hexe sie auslachen, weil sie ihre Magie kaum noch in sich spürte, oder sie würde Rhea für einen neuen, höheren Preis verkaufen wollen. Nein. Rhea würde die Begegnung mit der Gärtnerin über sich ergehen lassen und sich dann einen anderen Fluchtplan zurechtlegen müssen. Was auch immer geschah, sie würde nicht zulassen, dass man sie ausgerechnet nach Leistia brachte. Ein Land hinter dem gespiegelten Meer, von dem sie nur wusste, dass die Bewohner den Gott des Todes anbeteten und den Tod wie das höchste Gut zelebrierten. Sie wollte sich gar nicht ausmalen, wie ausländische Sklaven behandelt wurden …

Nach und nach füllten sich die Boote mit männlichen und weiblichen Sklaven. In ihrem Boot befanden sich am Ende insgesamt ein Dutzend Sklaven und sechs Seemänner, die bis an die Zähne bewaffnet waren. Sklaven waren kostbares Gut, das unter allen Umständen beschützt werden musste. In Atheira wurde auf Sklavenhandel mit einem Stirnrunzeln herabgesehen und gelegentlich bestraft, doch die Strafen waren lasch und wirkten auf kaum jemandem in dem Milieu abschreckend.

Rhea presste eine Hand auf ihren Bauch, als ihr von dem Schaukeln schlecht wurde. Die Seemänner ruderten in gleichmäßigen Bewegungen das Boot an den Pier, wo sie an einem Steg anlegten. Dort wurden sie von dem Hafenmeister begrüßt, der sich mit dem bärtigen Seemann und einem anderen bewaffneten, schwarz gekleideten Mann unterhielt. Er hatte sich aus einer Gruppe gelöst, die bereits vor dem Steg auf sie gewartet hatte. Um seinen Oberkörper trug er mehrere silberne Ketten, die bei jedem Schritt klirrten.

Die Sonne hatte sich mittlerweile hinter dem Horizont erhoben, aber ihr mangelte es noch an Kraft, sodass die Gebäude an der Hafenstraße dunkel und abweisend wirkten. Der Nebel lichtete sich jedoch allmählich und erlaubte den Blick auf schmutzige Pflastersteine und feuchte Fassaden.

Nachdem der Hafenmeister vom Fremden einen Beutel klimpernder Kronen bekommen und eingesteckt hatte, notierte er etwas auf seinem Klemmbrett, bevor er den Steg verließ. Rhea konnte noch sehen, wie er in einem freistehenden einstöckigen Haus verschwand, aus dessen Schornstein weißer Rauch aufstieg und sich mit den niedrig hängenden Wolken vermischte.

Anschließend ging alles so schnell, dass Rhea nur noch reagieren und nicht nachdenken konnte. Man lud sie wie teure Fracht von den Booten und übergab sie den gefährlich aussehenden Männern. Nach und nach wurden sie auf verschiedene Wagen geführt, wo sie sich hinzusetzen und ruhig zu bleiben hatten. Sie hatte zwar gedacht, dass damit das Schlimmste vorbei wäre, doch die Seeübelkeit hatte sie noch stärker im Griff und sie musste dagegen ankämpfen, sich zu übergeben.

Als sich Blane unter dem anbrechenden Tag zu regen begann, klapperten die Wagen die holprigen Straßen entlang. Rhea sah von dunkel gestrichenen Gebäuden zu verwilderten Vorgärten und fühlte sich in ihrem ersten Eindruck bestätigt, dass Blane von den Göttern vergessen worden war.

Das höchste Haus, abgesehen von dem Tempel, von dem Rhea nur einen kurzen Blick erhaschte, stellte sich als das Anwesen der Gärtnerin heraus. Das Gebäude konnte nur durch eine lange Auffahrt erreicht werden, der ein schwarzes Eisentor vorausging. Ein passender Zaun, der an einer Ecke in eine Mauer überging, schien das gesamte Grundstück einzufassen, sodass niemand hinein- und vermutlich auch niemand hinausgehen konnte, ohne dass die Gärtnerin und ihre Schergen etwas davon erfuhren.

Das Tor wurde von einem Wachmann geöffnet, der in einem kleinen Häuschen direkt dahinter gesessen hatte. Er begrüßte den Kutscher mit einem Griff an den Schirm seiner Kappe, bevor er zur Seite trat und darauf wartete, dass die Wagen durchfuhren.

Der Kiesweg war von riesigen Kirschbäumen gesäumt und erlaubte ihnen dadurch nur sporadische Blicke auf die mit Hecken eingefassten Gärten, die bereits auf der Vorderseite des Hauses begannen und sich an den Seiten bis nach hinten ausbreiteten. Kein Wunder also, dass die Sklavenhändlerin Gärtnerin genannt wurde.

Der Kutscher lenkte die Wagen um einen halb zerfallenen Brunnen, der zu den grotesken Statuen und den Wasserspeiern mit unheimlichen Fratzen an der Fassade des riesigen Herrenhauses passte.

»Hier sollen wir wohnen?«, fragte Rhea mit Erstaunen. Sie konnte nicht den Blick von dem riesigen Haus nehmen. Die Übelkeit war für einen Moment vergessen.

»Klappe«, herrschte einer der Männer, die bereits abgesprungen waren, sie an, obwohl sie so leise gesprochen hatte. Aber sie hätte damit rechnen sollen, schließlich herrschte hier eine unheimliche Stille, die jedes Geräusch betonte.

Die gigantische Tür aus schwerem Eisen, die mit Schnörkeln und Bildnissen aus den Schriften der Götter versehen war, wurde nach innen aufgezogen. In ihrer Mitte stand eine rundliche, kleine Frau, die graue Hosen und eine ebenso unscheinbare Tunika trug, die mit einem schweren Gürtel um ihre breite Mitte befestigt war.

»Los jetzt. Runter mit euch«, heischte ein Wachmann Rhea und die anderen Sklaven an und winkte sie herab, nachdem er die Klappe am hinteren Teil gelöst hatte. Die Wachen halfen ihnen, einer nach dem anderen nach unten zu springen, damit sie sich noch immer unsicher auf den Beinen in einer Reihe aufstellen konnten. Währenddessen bewegte sich die Frau nicht. Keine Strähne ihres grauen Haares, das zu einem Knoten zusammengefasst worden war, und keinen Finger ihrer riesigen Hände.

Hände, die schwere Arbeit gewohnt waren. Hände, die Rhea sofort einen eiskalten Schauer über den Rücken hinabrinnen ließen.

Die Gärtnerin wirkte wie eine freundliche alte Frau, aber ihre Hände … Sie strahlten eine rohe Brutalität aus, die Rhea mehr Angst machte als alles andere. Mehr noch als das pochende Symbol ihres Sklavendaseins.

Nachdem die Wagen allesamt entladen und davongefahren waren, erklomm der Mann, der mit dem Hafenmeister gesprochen hatte, die Steintreppen und reichte seiner Herrin einen Arm dar. Die Ketten klimperten. Neben ihm wirkte die Gärtnerin noch kleiner, noch unscheinbarer, obwohl ihr Gesicht von Falten zerfurcht die Autorität eines Oberbefehlshabers ausstrahlte.

Rhea konnte das Gespräch nicht verstehen, aber sie erkannte an dem zuckenden Mundwinkel der Gärtnerin, dass sie offenbar zufrieden war. Malte sie sich bereits das Geld aus, das sie durch dieses Unrecht erhalten würde?

Die Gärtnerin schritt die Reihe ab, hielt gelegentlich vor einem Sklaven oder einer Sklavin inne, um eine Frage zu stellen oder dem Mann an ihrer Seite etwas mitzuteilen. Auch vor Rhea blieb sie stehen und musterte sie aus grauen Augen.

»Kennst du dich mit dem Servieren von Getränken und Häppchen aus?«, fragte sie mit einer so tiefen Stimme, als gehörte sie einem Mann. Sie verwirrte Rhea für einen Moment so sehr, dass sie mit der Antwort auf sich warten ließ. Die Gärtnerin schnalzte ungeduldig mit der Zunge.

»N-Nein«, sagte Rhea endlich und verfluchte sich für das Zittern. Obwohl sie ihre Hände in den Fesseln zu Fäusten geballt hatte, konnte sie dieses Mal keine Kraft daraus schöpfen.

»Madam heißt es«, zischte die Wache und ließ eine Gerte, die sie zuvor nicht bemerkt hatte, gegen seinen Oberschenkel schnellen.

»Nein, Madam«, verbesserte sich Rhea sofort, da sie die unterschwellige Drohung durchaus wahrgenommen hatte. Sie wollte nicht direkt am ersten Tag ihres Sklavendaseins in Blane mit einer Gerte verprügelt werden.

»Das macht nichts. Du wirst mir bei den Gesellschaften helfen, bis die nächste Fuhre nach Leistia geht. Mir ist mein letztes Mädchen … abhandengekommen.« Die Art, wie sie das letzte Wort betonte, zeigte deutlich, was sie damit meinte. Das Mädchen war nicht verschwunden. Es lag vermutlich längst in ihrem Garten vergraben. »Deine Haut und deine Haare sollten meinen Gästen gefallen.«

Die Gärtnerin wandte sich ab. Nachdem sie jeden beurteilt hatte, wurden sie von der Vorderseite weg- und durch ein gusseisernes Gartentor gebracht, das sie in den hinteren Teil der Gärten führte. Zunächst wirkte er nicht anders als die königlichen Gärten, die sie mit Jeriah betreten hatte, doch nachdem sie den gewundenen Pfad entlanggeschritten und mehrere hohe Hecken passiert hatten, sah Rhea den ersten Käfig. Sie hätte ihn im Vorbeigehen beinahe übersehen, da er zwischen Hecken und Gebüschen errichtet worden war. In ihm lag zusammengerollt eine Person, die nicht einmal aufsah, als würde es sie schon längst nicht mehr kümmern, was um sie herum geschah.

Rhea sog scharf die Luft ein. Hier sollten sie nun hausen, bis sie nach Leistia verschifft wurden? Sie hatte die Vorstellung kaum verdaut, da traten sie an immer mehr und mehr Käfigen mit schlafenden Insassen vorbei. Manche erwachten jedoch durch die Geräusche, die ihre Karawane verursachte, und sie blickten die Neuankömmlinge mit müden Augen an. Keiner sagte etwas. Jeder ließ sich die Stille auf seiner Zunge zergehen, als würde sie besonders gut schmecken.

Mittlerweile waren sie so tief in den Garten vorgedrungen, dass Rhea weder ein noch aus wusste.

Hin und wieder hielten sie an und einer der Wachmänner sperrte einen Sklaven in einen freien Käfig. Nur Rhea und vier weitere männliche Sklaven, vor denen die Gärtnerin stehen geblieben war, wurden nicht in einen Käfig gesperrt. Stattdessen führte man sie zu einer Gartenlaube, die in zwei Kammern aufgeteilt worden war. Eine für Frauen und eine für Männer.

Man führte sie zu den bereits Anwesenden und löste sie von den Ketten an ihren Händen. Die Fesseln an ihren Füßen blieben jedoch, aber Rhea wollte sich nicht beschweren. Es erleichterte sie schon, das Gewicht von ihren Händen zu wissen.

Mutlos rieb sie sich über die wunden Stellen an ihren Handgelenken, während sie die anderen vier Frauen mit einem knappen Nicken begrüßte. Keine von ihnen erwiderte diese Freundlichkeit und sie rollten sich auf dem mit Decken ausgelegten Holzfußboden zusammen, um noch etwas Schlaf einzufangen, bevor sie zweifellos zur Arbeit gezwungen wurden.

Rhea konnte nicht sagen, ob sie mit der Zuteilung Glück oder Pech gehabt hatte. Sie nahm an, dass sie es schon bald herausfinden würde.

Kapitel · 17

Morgan blinzelte gegen den Schmerz in ihrem Nacken. Offensichtlich hatte sie falsch gelegen, eine andere Erklärung fiel ihr so schnell nicht ein. Das graue Licht des Morgens strömte durch die Fenster des Gästezimmers und tauchte das Gesicht des Hauptmannes …

Sie stockte mitten in ihrem Gedankengang, als sie Eriks durchdringenden Blick bemerkte. Obwohl seine dunklen Wimpern einen Schatten über seine blauen Augen warfen, minderten sie nicht ihre Intensität.

Wie lange hatte er sie so schon beobachtet? Hitze stieg in ihre Wangen auf, bis sie sich der Bedeutung seines Blickes bewusst wurde und sie ihren Kopf endlich von ihren verschränkten Armen hob. In der Nacht hatte sie sich mit dem Oberkörper auf das Bett neben Erik gelegt, um bequemer zu schlafen. Nicht, dass ihr Rücken ihr diese Entscheidung nun danken würde.

»Du bist wach«, sagte sie überflüssigerweise und räusperte sich. »Ich meine, wie fühlst du dich?«

»Besser.« Seine Stimme war rau und kratzig. Vermutlich genauso wie die dunklen Stoppeln auf seiner unteren Gesichtshälfte. Ihr Blick glitt tiefer und sie erkannte, dass er immer noch größtenteils nackt war.

Sie sprang von ihrem Stuhl auf und bereute diese schnelle Bewegung sofort. Der Umhang fiel von ihren Schultern, als es ihr schwindelte. Erik richtete sich reflexartig auf, um sie an ihrem Arm zu stützen. Als seine Hand ihre Haut berührte, zuckte sie zusammen, doch er ließ sie nicht los.

»Geht es wieder?« Die Sanftheit in seinen Worten … Sie musste sich in Erinnerung rufen, dass er ihr damals nicht zugehört und sie einfach vorverurteilt hatte. Er hatte sie in eine fensterlose Einzelzelle gesteckt, hatte sie verhört, ohne ihr ein Wort zu glauben, hatte …

»Lass mich.« Sie entriss ihm ihren Ellbogen, als der Schwindel vorüber war, und brachte Abstand zwischen sich und ihn.

»Ich wollte nur …« Er sprach nicht weiter. Nichts, was er sagte, würde die Kluft überbrücken können.

Dafür, dass er in der Nacht gegen eine schwere Vergiftung angekämpft hatte, sah er viel zu ausgeruht aus. Sein braunes Haar, das Morgan an sonnengeküsste Rinde erinnerte, stand von allen Seiten ab, doch abgesehen davon, war wieder Farbe in sein Gesicht zurückgekehrt und hatte die fürchterliche Blässe vertrieben.

Er sah sich ruhig in dem karg eingerichteten Zimmer um, katalogisierte jede noch so kleine Einzelheit und runzelte erst die Stirn, als sein Blick die nur teilweise verdeckten Fenster streifte. Zweifellos war er bereits längere Zeit vor ihr erwacht, dafür wirkten seine Reflexe zu schnell und sein Verstand zu wach, die genaue Tageszeit schien er allerdings erst jetzt zu begreifen.

»Wo genau bin ich?«

Sicheres Terrain, auf das sie sich begeben konnte, ohne sich verwundbar zu fühlen, weil sie so etwas wie Mitleid in sich spürte.

»Bei einer Heilerin. Sie hat dein Leben gerettet, erinnerst du dich?«

»Meine Erinnerungen fühlen sich verschwommen an. Wie lange war ich … weggetreten?« Er setzte sich nun vollends auf, sodass Morgan nicht anders konnte, als seine Bauchmuskeln zu bewundern, die sich bei dieser Bewegung anspannten und deutlich unter seiner gebräunten, narbenbehafteten Haut hervortraten.

»Ein paar Stunden. Dein Fieber ist rasant gestiegen, aber Cardea hat ein Gegenmittel gefunden, also …« Morgan verschränkte die Hände in ihrem Rücken, weil sie nicht wusste, was sie sonst damit tun sollte. »Geht es dir wirklich besser?«

Er presste die Lippen zusammen, als würde er ernsthaft über diese Frage nachdenken. »Besser zumindest als bei unserer Ankunft, schätze ich. Ein bisschen schlapp, aber …« Sein Blick wanderte zu seinem Schoß, wo er die Hand mit dem Sklavenzeichen zu einer Faust geballt hatte. »So dankbar ich dir … euch auch bin, ich muss zurück in den Palast.«

»Natürlich.« Morgan nickte verstehend. Er besaß Pflichten, denen er sicherlich nachkommen musste, sonst würde er wie jeder andere auch in Schwierigkeiten geraten.

Sein Blick huschte von seinem Schoß zu ihr und Morgan sah etwas in ihm, das sie nicht genau benennen konnte. »Dazu brauche ich meine Kleidung. Es sei denn, das ist deine Strafe für mich? Zuzuschauen, wie ich nackt durch Yastia wandere?«

Morgan spürte die Röte ganz genau, wie sie sich von ihrem Brustansatz zu ihrem Hals und schließlich bis zu ihrem Gesicht ausbreitete.

»So einfallslos bin ich nicht«, fauchte sie, drehte sich auf dem Absatz um und stakste zur Tür hinaus.

»Verzeih, mein Fehler«, rief er ihr hinterher, aber es klang nicht so, als würde er es ehrlich meinen. Tatsächlich, sie konnte sogar sein Glucksen hören, das sie bis in die Küche verfolgte.

»Verfluchter Hauptmann«, zischte sie, als sie seine Kleidung von der Leine riss. Sie fühlte sich etwas steif an, abgesehen davon war sie jedoch trocken. »Hätte ich ihn doch sterben lassen …«

Plötzlich klopfte es an der Hintertür und Morgan erstarrte mitten in der Bewegung. Das Fenster neben der Tür war glücklicherweise verhüllt, sodass sie von niemandem gesehen werden konnte. Es klopfte erneut, heftiger dieses Mal.

»Komm schon, Cad, du schläfst doch nicht noch, oder?«

Thomas. Thomas. Thomas.

Du bist wertlos.

Du bist ganz unten in der Rangordnung.

Leck das auf.

Das stetige Klopfen riss sie aus ihrer Starre, sie drehte sich um und rannte beinahe in Cardea hinein, die atemlos in einen Morgenmantel gehüllt im Flur stand.

»Hast du ihn gerufen?«, wisperte Morgan und durchbohrte sie mit ihrem Blick, während sie Eriks Kleidung fest an sich drückte.

»Natürlich nicht«, entgegnete Cardea aufgelöst. »Ich werde ihn los, lass mich durch.«

»Nein.« Morgans Stimme klang schärfer, als sie beabsichtigt hatte. »Nein, sonst vermutet er noch etwas und lungert in der Gegend herum. Lass ihn rein und bringe ihn in dein Zimmer. Du wirst ihn schon ablenken können.«

»Morgan, wenn du nicht meine beste Freundin wärst, dann …« Sie plusterte ihre Wangen auf, die jedoch nicht von der zarten Röte darauf ablenkten, und stemmte die Hände in die Hüften. »Na, geh schon.«

In Windeseile hatte Morgan einen Kuss auf Cardeas Wange gehaucht, dann war sie auch schon im Flur verschwunden und schlüpfte geräuschlos ins Schlafzimmer – wo sie sofort gegen die Wand gestoßen wurde. Eine Hand lag um ihren Hals, drückte jedoch nicht zu. Ganz wie in der Nacht zuvor.

»Oh, du bist es.« Erik klang fast enttäuscht, aber er ließ sie los.

»Du Hornochse«, zischte Morgan, drückte die frisch gewaschene Kleidung an seine Brust, bis er sie ihr abnahm. Dann schloss sie lautlos die Tür. »Zieh dich an und sei leise. Wir haben unerwarteten Besuch.«

Sie nahm die Eisennadel von ihrem Gürtel und hielt sie fest. Erik folgte mit den Augen der Bewegung, während er zunächst in die schwarze Hose schlüpfte.

»Ich nehme an, wir mögen den Besuch nicht?«

»Shh!« Sie verdrehte die Augen, ehe sie mit einer Hand den Knauf umfasste und auf Geräusche von außerhalb lauschte. Leises Stimmengewirr, tiefes Lachen.

»Mein Schwert?« Immerhin machte er sich dieses Mal die Mühe zu flüstern. Sie deutete mit ihrer Nadel zur Kommode, wo sie sämtliche seiner Waffen platziert hatte.

Schritte näherten sich ihnen. Ein paar, die die Dielen laut knarren ließen, und andere, die kaum zu vernehmen waren. Gelächter folgte.

Morgans Hand krampfte sich um die Nadel zusammen, als Erik sich ihr von hinten näherte. Sie ignorierte ihn, achtete allein auf die Stimmen, die lauter wurden.

»Warum siehst du so müde aus?«, hörte sie Thomas fragen, der ein empörtes Schnauben als Antwort erhielt. »Damit wollte ich nicht sagen, dass du schlecht aussiehst …«

»Natürlich nicht, nur …« Den Rest verstand Morgan nicht, da Erik sie in dem Moment mit dem Umhang ablenkte, den er ihr fast fürsorglich auf den Schultern platzierte.

Wütend wandte sie sich ihm zu, um ihm mitzuteilen, was sie von seiner ungefragten Annäherung hielt. Als sie jedoch ihren Mund öffnete, legte er einen Finger an ihre Lippen und lächelte schelmisch.

Fast hätte sie jegliche Vorsicht zum Fenster hinausgeworfen, um ihm zu zeigen, was sie von seinen Spielchen hielt.

Das Zuschlagen einer Tür lenkte sie schließlich ab, während sie abwesend die Kordel vom Umhang verknotete.

Sie harrten noch weitere Sekunden aus, um sicherzugehen, dass Thomas ausreichend abgelenkt war. Morgan wurde allein bei dem Gedanken schlecht, was die beiden dort gerade trieben. Wie konnte sich Cardea von diesen Händen berühren lassen? Hände, die nichts anderes außer Brutalität kannten …

Cardea hatte wirklich von Liebe gesprochen. So einfach und klar, ohne den geringsten Zweifel zu zeigen.

»Sollen wir?«, flüsterte Erik beinahe vergnügt.

Wenn sie sich nicht so dringend hätte erleichtern müssen, hätte sie ihm ihre Meinung gesagt. So würdigte sie ihn lediglich keines Blickes und öffnete langsam die Tür. Lautlos glitt sie nach innen und eröffnete ihnen den Weg in den Flur mit den knarrenden Dielen.

»Setz deine Sohlen auf die gleichen Stellen wie ich«, wisperte sie über ihre Schulter hinweg, bevor sie sich zurück in die Küche begab. Das wäre der kürzeste Weg. Die Fenster im Gästezimmer hätten im Notfall eine Fluchtmöglichkeit geboten, wenn sie sich lautlos hätten öffnen lassen. Dies war leider noch nie der Fall gewesen.

In der Küche zögerte Morgan kurz. Sie hatte vergessen, Cardea zu sagen, dass sie vorsichtig sein und nicht allein Patienten aufsuchen sollte. Durch das Dekret war es viel zu gefährlich.

Morgan konnte jedoch nicht das Risiko eingehen und Cardea eine Nachricht hinterlassen, die Thomas aus Versehen in die Hände fiel. Nein, sie würde ihre Freundin einfach später noch einmal aufsuchen müssen.

Geschwind schlüpfte sie durch die Hintertür, wartete, bis Erik ihr folgte, und schloss die Tür dann sanft hinter ihm. Die Umgebung suchte sie bereits mit Blicken ab.

Es konnte durchaus sein, dass Thomas nicht allein gekommen war und Wölfe als Wachen aufgestellt hatte. Aus diesem Grund zog sie die Kapuze des Umhangs über und bedeutete Erik, sich zu beeilen, da sie möglichst schnell einen Häuserblock zwischen sich und Cardea bringen wollte. Erst dann zügelte sie ihre Geschwindigkeit und erlaubte sich, die kühle morgendliche Luft in sich aufzusaugen.

Die Pflastersteine glänzten noch feucht im Nebel, doch es hatte immerhin zu regnen aufgehört. Obwohl der Nebel und die dicken Wolken das Licht verschluckten, waren die Laternen bereits erloschen, was ihnen nur zugutekam. Auf ihrem Weg zum Henkersplatz begegneten sie einigen Händlern und Frühaufstehern, die sich stramm vorwärtsbewegten, um möglichst schnell der klammen Luft zu entkommen.

Yastia hatte sich in der letzten Woche der sterbenden Jahreszeit vollkommen unterworfen, sodass nicht nur das kalte Wetter Einzug erhalten hatte, sondern sich auch die Blätter der Zierbäume, die die Straße von den Bürgersteigen abgrenzte, verfärbten und zu Boden fielen. Dort kehrte der Wind sie zu kleinen Haufen zusammen.

»Du hast mein Leben gerettet«, sagte Erik schließlich in ihr Schweigen hinein, als sie den Henkersplatz erreicht hatten, der zu dieser Stunde wie leer gefegt war. Es befanden sich lediglich ein paar Wachen an dem Durchgang, der in den Palast führte. Bisher war ihr der Hauptmann anstandslos gefolgt, als sie die verwinkelten Wege eingeschlagen hatte, um das Villenviertel zu umgehen. Dieses Mal war Zeit nicht von besonderer Wichtigkeit.

Sie drehte sich zu ihm um. Noch gaben ihnen die Hauswände Schutz vor den aufmerksamen Blicken der Wachmänner, die den Henkersplatz gerade überquerten.

In ihrer Gasse raschelten ein paar Ahornblätter, ansonsten herrschte angenehme Stille.

»Ich stehe in deiner Schuld.«

Sie wollte ihn nicht ansehen und doch konnte sie sich nicht gegen den Impuls wehren, den Blick zu heben. Seine Augen wirkten in dem schwachen Schein wie wertvoller Topas, noch immer kalt, aber mit einer bewundernswerten Entschlossenheit. Eine Nacht am Rande des Todes und er sah noch immer besser aus als jeder Mann, dem sie zuvor begegnet war.

»Das ist genau der Grund, weshalb du niemals wieder ein Wort über Cardea verlieren wirst«, stellte sie klar, ohne sich von seinem Aussehen beeinflussen zu lassen. Sie hob ihr Kinn an. »Du wirst vergessen, wo sie wohnt, wer sie ist … dass sie überhaupt existiert. Hast du verstanden? Denn wenn nicht, werde ich dich mit eigenen Händen töten. Darauf kannst du dich verlassen.«

»Du hast mein Wort«, sagte er bedächtig. Seine Haltung wirkte offen und ehrlich, da er seine Arme nicht verschränkte. Sie suchte in seinem scharf geschnittenen Gesicht nach einem Anzeichen dafür, dass er log, doch sie fand nichts. »Ich verspüre keinerlei Bedürfnis, meine Retterin an den Pranger zu stellen. Allerdings …« Er setzte einen langen Schritt auf sie zu und die Stimmung zwischen ihnen kippte sofort von unterschwelliger Spannung zu offensichtlichem Ernst. »Ich würde gerne mit dir über … nun, alles sprechen.«

Morgan presste die Lippen zusammen und ließ sich seine Worte durch den Kopf gehen, während sie seinen Blick weiter erwiderte. An seinen Augenwinkeln bildeten sich kleine Lachfältchen, als würde er sich über ihr Schweigen amüsieren. Ihr Blick verdüsterte sich noch mehr.

»Gut, ich habe nämlich auch an paar Fragen an dich, Hauptmann«, sagte sie schließlich. Von irgendwoher näherte sich ein klappernder Wagen und Vögel krähten, als sie über den Henkersplatz flogen. »Wir treffen uns um Mitternacht im Botanischen Garten. Bei den goldgelben Lilien.«

Wenn Erik den Ort ihres Treffens seltsam fand, so ließ er es sich nicht anmerken. Stattdessen nickte er bloß und überbrückte den letzten Abstand zwischen ihnen, um ihr die Kapuze vom Kopf zu nehmen.

»Was tust du?« Ihre Stimme klang dabei viel zu hoch, aber er hatte sie mit dieser Bewegung unerwartet getroffen. Gedanklich war sie noch bei der Wahl ihres Treffpunktes gewesen, den sie zu einem großen Teil ausgesucht hatte, um seine Fähigkeiten auf die Probe zu stellen.

»Wir haben uns die Nacht doch amüsiert, also sollten wir so auch zurückkehren«, antwortete er vollkommen unbewegt. »Darf ich?«

Er hob einen Arm und legte ihn um ihre Schultern. Obwohl sie nickte, weil sie die Wichtigkeit verstand, ihre Rollen zu spielen, knirschte sie bei der Berührung mit den Zähnen.

»Na dann.« Lachend und torkelnd betraten sie den Henkersplatz und zogen dadurch sofort die Aufmerksamkeit der zwei Wachmänner auf sich. Sie spannten sich zunächst an, umfassten ihre Schwertknäufe, doch dann erkannten sie ihren Hauptmann und blinzelten ungläubig, bevor sie beinahe stolz lächelten.

Morgan musste sich darauf konzentrieren, auf dem Weg zurück zum Palast nicht die Augen zu verdrehen, und Erik … er amüsierte sich prächtig.

Kapitel · 18

Morgan suchte als Erstes den Abtritt des Dienstbotenquartiers auf. Glücklicherweise befand sich niemand in dem kleinen, abgegrenzten Raum auf der südlichen Seite und sie konnte wenige Minuten später mit einem erleichterten Lächeln auf den Korridor hinaustreten. Erst dann fiel ihr auf, dass sie vergessen hatte, dem Hauptmann den Umhang zurückzugeben. Dann würde er ihn eben erst später wiederbekommen. Das war nicht ihr Problem.

Ohnehin sollte sie weniger Gedanken an ihn verschwenden. Er war geheilt und Talias Plan für den Moment gescheitert, das bedeutete allerdings nicht, dass er sich in Sicherheit befand. Sein Schicksal sollte ihr egal sein, sie brauchte nur eine Information von ihm.

»Du tust es schon wieder«, murmelte sie zu sich selbst und stieß kopfschüttelnd die Tür zu ihrem Zimmer auf. Sie sollte sich lieber einen Plan zurechtlegen, wie sie Talia von einem weiteren Attentat abhalten könnte.

Die Frage nach dem Wie war jedoch komplexer, als sie sich eingestehen wollte. Der Bund der Assassinen und die Schmuggler akzeptierten und respektieren sich gegenseitig in Yastia, allerdings schenkten sie sich nichts und wenn sich ein Moment ergab, in dem sich die andere Seite übers Ohr hauen ließ, so wurde dieser genutzt. Dies erschwerte zum einen ihren Wunsch, Talia zu stoppen, zum anderen kam es ihr zugute, da sie nicht glaubte, dass Talia oder der Meister der Assassinen mit Larkin über sie sprechen würde. Talia würde höchstwahrscheinlich jede Schuld für den vermasselten Auftrag auf sich nehmen, da Morgan von früheren Gesprächen mit ihr und Neel wusste, dass die Bestrafung schlimmer ausfiel, wenn man die Schuld auf andere schob. Möglicherweise war dies das Einzige, was ihr Zeit verschaffte, um Erik die so wichtige Antwort zu entlocken, und danach ... war es nicht mehr ihr Problem, was mit ihm geschah.

Mit der einen Hand drückte sie die Tür zu, mit der anderen presste sie den Umhang an ihren Bauch. Dann erst sah sie zu Shinas Bett, das leer war – im Gegensatz zu ihrem eigenen.

»Was tust du hier?«, fauchte sie, ließ den Umhang fallen und umfasste ihre Eisennadel.

»Sieh an, wen der Wind hereingetragen hat, nachdem sie die ganze Nacht in einem anderen Bett verbracht hat«, sagte Cáel, ohne auf ihre Frage einzugehen. Er fläzte sich stattdessen auf ihre Matratze. Eine Hand lag unter seinem Hinterkopf und mit der anderen spielte er mit einer Holzfigur. Das rechte Bein hatte er angewinkelt und das linke ausgestreckt, wodurch sie seine schmutzige Schuhsohle sehen konnte. Damit. Lag. Er. Auf. Ihrer. Decke!

»Wenn du nicht sofort mein Zimmer verlässt, schreie ich«, herrschte sie ihn an und trat an die Bettseite.

Er blinzelte langsam zu ihr hoch. »Ach, und wem würden sie zu Hilfe eilen? Einer Circushure oder einem angesehenen Herzog aus Leistia?«

Damit nahm er ihr kurzzeitig den Wind aus den Segeln. »Herzog aus Leistia? Du?«

»Warum klingst du so ungläubig? Sehe ich nicht aus wie jemand, der ein Herzog sein könnte?« Er legte die geschnitzte Figur auf den Tisch neben sich – eine Waldnymphe, wie sie nun an den Gräsern und Zweigen als Haare erkannte.

Morgans Blick wanderte von seinem frisch rasierten Gesicht zu seiner Jacke mit den silbernen Knöpfen bis zu seinen schwarzen Hosen hinunter. An seiner Hand, die er nun wieder auf den flachen Bauch legte, glänzte ein Siegelring, der ihr bei ihrer letzten Begegnung nicht aufgefallen war. Er bemerkte ihren Blick und wackelte mit seinen Fingern. »Mein eigenes Siegel.«

»Ist mir gleich. Hau ab!« Sie hob die Nadel weiter an, als Cáel sich langsam in eine sitzende Position begab. Ihre Waffe würdigte er keines Blickes.

»Beruhig dich, ich bin nicht hier, um dich zu verletzen. Um ehrlich zu sein, brauche ich deine Hilfe.« Er lächelte schief und das Grübchen erschien auf seiner Wange. In ihr stieg der Wunsch auf, es aus seinem Gesicht zu kratzen.

»Ich bin nicht interessiert.« Es verwirrte sie, dass er so anders war als in Vadrya oder gar im Garten, als er ihr gedroht hatte. Vielleicht lag es daran, dass er sie nun nicht töten wollte, sondern tatsächlich ihre Hilfe brauchte. »Ich habe keine Zeit dafür. Geh raus«, warnte sie ihn ein letztes Mal.

»Hör mir nur zu«, bat er, doch sie hatte genug von seiner Anwesenheit. Das schwache Morgenlicht, das durch das einzige Fenster ins Zimmer strömte, reichte aus, um die Überraschung in seinen meergrünen Augen zu sehen, als sie sich auf ihn stürzte.

Bevor sie über die Konsequenzen nachdenken konnte, stieß sie die spitze Nadel in seine Seite – oder zielte zumindest darauf, denn Cáel hatte bereits ihr Handgelenk gepackt.

Er stöhnte genervt, als er ihr Gelenk verdrehte, damit sie die Waffe losließ. Da sie noch eine zweite Hand besaß, wehrte sie sich nicht übermäßig, ließ die Nadel fallen und verpasste ihm gleichzeitig, da er sich auf links konzentrierte, mit der rechten einen Kinnhaken.

Nur eine Sekunde später spürte sie den gleichen Schmerz, aber nicht die Wucht an ihrem eigenen Kinn. Da Cáel sie noch immer am Handgelenk festhielt, zog er sie beide vom Bett. Sie landete unsanft mit der Schulter auf dem Boden, aber lange hielt der Schmerz sie nicht auf.

Sofort drehte sie sich zu ihm um, hielt seine Arme fest und setzte sich rittlings auf ihn. Für einen Wimpernschlag konnte sie ihn derart halten, bis er sich aufbäumte und drehte, um sie stattdessen unter sich zu begraben.

Mit ihrem Ellbogen streifte sie seine Wange, dann hielt er sie mit beiden Händen links und rechts fest. Sie versuchte, ihm einen Kopfstoß zu verpassen, doch er zog seinen Kopf rechtzeitig zurück.

»Das ist vollkommen sinnlos«, keuchte er und verstärkte zur Betonung seinen Griff. »Wenn du mich verletzt, verletzt du dich selbst und du heilst wesentlich langsamer als ich.«

Morgan atmete schwer, wagte es nicht, ihn aus den Augen zu lassen. Es gäbe noch eine Möglichkeit, sich zu befreien. Dazu müsste sie sich nur einmal aufbäumen – ähnlich wie er es getan hatte – und sein linkes

Bein zwischen ihre einklemmen. Dann eine leichte Drehung mit der Hüfte nach links und …

Als hätte er ihre Gedanken in ihren Augen gelesen, hob er ihre Hände wenige Zoll hoch, um sie dann brutal wieder auf den Boden zu rammen.

Morgan biss sich auf die Unterlippe, um nicht aufzuschreien. Es hatte wirklich wehgetan, gleichzeitig zerrte der Schmerz sie wieder in die Gegenwart. Das Grün seiner Augen wirbelte aufgeregt um seine Pupillen herum und erinnerte sie an die Momente, in denen er sie von der Knochenhexe befreit hatte. Auch jetzt spürte sie, wie sich die Hexe tiefer und tiefer in Morgan zurückzog, um seinem wachen Blick zu entkommen.

»Wenn du mir nicht hilfst«, knurrte er, da seine Geduld offensichtlich am Ende angelangt war, »werde ich den Wölfen verraten, dass du nicht tot bist. Dass du dich ziemlich lebendig, wenn ich hinzufügen darf, in der Stadt aufhältst.«

Woher wusste er, dass sie ihre Rückkehr vor den Schmugglern geheim hielt? Oder riet er nur ins Blaue? Sie konnte es nicht riskieren und doch … »Das würdest du nicht wagen.«

»Warum nicht? Wenn du mir nicht hilfst, kannst du genauso gut unter die Fuchtel von deinem Alphawolf zurückkehren.« Er hielt sie noch immer fest, aber sie meinte, dass sein Griff sich gelockert hatte.

»Woher …?«

»Ich musste doch herausfinden, warum du hier bist und wer dich beauftragt hat.«

»Und das weißt du nun?« Argwöhnisch runzelte sie die Stirn. »Geh endlich runter von mir.«

Er zögerte für den Bruchteil einer Sekunde, dann stieg er von ihr runter und ließ sie los. Endlich konnte sie ohne sein Gewicht wieder tief durchatmen.

Langsam richtete sie sich auf, sodass sie und Cáel sich auf dem Boden gegenübersaßen. Es gab genug Abstand zwischen ihnen, damit sich ihre Beine nicht berührten. Trotzdem faltete sie diese zu einem Schneidersitz unter sich zusammen. Sicher war sicher.

»Nicht ganz«, antwortete er schließlich auf ihre Frage und bewegte testweise das Kinn, das keinerlei blaue Flecken aufwies. Anders vermutlich als ihr eigenes. Er hatte recht gehabt. Im Grunde hatte sie durch die Schläge nur sich selbst geschadet. »Aber das ist auch nicht wichtig für mich. Wichtig ist nur, dass du mir hilfst.«

Sie fluchte ausgiebig, wurde aber grob unterbrochen, als jemand an die Tür klopfte. Morgan sprang gerade noch rechtzeitig auf, um zu verhindern, dass ihr Gast ins Zimmer sehen konnte. Die Tür drückte sie bis auf einen kleinen Spalt zu, durch den sie eine der Bauchtänzerinnen sehen konnte. Ilara war ihr Name. Sie war geschminkt und voll kostümiert, wirkte aber müde, als hätte sie die ganze Nacht gearbeitet. Ihre Augen verengten sich bei Morgans Anblick und fokussierten sich etwas zu lange auf die untere Hälfte ihres Gesichts, wo sich gerade vermutlich ein dicker Bluterguss bildete.

»Du musst Noura ablösen, um den Thronfolger zum Picknick zu begleiten. Beeil dich«, klärte Ilara sie auf Drarathisch auf, warf ihr einen letzten misstrauischen Blick über die Schulter hinweg zu und verschwand dann in ihrem eigenen Zimmer, ohne eine Antwort abzuwarten.

Morgan fluchte erneut, als sie die Tür wieder schloss und sich zu dem großen Übel umdrehte. Er wirkte so gelassen wie eh.

»Dreh dich um, ich muss mich umziehen.«

Dieses Mal gehorchte Cáel ohne Widerworte, was sie stutzig machte. Anscheinend brauchte er ihre Hilfe noch mehr, als sie zunächst angenommen hatte.

Während sie in ihrer Truhe nach einem neuen Kostüm suchte, erhob sich Cáel und blickte aus dem Fenster in die Gärten hinaus. Eigentlich konnte sich Morgan nicht über den Ort des Dienstbotenquartiers beschweren. Sie konnten zwar von ihrem Zimmer aus nicht das Meer sehen, aber die Gärten waren ein ausreichender Trost.

»Unser lieber Thronfolger Jeriah ist ein Webhexer«, sagte er in die Stille hinein.

Sie hatte sich gerade für ein grünes Kostüm mit einer Hose aus leichter Gaze entschieden statt eines Rockes, als sie mitten in der Bewegung, es aufs Bett zu legen, innehielt.

»Das soll wohl ein Scherz sein.« Sie betrachtete seinen breiten Rücken, die schmalen Hüften … unter der Jacke, das wusste sie, breitete sich ein schwarzes Spinnennetz über seinen Oberkörper aus. Ein schwerer Fluch, der ihn getroffen hatte und nun verhinderte, dass er sich seiner gesamten Macht bedienen konnte.

»Warum sollte ich scherzen?« Nun stützte er sich mit beiden Händen auf dem leeren Schreibtisch ab.

Morgan beeilte sich damit, ihren Rock auszuziehen, um ihn mit der dünnen Hose zu tauschen. Sie konnte nur hoffen, dass es sich im Laufe des Tages aufwärmte. Ihr Blick fiel auf den Umhang des Hauptmannes, der sich wie ein schwarzer Fleck auf dem Boden ausbreitete, als sie den klimpernden Gürtel an ihrer Seite befestigte. Wieder befanden sich silberne Münzen, Ketten und Steinchen daran, die teilweise bis zur Hälfte ihres Oberschenkels reichten.

»In Ordnung. Nehmen wir einmal an, du sagst die Wahrheit, was hat das mit mir zu tun?« Sie glaubte wirklich nicht daran, dass Jeriah ein Webhexer war. Der Dux Aliquis hätte doch längst dafür gesorgt, dass er auf dem Scheiterhaufen brannte.

»Ich muss mit ihm über … gewisse Dinge sprechen, aber es ist schwer, allein mit ihm zu reden.«

»Auf dem Ball gestern Abend scheint ihr euch doch gut unterhalten zu haben«, warf Morgan ein, die sich vage daran erinnern konnte, wie Cáel neben ihm gestanden hatte.

»Hast du mich etwa beobachtet, Morgan?« Sie konnte das spöttische Lächeln aus seiner Stimme heraushören, ohne sein Gesicht sehen zu müssen.

»Komm zum Punkt.« Sie löste die Schnalle an ihrem Rücken und befreite sich von dem eng sitzenden Oberteil. Es fühlte sich seltsam an, halb entblößt im selben Raum zu sein wie ihr Erzfeind, weshalb sie sich in aller Schnelle das Grüne anzog. Es war schulterfrei, erinnerte an eine Schlange, die sich um ihren Oberkörper wand und dabei mehrere Stellen frei ließ. Nachdem sie auch in ihre Pantoffeln geschlüpft war, trat sie an die Waschschüssel heran, da über ihm ein ovaler Spiegel an der Wand angebracht worden war.

»Während des Picknicks wirst du ihn mit deinem Charme verzaubern und von der Gruppe wegführen. Ich werde euch folgen und dann mit ihm reden.«

Sie wusch sich das Gesicht, um sich etwas Zeit zu verschaffen, bevor sie antworten musste. Seine Bitte schien vergleichsweise harmlos zu sein, aber es gab so viele Möglichkeiten, die darin endeten, dass Morgan am Ende schwerwiegende Konsequenzen zu tragen hatte.

»Reden?«, echote sie skeptisch und trocknete ihr Gesicht ab. Sie würde etwas von dem Puder nehmen müssen, um den blühenden Bluterguss zu verdecken. Vorher aber sollte sie sich dem Nest, das ihre Haare waren, widmen.

»Du glaubst doch nicht, dass ich den Zorn des Königs auf mich nehmen würde, solange ich unter seinem Dach lebe.« Er schritt gemächlich zu ihr, sodass sie seinen Blick im Spiegel erwidern konnte. Es gefiel ihr nicht, dass er derart selbstgefällig wirkte, als hätte er das Spiel längst gewonnen. Selbst mit der Drohung, Larkin von ihr zu erzählen, hieß das nicht, dass sie so leicht einknicken würde. Im Notfall würde sie auch diese Komplikation in Kauf nehmen.

Allerdings musste sie zugeben, dass ihre Neugier geweckt war.

Sie ließ sich Zeit dabei, die Nadeln aus ihren Haaren zu ziehen und genoss den Anblick der pulsierenden Ader an seiner rechten Schläfe. Offensichtlich konnte sie seine Geduld doch auf die Probe stellen und zwar so weit, dass er schließlich die Aufgabe übernahm, die restlichen Nadeln aus ihren teilweise hochgesteckten Locken zu ziehen. Ihre Hand schnellte nach hinten und sie packte unsanft sein Handgelenk. Durch den Spiegel blickte sie ihn weiterhin an.

»Was denkst du, was du da tust?«, zischte sie, die Hand mit der Nadel noch immer festhaltend.

»Dich dazu zu bringen, mir zu antworten.« Er zuckte mit den Schultern und wartete geduldig, bis Morgan ihn losließ.

»Fass mich nicht an«, stellte sie noch einmal klar, bevor sie selbst die letzte Nadel herauszog und ihre Haare kämmte. »Also, du willst, dass ich den Prinzen von den anderen weglocke, dann stehst du plötzlich da und redest mit ihm? Über was genau?«

»Das ist nicht von Interesse für dich«, antwortete Cáel gelangweilt, legte die Nadel neben die Keramikschüssel und berührte dadurch ihren Arm. Sie bemerkte den Seitenblick, den er ihr dabei zuwarf, und wusste, dass er die Berührung mit Absicht herbeigeführt hatte.

Sie packte eine der Nadeln, wirbelte herum und presste sie Cáel genau auf die pulsierende Ader an seinem Hals. Erstaunlicherweise wehrte er sich nicht, hielt vollkommen still. Den Kopf in den Nacken gelegt, sah er sie trotzdem von oben herab an, sodass seine Lider beinahe geschlossen waren. Sein Kehlkopf zuckte jedoch verräterisch.

»Worauf wartest du noch?«, flüsterte er, ohne seine Lippen mehr als nötig zu bewegen.

»Als ob ich dumm genug wäre, mich selbst *derart* zu verletzen«, fauchte sie, ließ die Nadel aber, wo sie war. »Aber sei gewarnt, Cáel, wenn du mich noch einmal anfasst, füge ich einem Teil von dir solche Schmerzen zu, dass du wünschtest, du wärst weder Gott noch Mann.«

Die Nadel fiel lautlos zu Boden und Morgan begann sich zu schminken. Cáel machte ihr keine Angst mehr. Seine Drohungen bedeuteten ihr nichts und sie würde ihm nur helfen, weil *sie* es so wollte. Es war lediglich eine Entschuldigung, dem Thronfolger näherzukommen, um Erik ein bisschen unter Druck zu setzen, ihr während ihres Treffens heute Nacht auch die Wahrheit zu sagen.

»Ich helfe dir«, verkündete sie und beobachtete Cáel im Spiegel. Er rieb sich über den Hals, als würde er sich daran erinnern müssen, wie wertvoll er für ihn war. »Und jetzt geh.«

»So einfach?« Beide Augenbrauen gehoben sah er sie an. »Ich hatte mit mehr … noch mehr Widerstand gerechnet.«

Nachdem sie ihre Augen mit Kohle umrandet und ihre Wangen mit Rouge akzentuiert hatte, wandte sie sich zu ihm um.

»Entweder du verlässt jetzt mein Zimmer oder ich erkläre unseren Waffenstillstand für beendet«, erklärte sie mit einem lieblichen Lächeln.

»Also gut.« Er machte eine unbestimmte Geste mit den Händen. »Dann sehen wir uns draußen. Komm nicht zu spät.« Bevor er das Zimmer endlich verließ, zwinkerte er ihr noch einmal zu.

Ein unangenehmer Schauer rann ihren Rücken hinab. Sie dachte über sein altes, abweisendes Verhalten nach, das er zugunsten seines neuen, höhnischen abgelegt hatte. Er gab sich selbstsicherer und das bereitete ihr Sorgen. Noch immer konnte sie nicht mit Sicherheit sagen, was seine Pläne, seine Ziele waren. Wollte er sich lediglich von dem Fluch befreien, der ihn offenbar schwächte? Oder gab es noch etwas anderes, das er begehrte? Sie musste dem auf die Spur kommen. Herausfinden, was mit seiner Mutter Themera geschehen war und warum er in seiner Truhe eine Karte aufbewahrt hatte, auf der sieben Orte markiert gewesen waren.

Sie steckte ihre dunklen Locken an den Seiten weg und ließ den Rest über ihre Schultern und ihren Rücken fallen. Ihr Blick fiel auf die geschnitzte Figur der Waldnymphe, die Cáel absichtlich zurückgelassen hatte. Bei der nächsten Gelegenheit würde sie diese entsorgen.

Bevor sie das Zimmer verließ, legte sie noch eine Kette um ihren Kopf, daran war ein Gazetuch befestigt, das sich über Mund und Nase legte. Wenn sie Jeriah so nah kam wie beabsichtigt, war diese Maskierung unabdinglich.

Seufzend trat sie aus dem Raum und suchte das Foyer auf, in dem sich die Gesellschaft vermutlich zusammenfinden würde, um sich gemeinsam zu dem Ort zu begeben, an dem sie ihr Picknick halten wollten.

Vielleicht hilfst du dem Gott, aber dadurch erfährst du womöglich, was er vorhat, sprach ihr die altbekannte Stimme Mut zu und Morgan fühlte sich geneigt, ihr zuzustimmen.

Kapitel · 19

Morgan nahm widerwillig Eriks Umhang ab und legte ihn in die Kutsche, in der die Tänzerinnen zum Picknick gefahren worden waren.

Sie befanden sich ein kleines Stück außerhalb Yastias zwischen grasbewachsenen Hügeln, wo mehrere rot-schwarz gestreifte Pavillons und Circuszelte errichtet worden waren. Dienstboten hatten außerdem runde Tische, gepolsterte Stühle und Bänke rausgetragen, die um das Tanzparkett standen.

Der Wind war glücklicherweise abgeflaut und der Himmel aufgeklart, sodass Morgan nicht zittern musste, als sie aus der Kutsche stieg. Sie hatte überlegt, Erik den Umhang zurückzugeben, sich dann aber dagegen entschieden. Es würde zu viele Fragen aufwerfen und das Misstrauen der Anwesenden wecken.

Dieses Mal war das Königspaar nicht zugegen und überließ den jüngeren Adligen das Feld. Manche von ihnen amüsierten sich bereits beim Krocketspiel weiter abseits in der Nähe des angrenzenden Waldstücks. Morgan merkte sich den kürzesten Weg vom Tanzparkett bis zu der Baumreihe, falls ihr nicht viel Zeit blieb, Jeriah wegzuführen.

Der Kronprinz saß an einem der weiß gedeckten Tische, die mit blauen Ornamenten geschmückt waren. Die Farben Seiner Hoheit. Das Wappen mit dem Bären flatterte an einer Fahnenstange direkt neben den stehenden Kutschen im Wind, um zusammen mit der aufgestellten Wache ungebetene Gäste fernzuhalten.

Ein kleines Orchester stimmte gerade auf einem provisorisch errichteten Podium die Instrumente, um die Gesellschaft anschließend mit sanften Tönen durch den Mittag zu begleiten.

Morgan und Shina wurden von dem Hausstabsmeister zum Parkett geführt, sodass sie an dem ausladenden Büfett vorbeikamen. Die meisten Gerichte waren noch unter silbernen Glocken verdeckt, daher konnten sie den leckeren Duft nicht vollkommen einfangen. Morgan spürte ihren knurrenden Magen mehr, als dass sie ihn hörte. Sie konnte sich nicht einmal an ihre letzte Mahlzeit erinnern. Mathis und Aithan wären enttäuscht von ihr, dass sie nicht auf sich und ihre Kraft achtgab … Vorausgesetzt sie würden noch einen Gedanken an sie verschwenden.

Morgan schüttelte die ungebetenen Erinnerungen ab und sah sich suchend um. Cáel hatte sie schnell entdeckt, da er wie erwartet die Nähe zu Jeriah gesucht hatte. Dieser wurde jedoch gleich von drei Wachmännern abgeschirmt, während er sich mit einem Mann mittleren Alters unterhielt. Das Gespräch schien jedoch eher dahinzuplätschern und kaum Worte von beiden Teilnehmern zu fordern.

Trotzdem ließ Cáel die beiden nur lange genug aus den Augen, um Morgan zuzuzwinkern. Sie widerstand dem Drang, ihm die Zunge rauszustrecken, und wandte stattdessen den Blick ab, bis sie Erik unter den Wachen fand, die sich um Cillian versammelt hatten.

Im Gegensatz zu seinem älteren Bruder hatte er eine ganze Schar an jungen, zweifellos adeligen Frauen um sich gesammelt und genoss ihre Gesellschaft. Ein Lächeln lag auf seinen Lippen, doch Morgan nahm ihm die offene Freude nicht ab. Dafür hatte sie in seinen Augen zu viel Kälte gesehen. Er würde jede dieser Frauen opfern, wenn es ihm in irgendeiner Hinsicht einen Vorteil verschaffte.

Sie drehte sich leicht zur Seite, um seine Aufmerksamkeit durch ihren starren Blick nicht auf sich zu ziehen. Es war zu spät. Er hatte die Ankunft der Tänzerinnen bereits bemerkt und trat ein paar Schritte vor, sodass er direkt vor dem Parkett stand.

Die Mädchen wirkten im ersten Moment verwirrt, da er sie mitten im Gespräch zurückließ, aber sie beschlossen nach kurzem Zögern, ihrem Prinzen zu folgen.

»Die Unterhaltung ist da«, verkündete Cillian und klatschte in die Hände. Die goldenen Ringe glänzten im Sonnenlicht und blendeten Morgan sogar für einen kurzen Augenblick. Er breitete die Arme wieder aus und wartete, bis sich seine Gäste um das Parkett versammelt hatten.

Jeriah ließ sich keine Gefühle von seinem Gesicht ablesen, im Gegensatz zu Cáel, der besonders selbstgefällig wirkte, wie er mit verschränkten Armen dastand.

Morgans Bauch rumorte erneut, dieses Mal jedoch nicht vor Hunger. Sie würde sich nicht hinter dem Riesen oder dem Direktor verstecken können, da nur die Bauch- und Schlangentänzerinnen für das Picknick eingeladen worden waren.

Ihre Hand legte sich unwillkürlich an ihren Schleier, doch er war noch immer an Ort und Stelle.

»Ganz ruhig«, flüsterte ihr Shina plötzlich zu. »Drehe dich einfach ein paar Mal im Kreis und suche dir dann einen Gast aus, den du umtanzt. Dann fallen deine mangelnden Tanzfähigkeiten schon niemandem auf.«

Obwohl ihre Worte nett gemeint waren, spürte Morgan die Überlegenheit in ihnen. Die Genugtuung, dass Shina besser war als diese Fremde, die sich einen Platz in ihrem Circus ergaunert hatte.

Trotzdem nickte Morgan und beobachtete Cillian in seiner dunkelblauen Tunika. Sein helles Haar trug er fest nach hinten gekämmt, sodass sich kein Härchen in der sanften Brise bewegte. Jeriahs Frisur war da unordentlicher, da sich bereits ein paar Strähnen aus dem Zopf gelöst hatten.

Das Orchester stimmte die ersten zarten Töne an und riss Morgan zurück in die Gegenwart. Am liebsten hätte sie die sichere Variante genommen, indem sie Eriks Nähe suchte. Er kannte ihre wahre Identität und sah sie bereits abwartend an. Doch sie hatte noch nie ihre Ziele erreicht, indem sie sich für die sichere Variante entschied.

Also tat sie es Shina und den anderen nach, hob ihre Arme und wog ihre Hüften hin und her. Langsam, verführerisch. Die Münzen klimperten, als die Bewegungen schneller wurden, sie die Sohlen vom Parkett löste und sich im Kreis drehte. Die Gaze ihrer Hosen breitete sich wie Flügel aus, um im nächsten Moment wieder an ihrer Haut anzuhaften. Ihre Arme hielt sie nach oben gestreckt, als würde sie die Sonne anbeten.

Morgan war glücklich darüber, dass die Gäste lediglich ihre Augen sehen konnten. So musste sie sich nicht noch die Mühe machen, auf ihren Gesichtsausdruck zu achten. Die Schritte und der Tanz verlangten ihr alles ab, da sie sich auf keinen Fall blamieren wollte.

Sie drehte und wirbelte sich, kreiste mit ihren Hüften und zog ihre Schultern nach hinten. Der eine oder andere Blick wurde dadurch auf ihren großzügigen Ausschnitt gezogen, wie sie es beabsichtigt hatte. Als unter diesen Blicken jedoch auch Cillians war, entschied sie zu handeln.

Sie löste sich problemlos aus der Formation der anderen, umtanzte eine Drarathin, die gerade den Kopf einer Schlange hielt, die um ihren wohlgeformten Körper geschlungen war, und steuerte Jeriah an.

Sobald er ihr Herannahen bemerkte, nahm sie aus dem Augenwinkel eine abrupte Bewegung wahr. Obwohl sie sich dagegen wehrte, löste sie ihren Blick kurzzeitig von ihrem Opfer und erkannte Erik, der sich ein paar Schritte von Cillian entfernt hatte, um zu Jeriah vorzudringen. Er traute ihr also nicht, obwohl sie sein Leben gerettet hatte. Interessant. Sie würde ihn vielleicht neu einschätzen müssen.

Ein anderer Wachmann stellte sich Erik in den Weg und begann ein Gespräch mit ihm, was Morgan die Möglichkeit gab, ihren Plan in die Tat umzusetzen.

Sie überging Cáels vergnügten Blick, der sich vermutlich über ihre Tanzeinlage amüsierte, und schenkte Jeriah wieder ganz ihre Aufmerksamkeit.

Dieses Mal konzentrierte sie sich sogar darauf, die Mundwinkel anzuheben, damit er ihr das Lächeln an den Augen ablesen konnte.

Seine Miene regte sich jedoch erst, als sie ihn erreichte und ihre Hand nach ihm ausstreckte. Er ließ sie mehrere Sekunden warten. Lediglich seine zuckenden Mundwinkel verrieten, dass er sich freute, dann endlich ergriff er ihre Hand und verhinderte, dass sie vor allen anderen für ihre Direktheit ihr Gesicht verlor. Keine der anderen Tänzerinnen hätte sich gewagt, den Thronfolger anzusprechen. Niemand wäre so wagemutig gewesen, denn niemand war so verzweifelt wie sie, herauszufinden, was der Gott in ihrer Mitte vorhatte.

Nun, es war ja nicht so, dass irgendjemand außer ihr wusste, dass er ein Gott war.

Als Jeriahs Finger sich um ihre schlossen, durchfuhr sie ein Gefühl des Triumphs, das sie schnell unterdrückte, für den Fall, dass er es wahrnehmen konnte. Sie besaß kaum Wissen darüber, zu was ein ausgebildeter Webhexer fähig war. Die Grundkenntnisse waren ihr während ihrer Anfangszeit bei den Wölfen beigebracht worden, aber darauf allein wollte sie sich jetzt nicht verlassen.

Sie wollte ihn aufs Parkett ziehen, doch er schüttelte den Kopf und beugte sich zu ihr herunter. Sein Atem strich warm und nicht ganz unangenehm über den Teil ihrer Wange, der nicht von dem Tuch verdeckt war.

»Ich tanze nicht«, sagte er auf Drarathisch. Sein Akzent hörte man kaum heraus, was darauf hindeutete, dass er eine exzellente Ausbildung genossen hatte.

Er zog sich ein Stück zurück, sein Blick ruhte aber weiterhin auf ihr.

»Nicht tanzen«, sagte sie ebenfalls auf Drarathisch. »Spazieren.«

Mit ihren Augen deutete sie auf das Waldstück, das von der strahlenden Sonne in warmes Licht getaucht wurde. An diesem Tag war nichts von der sterbenden Jahreszeit zu sehen, als würde sie ihnen noch Ruhe gönnen.

Jeriah zögerte kaum merklich, doch sie ahnte, was ihn aufhielt. Die Wachen, die sie unweigerlich begleiten würden. Also nahm sie auch seine zweite Hand, legte sie sich an den unteren Rücken und drehte sich so, dass es jeder seiner Männer sehen konnte. So bestand für sie keinen Zweifel, was geschehen würde, wenn sie erst einmal in den Schutz der Bäume gelangt waren. Ein Kuss hätte vermutlich besser funktioniert, aber sie konnte sich nicht dazu überwinden. Auch wenn es nicht das erste Mal gewesen wäre, dass sie für einen Auftrag jemanden geküsst hätte.

Sie unterdrückte ein erleichtertes Aufatmen, als sie seine Hand losließ und er ihr endlich folgte. Die Wachen blieben stehen. Vielleicht waren sämtliche Blicke auf sie gerichtet, doch niemand hielt sie auf.

Jeriahs Hand blieb an ihrem Rücken. Haut an Haut. Obwohl ihr Jeriah sympathisch war, fühlte sie sich nicht wohl unter seiner Berührung und sehnte den Wald herbei.

»Das war eine gute Idee«, sagte Jeriah, nachdem sie die Gesellschaft hinter sich gelassen hatten und damit außer Hörweite waren.

»Was genau?« Noch hatten sie den Wald nicht erreicht, weshalb sie nicht aus ihrer Rolle fallen durfte. Sie konzentrierte sich auf das feuchte Gras unter ihren dünnen Sohlen, die Gänsehaut, die sich auf ihrem Körper bildete, als sie von einer kühlen Brise erfasst wurde.

»Das hier.« Er verstärkte für eine Sekunde den Druck seiner Hand.

Endlich traten sie in den Schatten der ersten Linden.

»Ich verstehe nicht genau, was Ihr meint.« Es war das Beste, sich dumm zu stellen. Noch durfte er ruhig annehmen, dass … Er packte sie am Handgelenk und sie wirbelte zu ihm herum.

Sie wäre am liebsten noch weitergegangen, aber diese Stelle schien für den Moment geschützt genug. Zumindest konnte sie nur Gestrüpp, Baumstämme und Blätter sehen, wenn sie zurückblickte. Jetzt wurde ihre Aufmerksamkeit allerdings von Jeriah verlangt.

Er führte ihren Handrücken an seine Lippen und hauchte einen Kuss darauf.

»Vergebt mir, so bezaubernd Ihr auch seid, aber ich bin vergeben«, sagte er, ohne zu klingen, als würde er den Umstand wirklich bedauern.

Stirnrunzelnd entzog sie ihm endlich ihre Hand und brachte etwas Abstand zwischen ihnen. Sie hoffte, dass Cáel bald auftauchte.

»Wieso seid Ihr dann mitgekommen?«

Er wandte sich kurzzeitig von ihr ab und lehnte sich schließlich gegen einen Stamm, bevor er ihren neugierigen Blick erneut erwiderte. »Ich hatte das Gefühl zu ersticken. Das war meine Möglichkeit, einmal den Blicken meiner … Begleiter zu entkommen.«

»Seid Ihr es nicht gewohnt? Ich meine, dass Euch Eure Leibwache überallhin folgt?«

»*Meine* Leibwache, ja, aber das hier …« Er unterbrach sich selbst mit einem reumütigen Lächeln. »Verzeiht, ich bürde mich Euch auf. Das war nicht meine Absicht.«

»Das braucht Euch nicht leidtun«, tönte es aus den Schatten in Atheiranisch. Natürlich hatte sie gehört, dass sich Cáel ihnen genähert hatte. Trotzdem spürte sie so etwas wie Verärgerung in sich aufsteigen, weil er ihr Gespräch unterbrochen hatte. Sie konnte nicht umhin, dem Kronprinzen Sympathien entgegenzubringen. Er war … anders, als sie angenommen hatte. Anders als Cillian, aber das war ihr bereits bei ihrer ersten Begegnung bewusst gewesen.

»Herzog Nygaard, ich habe nicht bemerkt, dass Ihr uns gefolgt seid.« Jeriah löste sich vom Baum und schlenderte an Morgans Seite, als würde er spüren, dass er Cáel nicht trauen durfte.

»Euch vielleicht nicht, aber ihr ganz sicherlich.« Mit einem Kopfnicken deutete er auf Morgan, bevor er vier Fuß vor ihnen stehen blieb.

Jeriah blickte von ihm zu ihr, während er seine Hand an den Dolch legte, den er statt seines Langschwerts an seinem Gürtel trug.

»Was hat das zu bedeuten?«, verlangte er zu erfahren und wiederholte die Frage auf Drarathisch.

Morgan seufzte. »Ich sollte Euch herführen, damit er sich mit Euch unterhalten kann«, gestand sie auf Atheiranisch.

»Entspannt Euch, Eure Hoheit, ich bin nicht hier, um Euch zu schaden«, erklärte ihm Cáel und streckte ihm die Handflächen entgegen, als würde er dadurch seine Ungefährlichkeit ausdrücken.

Jeriah war weise genug, die Hand auf seinem Dolch zu lassen. Die Augen hatte er zu Schlitzen verengt, sodass Morgan nicht in ihnen lesen konnte.

»Würdest du uns bitte allein lassen?«, sagte Cáel in ihre Richtung, nachdem deutlich geworden war, dass Jeriah ihn zumindest nicht sofort angreifen würde.

»Ich denke nicht«, weigerte sie sich und stemmte die Hände in die Hüften. Sie fror vom Herumstehen, aber sie würde den Kronprinzen ganz sicher nicht allein mit dem verwunschenen Gott lassen. »Wenn ich jetzt ohne Jeriah zurückkehre, wird es keine zehn Sekunden dauern und seine Leibwächter werden sich auf die Suche nach ihm begeben. Ich bleibe.«

Cáel presste die Lippen zusammen und das Grübchen an seiner Wange verschwand. Endlich behielt sie einmal die Oberhand.

»Sie bleibt«, bestätigte Jeriah, als würde sich Cáel eher von seinem Wort als von ihrem überzeugen lassen. »Und jetzt erklärt mir, was hier vor sich geht. Ihr habt schon die letzten Tage versucht, mich in diverse Gespräche zu verwickeln, aber keines davon war sonderlich interessant.«

Morgan hätte schwören können, dass sich eine leichte Röte auf Cáels Wangen legte, doch als er einen Schritt vortrat, war seine Haut so makellos wie eh.

»Ich nehme mal an, er möchte Euch etwas vorschlagen«, antwortete Morgan nur, um Cáel weiter an die Grenze seiner Selbstbeherrschung zu treiben. Sie hoffte, dass er dadurch einen Fehler machte, wodurch sie mehr von seinen Plänen erfahren konnte.

Dem Gott entlockte sie dadurch jedoch nur ein wissendes Lächeln, als würde er sie sofort durchschauen. Er verschränkte die Arme vor seinem Oberkörper, wodurch sich der Stoff seiner schwarzen Jacke an den Ellbogen kräuselte. Morgan fragte sich erneut, wie er es geschafft hatte, allen anderen glaubhaft zu machen, dass er ein Herzog aus Leistia war. Besaß er auch einen Kammerdiener? Diverse Gefolgschaft? Hatte er etwa Waisenkinder dafür bezahlt? *Wohl kaum.* Er würde die Straßenkinder vermutlich nicht einmal bemerken, wenn sie direkt vor ihm stünden …

»Ich weiß, dass Ihr ein Webhexer seid«, sagte Cáel ruhig. Dieses Mal spielte er den Wolf im Schafspelz. Er wollte Jeriah nicht verschrecken, aber er durfte auch nicht zu lange um den eigentlichen Grund für dieses Treffen herumreden, da ihre Zeit knapp bemessen war.

»Unsinn«, kommentierte Jeriah lediglich und entspannte sich zu auffällig. Seine Hand löste sich von dem Dolch, seine Schultern senkte er, aber sein Blick blieb trotz des amüsierten Lächelns wach. Er konnte vielleicht jedem anderen etwas vormachen, aber nicht Morgan. Sie war zu geschult darin, die Anzeichen einer Lüge an den Gesten und der Mimik abzulesen. Auch Cáel ließ sich nicht täuschen, vor allem da er die Wahrheit bereits kannte. Morgan wüsste nur zu gerne, wer seine Quelle gewesen war.

Sie erkannte erst jetzt, da sie die Wahrheit im Verhalten des Thronfolgers sah, wie sehr sie sich gewünscht hatte, dass Cáel mit seiner Vermutung falschlag. Schon wieder war er einen Schritt näher an seinem Ziel. Was auch immer dieses sein mochte.

»Es ist natürlich Euer gutes Recht, es abzustreiten, auch wenn wir beide wissen, dass es nichts an den Tatsachen ändern wird.« Cáels Lächeln wurde breiter. »Nehmen wir also an, Ihr hättet es bestätigt, dann können wir direkt auf den Punkt dieser Unterhaltung kommen.«

Jeriah neigte leicht den Kopf zur Zustimmung.

»Wir können uns gegenseitig helfen«, verkündete Cáel und unterstrich mit den Händen seine Worte.

»Inwiefern?«

»Ich brauche in naher Zukunft Euer Blut und etwas von Eurer Magie.« Morgan schüttelte den Kopf. Was auch immer er vorhatte, es bedurfte eine der mächtigsten Arten von Magie. »Wenn Ihr mir dies gebt, werde ich Euch bei einer Sache helfen. Vorausgesetzt, es steht in meiner Macht.«

Jeriah runzelte die Stirn, wirkte aber weniger erschrocken als interessiert. »Blut?«

»Nur ein kleines bisschen. Nichts, das Euch ernsthaften Schaden zufügen würde.« Cáel winkte ab, bevor er seine Hände hinter dem Rücken verschränkte. Diese Geste erinnerte Morgan so stark an Aithan, dass sie ihren Blick von ihm abwenden musste.

»Und Ihr würdet das tun, worum ich Euch bitte?«

»Wie bereits erwähnt, solange es mir möglich ist. Ich kann beispielsweise niemanden von den Toten auferstehen lassen.«

Jeriah schüttelte fast manisch den Kopf. »Soll das ein Scherz sein? Bist du überhaupt ein Herzog? Hat dich meine Mutter auf mich angesetzt?« Er überbrückte die geringe Distanz zwischen ihnen, packte Cáel am Kragen seiner schwarzen Jacke und schüttelte ihn. »Wer bist du?«

Morgan verdrehte die Augen über das, was sie nun tun würde. Sie wünschte, es gäbe eine andere Möglichkeit, aber es war der einzige Weg, um Cáel davon zu überzeugen, dass sie ihm nicht mehr im Weg stünde.

Sie eilte auf die beiden zu und umfasste Jeriahs Arm mit einer Hand. Er hatte nicht mehr getan, als Cáel zu schütteln und mit Drohungen zu bedenken, was vermutlich der einzige Grund dafür war, dass der Gott diese Behandlung über sich ergehen ließ. Das und sein Wunsch, Jeriah für sich zu nutzen.

Nachdem der Kronprinz begriffen hatte, dass sie ihn nicht loslassen würde, ehe er sich beruhigte, löste er seinen Griff. Ganz langsam. Einen Finger nach dem anderen.

Cáel zupfte an seinem Kragen und brachte wieder sicheren Abstand zwischen sich und dem Thronfolger. Weniger als zuvor, aber genug, dass Morgan sich zur Hälfte zwischen sie drängen konnte.

»Verzeiht, ich …« Jeriah vergrub sein Gesicht für einen Moment in den Händen.

»Nein, er ist kein Herzog«, sagte sie und erreichte dadurch, dass er sie ansah. »Aber er arbeitet auch nicht für die Königin.« Im Gegensatz zu Cáel wusste sie, dass seine Mutter bereits mehrmals versucht hatte, ihren eigenen Sohn zu töten. Nicht zuletzt hatte sie Talia engagiert, damit sie ihm einen versuchten Mord an seinem eigenen Bruder anhängen konnte.

»Er will also wirklich nur mein Blut und meine Magie?«

Morgan ignorierte Cáel, der bei diesen Worten triumphierend grinste. Schließlich hatte Jeriah gerade zugegeben, dass er ein Webhexer war. Wie auch immer dies direkt unter der Nase des Dux Aliquis möglich war.

»So scheint es. Ich glaube auch, dass er Euch helfen wird bei dem, was Ihr von ihm verlangen werdet.« Jeriah wirkte etwas ruhiger, aber sie war sich sicher, dass er die Möglichkeit, sie könnten für seine Mutter arbeiten, noch nicht gänzlich ausgeschlossen hatte. »Allerdings muss ich Euch warnen. Er hat vermutlich nichts Gutes dabei im Sinn, was er mit Eurem Blut und Eurer Magie erreichen will.«

Jeriah nickte, dann wandte er sich Cáel zu. »Ich werde darüber nachdenken und dich kontaktieren, wenn ich mich entschieden habe. Halte dich bis dahin fern von mir, Nygaard.« Anscheinend hatte es Cáel nicht mehr länger verdient, mit seinem *Titel* angesprochen zu werden.

»Lass dich nicht von ihren schönen Augen täuschen. Sie ist schließlich diejenige, die wegen des versuchten Mordes an dir auf frischer Tat ertappt worden ist. Sag mir nicht, dass du sie wirklich nicht erkennst?« Cáel lachte rau. »Ich erwarte deine Antwort innerhalb einer Woche.«

Damit wandte er sich um und entfernte sich lautlos von ihnen.

Weder Morgan noch Jeriah achteten jedoch auf ihn. Ihre Blicke waren allein aufeinander gerichtet.

Morgan wusste nicht, was sie tun sollte. Das war nicht geplant gewesen. Aus diesem Grund hatte sie den Schleier nicht abgenommen. Cáel … Sie hätte damit rechnen müssen, dass er am Ende etwas tat, was Jeriah von der Tatsache ablenkte, dass Cáel kein richtiger Herzog war.

Davonlaufen wäre vermutlich eine Möglichkeit, stattdessen rührte sie sich jedoch nicht, als Jeriah eine Hand ausstreckte und ihren Schleier abnahm. Er fiel an ihrer Seite herab, sodass der Kronprinz sie genau mustern konnte.

Jeriah nahm sich Zeit. Viel Zeit.

Jede Sekunde, die verging, verbuchte Morgan allerdings als Erfolg. Noch hatte er nicht nach seinen Wachen gerufen. Noch konnte sie gewinnen. Noch …

»Du bist es wirklich«, waren seine ersten Worte in die Stille hinein, die allein von den fernen Klängen des Orchesters in unregelmäßigen Abständen durchbrochen wurde. Ein paar Raben krähten. Er packte sie am Oberarm und zog sie daran den Weg zurück, den sie hergekommen waren.

»Moment mal, was hast du vor?« Für Höflichkeiten war jetzt wirklich keine Zeit. Sie stemmte sich gegen seinen Griff, weil sie ihm nicht wehtun wollte. Es würde sie nur in weitere Schwierigkeiten bringen. Nicht dass sie es nicht tun würde, wenn es keinen anderen Ausweg mehr für sie gab. Noch waren ihre Möglichkeiten jedoch nicht erschöpft.

»Dich dahin bringen, wo du hingehörst.« Seine Stimme klang hart und kalt. Nichts war mehr von dem wohlerzogenen jungen Mann übrig, der sie in den Wald begleitet hatte, um Atem zu schöpfen.

»Wirklich? Mich würdest du den Wachen überlassen? Ein *zweites* Mal zu Unrecht. Aber einen falschen Herzog lässt du so einfach gehen?«, beschwerte sie sich lautstark. Sie musste sich daran erinnern, ihre Stimme zu dämpfen, da sie sich zu schnell dem Lager näherten. Jeriah hörte ihr nicht zu, zog sie weiter und weiter. »Erik würde das nicht zulassen.«

Sie beobachtete ihn ganz genau, als er ihre Worte hörte und schließlich ihren Sinn verstand. Oder zu verstehen versuchte. Seine Lippen formten sich zu einem fragenden *O*, ehe er abrupt stehen blieb und sich ihr gänzlich zuwandte.

»Was hat Erik mit dir zu tun?«

Entschlossen hob sie das Kinn. »Er weiß, wer ich bin. Außerdem … habe ich sein Leben gerettet.«

Er ließ sie so abrupt los, als hätte er sich an ihrer Haut verbrannt. Sein Gesicht verriet seine Verwirrung, aber auch seine Neugierde. Sie sprach schnell weiter, nun, da sie seine Aufmerksamkeit hielt.

»Gestern Nacht wurde er vergiftet. Ich habe ihm geholfen. Frag ihn ruhig und wenn er seine Verbindung zu mir verneint, kannst du mich noch immer deinen Wachen ausliefern«, sagte sie mit so viel Selbstbewusstsein, wie sie aufzubringen imstande war. Erik würde ihr nicht in den Rücken fallen, solange sie ihm noch nicht erzählt hatte, was sie wusste.

»Wieso hast du ihm geholfen?« Seine Augen bohrten sich in ihre und sie wusste augenblicklich, dass er damit nicht Erik meinte.

»Er hält etwas gegen mich in der Hand. Im Gegensatz zu dir hatte ich keine Wahl.« Das stimmte nicht gänzlich, aber sie wollte ihn nicht in all ihre Gedanken einweihen, die schließlich zu der Entscheidung geführt hatten, Cáel bei der Umsetzung dieses Treffens zu helfen.

»In Ordnung. Ich rede mit Erik«, gab Jeriah zu ihrer Erleichterung nach.

Sie nickte, bevor sie ihre Hände hob und dann innehielt. »Darf ich?« Als er nicht protestierte, öffnete sie ein paar Knöpfe an seinem Kragen, löste den Knoten seines seidenen Halstuchs und brachte sein Haar so durcheinander, dass ein paar Strähnen aus seinem Zopf herausfielen.

»Damit du nicht in Schwierigkeiten gerätst und jeder denkt, er wüsste, was gerade geschehen ist«, erklärte sie ihm, nachdem er sie fragend angesehen hatte.

»Was ist mit dir?«

Sie lächelte selbstbewusst, bevor sie den Schleier erneut vor ihrem Gesicht anbrachte.

»Eine Tänzerin wie ich würde sich nie derart der Menge präsentieren«, sagte sie und hakte sich bei ihm ein.

»Ich hoffe wirklich, dass Erik mich davon abhält, dich gefangen nehmen zu lassen«, murmelte Jeriah, als sie gemeinsam den Wald verließen. Sofort richteten sich unzählige Blicke auf sie. Nur die Tänzer und die Spieler des Orchesters achteten nicht auf das Pärchen, das sich in die Einsamkeit des Waldes zurückgezogen hatte.

Morgan besah sich die Menge genau, konnte Cáel jedoch nicht unter den Anwesenden entdecken. Wahrscheinlich hatte er sein Glück nicht überstrapazieren wollen.

Statt Cáel sah sie jedoch Erik an Cillians Seite und er blickte sie so durchdringlich an, dass es in ihrem Bauch flatterte. Hoffentlich würde er sie nicht verraten, nur weil er jetzt nicht mehr unmittelbar dem Tod entgegensah. Sie wandte ihren Blick ab.

Nein, erinnerte sie sich, *er braucht Antworten.*

Sie drehte sich zu Jeriah um, legte ihre Hände an seine Wangen und hauchte durch die Gaze einen Kuss auf seinen Mundwinkel.

»Wofür du dich auch immer entscheidest, vertrau dem Herzog nicht.« Das war letztlich der einzige Rat, den sie ihm geben konnte.

Sie wirbelte aus seiner Reichweite zurück auf die Tanzfläche und gab sich ein weiteres Mal dem Rhythmus hin, ohne Eriks düsterem Blick oder Shinas genervtem Schnauben Beachtung zu schenken. Sie wirbelte und wirbelte …

Kapitel · 20

Morgan saß auf ihrem Bett und betrachtete die Manschettenknöpfe, die noch immer von einem Lederband baumelten.

Nach dem Picknick hatte sie Schlaf nachgeholt, um für ihr mitternächtliches Treffen mit Erik ausgeruht zu sein. Es war wichtig, dass sie ihre Sinne beisammenhatte, um besser entscheiden zu können, was sie ihm mitteilte und was sie ihn fragte.

Seufzend legte sie sich das Lederband wieder um ihren Hals. Die Knöpfe glitten unter den Kragen ihrer schwarzen, eng anliegenden Tunika, die Madam Elvira perfekt auf sie angepasst hatte.

Die Tür öffnete sich und Shina trat ein. Sie war vor ein paar Minuten kommentarlos aufgestanden und hatte sich mit einem Bündel in den Waschraum begeben. Nun trug sie eines ihrer auffälligeren Kostüme. Federn sprossen aus ihrem glitzernden Gürtel, der den dünnen Stoff an ihrer Taille raffte. Das Kleid entblößte mehr, als dass es verhüllte, fand Morgan, auch wenn Shina umwerfend darin aussah. Das Blau akzentuierte ihre Augen und ließ die Farbe ihres Haars heller, fast silbern wirken. Ein Stern am Firmament.

»Weißt du, du hättest dich zumindest mit ein paar Tanzstunden vorbereiten können«, sagte Shina über ihre Schulter hinweg, als sie ihre Truhe öffnete.

»Wenn ich Zeit gehabt hätte, mich vorzubereiten, glaubst du nicht, dass ich einen besseren Weg gefunden hätte, um in den Palast einzudringen?«, erwiderte Morgan, obwohl sie die Hitze in den Wangen spürte. So schlecht war ihre Vorstellung auf dem Tanzparkett doch nicht gewesen, oder?

»Wahrscheinlich.« Shina lachte.

»War es so schlimm?« Morgan verfluchte die Unsicherheit in ihrer Stimme, aber noch mehr den Umstand, dass sie überhaupt nachfragen musste.

»Wenn du den Kronprinzen fragen würdest oder den grimmig dreinschauenden Hauptmann, dann wahrscheinlich nicht. Sie konnten ihre Blicke kaum von dir lösen.« Shina ließ den Deckel geräuschvoll zufallen, bevor sie ihre Hände aneinanderrieb.

»Aber ich frage dich«, betonte Morgan.

Shina sah sie endlich an. In ihren blauen Augen blitzte so etwas wie Bewunderung auf, was im nächsten Moment jedoch wieder verschwand.

»Du tanzt nicht wie wir, aber es scheint niemandem aufgefallen zu sein.« Sie hob eine Schulter, bevor sie sich zum Spiegel drehte, um ihre Lippen mit einem roten Stift nachzuziehen. »Immerhin weißt du, wie man sich bewegen muss, um verführerisch zu sein. Das kann man nicht von jeder Frau behaupten.«

Morgan ließ ein unbestimmtes Geräusch verlauten, da sie sich nicht anmerken lassen wollte, wie sehr sie diese Worte überraschten. Wusste sie es wirklich? Hatte sie eine Ahnung davon, wie sie ihren Körper einsetzen musste, damit er zu einer anderen Art von Waffe wurde? Ihr gefiel der Gedanke.

»Kannst du es mich lehren?«, entschlüpfte es der Wölfin. »Ich meine, wirklich lehren? Ich handle nur instinktiv, aber es wäre von Vorteil, wenn ich noch ein paar mehr Waffen im Arsenal hätte.«

Shina lachte laut auf, drehte sich aber mit schwarz umrandeten Augen zu ihr um. »Du redest wie eine Kriegerin, aber du verhältst dich wie ein junges Mädchen. Warum kommst du nicht mit, dann können wir direkt mit der ersten Lehrstunde beginnen?«

»Wohin?«

»Heute Nacht findet ein besonderes Treffen mit dem König und seinen … Freunden statt. Wir könnten ein paar aufreizende Posen an ihnen erproben.« Shina zwinkerte schelmisch, während Morgan allein bei dem Gedanken, dem König schöne Augen zu machen, schlecht wurde.

»Tut mir leid, aber ich habe schon was vor«, sagte sie, obwohl sie kein Bedauern darüber verspürte.

»Eine geheime Mission, hm?« Shina stemmte die Hände in die Hüften.

»Vielleicht.«

Sie hob ihre Arme, als würde sie Morgan als hoffnungsvollen Fall aufgeben.

»Vielleicht kommst du nach? Wir treffen uns im Mondsalon im Ostflügel.« Dieses Mal wartete Shina keine Antwort ab, sondern schlüpfte durch die Tür nach draußen.

Morgan konnte sich nur schwer vorstellen, was jemand Selbstbewusstes wie Shina dazu bewegte, die Gesellschaft dieses Königs aufzusuchen. Vielleicht wurden ihr die Überstunden bezahlt? Oder sie genoss tatsächlich die Nähe der mächtigen Männer … Aber wer war Morgan, um sie dafür zu verurteilen?

Sie befestigte einen Dirk an ihrem Gürtel und die Nadel, die ihr bereits gute Dienste geleistet hatte, in ihrem locker geflochtenen Zopf, der ihr über die linke Schulter fiel. Als Letztes setzte sie ihre schwarze Maske auf, dann huschte auch sie ungesehen aus dem Dienstbotentrakt.

Der Weg aus dem Palast stellte sich als problemlos heraus – selbst ohne Eriks Begleitung. Schwieriger würde sich da die Rückkehr gestalten, aber notfalls gab sie sich als Tänzerin zu erkennen und erklärte, dass sie sich die fremde Stadt hatte ansehen wollen.

Zum Botanischen Garten war es nicht weit, da sich das Blumenviertel südlich direkt an das Anwesen des Palastes anschloss. Man sagte, dass die erste Königin von Atheira den Duft der Blumen riechen wollte, sobald sie die Türen ihres Balkons öffnete. Im Gegensatz zu den anderen königlichen Gemächern war ihres nicht aufs Meer ausgerichtet gewesen.

Morgan lauschte diesen Legenden normalerweise mit großen Zweifeln, aber diese Sage hatte sie stets geglaubt, denn auch für Morgan gab es kaum etwas Schöneres als den Duft von Blüten in voller Pracht. Sie liebte die Gefühle, die er in ihr auslöste, und sie liebte den Anblick all dieser Farben und Formen, in den sie sich immer verlieren konnte.

Vage, wie aus einem anderen Leben, erinnerte sie sich an die Blumenzwiebel, die sie eine Woche vor ihrer Gefangennahme in einem alten Topf eingepflanzt hatte. Sie war wahrscheinlich längst tot.

Wieder etwas, in dem Morgan versagt hatte.

Jetzt freute sie sich allerdings auf den Botanischen Garten, der im Herzen des Blumenviertels auf sie wartete. Ein riesiges Gebäude aus Glas, das aus mehreren Ebenen bestand und eine riesige Kuppel besaß. Die Außenanlage, durch die ein plätschernder Bach führte, war fast genauso beeindruckend wie das Innere und durfte im Gegensatz zu den anderen Ebenen von allen Bewohnern der Stadt besucht werden.

Morgan hatte natürlich alle Bereiche bewandert. Verbote hatten sie noch nie aufgehalten.

Früher war sie öfter hergekommen. Immer dann, wenn sie eine Konfrontation mit Thomas wieder geschlaucht hatte oder wenn sie vor einem schwierigen Auftrag stand und darüber nachdenken musste, wie sie diesen am besten meisterte.

Mit dem Alter war sie sicherer geworden und hatte diesem verzauberten Ort weniger Besuche abgestattet, aber in ihrem Herzen hatte sie ihn immer getragen.

Sie stellte sich in den Schatten eines Hauses und blickte um seine Ecke auf den bewachten Eingang. Es gab insgesamt vier Wachen, zwei befanden sich stets am Eingang, der dritte umrundete das im Sternenlicht glänzende Gebäude und der vierte patrouillierte im Inneren.

Es dauerte nicht lange, da gesellte sich der dritte Wachmann nach erfolgreich abgelaufener Runde zu den zwei Wartenden. Während sie sich miteinander unterhielten, zog sich Morgan in die Schatten zurück, lief Richtung Süden an dem Haus vorbei und verließ eine spärlich beleuchtete Straße, die direkt an dem rückwärtigen Teil des Gartens endete.

Morgan huschte zwischen die Büsche und zählte die Schritte ab einer schlanken Birke, um beim zehnten Schritt stehen zu bleiben und sich zu bücken. Im unteren Teil der Glaswand gab es eine lose Scheibe, die sie nach Belieben auf- und zuschieben konnte. Rhion hatte ihr damals gezeigt, wie man mit einer Messerspitze Fliesen aus den Fugen heben konnte. Die gleiche Technik hatte sie hier angewandt.

Lautlos schlüpfte sie hindurch und zog die Glasscheibe hinter sich wieder an ihren Platz. Im Inneren boten ihr Weigelien genug Schutz, um sich in dem durch Hexenlicht erhellten Garten umzusehen.

Dieser Teil des Gartens war mit bunten Sträuchern und langstieligen Blüten versehen, da er für jeden Besucher, der eine Eintrittskarte kaufte, geöffnet war. Dadurch konnte sich jeder von dem Anblick dieser Pracht erfüllen lassen, die man ansonsten nur in Idrela bestaunen konnte.

Morgan würde Erik jedoch im zweiten Abschnitt treffen. Dort blühten wertvollere Pflanzen, die besonderer Pflege bedurften. Außerdem waren dort seltene Falter angesiedelt worden, die von Jahr zu Jahr mehr wurden. Trotzdem war es dem normalen Volk strengstens untersagt, diesen Bereich zu betreten, da sich der Adel nicht an etwas erfreuen konnte, das dem niederen Volk zugänglich war.

Die Hexenlichter hingen in Netzen gespannt von der teilweise bewachsenen Glasdecke und boten gerade genug Licht, um sich auf dem Kiesboden und den Pflastersteinen fortzubewegen. Immer wieder hielt Morgan inne, um zu lauschen. Der vierte Wachmann musste sich hier irgendwo befinden und es wäre eine Katastrophe, wenn sie ihm durch Leichtsinn in die Arme lief. Sie würde sich zwar nicht gefangen nehmen lassen, aber es würde ein Treffen mit Erik weiter hinauszögern – und damit auch das Wissen um den Verräter.

Wenn sie ehrlich war, wusste sie bereits, dass es sich dabei um Thomas handelte. Sie brauchte nur noch einen Beweis, um auch Cardea von seiner Schuld zu überzeugen. Trotzdem war sie das Risiko eingegangen, weiter auf ihre Antworten zu warten, indem sie sich für diesen Ort entschieden hatte. Es war dem Teil ihrer Ausbildung verschuldet, der ihr beigebracht hatte, seinen Gegner stets herauszufordern, um ihn besser einschätzen zu können. Würde es Erik ungesehen in den Garten schaffen? Wie viel würde er sich dabei verspäten?

Sie setzte ihre Sohlen kaum auf den Boden auf, so wie es ihr von den Wölfen beigebracht worden war. Stein und Sand stellten kein Hindernis dar, selbst Zweige und getrocknetes Gras entlockten ihren Schritten keine verräterischen Geräusche mehr. Etwas, das sie in der Zeit mit Aithan gelernt hatte.

Durch einen steinernen Bogen betrat sie den zweiten Abschnitt und schlich um einen Hain Oraniapalmen herum, weil sie den Wächter nun auf sich zuschreiten hörte.

Da die Stämme der Palmen kaum breiter waren als ihre Mitte, zog sie sich in ihren Schatten zurück und duckte sich, in der Hoffnung, mit ihm zu verschmelzen.

Ihr Herz klopfte aufgeregt, aber es war kein unangenehmes Gefühl. *Wie nach Hause kommen.*

Sie hatte es vermisst. Das Gefühl, einen Auftrag zu haben, das Verlangen, nicht entdeckt zu werden …

Ein paar Sekunden vergingen, dann gesellte sich ein leises Summen zu den schweren Schritten auf dem Kies dazu und der Wachmann passierte das Tor mit einem gut gelaunten Lächeln. Er erwartete wie auch alle Nächte zuvor keine Eindringlinge. Niemand suchte den Botanischen Garten auf, um etwas zu stehlen. Nun, niemand außer ihr, denn die Zwiebel in ihrem Zimmer hatte sie hier eigenhändig ausgegraben. Hatte sie ihrem Zuhause entrissen, um sie dann allein sterben zu lassen.

Hass auf sich selbst stieg in ihr auf, als sie an die arme Pflanze dachte. Ihre Großmama hätte Morgan für ihre Unbedachtheit gerügt.

Morgan wartete noch ein paar Herzschläge, mit den Fingerspitzen in der Erde vergraben, bis sie eine baldige Rückkehr der Wache ausschließen konnte. Sie löste sich aus ihrer Hocke und huschte durch die Bäume, die Schlingpflanzen, die denen in Claoni zum Verwechseln ähnlich waren, und die giftigen Sträucher hindurch, bis sie das Gold der geschlossenen Lilien erkannte.

Ein Lächeln zupfte an ihrem Mundwinkel und sie ließ es zu. Schönheit. Dies war reine, vollkommene Schönheit. Auf dem Balkon, im Regen und durch Cáel verletzt, da war sie sich sicher gewesen, nie wieder diese Schönheit bewundern zu dürfen, doch nun hatte sie es geschafft. Entgegen aller Erwartungen hatte sie sich ihren Weg erkämpft und lebte. Sie lebte nicht nur, sie fühlte sich auch lebendig, als sie da stand und mit einem Finger über die weiche Haut der länglichen Blüte strich. Wenn sie diese doch nur bei Tag bewundern könnte …

Ein Geräusch mischte sich in die Nachtmelodie des Gartens und riss Morgan aus ihren sanften Gedanken.

Bevor Erik sie erreichte, zog sie sich hinter einem Geflecht aus Efeu zurück, das an einem Holzgestell gemeinsam mit rubinroten Rosen nach oben wuchs. Sie kauerte dahinter und erlaubte sich nicht die geringste Bewegung. Auch ihre Atemzüge wurden flacher, um Erik nicht auf sich aufmerksam zu machen. Sie war bereit.

Kapitel · 21

Nur wenige Augenblicke, nachdem sie sich zurückgezogen hatte, hörte sie sich nähernde Schritte. Auch wenn sich Erik größtenteils leise vorwärtsbewegte, verriet ihn der Kies unter den Sohlen. Er hatte es also pünktlich geschafft.

Der Hauptmann schälte sich aus dem Schatten, den die Palmen auf dem Weg bildeten. Er trug dieses Mal nicht seine Uniform, was ihn unberechenbarer erscheinen ließ. Mittlerweile hatte er sich rasiert und gewaschen, sodass sein Gesicht nicht länger ausgezehrt wirkte. Offensichtlich hatte Cardeas Heilmittel besser gewirkt als erhofft.

Erik steuerte die schlafenden Lilien an, ohne sich nach Morgan umzusehen, als wäre er voll und ganz von der Schönheit der Blumen eingenommen. Er streckte seine linke Hand mit den schwieligen Fingern eines Kämpfers aus, die plötzlich weniger grob und filigraner erschienen, als sie wie Morgan nur kurz zuvor die Blüte berührten.

Vollkommen fasziniert beobachtete Morgan die Begegnung dieser zwei Gegensätze. Liebliche Schönheit gegen raue Ecken und Kanten. Denn das war Eriks Körper. Unter seiner dunklen Tunika gab es nichts, das auf Fett hinwies und Morgan wusste nun mit Sicherheit, dass seine Brust wie in Stein gemeißelt wirkte. Aber an ihm gab es noch viel mehr als das. Sie erinnerte sich an seine detaillierten Skizzen von fantastischen Gärten und die unzähligen Bücher der Botanik. Erst jetzt fiel ihr auf, dass dieser Ort auch für ihn eine besondere Bedeutung haben könnte. War ihm das Hereinschleichen deshalb so leichtgefallen, weil es wie bei ihr nicht das erste Mal gewesen war? Sie bezweifelte, dass ihm, obwohl er Hauptmann der Leibgarde des Thronfolgers war, gestattet war, diesen Bereich der Privilegierten zu betreten.

»Ich weiß, dass du da bist«, murmelte er in sich hinein und doch verstand Morgan ihn in dieser Stille, die allein vom Rascheln der Blätter durchbrochen wurde.

Morgan zögerte nur eine Sekunde, dann richtete sie sich auf und trat hinter dem Holzgitter hervor. Sie setzte ein spöttisches Lächeln auf, um Erik nicht zu zeigen, wie überrascht sie davon war, dass er sie bemerkt hatte.

Abwartend sah er sie an, die Arme nun in einer abweisenden Art vor seiner muskulösen Brust verschränkt. Die Lilien waren nunmehr für sie beide eine blasse Erinnerung.

»Interessante Maske.«

Sie hob eine Schulter, bevor sie die Maske von ihrem Gesicht nahm und einsteckte.

»Ich war mir nicht sicher, ob du kommst«, sagte sie, obwohl sie mit jeder Faser ihres Herzens vom Gegenteil überzeugt gewesen war. Erik würde sich keine Möglichkeit entgehen lassen, mehr über die Person zu erfahren, die ihn beinahe auf dem Gewissen gehabt hatte.

Er hob eine Schulter, bevor er eine Hand in ihre Richtung ausstreckte. »Ich habe das Gefühl, dir noch nicht vernünftig dafür gedankt zu haben, dass du mein Leben gerettet hast. Also, danke schön.«

»Spar's dir. Ich habe es nicht für dich getan. Nicht wirklich jedenfalls«, stellte Morgan klar und näherte sich ihm bis auf zwei Schritt, sodass sie in dem schwachen Schein des herabhängenden Hexenlichtes das kräftige Blau seiner Augen sehen konnte. »Ich musste es für mich tun.«

Er runzelte die Stirn. »Wie bitte? Du liebst mich so sehr, dass du dir ein Leben ohne mich nicht mehr vorstellen kannst?«

»Lustig.« Morgan verdrehte die Augen. »Vielleicht hätte ich dich doch sterben lassen sollen.«

»Dafür ist es nun zu spät, würde ich meinen.« Eriks Lächeln zeigte ihr deutlich, dass ihre Worte ihren gewünschten Effekt verfehlt hatten. »Außerdem hätte Jeriah dich dann gestern sehr wahrscheinlich gefangen nehmen lassen, weil du mich nicht für dich hättest bürgen lassen können.«

Die Stimmung zwischen ihnen wurde augenblicklich ernster, da er sich mit der Erwähnung des Kronprinzen auf gefährliches Terrain begeben und sie mit sich gezogen hatte. Morgan legte eine Hand flach auf ihren Gürtel, damit sie mit den Fingerspitzen das Heft ihres Dolches spüren konnte. Für Erik mochte die Bewegung nichts weiter als Unsicherheit symbolisieren, da ihr Dolch gut von den Falten ihrer Tunika verdeckt wurde.

»Es hätte keinem von uns geholfen, wenn er das getan hätte«, entgegnete Morgan. Eriks Lächeln wurde breiter. »Vor allem, da ich weder damals noch heute vorhatte, Jeriah ein Haar zu krümmen.«

»Das Märchen über das verliebte Dienstmädchen kaufe ich dir trotzdem nicht ab«, warf er prompt ein und verzog sein Gesicht zu einer herablassenden Miene.

»Nun, da ich dich kenne, wäre ich auch enttäuscht, wenn du es tätest.« Sie weigerte sich, sich von seiner arroganten Art provozieren zu lassen.

»Warum warst du dann in jener Nacht im Palast? Wieso habe ich dich in Jeriahs Zimmer über sein Bett gebeugt gefunden?« Er gestikulierte mit den Händen, als würde er davon ablenken wollen, dass er sich ihr näherte. Aber sie kannte diese Methode längst und wusste, worauf sie achten musste. Ihre Hand auf dem Dolch rührte sich nicht, mit der anderen holte sie die Knöpfe aus ihrem Ausschnitt hervor. Eriks Blick huschte von ihrem Gesicht zu ihrem Kragen.

»Ich habe mich *nicht* über sein Bett gebeugt«, fauchte sie. »Ich bin beauftragt worden, seine Manschettenknöpfe zu stehlen, was mir auch gelungen ist.«

Erik stand innerhalb eines Wimpernschlags direkt vor ihr und hatte die Hand um ihre und damit auch um die Knöpfe geschlungen. Beides zog er näher an sein Gesicht, sodass er die Kostbarkeiten mustern konnte. Eine steile Falte bildete sich zwischen seinen Augenbrauen.

Eigentlich hätte Morgan ihm ihre Hand entziehen müssen, aber sie konnte sich nicht dazu überwinden, die Berührung seiner warmen, schwieligen Hand zu unterbrechen.

Ihr Blick richtete sich auf seine gebräunte Stirn und das kurze Haar, das mit hellen Strähnen durchzogen wurde.

Anstatt den Hauptmann also daran zu hindern, ihr so nah zu sein, gab sie ihm ein paar Sekunden, um sich von der Echtheit zu überzeugen, bis er ungläubig aufsah und sie ihm die Knöpfe entzog.

»Ich würde sagen, dass ich doch noch etwas über Diebe und ihre Vorgehensweisen lernen kann.« Er schüttelte den Kopf. »Jeriah hat erwähnt, dass er seine Knöpfe verlegt hat, aber ich hätte nicht gedacht … das habe ich nicht einmal in Betracht gezogen.«

Dieses Mal war sie es, die ihn herablassend ansah, obwohl es aufgrund ihrer Größe sicherlich nicht die gewünschte Wirkung hatte. Sie steckte die Knöpfe fort und stemmte die freie Hand in die Hüfte.

»Nicht nur in diesem Bereich. Es würde dir vielleicht auch helfen, wenn du den Beschuldigten zuhörst«, konnte sie sich nicht verkneifen zu sagen.

»Ich habe es dir bereits gesagt. Mir tut es nicht leid, was geschehen ist. Sobald Jeriah in Gefahr ist, muss schnell gehandelt werden.« Er klang ernst, beinahe geschäftsmäßig, als hätte er dies von Larkin gelernt. Es war nicht schwer, sich vorzustellen, wie er tagtäglich dem Druck standhielt, das Leben eines anderen mit seinem eigenen zu beschützen.

Obwohl ihr dies bewusst war und obwohl sie nicht wollte, dass er für seine getane Pflicht Reue empfand, so störte es sie dennoch, dass er nicht einmal bedauerte, sie ohne einen Zweifel in die Minen von Pelia geschickt zu haben. Das war der einzige Grund dafür, dass sie nicht die sich ihnen bietende Zeit nutzte und auf den Punkt kam, sondern den Moment an sich riss, um bei Erik den Finger genau darauf zu legen, wo es ihm wehtun würde.

»Und wie genau willst du deinen edlen Kronprinzen beschützen, wenn du deine Zeit allein neben Cillian verbringst?«

Sofort erkannte sie, dass sie mit ihren Worten ins Schwarze getroffen hatte. Die Leichtigkeit, die bis dahin noch in seinem Mundwinkel, in seinen Augen und auch in seinen Bewegungen gelegen hatte, verwischte mit einem Mal und wurde von kühler Strenge ersetzt. Plötzlich schien er sich zu erinnern, wo und in wessen Begleitung er sich befand. Auch sie bemerkte das erste Mal seit seiner Ankunft, wie dunkel und einsam es war. Sie hatten sich beide an einem Ort getroffen, der ihnen zu so später Stunde zum Verhängnis werden konnte. Man durfte keinen von beiden entdecken, da es sie in akute Erklärungsnot versetzen würde. Nun, zumindest Erik, da sich Morgan rechtzeitig aus dem Staub machen würde. Sie glaubte trotz seiner Stärke nicht für eine Sekunde, dass er es bei einer Flucht mit ihr aufnehmen könnte.

»Das war nicht meine Entscheidung«, sagte Erik schließlich, den Blick auf die Lilien gerichtet. Bedeutete dies, dass er sie anlog oder schämte er sich der Wahrheit? Aber wieso?

Obwohl sie es versuchte, gelang es ihr nicht, den Blick von seinem Profil zu nehmen. Die Nase mit dem leichten Höcker in der Mitte, die zusammengepressten Lippen und die dunklen Wimpern, die sich für einen Moment wie eine Decke über seine Augen legten.

»Wessen dann?«

»Seine Majestäten«, war Eriks knappe Antwort und als seine Augen nun auf ihre trafen, loderte ein eisiges Feuer in ihnen. Es galt Jeriahs Eltern und ihrer allmächtigen Befehlsgewalt, der Erik nichts entgegenzusetzen hatte.

»Wieso?« Er kniff die Lippen zusammen, wandte sich ab und schwieg, was sie jedoch nicht akzeptieren wollte. Wahrscheinlich durfte sie seine Geduld nicht überstrapazieren, aber er hatte etwas an sich, das sie herausforderte und sie … neugierig machte. »Ist es, weil Jeriah ein Webhexer ist?«

Sein Blick schnappte zu ihr. »Woher weißt du davon?«

Also hatte ihm Jeriah nicht davon berichtet, was zwischen Cáel und ihm geschehen war? Oder hatte er lediglich vergessen zu erwähnen, dass auch sie wusste, dass er ein Hexer war?

»Nicht der Punkt«, wies sie ihn ab. »Also braucht er dich nicht mehr länger?«

Jeriah zählte bereits dreiundzwanzig Jahre, was bedeutete, dass sich seine Magie schon vor längerer Zeit gezeigt haben musste. Warum wurde Erik also erst jetzt von ihm abgezogen, wenn beides miteinander verknüpft war?

Erik fuhr sich durchs Haar und blickte gen Glasdecke. Nur ganz schwach ließen sich die Sterne dadurch erkennen. Morgan atmete tief durch die Nase ein und genoss den Geruch von Erde und Leben.

»Das ist die Geschichte, die mir vom König aufgetischt wurde«, erklärte er langsam und mit Bedacht, als würde er jedes Wort abwägen. Trotzdem konnte Morgan den unterdrückten Zorn wie fernen Donner hören. »Er hat nur nach einem Grund gesucht, mich von seinem Sohn zu trennen. Ich bin Jeriahs bester Freund und alle wissen, dass Jeriah Cillian hasst.«

»Ach ja? Wirklich hassen?« Kein Wunder, dass sich Talia so sicher gewesen war, dass ihr Plan von Erfolg gekrönt sein würde.

»Warum erzähle ich dir das eigentlich?« Er sprach in den Himmel, als würden die neuen Götter aus ihrer Säulenstadt zu ihm sprechen. »Du verstehst das wahrscheinlich ohnehin nicht.«

»Was genau? Dass Cillian ein sadistisches Schwein ist oder dass du und Jeriah lediglich Schachfiguren auf dem Spielbrett der Könige und Götter seid?«, fragte Morgan gekränkt.

»Schachfiguren der Könige und Götter?« Er schmunzelte und versuchte das hinter einer Hand zu verstecken, doch zu spät. Sie hatte bereits einen Blick auf seinen Mund erhascht und das, was sie sah, traf sie vollkommen unerwartet.

Eilig wandte sie die Augen von seinen Lippen, seiner Hand und entschied dabei, dass der Anblick der polierten Knöpfe seiner Tunika viel sicherer war.

»Da dies nun geklärt ist …« Sie wartete auf einen Einwand, aber er schwieg. »Bevor ich dir von den Hintergründen berichte, die zu deiner Vergiftung geführt haben, habe ich eine … Frage. Solltest du sie nicht zu meiner Zufriedenheit beantworten, werde ich gehen.«

Er verschränkte die Arme vor seinem Oberkörper, was ihr die Sicht auf die Knopfreihe einschränkte, und lachte trocken auf. Befürchtete er nicht, von dem Wachmann entdeckt zu werden? Sie konnte sich nur gerade so eine Ermahnung verkneifen.

»Was? Du denkst, ich würde dich einfach ziehen lassen?« Er wirkte von ihrer Warnung keinesfalls beeindruckt und diese Arroganz stieß ihr sauer auf.

»Wahrscheinlich nicht, aber das solltest du, um dir die Erniedrigung zu ersparen, mich in den Straßen Yastias zu verlieren«, entgegnete sie und verschränkte die Arme nun ebenfalls. Sie würde sich nicht von ihrem Plan abbringen lassen.

»Vorausgesetzt, ich lasse mich darauf ein, was bedeutet *zu deiner Zufriedenheit*? Was ist, wenn dir meine Antwort nicht gefällt?« Er hob eine Augenbraue, während sie mit dem linken Fuß über den Kies schabte. Es wäre besser, ihm ihre Ungeduld nicht zu zeigen, aber er testete ihre Grenzen wahrhaftig aus.

»Das bedeutet, dass du sie wahr und vollständig beantworten musst. Ich werde wissen, ob beides zutrifft. Also?« Sie sah ihn herausfordernd an und er wich ihrem Blick nicht aus. Versuchte gar, in ihm einzutauchen, als würde er Morgan und ihre Abgründe erkunden wollen. Das durfte sie natürlich nicht zulassen, deshalb verstärkte sie die Mauer aus Stein und Eis, die sie schon vor Jahren um ihr Innerstes errichtet hatte, und wartete.

Seine Lippen formten sich zu einem Lächeln und als sie es in sich aufnahm, passierte etwas Seltsames mit ihr. Direkt in ihrer Magengegend. Als würden zwei Eisberge gegeneinanderkrachen und die Splitter sich in ihr verteilen. Nicht sonderlich angenehm, aber umso verwirrender.

»Abgemacht.« Sie sah, wie sich ebenjene Lippen bewegten, doch das Wort hörte sie kaum. Es vergingen Sekunden und Ewigkeiten, bis sie sich von seinem Blick lösen konnte.

Sie atmete noch einmal tief durch und ohne Erik ins Gesicht zu sehen, das ihr gleichzeitig vertraut und fremd erschien, fragte sie: »Wer hat dich damals vor dem Attentat auf Jeriah gewarnt?«

Erik sah sie an.

»Ich habe ihn nie zuvor gesehen.« An seiner Stimme erkannte sie, dass er mit etwas anderem gerechnet hatte. Sie besaß eine leichte, beinahe gelangweilte Note. »Er hat an meine Tür geklopft und mir davon berichtet, dass er gehört hat, wie sich zwei Männer darüber unterhielten.«

»Worüber? Und wie kam er überhaupt in den Palast, wenn du ihn noch nie zuvor gesehen hast?« Um ihren vorwurfsvollen Worten mehr Nachdruck zu verleihen, hob sie wieder den Blick, doch Erik sah sie gar nicht an. Er hatte seine Stirn gerunzelt und blickte an ihr vorbei in weite Ferne.

»Die Männer sagten, sie hätten ihren Komplizen zu Jeriah geschickt, der den Auftrag erledigen würde«, sagte Erik langsam. »Und ich habe mich ebenfalls gefragt, wer er ist und woher er wusste, wo mein Quartier liegt. Deshalb habe ich einen meiner Männer beauftragt, mit ihm auf meine Rückkehr zu warten.«

»Lass mich raten, er war verschwunden und dein Mann lag bewusstlos in der Ecke?«

»Ganz genau. Der Fremde hat ihn mit einem gezielten Schlag auf den Hinterkopf ins Land der Träume befördert.« Erik schüttelte den

Kopf. »Normalerweise wissen es meine Männer besser, aber er hat ihm aufgrund seiner Warnung vertraut. Was nach seiner Warnung und vor seiner Flucht geschah, weißt du ja …«

Morgan biss auf ihre Unterlippe. Es gab nichts, das bisher auf Thomas schließen ließ, doch Erik hatte nicht über das Aussehen des Fremden gesprochen. Wieso zögerte sie die Frage danach also hinaus? Konnte es an Cardea und das glückliche Leuchten in ihren grauen Augen liegen? Sie wollte das Glück ihrer Freundin nicht zerstören, aber genauso wenig konnte sie sie weiterhin blind und unwissend durch Yastias Straßen wandern lassen.

»Ist dir etwas Auffälliges an seinem Aussehen aufgefallen? Rote Haare vielleicht?«

»Rote Haare? Nein.« Er schürzte einen Moment die Lippen. »Ich habe auch keinen genauen Blick auf sein Gesicht werfen können, weil er eine Kappe getragen hat. Eine schwarze Ballonmütze, glaube ich.«

Morgan erstarrte. Alles in ihr wurde zu Stein. Ihre Lippen waren leicht geöffnet, die Augen aufgerissen und ihr Herz, das bis zu diesem Moment noch laut und schnell und stark geschlagen hatte, hielt inne, lauschte und schmerzte.

Sie löste sich aus ihrer Starre und packte Erik am Kragen. Er umfasste ihre Gelenke, um sie notfalls von sich zu stoßen. Doch sie tat nichts anderes, als sein Gesicht näher an ihres zu ziehen, um keine einzige Regung, kein Blinzeln zu übersehen.

»Was hast du gerade gesagt?«, presste sie hervor. Ihre Stimme glich einem Knurren, das aus dem hinteren Teil ihrer Kehle entsprang. »Du machst Witze, oder?«

»Ich bin mir nicht sicher, warum ich das tun sollte, Morgan.« Er sprach so ruhig und … unschuldig auf sie ein, dass sie sich in ihrer plötzlichen Wut albern vorkam. Ganz langsam löste sie den Griff um seinen Kragen, doch seine Berührung blieb und sie besaß nicht die Kraft, ihn abzuschütteln. »Bedeutet das, dass du die Person kennst?«

»Ich …« Sie drehte ihr Gesicht zur Seite. Der Schock verhinderte noch, dass die Tränen, die sich in ihren Augen sammelten, herabfielen. »Das ist nicht möglich.«

In dem Moment, da Erik sie wieder losließ, drehte sie sich abrupt um und rannte los. Der Hauptmann blieb ihr dicht auf den Fersen, bewegte sich flink und leise durch das Blumenbeet, wie sie es vorausgesehen hatte. Es war nicht in ihrem Sinn gewesen, ihn abzuschütteln. Sie *wollte*, dass er ihr folgte, weil sie ihn brauchte. Aber sie konnte nichts mehr sagen, konnte ihn nicht um Hilfe bitten.

Es schmerzte so sehr.

Sie musste es wissen. Sie musste ohne Zweifel sicher sein, dass es Rhion gewesen war, der sie betrogen hatte.

Kapitel · 22

Rhea tat kein Auge zu. Sie lag auf dem Rücken und starrte gen Decke. Noch immer fühlte es sich an, als würde der Boden wanken, dabei hatte sie das Schiff bereits vor Stunden verlassen.

Als die Stadtglocken zur vierten Stunde läuteten, erhoben sich die anderen Frauen, streckten sich, gähnten ausgiebig und erleichterten sich in den Messingtöpfen, die für sie bereitstanden. Rhea hatte ihr Schamgefühl bereits im Schiffsbauch zurückgelassen, sodass sie es ihnen nachtat. Das schien ihr zumindest ein anerkennendes Lächeln der ältesten der Frauen einzubringen. Rhea schätzte sie auf Mitte zwanzig. Wie auch die anderen, besaß sie einen blassen, makellosen Teint und eine innere Schönheit, der nicht einmal die harten Umstände etwas anhaben konnten.

»Mein Name ist Elisa. Wir sind wie du.«

»Was heißt ›wie ich‹?«, fragte Rhea stirnrunzelnd.

»Wir sind für das Vergnügen der Interessenten verantwortlich. Wir kümmern uns um ihre Zufriedenheit und ihre Bedürfnisse.« Elisa umfasste mit einer Hand einen Eisenstab des Gitters, der sie von der Freiheit trennte. Hinter der linken Holzwand befanden sich die Sklaven, deren leises Murmeln zu ihnen herüberrollte. Mit der anderen Hand strich sich Elisa eine verlorene Strähne ihres goldenen Haares hinters Ohr. Erst jetzt fiel Rhea auf, dass sie im Gegensatz zu den Sklaven, denen sie im Garten begegnet war, gepflegt und sauber aussah.

»Bedürfnisse?«, stotterte Rhea, die sofort von einer schlimmen Vorahnung heimgesucht wurde.

Elisas Mundwinkel zuckten leicht, nicht weil sie sich über Rheas Unwissenheit amüsierte, sondern weil sie verbittert war. Es strahlte aus jeder ihrer Poren. Sie hatte aufgegeben.

»Keine Sorge. Wir dürfen nicht angefasst werden, bis uns die Gärtnerin nach Leistia verkauft hat«, antwortete sie.

»Wie lange seid ihr schon hier?« Rhea blickte von ihr zu den anderen drei Frauen, deren Kleidung aus einfacher Wolle bestand, aber ebenfalls sauber wirkte.

»Ein paar Wochen. Man hat uns nahe Brimstone entführt«, erklärte die Kleinste von ihnen. Sie reichte Rhea kaum bis zur Schulter und wirkte zierlich, beinahe zerbrechlich. »Wir hatten dort ein paar Kronen im Glücksspiel verdient und wollten eine Bäckerei eröffnen. Aber dazu kommt es jetzt nicht mehr …«

»Das … tut mir leid.« Mehr wusste Rhea nicht zu sagen und mehr würden sie auch nicht von ihr erwarten.

Elisa nickte knapp. »Halte dich einfach an die Regeln und dann … dann wirst du immerhin nicht den Wachen übergeben.«

»Was meinst du damit?« Rhea stockte, als sie sich an die Worte der Gärtnerin erinnerte. »Hat sich das Mädchen vor mir nicht an die Regeln gehalten?«

»Hana versuchte zu fliehen und ist entdeckt worden«, sagte Elisa leise und blickte durch die Gitterstäbe nach draußen. Die Sonne wurde von den schweren Wolken verdeckt und schaffte es dadurch kaum, ihre triste Welt zu erhellen.

»Was war ihre Strafe?«

»Die Wachen durften sich mit ihr vergnügen und … nun, sie wurde nie wieder gesehen.« Elisa senkte die Stimme zu einem verschwörerischen Flüstern. »Aber es wurden neue Rosen gepflanzt.«

Rhea gab sich Mühe, sich ihren Ekel nicht anmerken zu lassen. Trotz der Freundlichkeit, mit der die Frauen ihr begegneten, sie vertraute ihnen nicht. Sie musste sich schon sehr in ihnen täuschen, wenn nicht jede von ihnen nach einem Vorteil für sich suchte.

Wenige Augenblicke später näherten sich ihnen zwei Wachmänner, die sich lebhaft miteinander unterhielten. Es interessierte sie keineswegs, dass sie von Dutzenden hoffnungslosen Augenpaaren angestarrt wurden. Vor den Zellen trennten sie sich, damit jeder eine Tür öffnen konnte.

»Folge mir«, befahl ihr Elisa und Rhea reihte sich sofort hinter ihr ein, bevor sich die anderen Frauen vordrängen konnten.

Der Wachmann, der für sie zuständig war, verlor kein Wort, sondern ging schnellen Schritts den Kiesweg entlang zum rückwärtigen Teil des Hauses. Dort passierten sie einen Kräutergarten, dessen Düfte Rhea in die Nase stiegen und ihren Magen zum Knurren brachten. Sie konnte sich nicht an ihre letzte anständige Mahlzeit erinnern. Wenn sie doch damals nur den Apfel gegessen hätte, dann wäre sie jetzt vermutlich frei. Frei. Frei. Was für ein Klang. Ein Echo in ihrer Seele.

Ohne ihre Magie wäre sie nicht einmal mehr verfolgt worden.

Sie betraten das Innere des Anwesens durch eine unscheinbare Tür, die in ein karg eingerichtetes Zimmer führte. Von dort aus brachte man sie in einen Waschraum. Auf niedrigen Kommoden gab es Messingschüsseln, dazu gab es einen Schrank, diverse nicht gepolsterte Hocker und zwei Fenster, durch die das Licht der schwachen Nachmittagssonne strömte. Staubkörner tanzten darin und wirbelten wild herum, als Rhea weiter in den Raum trat. Elisa schloss die Tür hinter ihnen, während die anderen Sklavinnen sich daranmachten, Wasser aus den bereitgestellten Kübeln in die Schüsseln zu kippen, um sich dann mit groben Lappen zu waschen.

»Wir bereiten alles in der Nacht vor, damit wir am nächsten Tag Zeit einsparen«, erklärte Elisa. »Das ist dein Tisch. In der obersten Schublade der Kommode findest du deine Uniform. Du bist ähnlich gebaut wie Hana, sie sollte dir also passen.«

Als Elisa sich ihrer eigenen Waschprozedur unterzog, wandte sich Rhea zu dem ihr zugewiesenen Platz, obwohl sie innerlich ein tiefes, widerwilliges Stöhnen ausstieß. Ihr Widerstandsdrang reichte jedoch nicht aus, ihn laut auszustoßen. Sie würde es nicht zugeben, aber Elisas Geschichte über Hanas Schicksal hatte ihr mehr Angst gemacht als die bloße Anwesenheit der Wachmänner.

Rheas Blick huschte zur geschlossenen Tür, hinter der sich zweifellos die Wache befand, die sie aus dem Schuppen befreit hatte. Würde sie ungefragt hereinstürmen, wenn sie zu viel Zeit benötigten?

Rhea wollte es nicht herausfinden, also entkleidete sie sich bis auf ihre Unterwäsche und wusch sich mit dem eiskalten Wasser, das ihr eine Gänsehaut bescherte. Das Schrubben ihres Körpers glich einer ganz eigenen Folter, aber sie genoss den Schmerz, der sie von dem Pochen an ihrem Unterarm ablenkte. Sie hoffte, dass die Wunde schnell verheilte und … Ja, und was? Sie war für immer gezeichnet. Für immer eine Sklavin. Für immer …

Zu der grau-weiß gestreiften Uniform mit dem engen Korsett, das ihr beinahe die Luft abschnürte, bekam sie glücklicherweise auch neue Unterwäsche und eine weiße Schürze. Nachdem sie ihr Haar hochgesteckt hatte, wartete sie auf weitere Befehle.

Elisa zeigte ihr den unteren Bereich des Anwesens. Die bemalten Wände des Flurs, die riesige Küche, in der schwer gearbeitet wurde, den ungenutzten Ballsaal und die Kammern, in denen Putzutensilien verstaut waren. Die meiste Zeit würden sie jedoch im ersten Stock verbringen, da sich dort die verschiedenen Salons befanden. Der Sternensalon mit den silber bestickten blauen Sofas und dem silbernen Teebesteck, der Zigarrensalon, in dem die Möbel aus dunklem Mahagoni bestanden und mit roten Akzenten versehen waren, und zu guter Letzt der Göttersalon, in dem an den Wänden Bildnisse von neuen Göttern hingen, die Rhea jedoch nicht alle benennen konnte. Sie waren in verschieden Posen abgebildet, manche blickten direkt auf die Besucher hinab, andere widmeten sich Aktivitäten innerhalb ihrer eigenen Welt. Die vorherrschenden Farben waren grün und gelb. Es war eindeutig, dass jemand viel Zeit in die Gestaltung dieser Räume verwendet hatte, was nur eines bedeuten konnte: Die Gärtnerin erwartete viel Geld von ihren Kunden.

Rhea wurde dazu beauftragt, in jedem dieser Salons genügend Branntweingläser bereitzustellen, sodass man sie nur noch zu befüllen brauchte, sobald die Gäste eintrafen. Noch hatte ihr niemand verraten, wer diese Gäste waren und warum sie die Gärtnerin aufsuchten. Es war nicht so, als besäße Rhea keine Vermutung, aber sie wollte sich nicht schon wieder das Schlimmste ausmalen.

Schließlich kontrollierte Elisa Rheas Arbeit und sie schritten gemeinsam von Raum zu Raum, währenddessen Elisa Rheas Körperhaltung korrigierte.

»Die Schultern gerade, das Kinn zurück und die Hüften beim Gehen schwingen«, wies Elisa sie an, als eine andere Sklavin an ihr vorbeischritt und ebendiese Anmerkungen vollführte.

»Die Hüften schwingen?«, echote Rhea und kniff die Lippen zusammen. Elisas genervter Blick sagte ihr genug. Sie durfte die Geduld ihrer vorübergehenden Vorgesetzten nicht überstrapazieren. Insbesondere dann nicht, wenn sie der Gärtnerin weiterhin aus dem Weg gehen wollte. Nur einmal hatte Rhea sie an diesem Nachmittag gesehen, als sie an der Seite einer hochgewachsenen Frau, die ebenfalls eine Dienstmädchenuniform getragen hatte, die marmornen Treppen in den zweiten Stock hinaufgestiegen war. Ein Blick auf ihre groben Hände hatte Rhea dazu gebracht, sich mit besonderer Sorgfalt ihrer Arbeit zu widmen.

Und so schlecht ging es der Webhexe auch nicht dabei. Im Gegensatz zu ihrer Zeit in dem Kerker fühlte sich diese Gefangenschaft trotz des Sklavenzeichens auf ihrer Haut weniger schlimm an. Sie durfte sich frei im Haus bewegen und besaß eine Aufgabe, die sie davon abhielt, zu lange über ihr Schicksal nachzugrübeln.

Das bedeutete allerdings nicht, dass sich Rhea mit ihrer Zukunft abgefunden hatte. Während sie von Salon zu Salon schritt, prägte sie sich jede Tür, jeden Zugang zum und vom Korridor ein, falls sich etwas bei einer Flucht als hilfreich herausstellen sollte. Und wenn nicht … sie bezweifelte, dass es nicht von Vorteil war, seine Umgebung zu kennen.

»Das sieht gut aus«, kommentierte Elisa, als sie im Zigarrensalon vor der Servierplatte zu stehen kamen, auf denen Rhea die polierten Gläser abgestellt hatte. Sie wandte sich von den Gläsern ab und betrachtete Rhea eingehend. Eine steile Falte erschien zwischen ihren Brauen. »In einer halben Stunde werden die ersten Gäste eintreffen. Wir werden in der Eingangshalle auf sie warten und einzeln in den entsprechenden Salon führen, nachdem wir die Mäntel an die Dienstboten weitergereicht haben.«

»Entsprechender Salon? Woher weiß ich denn, welcher das ist?« Nun, da die Vorbereitungen fast abgeschlossen waren, spürte Rhea die Nervosität in sich aufsteigen. Sie rieb sich die Hände und hoffte, dass Elisa dies nicht als ein Zeichen für Angst hielt.

»Sie werden es dich wissen lassen. Wichtig ist, dass du ihn an dem dargebotenen Arm nimmst und versuchst, leichte Konversation zu betreiben. Sobald ihr den Salon erreicht habt, wirst du ihm ein Getränk und Häppchen anbieten.« Elisa deutete mit einer Hand auf die Gläser und der mit brauner Flüssigkeit gefüllten Karaffe neben sich und mit der anderen auf einen Serviertisch, auf dem bereits Servierglocken über Teller platziert waren. Rhea hatte zuvor einen Blick auf die makellosen

Pasteten erhaschen können, doch bis auf ein grobes Stück Brot war ihr nichts zu essen angeboten worden.

»Was meinst du mit Konversation? Wissen sie, dass ich … was wir sind?« Rhea konnte sich nicht dazu überwinden, ihre neue Stellung laut auszusprechen. Elisa besaß dieses Problem jedoch nicht.

»Ja, sie wissen, dass wir Sklaven sind. Das ist der Grund, weshalb sie hier sind. Sie sind Kunden, Rhea, verstehst du das?« Der Blick aus ihren dunklen Augen wurde noch eindringlicher. »Sie sind keine Freunde. Sie werden dir nicht helfen. Sie sind hier, um Sklaven für sich oder für ihre Auftraggeber in Leistia zu erstehen.« Elisa packte Rhea so fest an den Armen, dass sie glaubte, dort später Blutergüsse vorzufinden. »Versuche unter keinen Umständen, sie um Hilfe zu bitten. Die Gärtnerin wird davon erfahren und dir wird es ganz genauso ergehen wie Hana.«

Rhea zwang sich zu nicken, da sie ihrer Stimme nicht vertraute. Plötzlich wurde ihr so heiß, dass sich Schweiß auf ihrer Stirn und unter ihren Achseln bildete. War es die Angst, die sie lähmte, oder setzte erst jetzt die Gewissheit ein, in welche Lage sie gebracht worden war?

Elisa wartete noch einen Augenblick, ehe sie Rhea losließ und anschließend den Stoff über ihrem Korsett glättete, obwohl er faltenfrei war.

»Komm. Wir halten die Stellung. Madam mag es nicht, wenn wir uns beeilen müssen, weil sich unsere Wangen dann vor Anstrengung rot färben.« Elisas Stimme klang nun leer und hohl, als hätte sie mit der Beschwörung jegliche Kraft verloren. Rhea fragte sich, wie oft Elisa schon andere Sklavinnen vor ihr gewarnt hatte und wie viele von ihnen nicht auf sie gehört hatten.

Als sie die breite Freitreppe nach unten schritten, stellte Rhea fest, dass die anderen vier Frauen und die Sklaven in ihren grauen Uniformen sich ebenfalls dazu entschlossen hatten, lieber früher hier zu sein als zu spät.

Die Frauen standen in einer Reihe neben der Tür, sodass noch genug Platz für zwei der Sklaven blieb, die breiten Flügeltüren nach innen aufzuziehen. Keiner ließ sich auch nur die geringste Regung anmerken. Auch nicht die Männer, die erst in der Nacht gemeinsam mit Rhea angekommen waren. Als würden sie sich in einem schwer zu beschreibenden Zwischenstadium befinden, das es ihnen unmöglich machte, sich gegen ihre neuen Pflichten aufzulehnen. Die Hoffnung verhinderte, dass sich die Stricke um ihre Hälse zuzogen, aber gleichzeitig war sie eine Kette an Händen und Füßen. Sie erlaubte ihnen nicht, sich zu wehren, weil sie ihnen vorgaukelte, dass noch nicht das grausamste Szenario eingetroffen war und dass sie es mit ihrem Widerstand noch schlimmer machen könnten. Genau so fühlte sich auch Rhea.

Elisa stellte sich an die erste Stelle und Rhea an die letzte, worüber sie ganz froh war. So konnte sie sich bei den anderen abgucken, wie sie sich verhielten.

»Wo wird die Gärtnerin sein?«, fragte Rhea leise ihre Nachbarin, die starr auf ihre ineinander gefalteten Hände blickte.

»Sie wird erst dann erscheinen, wenn ihre Gäste eingetroffen sind«, antwortete sie ebenso leise, bevor das Geklapper einer Kutsche zu ihnen durchdrang.

Die zwei Diener zogen zeitgleich die Tür nach innen und offenbarten dadurch eine schwarze Kutsche, die auf der rechten Tür ein goldenes Emblem aufwies. Rhea wusste, dass nur alte adlige Familien ein eigenes Emblem besaßen und dieses Wissen steigerte sowohl ihr Erstaunen als auch ihre Abneigung. Wie konnte eine scheinbar so wohlhabende Familie sich auf Sklavenhandel einlassen und dies sogar unterstützen?

Der Kutscher sprang herab und öffnete die Tür für seinen Herrn, der ein hochgewachsener Mann in den Fünfzigern war. Ein kleiner Bauch wölbte sich über seine königsblaue Hose, die sich mit dem Grün seiner Weste biss, die unter dem offen stehenden Ledermantel erkennbar war. In seinen Augen blitzte eine Bösartigkeit auf, die Rhea erschreckte. Es wirkte, als würde in ihm ein Mihr innewohnen. Ein von den neuen Göttern kreiertes Monster, das die Seelen derer fraß, die sich von ihnen abwandten und den alten Göttern huldigten.

Elisa reckte ihr Kinn, dann trat sie einen Schritt vor und obwohl Rhea ihr Gesicht nicht sehen konnte, glaubte sie, dass die Sklavin bei der Begrüßung des ersten Gastes lächelte. Er grunzte etwas Unverständliches, bevor ihm von Elisa der Mantel abgenommen wurde. Sie reichte ihn an einen Sklaven weiter, der damit den Gang hinunter verschwand. Anschließend ergriff Elisa den Arm des Gastes, führte ihn an den Sklavinnen vorbei und die Treppe hinauf. Rhea wartete, bis sie nicht mehr zu sehen waren, bevor sie ihren angehaltenen Atem ausstieß. Die Begrüßung wirkte harmlos – verglichen mit dem, was Rhea erwartet hatte.

Die Stunden vergingen und mit ihnen die Sklavinnen. Erst als die Uhr Punkt acht Uhr schlug, betrat der Gast, um den sich Rhea kümmern sollte, die Eingangshalle.

Rhea konnte nicht anders, als ihn mit offenem Mund anzustarren. Er war riesig. Alles an ihm war gigantisch. Von seinen breiten Schultern über seinen massiven Oberkörper, die langen Beine und die riesige, offensichtlich mehrmals gebrochene Nase. Sein schwarzes Haar trug er kurz geschoren, was seinen Kopf noch breiter wirken ließ. Als er sich beinahe hilflos in der Tür stehend umsah, erkannte Rhea jedoch, dass er eine Aura des Unwohlseins ausstrahlte. Er zog seine Schultern ein, beugte sich fast hinab, um weniger einschüchternd zu wirken, und als seine Augen, deren Farbe sie an dunklen Honig erinnerten, auf die ihren trafen, erblickte sie für einen Moment Erstaunen und etwas wie … Schmerz in ihnen.

Das Räuspern eines Sklaven riss sie aus ihrer Starre und sie beeilte sich, an die Seite des Neuankömmlings zu treten. Sie knickste vor ihm, so wie sie es die anderen hatte tun sehen, und blickte zu ihm auf.

»Ich begrüße Euch, mein Herr. Darf ich Euren Mantel abnehmen?« Erst nachdem die Worte ihren Mund verlassen hatten, bemerkte sie ihren Fehler. Sie spürte die Hitze ihre Wangen hinaufsteigen.

»Wenn ich einen Mantel bei mir hätte, wäre es mir eine Ehre gewesen«, begegnete der Fremde ihrem Unvermögen, dies selbst zu erkennen. »Wie wäre es, wenn Ihr mich stattdessen zum Zigarrensalon begleitet?«

Sie nickte erleichtert und ergriff seinen dargebotenen Arm, auch wenn sie sich aufgrund seiner Größe etwas strecken musste. Als ihre Hand auf seiner schwarzen Jacke zum Erliegen kam, konnte sie die harten Muskeln darunter spüren. Sie fragte sich, was er in seiner freien Zeit tat, um so kräftig zu sein. In ihrer Aufregung hatte sie das Emblem auf seiner Kutsche bereits vergessen. Wahrhaftig, sie konnte sich nicht einmal daran erinnern, ob es überhaupt ein Emblem gegeben hatte.

»Mein Name ist Veer Sakinnen«, brummte der Gast, als sie die erste Stufe erklommen hatten.

»Freut mich, Lord Sakinnen«, entgegnete sie augenblicklich und erfreute sich daran, dass ihre Stimme kaum zitterte. Sie atmete tief ein und der Geruch von Meer und Salz stieg in ihre Nase. War Lord Sakinnen vielleicht direkt vom Hafen hergefahren? Konnte er es so wenig erwarten, sich neue Sklaven zuzulegen? Oder er arbeitete für einen Herrn aus Leistia, was ihn ihr auch nicht sympathischer machte.

»Einfach nur Veer.« Seine vollen Lippen zuckten. »Wie ist dein Name?«

Sie zögerte. Elisa hatte ihr nicht gesagt, was sie auf diese Frage antworten sollte. Durften sie ihre Identität preisgeben oder erwartete sie eine Strafe, wenn sie es tat?

Veer bemerkte ihr Zögern und berührte mit der anderen Hand leicht die ihre, die auf seinem Arm lag.

»Es ist in Ordnung, wenn du ihn mir nicht verraten möchtest. Ich werde dich nicht dazu zwingen.« Sie erreichten das obere Stockwerk, aber ihre Schritte verlangsamten sich unwillkürlich, als würden sie den Eintritt in die Welt der Gärtnerin so weiter hinauszögern können.

Was für ein völlig abstruser Gedanke!

»Rhea. Das ist mein Name«, wisperte sie und hoffte inständig, dass sie damit keinen weiteren Fehler beging. Sie konnte nicht sagen, wieso sie diesem Fremden vertrauen wollte, obwohl sie ihm von allen Orten ausgerechnet an diesem unglückseligen begegnete. Es sprach nicht für seinen Charakter.

»Darf ich dich etwas fragen, Rhea?« Sie standen nun direkt vor der offenen Tür zum Salon und der Geruch von entzündeten Zigarren wehte zu ihnen herüber. Veer war also nicht der Einzige, der sich für diesen Salon entschieden hatte.

»Natürlich.« Sie konnte sich immerhin dazu entschließen, ihm nicht zu antworten, aber die Neugier war zu groß, als dass sie hätte verneinen können.

»Bist du hier einer Sklavin begegnet, die ebenso rotes Haar besitzt wie du? Ihr Name ist Nastja und sie zählt dreiunddreißig blühende Jahreszeiten.« Veer hatte sich ihr nun direkt zugewandt, achtete weder auf seine Umgebung noch darauf, wie unziemlich sein Verhalten war. Aber vielleicht war es ihm auch egal, dass er Rhea grob am Arm gepackt hatte und sie derart ansah, weil sie für ihn nur eine weitere Sklavin war?

Ihr Herz wurde schwer bei dem Gedanken. Aus unerklärlichen Gründen wollte sie nicht akzeptieren, dass er genauso war wie die Männer, die vor ihm angekommen waren. Gleichzeitig mischte sich Angst in ihre Enttäuschung. Sie war in ihrem Leben nicht vielen Menschen begegnet, abgeschottet im königlichen Kerker. Vielleicht führte er sie an der Nase herum. Vielleicht war sie unfähig, jemand anderes richtig einzuschätzen. Das hatten ihr die Wanderer doch zur Genüge bewiesen, oder?

Rhea schüttelte den Kopf. Diese Art von Gedanken brachten sie nicht weiter. Sie musste ihre Arbeit erledigen und den Lord zufriedenstellen. Also versuchte sie sich an die hoffnungslosen Gesichter zu erinnern, die ihr im Garten in den Käfigen begegnet waren, aber keines davon war von rotem Haar eingerahmt gewesen.

»Es tut mir leid, Lord Sakinnen«, entschuldigte sie sich mit einer Kälte in der Stimme, die sie zuvor unterdrückt hatte. Nur weil sie gehorchen musste, hieß dies nicht, dass sie seine grobe Behandlung schätzte. »Ich befinde mich erst seit wenigen Stunden hier, aber Eure Nastja habe ich nicht gesehen.« Sie senkte den Blick auf seine Hand, die nun ihren festen Griff löste.

»Nein, mir tut es leid, Rhea.« Er schluckte und führte ihren Arm wieder durch seinen. »Ich hätte mich dir nicht derart aufdrängen sollen. Kannst du mir verzeihen?«

Sie wollte aus Reflex nicken, doch etwas hielt sie zurück. Zweifel? Hoffnung? Sie suchte seinen Blick, der ihr offen und freundlich begegnete.

»Ihr seid nicht hier, weil Ihr mit Sklaven handelt, nicht wahr?« Woher war diese Frage gekommen? Sie biss sich auf die Unterlippe und wartete auf höhnisches Gelächter oder eine schallende Ohrfeige dafür, dass sie derart impertinent gewesen war, dem Herrn eine Frage zu stellen. Doch nichts dergleichen geschah. Stattdessen führte Veer sie in den Salon, in dem sich tatsächlich Elisa mit ihrem Gast aufhielt. Dieser rauchte eine Zigarre, lehnte mit dem Unterarm auf dem Kaminsims und lauschte dem Klang von Elisas Stimme, als sie ihm aus einem Buch vorlas.

Veer stellte sich an den hohen Tisch mit den Gläsern – weit genug von den anderen entfernt, um nicht von ihnen belauscht zu werden.

»Das hast du richtig erkannt, Rhea.« Er zog seine Schultern weiter ein, aber es half nicht gegen die starrenden Blicke von Elisa und dem Gast. Beide waren ganz offensichtlich von seiner Größe beeindruckt. In Rhea stieg der Impuls auf, sich schützend vor Veer zu stellen, was nun vollkommener Unsinn war.

»Wer ist Nastja?« Sie schöpfte Mut aus der Tatsache, dass er ihr weiterhin mit Freundlichkeit begegnete.

»Sie ist ...« Er stockte und rieb sich mit einer seiner Pranken über das Gesicht, wodurch er seinen Arm von Rhea nahm. Sie nutzte die Möglichkeit, um ihrer Pflicht nachzukommen und ihm ein Glas Branntwein einzuschenken. Als sie es ihm hinhielt, schien er sich wieder gesammelt zu haben. Er nickte ihr dankbar zu.

»Vor sieben Jahren ließ ich sie in Idrela zurück, da ich mit meinem Schiff das gespiegelte Meer überquerte, um Waren zu verkaufen. Als ich zurückkehrte, war sie verschwunden. Man sagte mir, dass Sklavenhändler das Dorf überfallen hätten, aber meine Frau war nicht unter den Toten.«

Er kippte den Inhalt des Glases in einem Zug hinunter und in dieser harschen Geste lag so viel Schmerz, so viel Trauer, dass sich Rheas Herz zusammenzog. Um ihm ihr Mitgefühl mitzuteilen, berührte sie ihn sanft an der Hand und erntete einen überraschten Blick. Seine Miene klarte so weit auf, dass sie nicht nur Freundlichkeit und Trauer entdeckte, sondern auch ein tiefer liegendes Gefühl von ... Einsamkeit. Rhea ließ ihre Hand sinken.

»Seitdem sucht Ihr sie?«

Veer runzelte die Stirn und wandte sein Gesicht ab. Auf seinen Wangen erschienen hellrote Flecken, als würde er sich für seine Offenheit schämen. Ein Mann, der Verlegenheit spürte, konnte nicht schlecht sein, oder?

»Ich besuchte mehrmals Brimstone, die Namenlosen Orte und alle paar Monate auch die Gärtnerin. Sie weiß nicht, dass ich nach meiner Frau suche, sonst würde sie mir den Zugang verweigern, aber sie stellt mir jedes rothaarige Mädchen vor, weil ich ihr mitgeteilt habe, dass ich ... dass sie ...« Er beendete den Satz nicht, da sie beide wussten, was er damit andeutete.

»Das tut mir sehr leid«, sagte Rhea und meinte es ehrlich. Es war nicht nur so, dass er seine Frau vermisste, er machte sich auch Vorwürfe.

Hätte er sie nicht allein und ungeschützt zurückgelassen, dann wäre sie heute vielleicht noch bei ihm und am Leben.

»Vielen Dank, Rhea. Ich weiß nicht, warum ich dir das Gewicht meines Herzens aufgeladen habe. Verzeih mir.« Er goss sich selbst etwas Wein ein und sie hoffte, dass Elisa dies nicht bemerkte.

Ein kurzer Blick in ihre Richtung verriet Rhea, dass sie wieder aus dem Buch vorlas. Ihr Gast hatte sich jedoch die Freiheit rausgenommen, eine Hand auf ihr Hinterteil zu legen und gelegentlich zuzudrücken. Elisa wand sich nicht aus seiner Berührung, ließ sie stur über sich ergehen.

»Es gibt nichts, was ich Euch verzeihen muss, mein Herr«, beschwichtigte Rhea ihn. »Aber fürchtet Ihr nicht, dass ich Euer Geheimnis verraten werde?«

»Hast du es denn vor?«, entgegnete er, wartete aber keine Antwort ab. »Ganz ehrlich, meine Hoffnung ist nach all dieser Zeit verschwindend gering. Vielleicht möchte ich ja, dass mir die Gärtnerin jeden weiteren Zugang verweigert? Ich weiß es nicht …«

»Ihr wollt also aufgeben?«, wisperte sie erstaunt. Er sah sie durchdringend an, das Glas in seiner linken Hand. »Sag mir, kann ich etwas für dich tun? Kann ich … jemanden verständigen?«, fragte er sie und wechselte damit abrupt das Thema.

Seine Worte trafen sie vollkommen unerwartet. Elisas Warnung hallte noch immer in ihrem Inneren nach. Sie durfte niemandem vertrauen. Ihre Gäste waren nicht ihre Freunde. Aber Veer … er war anders. Er hielt sich keine Sklaven und er …

»Ja«, hauchte sie, ohne ihren Zweifeln Raum zu geben, sich zu entfalten. »Ich würde gerne eine Nachricht verfassen.«

Er nickte und lächelte leicht, als würde er erkennen, was dieses Eingeständnis sie kostete.

»Ich werde für dich bei unserer nächsten Begegnung Papier und Stift mitnehmen.«

»Bei unserer … nächsten Begegnung?«

»Du hast mir geholfen und jetzt werde ich dir helfen.«

Ein Lächeln bildete sich auf ihren Lippen und breitete sich bis tief in ihr Herz aus, erwärmte sie von innen und verschwand auch nicht, als die Gärtnerin ihren Eintritt machte.

Veer unterhielt sich mit ihr, wirkte kalt und unnahbar, richtete sich zu seiner ganzen Größe auf und erklärte in wenigen Worten, dass er Interesse an Rhea hatte und mehr Zeit mit ihr verbringen wollte. Wenn die Gärtnerin darüber erstaunt war, ließ sie es sich nicht anmerken, da sie sofort zustimmte.

Veer hielt sein Wort und kehrte nach zwei Tagen mit Stift und Papier zurück. Sie wurden nur kurze Zeit allein gelassen, aber in diesen kostbaren Momenten verfasste sie einen wichtigen Brief, den sie an die einzige Person adressierte, die ihr noch geblieben war. Veer nahm die Nachricht ohne den geringsten Kommentar entgegen und als sich ihre Hände berührten, fühlte Rhea, dass die Hoffnung in ihr keine Kette mehr war. Sie hatte sich zu Flügeln geformt.

Veer verließ danach jedoch nicht die Stadt, sondern kehrte zurück. Jeden Tag. Und das Leben in Blane machte er durch seine Anwesenheit weniger trostlos und weniger albtraumhaft.

Ich werde nicht als Sklavin sterben – war nicht mehr nur ein Traum. Dieser Satz war die Wahrheit, die sie verschlossen in ihrem Herzen trug.

Ein golden und silbern Kleid
warf der Vogel ihr herab.
Sodann machte sie sich auf zum Ball,
um mit dem Prinzen zu tanzen.

Kapitel · 23

Nachdem Morgan und Erik durch ihren geheimen Gang den Botanischen Garten verlassen hatten, streiften sie Seite an Seite durch die Nacht.

Es war ungewohnt für Morgan, jemanden bei sich zu wissen, der jede ihrer Bewegungen nachahmen konnte, obwohl er kein Wolf war.

Der Hauptmann schlich lautlos und aufmerksam über die Pflastersteine, hüllte sich in Schatten und Nebel und wich der Stadtwache zeitgleich mit Morgan aus. Sie musste nie auf ihn warten. Nie über ihre Schulter blicken und ihn nie ermahnen, leiser zu sein. Er war ihr beinahe ebenbürtig.

All dies gab ihr jedoch Zeit, darüber nachzudenken, ob sie nicht möglicherweise einen Fehler beging, indem sie ihn zu dem Ort brachte, den Larkin unter allen Umständen vor der Stadt- und der Palastwache zu schützen wusste: das Hauptquartier der Wölfe.

Da Morgan sich nicht im Haus des Hutmachers verstecken wollte, um ihre Freundschaft weiterhin geheim zu halten, führte sie Erik an den einen Ort, der nicht patrouilliert wurde. Das Haus des Greises.

Sie erreichten hintenherum das Zuhause des ältesten Bewohners im ganzen Tuchviertel. Morgan war trotz der Anweisung, das Dach nicht zu betreten, mehrmals dort hinaufgestiegen, um herauszufinden, ob Thomas das Quartier bereits verlassen hatte. Wenn der Alte ihr Kommen und Gehen bemerkt hatte, so hatte er sie nie an Larkin verraten, denn Larkin hätte ein derart feiges Verhalten niemals von ihr geduldet. Sie hoffte, dass er sich auch heute in Schweigen üben würde.

Das Dach ließ sich über das Hochklettern an der groben Steinfassade erreichen. Die hervorstehenden Steine boten ausreichenden

Platz, um die Füße darauf abzustützen, sodass Erik und sie selbst in dem Nieselregen keine Schwierigkeiten hatten, sich flink fortzubewegen. Da Erik ihr den Vortritt ließ, war sie die Erste, die sich auf den Dachziegeln abstützte und sich geduckt in der schattenreichen Nacht umsah. Von hier oben ließ sich die Umgebung viel besser betrachten als in den nebelverhangenen Straßen.

Morgan rutschte auf dem leicht schrägen Dach immer wieder mit ihren Fußspitzen auf den glatten Ziegeln aus. Gerade hatte sie die Hälfte hinter sich gebracht, als sie erneut den Halt verlor. Im letzten Moment bekam Erik ihren Arm zu fassen und hielt sie so lange fest, bis sie das Zittern aus ihren Gliedmaßen vertrieben und sich wieder gefangen hatte. Sie nickte ihm dankbar zu, dann kletterte sie langsamer an ihm vorbei und erreichte schließlich ohne weitere Zwischenfälle den Dachfirst. Dieser und der Schornstein würden ihnen genug Deckung vor den Wölfen geben, die rundherum die Gegend abliefen.

Erik legte sich bäuchlings rechts neben sie. Weder der Hauptmann noch sie kommentierten die Kälte und Feuchtigkeit, die von den Ziegeln in ihre Kleidung gesogen wurde. Stattdessen blickten sie schweigend auf das Haus vor ihnen. Der Eingang glich einem schwarzen Maul, das hin und wieder einen Wolf fraß oder ausspuckte.

»Was tun wir hier?« Anscheinend hatte Erik das Ende seiner Geduld erreicht. Morgan spürte seinen Ellbogen an ihrem, wich aber nicht zurück. Ihr Blick war konzentriert nach unten gerichtet.

»Warten«, sagte sie langsam und mit Bedacht, als würde sie das Wort auf ihrer Zunge auskosten. *Warten.* Hatte es sie jemals weitergebracht?

Heute. Es würde ihr heute Nacht die Antwort geben, die sie brauchte, um stärker zu werden. Sie würde die Wahrheit erfahren.

Erik ließ sich ihre Antwort einen Moment durch den Kopf gehen, ohne sie anzusehen. Aus dem Augenwinkel konnte sie das Runzeln auf seiner Stirn erkennen, doch das schwache Licht der Gaslaternen verhüllte genauso viel, wie es ihr offenbarte.

»In Ordnung«, flüsterte er in die Nacht. »Aber wir werden nicht schweigen.«

»Das hast nicht du zu bestimmen«, entgegnete Morgan und knirschte mit den Zähnen. Bisher hatte sich der Hauptmann ausgesprochen angenehm verhalten, jetzt übertrat er allerdings die erste Grenze. Er besaß nicht das Recht, ihr Befehle zu erteilen.

»Allerdings. Es sei denn, dir ist es egal, wenn ich gehe?« Nur um ihre Grenzen auszutesten, machte er Anstalten, sich rücklings zu entfernen.

Sie packte ihn am Arm und wandte sich ihm mit grimmiger Miene zu. Sein Gesicht hingegen verriet ihr nichts.

»Bleib.« Sie wagte es nicht, ihren Blickkontakt zu unterbrechen, bis er knapp nickte und die Spannung seine Muskeln verließ. Sie zog ihre Hand zurück und richtete ihren Fokus wieder auf die Straße unter ihnen. »Selbst wenn ich nachgebe, hat das nicht zu bedeuten, dass du derart über mich bestimmen kannst.«

»Ich will nicht über dich bestimmen, Morgan. Ich will lediglich, dass du deinen Teil unserer Abmachung einhältst.«

»Schön, worüber genau willst du dich unterhalten?« Ihre Stimme blieb weiterhin gesenkt.

»Was ist passiert, nachdem du die Minen erreicht hattest?« Mittlerweile war Erik ihr so nahe, dass sie seinen warmen Atem auf ihrer nebelfeuchten Wange spüren konnte. Sie krampfte ihre Hände zu Fäusten, zwang sich aber, sie wieder zu lösen und flach auf die feuchten Ziegel zu legen.

»Nichts, was von Bedeutung gewesen wäre.«

Ein glatzköpfiger Wolf torkelte aus dem Eingang bis zur nächsten Straßenecke, öffnete seine Hose und erleichterte sich. Morgan überlegte, ob seine Trunkenheit ein Zeichen dafür war, dass sich Rhion nicht im Haus befand. Er sorgte meist mit seiner autoritären Anwesenheit dafür, dass gewisse Regeln eingehalten wurden.

»So ganz kann ich das nicht glauben.« Erik lachte leise, ohne dass es so klang, als würde er sich über sie amüsieren. Es war mehr ein Zeichen seines Unglaubens. »Wie konntest du dich befreien? Uns haben Berichte erreicht, die besagen, dass jeder, der dort auf die eine oder andere Art gearbeitet hat, bei einem brutalen Überfall den Tod gefunden hat. Du musst das Lager also schon vorher verlassen haben.«

Morgan blinzelte gegen den Regen an, der wieder an Stärke dazugewonnen hatte. Also hatte wirklich niemand Larkins Rachefeldzug überlebt. Missa, die nur noch ein paar Monate hätte durchstehen müssen, würde nie wieder frei sein. Sie hatte den Weltennebel betreten, ohne ihr Leben in vollen Zügen genießen zu können. Der Hass, der bei diesem Gedanken in Morgan aufflammte, drohte sie zu verbrennen, wenn sich die Knochenhexe nicht davon genährt hätte. Die Flamme wurde kleiner, aber die Präsenz der Hexe mächtiger. Trotzdem gelang es Morgan, sie zurückzudrängen. Moment für Moment.

»Man opferte mich den Nebelgeistern«, sagte Morgan schließlich. Sie wusste nicht, warum sie es tat. Was Erik für ein Spiel trieb, um ihr diese Antworten zu entlocken. Er besaß eine Art an sich, die sie nicht fürchtete, die sie berührte – auf eine Weise, wie sie es nicht kannte. Sie konnte nicht bestimmen, was das zu bedeuten hatte und deshalb konnte sie sich auch nicht dagegen wehren.

»Nebelgeister? Ich verstehe nicht recht.«

Auch wenn sich alles in ihr dagegen sträubte, zwang sie den Blick von der Straße und auf sein Gesicht. In den Schatten der Nacht erkannte sie ehrliches Entsetzen und große Unwissenheit.

»Niemand wusste so genau, was sie waren, nur dass sie großes Unheil anrichten würden, sollte ihr Blutdurst nicht gestillt werden. Deshalb opferte die Kommandantin der Minen jeden Monat ein paar ihrer Sklaven, um den Rest und sich selbst zu schützen.« Morgan hob eine Schulter, wandte sich jedoch nicht ab. »Ich schätze, dass in ihrer Position jeder so gehandelt hätte.«

»Das ist vollkommener Unsinn und das weißt du. Nur jemand, der die Verantwortung auf den eigenen Schultern nicht tragen kann, handelt auf diese abscheuliche Art und Weise.« Erik ballte eine Hand zur Faust. In seinen Augen herrschte ein Schneeturm, der Morgan stocken ließ. Sie hatte nicht damit gerechnet, dass er ihr widersprechen würde.

»Was? Plötzlich hast du ein Gewissen entwickelt? Lass mich dich daran erinnern, dass du betont hast, es nicht zu bereuen, mich zu den Minen geschickt zu haben«, entgegnete sie schneidend. »Aber jetzt interessiert es dich, wie die Sklaven in Pelia behandelt worden sind? Dass ich nicht lache!«

»Ich bin ein Verfechter von gerechten Strafen. Das bedeutet nicht, dass ich denke, dass Straftäter keine Rechte haben. Und Jeriah sieht es genauso wie ich.« Eriks Stimme erlaubte keinen Raum für Widerspruch, auch wenn es Morgan in den Fingern juckte. Doch dies war weder der richtige Zeitpunkt noch der richtige Ort, um eine derartige Unterhaltung weiterzuverfolgen.

Erik blickte an ihr vorbei und sie sah die Überraschung in seinem Gesicht, bevor sein Blick wieder zu ihr schnellte. »Das ist er. Der Fremde, der mir den Hinweis gegeben hat, dass es jemand auf Jeriahs Leben abgesehen hat.«

Morgan erstarrte bei diesen Worten. Nur für einen Moment. Eine Sekunde, in der Träume und Fantasien vorherrschten, dann … dann sah sie erneut auf die Straße hinab.

Der Nieselregen und das gelbliche Licht verhinderten, dass sie die Personen unter ihnen genau ausmachen konnte, aber eine von ihnen … Eine würde sie selbst mit geschlossenen Augen erkennen.

Wie jeden Tag trug Rhion eine Ballonmütze, aber jetzt, da er neben dem Eingang zum Quartier der Wölfe stand, nahm er sie für einen Moment ab, um über seine Kopfhaut zu streichen. Wie er es oft tat, wenn er unentschlossen war.

»Kein Zweifel?«, hauchte Morgan, deren Stimme fast verschwunden war.

»Nicht den geringsten. So einen Kerl wie ihn sieht man nicht alle Tage.« Schweigen. »Du hast gehofft, er wäre es nicht.«

Keine Frage, sondern eine Feststellung, die ihr gebrochenes Herz weiter auseinanderriss. In ihrem Inneren echote nur eine Frage: Warum? Warum hatte er sie verraten? Warum hatte er sie dazu gezwungen, durch diese Hölle zu gehen?

»Das habe ich«, bestätigte sie ihm, während Rhion die Mütze erneut aufsetzte und dann die Straße entlang Richtung Norden schritt. Kurz spielte sie mit dem Gedanken, ihm zu folgen, aber sie konnte nicht riskieren, von ihm entdeckt zu werden.

»Wieso?«

Als sie Rhion nicht mehr durch den Regen sehen konnte, zog sie sich auf dem feuchten Dach zurück. Erik tat es ihr mit vorsichtigen Bewegungen nach.

»Weil ich glaubte, er wäre mein Freund«, erklärte sie sich ihm, ehe sie nacheinander vom Haus hinabkletterten und sich auf der Straße unter dem Schutz eines Dachvorsprungs gegenüberstanden. Sie waren beide bis auf die Knochen durchnässt, aber weder er noch sie fühlte sich davon gestört. »Ich muss noch zu einem anderen Ort.«

Er runzelte die Stirn. »Schläfst du eigentlich nie?«

»Nicht, wenn es sich vermeiden lässt.« Sie zwang sich zu einem halben Lächeln, dann wandte sie sich um und lief zur nächsten Ecke. Als sie Erik nicht hinter sich hören konnte, blieb sie noch einmal stehen. Er stand wie angewurzelt unter dem Dachvorsprung und blickte auf das Haus, ohne es wirklich zu sehen, und dann wieder zu ihr. »Kommst du?«

»Das war das Quartier der Wölfe, nicht wahr?« Seine Stimme hob sich gerade laut genug über das Rauschen des Regens, sodass sie ihn verstehen konnte.

Morgan suchte in seinem Gesicht nach einem Hinweis darauf, was er dachte, doch seine Miene blieb ihr dieses Mal verschlossen. Das nasse kurze Haar lag nun platt auf seinem Kopf und die Tropfen rannen seine scharf geschnittenen Wangenknochen hinab. Zusammen mit der Einfachheit seiner Kleidung und dem Fehlen jeglicher königlichen Embleme hätte er wie ein unscheinbarer junger Mann wirken sollen, doch das Eis seiner Augen verhinderte jeden Gedanken daran. An Erik war nichts unscheinbar.

»Vielleicht«, gab sie schließlich zu, den Kopf leicht geneigt. »Es ist besser, wenn du es wieder vergisst. Du hast für den Moment schon genug Feinde.« Damit drehte sie sich erneut um. Dieses Mal folgte er ihr ohne weiteres Zögern. Ob es an ihren ominösen Worten lag oder daran, dass seine Neugier von ihm Besitz ergriffen hatte, konnte sie nicht sagen.

Morgan schlug absichtlich einen Weg ein, der sie durch offene Straßen und wohlbetuchte Gegenden führte. Hier konnte sie sich sicher sein, keinem von den Wölfen und erst recht nicht Rhion zu begegnen. Sie trieb ein gefährliches Spiel. Früher oder später würde Larkin davon erfahren, dass sie noch lebte und sich in seiner Stadt aufhielt, aber bis dahin würde sie alles tun, um ihre Anwesenheit geheim zu halten.

Als Erik und sie das Villenviertel erreichten, erinnerte sie sich an die vergangene Nacht zurück, in der sie um sein Leben gebangt hatte. Sie wollte sich gar nicht ausmalen, was geschehen wäre, wenn sie der Wachmann mit einem bereits verstorbenen Erik entdeckt hätte. Vermutlich hätte sie sich schneller im Kerker wiedergefunden, als sie hätte *Ich bin unschuldig* rufen können.

Dieses Mal trafen sie jedoch auf niemanden, während sie an den hellen Villen mit den hohen Zäunen und weißen Birken neben den Straßen vorbeirannten. Morgan bewegte sich flink und schnell, doch auch wie zuvor hatte Erik keinerlei Probleme damit, sich ihr anzupassen.

Schließlich erreichten sie Cardeas Haus, doch niemand reagierte auf ihr Klopfen. Wenn Cardea zu so später Stunde nicht im Bett lag, dann war sie trotz der Bedrohung des königlichen Erlasses bei einem Patienten. Oder Thomas besaß nun eine eigene Wohnung, in der sie sich aufhielten, was Morgan jedoch für sehr unwahrscheinlich hielt. Er würde seine Kronen nicht für einen Schlafplatz ausgeben, wenn er im Quartier der Wölfe übernachten konnte. Und dahin würde er Cardea ganz sicher nicht mitnehmen.

Da Morgan nicht umkehren wollte, zog sie eine Nadel aus ihrer fest sitzenden Frisur und machte sich daran, das einfache Schloss zu öffnen. Schon vor einem Jahr hatte Morgan Cardea gebeten, ein sichereres Schloss anbringen zu lassen. Glücklicherweise hatte die Bluthexe nicht auf ihre beste Freundin gehört.

Ein leises Klicken folgte und Morgan richtete sich zufrieden auf, bevor sie über ihre Schulter Erik ansah. Die ganze Zeit über hatte er schweigend hinter ihr gestanden. Sein Blick verriet ihr nicht das Geringste, doch er folgte ihr, als sie in die kleine Küche trat.

Nachdem sie die Tür hinter sich abgeschlossen hatte, überprüften sie die Räumlichkeiten. Als sie sicher war, dass sich hier tatsächlich niemand aufhielt, führte sie Erik in den Verkaufsraum, sodass sie nicht gleich entdeckt wurden, falls Cardea mit Thomas zurückkehrte.

Eine Straßenlaterne ließ genug Licht durch die breiten Fenster ein, die nur teilweise von Stoffen verhangen waren, um ihnen die Orientierung zu erleichtern. Morgan lauschte Eriks leisen Schritten, während sie ihn durch das Chaos aus Stoffbahnen, Kleidern und Schals führte. Unwillkürlich streckte sie die Hände aus, streifte mit den Fingern glatte und raue Oberflächen, bis sie in der vorderen Ecke den Arbeitstisch erreichte, an dem Cardea die meisten Näharbeiten erledigte.

Auf der hölzernen Ablage befand sich eine rustikale Nähmaschine, ein buntes Nadelkissen, mehrere Seidenbänder und andere Utensilien, die Cardea gebrauchte, um die Kleider ihrer Kunden zu flicken oder zu verschönern. Morgan deutete mit einer Hand auf den einzigen Stuhl.

»Setz dich«, bat sie Erik, der überraschenderweise nicht lange zögerte.

Stattdessen zuckte er mit seinen breiten Schultern, dann ließ er sich auf dem viel zu kleinen Stuhl nieder. Er strich sich über das feuchte Gesicht, bevor er die Arme abwartend verschränkte und die Füße fest auf den Boden setzte.

Morgan schlüpfte aus ihrer Lederjacke, um sie über eine Kleiderstange zu werfen. Es war zwar nicht warm, aber sie wollte nicht, dass die Feuchtigkeit von der Jacke weiterhin auf ihre Hosen hinabrann.

Mit den Händen fuhr sie sich über die nackten Unterarme, während sie sich ihre Worte zurechtlegte.

Noch hatte sie nicht die Tatsache verarbeitet, dass es wirklich Rhion gewesen war, der sie hintergangen hatte. Aber sie gestand sich ein, dass es mehr gab, als sie zu sehen bereit gewesen war.

»Vermisst dich Cillian nicht?«, entschlüpfte es ihr statt der Worte, die sie sich eigentlich zurechtgelegt hatte.

Eriks Blick verdüsterte sich. »Ich sagte *Prinz* Cillian, dass ich einer Bedrohung nachgehen muss, was genau genommen korrekt ist. Also, nachdem ich dir nun den Mann gezeigt habe, der für dein Schicksal verantwortlich ist, bist du mir etwas schuldig.«

Ihre Haltung versteifte sich und sie baute sich mit einer Hand an ihrer Hüfte vor ihm auf.

»Erst einmal, ich bin dir gar nichts schuldig, nachdem ich dein Leben gerettet habe.« Sie zählte an der rechten Hand ab. »Zweitens … du brauchst mich nicht an mein Versprechen erinnern. Drittens, ich weiß ja nicht, was dir beigebracht wurde, aber es ist nur höflich, seinem Gegenüber Zeit zu geben, einen Schock zu verarbeiten.«

Erik erhob sich zwar nicht von dem Stuhl, doch er richtete sich so auf, dass er es genauso gut hätte getan haben können. Sofort verstärkte sich seine Präsenz und Morgan fiel es nur zu leicht, sich ihn wieder in seinem Alltag als Hauptmann vorzustellen. Er löste die Arme voneinander, um sich mit einer Hand auf seinem Oberschenkel aufzustützen und mit der anderen zu seinen Worten zu gestikulieren.

»Ich schätze es nicht, im Regen durch die halbe Stadt gejagt zu werden, nur um eine Antwort zu erhalten, und genauso wenig passt es mir, dass du so tust, als wäre ich der Unmensch in unserer Beziehung.« Er presste seine Lippen aufeinander, sodass seine Miene einen grimmigen Zug annahm.

Genauso wie sie war er es nicht gewohnt, klein beizugeben und jemand anderem die Zügel zu überlassen. Weder er noch sie wollten die Kontrolle verlieren, was in ihren Arbeitsbereichen oft den Tod bedeutete.

»Wir haben keine Beziehung, Hauptmann«, zischte Morgan, die von seiner Erwiderung überrascht war. »Wir haben nichts. Es ist deine eigene Schuld. Du hättest auch im Garten zurückbleiben können, wenn dir deine Kleidung zu wichtig ist, um sie schmutzig zu machen.« Sie setzte eine höhnische Maske auf, die den einen oder anderen Kunden bereits in die Flucht geschlagen hatte. Doch nicht Erik. Er wäre nicht der Hauptmann der königlichen Leibwache, wenn er sich von einer einzigen Frau einschüchtern ließe – so gefährlich sie auch war.

»Wenn ich nicht mitgekommen wäre, wer hätte dir dann bestätigt, dass der Wolf derjenige ist, der mich gewarnt hat?« Er erhob sich langsam. »Also Schluss mit den Spielchen und hör damit auf, mir die Worte im Mund herumzudrehen. Entweder du sagst mir jetzt, was hier vor sich geht, oder ich nehme dich fest.«

Morgan wollte ihn in die kalte Hölle verbannen. Wollte ihm die Rache der neuen und alten Götter an den Hals wünschen, doch sie erkannte den Trotz in dieser Art von Reaktion. Also erwiderte sie lediglich seinen Blick.

»Fein. Wie du willst …« Sie holte tief Luft. »Als ich mich im Flur eures Quartiers umsah, trat Talia aus deinem Zimmer. Ich kenne sie noch aus alten Zeiten und weiß deshalb, dass sie für die Assassinen arbeitet.« Erik rieb sich über sein stoppeliges Kinn, aber er setzte sich nicht wieder hin. Gemächlichen Schrittes entfernte er sich von der Wölfin, als ließe er sich ihre Worte ganz genau durch den Kopf gehen. Schließlich drehte er sich wieder zu ihr um. Ein paar Schritte entfernt.

»Du sagtest, dass ich lediglich der Kollateralschaden gewesen wäre. Die Flasche war für Cillian bestimmt, aber ich kann mich nicht mehr erinnern, von wem sie stammt«, weihte er sie in seine Gedanken ein.

Sie war erstaunt, dass er sich ihre Worte in seinem gestrigen Delirium gemerkt hatte. Letztendlich war es jedoch seine Arbeit und er musste alles tun, um die königliche Familie zu schützen. Da sollte es nicht verwunderlich sein, dass er sich an jede Einzelheit erinnern konnte.

»Sie war von Jeriah«, antwortete sie leise und umfasste ihre Ellbogen. »Ich meine damit, dass auf der Karte sein Name stand. Natürlich hat Talia die Flasche und die Karte derart präpariert. Sie sollte gar nicht in Cillians Nähe gelangen, sondern lediglich dich töten. Ein Thronfolger, der versucht, seinen eigenen Bruder, seinen Konkurrenten um die Krone zu ermorden … Das hätte der Königin einen ausreichenden Grund gegeben, um einen Aufstand anzuzetteln, der im schlimmsten Fall darin resultiert hätte, Jeriah von der Thronfolge auszuschließen.«

»Das ist …« Erik strich sich mit einer Hand über den Mund, bevor er sie langsam sinken ließ. »Also hat die Assassinin bestätigt, dass unsere Königin dahintersteckt?«

»Mehr oder weniger.«

»Natürlich wird uns niemand glauben, stattdessen werden wir in den Kerker verfrachtet. Bei allen Fäden … Ich hätte nicht gedacht, dass die Königin einen anderen Weg einschlägt, um Jeriah zu beseitigen.« Sein Blick starrte in weite Ferne und sie konnte sich nur zu gut vorstellen, woran er dachte. An all die vergangenen Attentate auf seinen Freund und Prinzen, die er bisher hatte verhindern können. »Die Königin ist auf eine gewisse Art berechenbar gewesen. Aber die Kooperation mit den Assassinen verändert alles. Ich muss mir eine neue Strategie überlegen, wie ich Jeriah schützen kann. Die Karte an der Flasche … was ist mit ihr passiert?« Er sah sie plötzlich wieder an und sie erschreckte sich, da sie ihn vollkommen fasziniert beobachtet hatte. Blinzelnd sammelte sie sich.

»Ich nehme an, Cardea hat sie zerstört. Sie weiß, wie gefährlich es sein kann.« Morgan war sich sogar ziemlich sicher, dass sie sich auf Cardea verlassen konnte. Sie hätte keine Hinweise zurückgelassen, die Thomas auf Morgans Spur bringen würde.

Erik ließ beruhigt die Schultern sinken. »Die Assassinin wird es vermutlich noch einmal versuchen, nicht wahr?«

»Ehrlich gesagt bin ich mir da nicht so sicher.« Sie trat an Eriks Seite und ließ die Fingerkuppen über ein langärmeliges Hemd aus rauer Wolle gleiten. »Man sagt sich, dass der Meister der Assassinen nicht sonderlich gut darauf reagiert, wenn eine der seinen einen Auftrag vermasselt. Vielleicht wird er sich ganz aus dem Auftrag ziehen oder er schickt jemand anderen, sollte es sich die Königin nicht anders überlegt haben. So oder so, ich glaube nicht, dass sie es auf die gleiche Art und Weise wieder versuchen werden.«

Sie spürte Eriks durchdringenden Blick, aber wurde durch das Geräusch einer sich öffnenden Tür davor bewahrt, ihn zu erwidern. Stattdessen schlüpfte sie lautlos in ihre Jacke und zog ihren Dolch. Erik tat es ihr nach. Gemeinsam schlichen sie zur Tür, um daneben stehen zu bleiben. Bevor sie sich zeigten, mussten sie zunächst sicherstellen, dass Cardea allein zurückgekehrt war.

Erik trat auf die andere Seite der offen stehenden Tür, sodass sich ihre Blicke begegneten, als sich ihnen Schritte näherten.

Sie nickte und ließ ihren Dolch ein Stück sinken. Es handelte sich nur um eine Person, die das Haus betreten hatte.

Bevor sich Morgan bemerkbar machen konnte, stürzte Cardea mit einem Kampfschrei ins Nähzimmer – direkt an Morgan und Erik vorbei. Als sie ihren Fehler bemerkte, wirbelte sie herum. Besen in den Händen und mit grimmig verzogener Miene.

»Ich bin beeindruckt«, sagte Morgan und versuchte nicht einmal, gegen das Lächeln in ihrer Stimme anzukämpfen, während sie den Dolch wegsteckte.

»Ihr seid es.« Cardea atmete aus, hielt den Besenstiel jedoch weiterhin umfasst.

»Woher wusstest du, dass du Besuch hast?«, erkundigte sich Erik mit ehrlichem Interesse in der Stimme. Auch er hatte seine Waffe wieder eingesteckt.

»Ich habe das Schloss erst vorgestern geölt, aber heute klemmte es«, antwortete Cardea, wenn auch in Morgans Richtung. Sie zog ihre hellen Brauen hoch, als würde sie ihre Freundin fragen wollen, was – bei allen Göttern – sie noch immer in Begleitung des Hauptmannes tat.

Ja, die Frage stellte sich Morgan selbst. »Nun, da ihr hier seid. Kann ich euch einen Tee kochen?«

Normalerweise hätte Morgan das Angebot niemals abgelehnt, aber mehrere Gründe hielten sie ab – allen voran Erik, den sie nicht länger als nötig in Cardeas Heim wissen wollte.

»Danke, aber wir müssen uns auf den Weg zurück machen. Ich wollte dich nur wissen lassen, dass ich bereit bin, Thomas anzuhören. Wenn du so freundlich wärst, ein Treffen zu arrangieren?«

Morgan rechnete es Cardea hoch an, dass sie sich ihre Überraschung nicht anmerken ließ. Als einzige Reaktion auf ihre Worte lehnte sie den Besen an einen hohen Tisch, als würde sie Zeit brauchen, um ebenjenes erwartete Erstaunen zu verbergen.

»Er hat gestern Abend für einen Auftrag die Stadt verlassen, aber ich kann ein Treffen zwischen euch ausmachen, sobald er wieder zurück ist, wenn du möchtest.«

Morgan biss sich auf die Unterlippe, hielt ihren Blick jedoch fest auf ihre Freundin gerichtet. Sie konnte es sich jetzt nicht leisten, auf den Hauptmann zu achten, auch wenn es sie danach verlangte, sein Gesicht zu lesen. Was hielt er von alldem? Dachte er, sie wäre eine Wölfin wie alle anderen? Sah er sie als Kriminelle und Schurkin?

»Ich kann warten«, zwang sich Morgan schließlich zu sagen. »Du kannst mir eine Nachricht mit den Einzelheiten an dem üblichen Platz hinterlassen.«

Cardea nickte sofort. Statt ihres blonden Haares kringelten sich dunkle Locken um ihr herzförmiges Gesicht, da sie sich beim Eintreten nicht die Mühe gemacht hatte, ihre Perücke abzunehmen.

»Abgemacht.« Morgan richtete sich auf und machte bereits Anstalten in Richtung Geschäftstür, als Cardea sie noch einmal zurückhielt. »Darf ich fragen, was dich zu dieser Entscheidung gebracht hat?« Wieder zuckten ihre Augen zu Erik und dieses Mal konnte Morgan nicht widerstehen.

Er stand noch immer neben der Tür, groß und eindrucksvoll, hatte seine Arme verschränkt und blickte beide Frauen aus verschlossener Miene an. Nichts wollte er ihnen geben und doch … in dem Eis seiner Augen fand Morgan einen Funken … Verständnis und Mitgefühl. Aber das konnte nicht sein, oder? Sie hatte ihm nicht genug gesagt, um ihm die Möglichkeit zu geben, die Puzzleteile zusammenzusetzen.

Und wenn doch?, erhob sich die Stimme des Zweifels. *Wenn er dich nun in einem anderen Licht sieht? Als schwach und erbärmlich?*

Morgan wandte sich ab. »Ich habe gelernt, dass ich niemandem trauen kann.«

Kapitel · 24

»Wie ich bereits sagte, gibt es drei Machtebenen der Webmagie und Ihr befindet Euch erst auf der zweiten«, belehrte ihn der Bluthexer, während er über Jeriah aufragte. Die blutrote Robe wirkte genauso langweilig wie das Gesicht des Priesters, das Jeriah schon im nächsten Moment wieder vergaß. Allein das Sichelmesser, das von der Kordel an seiner Hüfte baumelte, konnte seine Aufmerksamkeit behalten. »Auf der ersten Ebene öffnet sich der Webhexer der Macht, die durch ihn hindurchströmt.«

»Wenn sie durch mich hindurchströmt, wieso musste ich mich ihr dann öffnen?«, entgegnete Jeriah, den Blick weiterhin auf das glänzende Messer gerichtet.

Der Hexer ließ ein ungeduldiges Schnauben verlauten, aber er wagte es noch nicht, Jeriah offen zu beleidigen. Dazu besaß er zu viel Respekt vor der königlichen Familie, auch wenn dieser von Lehrstunde zu Lehrstunde immer weiter schwand.

»Sie nützt Euch nichts, wenn Ihr ihr keinen Zugang zu Eurer Seele gebt. Eure Seele ist es, die die Kontrolle über Eure Magie hat«, erklärte der Priester zum wiederholten Mal. Er atmete tief durch und legte die Handflächen aneinander. »Kommen wir zur zweiten Machtebene, die Ihr, wie ich richtig verstanden habe, erst vor ein paar Wochen betreten habt.«

»Als ich den Spion des Dux Aliquis getötet habe, meinst du?« Jeriah dehnte die Worte aus, obwohl sich seine Eingeweide zusammenzogen. Vielleicht auch gerade deshalb, damit der Bluthexer nicht sehen konnte, wie nah ihm allein die Erinnerung an dieses unglückselige Ereignis ging.

Der Priester räusperte sich. »Ihr habt die Fäden zu einem komplexen Gebilde gewoben, das großartige Magie freigesetzt hat. Ihr dürft Euch von dem Ergebnis nicht einschüchtern lassen und Euch deshalb davon abhalten, es noch einmal zu versuchen.«

Jeriahs Blick schnappte nach oben und fokussierte das erblassende Gesicht des Priesters. »Wer sagt, dass ich mich davon einschüchtern lasse? Ich weigere mich bloß, einem Unschuldigen zu schaden.«

»Nun, ich … das …«, stotterte der Bluthexer, bevor er von dem Eintreten seines Meisters gerettet wurde.

Der Dux Aliquis rauschte durch den steinernen Torbogen in den inneren Teil der Bibliothek, der kaum von Gästen und Bewohnern besucht wurde. Hier standen die ältesten Bücher in meterhohen Regalen und die wertvollsten Schriftrollen waren in länglichen Fächern aufeinandergestapelt. Niemand interessierte sich für das atheiranische Erbe und so kam es, dass der Dux Aliquis genau diesen Ort für Jeriahs Lehrstunden ausgewählt hatte. Hier konnten sie Zeit miteinander verbringen, ohne dem Gerede der Leute ausgesetzt zu sein, wie es geschehen wäre, wenn der Thronfolger dem Turm der Bluthexer regelmäßige Besuche abgestattet hätte. Jeriah war es nur recht. So musste er sich nicht allzu weit von seinem Gemach wegbewegen und er konnte sich nach wie vor der Illusion hingeben, dass seine Situation lediglich von kurzer Dauer sein würde.

Früher oder später würde er einen Weg finden, sich zu befreien, um nach Rhea zu suchen. Er bedauerte es zutiefst, dass der Gefängniswärter Helmar die Strafe ihrer Flucht hatte tragen müssen, aber es war ja nicht so, als hätte er ihm keinen Ausweg geboten. Er hoffte bloß, dass Rhea dies genauso sah. Es wäre unerträglich, wenn sie ihn erneut mit Angst in den Augen ansehen würde, wie sie es nach dem Tod des Spions getan hatte.

»Mein Herr«, begrüßte der Priester den Dux Aliquis und trat mit ehrerbietig gesenktem Kopf einen Schritt zurück. Der Dux Aliquis schenkte ihm nicht mal einen kurzen Blick, als er mit wehender Robe an Jeriahs Seite trat. Dieser konnte sich nur mit Mühe zurückhalten, nicht von seinem Stuhl aufzuspringen.

»Seine Hoheit scheint sich der Wichtigkeit unserer Lehren noch immer nicht bewusst zu sein«, murmelte der jüngere Priester.

Der Dux Aliquis, oder Calcas Gore, wie er richtig hieß, neigte leicht den Kopf, sodass sich eine Strähne seines fettigen Haares von seinem riesigen Ohr löste und in sein Gesicht fiel.

Die Ehrlichkeit des Priesters überraschte Jeriah ein wenig, so hatte er doch damit gerechnet, dass er es nicht wagen würde, ihn zu kritisieren. Bedeutete dies also, dass er sich mehr vor dem Zorn des Hohen Priesters als vor dem der Königsfamilie fürchtete? Ein beunruhigender Gedanke, den er umgehend seinem Vater mitgeteilt hätte, wenn dieser nicht blind gegenüber den Fehlern seines Freundes gewesen wäre.

Nicht zum ersten Mal in den letzten Wochen wünschte sich Jeriah seinen Freund und Hauptmann Erik Medean an seine Seite zurück. Er hasste seine Eltern dafür, dass sie ihn dazu gezwungen hatten, an seiner statt Cillian zu beschützen. Erik verabscheute Jeriahs jüngeren Bruder fast genauso sehr wie er selbst.

»Ich besitze bereits Kontrolle über meine Magie. In dieser Sekunde könnte ich deinen Hals brechen, Priester.« Er betrachtete ihn und anschließend den Dux Aliquis mit einem warnenden Blick. Seit ihrer Konfrontation vor seinem Gemach begegnete er ihm mit dem geringsten Respekt. Jeriah verabscheute diesen Bluthexer. »Wieso muss ich das andere lernen?«

Während die Frage seinen Mund verließ, erinnerte er sich an Cáels Angebot zurück. Seit dem Picknick war ihm das Angebot nicht mehr aus dem Kopf gegangen und er fühlte den Zwiespalt in sich heranwachsen. Auf der einen Seite überlegte er fieberhaft, ob er Cáels Angebot dafür nutzen konnte, um sich aus dem Griff der Priester zu befreien, auf der anderen warnte ihn eine Stimme vor den Konsequenzen. Nicht zuletzt, weil ihn die Frau, der ganz offensichtlich nichts an ihm lag, ebenfalls davor gewarnt hatte, Cáel zu vertrauen. Obwohl er einen kurzen Moment gefunden hatte, mit Erik über sie zu sprechen, wusste er noch immer nicht, wie viel von dem, was sie ihm erzählt hatte, der Wahrheit entsprach.

»Unseren Quellen nach solltet Ihr dazu fähig sein, jeden Hexer und jede Hexe zu erspüren und ausfindig zu machen«, antwortete ihm der Dux Aliquis, nachdem er die Fingerkuppen aneinandergelegt hatte. Seine Finger wirkten wie der Rest seines Körpers knöchern und gebrechlich. Nur hinter seinen Augen lag ein machthungriges Feuer, das Jeriah zur Vorsicht gebot. Es bestärkte wieder einmal seine Entscheidung, sich selbst zu stellen und Rhea die Freiheit zu ermöglichen. Sie hätte diesem Feuer niemals standhalten können. Er konnte es nur, weil seine Position am Hof gesichert war. Vorerst.

»Und das ist es, was ihr von mir wollt? Ich soll freilebende Hexen finden, damit ihr sie einsperren könnt?«

»Niemand hat etwas von einsperren gesagt.« Der Mundwinkel des Hohen Priesters zuckte leicht, aber Jeriah konnte nicht sagen, ob er lediglich ein grausames Lächeln unterdrückt hatte oder ob seine Nerven zu alt und aufgebraucht waren und sich deshalb nicht mehr vollkommen kontrollieren ließen. »Die Situation in unserem Königreich ist prekär. Unser Stand ist nicht gesichert, da wir jedes Jahr nur eine weitere begabte Bluthexe finden. Durch Zufall entdecken wir die eine oder andere, die sich vor uns versteckt hält, aber es ist nicht genug. Es muss noch so viele mehr geben. Blut- *und* Webhexen.«

»Was ist mit Knochenhexen?«

»Zu gefährlich, aber wenn du fähig bist, sie aufzuspüren, können wir sie von ihrem Elend befreien.« Er lockerte seine Hände und vollführte eine beruhigende Geste, als wäre es ihm wirklich wichtig, dass Jeriah einsah, dass der Dux Aliquis nur im Sinne des Königs handelte. Und vielleicht tat er dies auch. Allerdings bedeutete dies nicht, dass Jeriah das genauso sah.

»Von ihrem Elend?«, hakte er stirnrunzelnd nach.

»Weißt du es denn nicht?« Der Dux Aliquis schüttelte den Kopf. »Aber wie solltest du auch? Jedes Mal, wenn eine Knochenhexe ihre Magie benutzt, wird ihre Seele schwarz und schwärzer, bis irgendwann nichts mehr von ihr übrig ist. Sie verliert ihre Menschlichkeit und wird zu einem Wesen fernab von allem Guten.«

»Also willst du sie töten, die anderen aber für deine Zwecke nutzen?«

»Für die Zwecke Eures Vaters, mein Prinz. Wir wollen unsere Grenzen zu Drarath und Leistia sichern. Wir wollen den Kontinent unter *einem* Namen vereint sehen, und um das zu erreichen, brauchen wir Euch.« Das Lodern in seinen Augen verstärkte sich und ließ Jeriahs Hoffnung verglühen, dem Griff des Priesters jemals zu entkommen. Er war so wichtig, so essenziell für dessen Pläne, dass er ihn niemals würde gehen lassen. Was hatte sein Vater nur getan, als er den Bluthexer in seine Reihen geholt hatte? Ja, als Geschenk war ihm Atheira gegeben worden, aber für welchen Preis? Seine Seele? Seine Söhne?

Es war nicht so, dass Jeriah den Gedanken an ein vereinigtes Königreich rigoros ablehnte, doch die Art, wie dies geschehen sollte, behagte ihm nicht. Obwohl er keinen Sinn darin sah, äußerte er seine Bedenken laut.

»Ich glaube nicht, dass wir mit dieser Art von *Kampf* dieses Ziel erreichen. Sie erscheint mir zu … radikal.«

Vielleicht sollte er doch Cáels Angebot annehmen und ihn auf den Priester ansetzen, damit er ihn aus dem Weg schaffte. Ob er sich damit einverstanden erklären würde?

Der Dux Aliquis nickte langsam und Jeriah musste sich nach einer verwirrenden Sekunde daran erinnern, dass er wegen seiner Vorbehalte nickte und nicht wegen der Gedanken über den Auftragsmord.

»Dies ist der Weg der geringsten Verluste, mein Prinz. Mithilfe der Webhexer könnten wir so viel schneller und präziser agieren. Ich gebe zu, dass ich mit der Hetzjagd vor Jahren nicht rational agiert habe, aber ich bin der festen Überzeugung, dass wir nicht alle Webhexen verbrannt haben.« Seine ölige Stimme war immer leiser geworden und verlor sich für ein paar Momente, bevor er den Faden des Gesprächs wieder aufnahm. »Würde es Euch denn wahrlich besser gefallen, Eure Soldaten in einem gnadenlosen Krieg vorauszuschicken? Menschen, die gegen Menschen kämpfen und in Schlachten sterben, die hätten vermieden werden können? Mit Magie können wir uns einen Vorteil verschaffen. Wir können den Gegner in die Knie zwingen, noch bevor er sich erhoben hat. Gefällt Euch dieser Gedanke nicht? Die Leben Tausender würden dadurch verschont werden.«

Jeriah blieb ihm eine Antwort schuldig. Bei allen Fäden, er würde dem Priester ganz sicher nicht recht geben, auch wenn die Logik Anklang in ihm fand. Trotzdem stellte er sich nicht hinter diesen Plan der Knechtung von Hexen und Hexern.

»Wieso beenden wir Eure Lehrstunde nicht für heute? Ihr könnt die Zeit ja nutzen, um Euch meine Worte durch den Kopf gehen zu lassen«, sagte der Hohe Priester schließlich in die Stille der Bibliothek hinein. Nicht einmal das Knistern von Fackeln begleitete seine Stimme, da an diesem Ort nur mit Glas umfasste Kerzen erlaubt waren.

Jeriah erhob sich nach einem knappen Nicken, bevor er diesen verwunschenen Ort verließ, um sowohl die Worte als auch den Dux Aliquis selbst hinter sich zu lassen. Er wusste genau, was er mit seiner freien Zeit anfangen würde. Ein ausgiebiger Trainingskampf im Hof würde ihn schon wieder in die richtigen Bahnen lenken und vielleicht … vielleicht gäbe es einen Moment nur für ihn, in dem er an Rheas offenes Lächeln und ihr glänzendes rotes Haar denken konnte. Er vermisste sie so sehr, dass dieses Gefühl bereits zu einem körperlichen Schmerz herangewachsen war. Wenn er doch nur wüsste, ob es ihr gut ging …

Er war so tief in seinen Gedanken versunken, dass er das Herannahen seiner Mutter und seines jüngsten Bruders Cillian erst bemerkte, als es bereits zu spät war, um ihnen auszuweichen. Sie standen sich schließlich auf dem Korridor zu seinem Schlafgemach gegenüber und verneigten sich zur Begrüßung, um wie immer den Anstand zu wahren. Seine Mutter, Königin Phaedra, und sein Bruder befanden sich in Begleitung von Erik und drei weiteren Wachen, die Jeriah nur vom Sehen kannte. Er konnte Cillian kaum anblicken, so sehr wurde er von den Bildern ihres jüngsten Aufeinandertreffens heimgesucht.

»Mutter, Cillian«, sagte Jeriah mit leiser Stimme, um keines seiner Gefühle preiszugeben. Sie würden sie bloß an sich reißen, auseinandernehmen und über die kläglichen Reste lachen.

»Es ist gut, dich zu treffen, mein Sohn«, verkündete Phaedra überraschenderweise und wirkte auch sonst unerwartet aufgeregt. Auf ihren meist blassen Wangen hatten sich zwei hektische rote Flecken gebildet. Sie würde sie vermutlich mit Puder überdecken, sollte sie diese in einem ihrer unzähligen Spiegel entdecken. Phaedra war besessen von ihrer eigenen Schönheit und hatte über tausend Spiegel ins Schloss bringen lassen, seit sie hier lebten. »Wir haben gerade die freudige Nachricht erhalten, dass Jathal zum Ende der Festlichkeiten bei uns erwartet wird. Er soll damit beginnen, im Turm der anderen Bluthexer zu arbeiten, da seine Ausbildung auf der Grausturminsel nun abgeschlossen ist.«

Jeriah erstarrte mitten in der Bewegung, seine Jacke zurechtzuzupfen. Jathal kam nach Hause? Sein Herz stockte, bevor es in doppelter Geschwindigkeit weiterpochte.

Der Dux Aliquis hatte kein Wort darüber verlauten lassen, was ihn wohl nicht verwundern sollte, doch der Schock saß tief. Sein liebster Bruder an diesem Ort des Schreckens und der Intrigen …

Er fing den Blick Phaedras ein und erkannte die gleiche Wahrheit in ihrem Gesicht. Sorge. Sie hasste Jeriah und liebte Cillian, aber Jeriah wusste, dass sie eine Schwäche für seinen mittleren Bruder besaß. Der Sanfte und Vorsichtige, der nur seine Mutter anlächelte und manchmal auch Jeriah.

»Ich freue mich auf das Wiedersehen«, würgte er hervor, bevor er sich erneut verbeugte und, ohne Cillian eines Blickes zu würdigen, an ihnen vorbeischritt. Er spürte Eriks sorgenvolle Aura, die ihn wie ein stetiges Flimmern umgab, aber der Hauptmann wagte es nicht, die Stimme zu erheben.

Jeriah stürzte beinahe in sein Zimmer. Seine Atmung ging schwer und der Schweiß rann seinen Rücken hinab. Er riss sich die Jacke vom Leib, ohne sich um die abspringenden Knöpfe zu kümmern. Das Gesicht barg er in den Händen, während er unruhig auf und ab lief.

Jathals Ankunft musste von seinem Vater eingefädelt worden sein. Wenn er selbst in den Augen seiner Mutter die Angst um Jathal hatte sehen können, dann hatte sie nichts damit zu tun. Sie fürchtete genauso wie er, dass der Unschuldige im Kreuzfeuer getroffen werden könnte. Eine Gemeinsamkeit, die ihnen beiden unangenehm war. Trotzdem wusste er, dass ihr die Hände gebunden waren. Und seine?

Geistesabwesend bewegte er mit den Fingerspitzen die Korrespondenzen auf dem Silbertablett neben der Tür hin und her. Einladungen zu diversen aristokratischen Veranstaltungen, Berichte über den Überfall in der Mine Pelias und dazwischen … ein unscheinbar wirkender Brief, der ihm gerade aus diesem Grund sofort ins Auge fiel. Ihn zierten weder Schnörkel noch ein Siegel, das ihm bekannt vorkam.

Vorsichtig hob er diesen aus dem Haufen und erbrach das blutrote Siegel, bevor er das Papier auseinanderfaltete. Eine ordentlich geschwungene Schrift blickte ihm entgegen und ein kalter Schauer rann als Antwort seinen Rücken hinab. Obwohl er Rheas Schrift nur einmal zuvor gesehen hatte, erkannte er sie augenblicklich wieder.

In wenigen Worten berichtete sie ihm von ihrer missglückten Flucht und erzählte ihm, dass sie als Sklavin im Haus der Gärtnerin gefangen gehalten wurde. So lange, bis sie nach Leistia verkauft werden würde.

Bitte, Jeriah, ich weiß, dass ich jedes Recht darauf verwirkt habe, als ich dich in dieser schicksalhaften Nacht gehen ließ, doch ich brauche deine Hilfe. Ich kostete die Freiheit und nun wurde sie mir wieder genommen.

Lange Zeit hielt Jeriah den Brief in der Hand, ehe er ihn der flammenden Kerze übergab. Noch während die letzten Ascheflocken zu Boden rieselten, setzte er sich an seinen Schreibtisch und verfasste drei Briefe. Er betete, dass er die richtige Entscheidung traf.

Kapitel · 25

Es war der fünfte Tag der Feierlichkeiten. Salmaten. Der Tag zu Ehren Diamas, um den Triumph über die Atheiraner zu feiern.

Morgan zupfte an dem Ausschnitt ihres blassblauen Tüllkleides, das in einem wallenden, jedoch leichten Rock von ihrer Taille abwärtsfiel. Der Ausschnitt sowie ein Teil des Mieders waren mit silbernen Blüten bestickt und lenkten von dem tiefen Einblick ab, den sie nun bereute.

Sie hatte Madam Elvira zwar darum gebeten, etwas Waghalsiges zu kreieren, aber es gab einen Unterschied dazwischen, sich nur in einem verführerischen Kleid vorzustellen – und es wirklich zu tragen. Nun war es jedoch zu spät, es sich anders zu überlegen. Sie besaß nur dieses eine Gewand, um damit zum nächtlichen Ball zu gehen, der an diesem überraschend milden Abend in der sterbenden Jahreszeit in den königlichen Gärten stattfinden würde.

»Dein Haar sitzt«, verkündete Shina, die hinter ihr stand und eine letzte Nadel in ihrer Hochsteckfrisur befestigte. Sie hatte Morgans dunkles Haar zu einem dicken Zopf geflochten, den sie schließlich wie einen Kranz um ihren Kopf gelegt hatte. Einzelne Strähnen kringelten sich an den Seiten und fielen verspielt in ihr Gesicht.

Shina trat hinter Morgan hervor, sodass sich ihre Blicke in dem Spiegel kreuzten. Auch jetzt noch, Tage später, konnte Morgan die Blutergüsse auf der linken Wange und dem Kinn erkennen. In der Nacht, in der Morgan mit dem Hauptmann in der Stadt unterwegs gewesen war, hatte Shina ihre Zeit auf einer geheimen Feier mit dem König und seinem Gefolge verbracht. Kurz vor Morgengrauen war sie weinend und mit blauen Flecken übersät ins Zimmer gestolpert. Ihre Kleider waren zerrissen und ihr Innerstes plötzlich leer und dunkel gewesen.

Morgan hatte nicht nachfragen müssen, um herauszufinden, was geschehen war. Ohne ein Wort zu sagen, schloss sie die Drarathin in die Arme und wiegte sie stundenlang, bis die Tränen versiegten und sie schließlich einschlief. Nicht ein Mal hatten sie über das Ereignis gesprochen und Shina tat alles, um weiter ihrer Arbeit nachzugehen. Zu den geheimen Feiern ging sie jedoch nicht mehr, wovon Morgan sie auch nicht abgehalten hätte. All dies war Shinas Entscheidung und sie war für sie da, wenn sie es gestattete, aber Morgan war weder ihre Leibwache noch ihre Freundin. Trotzdem stiegen Bedauern und Sorge bei dem Anblick in ihr auf und Shina konnte beides in ihrem Gesicht ablesen. Sie schlug ihre Augen nieder.

»Es tut mir leid, dass ich nicht mehr die Kraft besitze, dir das Handwerk der Frau zu lehren, aber etwas sagt mir, dass du es von ganz allein herausfinden wirst.« Sie seufzte. »Der König und seine Männer sind Schweine, Morgan. Ich kann nichts anderes tun, als ihre Anwesenheit eine weitere Nacht zu ertragen, dann kehre ich in meine Heimat zurück.«

Morgan drehte sich zu Shina um und hob unwillkürlich eine Hand, wie um ihre Schulter zu tätscheln. Als sie sich der Bewegung jedoch bewusst wurde, ließ sie diese wieder sinken.

»Ich kann ihn für dich erledigen«, entschlüpfte es Morgan vollkommen unerwartet. Sie konnte nicht sagen, wer über diese Aussage überraschter war.

»Den König?«, rief Shina entgeistert und blickte sofort zur geschlossenen Tür, als würden sie belauscht werden.

Morgan packte sie nun doch am Arm und zerrte sie weg von der Tür und zum Fenster, hinter dem undurchdringliche Dunkelheit auf sie lauerte.

»Natürlich nicht, du Gans. Ich weiß, dass nicht er es war, der dir dies angetan hat«, sagte sie eindringlich und kämpfte gleichzeitig gegen den Drang an, sie zu schütteln. Shina hatte bereits genug Leid erfahren, da musste Morgan es nicht noch schlimmer machen.

»Woher …?« Morgans Worte schienen ihr die Sprache verschlagen zu haben.

»Der König ist für seine Eroberungen bekannt, aber nicht für seine körperliche Grausamkeit gegenüber Frauen. Andere Aristokraten in seinem näheren Umfeld allerdings schon. Da hätten wir Fen Zane, Marko Tamarylen … oder Dylain Gore.« Bei der Erwähnung des letzten Namens zuckte Shina merklich zusammen und sie befreite sich energisch aus Morgans Griff. »Also ist es Dylain, der Sohn des Dux Aliquis.«

»Du hast vielleicht den Übeltäter erraten, Morgan, aber ich will nicht, dass du dich einmischst.« Shina reckte energisch das Kinn. »Morgen reisen wir ab und damit hat sich der Vorfall erledigt. Mach es bitte nicht noch schlimmer. Ich flehe dich an.«

Morgan konnte nicht genau sagen, wieso sie sich derart sträubte, nachzugeben. Schließlich hatte sie sich doch selbst eingeredet, dass Shinas Schicksal sie nicht betraf. Trotzdem entsprach es nicht ihrer Art, eine Ungerechtigkeit stehen zu lassen, wo es doch in ihrer Macht lag, diese zu korrigieren.

Aber Shina hatte recht. Sie würde den Hof morgen verlassen und damit dem Mann von Prinzessin Rhima den Rücken kehren.

Aber was war mit seinem nächsten Opfer? Und seinem nächsten?

Sie durfte nicht daran denken.

»Ich werde mich ihm nicht nähern, solange du hier bist. Du hast mein Wort«, versprach sie. Shina entspannte sich merklich.

»Wir sollten gehen, damit wir nicht zu spät kommen.«

Morgan entschied sich dagegen, ihr zu sagen, dass ihnen noch genug Zeit blieb. Shina wollte Morgan offensichtlich so schnell wie möglich entkommen. Mit einem unterdrückten Seufzen folgte die Wölfin der Bauchtänzerin.

Der Nachtball fand im mittleren Teil des Gartens statt, in dem es eine weite Ebene gab, auf der die flatternden Circuszelte errichtet worden waren. In der Mitte umfassten sie ein Tanzparkett, ähnlich wie es eines beim königlichen Picknick gegeben hatte. Morgan durfte sich an diesem Abend frei unter den Adel mischen, da der Circus bereits an den vergangenen Tagen für ausreichend Vergnügen gesorgt hatte.

Morgan wurde zu einem Tisch geführt, abseits der adligen Familien, um ihre niedere Stellung zu unterstreichen. Aber sie beschwerte sich gar nicht, so wurde sie immerhin nicht weiter belästigt und konnte ungestört an ihrem Champagner nippen. Sie beobachtete die tanzenden Paare auf dem Parkett, die von der sanften Melodie des Orchesters auf der schwarzen Bühne begleitet wurden.

Dies sollte ihr letzter Abend am königlichen Hofe sein. Sie hatte erhalten, wofür sie gekommen war. Die Information darüber, wer sie verraten hatte. Hier gab es nichts mehr, was sie hielt.

Cardea hatte ihr am Tag zuvor eine Nachricht hinterlassen, sodass Morgan direkt nach dem Ball den Palast verlassen würde, um sich mit Thomas zu treffen. In ihrem Bauch zogen sich bei dem Gedanken die Eingeweide zusammen. War sie bereit, die Wahrheit zu erfahren?

Ihr Blick wanderte suchend durch die immer dichter werdende Menge aus weit ausladenden Kleidern und gestärkten Hemden. Sie redete sich ein, dass sie nach niemandem Ausschau hielt. Erst recht nicht nach einem gewissen Hauptmann, mit dem sie über ihre Zweifel reden könnte …

»Darf ich um diesen Tanz bitten?« Cáel hatte sich von der Seite angeschlichen und verbeugte sich nun tief vor ihr. Eine Hand streckte er nach der ihren aus.

»Soll das ein Scherz sein?« Morgan hielt ihren Blick allein auf sein markantes Gesicht gerichtet, das in dem schwachen Kerzenschein düster und fremd wirkte. Doch die Raubkatze dahinter ließ sich nur zu leicht ausmachen.

»Aber nicht doch. Gewähre mir diesen Tanz und ich lasse dich für den Rest der Nacht in Ruhe.« In seinen Augen glitzerte die unausgesprochene Warnung.

Wenn sie ablehnte, würde er irgendeinen Weg finden, ihren unbeschwerten Rückzug aus dem Palast zu verhindern.

Sie presste die Lippen zu einer missbilligenden Linie zusammen, als sie aufstand und seine Hand dabei ignorierte. Das Orchester beendete die vorangegangene Melodie und begann gerade dann mit einem neuen Stück, als Cáel und sie sich auf dem Parkett gegenüberstanden. Sie legte widerwillig ihre rechte Hand in seine und die linke auf seine Schulter, gleichzeitig faltete er eine Hand um ihre und positionierte die andere an ihrem unteren Rücken.

»Wenn du sie einen Zoll nach unten bewegst, werde ich sie dir abhacken«, zischte sie warnend, gestattete ihm jedoch, sie näher an sich zu ziehen. So wie es der langsame Walzer verlangte. Auch diesen Tanz beherrschte sie nur aufgrund ihrer kostspieligen Erziehung. Sie fragte sich für einen Moment, wer Cáel das Tanzen beigebracht hatte und wie lange er wirklich bereits auf der Erde wandelte.

»Ah, kratzbürstiges Biest«, sagte er mit einem milden Lächeln, ehe er sie zu führen begann. Schnell wurden sie zu einem Teil der tanzenden Menge, aber Morgan verlor sich nicht. Sie spürte jede Bewegung in ihrem Körper widerhallen und achtete auf jede misstönende Melodie, die ihr verriet, dass Cáel etwas anderes vorhatte, als bloß mit ihr zu tanzen.

Ihr Blick huschte allerdings über die Menschen, die am Rand des Parketts standen, die wirbelnden Paare beobachteten und höfliche Konversation betrieben. Erik fand sie jedoch noch immer nicht unter ihnen.

Cáel beugte sich vor und zog sie gleichzeitig näher an sich, mehr noch, als es der Tanz verlangte und der Anstand erlaubte. Sein heißer Atem streifte ihr Ohr. »Ich frage mich, was geschieht, wenn du stirbst«, raunte er.

Sie festigte den Griff um seine Schulter, die anders als bei vielen Männern nicht zusätzlich mit Stoffkissen aufgepolstert worden war. Wie sie aus eigener Erfahrung wusste, hatte sein muskulöser Körper Polster jedweder Art nicht nötig.

»Du meinst, wenn *du* mich tötest«, verbesserte sie ihn leise, ließ jedoch ein falsches Lächeln auf den Lippen, um kein Aufsehen zu erregen.

»Nicht unbedingt, aber ja, das Ergebnis vermag das gleiche zu sein.« Er zog sich wieder zurück und sie konnte das strahlende Grün seiner Augen sehen. Das unnatürliche Grün, das jedem hätte verraten sollen, dass Cáel kein normaler Mensch, sondern ein Gott war. Es gab so viel, was sie über ihn wissen wollte. So viel, was noch keinen Sinn ergab. Aber sie würde ihn nie fragen können, um ihm nicht zu zeigen, wie groß ihre Neugier war. Ihm gegenüber dürfte sie genauso wenig eine Schwäche offenbaren wie Larkin gegenüber.

»Du kannst dich selbst nicht heilen, wenn du erst einmal tot bist, oder?«, erlaubte sie sich dann doch eine Frage, weil er das Gespräch begonnen hatte.

Der Daumen seiner linken Hand bewegte sich über ihre Taille, fast wie eine Liebkosung. Sie erkannte die Herausforderung in seinem

Blick. Entweder sie wies ihn zurecht und beendete den Tanz oder er antwortete auf ihre Frage.

Und so einfach hatte er sie in seinem Netz gefangen.

Sein linker Mundwinkel zuckte triumphierend.

»Nein, allerdings muss das nicht zwingend notwendig sein, wenn ich dir eine Verletzung zufüge, die dich ausbluten lässt. Mein Körper könnte das Wettrennen mit der Zeit gewinnen, während deiner es verliert.«

»Du hast dir bereits Gedanken darüber gemacht.« Erstaunt über seine Ehrlichkeit hob sie die Augenbrauen, drehte sich in seinen starken Armen und nahm seinen eigentümlichen Duft nach ihm und Seife in sich auf. »Wieso hast du es noch nicht versucht? Und damit meine ich nicht nur nach unserer Verbindung. Wieso hast du mich nicht im Lager getötet? Mittlerweile weiß ich, dass du es hättest tun können. Ren, der Stoß gegen den Plagezahn ... das waren nur halbherzige Versuche.«

Sein Wangenmuskel zuckte, als sich seine Hand um ihre Taille für einen Moment lockerte. Stirnrunzelnd musterte sie ihn und versuchte, aus seiner Reaktion schlau zu werden. Aber er war ein wandelndes Rätsel.

»Ich habe weder Ren auf dich angesetzt noch dich gegen den Plagezahn gestoßen, wie ich dir bereits einmal gesagt habe«, antwortete er schließlich mit dieser düsteren Stimme, die ihr bekannter war als sein verspieltes Verhalten, das er seit ihrer Ankunft hier an den Tag gelegt hatte.

»Das heißt nicht, dass ich dir glaube.«

»Es waren halbherzige Versuche, wie du bereits angemerkt hast. Warum hätte ich damit meine Zeit verschwenden sollen?«

Das war eine gute Frage. »Wenn du es nicht gewesen bist, wenn du nicht einmal versucht hast, mich zu töten ... Warum hast du mir dann andauernd damit gedroht? Ich weiß, dass ich dir im Weg stand. Wieso hast du also zugelassen, dass ich weiterlebe?«

»Vielleicht antworte ich dir darauf ein anderes Mal.« Vor Enttäuschung hätte sie beinahe aufgestöhnt. »Und warum ich dich jetzt leben lasse, nun, es könnte sein, dass ich noch einmal deine Hilfe benötige.«

»Hilfe, die ich dir nicht mehr geben werde, Cáel«, stellte sie klar, obwohl sie noch immer enttäuscht darüber war, dass er ihr auf die wichtigste Frage eine Antwort schuldig blieb. Als seine Hand nach unten rutschte, packte sie diese mit ihrer eigenen. »Ich habe dich gewarnt.«

»Vergib mir, aber die Art, wie du meinen Namen sagtest … das ließ mich allen Anstand vergessen.« In seinen Augen glitzerte der Schalk. Sie war kurz davor, ihre Nadel zu zücken und ihm damit zu zeigen, was sie von seinen Spielchen hielt. Bevor sie unüberlegt handeln konnte, wurden sie von einem Räuspern unterbrochen.

Überrascht sahen beide zu dem livrierten Dienstboten auf. Er trug ein silbernes Tablett, auf dem sich zwei versiegelte Briefe befanden. Einmal an Cáel und einmal an sie adressiert.

»Vergebt mir, Eure Lordschaft, Herrin, ich wurde beauftragt, Euch diese Briefe noch vor Ende des Tanzes zu überreichen.« Er verneigte sich tief und wartete darauf, dass sie ihn von der Last befreiten.

Morgan wechselte einen kurzen Blick mit Cáel, ehe sie ihn losließ und den an sie adressierten Brief annahm. Der Gott tat es ihr einen Augenblick später gleich, sodass sich der Diener wieder vom Parkett begeben konnte.

Cáel umfasste Morgans Ellbogen und zog sie fast schon sanft von der Tanzfläche. Die Wölfin ließ ihn nur gewähren, weil ihre Neugier entfacht worden war und sie den Inhalt des Briefes so schnell wie möglich lesen wollte.

Innerhalb weniger Sekunden hatte sie das Siegel gebrochen und die Zeilen gelesen. Noch einmal begann sie den Brief von vorn, um sicherzugehen, dass sie sich nichts davon eingebildet hatte.

M.

In wenigen Augenblicken beginnt die Jagd. *Finde mich an dem alten Altar hinter der sich bückenden Weide. Das Licht wird dich führen, sobald dich die Finsternis umgibt. Niemand darf dir folgen.*

J.

»Hast du die gleiche Nachricht erhalten?«, erkundigte sie sich bei Cáel, der ihr tatsächlich seinen eigenen Brief reichte. Der Wortlaut war absolut identisch. Es konnte nur eine Person dahinterstecken. Kronprinz

Jeriah Cerva. »Also hat er sich dein Angebot wahrscheinlich durch den Kopf gehen lassen.« Sie gab ihm den Brief zurück.

»Die Frage ist nur, warum will er *dich* dabeihaben.« Er blickte auf die tanzenden Paare, sodass sie ungestört sein elegantes Profil betrachten konnte. Es war fast schöner, als Cáel von vorne zu betrachten. Seinem Gesicht hatte es stets an klassischer Schönheit gemangelt. Im Vergleich zu Aithan war er ihr immer zu grob und zu kantig erschienen, aber sein Profil strahlte Vollkommenheit aus. Plötzlich fiel es ihr nicht mehr schwer, in ihm den Gott zu sehen, der er war … der er sein konnte. Seine Kiefer presste er so fest aufeinander, dass sie die Sehnen unter seiner Haut erkennen konnte. Ihm passte es ganz und gar nicht, dass sie noch Teil seiner Welt war. Ganz egal, was er versuchte ihr weiszumachen.

»Das werden wir wohl herausfinden«, murmelte sie, unsicher, ob er überhaupt noch zuhörte.

Kapitel · 26

Die Musik verklang schließlich und die Paare verließen das Parkett. Ein lautes Horn ertönte und zog die Aufmerksamkeit aller auf sich.

Morgan und Cáel wandten sich dem Herold zu, der sich unmittelbar vor der königlichen Familie, die eine riesige, weiß gedeckte Tafel nur für sich beanspruchte, positioniert hatte.

»Meine Damen und Herren, die Nacht ist weit vorangeschritten und die Zeit für die Jagd ist gekommen. Die Damen in unserer Gesellschaft begeben sich in Kürze auf die Suche nach einer Perle, die wir in ausreichender Anzahl im Garten versteckten. Jede Perle besitzt nur ein Gegenstück. Ein Amulett, das ein Irrlicht bei sich trägt. Die Herren müssen je ein Irrlicht einfangen und ihm das Amulett rauben. Wenn Perle und Amulett zusammenfinden, wird dem Herrn von der Dame ein Tanz versprochen werden. Ein Tanz und vielleicht auch … ein Kuss.«

Die Menge antwortete mit überschwänglichem Jubel und dezentem Applaus. Noch während sich Morgan umsah, verschwand Cáel von ihrer Seite. Sie unterdrückte einen derben Fluch, bevor sie mit ihrer freien Hand das Kleid raffte, damit sie sich zu einer Gruppe Damen begeben konnte, die dem gepflegten Wald am nächsten stand. Unter ihnen befand sich auch Jeriahs Schwester. Auf ihrer rechten Wange glänzte ein Bluterguss, den Rhima nicht vollkommen mit Puder hatte verdecken können. Morgan wich ihrem Blick aus, verneigte sich jedoch tief, um keine unangenehme Aufmerksamkeit auf sich zu ziehen.

Das Horn ertönte erneut und verkündete damit den Beginn der Jagd.

Die sechsköpfige Frauengruppe machte sich als eine der ersten auf den Weg durch den düsteren Abschnitt des Waldes. Sie blieben jedoch stets auf dem mit Lampions beleuchteten Pfad, auf dem die erste Frau schon bald fündig wurde. Da sie sich allerdings in Begleitung der Prinzessin befanden, überließ sie Rhima den Vortritt. Sie nahm die rosafarbene Perle, die auf einem Blatt gelegen und geleuchtet hatte, an sich und wirkte plötzlich viel glücklicher. Aus dem Inneren strahlte ein Gefühl heraus, das Morgan nicht benennen konnte. Als würde sie mit dieser Perle plötzlich neue Hoffnung schöpfen.

Kopfschüttelnd wartete sie, bis auch die letzte Dame sie passiert hatte, bevor sie sich unter einem Ast hindurchduckte. Sie trat mitten in den geisterhaften Waldabschnitt, der sie an den verwunschenen Wald Vadryas erinnerte. Es würde sie nicht wundern, wenn sie jeden Moment von Windwer oder, schlimmer noch, Glühern angegriffen werden würde.

Sobald sie das Licht des Pfades verlassen hatte, hielt sie inne. Sie hatte keine Ahnung, wo sich dieser Altar befand, von dem Jeriah geschrieben hatte. Mit zittrigen Fingern faltete sie den Brief erneut auseinander, da ihr fernab der Versammlung die Kälte allmählich zusetzte.

Doch anstatt dass die Worte plötzlich einen Sinn ergaben, entstand ein silbriger Faden wie aus dem Nichts. Das eine Ende begann direkt an der Ecke ihres Briefes, während das andere tiefer in den Wald führte. Vor Schreck hätte sie das Papier beinahe fallen gelassen. Im letzten Moment erhielt sie die Kontrolle über ihre Gliedmaßen zurück und das Verstehen sank in ihr Bewusstsein. Jeriah wirkte Webmagie.

Sie hatte erst zwei Schritte an dem Faden entlang getan, als sie etwas Glitzerndes zu ihren Füßen wahrnahm. Vorsichtig, um ihr Kleid nicht zu ruinieren, beugte sie sich hinab. Ihre Finger umschlossen eine kühle Perle, die in der Farbe ihres Kleides erstrahlte. Eisiges Blau.

Es konnte nicht schaden, die Perle bei sich zu behalten, für den Fall, dass sie eine Ausrede benötigte.

In der kalten Nacht richtete sie sich erneut auf, raffte ihren Rock und schlich dann lautlos in die Richtung, die ihr der Faden wies.

Während sie sich Zoll um Zoll vorwärtskämpfte, verfluchte sie innerlich ihr Kleid, das ihr doch so gefallen hatte. Madam Elvira hatte sich damit übertroffen, trotzdem erkannte Morgan wieder einmal, dass sie nicht für dieses Leben geschaffen war. Sie durfte keine schönen Gewänder tragen, weil es sie in ihrer Arbeit behinderte. Und wenn es dazu kam, bedeutete es in ihrem Geschäft meistens den Tod.

Ein Rascheln aus südöstlicher Richtung ließ sie innehalten. Sie presste sich mit dem Rücken eng an einen breiten Baumstamm und richtete den Blick auf die Richtung, aus der das Rascheln kam. Der silberne Faden flackerte leicht, aber er verschwand nicht.

Sekunden später stürzte ein kleines Irrlicht aus dem Gestrüpp und schüttelte die Blätter aus seinen goldenen Haaren. Das Licht war nicht größer als ein Stuhlbein, besaß aber den körperlichen Aufbau eines Menschen. Nur die Proportionen stimmten nicht ganz. Die Arme waren viel zu lang und zu dürr, der Torso ebenfalls. Unter der papierartigen gelblichen Haut stachen auf jeder Seite mindestens ein Dutzend kleiner Rippen hervor. Alles an ihm wirkte zerbrechlich und fein.

Morgan hatte bereits des Öfteren ein Irrlicht gesehen, aber noch nie aus nächster Nähe. Sie waren faszinierende Wesen.

Um seinen dürren Hals trug es eine Kette, von dem ein goldenes Amulett baumelte.

Das Irrlicht leuchtete auf, bevor es nach einem knappen Blick in ihre Richtung ins nächste Gebüsch sprang und von dort aus weiterlief. Ein paar Augenblicke später folgte eine Gruppe aus drei Männern, die dem Irrlicht dicht auf den Fersen waren.

Morgan hielt den Atem an, bis auch sie wieder verschwunden waren. Wenn sie aufgefunden worden wäre, hätten die Männer sich sicherlich dazu verpflichtet gefühlt, sie zurück zur Gesellschaft zu geleiten. Das wäre nun wirklich nicht in ihrem Sinn gewesen.

Schließlich hatte sich die Gruppe so weit von ihr entfernt, dass sie dem silbernen Faden, der weder dem Irrlicht noch den Männern aufgefallen war, weiter folgen konnte.

Nach weiteren nervenaufreibenden Minuten, in denen ihre Schuhabsätze immer wieder in der weichen Erde versanken und die Kälte sich in ihre Knochen fraß, erreichte sie zeitgleich mit Cáel den überwucherten Altar.

Die silbernen Fäden verflüchtigten sich.

An der linken Seite des Altars schmiegte sich eine schlanke Birke und hinter ihm wachte die sich bückende Weide über ihn. Sie wirkte alt, sehr, sehr alt. Ihre herabfallenden Äste und Zweige strichen wie Finger über den Stein des Altars und flüsterten ihm die Geheimnisse eines vergangenen Zeitalters zu.

Cáel steckte den Brief in seine Jackentasche, während er sich dem Altar ganz langsam näherte. Ihr hatte er nicht mehr als einen flüchtigen Blick zugeworfen.

Behutsam streckte er seine Finger aus und strich mit ihnen über die schmutzige Steinplatte, die an den Seiten mit fremden Symbolen geschmückt war. Ein Teil war bereits zerbrochen und lag in einem kleinen Haufen vor Morgans Füßen.

»Würdest du gerne an einem von ihnen angebetet werden? Wie die alten Götter?«, fragte sie, da sich Jeriah mit seinem Auftritt Zeit ließ.

»Es geht mir nicht um Anbetung«, entgegnete Cáel und zog seine Hand zurück. Langsam wandte er sich ihr wieder zu. Auf seinem Gesicht erschien ein wissendes Lächeln.

»Worum dann?«

»Du willst wissen, warum ich Aithan betrogen habe. Warum ich all diese Intrigen auf mich nehme.«

»Und?« Als er weiter schwieg, ballte sie die Hände zu Fäusten. Sie spürte das Knistern des Papiers und die glatte Oberfläche der Perle. »Wie konntest du Aithan betrügen? Hat dir seine Freundschaft denn wirklich nichts bedeutet? Empfinden Götter nichts?«

Sein Blick wurde schneidender. »Du solltest aufpassen, was du sagst.«

»Und *du* solltest mir antworten.«

»Vergib mir, du hast so viele Fragen gestellt, da verliert man schon mal den Überblick.« Der Spott in seinen Worten traf sie nicht. Es verwirrte sie viel mehr, dass er ihr derart auswich. Bedeutete das etwa, dass er …?

»Die Freundschaft hat dir etwas bedeutet, nicht wahr? Du bist lange nicht so kalt, wie du mir weiszumachen versuchst.« Sie stieß ein erstauntes Lachen aus.

»Ich mache niemandem etwas vor«, sagte er langsam und überbrückte den Abstand zwischen ihnen. Sie konnte die Wärme, die von seinem Körper ausging, auf ihren nackten Armen, in ihrem Ausschnitt spüren. Das Grün seiner Augen glühte im Schein des Mondes. »Die Wahrheit ist, dass es unwichtig ist. Freundschaft, Aithan, du … Ich will Gerechtigkeit für das, was meiner Familie und mir widerfahren ist.«

»Gerechtigkeit oder Rache?«, hauchte sie, von der Intensität hinter seiner Aussage vollkommen eingenommen. Ganz gleich, wie viele Begegnungen bereits hinter ihnen lagen, noch nie hatte er ihr einen derartigen Einblick in sein Innerstes gewährt. Noch konnte sie nicht sagen, ob das etwas Gutes war.

»Macht es einen Unterschied?«

Sie suchte in seinen Augen nach der Wahrheit, stieß jedoch nur gegen eine Wand.

»Ich weiß es nicht«, antwortete sie ehrlich, bevor ihr Blick von der hauchdünnen Narbe an ihrem Unterarm angezogen wurde. Es war eine ihrer gespiegelten Wunden. »Hast du eine Ahnung, was damals geschehen ist? Zwischen uns? Mit dem Wunsch?«

»Eine Ahnung, ja, aber …«

Ihr Gespräch wurde jäh unterbrochen, als sie zeitgleich sich nähernde Schritte wahrnahmen. Einige Momente später betraten Jeriah und Erik die Lichtung, die einst als Gebetsplatz gedient haben musste. Zu einer Zeit, da die alten Götter noch mächtig und allgegenwärtig gewesen waren.

Sie rückte von Cáel ab, um sich besser auf ihre Umgebung konzentrieren zu können. Für einen Augenblick hatte die Neugier ihren Verstand vernebelt und sie hatte vergessen, was er war und was er getan hatte.

»Erik«, begrüßte sie den Hauptmann, obwohl sie ihn besser hätte ignorieren sollen. Er war schließlich nicht der Grund für ihre Anwesenheit, trotzdem … sie hatte ihn auf dem Fest gesucht und nicht gefunden. Ihn nun hier an diesem abgeschiedenen Ort zu sehen, wo sie nicht mit ihm gerechnet hatte … Es verwirrte sie.

»Morgan.« Er neigte leicht den Kopf, bevor er vortrat und die Fackel, die er in einer Hand trug, in die dafür vorgefertigte Fassung neben dem Altar steckte. Dabei konnte sie das Amulett an seinem Hals sehen. Anscheinend hatte er keine Probleme gehabt, ein Irrlicht zu fangen und es um die Kette zu erleichtern. Er kehrte an Jeriahs Seite zurück.

Der Prinz trug eine auffällige weiße Jacke mit dunklen Stickereien, sodass sich Morgan zwangsläufig fragte, was er sich dabei gedacht hatte. Er musste dieses Treffen doch vorher geplant haben, trotzdem hatte er nicht auf die Wahl seiner Kleidung geachtet. Dass *sie* nichts Passendes trug, war ja noch entschuldbar, schließlich hatte sie nichts von einem mitternächtlichen Treffen geahnt. Diese Unbedachtheit machte ihn ihr nicht sympathischer und sie hielt sich mit einem Kommentar bloß zurück, weil sie Cáel die Rolle des Übeltäters überlassen wollte. Außerdem war sie Jeriah gewissermaßen etwas schuldig dafür, dass er sie während des Picknicks nicht einfach hatte gefangen nehmen lassen.

»Schön, dass ihr hergefunden habt«, sagte er leise und breitete die Arme aus. Sie kam nicht um ein schmales Lächeln umhin. Jeriah war so ganz anders als Erik, der ihn um ein paar Zoll überragte und mit grimmiger Miene die Umgebung und damit auch den verwunschenen Gott musterte, der die Arme fest verschränkt hatte und vollkommen unbeteiligt wirkte. Gleichzeitig ahnte sie, dass sie alle vier ein gefährliches Spiel trieben. Sie zeigten niemandem ihr wahres Gesicht, hielten Masken davor und beobachteten ihr Gegenüber mit höchster Konzentration.

»Ich nehme an, dass dieses Treffen bedeutet, dass du dich entschieden hast, mein Angebot anzunehmen?« Cáel kam direkt auf den Punkt, was Morgan nur recht war. Es behagte ihr nicht, einem Webhexer so nah zu sein, ohne dass sie einen Knochen dabeihatte, um sich im Notfall gegen ihn zur Wehr zu setzen.

»In der Tat.« Jeriah neigte leicht den Kopf. »Zu gegebener Zeit werde ich dir etwas von meinem Blut und meiner Magie geben. Als Gegenleistung musst du dafür sorgen, dass mein Bruder Jathal unter keinen Umständen die Stadt betritt. Mir ist es gleich, wo du ihn hinbringst, solange er sicher ist und es ihm gut geht. Du bist für sein Wohlbefinden verantwortlich, bis ich eine Gelegenheit finde, mich selbst um ihn zu kümmern.«

Obwohl Morgan Jeriah nicht lange kannte, sah sie ihm an, dass ihm diese Bitte alles andere als leichtfiel. Es behagte ihm nicht, das Schicksal seines Bruders in die Hände eines anderen zu legen. Im Gegensatz zu Cillian musste Jathal Gefühle positiver Art in ihm erwecken, sonst hätte er sich sicherlich nicht auf diesen Handel eingelassen.

Cáel wirkte überaus zufrieden, auch wenn seine Miene weiterhin unbewegt blieb. Woran sie diese Erkenntnis also festmachte, konnte sie nicht recht sagen.

Konnte dies womöglich an der Verbindung zwischen ihnen liegen? Etwas, worüber sie sich früher oder später Gedanken machen sollte. Diese Verbindung würde nicht für immer gut gehen. Schon bald würde Cáel sie als seine Schwachstelle erkennen und einen Weg finden, sich ihrer zu entledigen, ohne selbst darunter leiden zu müssen. Sie würde ihm zuvorkommen müssen.

»Wo befindet er sich gerade?«, fragte der Gott nach einem kurzen Moment des Schweigens.

»Er wird schon morgen im Palast erwartet. Du solltest dich also beeilen.« Jeriah nickte Erik zu, der daraufhin einen klimpernden Beutel von seinem Gürtel löste und Cáel zuwarf. Er fing diesen gekonnt auf, öffnete ihn jedoch nicht. »Das sollte genügen, um für eure Unterkunft zu bezahlen, auf welche auch immer deine Wahl fällt.«

Cáel steckte den Beutel an, bevor er Jeriah noch einmal mit einem durchdringenden Blick musterte, der schon oft auf ihr gelegen hatte. Es erzeugte das Gefühl in einem, vollkommen transparent zu sein. Als würde Cáel jeglichen Gedanken betrachten können.

»Warum ist sie hier?« Nicht ganz die Frage, die sie erwartet hatte. Er legte eine Hand an ihren Ellbogen, die sie jedoch entschieden abschüttelte.

»Andere Geschäfte. Du kannst gehen«, antwortete Jeriah und verschränkte die Hände hinter seinem Rücken, um seine Entschlossenheit zu unterstreichen. Er würde sich von Cáel nicht in die Enge treiben lassen.

Cáel verharrte einen Augenblick, dann wandte er sich Morgan zu und beugte sich herab. Er hauchte einen Kuss auf ihre Wange, bevor er die seine an sie schmiegte. Seine Bartstoppeln kratzten über ihre Haut.

»Du solltest besser nichts tun, was deinen wundervollen Körper in Gefahr bringen könnte.« Seine Hände strichen ihre Arme hinauf und wieder herunter. »Vielleicht hätte ich dich besser irgendwo einsperren sollen, damit dir nichts geschehen kann.«

Der Brief fiel aus ihrer Hand, bevor sie Cáels Haar packte und ihn daran zurückriss. Er hob lachend beide Hände. In ihr sah er nicht mehr als einen schlechten Scherz und dieses Wissen entfachte ihre Wut. Sie zog sein Gesicht ganz nah an ihres.

»Fass mich nie wieder an«, fauchte sie. Noch eine Sekunde wartete sie, dann zwei, bevor sie ihn von sich schob.

Lachend wischte er sich übers Gesicht. Mit einer spöttischen Verbeugung in Richtung Jeriah verabschiedete er sich endlich und schritt lautlos zurück in den Wald.

Morgan versuchte, ihre Wut zu kontrollieren und konzentrierte sich darauf, ihre Atmung zu verlangsamen. Erneut hatte es der Gott geschafft, sie aus der Reserve zu locken und die Knochenhexe in ihr zu wecken. Wie ein Parasit lauerte sie unter Morgans Haut und berührte sie mit ihren knöchernen Fingern.

»Geht es dir gut?«, fragte Erik und riss sie damit aus dem inneren Kampf gegen die Wut, gegen die Knochenhexe. Sie konnte sehen, dass er fast ebenso aufgewühlt war wie sie. Der Ausdruck, der vorhin noch von Ruhe und Kontrolle gezeugt hatte, hatte sich in etwas Wildes verwandelt. Seine Kiefer mahlten heftig, noch während er auf ihre Antwort wartete.

»Warum bin ich hier?«, erwiderte sie, weil es sie zerstören würde, nachzugeben. Sie konnte Erik nicht diese Art von Macht über sich erlauben.

Jeriah ging ein paar Schritte auf und ab. Die Unruhe, die nun von ihm ausging, zeigte ihr deutlich, dass das Wohl seines Bruders nicht das Einzige war, das ihm in dieser Nacht zusetzte.

»Vor ein paar Tagen erreichte mich eine Nachricht. Von einer … Freundin. Sie steckt in Schwierigkeiten.«

Morgan wartete. Als er nicht weitersprach, stemmte sie die nunmehr freie Hand in die Hüfte und wedelte mit der anderen herum. Die Perle blitzte kurzzeitig auf. »Das bedeutet …?«

»Ich möchte, dass du sie befreist.«

»Was?« Stirnrunzelnd blickte sie von Jeriah zu Erik. »Wieso sollte ich das tun?«

Es behagte ihr ganz und gar nicht, was sich der Kronprinz herausnahm. Er kannte sie nicht und sollte sie nicht einmal in Verbindung mit dieser Art von Aufträgen bringen. Es sei denn, Erik hatte ihm alles erzählt …

»Ich habe mit Erik gesprochen und er scheint dir zu vertrauen«, bestätigte er ihren Verdacht. Andererseits war sie überrascht, dass Erik sie bei seinem Freund nicht schlechtgeredet hatte. Er vertraute ihr? Wirklich? Oder sagte er dies einfach nur, weil Jeriah verzweifelt war?

Morgan war seine einzige Hoffnung. Sie glaubte nicht, dass er sich an seinen Vater wenden konnte, um seine Freundin zu retten, wo auch immer sie sich befand.

»Du wirst diesen Auftrag natürlich nicht aus gutem Willen heraus erfüllen müssen. Ich werde in deiner Schuld stehen.«

Sie knabberte nachdenklich an ihrer Unterlippe und blickte direkt in die zischenden Flammen, bis ihre Augen zu kribbeln begannen. Wichtige Momente, *entscheidende* Momente im eigenen Leben erkannte man im Normalfall erst dann, wenn man zurückblickte. Die vergangenen Ereignisse flimmerten wie ein Strom aus Bildern vor den eigenen Augen, bis man den Moment ausmachte, an dem sich alles geändert hatte.

Aber hier und heute spürte sie die Wichtigkeit ihrer Entscheidung. Sie könnte sich umdrehen, davonlaufen und weiter für sich und ihre Zukunft kämpfen.

Oder ... Ihr Blick richtete sich erneut auf Jeriah. Oder sie könnte einmal etwas Gutes tun. Etwas, das ihr nicht direkt etwas nützte.

»In dieser Nacht vergebt Ihr ziemlich viele Gefallen, Eure Hoheit«, sagte sie leise.

»Nenn mich Jeriah«, bat er und sie nickte, obwohl sie nicht vorhatte, dieser Bitte nachzukommen. »Neben Erik sind sie die einzigen Menschen, die mir etwas bedeuten. Es muss ihnen gut gehen, damit ich ...«

Er stoppte abrupt und sah sie mit großen Augen an. Sie schenkte ihm ein beschwichtigendes Lächeln. Obwohl er ihr gerade seine größte Schwäche offenbart hatte, würde sie es nicht ausnutzen. Sie hatte ihre Entscheidung getroffen.

»Wo befindet sie sich?«

»Du hilfst mir also?« Erik spannte sich merklich bei der hoffnungsvollen Stimme seines Freundes an.

»Wo befindet sie sich?«, wiederholte sie langsam.

»Im Haus der Gärtnerin. Sie ...«

»Was?« Morgan riss ihren Blick von Erik los. »Ich setze auf keinen Fall einen Fuß auf ihr Anwesen.«

»Ich werde dich begleiten«, erklang die raue Stimme des Hauptmannes.

Nur zu gut erinnerte sie sich an die Sklavenzeichen an seinen Unterarmen und trotzdem zögerte er keine Sekunde.

»Wirst du nicht«, widersprach sie prompt.

Er reckte das Kinn, um sie mit einem so herablassenden Blick zu mustern, dass der Zorn in ihr zu neuem Leben erwachte. Innerhalb eines Wimpernschlages hatte sie den Abstand zwischen ihnen überbrückt und den Finger warnend gegen seine Brust gestoßen.

»Falls ich dies tue, und das ist ein großes Falls, dann werde ich es allein tun«, stellte sie klar. Sie würde nicht nachgeben. Nicht einen Schritt.

»Morgan …«, entfloh es ihm. An seiner erstaunten Miene erkannte sie ganz genau, dass er nicht beabsichtigt hatte, sie auf derart … intime Art anzusprechen.

»Weißt du überhaupt, wer die Gärtnerin ist? Weißt du, was sie mit uns anstellt, wenn sie uns erwischt? Mit *dir*?« Sie packte sein linkes Handgelenk, schob seinen Ärmel ein Stück hoch und offenbarte dadurch das Brandzeichen.

»Du weißt davon?« Jeriah war näher getreten, aber nicht nahe genug, um als Bedrohung zu gelten. Er würde seine Magie nicht benutzen.

Erik legte eine Hand auf ihre und schob sie behutsam von sich. »Ich weiß, wer sie ist. Es bestärkt mich in meiner Entscheidung, ihr zu helfen.«

Morgan atmete noch einmal tief durch. Als Wölfin hatte sie gelernt, allein und in einer Gruppe zu arbeiten. Letzteres hatte sie jedoch nur dann getan, wenn dies ausdrücklich von Larkin verlangt worden war. Es schien, als bliebe ihr auch dieses Mal keine andere Wahl.

»In Ordnung«, gab sie sich geschlagen und trat einen Schritt zurück. »Wie heißt deine Freundin?«

»Rhea Khemani. Erik weiß, wie sie aussieht und kennt ihre Hintergrundgeschichte.«

»Dann sollten wir besser keine weitere Zeit verlieren.« Sie wollte sich gerade zum Gehen wenden, als Jeriah sie mit einer Geste zurückhielt.

»Eine letzte Frage.« Er legte den Kopf leicht schief und seine Augen verengten sich. »Gerade lerne ich das magische Potenzial bei anderen zu erkennen. Ich kam nicht umhin zu sehen, dass du mit einer sehr großen Art von Macht gesegnet bist. Einer sehr, sehr großen. Hast du … Hast du jemals versucht, Blutmagie zu benutzen?«

»Nein. Niemals.« Und sie log nicht einmal. Nicht wirklich jedenfalls. »War das alles?«

Jeriah sah sie zweifelnd an. Doch das Bedürfnis, Rhea in Sicherheit zu wissen, siegte über seine Neugier und so nickte er lediglich.

»Seid vorsichtig.«

Der Hauptmann und der Kronprinz umfassten den Unterarm des jeweils anderen, bevor sich Jeriah von der Lichtung entfernte. Erik hob schweigend den Brief auf, den sie fallen gelassen hatte, und verbrannte diesen im Feuer.

Schweigend beobachtete sie ihn, während sie über all die Möglichkeiten nachsann, wie dieser Auftrag schiefgehen könnte.

Der Wolf war gierig und voller List,
als er sich gedacht,
wie er Kind und Großmama
gleichsam fressen kann.

Kapitel · 27

Erik und Morgan machten sich auf den Rückweg. Er kümmerte sich um die Fackel, sie grübelte darüber nach, was ihr Handeln für Konsequenzen haben würde. Ein weiteres Mal mischte sie sich in die Belange eines Prinzen ein. Unabhängig davon, dass er sie darum gebeten hatte. Letztendlich würde sie darunter leiden.

Obwohl sie sich dessen sicher war, brachte sie es nicht übers Herz, sich zu Erik umzudrehen und ihm ihre Hilfe zu entziehen. Denn könnte sie es wirklich verantworten, ihn allein zur Gärtnerin gehen zu lassen?

Außerdem sprang auch etwas für sie dabei heraus. Es hatte noch nie geschadet, einen Prinzen in seiner Schuld zu wissen.

»Denkst du über das Treffen mit Thomas nach oder zweifelst du an deiner Entscheidung?«, unterbrach Erik ihren unaufhörlichen Strom an Gedanken.

Sie rieb sich mit einer Hand über den Ellbogen, als sie einen der platt gestampften Wege betraten. Endlich konnte sie ihren Saum fallen lassen, ohne dass er ruiniert werden würde.

»Beides«, log sie und doch auch wieder nicht. Jetzt, da er das bevorstehende Treffen erwähnt hatte, wurden die Zweifel wegen ihrer Entscheidung durch brodelnde Aufregung ersetzt. Sie hatte Erik kurz nach dem Erhalt von Cardeas Brief davon unterrichtet und er hatte sich dazu bereit erklärt, sie zu begleiten. Es gab nur einen Grund, warum sie seine Hilfe nicht abgelehnt hatte. Sie brauchte jemanden, der ihr den Rücken deckte.

»Jeriah würde dich zu nichts zwingen«, sagte er langsam. Er blickte sie von der Seite an.

Sie erreichten endlich wieder die hell erleuchtete Gesellschaft, sodass Erik einem vorbeihuschenden Diener die Fackel in die Hand drückte. Das Orchester hatte erneut zu spielen begonnen und nach und nach kehrten die Edelleute aus dem Wald zurück. Triumphierende Gesichter, schelmisches Augenzwinkern. Eine erfolgreiche Jagd. Paare unterschiedlichen Alters und Aussehens hatten bereits Perlen in Amulette gesetzt und wirbelten nun über die Tanzfläche, als würde in dieser Nacht die Ewigkeit beginnen.

»Ich habe meine Entscheidung getroffen. Zweifel sind nichts Schlimmes. Sie sorgen dafür, dass ich nicht vergesse, vorsichtig zu sein.« Sie lächelte ihn an. Für einen Moment veränderte sich etwas in der Art, wie er ihren Blick erwiderte. Sie hatte das Gefühl, dass der seine weicher, beinahe zärtlich wurde.

Jäh wurden sie von Prinz Cillian unterbrochen, der neben ihnen auftauchte. Sein Geleit bestand aus mehreren Edelmännern und zwei kichernden Damen, die den Prinzen mit bewundernden Blicken musterten.

»Ich habe auf Eure Rückkehr gewartet, Herrin«, sagte Cillian und verbeugte sich leicht. Fast schon spöttisch. »Eure Schönheit übersteigt die einer jeden anderen in dieser Nacht.«

»Vielen Dank, Eure Hoheit.« Sie knickste, obwohl sich ihr Innerstes zusammenzog.

»Dürfte ich überprüfen, ob Eure Perle in mein Amulett passt?« Mit seiner linken, behandschuhten Hand hielt er sein goldenes Amulett fest umfasst, sodass er ihr die rechte entgegenstrecken konnte. Dieser Vorschlag wirkte fast anzüglicher, als es eine Einladung in sein Bett gekonnt hätte.

Es brauchte jeden Fetzen an Selbstbeherrschung, um nicht vor ihm zurückzuweichen. Nicht, weil sie sich vor ihm und seiner Grausamkeit fürchtete, sondern weil sie sich vor ihm ekelte.

»Das wird nicht nötig sein, Eure Hoheit, ihre Perle passt in mein Amulett«, mischte sich Erik ein und nahm die hellblaue Perle aus ihrer Hand, noch während sie überrascht zu ihm hochblinzelte.

Sie wusste nicht, wie das möglich oder warum Erik sich so sicher war, aber ihre Perle blieb mit einem entschlossenen Klicken in der Kuhle des Amuletts stecken. Das Leuchten schwächte zu einem Schimmern ab.

»Nun, ich gestehe, ich bin enttäuscht.« Cillian stieß ein Lachen aus, das in ihr einen Schauder hervorrief. »Aber ich will euch nicht vom Tanzen abhalten. Außerdem muss ich meine Suche wohl fortsetzen, wie es den Anschein hat. Herrin, Hauptmann.« Er neigte seinen Kopf erneut.

Nachdem Erik und sie ebenfalls ihre Ehrerbietung ausgedrückt hatten, umfasste Erik ihren Ellbogen und führte sie zum Parkett. Der Blick des jüngsten Prinzen haftete ihnen auch noch Momente später an, als würde er sich einer äußerst hässlichen Fantasie hingeben, um sie für ihre Impertinenz zu bestrafen.

»Woher wusstest du, dass meine Perle und dein Amulett zusammenpassen würden?«, fragte sie, sobald sie sich unter die tanzende Menge gemischt hatten. Beides hing nun von seinem Hals herab. Eisblau und Golden.

Weder er noch sie wollten warten, bis das Orchester zu einem neuen Stück ansetzte. Zu groß war die Wahrscheinlichkeit, dass sich ihnen Cillian erneut näherte und damit all ihre Pläne vereitelte.

»Es war nur eine Vermutung.« Die Hand, die ihre Taille umfasste, löste allerlei verwirrende Gefühle in ihr aus. Als sie ihre Aufmerksamkeit allerdings auf sein attraktives Gesicht mit den topasfarbenen Augen richtete, wirbelten diese Gefühle nur umso schneller umher. Ein Sturm auf einem Meer aus Eis und klarem Wasser.

»Nur eine Vermutung, hm?« Sie hob eine Augenbraue. »Warum glaube ich dir das nicht?«

»Was sollte es sonst gewesen sein?«

»Was wäre geschehen, wenn sich deine *Vermutung* als falsch herausgestellt hätte?«

»Dann würde dich der Prinz womöglich jetzt in seinen Armen halten und über das Parkett führen.« Wie um seine Worte zu unterstreichen, ließ er ihre Taille los und erlaubte ihr, sich im Takt zu drehen. Atemlos kehrte sie in seine Umarmung zurück. Ein Lachen, wie es ihr kaum jemals entflohen war, löste sich von ihren Lippen.

»Du spielst ein gefährliches Spiel, Hauptmann«, murmelte sie, als er nichts mehr sagte und sie nur mit einem geduldigen Blick ansah. »Ich dachte nicht, dass du tanzen kannst.«

»Und ich glaubte nicht, dass eine Wölfin derart schön sein kann.«

Ihr Herz war es, das ihm antwortete. Es schlug in einem schweren Takt, als würde es sich mit seinen Worten füllen. Sich von ihnen ernähren.

Sie sammelte jeden Funken Selbstkontrolle in sich und senkte den Blick bis auf seinen Kragen. Mit jeder Beleidigung hatte sie gerechnet, nur nicht mit einem Kompliment. Wie sollte sie damit umgehen?

Etwas musste sich in ihrem Gesicht oder an ihrer Körperhaltung verändert haben, da Eriks Griff fester wurde und er sich leise räusperte.

»Du hast also in jener Nacht meine Brandzeichen gesehen.«

Ihr Blick hob sich unwillkürlich, doch in seinen Augen herrschte eine seltsame Ruhe, mit der sie nicht gerechnet hatte.

»Stört es dich?«

»Dass du sie gesehen hast?« Er runzelte die Stirn, während er sie an einem Pärchen vorbeiführte, das besonders ausladend tanzte und dabei keine Rücksicht auf die anderen Tanzenden nahm.

Beinahe beschützend hielt er sie fest, wiegte sie zur sanften Melodie.

»Ja, ich meine, nein.« Morgan schüttelte den Kopf. Die Nähe zum Hauptmann brachte sie ganz durcheinander. »Das und der Umstand, dass wir einen der letzten Orte aufsuchen müssen, an dem Sklaverei noch … geduldet wird. Hier in Ayathen zumindest. Wurdest du … dort verkauft?«

Er seufzte. »Ich wünschte, du hättest die Brandzeichen nicht gesehen, weil sich dadurch dein Bild von mir unweigerlich geändert hat.«

»Hat es nicht«, widersprach sie sofort.

»Du hast nicht plötzlich Mitleid mit mir und siehst mich nicht als beschädigte Ware?« Er hob eine Augenbraue.

Sie spürte, wie die Hitze ihre Wangen hinaufkroch.

»Das mag vielleicht sein«, gab sie widerwillig zu, »doch ich weiß besser als jeder andere, dass ich dich nicht wegen deiner Vergangenheit verurteile. Ich sehe, wer du bist. Wenn überhaupt, bewundere ich deine Stärke.«

Er ließ sich die Worte ein paar Augenblicke durch den Kopf gehen, bevor er nickte. Anscheinend war er mit ihrer Antwort zufrieden.

»Zu deiner anderen Frage … Nein, dort bin ich nicht verkauft worden. Das ist der Grund, warum es mich nicht mehr stört als dich, nehme ich an. Ich bin noch nie dort gewesen und …« Er stieß ein raues Lachen aus, das Morgan nicht ganz einzuordnen vermochte. »Es wäre unangenehmer, wenn wir den anderen Ort aufsuchen würden.«

Sie legte den Kopf schief. »Wenn du mir erlaubst zu fragen, wie hat es ein Sklave zum Hauptmann geschafft?«

»Ich erlaube es dir«, sein Lächeln wurde breiter, »allerdings ist dies weder der richtige Zeitpunkt noch der geeignete Ort für diese Unterhaltung. Wir müssen los, wenn du genügend Zeit vor dem Treffen haben möchtest, um die Gegend auszukundschaften.«

»Wie kommt es, dass du mich schon so gut kennst?«

Sie hatte die Frage spielerisch, vielleicht auch spöttisch gemeint, doch als die Worte ihren Mund verließen, haftete ihnen eine unerwartete Ernsthaftigkeit an. Auch Erik entging diese Entwicklung nicht und sein Lächeln schwand. Er sah Morgan bloß an und für wenige Herzschläge verschlug es ihr den Atem.

Bevor sie sich auf den Weg zu Cardea machten, wechselten sie ihre Kleidung. Morgan konnte wohl kaum in einem Kleid vor Thomas auftauchen und die Wahrheit von ihm verlangen. Er würde sie auslachen und dann vermutlich auf irgendeine Art erniedrigen. Dann hätte sie immerhin bewiesen, dass er sich keinen Deut verändert hatte und noch immer der Kerl war, der sie bei jeder sich bietenden Gelegenheit bloßgestellt hatte.

Erik und sie trafen sich eine Viertelstunde später am Tor zum Innenhof, wo sie sich im Schatten hielt. In ihrem Aufzug entdeckt zu werden, würde sie bloß in weitere Schwierigkeiten bringen.

Glücklicherweise ließ der Hauptmann nicht lange auf sich warten. Als er hinter ihr auftauchte, musterte er sie von oben bis unten.

»Ich habe mich schon gefragt, wann du mir den Umhang zurückgibst«, kommentierte er leise, damit sie nicht von den wachestehenden Soldaten gehört werden konnten.

»Wer sagt, dass ich ihn dir zurückgebe?« Sie hob eine Augenbraue. »Ich überlasse dir den Vortritt.«

Er schmunzelte. »Hast du alles gepackt?«

Sie hatten sich darauf geeinigt, von ihrem Treffen mit Thomas direkt Richtung Norden aufzubrechen. Rheas Brief war schon ein paar Tage alt und mit der Dauer ihrer Reise verbunden könnte einiges passieren, ehe sie es zu ihr schafften. Auch wenn ihr Schicksal Morgan herzlich egal war, wollte sie Jeriahs Hilfe nicht verlieren. Sie hatte überlegt, ihn um das Geld zu bitten, dass sie für immer von Larkin lösen würde. Noch fühlte sie sich, was dies anbelangte, jedoch unsicher.

»… einem Hinweis nach«, hörte sie Erik zu den Wachen sagen. Der linke Mann klopfte ihm auf die Schulter, bevor er zur Seite trat, damit der Hauptmann und sie passieren konnten. Ihr warfen sie neugierige Blicke zu, doch der Respekt hinderte sie daran, weitere Fragen zu stellen.

Sobald sie auch durch das äußere Tor gegangen waren, zog sie ihre Kapuze über und genoss das Gefühl von Freiheit. Ihre Schritte fühlten sich leichter an. Die Haut in ihrem Gesicht prickelte angenehm unter der kalten Meeresbrise. Das Rauschen der Wellen wirkte außerhalb der dicken Mauern lauter und mächtiger, als würde sich das Meer schon bald mit Gewalt Einlass in die Stadt verschaffen.

Es war, als wären sie und Erik schon eine eingespielte Einheit. Er fügte sich vollkommen ihrer Führung durch die nächtliche Stadt. Mit jedem Schritt auf dem holprigen Kopfsteinpflaster wurden seine Bewegungen leiser und sicherer. Es wäre nicht schwer, ihm die Tipps und Tricks beizubringen, die sie sich über die Jahre angeeignet hatte. Aber würde sie dem Hauptmann der königlichen Leibwache diesen Vorteil reichen wollen? Letztendlich stand er auf der anderen Seite des Gesetzes …

Sie entschloss sich, dieses Mal den Eingang über das Dach zu nehmen. Während ihrer Musterung der Umgebung hatte sie niemand Auffälliges gesehen, was jedoch nicht bedeutete, dass sie sicher waren.

»Ich dachte, du vertraust Cardea«, antwortete Erik auf ihre Verkündung.

»Tue ich auch.« Sie stellte ihren linken Fuß auf den ersten hervorstehenden Stein der Außenwand. Bis sie nicht das Dach erreicht hatten, liefen sie aufgrund der erleuchteten Laternen Gefahr, gesehen zu werden, weshalb sie sich beeilen mussten. Bis zu diesem Teil der Wand reichte das Licht vielleicht nicht, aber Schatten und Nebel würden sie auch nicht vor dem Blick eines vorbeiziehenden Nachtschwärmers schützen. Oder einer Wache. »Es ist Thomas, dem ich mit Misstrauen begegne.«

Erik behielt den Rest seiner Meinung für sich, um ihr kurz darauf zu folgen. Auch wenn er vielleicht schwieg, spürte sie seinen verurteilenden Blick. Sobald sie die Dachluke erreicht hatte, wandte sie sich ihm zu. Noch immer auf den Schindeln gebückt und an dem Fensterrahmen festhaltend.

»Ich schätze es nicht, von dir derart angezweifelt zu werden«, zischte sie.

»Warum kümmert es dich, was ich denke?« Er hievte sich aufs Dach.

Sie beschloss, dass er darauf keine Antwort verdient hatte. Stattdessen schob sie die Luke auf und kletterte lautlos auf den Dachboden. Ein paar Herzschläge vergingen, bis sich ihre Augen an die Dunkelheit gewöhnt hatten. Aber wie ihre Instinkte bereits bestätigt hatten, lauerte ihnen niemand auf.

Bevor sie die dunkle Treppe ins Erdgeschoss hinabstiegen, hielt Morgan Erik an einem Arm fest. Abwartend sah er sie an.

»Es kümmert mich, weil ich dir vertrauen will. Uns erwartet eine anstrengende und vermutlich auch gefährliche Reise, auf der ich wissen muss, dass ich dir meinen Rücken zuwenden kann.« Sie unterstrich ihre Worte, indem sie seinen Unterarm fest drückte. »Ohne dass du mir ein Messer hineinrammst.«

Er sah sie lange an. »Das kannst du.«

»Dann kannst du mir auch erzählen, wie du Cillian davon überzeugt hast, dir freizugeben, um das Land zu durchstreifen.«

Ein Lächeln zupfte an seinem Mundwinkel, als er seinen Kopf weiter senkte.

»Ich habe gekündigt.«

»Was?« Vor Schreck ließ sie seinen Arm los.

»Ich habe mich zum Hauptmann hochgearbeitet, um Jeriah zu dienen und nicht seinem Bruder. Es ist die richtige Entscheidung.« Sie hörte nicht einmal den Hauch eines Zweifels in seiner leisen Stimme und konnte dies fast noch weniger glauben als die Tatsache, dass er gekündigt hatte. »Ich kann Jeriah besser außerhalb des Palastes dienen und schützen.«

»Bist du dir sicher? Du gibst ziemlich viel auf, machst dir vermutlich neue Feinde und du … du verlierst das Recht, dich in der Nähe der königlichen Familie aufzuhalten. In der Nähe von Jeriah.« Sie wusste nicht, woher die übersprudelnden Gedanken kamen, nur dass sie diese unbedingt loswerden musste. Es war unmöglich, dass Erik alle Nachteile in Betracht gezogen hatte.

»Mach dir keine Sorgen.« Er lächelte nachsichtig, als wäre sie ein dummes Kind. Es zuckte ihr in den Fingern, ihm dafür eine über den Kopf zu ziehen. »Ich werde mir schon was überlegen.«

»Ich mache mir keine Sorgen«, presste sie zwischen den Zähnen hervor. »Es ist nur …« Sie drehte sich um und holte tief Luft. »Macht es dir keine Angst, allein zu sein? Was bleibt dir ohne deine Arbeit? Wer bist du?«

Erik stutzte und schwieg so lange, dass sie sich ihm doch wieder zuwandte. Sein Gesicht lag im Schatten, obwohl er die Kapuze seines Umhangs abgenommen hatte. Sie konnte lediglich den verkniffenen Mund erkennen, der sich erst bei seiner Antwort wieder öffnete.

»Du bist wirklich ein warmer Sonnenschein in einer kalten Nacht.« Er lachte.

»Und du hast meine Fragen nicht beantwortet.«

»Willst du dich mit mir über meine Ängste unterhalten oder willst du endlich die Wahrheit darüber erfahren, was es mit diesem Thomas auf sich hat?« Damit nahm er ihr zwar den Wind aus den Segeln, das Gespräch vergaß sie allerdings nicht.

Sie wollte es sich nicht eingestehen, aber sie brauchte seine Antwort. Sie musste wissen, wie er weiterzuleben gedachte.

Denn eigentlich ging es um ihr Leben. Um ihre Entscheidung. Das war der Grund, warum sie Jeriah nicht rundheraus nach dem Geld gefragt hatte, um ihre Schulden zu begleichen. Wer war sie, wenn sie den Status der Wölfin aufgab?

Knochenhexe?

Mensch?

Unterdrückte Frau?

Sie straffte ihre Schultern und schritt erhobenen Hauptes an Erik vorbei die Treppen hinab. Es wurde Zeit, die Unsicherheiten abzulegen und sich dem Kampf zu widmen, der unmittelbar vor ihr lag.

Thomas oder sie.

Wolf oder Wölfin.

Kapitel · 28

Der verbannte Prinz fühlte sich wahrlich wie ein uraltes Artefakt, das wie eine Figur über das Spielbrett rollte, weil seine Position vergessen worden war.

Seine Hände ballten sich an beiden Seiten zu Fäusten, als er den Blick über die Gäste verschiedener Länder streifen ließ. Seitdem er Vadrya in die Hände seiner fähigen Krieger gelassen hatte, fühlte er sich schwerelos. Er hatte keine Ahnung, ob sein Plan von Erfolg gekrönt sein würde oder ob er bloß einer weiteren hirnrissigen Idee nacheiferte.

Er redete sich ein, dass es dieses Mal anders war. Er selbst hatte die Entscheidung getroffen, die Wanderer aufzusuchen. Zwar hatte er auch schon zuvor die Verantwortung getragen, aber die Entscheidung war unbewusst von jemand anderem gefällt worden. Von Cáel.

Es war keine Nacht vergangen, in der er nicht von der Erinnerung des Verrats heimgesucht wurde. Cáel stürzte sich immer wieder auf ihn. Seine Faust landete mitten in seinem Gesicht. Er stieß ein grausames Lachen aus. Ganz egal, wie oft er dieses Ereignis vor sich sah. Wie oft er es durchlebte, noch immer verstand er nicht, wie er sich derart von ihm hatte täuschen lassen können.

Als sie sich damals in Brimstone begegnet waren, da war Cáel in die Rolle des Retters geschlüpft. Er hatte sich um die Seele des Prinzen gekümmert und ihm einen neuen Sinn gegeben, nachdem er jahrelang nichts anderes getan hatte, als sich in Selbstmitleid zu suhlen.

Cáel war ihm ein Freund gewesen, der scheinbar an die Stärke im Prinzen geglaubt hatte. Anders als Mathis hatte er nicht zugelassen, dass er sich immer weiter in den Sumpf zurückzog. Er hatte ihn herausgefordert, ihm einen Spiegel vorgehalten. Auch wenn Cáel nie sonderlich zuvorkommend gewesen war und sich dieses Verhalten während ihrer Zeit im Lager verstärkt hatte, so war ihre Freundschaft gestärkt genug gewesen, um Mathis' Zweifel zu ignorieren. So hatte Aithan zumindest geglaubt.

Er öffnete seine Hände und legte sie flach auf den Tisch. »Morgen früh begeben wir uns auf die Suche.«

»Auf die Suche nach wem genau?«, erkundigte sich Mathis, der seit einer ganzen Weile nicht mehr so unausstehlich war wie damals im Lager. Es könnte auch einfach daran liegen, dass er ihm nicht mehr wegen Cáel in den Ohren lag.

»Nach jemandem, der Verantwortung für diese Stadt trägt. Ich habe den Wirt gefragt und er sagte, dass wir den Bürgermeister aufsuchen sollen«, antwortete Aithan langsam, ehe er einen Schluck des ungenießbaren Bieres nahm. Der Krug fühlte sich seltsam an, als wäre die Oberfläche mit Sand beklebt. Rau und weich im Wechsel.

Vor ein paar Stunden hatten sie die äußerste Stadt in der Wüstensteppe erreicht. Lezan war die dritte, aber größte Stadt und die einzige, in der Reisende ohne Besuchslizenz erlaubt waren. Nazar und Nazu waren nur für Einheimische oder Händler geöffnet, die ein teures Dokument besaßen. Aithan hoffte, dass ihnen die Reise weiter gen Westen erspart bleiben würde und sie schon in Lezan Antworten bekommen würden.

»Und du willst den Bürgermeister einfach danach fragen, wo er Webhexer versteckt hält?«, raunte Sonan. Sie beugte sich weiter vor. Olivia und Lima waren die Einzigen am Tisch, die bisher geschwiegen hatten. Aithan hätte gerne noch mehr seiner Krieger mitgenommen, welche die Reise durch den verwunschenen Wald überlebt hatten, doch Mathis hatte ihm davon abgeraten. Strategisch gesehen war es besser, seinen Leuten den Aufbau des alten Königreiches zu überlassen.

Der Prinz hatte seinem Vetter letztlich zugestimmt, auch wenn er nicht verstand, wieso sie Olivia erlaubt hatten, sie zu begleiten. Gut, sie hatte darum gebeten und Aithan war nicht fähig gewesen, ihr den Wunsch abzuschlagen, doch es passte ihm nicht. Sie war eine Unbekannte in seiner Rechnung. Eine Verantwortung, die er nicht tragen wollte.

»Natürlich nicht.« Er winkte ab. »Ich werde ihn nach den hiesigen Ältesten der Wanderer befragen. Ich glaube kaum, dass Lezans Bürgermeister eine Ahnung davon hat, wie weit die Strukturen der Wanderer reichen, um die Hexen zu unterstützen.«

»Aber *du* hast eine Ahnung?« Sonan hob skeptisch eine Augenbraue.

Wann hatte sie damit begonnen, seine Fähigkeiten anzuzweifeln?

Seit Morgan uns verlassen hat.

»Habe ich. Wenn du so freundlich wärst, nach unseren Pferden zu sehen? Ich will sichergehen, dass man sich hier ausreichend um sie kümmert.« Nur eine Ausrede, um Sonan zu zeigen, dass sie in Zukunft darauf achten sollte, wie sie mit ihrem Prinzen sprach.

Natürlich war dies allen Beteiligten klar, aber Sonan gab keinen Widerspruch. Sie erhob sich von ihrem Stuhl und durchquerte die Menge ohne Probleme. Das Gasthaus, in dem sie ihre Zimmer gemietet hatten, war ihnen von den Stadtwachen empfohlen worden. Es trug den wenig originellen Namen *Das Warme Bett*, aber es war sauber und befand sich nahe dem Zentrum.

»Ich nutze die Chance, um vor Sonans Geschnarche einzuschlafen.« Lima lachte und schlug mit einer Hand auf den Tisch. »Gute Nacht.«

Aithan nickte, bevor er seinen Krug mit einem Schluck leerte. Mit dem Handrücken wischte er sich über den Mund. Ihm war egal geworden, was andere in ihm sahen. Mit welchen Worten ihn sein Gegenüber beschreiben würde.

Seit Morgans und Cáels Verrat hatte vieles seine Bedeutung für ihn verloren.

Nachdem Lima sich zwischen den Tischen hindurchgezwängt hatte, um den hinteren Flur zu betreten, herrschte für eine Weile drückendes Schweigen an ihrem Tisch. Aithan hätte sich gerne mit seinem Vetter über sein weiteres Vorgehen unterhalten, doch Olivias Anwesenheit machte ihm einen Strich durch die Rechnung. Es war nicht so, dass er ihr misstraute, aber es gab Dinge, die er nicht in ihrem Beisein besprechen wollte. Er hatte aus seinen Fehlern gelernt.

Er konnte noch immer nicht verstehen, wie naiv er gewesen war. Gerade *er* – der Prinz, der alles verloren hatte. Seine Eltern. Seine Familie. Sein Königreich. Und trotzdem hatte er Menschen in sein Herz gelassen, hatte ihnen vertraut, weil er nicht sehen wollte, dass es jemanden gab, der ihm sein Königreich nicht gönnte. Der eigene Ziele verfolgte …

Aufgrund der späten Stunde verließen nach und nach Gäste das durch mehrere Feuerstellen erwärmte Lokal. Viele von ihnen würden leicht angetrunken zurück in ihre Häuser aus weißem Kalkstein torkeln, ins Bett fallen und erschöpft dem nächsten Arbeitstag entgegenschlafen.

Manchmal fragte sich Aithan, ob es nicht einfacher gewesen wäre, in Brimstone zu bleiben. Sein Leben dahinzufristen. Ohne Verantwortung. Ohne Druck.

Diese Möglichkeit hatte er jetzt allerdings verspielt. Wer einmal aus der Blase des Selbstmitleids erwacht war, konnte so einfach nicht mehr in sie zurückkehren.

»Euch liegt etwas auf dem Herzen, mein Prinz«, sagte Olivia in die Stille hinein.

Sofort setzte sich Aithan gerade hin und packte sie an ihrem Unterarm, der auf dem Tisch gelegen hatte. »Pass auf, wie du mich ansprichst.«

»Verzeiht mir.« Ihre Augen wurden groß und schimmerten feucht, als wäre sie kurz davor, in Tränen auszubrechen.

Wie sehr er sie verabscheute.

Trotz ihrer makellosen Schönheit. Abgesehen davon gab es auch nicht viel anderes, dass es zu beanstanden gäbe. Sie beschwerte sich nie, sagte kaum etwas und hielt sich die meiste Zeit im Hintergrund. Dennoch … jedes Mal, wenn sie ihn derart ansah, spürte er den Stich im Herzen. Sie wollte etwas von ihm, was er ihr nicht geben konnte. Er hatte sie aus ihrem Schlaf erweckt, aber er war nicht ihr Prinz.

Er ließ ihren Arm so abrupt los, als wäre ein Blitz durch ihn hindurchgezuckt. Es war besser, sie seine Gefühle von Anfang an wissen zu lassen. Vielleicht könnten sie beide so ihr Gesicht wahren. Vielleicht würde sie endlich verstehen, dass es an seiner Seite nichts für sie gab. Und erst recht kein schönes Leben.

»Begib dich auf dein Zimmer, damit du am Morgen ausgeruht bist«, grummelte er. Er wandte sich von ihr ab, um stattdessen einen bärbeißigen Mann mittleren Alters zu beobachten. Jener schlug sich gerade auf seinen Oberschenkel und verkündete, dass er es nicht gerne hatte, übers Ohr gehauen zu werden. Sein Gegenüber beruhigte ihn, indem er seine Karten, mit denen er das Spiel verlor, offen darlegte. Zudem spendete er ihm einen weiteren Krug Apfelbier.

»Das hat sie nicht verdient.« Mathis' Stimme zog seine Aufmerksamkeit wieder auf den Tisch, der nur noch von ihnen beiden besetzt wurde. Olivia hatte auf seinen Rat gehört und war lautlos gegangen.

»Sie wollte uns unbedingt begleiten. Also muss sie mit den Konsequenzen zurechtkommen«, zischte Aithan. Als er Mathis mit einem finsteren Blick fixierte, spürte er die Wut in sich hochkochen.

»Konsequenzen? Du meinst wohl mit deinen Launen.« Mathis schüttelte den Kopf. Warum musste er sich jetzt schon wieder in Dinge einmischen, die ihn nichts angingen? Die letzten Tage war seine Gesellschaft so angenehm gewesen, dass Aithan fast vergessen hatte, wie sich sein Vetter im Lager aufgeführt hatte. »Es geht hier überhaupt nicht um sie.«

»Ach nein? Worum denn dann?«

»Cáels und Morgans Verrat. Du bist zornig und das ist dein gutes Recht. Sie haben sich dir gegenüber schrecklich verhalten und sie werden dafür in die kalte Hölle kommen, aber Olivia ist nicht Morgan. Sie ist wirklich nett. Du solltest darüber nachdenken.« Mathis hob eine Schulter an.

»Über was?« Langsam kam sich Aithan wie ein kleiner Junge vor. Mathis' Gedankengänge verwirrten ihn gelegentlich so sehr, dass er keine Ahnung mehr hatte, worüber sie überhaupt sprachen.

»Nett zu ihr zu sein«, antwortete Mathis und breitete die Hände in unschuldiger Geste aus. Als er sah, wie sich Aithans Blick verdüsterte, fügte er eilig an: »Ich habe dich nicht gerettet, damit du dir weiterhin das Herz brechen lässt. Erst Salja und jetzt Morgan.«

Aithan beugte sich vor. Die Wut kribbelte unter seiner Haut und verlangte danach, rausgelassen zu werden. Doch sie befanden sich mitten in der Öffentlichkeit und der Prinz musste sich zügeln, wenn er keine Aufmerksamkeit auf sich ziehen wollte. Er konnte nicht glauben, dass Mathis den Namen seiner ersten Liebe in den Mund genommen hatte. Nach all der Zeit …

»Hast du mir nicht gerade gesagt, ich soll nett zu ihr sein?« Seine Stimme war kaum mehr als ein Flüstern.

»Ja, weil du dich niemals in sie verlieben würdest«, stellte Mathis ungerührt klar. »Für dich ist es kein Risiko, sie zu küssen und … nun ja, andere Dinge mit ihr zu tun. Sie würde dich nicht zurückhalten oder ablenken.«

Aithan erhob sich abrupt. »Das ist der größte Scheiß, den du jemals von dir gegeben hast. Wenn du nicht mein Vetter wärst, hätte ich dir spätestens jetzt eine übergezogen.«

»Du wirst schon sehen, dass ich richtigliege.« Mathis stand nun ebenfalls auf und schüttelte betrübt den Kopf. »Versuche zumindest, *sie* zu vergessen. Es tut dir nicht gut, ihr nachzutrauern.«

Aithan war sich nicht ganz sicher, wie es dazu kam, aber letztlich war es Mathis, der den Schankraum verließ und er derjenige, der verwirrt zurückblieb.

Noch während er über dieses gar schon peinliche Gespräch nachsann, gesellte sich Sonan wieder zu ihm. Fast lautlos ließ sie sich auf den Stuhl ihm gegenüber gleiten und behielt ihn dabei in den Augen, fast um sicherzugehen, dass er nicht sofort verschwand.

»Ich weiß, dass du mich gebeten hast, nicht darüber zu reden, aber ich kann nicht länger schweigen«, begann sie mit fester Stimme. »Sie ist *nicht* böse.«

»Keine Sorge, ich werde mich bei Olivia entschuldigen.«

»Olivia? Ich rede von Morgan.« Als er den Namen ein zweites Mal an diesem Tag hörte, spürte er, wie sich sein Herz beschleunigte. Es war ein verräterisches Organ, das er nicht zu kontrollieren fähig war. »Morgan hegte Gefühle für dich. Wahre Gefühle. Ich glaubte ihr, als sie sagte, dass sie der Meinung gewesen war, das Richtige zu tun. Vielleicht ist sie nicht unfehlbar, vielleicht gab es noch einen anderen Weg … Aber sie ist *nicht* böse, Aithan.«

»Sie hat mich den Wunsch gekostet«, presste der Prinz hervor und ballte eine Faust, die er auf den Tisch niedersausen ließ. Das Geschirr klapperte.

»Und ganz offensichtlich auch dein Herz, aber … es ist nur, ich kann nicht länger zusehen, wie du Mathis so bereitwillig zuhörst. Er spricht von ihr, als wäre nicht er es gewesen, der ihr sein Vertrauen zuerst schenkte. Als wäre er nie mit ihr befreundet gewesen. Als wäre sie eine Furie frisch aus der kalten Hölle entstiegen.« Sonan breitete die Arme aus. »Sie hat einen Fehler begangen. Das ist alles.«

»Sonan«, sagte Aithan leise, um Beherrschung bemüht. »In unserer Situation können wir uns keine Fehler leisten.«

»Und trotzdem hattest du die Dreistigkeit, dich zu verlieben.«

»Ich habe nicht …« Eilig unterbrach er sich, bevor er in die Bredouille kam, eine direkte Lüge zu erzählen. »Das war etwas anderes. Sie *wusste*, was auf dem Spiel stand, und …«

»Und *er* ist ein Gott!«, widersprach sie mit ungewohnter Vehemenz. Er kannte Sonan als starke Kämpferin und sanfte Persönlichkeit. Noch nie zuvor hatte sie mit ihm so gesprochen, und obwohl es ihm nicht gänzlich behagte, wusste er ihre Ehrlichkeit doch zu schätzen.

Auch wenn sie schmerzte. Auf mehr als eine Weise.

»Es ist vorbei, Sonan. Du hast gesagt, was dir auf dem Herzen lag und jetzt lass uns dieses Kapitel bitte abschließen.«

Für einen Augenblick wirkte es, als würde sie sich noch viel mehr von der Seele reden wollen, doch letztlich siegte ihre Loyalität ihm gegenüber. Sie nickte noch einmal, dann zog sie sich mit einer gemurmelten Entschuldigung in ihr Zimmer zurück.

Erneut blinzelte Aithan in Richtung des Flurs. Er spürte die Hitze der Wut wie ein immerwährendes Echo in seinem Inneren. Seit jener Nacht hatte er nichts anderes gefühlt. Er war so zornig auf Morgan, Cáel, die Welt … Es gelang ihm kaum noch, einen Gedanken zu fassen, der nicht von Hass durchtränkt war.

Er bestellte sich ein weiteres Bier, dachte über Mathis' und Sonans Worte nach. Die Kriegerin hatte recht. Auch ihm gefiel es nicht, in welchen Farben Mathis die Wölfin zeichnete. Dunkel und bedrohlich, als hätte es sie von Anfang an darauf abgesehen, den vergessenen Prinzen zu zerstören. Dabei hatte er fühlen können, als ihre Lippen auf seine trafen, dass mehr in ihr steckte als eine Schmugglerin.

Vielleicht stimmte es und Morgan hatte lediglich einen Fehler begangen. Das bedeutete nicht, dass er ihr vergab, aber es bedeutete, dass er nicht länger von seinem Hass umschlossen wurde.

Was Cáel anging … Das war eine gänzlich andere Sache und um den Verrat an einer Freundschaft zu verarbeiten, die für ihn die Welt bedeutet hatte … Er wusste nicht, ob er jemals darüber würde hinwegkommen können.

Kapitel · 29

Cardea und Thomas erwarteten sie in der kleinen Küche. Auf Morgan wirkten sie für einen Moment wie ein ganz normales, frisch vermähltes Ehepaar. Nach dem nächsten Wimpernschlag verflüchtigte sich die zweifelhafte Illusion und Morgan umfasste den Griff von einem ihrer Dolche, ohne ihn aus ihrem Gürtel zu ziehen.

Erik sondierte gerade noch die restlichen Räume, um einen Hinterhalt auszuschließen. Niemand anderen hätte sie diese Aufgabe überlassen. Sie wusste nicht, woher das Vertrauen kam, dass er nicht versagen würde, aber für den Augenblick akzeptierte sie dieses.

»Du bist gekommen.« Überraschenderweise waren es Cardeas Worte, die als Erstes das spannungsgeladene Schweigen durchstachen. Thomas und Morgan wagten es nicht, den Blick vom jeweils anderen zu nehmen. Dabei handelte es sich um eine der ersten Lektionen, die einem Wolf beigebracht wurden.

Lasse deinen Feind niemals aus den Augen. Nichts ist schlimmer als das, was er tun kann, wenn du nicht hinsiehst.

Als sie Thomas ansah, wurde sie von Erinnerungen überspült, die ihr Herz aussetzen ließen. Erinnerungen, die so erniedrigend waren, dass sie diese mit niemandem teilen wollte. Nur Rhion war immer an ihrer Seite gewesen. Nur Rhion hatte sie das allererste Mal vor Thomas beschützt, um ihr dann beizubringen, wie sie es selbst tun könnte.

Nach dem beschämenden Ereignis im Versammlungsraum war es noch ein paar Mal zu Machtkämpfen zwischen Thomas und ihr gekommen. Er ließ keine Möglichkeit aus, zu betonen, dass sie bloß ein schwaches Weibsstück war und nichts bei den Wölfen zu suchen hatte. Nach und nach überzeugte er selbst die sanftmütigsten Wölfe unter ihnen, sodass ihr niemand mehr mit Neutralität, sondern ausschließlich mit Hass, Abscheu oder Arroganz begegnete.

»Willst du dich nicht setzen?«, fragte Cardea, nachdem weder Morgan noch Thomas etwas getan hatten, um die Stille zu füllen. Ihre Augen weiteten sich, als Erik hinter ihr im Türrahmen erschien.

Morgan drehte sich leicht, damit sie Thomas noch immer ansehen konnte, aber gleichzeitig auch Erik in ihrem Blickfeld hatte.

»Alles in Ordnung«, sagte Erik, bevor er seine Arme verschränkte und so gerade stehen blieb, als wäre er im Dienst. Sie nickte knapp.

»Du hast den Fehler damals auf der Brücke absichtlich begangen, nicht wahr?«, stellte sie die Frage, deren Antwort sie bereits kannte.

Thomas rutschte unruhig auf seinem Stuhl hin und her, aber Cardea umfasste seine Hand, die auf der Tischplatte ruhte. Sofort hielt er still, auch wenn sich sein Blick nicht von Morgan löste.

»Ja.«

»Du wolltest, dass ich deinen Auftrag bekomme.«

»Ja.«

Seine Ehrlichkeit sollte sie glücklich machen, doch sie tat nichts anderes, als sie zu provozieren. Die Wut hob gemeinsam mit der Knochenhexe ihren Kopf, reckte und streckte sich. Entschlossen ballte Morgan die Hände zu Fäusten. Sie würde *nicht* die Kontrolle verlieren.

»Warum?« Unwillkürlich tat sie zwei Schritte vor, bis sie direkt über Thomas aufragte und auf ihn herabsah. Seine Miene veränderte sich nicht, doch in seinen Augen erkannte sie eine tiefgehende Angst, die jedoch weder ihr noch ihm galt.

Für den Bruchteil einer Sekunde zuckte sein Blick zu Cardea. Die Erkenntnis ließ Morgan beinahe taumeln. Er fürchtete sich davor, dass sie Cardea verletzte, um *ihm* zu schaden. Wusste er denn nicht, dass Cardea die einzige Person war, die *ihr* etwas bedeutete? Sie war Morgans beste Freundin. Er hatte kein Recht, sich um ihr Wohlbefinden zu sorgen. Sie gehörte nicht *ihm*, sondern Morgan! Er …

Der Zorn stieg ins Unermessliche.

Um Thomas diesen nicht spüren zu lassen, presste sie die Kiefer fest aufeinander und versteckte die Hände hinter ihrem Rücken. Das wollte er doch nur, oder? Dass sie die Beherrschung verlor und ihn angriff, damit er Cardea zeigen konnte, was für ein Monster sie wahrlich war. Eine weitere Möglichkeit für ihn, sie ins schlechte Licht zu stellen.

Von Sekunde zu Sekunde fiel es ihr schwerer, sich zusammenzureißen.

»Warum bist du das Risiko eingegangen, Larkins Zorn auf dich zu ziehen? Warum hast du in Kauf genommen, den Respekt der anderen Wölfe zu verlieren? Sag es mir!« Ihre Stimme wurde zum Ende hin immer lauter, bis sie ihn schließlich anschrie. So viel Schmerz lag in ihr gefangen. So viel Angst.

Sie war kein Monster.

Sie war kein Monster!

Ich bin kein *Monster!*

Thomas sprang von seinem Sitz und streckte ihr einen Finger entgegen. »Es war, um *dich* zu retten!«, brüllte er so heftig, dass sich sein Speichel in der Luft zwischen ihnen verteilte.

»Um … mich zu retten?« Sie blinzelte verwirrt, sah von Cardea zu Erik und wieder zu Thomas.

»Hör mir zu, wir hatten einen Plan und es war ein guter Plan.« Thomas fuhr sich mit der Hand, deren Finger zuvor noch anklagend auf sie gerichtet gewesen war, durch sein rötliches Haar. Es war kürzer, als er es vor ihrer Festnahme getragen hatte, und wie sie bereits bei ihrer letzten, einseitigen Begegnung bemerkt hatte, trug er nun saubere und geflickte Kleidung. Obwohl sich sein Äußeres auf diese Art verändert hatte, er nicht mehr auf einem Zahnstocher herumkaute … es änderte nichts. Sie konnte ihm nicht vertrauen. Konnte ihm nicht glauben.

»Was bedeutet das? Wer ist *wir*? Was für ein Plan?«

»Er sah vor, dass wir dich unter Larkins Anleitung in den Palast schleusen und dich dort festnehmen lassen. Rhion, er …«

Erik stürzte plötzlich ans Fenster und blickte an dem Vorhang vorbei nach draußen. »Da ist jemand, Morgan.«

Sie beachtete ihn nicht. Die Gefahr war ihr egal. Alles, wonach es sie verlangte, waren Antworten.

»Sag es mir!« Sie ballte ihre Fäuste um Thomas' Tunika und erreichte lediglich, dass sie sich so schmutzig vorkam, wie er beabsichtigt hatte.

Cardea rief ihren Namen, den sie kaum über das Rauschen in ihren Ohren vernahm.

»Sag es mir!«

»Wir *müssen* gehen. Morgan!«, zischte Erik und packte sie am Arm. »Wem habt ihr von Morgans Kommen berichtet?«

Widerwillig erlaubte sie Erik, sie von Thomas wegzuzerren.

»Nur Rhion, aber …« Thomas glättete seine Tunika, als würde er nicht das Geringste befürchten.

»Ist das dein beschissener Ernst? Rhion ist derjenige, der mich verraten hat!«

»Aber …«, begann er, stockte jedoch und schüttelte beinahe betrübt den Kopf.

»Wir müssen hier weg. Komm schon«, drängte sie Erik.

»Übers Dach«, sagte Morgan, bevor sie Cardea fest an sich drückte. »Ich versuche, sie abzulenken. Sobald sich dir eine Möglichkeit zur Flucht offenbart, ergreife sie.«

Cardea nickte. Ihre Freundin bewies ein weiteres Mal, dass sie aus stärkerem Holz geschnitzt war als viele andere ihrer Zeitgenossinnen.

»Pass auf dich auf.« Sie drückte Morgan einen Kuss auf die Wange, bevor die Wölfin mit Erik zurück aufs Dach stieg.

»Wie viele hast du gesehen?« Einen Dolch hatte sie bereits gezogen, aber ihre freie Hand nutzte sie dazu, um sich auf dem Geländer abzustützen.

»Ein halbes Dutzend. Sie schleichen an der Straße entlang. Eindeutig Wölfe.« Erik stieß die Tür zum Dachboden auf, wo sie glücklicherweise niemand erwartete.

Wenn Rhion hier war, um sie zurückzuholen, würde er Cardea hoffentlich verschonen. Sie hatte nichts mit Morgans Entfremdung vom Rudel zu tun.

Morgan kletterte als Erste aufs feuchte Dach. Während ihres kurzen Gesprächs mit Thomas musste es draußen genieselt haben. Sie bemühte sich, nicht den Halt zu verlieren, da sie sich gerade jetzt keinen verstauchten Fuß und erst recht kein gebrochenes Genick erlauben konnte.

Das war der einzige Grund, weshalb Morgan die Gestalt ihres Alphas zu spät bemerkte.

Er thronte auf dem benachbarten Dach und wurde von zwei Wölfen flankiert. Von Rhion keine Spur.

Während sich Morgan aufrappelte, um Larkins Angriff nicht auf Knien zu begegnen, stieß Erik gegen sie. Sie unterdrückte einen Fluch, weil es ihre eigene Schuld gewesen war. *Sie* stand im Weg. *Sie* hatte ihren Schutzschild fallen lassen.

»Kleines, kleines Ding«, hörte sie Larkin trotz der Entfernung sagen. Er trat bis zum Ende des abgeflachten Nachbardaches, machte aber keine Anstalten, die drei Fuß zu ihrem zu überbrücken. »Ich bin überglücklich, dass du noch lebst.«

Morgan stieß ein Schnauben aus. Sie blickte sich um, konnte auf dem Boden jedoch mehrere Gestalten ausmachen, die ihr sicherlich sofort den Weg abschnitten, sollte sie vom Dach springen. Erik schien zur gleichen Schlussfolgerung gekommen zu sein, da er sich neben sie stellte und sein Schwert zog.

Als das Metall die Scheide verließ, verursachte es ein so schneidendes Geräusch, dass es Morgan eine Gänsehaut bescherte. Aufgeregt sah sie wieder Larkin an. Diese Konfrontation war längst überfällig, trotzdem fühlte sie sich nicht bereit. Noch war sie ihm nicht ebenbürtig.

»Wieso bist du nicht zu mir zurückgekehrt? Ich hätte dich mit offenen Armen empfangen.« Ebenjene Arme breitete er nun aus. Natürlich hatte er keine Waffe gezogen, dafür waren die dunkel gekleideten Wölfe da, die sie wie ihre angedachte Beute umkreisten.

»Jemand hat mich betrogen«, antwortete sie, um ihn weiter abzulenken. Ihr Blick streifte Erik, der ihr wie aus Stein gemeißelt schien. Trotz des schrägen Daches bewegte er sich keinen Zoll, harrte aus, wie es nur wenige Männer tun konnten. In was für eine ausweglose und vor allem gefährliche Situation hatte sie ihn bloß gebracht?

»Komm mit nach Hause und wir reden darüber. Versprochen.« Er neigte leicht den Kopf, sodass sich weitere Schatten über sein Gesicht legten. »Ich habe ein ganzes Lager für dich vernichtet. Glaubst du nicht, dass ich ihr dabei helfen würde, die Wurzel deines Übels herauszuziehen?«

Sie konnte nicht sagen, ob er von dem Verrat wusste, ihn selbst initiiert hatte oder von den Vorwürfen heute zum ersten Mal hörte. Letztlich war die Antwort darauf auch bedeutungslos. Sie hatte nicht vor, sich ihm in dieser Nacht anzuschließen.

Oder jemals.

»Vergib mir, Larkin, aber das kann ich nicht.« Der Schweiß auf ihrer Handfläche ließ den Dolch rutschig werden, also wischte sie sich die Hände nacheinander an ihrem Umhang ab. Es war nicht mehr wichtig, keine Schwäche zu zeigen. Larkin würde nicht gehen. »Mit deiner unbedachten Reaktion hast du Freunde von mir auf dem Gewissen. Die Sklaven der Minen hätten nicht sterben müssen. Wie immer hast du nur an dich selbst gedacht.«

»Ich dachte, du seist tot!«, entgegnete er mit mehr Gefühl, als sie je in ihm hervorgerufen hatte.

»Es entschuldigt nicht deinen Massenmord«, zischte sie und dachte an die unzähligen Leichen zurück. Er hatte in ihrem Namen ein Massaker begangen und auch wenn sie ihm niemals so große Gefühle zugetraut hätte, schreckte sie der Gedanke weiterhin ab. Er war skrupellos und grausam. Schon immer gewesen und sie würde sich ihm nie wieder anschließen können.

»Du vergisst, dass du mir gehörst, kleines Ding.« Seine Stimme wurde dunkler und die beiden Wölfe, die Morgan als Pat und Rogan erkannte, hoben ihre Schwertarme. Vor Rogan mussten sie sich insbesondere in Acht nehmen. Er war zwar groß und im Nahkampf deshalb oft behäbig, aber genauso wie sie früher trug er stets einen Satz Wurfsterne bei sich. Mit ihnen wusste er perfekt umzugehen. »Deine Schulden sind noch nicht beglichen.«

»Daran brauchst du mich nicht zu erinnern«, presste sie zwischen zusammengebissenen Zähnen hervor.

»Hier auf dem Dach sind unsere Chancen am besten«, flüsterte Erik so leise, dass sie ihn kaum verstand. »Das Gelände ist uneben und begrenzt.«

»Keine Sorge, ich werde dir die Kronen geben, aber zuvor finde ich heraus, wer für mein Schicksal verantwortlich ist«, rief sie, und dann leiser zu Erik: »Wir müssen auf das andere Dach. Wenn wir hier stürzen, sterben wir.«

Aus dem Augenwinkel bemerkte sie sein Nicken.

»Du missverstehst mich.« Eine Brise löste eine Strähne seines streng zurückgekämmten Haares. Mit sorgsamen Bewegungen schob er sie wieder an den Platz, als hätte er alle Zeit der Welt. »Es gibt keine andere Möglichkeit für dich.«

»Doch. Die gibt es«, widersprach sie ihm, bevor sie und Erik Anlauf nahmen und gleichzeitig von ihrem Dach auf das seine sprangen. Während sich Erik Rogan vornahm, der nicht mit ihrem Angriff gerechnet und deshalb nicht seine Wurfsterne gezückt hatte, stürzte sich Morgan auf Pat.

Larkin verschwand aus dem Kreis der Kämpfenden und zog sich weiter zurück, als würde er sich nicht die Hände schmutzig machen wollen. Morgan konnte seinen Rückzug nicht weiter verfolgen, da ihre Aufmerksamkeit auf Pat bleiben musste.

Der Wolf mit den langen, fettigen Haaren stank vielleicht aus sämtlichen Poren seines Körpers, aber er war ein famoser Schwertkämpfer. Schon immer gewesen. Durch die schwarze Farbe, die er sich quer von Schläfe zu Schläfe gemalt hatte, wie es für Wölfe üblich war, konnte sie seine Miene in der Dunkelheit nur schwer lesen. Seine Bewegungen würden ihr jedoch genug verraten, um sich zu verteidigen.

Da sie nur mit kleinen Dolchen bewaffnet war, musste sie nach ihrem ersten Schlag mit der Faust gegen seine Wange sofort aus seiner Reichweite verschwinden. Ein grimmiges Lächeln stahl sich auf ihre Lippen. Sie konnte es fühlen. Konnte den Rausch in ihren Adern mitverfolgen. Wie er sich von ihrem Herzen durch ihren gesamten Körper bewegte, die Wölfin in ihr weckte. Plötzlich war sie wieder ganz sie selbst.

Sie erinnerte sich an die Bewegungen, die ihr von Larkin, aber auch von Sonan und Aithan beigebracht worden waren. Ihre Instinkte setzten ein, ließen sie einen Tanz mit dem älteren Wolf vollführen, der ihr trotz der überlegenen Waffe nicht gewachsen war.

»Ist das schon alles?«, verhöhnte sie ihn, völlig losgelöst von den Problemen, die sie wenige Momente zuvor noch niedergedrückt hatten. Vergessen war die Sorge um Cardea, um Erik. Der Verrat und Larkin – all das spielte plötzlich keine Rolle mehr.

Die Wölfin hatte Blut geleckt. Und sie wollte mehr.

»Ich krieg dich, du kleine Hure«, zischte er und holte mit seinem Schwert so weit aus, dass er seine linke Seite entblößte. Eine Sekunde. Einen Wimpernschlag. Mehr blieb ihr nicht, um ihre Entscheidung zu treffen und das Risiko einzugehen, enthauptet zu werden.

Sie stürzte nach vorne, duckte sich und rammte Pat den Ellbogen in die Magenhöhle. Sein Schwertarm wankte, doch er hatte bereits zu viel Schwung geholt. Das Schwert sauste nieder und nieder und nieder … Bis es nicht mehr da war.

Eisen traf auf Eisen. Funken sprühten – doch nein, es war bloß das Feuerwerk am Firmament. Die Feierlichkeiten fanden ihr Ende, aber Morgan lebte noch.

Erik hatte sie gerettet.

Während Rogan mit leblosem Gesicht und blutendem Bauch auf dem Dach lag, hatte Erik ihr den Kampf mit Pat abgenommen. Normalerweise wäre sie wütend gewesen, wenn sie nicht tief im Inneren gewusst hätte, dass es andernfalls ihren Tod bedeutet hätte.

Ihr blieb jedoch keine Atempause, da Larkin zwar verschwunden, unter ihnen aber ein weiterer Kampf entbrannt war. Bei dem Versuch zu fliehen waren Thomas und Cardea den anderen Wölfen direkt in die Arme gelaufen.

»Dieser verfluchte …« Wusste er denn gar nichts?

Obwohl Thomas mindestens die Hälfte seiner Gegner kennen musste, zögerte er nicht eine Sekunde, um sich vor Cardea zu stellen und sie mit seinem Kurzschwert zu verteidigen. Sie waren jedoch von sieben Wölfen umkreist und würden sich nicht aus eigener Kraft befreien können. Selbst wenn Erik und Morgan ihnen zu Hilfe eilten, waren ihre Chancen gering.

»Worauf wartest du?« Erik hechtete an ihr vorbei, da er sich auch Pat entledigt hatte. Blut tropfte von seinem Schwert und an seiner Wange glänzte eine harmlos aussehende Schnittwunde. Ohne auf sie zu warten, kletterte er vom Dach.

Sie wollte sich nach vorne beugen, überprüfen, ob es ihm gut ging und er seinen Rücken ausreichend schützte, doch die Zeit war knapp. Auch wenn sie sich geschworen hatte, es nicht mehr zu tun, fiel ihr die Entscheidung überraschend leicht.

Entschlossen wirbelte sie herum und bückte sich über einen stöhnenden Pat. Erik hatte ihm eine schwere Wunde an seinem Kopf und seinem Bauch zugefügt, doch er war noch am Leben. Das Kommende würde für ihn zwar nicht schön werden, aber es würde ihm auch nicht den Rest geben.

Sie umfasste seine Hand und setzte die Klinge an seinen kleinen Finger an. Die Schneide bohrte sich durch gelbliche Haut, weiches Fleisch und festen Knorpel.

Pat bäumte sich brüllend auf und hätte sie fast mit seinem Ellbogen erwischt, wenn sie nicht im rechten Moment mit dem abgetrennten Finger zurückgewichen wäre.

Noch im Gehen schnitt sie das Fleisch von den Knochen, sodass sie den kleinsten von den dreien freigelegt hatte, als sie den Rand des Daches erreicht hatte. Sie gestattete sich einen Moment der Erleichterung, da Cardea, Erik und Thomas nicht gefallen waren. Eilig packte sie das Messer und die restlichen Knochen ein, um die Hände frei zu haben.

Noch einmal atmete sie tief durch, dann schloss sie die Augen und erweckte die Knochenhexe.

Eine Welle aus Kälte fuhr durch Morgans Adern, fror ihren Körper ein, als er immer tiefer sank. Die grobe Erde rollte über sie hinweg und doch empfing sie Morgan wie eine wiedergefundene Geliebte. Nach und nach formte sich der Schädel der Knochenhexe neu, drehte und wendete sich, klackerte mit den Kiefern. In den leeren Höhlen, in denen einst allsehende Augen gesessen hatten, bildeten sich Strudel aus grausamer Schwärze, die Zeit und Leben überstehen würde.

Morgans Angst verflüchtigte sich, sobald sich der Schädel über ihren eigenen Kopf senkte. Macht pulsierte durch ihr Sein.

Instinktiv legte sie den Knochen auf ihre Zunge. Wie eine Verhungernde stürzte sich die Hexe auf die Magie in diesem, löste ihn in tausend Splitter auf und atmete sie aus. Wie eine Wolke legte sie sich über Morgans Gestalt.

Als sie ihre Augen öffnete, sah sie alles in so prachtvollen Farben, dass ihr schwindelig wurde. Doch die Knochenhexe übernahm, erkannte das Drängen der Situation.

Ohne Morgans Zutun streckte sie die Arme aus, sprach Worte, die sie nicht kannte, und zog einen Bann um ihre Verbündeten. Um Cardea. Sie war wichtig. Sie musste beschützt werden.

Erst ganz langsam sammelte sich der Nebel aus allen Ecken um die Füße ihrer Freunde, bis er immer weiter anwuchs und zu einer wirbelnden Mauer wurde, die sie vor den Angriffen der Wölfe schützte.

Morgan nutzte die Möglichkeit der allgemeinen Verwirrung, um vom Dach direkt in den Kreis des Nebels zu springen. Kein Abgrund war zu tief, kein Hindernis zu schwer. Leichtfüßig kam sie auf und richtete sich zu ihrer vollständigen Größe auf, fühlte sich mächtig und unbesiegbar.

»Was geht hier vor sich?«, fragten Erik und Thomas gleichzeitig. Nur Cardea blieb verdächtig still.

Morgan brauchte ihre ganze Selbstbeherrschung, damit sich die Ketten um die Knochenhexe nicht lockerten. Sie verlangte es nach mehr als nach seichtem Leben.

Sie wollte zerstören.

Fressen.

Verschlingen.

Mit Haut und Haar.

»Lauft«, presste sie atemlos hervor. Als sich niemand von ihnen bewegte, wiederholte sie ihren Befehl. Dieses Mal lauter.

Nach einem letzten, vieldeutigen Blick schritten sie zunächst zögerlich die Straße entlang.

Der Nebel verformte sich stetig neu, blieb aber um sie herum und keiner der Wölfe konnte ihn durchdringen. Mit jedem Mal, dass sie eine Hand oder ein Bein hindurchstreckten, empfanden sie in dem Körperteil die Schmerzen von tausend Nadeln, die sich in ihre Haut bohrten. Das Echo ihrer Schmerzen klang in Morgan wider und die Knochenhexe suhlte sich darin.

Aber das wäre nicht genug. Sie würden sie einfach so lange verfolgen, bis Morgans Magie versagte und sich der Nebel auflöste.

Sie legte sich einen zweiten Knochen auf die Zunge und überließ der Knochenhexe das Feld.

Sekunden später formten sich aus ihrem Nebelkreis sechs Gestalten. Ähnlich wie Windwer jagten sie beinahe körperlos ihre Opfer, umhüllten sie, erstickten sie und fraßen sie. Die Wölfe hatten keine Chance.

Atemlos stolperte Morgan über ihre eigenen Füße.

Erik war sofort da, um sie zu stützen. Sie fühlte sich so schwach und übermannt, dass sie es zuließ, bis sie den Hafen erreicht hatten. Sie spürte längst nicht mehr die Präsenz der Wölfe, doch sie fühlte den Widerwillen in sich aufsteigen, die Magie loszulassen. Die Knochenhexe zu verbannen.

»Ich habe hier einen Unterschlupf. An der *Alten Gans* links«, sagte Thomas, der die Augen verengte, als würde er dadurch besser durch den Nebel sehen können. »Dort!«

Morgan konzentrierte sich darauf, den Nebel aufzugeben. Ihm zu erlauben, wieder in seine natürliche Form zurückzukehren, und nach und nach verflüchtigte er sich, bis nur noch ein sanfter Schleier über der Straße zurückblieb.

Thomas deutete auf einen unscheinbaren Seiteneingang, der in ein schmutziges Backsteingebäude mit verrammelten Fenstern führte. Er stürzte bereits darauf zu, doch Cardea entzog ihm ihr Handgelenk. Ihr Blick suchte Morgan, die ihn nur einen Moment erwidern konnte. Der Vorwurf war zu deutlich zu erkennen.

»Was hast du gerade getan?«, war es jedoch Erik, der die Frage stellte.

Um sie herum herrschte plötzlich eine so undurchdringliche Stille, dass Morgan die Stimme der Knochenhexe fast hören konnte.

Mehr
Noch mehr
Lass mich frei
Gib mir Platz
Lass mich töten
Lass mich verschlingen
Lass mich wachsen

»Nichts«, knurrte Morgan und presste die Hände an ihre Schläfen. Wo war der Fleck in ihrer Seele, der von Cáel berührt worden war? Wohin konnte sie sich zurückziehen, um die Hexe in sich zu vertreiben?

»Das war nicht nichts!«, herrschte Cardea sie an und richtete anklagend einen Finger auf sie.

Das Licht der Gaslampe hüllte sie wie eine Waldnymphe ein, ließ sie erstrahlen. Der Anblick blendete Morgan so sehr, dass sie sich abwenden musste.

»Du hast Knochenmagie benutzt, nicht wahr? Wie konntest du nur, Morgan?«

Anstatt Cardea eine Antwort zu geben, packte Morgan Eriks Oberarme und blickte ihn mit der Verzweiflung einer Ertrinkenden an. Er riss die Augen auf.

»Bring mich zu … Cáel …« Sie keuchte. Ihre Finger verkrampften sich in dem Stoff seines Umhangs. »Nur er … kann mir … helfen …«

»Morgan«, erklang Cardeas Stimme, doch die Wölfin konzentrierte sich allein auf den Hauptmann, der sie mit den Händen an ihren Ellbogen stützen musste.

»Bitte«, flehte sie ihn an.

»Hoffen wir, dass er noch nicht fort ist«, war seine erlösende Antwort, bevor er sie trotz Cardeas Proteste im Schnellschritt wegführte.

Nur noch ein paar Momente. Wenige Minuten. Dann würde Cáel ihr helfen, dem fatalen Griff der Knochenhexe zu entkommen.

Halte durch.

Kapitel · 30

Morgan zitterte unkontrolliert.

Sie verlor ihr Sehvermögen, sah nur die schwarze Feuchtigkeit der Erde, die sich schmatzend an ihrem Körper hinauffraß. Es gab kein Entkommen. Keinen Flecken, an den sie sich zurückziehen konnte. Die Knochenhexe hatte Blut geleckt und es hatte sie auf eine Art lebendig werden lassen, wie es noch nie zuvor geschehen war. Es konnte sein, dass der Wolf, dessen Finger sich Morgan einverleibt hatte, magisches Potenzial gehabt hatte.

»Wir sind gleich da«, beschwichtigte Erik sie und versuchte, sie aufrecht zu halten. Einen Arm hatte er um ihre Mitte geschlungen, mit dem anderen hielt er sein Schwert. Er gab seine Kampfhaltung erst auf, als sie das Tor zu den Stallungen passiert hatten. »Wenn sich Cáel noch hier aufhält, dann ist er …«

»Habe ich da etwa meinen Namen gehört?«

Cáels Stimme hatte in Morgans Ohren nie lieblicher geklungen.

Ihre Sehkraft kehrte kurzzeitig zurück und sie konnte erkennen, wie der schwarz gekleidete Gott hinter einem bereits gesattelten Pferd hervorschlenderte. Abgesehen von ihm schien dieser Stall leer zu sein, wofür Morgan unglaublich dankbar war.

Falls ihr der Gott seine Hilfe verweigerte, konnte sie für niemandes Sicherheit garantieren. Vermutlich würde die Knochenhexe damit beginnen, alles kurz und klein zu schlagen. Sie spürte in sich das Verlangen nach absoluter Vernichtung. Die Gier nach Blut und Leben.

»Sie sagte, dass sie deine Hilfe braucht«, erklärte Erik. »Sie hat Knochenmagie benutzt.«

Ihre Sicht flimmerte. Streifen schwarzen Nebels legten sich über Cáel und die Umgebung, sodass er zu einem Geist aus dunklen Schatten wurde.

»Und warum sollte ich dir helfen, Wölfin?« Er trat näher und beugte sich tiefer, damit ihre Gesichter auf gleicher Höhe waren. Das Grün seiner Augen wirkte wie das Gift, das in ihren Adern wütete. »Ich spüre keinerlei Auswirkungen deines anstehenden Wahnsinns. Damit wären meine Probleme doch beseitigt. Und deine Augen … so weiß-blau besitzen sie ihren eigenen Reiz, schätze ich.«

Er lächelte schief und dieses verfluchte Grübchen erschien, das sie am liebsten auskratzen wollte. Ein Knurren entfloh ihrer Kehle und sie schnappte tatsächlich nach ihm. Wie ein wildes Tier hätte sie sich auf ihn gestürzt, wenn Erik sie nicht festgehalten hätte.

Morgan war so über ihr eigenes Verhalten schockiert, dass sich die Knochenhexe einen Moment in den Hintergrund drängen ließ. Ihr Körper gehörte ihr. Die Haut blätterte nicht ab. Die Ruhe vor der vollkommenen Zerstörung.

»Wenn ich mich fallen lasse, werde ich stärker und mächtiger«, raunte sie. Cáel hielt inne. »Und dann *werde* ich dich töten, weil du zu schwach bist, mir etwas entgegenzusetzen.«

Ihre Atmung ging schwer, sodass sich ihr Brustkorb deutlich hob und senkte. Sie versuchte, den verschiedenen Gefühlen, die nicht die ihren waren, Herr zu werden. Doch es war ein unmögliches Unterfangen. Die Knochenhexe hatte sich bereits zu weit ausgebreitet. Allein würde sie es nicht schaffen, sie zu besiegen.

»Lass sie los«, sagte Cáel schließlich mit einem tiefen Seufzen.

»Warum?« Eriks Griff um ihre Taille wurde fester.

»Willst du nun, dass ich ihr helfe, oder nicht?«

Eine ewig andauernde Sekunde verging, dann gehorchte der Hauptmann widerwillig und trat zurück. Sofort war Cáel da, um Morgan aufzufangen. Ihre Beine zitterten zu sehr, als dass sie ohne Hilfe hätte stehen bleiben können.

Er ließ sie zu Boden gleiten, damit sie sich auf ihren Knien gegenübersaßen. Zwischen ihre Oberkörper passte nur noch ein Hauch der nächtlichen Brise, als Cáel seine Hände an ihre Wangen legte.

»Das könnte schmerzhafter werden als das letzte Mal«, warnte er sie, bevor sich seine Seele in ihre bohrte. Schmerzhaft breitete sich seine Präsenz in ihr aus und beanspruchte jeden Winkel für sich.

Sie verlor jegliches Gefühl für Raum und Zeit, wusste nicht, wer sie war.

Worauf sie wartete.

Was es war, was sie zerstörte und was sie erlöste.

Dann fühlte sie Erde an ihren Armen, ihren Beinen. Sie kühlte sie ab, bis sie zu brennen begann. Ihre Haut löste sich auf und entblößte weiße Knochen. Bei dem Anblick schrie sie, ohne sich um die Erde in ihren Lungen zu kümmern.

Die Hexe stand kurz davor, sie zu verschlingen – wäre die Dunkelheit nicht da gewesen. Sie verschluckte Erdklumpen um Erdklumpen und überrollte erbarmungslos die Knochenhexe, die ihr nichts entgegenzusetzen hatte.

Morgan stieg aus der Dunkelheit auf, in einen Körper, der nicht geschunden war. Sie blickte in die Finsternis und die Finsternis blickte zurück.

Obwohl sie gerettet war, verschwand sie nicht. Blieb bei ihr und … heilte ihre verwundete Seele.

Die Wölfin konnte nicht sagen, wie viel Zeit vergangen war. Irgendwann sah sie nicht mehr die Dunkelheit um sich, sondern Cáels Augen, aus denen die Finsternis wie schwarze Tinte verschwand. Das Grün wurde nach und nach klarer.

Atemlos hielt Morgan seinem Blick stand. Er sah sie an. Sah sie wirklich an und sie erkannte Überraschung, Verlangen und … wahrhaftige Furcht in seiner Miene.

Als wäre ihm sein Fehler erst jetzt bewusst, senkte er für einen Moment die Lider, und als er sie wieder ansah, konnte sie ihn nicht mehr lesen. Langsam nahm er seine Hände von ihren Wangen.

»Ist es geschafft?« Erik half ihr sofort dabei aufzustehen, als Cáel eilig Abstand zwischen sie brachte.

»Das war das letzte Mal«, sagte der verwunschene Gott und bestieg sein Pferd. Ohne eine Antwort abzuwarten, ritt er aus dem Stall. Sie hatte sich nicht einmal bei ihm bedanken können …

Morgan tastete ihren Körper, ihr Gesicht ab und suchte gleichzeitig in ihrem Inneren nach der Knochenhexe. Sie war so weit fortgetrieben worden, dass sie nicht mehr war als der Hauch einer Erinnerung.

»Deine Augen sehen wieder normal aus.«

»Es hat funktioniert«, bestätigte Morgan voller Erleichterung. Sie fühlte sich noch etwas zittrig und schwach auf den Beinen, aber immerhin gehorchte ihr Körper nur noch ihr. »Danke, dass du mich zu ihm gebracht hast.«

Der Hauptmann fuhr sich mit einer Hand durch das kurze braune Haar. Er wirkte frustriert und zornig.

»Versprich mir, dass du die Magie nicht benutzen wirst, während wir zusammen sind. Es gibt keinen Grund für dich, dein Leben zu riskieren. Ich kann kämpfen.«

»Du verstehst nicht, Erik.« Sie berührte ihn am Arm, doch er schüttelte sie ab. Es schmerzte mehr, als sie zugeben würde. Ekelte er sich nun vor ihr? »Es passiert nicht jedes Mal.«

»Ich verstehe genug.« Er duldete keinen Widerspruch. »Versprich es mir. Bitte.«

Sie reckte das Kinn. »Warum interessiert es dich so sehr? Bist du so von der Vorstellung angewidert, dass ich Magie wirken kann?«

»Natürlich nicht.« Er legte die Stirn in Falten, als wäre ihm dieser Gedanke überhaupt nicht gekommen. Fast glaubte sie ihm. Dann wurde sein Blick hart und durchdringend. »Ich brauche deine Hilfe und wenn du kurz davor bist, dich zu verlieren, dann kann ich dir weder Rheas Leben anvertrauen noch das meines.«

Vielleicht war es nicht ganz die Antwort, die sie sich erhofft hatte, aber sie beruhigte sie nichtsdestotrotz. Ihr Herz fühlte sich leichter an und sie konnte besser atmen.

»Versprochen«, flüsterte sie, weil er noch immer darauf gewartet hatte. Der Hauptmann war niemand, der sich von seinem Vorhaben abbringen ließ. Er kämpfte für das, was ihm etwas bedeutete, und er setzte alles daran, es zu bekommen.

Morgan und Erik verließen unentdeckt die Stadt. Wohin auch immer Larkin verschwunden war, er hatte sich vorerst zurückgezogen und stand ihnen nicht im Weg. Morgan hoffte, dass er davon ausging, dass sie noch immer in der Stadt verweilte und sich dort versteckte. Gleichzeitig bangte sie um Cardeas Sicherheit.

Obwohl sie Thomas nach wie vor nicht vertraute, glaubte sie doch, dass er ehrliche Gefühle für Cardea hegte, sonst hätte er sie nicht gegen die anderen Wölfe verteidigt und seine Stellung in der Rangordnung gefährdet.

Trotzdem hätte sie lieber selbst für Cardeas Wohl gesorgt. Doch dafür hätte sie ihre Reise weiter hinauszögern und sich in die Nähe ihrer Freundin begeben müssen. Das hätte sie nicht tun können. Zum einen drängte die Zeit und zum anderen war sie noch nicht bereit, sich Cardeas Vorwürfe anzuhören, weil sie nun die Macht einer Knochenhexe nutzte.

Vielleicht fühlte sie sich besser dafür gewappnet, wenn sie in einer Woche nach Yastia zurückkehrte … Das bedeutete jedoch nicht, dass ihre Gedanken nicht ständig um das kleine bisschen Information kreisten, das Thomas preisgegeben hatte. Er hatte ihr helfen wollen? Wie genau? Es war zum Verrücktwerden und wenn sie Jeriah nicht ihr Wort gegeben hätte, wäre dies allein Grund genug gewesen, sofort wieder umzukehren.

Bei Tagesanbruch hatten sie eine kurze Pause in einem Waldstück eingelegt, in dem sie sich gut verstecken konnten. Sie holten jeweils ein paar Stunden Schlaf nach, während der andere Wache hielt. Dann setzten sie schweigend ihren Ritt fort.

Diese Stille zwischen ihnen quälte Morgan. Natürlich würde sie den Hauptmann nicht als ihren besten Freund bezeichnen, doch sie hatte ihn schätzen gelernt. Sie mochte sein charmantes Lächeln, den Humor, den er sie des Öfteren hatte spüren lassen, und auch seine ernsthafte Seite. Diese nahm gerade allerdings überhand und sie kam nicht umhin, sich selbst die Schuld dafür zu geben.

Sie hatte ihn in eine Welt gezogen, für die er noch nicht bereit war. Womöglich niemals sein würde. Schmuggler, Hexen und Intrigen, die diejenigen am Hof weit überstiegen.

Ein Donnerschlag ließ sie zusammenzucken. Die Stute unter ihr tänzelte nervös, da auch sie das herannahende Gewitter spürte. Am

Horizont hinter ihnen türmten sich bereits dicke graugrüne Wolken auf, die sich ihnen rasend schnell näherten.

»Wir sind gleich da«, versprach Erik, der sein schwarzbraun geflecktes Pferd drosselte, um neben ihr zu reiten. »Sieh, da vorne ist bereits die Stadtmauer von Traian.«

An diesem Tag hatten sie bereits mehrere Dörfer passiert, doch Traian wäre die erste und letzte Stadt, bevor sie zwei Tage später Blane erreichen würden. Dort lebte die Gärtnerin in ihrer Residenz.

Morgan und Erik trieben ihre Pferde zum Galopp an, bis sie das südliche Stadttor erreichten. Sie wurden vom Regen eingeholt, kurz bevor sie das Gasthaus *Der Goldene Hirsch* betraten.

Der Hauptmann hatte dieses Haus ausgesucht, weil er es bereits von früheren Besuchen kannte. Außerdem bezahlte Jeriah, deshalb konnten sie es sich auch gut gehen lassen, wie er mit einem Augenzwinkern hinzufügte. Ihr Herz hatte daraufhin einen Satz gemacht. Hatte er ihr verziehen? Würde er ihr nicht länger mit der kalten Schulter begegnen? Vielleicht hatte er einfach nur ein paar Stunden für sich gebraucht, um sich an den Gedanken zu gewöhnen, von nun an mit einer Knochenhexe zu reisen.

Der Wirt war sehr zuvorkommend, versprach ihnen sein bestes Zimmer und ein erquickendes Bad, das ihnen bereitet werden würde, sobald die zuvor angekommenen Gäste versorgt worden waren. Erik wollte protestieren, schließlich hatte er genug Kronen auf den Tisch gelegt, aber Morgan legte ihm eine Hand auf den Arm.

»Wir können derweil zu Abend essen«, sagte sie bestimmt und deutete auf einen leer stehenden Tisch.

Der Wirt nickte so heftig, dass sein Doppelkinn schwabbelte. »Ich bringe Euch sofort unsere Empfehlung des Tages.«

Erik ließ sich von ihr an den eckigen Tisch führen, der sogar mit einer Decke geschmückt war. Morgan hatte sich noch nie in einem Gasthaus mit Tischdecken aufgehalten.

Sie legten ihre nassen Umhänge ab – Morgan hatte dem Hauptmann den Mantel noch immer nicht zurückgegeben – und setzten sich schräg gegenüber. Es dauerte nicht lange, da kehrte der Wirt zusammen mit einer Dienstmagd zurück und servierte ihnen Bier, Brot und weißes Kraut mit Rind.

Während Morgan aß, warf sie immer wieder Blicke in Eriks Richtung, doch er schien nichts davon zu bemerken. Sein Augenmerk war allein auf ihre Umgebung gerichtet, die Morgan längst als ungefährlich abgehandelt hatte. Ältere Kaufmänner, durchreisende Boten und ein gut betuchtes Ehepaar.

»Manchmal verbringe ich so meine freie Zeit«, sagte Erik so abrupt in die Stille hinein, dass Morgan fast zusammengezuckt wäre. Stattdessen erhitzten sich allerdings ihre Wangen, da er ihre Blicke offensichtlich doch bemerkt hatte.

»Was meinst du damit?« Sie legte die Gabel zur Seite und nahm einen Schluck des würzigen Getränks.

»Ich setze mich in ein Gasthaus und mustere die Menschen. Beobachte, wie sie mit ihrem Leben zurechtkommen und wie die allgemeine Stimmung ist.« Er hob eine Schulter, als wäre das keine allzu große Sache. Aber sein unsicherer Blick in ihre Richtung verriet ihr, dass nicht viele diese Seite von ihm kannten.

»Warum? Das stelle ich mir ziemlich langweilig vor«, gab sie zu. »Ich meine, ich musste lernen, Menschen innerhalb von wenigen Sekunden einzuschätzen. Das gehört zu meiner Arbeit. Aber das würde ich nie in meiner freien Zeit tun. Warum machst du es also?«

Er sah sie lange an. »Es beruhigt mich, schätze ich. All diese Menschen … Sie führen ihr eigenes Leben, haben ihre eigenen Probleme und ich bin nur einer von ihnen. In diesen Momenten fühle ich mich frei.« Bei seinen letzten Worten wurde seine Stimme leiser.

Behutsam legte sie eine Hand auf seine, die sich anscheinend unwillkürlich zu einer Faust geballt hatte.

»Ist es wegen deiner Vergangenheit als … Sklave?«

»Wahrscheinlich.« Er lächelte reumütig. »Lass uns das Gespräch ein andermal fortsetzen.«

»Das hast du schon das letzte Mal gesagt.« Sie zog ihre Hand fort und lehnte sich zurück. Ein klein wenig vor den Kopf gestoßen.

»Das habe ich, allerdings scheint es so, als wäre ich der Einzige von uns beiden, der von sich spricht.« Sein Lächeln wurde breiter. »Das ist nicht gerecht.«

»Ich glaube …«

Der Wirt unterbrach Morgans Widerspruch, als er sich neben sie an den Tisch stellte, um zu verkünden, dass ihr Bad vorbereitet wurde. Er überreichte ihnen die Zimmerschlüssel, bevor er sich mit einer tiefen Verbeugung verabschiedete.

»Geh nur vor, ich sehe noch einmal nach den Pferden.«

»Was für ein rücksichtsvoller Herr«, sagte sie lachend, erhob sich aber.

»Wieso glaubst du, dass ich rücksichtsvoll bin?«

»Du denkst, weil ich eine Frau bin, brauche ich Zeit für mich, während ich bade.«

Er lehnte sich zurück, einen Arm über die Lehne ihres verlassenen Stuhls gelegt. »Soll das etwa eine Einladung sein?«

»Glaub mir, wenn ich dich einladen würde, ein Bad mit mir zu teilen, würdest du nicht nachfragen müssen«, erwiderte sie erhobenen Hauptes, bevor sie den Gastraum verließ. Beim Treppensteigen lächelte sie zufrieden in sich hinein.

Ihr Zimmer war überraschend geräumig. Es beherbergte ein breites Himmelbett, mehrere Kommoden, Teppiche und eine dampfende Wanne, die durch einen hölzernen Raumteiler vom Rest des Zimmers abgetrennt wurde.

Morgan legte ihre Tasche auf die Truhe am Fußende des Bettes, bevor sie sich daranmachte, sich von ihrer schmutzigen Kleidung zu befreien. Sobald sie in das erhitzte Wasser sank, konnte sie sich ein Stöhnen nicht mehr verkneifen.

Wann hatte sie das letzte Mal in einer Wanne gelegen? Im Quartier der Wölfe hätte sie sich niemals getraut, sich derart zu entblößen, da sie jeden Moment von einem Schmuggler hätte überrascht werden können.

Während sie sich den Schmutz von der Haut schrubbte, dachte sie über Eriks Worte nach. Obwohl er sie mit einem Augenzwinkern gesagt hatte, lag doch eine gewisse Wahrheit in ihnen. Sie hatte ihm kaum etwas über sich erzählt, trotzdem hatte er sich nicht nur dazu entschlossen, ihr zu vertrauen, sondern auch Jeriah von ihren guten Absichten zu überzeugen.

Grübelnd wrang sie ihr Haar aus und stieg aus der Wanne, um sich in ein weiches Handtuch zu wickeln. Sie hörte, wie die Tür geöffnet wurde, und sah sich sofort nach einer geeigneten Waffe um. Leider hatte sie ihre Dolche allesamt auf die Truhe gelegt.

Sie wollte gerade einen Fluch ausstoßen, als sie an den Schritten erkannte, dass es sich um Erik handelte. Ein kleines Seufzen entfloh ihren Lippen.

»Entschuldige, ich dachte, du bist bereits fertig.« Da er sich hinter dem Raumteiler befand, der mit hellem Stoff bezogen worden war, konnte sie bloß seine Silhouette ausmachen.

»Schon in Ordnung. Ich muss mich nur anziehen«, erklärte sie und griff nach der Kleidung, die sie sich bereits auf dem Stuhl des Frisiertisches zurechtgelegt hatte.

»Wir sollten am besten vor Tagesanbruch losreiten, damit wir möglichst viel Weg gutmachen. Der Regen hat bereits nachgelassen, aber wir müssen uns wohl vor überfluteten Wegen in Acht nehmen.«

»Ja«, sagte Morgan gedankenverloren. Noch einen Moment haderte sie mit sich, und obwohl sich ein großer Teil in ihrem Inneren dagegen sträubte, siegte ihr Herz über ihren Verstand. »Während der vergangenen heißen Jahreszeit … da … da habe ich mich auf jemanden eingelassen, der mein Herz gebrochen hat. Weil er mir nicht vertraute.« Sie zog ihre hellblaue Tunika an. Ganz langsam schritt sie auf nackten Sohlen um den Raumteiler herum und blickte Erik an, der sich direkt dahinter befand. Seine Miene verriet nicht das Geringste.

»Ich will nicht … nein, ich *will*, dass du mir vertraust, Erik. Und wenn du es nicht tust, wenn du der Knochenhexe in mir nicht über den Weg traust, dann bitte ich dich, dass du Jeriah allein hilfst.«

Da, sie hatte es gesagt. Sie hatte ihre Gedanken in Worte gepackt, sie mit Buchstaben umhüllt und an Erik weitergereicht, in der Hoffnung, dass er sie zu schätzen und zu hüten wusste.

»Morgan …«

Eilig legte sie eine Hand an seine Brust, um ihn am Weitersprechen zu hindern.

»Das bedeutet nicht, dass ich irgendwelche Gefühle für dich hege, nur … ich schätze, wir sind Freunde, nicht wahr?«

Der Hauptmann legte seine eigene Hand auf die der Wölfin, als er sie milde lächelnd ansah.

»Das sind wir und ich vertraue dir. Nur nicht deiner Magie«, stellte er klar und obwohl seine Kompromisslosigkeit erneut deutlich wurde, fühlte sie eine seltsame Erleichterung in sich aufsteigen. Er hatte ihr die Wahrheit gesagt. Solange sie keine Magie benutzte, würde er mit ihr den Auftrag erfüllen. Hand in Hand.

Sie lächelte ebenfalls, bevor sie sich ihm entzog, um dann ins Bett zu steigen. Ein warmes Feuer zischte zwar im Kamin, doch die Kälte des Bodens war durch ihre nackten Sohlen bereits nach oben gezogen.

»Bist du sicher, dass wir kein zweites Zimmer benötigen?« Er lächelte, als er sie dabei beobachtete, wie sie sich unter die schwere Lammfelldecke kuschelte.

»Wir befinden uns auf einer Mission des Königssohnes. Ich denke, es ist ratsam, zusammenzubleiben.« Sie legte den Kopf schief. »Es sei denn, du hast Angst um deine Tugend?«

Er stieß ein lautes Lachen aus und betätigte die Klingel, damit sich die Diener des Hauses um das Wasser kümmerten.

Die Dienerinnen tauschten das Schmutzwasser in Windeseile durch neues Wasser aus, als hätten sie bereits vor der Tür auf das Zeichen gewartet. Erik musste dem Wirt wohl noch ein paar Kronen zugesteckt haben …

Morgan löschte die Kerzen neben ihrer Bettseite, sodass sie Erik durch den dünnen Stoff des Raumteilers beobachten konnte.

Sie wusste, dass es falsch war, seine Silhouette anzustarren, als die Kleidungsstücke nacheinander zu Boden fielen. Das Herz hämmerte in ihrer Brust.

Ein leises Stöhnen perlte auch über seine Lippen, da er die Wärme des Bades offensichtlich genauso genoss, wie sie es getan hatte.

Eigentlich war sie der Meinung gewesen, ihn noch immer zu beobachten, doch dann war er plötzlich an ihrer Seite, um sich ins Bett zu legen. Die einzige Lichtquelle im Raum war nunmehr die Feuerstelle, was die Vermutung nahelegte, dass einige Zeit vergangen war.

»Entschuldige, ich wollte dich nicht aufwecken«, erklärte Erik. Er zog die Decke höher, um auch seine Schultern zu bedecken.

Sie konnte kaum atmen.

Ihm so nah zu sein, verursachte das größte Durcheinander und sie beschloss, dass es besser war, sich abzuwenden.

Irgendwann schlief sie trotz der Nähe und seiner stetigen Atmung an ihrem Nacken wieder ein …

… und erwachte mit einem Schwert an ihrer Kehle.

Und wer den Kristall holt,
ihn vor das Gesicht des Meisters hält,
der wird den Fluch brechen.
Der König wirst nur du sein
und das Schloss dein neues Heim.

Kapitel · 31

Morgan war augenblicklich hellwach. Ihre Instinkte setzten ein und sie verdrehte die Hände ihres Angreifers mit einer eingeübten Handbewegung. Er stöhnte auf. Sie nutzte seine Ablenkung, um sich von den Decken zu befreien, damit sie sich besser gegen einen weiteren Angriff wehren konnte. Die Knochenhexe in ihr regte sich, roch Feuer und Tod.

»Halt!«, rief Erik und umfasste ihr Fußgelenk, bevor sie aus dem Bett steigen konnte. Von unten blickte er zu ihr auf und sah sie abwartend an. Widerwillig ließ sie ihre Fäuste sinken. Die Knochenhexe zog sich nur langsam, als würde sie durch ein Moor waten, zurück. »Higherford, Magus, was macht ihr hier?«

Er *kannte* ihre Angreifer?

Verblüfft sah sie in dem dämmrigen Licht des heruntergebrannten Feuers von ihrem Hauptmann zu den beiden finster dreinschauenden Männern. Derjenige, der sie angegriffen hatte, rieb sich sein linkes Handgelenk. Das Schwert ruhte in seiner Scheide.

»Ich denke, du weißt warum, Hauptmann«, erwiderte die Wache neben ihm. Und erst da erkannte Morgan ihre Uniformen. Der dunkelblaue Umhang, das Wappen auf ihrem Lederwams … Obwohl sie keine Rüstung trugen, war es eindeutig, dass sie zur königlichen Wache gehörten. Sie waren Eriks eigene Leute.

»Higherford …«, begann Erik, als würde er sich erklären wollen, doch sein Gegenüber schüttelte vehement den Kopf.

»Wir haben euch Zeit verschafft. Wenn ihr durch das Fenster flieht, habt ihr vielleicht ein paar Minuten, um euch aus dem Staub zu machen. Aber wir müssen unsere Befehle befolgen«, erklärte Higherford mit einem Blick zum Fenster.

Sie befanden sich im dritten Stock, verfluchte Götter!

»Beeilt euch besser, Hauptmann«, wies Magus sie an und wich einen Schritt zurück, als Morgan vom Bett sprang, um sich anzuziehen. Erik folgte Sekunden später.

»Wo sind die anderen?«, erkundigte sich Erik, während er sich den Waffengurt mit seinem glänzenden Schwert anlegte. Sie selbst kämpfte mit den Schnüren ihres Lederkorsetts, das ihr ebenfalls von Madam Elvira angefertigt worden war.

Noch hatte Morgan nicht alle Teile zusammengesetzt, aber sie ahnte, dass jetzt nicht der Zeitpunkt für ein klärendes Gespräch gekommen war. Eilig schlüpfte sie in ihre Stiefel und schnürte sie zu.

Erik und seine Männer unterhielten sich leise. Es wäre vielleicht besser, wenn Morgan die Unterhaltung mit anhörte, allerdings achtete sie lieber auf den Tumult außerhalb ihres Zimmers. Noch schien sich ihnen niemand zu nähern, aber es war anscheinend nur eine Frage der Zeit.

»Morgan?«

Sie schloss sich Erik am offenen Fenster an und zog die Kapuze über ihren Kopf. Die Tasche wog schwer an ihrer Seite, aber sie würde sie nicht zurücklassen können. Den Proviant bräuchten sie jetzt vermutlich mehr als vorher.

»Wir können springen. Unter uns ist ein kleiner Anbau«, sagte sie laut, nachdem sie hinausgespäht hatte.

Erik reichte seinen Männern noch einmal die Hand, dann schlüpften sie nacheinander durch das Fenster und landeten auf dem rutschigen Vordach. Morgan konnte sich gerade noch so an der Wand festhalten, sonst wäre sie über den Rand geschlittert.

»Ein paar der Wachen stehen bei den Pferden und auf ihre Loyalität können wir nicht hoffen. Wir müssen uns woanders Tiere besorgen«, raunte Erik, als sie wieder sicheren Boden unter den Füßen hatten. Sie standen in einer Gasse zwischen dem Gasthaus und einer Backstube.

Morgans Geduld war am Ende. Sie packte Erik am Kragen und schubste ihn gegen die Backsteinwand. Seine Augen weiteten sich vor Verblüffung und noch etwas, was sie nicht genau benennen konnte.

»Was zur kalten Hölle war das? Warum sind sie hinter uns her?«

Tatsächlich bildete sich eine sanfte Röte auf seinen Wangen. Aber bevor sie sich sicher war, packte er ihre Handgelenke und drehte sie beide um, sodass nun sie es war, die die Wand in ihrem Rücken hatte. Sein Gesicht war ihrem so nah, dass sie seinen Atem auf ihrer Haut spüren konnte.

»Benimm dich«, stieß er hervor, dann blickte er zur Seite. »Es könnte sein, dass ich vergessen habe zu kündigen.«

Morgan öffnete den Mund und schloss ihn wieder. »Das ist wohl ein Scherz.«

»Unglücklicherweise nein. Ich wusste, dass mich Cillian niemals kündigen lassen würde. Eher würde er mich mit eigenen Händen töten.«

»Also bist du einfach gegangen? Wie ein … Deserteur?« Er zuckte unter dem Wort zusammen. Wahrheit war kaum jemals angenehm, wenn man sie von jemand anderen hörte. »Und du sprichst von Vertrauen …«

Langsam ließ er sie los.

»Es tut mir leid, ich …« Er schüttelte den Kopf. »Vermutlich war ich nicht bereit, mich der Wahrheit zu stellen. Das wird nicht wieder vorkommen.«

»Daraus ergibt sich mir allerdings noch eine andere Frage, aber denke nicht, dass ich das hier so schnell vergesse … Wie hast du dafür gesorgt, dass Jeriah vor den Plänen der Assassinen geschützt ist, da du wahrscheinlich einiges an Respekt eingebüßt hast?« Erst jetzt war ihr der Gedanke danach gekommen, da Jeriahs Sicherheit auf ihrer Prioritätenliste ganz weit unten stand. Der Hauptmann musste daran jedoch bei seiner Flucht als Erstes gedacht haben.

»Obwohl ich gegangen bin, gibt es noch genug Leute, denen ich vertraue. Sie werden Jeriah nicht aus den Augen lassen. Nicht für eine Sekunde«, antwortete er mit solch einer Inbrunst, dass sie ihm fast glaubte. Aber nur fast. Im Gegensatz zu ihm wusste sie, zu was genau die Assassinen imstande waren und wie weit sie für ihr Ziel gingen.

Da sie ihn jedoch nicht beunruhigen wollte, hielt sie ihren Mund.

Sie schloss sich ihm an, als er schweigend und geduckt die Gasse verließ. Um keinen weiteren Wachen über den Weg zu laufen, entfernten sie sich weit genug vom Gasthaus und suchten hin und wieder

Schutz in der Dunkelheit, wenn sie das Gefühl hatten, beobachtet zu werden.

Am anderen Ende der Stadt wurden sie schließlich fündig und konnten zwei starke Pferde erstehen.

Morgan würde lügen, würde sie behaupten, sie wäre nicht wütend auf Erik. Da hatte er sie angewiesen, nicht ihre Magie zu benutzen, weil er ihr nicht vertraute und sie dadurch ihren Auftrag gefährden könnte – und was tat er? Er setzte alles aufs Spiel, indem er vor seiner Arbeit flüchtete. Er war ein verfluchter Deserteur!

Sie konnten bereits das nördliche Tor am Ende der gepflasterten Straße erkennen, als Rufe hinter ihnen laut wurden. Man hatte sie entdeckt.

»Schneller«, spornte Erik sein Pferd und vielleicht auch Morgan an. Sie verstärkte den Druck ihrer Füße und wie der Wind galoppierte die Stute über den steinernen Boden. Der Hufschlag hallte von den Wänden der schlafenden Stadt wider und bildete ein Musikstück, das Morgans Herz schneller schlagen ließ.

Das nördliche Tor war der einzige Ausgang bei Nacht, wie sie zuvor in Erfahrung gebracht hatten, um für jede Eventualität gewappnet zu sein, sodass sie problemlos aus der Stadt reiten konnten. Im Vorbeigaloppieren konnte Morgan allerdings die alarmierten Gesichter der Nachtwache erkennen und sie ahnte, dass sie sich nicht auf ihre Seite stellen würden, sollten sie von Eriks Landesverrat hören.

Was für eine Strafe erwartete ihn, wenn er gefasst wurde? Würde er in das Hochsicherheitsgefängnis Tasconn geschickt oder … würde er gar hingerichtet werden?

Bei dem Gedanken zog sich ihr Magen zusammen und sie bekam kaum Luft. Sie sollte sich besser erst um ihre Flucht, dann um Eriks Schicksal kümmern. Wenn sie den Wachen entkamen, gab es keinen Grund mehr, sich mit seinem vielleicht bevorstehenden Tod auseinandersetzen zu müssen.

Das redete sie sich zumindest ein.

Obwohl sie frei auf der Straße Richtung Norden galoppieren konnten, was in der nur langsam schwindenden Dunkelheit schon allein ein halsbrecherisches Unterfangen für Tier und Reiter war, hörten sie schon sehr bald ihre Verfolger. Sie näherten sich ihnen stetig auf Pferden, die offensichtlich schneller waren als ihre eigenen.

»Wir müssen sie irgendwie abhängen«, schrie sie zu Erik.

»In dem Waldstück da vorne«, brüllte er zurück, trotzdem konnte sie ihn kaum über den Wind hinweg verstehen. Mehrere Strähnen lösten sich aus ihrem Zopf und peitschten in ihr Gesicht.

Nickend gab sie ihr Einverständnis. Bis zum Wald war es nicht mehr weit. Es würde knapp werden, aber es könnte funktionieren.

Sie beugte sich tiefer über den Hals des Pferdes und flüsterte der Stute anspornende Dinge ins Ohr. Wahrscheinlich hörte sie die Worte nicht einmal, aber dadurch fühlte sich Morgan nicht ganz so hilflos.

Ja, sie hatte versprochen, dass sie die Knochenmagie nicht einsetzen würde, aber galt das auch, wenn es darum ging, Erik zu schützen? Wenn er sich selbst nicht verteidigen könnte?

Vielleicht schätzte sie ihn falsch ein, aber sie glaubte nicht, dass er sich gegen seine eigenen Leute wehren würde. Dafür war er zu nobel. Er könnte seine Freunde nicht verletzen, ohne sich dabei selbst zu verletzen. Aber wäre *sie* fähig, die Knochenhexe zu kontrollieren? Sie hoffte, dass sie es nicht herausfinden musste.

Die Silhouetten der Bäume wuchsen in die Höhe, wurden kantiger und greifbarer. Nicht mehr weit.

Morgan wagte einen Blick über ihre Schulter und verkrampfte sofort. Ihnen folgten insgesamt ein halbes Dutzend Reiter und sie waren ihnen dicht auf den Fersen. Dichter, als sie angenommen hatte. Sie konnte bereits ihre flatternden Umhänge und eine blitzende Pfeilspitze erkennen …

»Sie schießen auf uns«, rief Morgan in demselben Moment, als der erste Pfeil auf sie losgelassen wurde. Nur wenige Fuß neben Morgan bohrte er sich in einen Baumstamm. Sie hatten die Waldgrenze durchbrochen. Für ein paar Augenblicke wurden sie vor den Blicken ihrer Verfolger verhüllt. »Was nun?«

Erik blickte sich suchend um, bevor er wieder sie ansah. »Vertraust du mir?«

»Mir bleibt wohl nichts anderes übrig, oder?«

»An der nächsten Biegung springen wir vom Pferd und rennen durch das Dickicht auf der linken Seite. Folge mir«, sagte er etwas leiser, doch sie verstand ihn.

Auch wenn es ihr widerstrebte, das Pferd zu verlassen, erkannte sie, dass sie früher oder später eingeholt werden würden. Sie mussten die Wachen anders abhängen.

Also spannte sie ihren Körper an und sobald sie die Biegung erreichten, zügelte sie die Geschwindigkeit des Pferdes. Sie sprang ab und klopfte der Stute auf die hintere Flanke, damit es weiterlief.

Erik wartete am Rand des Weges bereits auf sie. Zusammen sprinteten sie durch das Dickicht, wichen Bäumen und Sträuchern aus. Den Atem ihrer Verfolger stets im Nacken spürend.

Morgan bildete sich ein, Rufe zu hören, aber sie konnte sich auch täuschen. Doch als sie erneut von einem besonders bösartigen Zweig geschnitten wurde, konnte sie das Nähern der Stimmen nicht länger auf ihre Einbildung schieben. Sie und Erik wechselten einen Blick.

»Nicht mehr weit«, keuchte er und umfasste ihre Hand.

In der Dunkelheit, die über Blatt und Boden lag, konnte sie kaum erkennen, in welche Richtung sie liefen. Erik führte sie jedoch aus dem Wald heraus zu einem kleinen Wasserfall, der in einen kreisförmigen See mündete.

»Kannst du schwimmen?«

»Ein bisschen spät, danach zu fragen.« Sie ersparte ihm eine weitere Antwort, indem sie ins Wasser watete.

Es war so kalt, dass sie trotz der langen Schwimmzüge zu zittern begann. Erik übernahm die Führung und näherte sich immer mehr dem rauschenden Wasserfall, was Morgan für vollkommen irrsinnig hielt. Sollten sie sich nicht eher ans andere Ufer machen?

Das Wasserrauschen war so laut, dass sie nicht sagen konnte, wie nah ihre Verfolger waren, doch sie wollte keine Zeit verlieren, indem sie mit Erik über seinen Plan diskutierte. Also folgte sie ihm stillschweigend, bis er sie an die raue Gesteinswand hinter dem Wasserfall führte.

So waren sie zwar vor den Blicken der Wachen geschützt, aber Morgan würde vermutlich erfrieren.

»Ich will ja nichts sagen, aber …«

»Sieh nach oben«, befahl er ihr, als seine Hände an dem nassen Stein nach Halt suchten.

Sie gehorchte und erblickte die Öffnung einer Höhle. Der Eingang war nicht größer als eine schmale Tür, aber sie würden sich durch ihn hindurchzwängen können. Vorausgesetzt, sie schaffte es, die zehn Fuß nach oben zu klettern.

Erik gelang es schließlich, die hervorstehenden Steine für sich zu nutzen und auch wenn er gelegentlich abrutschte, erreichte er die Öffnung und konnte sich daran hochziehen. Morgan hatte jeden seiner Schritte genau beobachtet, sodass es ihr leichterfiel, ihm nachzukommen. Das Gewicht ihrer nassen Kleidung, sobald sie das Wasser verlassen hatte, kam jedoch unerwartet und hätte sie fast in die Tiefe gezogen, wenn Eriks Hand nicht im letzten Moment hervorgeschossen wäre. Er hielt ihr Handgelenk fest umfasst, wartete, bis sich ihr Herzschlag wieder beruhigt hatte, dann ließ er sie los.

Keuchend umfasste sie den Rand des Eingangs und ließ sich ohne Proteste von Erik hochziehen, bis sie auf dem Rücken liegend Atem schöpfte.

»Bei allen Fäden …«

Erik erhob sich, um tiefer in die Höhle zu gehen. Ein paar Momente später hörte sie das Zischen einer Flamme.

Ihre Neugier war geweckt und sie kämpfte sich zurück auf die Füße, auch wenn sich ihr ganzer Körper dagegen sträubte.

Die Höhle reichte weiter hinein, als sie angenommen hatte. Sie musste erst um eine Biegung gehen, damit sie die Fackel erkennen konnte, die Erik angezündet hatte. Verblüfft blieb sie nass und erschöpft stehen.

»Was ist das hier?«

Sie hatte mit einer kargen Felsspalte gerechnet, jedoch nicht mit einem voll ausgestatteten Innenraum. Es gab eine mit Steinen umlegte Feuerstelle, gestapeltes Brennholz, Regalbretter an den Gesteinswänden, auf denen die verschiedensten Behälter standen, und eine Truhe, aus der Erik bereits mehrere Decken hervorholte.

»Jeriahs und mein Zufluchtsort«, antwortete er prompt, ohne sie anzusehen.

»Was?« Ihr Verstand arbeitete noch immer nicht richtig, fühlte sich noch völlig verfroren an.

»Wir haben ihn genutzt, als wir als Kinder Zeit in Traian verbracht haben«, erklärte Erik geschäftig und reichte ihr eine der Decken, nachdem er die anderen auf einen Stapel gelegt hatte. »Hier, damit kannst du dich abtrocknen. Ich bringe eine Leine neben dem Feuer an, damit wir unsere Kleidung daran aufhängen können.«

»Erik!« Sie machte keinerlei Anstalten, die Decke anzunehmen. Überrascht sah er zu ihr auf. »Wen interessiert unsere nasse Kleidung? Du hättest mir wirklich sagen sollen, dass du nicht kündigen konntest. Es hat auch mich in Gefahr gebracht.«

Er wandte sich nicht ab, ihren Blick erwiderte er jedoch auch nicht. Es war, als würde er durch sie hindurchsehen. Langsam senkte er den Arm mit der Decke.

»Ich sagte dir bereits, ich dachte … es zu verleugnen, würde es weniger wahr machen.« Er stieß ein hohles Lachen aus. »Ziemlich erbärmlich, nicht wahr?«

Sie ließ ihre Tasche fallen und setzte sich ihm auf Knien gegenüber, damit sie sein Gesicht umfassen konnte. Es schmerzte sie, dass er so verloren aussah.

»Sag das nicht. Du hast eine schwere Entscheidung getroffen, weil du alles für deinen besten Freund tun würdest. Sich der Wahrheit nicht zu stellen, bedeutet nicht, dass du erbärmlich bist.« Mit dem Daumen strich sie über seinen Wangenknochen. Die Wut in ihr war verpufft. »Es bedeutet nur, dass du etwas zurückgelassen hast, das dir viel bedeutet. Nichts anderes. Und daran kann ich nun wirklich nichts Schlechtes erkennen.«

»Danke.« Seine Stimme war ungewohnt heiser und er musste sich räuspern. »Auch dafür, dass du dein Versprechen gehalten hast.«

Widerwillig ließ sie ihre Hände sinken. »Hast du etwas anderes geglaubt?«

Sie lächelte, um den Worten ihre Schärfe zu nehmen, bevor sie sich erhob. Ihre Gliedmaßen fühlten sich eisig kalt an.

»Natürlich nicht.« Er erwiderte ihr Lächeln. Dann nahm sie endlich die Decke an und zog sich zum Anfang der Höhle zurück, um sich zu entkleiden.

»Du sagtest, dass du diesen Ort mit Jeriah gefunden hast?«, fragte sie, während sie um das kleine Feuer saßen. Der Regen würde hoffentlich den kleinen Rauchfaden, der durch einen cleveren Durchgang im Stein nach oben stieg, verhüllen.

»Wir mussten seine Eltern nach der Eroberung ständig auf irgendwelche Reisen begleiten und meistens gab es nicht viel Spaß während dieser Veranstaltungen.« Erik rieb sich über die Bartstoppeln. »Also wurden wir kreativ, schlichen uns aus den Gasthäusern und suchten woanders nach Abenteuern.«

»Aber wie findet man eine Höhle *hinter* einem Wasserfall?« Lachend schüttelte sie den Kopf.

»Ich wusste, dass es viele von diesen Einbuchtungen in Vinuth an der Küste gibt«, antwortete er leise in Gedanken versunken. Seine Hände lagen um seine Knie. »Jeriah schlug vor, auch hier danach zu suchen und wir wurden fündig. Es kostete uns das erste Mal fast das Leben, hier hinaufzuklettern, aber wir beide hatten nie solch großen Spaß gehabt.«

»Das klingt tatsächlich nach Spaß«, gab Morgan zu. »Ihr steht euch wirklich nah, hm?«

»Kann man so sagen.« Er lächelte schelmisch. »Ich verdanke Jeriah alles und er … nun, ich denke, er weiß meinen Humor zu schätzen.«

»Das muss es sein!« Sie lachten, aber ein gewisser Hauch von Ernst blieb. Morgan war nicht entgangen, dass er ihr immer noch seine Geschichte vorenthielt, doch sie wollte ihn nicht drängen. Wenn er sich bereit fühlte, würde er auch dies mit ihr teilen.

Sie trauten sich erst wieder hinaus, nachdem ihre Kleidung getrocknet war. Der Tag war bereits weit fortgeschritten, doch sie konnten noch immer ein gutes Stück Strecke gutmachen, bevor die Dunkelheit einsetzte.

Nachdem sie die Decken zurück in der Truhe verstaut und das Feuer erstickt hatten, begaben sie sich zurück an die frische Luft.

Um nicht sofort wieder nass zu werden, führte Erik sie nach oben. Der Weg hinauf war zwar ein weiterer, aber die Vorsprünge boten trotz der Feuchtigkeit genügend Halt.

Er ließ Morgan wieder beim Klettern zuschauen, damit sie bei ihrem Aufstieg die gleichen Steine benutzen konnte. Er war diesen Weg schon so oft gegangen, dass er nur hin und wieder nach einem neuen Halt suchen musste.

Oben angekommen blickte er sich, wie abgemacht, erst einmal um, sodass sein Pfiff ein paar Minuten später folgte. Alles war in Ordnung.

Da sie nicht einfach gerade hochklettern konnte, da sie dort nur auf Wasser treffen würde, musste sie sich immer nach links orientieren. Es zog den Aufstieg in die Länge, aber letztlich erreichte sie das steinerne Ufer.

»Sie scheinen unsere Spur verloren zu haben«, verkündete Erik, nachdem er ihr eine helfende Hand gereicht hatte.

»Umso besser für uns.« Sie klopfte den Schmutz von ihren Hosen. »Allerdings besitzen wir keine Pferde mehr und es wird in wenigen Stunden dunkel.«

»Wir könnten bis dahin das Meer erreichen. Dort müsste es ein paar Fischerhütten geben. Vielleicht nimmt uns jemand auf.« Er klang so optimistisch, dass Morgan nicht einmal wagte, ihm zu widersprechen. Und wieso sollte sie das auch tun? Sie war nicht diejenige, die ihre freie Zeit außerhalb von Yastia verbracht hatte. Ja, hin und wieder führte sie ein Auftrag in eine andere Stadt oder ein anderes Land, aber sie hatte nie die Freiheit besessen, sich nach Lust und Laune in der Gegend umzusehen.

Schweigend setzten sie ihren Weg durch den Wald fort, achteten jedoch auf jedes noch so kleine Geräusch. Einmal kreuzten sie den Weg mit einem Händler, der auf seinem Wagen unterwegs war. Er erklärte sich für drei Silberlinge bereit, sie ein Stück mitzunehmen.

Dadurch erreichten sie die Dünen tatsächlich, bevor die Nacht Einzug erhielt. Der Händler ließ sie abspringen und verabschiedete sie mit einer Hand an seiner Stirn. Sie winkten ihm nach.

»Und jetzt?« Suchend blickte sie sich um, konnte jedoch nichts anderes außer den kläglich bewachsenen Dünen erkennen und das entfernte Rauschen des Meeres hören. Die Luft hatte sich jedoch verändert, wirkte reiner und gleichzeitig salziger. Sie hatte vergessen, wie sich das Meer anfühlte, wenn es nicht in einer verpesteten Stadt mündete.

»Soweit ich mich erinnere, gibt es ein paar Hütten direkt am Strand. Lass uns nachschauen.«

»Verflucht.«

»Was ist?« Sofort befand er sich in Habachtstellung, eine Hand auf seinem Schwertknauf, die andere an der Scheide. Sein Blick fuhr über ihren Körper, um dann ihre triste Umgebung zu mustern.

»Schon gut«, beschwichtigte sie ihn. »Mir fällt gerade nur wieder ein, dass sich Sand durch jede Öffnung schleicht. Ich glaube, in meinen Stiefeln befinden sich bereits zwei Tonnen.«

Erik blinzelte sie ungläubig an, bevor sich erst sein linker, dann sein rechter Mundwinkel hob und er schließlich in Gelächter ausbrach.

»Oh, ihr Götter, habt Erbarmen.«

»Das ist überhaupt nicht lustig«, beschwerte sie sich, aber es fehlte den Worten an Ernst. Sie reckte das Kinn und stampfte an ihm vorbei, um zwischen den ersten beiden Dünen hindurchzulaufen.

»Und ob es das ist.« Er lachte noch immer, aber er folgte ihr, was sie als kleinen Erfolg wertete.

KAPITEL · 32

Als Aithan erwachte, spürte er das kühle Metall eines Dolches an seiner Kehle. Noch während er mit dem Schlaf kämpfte, zwang er sich, seine Bewegungen so unauffällig wie möglich zu gestalten.

»Wehrt Euch nicht«, erklang eine kratzige Stimme weiter weg von ihm.

Erst da bemerkte er das Hexenlicht in der Hand von einem der Eindringlinge. Jener trug einen langen sandfarbenen Umhang, ein schmutziges Tuch vor Mund und Nase, was seine Stimme so merkwürdig verzerrte, und eine große schwarze Brille. »Wir bringen Euch zu den Ältesten. Wenn Ihr sie treffen wollt, tut Ihr das, was ich Euch sage.«

Nur mit Mühe konnte Aithan seine Überraschung zügeln. Der Druck des Dolches ließ nach, sodass Aithan einmal nicken konnte. Mit allem hatte er in dieser einzigartigen Stadt mit den halbhohen Kalksteingebäuden gerechnet, doch nicht mit einer mitternächtlichen Entführung.

»Erhebt Euch und zieht Euch an. Waffen bleiben hier.«

Erst als der Dolch und damit der zweite Fremde gänzlich aus seiner Reichweite verschwand, konnte Aithan seinen Vetter am anderen Ende des Raumes sehen. In seiner Nähe wachte ebenfalls ein Sandkrieger.

Aithan hatte bereits von ihnen gehört, doch er hatte nicht erwartet, sie in seinem Zimmer zu treffen.

Eilig sprang er aus seinem Bett und zog sich unter den wachsamen Augen der Krieger Hose, Stiefel und Hemd an. Sobald er fertig war, wurde er zur Tür geschubst, aber immerhin setzte man keine Waffen ein. Er nahm an, dass die Fremden die Wahrheit sprachen und wirklich von den Ältesten der Wüstensteppe geschickt worden waren, um ihn zu holen.

Die Frage war nur, woher wussten sie, dass er auf der Suche nach ihnen war?

Im spärlich beleuchteten Flur trafen sie auf Sonan, Lima und eine erschrocken aussehende Olivia. Mit ihrer edlen Blässe und dem zierlichen Körperbau wirkte sie unter so vielen Kriegern vollkommen fehl am Platz. Aithan fluchte lautlos. Er hätte ihr niemals erlauben sollen, sie zu begleiten. Ganz gleich, was Mathis sagte. Olivia war für ein Jahrtausend verflucht gewesen und Aithan bewies wieder einmal, was für ein rücksichtsloser Mistkerl er war, indem er sie direkt in die nächste Gefahr führte.

Sie wurden von insgesamt acht Sandkriegern nach draußen in die nächtliche Kälte begleitet. Obwohl es in der Steppe tagsüber unerträglich heiß wurde, kroch die Kälte, sobald sich das eigentümliche Blau über die Weite legte, in jede Ritze. Ohne ausreichend Decken und Kleidung würde man eine Nacht im Freien kaum überstehen.

»Hier rein«, wies einer der Krieger sie an. Aithan konnte nicht sagen, ob es der gleiche war, der zuvor zu ihm gesprochen hatte. In der Dunkelheit wirkten sie allesamt gleich groß und gleich einschüchternd.

»Machen wir einen Fehler?«, flüsterte Mathis an seiner Seite, als sie sich hinter den Frauen anstellten. Sie setzten sich in einen mit einer Plane überzogenen Wagen, der genug Platz für sie alle bot.

»Das werden wir sehen«, antwortete Aithan ebenso leise, obwohl die Aufregung seine Worte zittrig werden ließ. Er war sich sicher, dass dies der richtige Weg war. Damit kam er seinem Ziel einen weiteren Schritt näher.

Nachdem sie sich auf den Bänken verteilt hatten, gesellten sich zwei Sandkrieger zu ihnen, dann wurde die Plane heruntergezogen, sodass sich vollkommene Dunkelheit über sie senkte. Ein paar Sekunden später holten die Krieger jedoch zwei Hexenlichter unter ihren Mänteln hervor, ihre Brillen ließen sie allerdings aus ihm unerklärlichen Gründen auf.

Der Wagen setzte sich schließlich in Bewegung und holperte aus der Stadt. Obwohl Aithan durch die Plane nichts sehen konnte, glaubte er zu wissen, dass sie nicht in Lezan blieben. Er fühlte sich in seiner Vermutung bestätigt, als sich die Fahrt immer weiter in die Länge zog.

Stunde um Stunde verging.

Aithans Mund wurde trocken und sein Magen knurrte. Außerdem müsste er sich schon sehr bald erleichtern, was eher früher als später zu einem unangenehmen Gespräch führen würde. Allerdings würde ihm bald keine andere Wahl mehr bleiben, wenn er sich nicht vor seinen Kriegern und den Fremden blamieren wollte.

Schließlich bildete sich der Prinz jedoch ein, dass der Wagen an Geschwindigkeit verlor. Die Hitze staute sich bereits im Inneren, was bedeutete, dass der Tag längst angebrochen war, doch wenn dem so war, dann gab es keine weiteren Anzeichen. Die dunkle Plane verschluckte jeden noch so schwachen Lichtstrahl.

Dann endlich ratterten die Räder ein letztes Mal, bevor sie zum Stillstand kamen. Aithan musste sich mit den Händen an dem glatt geschliffenen Holz der Bank festhalten, um durch den abrupten Stopp nicht nach vorne zu fallen.

»Sind wir da?«, fragte Olivia, deren Stimme überraschend fest war.

»Es scheint so«, antwortete Lima, als die zwei anwesenden Krieger stoisch schwiegen.

Es vergingen weitere Momente, in denen sie nur dasaßen und nichts taten, während von außerhalb Stimmen zu ihnen herüberwehten. Aithan konnte den Sinn der Unterhaltung allerdings nicht bestimmen, da sie zu weit weg stattfand.

Als ob sie ein Zeichen vernommen hatten, das den anderen entgangen war, bewegten sich die Sandkrieger gleichzeitig zum Ausgang und hoben die Plane an. Grelles Licht strömte in das Innere des Wagens und schmerzte in den Augen.

»Ihr dürft aussteigen.«

Das ließ sich Aithan nicht zweimal sagen. Obwohl sich seine Glieder vom langen Sitzen vollkommen steif anfühlten, hatte er schon lange nichts Besseres mehr gespürt, als er mit den Sohlen festen Boden berührte. Sofort machte er für die anderen Platz und nutzte gleichzeitig die Möglichkeit, sich umzusehen.

Zuerst sah er nichts anderes als eine weite Fläche aus Sand, durch die ein Weg aus Stein schnitt und bis zum Horizont reichte. Dieser musste durch Menschenhand oder – was wahrscheinlicher war – durch Magie entstanden sein. Dann drehte er sich in die andere Richtung und erblickte einen beeindruckenden Palast aus Sand und Glas. Ein derartig elegantes Gebäude in einem Meer aus Sanddünen und Hitze hatte er noch nie zuvor gesehen. Er hatte nicht mal den Hauch einer Ahnung gehabt, dass dieser Palast existierte, und er fragte sich, ob sein Vater davon gewusst hatte.

Es gab insgesamt neun schmale Türme, die sich aus buntem Glas geformt in die Höhe schoben. Wie Stecknadeln, die zur Aufbewahrung in den Himmel gesteckt worden waren. Der lehmfarbene Hauptteil des Palastes war jedoch genauso faszinierend. So war er zum Teil in den Boden eingelassen worden.

Um das weiße Tor zu erreichen, mussten sie erst eine steinerne Treppe von der Düne, auf der sie standen, hinabschreiten.

»Folgt mir. Ihr werdet bereits erwartet«, sprach einer der Sandkrieger, nachdem alle ausgestiegen waren und das Anwesen mit einer Mischung aus Angst und Erstaunen musterten.

Würden sie hier wirklich den Ältesten begegnen? Oder war dies bloß eine Illusion und sie begaben sich in die Nähe eines Feindes, dem sie nicht gewachsen waren?

Aithan war über die Jahre vorsichtig gewesen, hatte niemandem von seiner wahren Identität erzählt, wenn er ihm nicht wirklich vertraut hatte. Doch er hatte sich sowohl von Cáel als auch Morgan täuschen lassen und nun befanden sie sich irgendwo in Ayathen – mit seinem Geheimnis.

Er konnte nicht sagen, dass er länger darauf vertraute, dass seine Identität ein Geheimnis war. Vielleicht hätte er doch auf Mathis' Warnung hören sollen.

Als sich das Tor vor ihnen öffnete, war es allerdings zu spät, sich darüber Gedanken zu machen.

An der Temperatur änderte sich nichts, als sie den Palast betraten, doch die Luft fühlte sich anders an. Überall wuchsen Pflanzen, Bäume und Blumen. Ihre Äste und Blätter verhinderten, dass Aithan schätzen konnte, wie groß der Saal wirklich war. Außerdem versperrten sie die Sicht auf jegliche Ein- und Ausgänge. Trotzdem bewegte sich der anführende Krieger so sicher auf dem mit einer dünnen Schicht aus Erde und Sand bedeckten Marmorboden, der an einigen Stellen vollkommen von Erde ersetzt wurde, als würde er sich täglich hier aufhalten. Und vielleicht war dies auch so.

Aithan wusste von den Sandkriegern, dass sie Söldner des Westens waren. Sie wurden ausschließlich von den Ältesten engagiert, dabei kam es jedoch gelegentlich vor, dass sie untereinander getauscht wurden. Jeder von ihnen hatte eine elitäre Ausbildung erfahren und war so gefährlich wie ein Assassine aus Yastia. Man sollte sich besser nicht mit ihnen anlegen.

Vögel zwitscherten und begleiteten mit ihrem Gesang die Prozession durch den Dschungel aus Palmen und Marmor. Hin und wieder huschten zudem kleine Nagetiere von Farnstrauch zu Farnstrauch, blieben jedoch nie lange genug an einem Ort stehen, um ihre wahre Gestalt zu präsentieren. Einmal meinte Aithan sogar ein grelles Lachen zu hören und plötzlich war er sich nicht mehr ganz so sicher, dass es sich dabei um Nagetiere handelte …

Die feuchte Luft erschwerte das Atmen und trieb den Schweiß auf Aithans Stirn. Schon nach wenigen Minuten hatte er das Gefühl, nur noch aus klammer Feuchtigkeit zu bestehen. Ein Blick in die angestrengten Gesichter seiner Freunde verriet ihm, dass es ihnen nicht besser erging. Selbst Sonan, die eine Zeit lang in der Hitze Idrelas gelebt hatte, musste sich anscheinend erst wieder daran gewöhnen.

Der Sandkrieger führte sie an einer Palme vorbei, die bis an die gewölbte Decke reichte, vorbei zu einer unauffällig wirkenden Tür. Sie hatte sich hinter dem haarigen Stamm versteckt, sodass Aithan sie sicherlich keines Blickes gewürdigt hätte, hätte der Krieger ihn nicht direkt zu ihr gebracht.

Wie durch Magie öffnete sich die Tür von innen und sie konnten – ohne langsamer zu werden – hindurchtreten. Auf der anderen Seite verneigte sich ein Diener vor ihnen, der eine sandfarbene Uniform trug. Also doch keine Magie.

Nachdem sie zwei weitere Gänge durchschritten hatten, die im Gegensatz zum Dschungelsaal enttäuschend normal wirkten, wurden sie in einen Wintergarten geführt. Die Sonne schien durch das Dach und die Wände, die nicht von fächerförmigen Blättern verdeckt wurden, herein. Auch der Boden bestand ausschließlich aus Glas und unter ihm schwappte blaues Wasser in sanften Wellen. Aithan blieb abrupt stehen, als hätte er an Ort und Stelle Wurzeln geschlagen.

Er konnte nicht glauben, was er da sah. Ein Meer mitten in der Wüste.

Aber es war kein Meer. Es war nur ein stehendes Gewässer, das von den Architekten des Palastes künstlich angelegt worden war. Doch das war noch nicht alles. Zwischen den Wellen erschienen immer wieder die blauen, durchscheinenden Köpfe von Wassergeistern. Ihr Lebensinhalt war es, das Wasser, in dem sie geboren wurden, gesund zu halten. Es war beinahe unmöglich, sich eigene Wassergeister anzuzüchten, da sie sich nur fortpflanzten, wenn sie sich wohlfühlten. Und in der Anwesenheit vom Mensch fühlten sie sich grundsätzlich unwohl. Anscheinend hatten die Ältesten jedoch eine Möglichkeit gefunden, sie hier anzusiedeln.

Aithan beschlich das Gefühl, dass in der Wüstensteppe noch mehr Geheimnisse darauf warteten, entdeckt zu werden und dass sie nie genug sein würden.

Nachdem Aithan und auch die anderen ihren ersten Schock überwunden hatten, testeten sie den Glasboden vorsichtig aus. Der Sandkrieger wartete geduldig inmitten der weiten Fläche, die zum Hauptteil des Gartens führte. Es gab einen sprudelnden Brunnen, der mit dem Wasser, das unter ihnen floss, gefüllt wurde. Zudem wuchsen mehrere Gitter aus dunklen Rosen von unten heran und schlossen sich über ihren Köpfen zusammen. Sie vervollkommneten das Bild der friedlichen Oase.

»Zu Eurer Linken findet ihr das Bad der Herren, zu Eurer Rechten das der Frauen. Geradeaus werden Euch Erfrischungen geboten. Die Ältesten gestatten Euch einen Moment.« Der Sandkrieger nickte leicht, dann ging er auf dem Weg, den sie gekommen waren, zurück.

»Damit habe ich nun wirklich nicht gerechnet«, murmelte Sonan, die in dem schmeichelnden Licht, das durch die gläserne Kuppel auf ihr Haar fiel, jünger wirkte.

»Wir beeilen uns besser.« Aithan wandte sich von Sonan ab. »Wir treffen uns bei den Erfrischungen.«

Nachdem keiner Einwände erhob, spalteten sich Aithan und Mathis von der Gruppe ab, um nach links zu gehen. Am Ende des pflanzenbestückten Pfades befand sich das Herrenbad. Es bestand aus einem rechteckigen Becken aus Wasser, in dem Aithan jedoch keine Geister ausmachen konnte. Möglichst schnell erleichterte er sich in dem dafür abgegrenzten Bereich hinter einem Sichtschutz und wusch sich anschließend den Schweiß vom Körper.

Als er sich erneut anzog, stellte er mit Erleichterung fest, dass er sich an die Temperaturen gewöhnt hatte, da er nicht mehr übermäßig schwitzte. Außerdem streifte ihn hin und wieder eine kühle Brise, als wäre irgendwo ein Fenster offen gelassen worden.

Schließlich kehrten Mathis und Aithan zu der Kreuzung zurück, an der sich die Gruppe getrennt hatte, und sie schlugen den Weg zu den Erfrischungen ein. Sie mussten dazu einen Pfad aus gestampfter Erde entlanggehen, der in einer strahlend grünen Lichtung mündete.

Sonan und die anderen Frauen saßen bereits an einer langen weißen Tafel, die mit allerlei Früchten und leichter Kost gefüllt war.

Sie hatten allerdings Gesellschaft.

Zwei Frauen sahen Aithan und Mathis mit einem freundlichen Lächeln an, das Aithan jedoch augenblicklich einen Schauer über den Körper rinnen ließ. Das waren keine einfachen Frauen. Sie strahlten Macht und Berechnung aus, als wäre es ihnen gleich, wer am Ende des Mahls die Tafel lebend verließ und wer nicht.

»Setzt euch doch«, bat die Frau mit der dunklen Haut und den strahlend grünen Augen. Sie besaß eindeutig idrelische Wurzeln, obwohl auch das Blut der Wüstenbewohner in ihr fließen musste, um den Titel der Ältesten tragen zu dürfen.

»Ich grüße euch«, sagte Aithan und verbeugte sich tief. Ganz egal, wie er sie einschätzte, er wollte nicht, dass sie dachten, er würde sie nicht respektieren. Es war unabdinglich, sie auf seiner Seite zu wissen.

Mathis tat es ihm nach, bevor sie sich auf den beiden einzigen leeren Plätzen niederließen. Die weißen gusseisernen Stühle waren nicht gepolstert, trotzdem waren sie überraschend bequem.

Die Frau mit dem hellen Haar, das fast weiß wirkte, saß nun Aithan gegenüber, während die dunkelhaarige Älteste am Kopfende thronte. Ihre beiden Hände waren miteinander verschlungen und zeigten nur zu deutlich, in welcher Beziehung sie zueinander standen. Es war für den Prinzen nichts Neues, schließlich hatte er beinahe die Hälfte seines Lebens in Brimstone verbracht. In ganz Eflain war es erlaubt, dass Frauen Frauen und Männer Männer heirateten. Aithans Vater hatte ein Gesetz dieser Art nie erlassen, aber er hatte immerhin die Verfolgung gleichgeschlechtlicher Liebender eingestellt, die sein eigener Vater einst eingeführt hatte.

»Ich bin Nanouk«, stellte sich die Frau zu seiner Rechten vor. »Und das hier ist meine Gattin Elara. Vielleicht habt ihr bereits von uns gehört. Wir sind die Ältesten des Ostens und bieten Zuflucht vor Verfolgung, weil wir der alten Göttin der Liebe und Fruchtbarkeit dienen. Lesha möge uns führen.«

»Und in Liebe tauchen«, beendete Elara das Gebet für ihre Gemahlin.

»Stillt euren Hunger. Ihr seid weit gereist«, sprach Nanouk weiter und breitete ihre Arme vor dem reich gedeckten Tisch aus.

Sofort eilten Diener zwischen den Pflanzen hervor, gossen kalten Weißwein in ihre Gläser ein und servierten ihnen alles, wonach es ihnen verlangte.

Aithan entschied sich für idrelische Muscheln, von denen er bisher nur gehört hatte. Da die Reise in den Norden so weit war, hatte er sie noch nie zuvor kosten können. Bevor eine Fuhre Yastia erreichen würde, wären sie verdorben.

»Wie ist das möglich? Wir können nicht so viel näher an der idrelischen Küste sein«, sprach Aithan seine Gedanken laut aus, nachdem er die erste Muschel ausgeschlürft hatte.

»Wir kühlen sie mit Magie«, antwortete Elara mit sanfter Stimme. Ein Lächeln grub sich in ihre Mundwinkel und Aithan fragte sich nicht zum ersten Mal, wie alt die Ältesten wirklich waren. Er würde sie nicht älter als vierzig schätzen, dann wiederum erblickte er die Weisheit in ihren Augen und er war sich plötzlich nicht mehr sicher. »Und einmal hier, lagern wir sie in unserer Kühlkammer.«

»Was für eine Art von Magie?«, erkundigte sich Mathis, der sich bei den Worten neben Aithan versteift hatte. Er hatte seine Mahlzeit kaum angerührt.

»Meistens Blutmagie.« Nanouk sah Aithan an. »Wie gefällt Euch die Steppe?«

»Sie ist … gefährlich«, antwortete der Prinz ehrlich, weil er glaubte, damit besser zu verfahren. »Unberechenbar und doch anmutig. Ich weiß nicht, ob ich in ihr leben könnte.«

»Sie verlangt eine strenge Hand, das stimmt.« Elara nickte, bevor Nanouk weitersprach. »Ich hoffe jedoch, dass die Reise nicht allzu unangenehm war?«

Aithan atmete aus. »Die Fahrt war akzeptabel. Ich weiß Eure Höflichkeit zu schätzen, aber kommen wir auf den Punkt unseres Kommens. Ihr wisst, wer ich bin?«

Nanouk hob eine Augenbraue und legte ihren Kopf leicht schief. Durch die Bewegung baumelten ihre goldenen Ohrringe hin und her und fingen das Licht des Tages auf. Abgesehen von diesen Kostbarkeiten trug die Älteste nur noch einen schmalen Ring an ihrem kleinen Finger, der sich auch an der Hand ihrer Gemahlin finden ließ – allerdings auf der gespiegelten Seite. Ihre Kleidung bestand aus leichter Gaze, die sie in mehreren Bahnen um ihre Oberkörper geschlungen hatten.

»Warum stellt Ihr Euch nicht vor?«

Aithan richtete sich auf, um seinen Worten mehr Ausdruck zu verleihen. Wussten die Ältesten wirklich nicht, wer er war oder spielten sie bloß mit ihm?

»Ich bin Prinz Julius Aithan Zaheda und der rechtmäßige Erbe des Atheiranischen Throns.«

»Und was ist Eure Aufgabe, Prinz?« Nanouk stützte ihr Kinn auf einer Hand auf und beugte sich interessiert vor.

»Meinen Thron zu besteigen. Mein Königreich zurückzuerobern.« Er zögerte einen Augenblick und warf dann sämtliche Zweifel über Bord. »Ich *werde* König sein.«

Nanouk und Elara wechselten einen kurzen Blick. Es schien fast so, als würden sie ohne Worte miteinander kommunizieren. Aithan konnte jedoch beim besten Willen nicht sagen, was ihre Mienen zu bedeuten hatten.

»Was braucht Ihr dafür?«

»Webhexen.« Nun, da sich Aithan einmal von jeglichen Bedenken befreit hatte, war es, als würden die Worte ungehindert aus ihm hervorsprudeln. »Ich brauche sie, um die Bluthexer der Cerva-Familie auszuschalten.«

»Das ist eine waghalsige Aussage«, sagte Elara langsam. »Was bringt Euch zu der Annahme, dass Ihr hier fündig werden könntet?«

»Gerüchte über die Wanderer. Über Euch. Man sagt sich, dass Webhexer schon immer Zuflucht bei Euch gesucht haben. Wie Ihr bereits erwähnt habt, dient Ihr der alten Göttin Lesha. Ihr hättet die Tür vor den Hexen nie verschlossen.« Aithan rieb sich die Wange, weil auch er fühlte, dass er sich auf dünnes Eis begab. Wenn er falsch mit seiner Annahme lag und die Ältesten dem neuen König zutiefst ergeben waren, dann wäre dieses Gespräch seine direkte Einladung in die königlichen Kerker. Er zog allerdings Mut daraus, dass noch keine Sandkrieger herbeigeeilt waren, um ihn von der Tafel wegzuzerren. »Außerdem habt Ihr meine Vermutung bereits bestätigt.«

Dies schien die beiden tatsächlich zu überraschen, da sich ihre geschwungenen Augenbrauen ein weiteres Mal anhoben.

»Wie das?« Elara war die Erste, die ihre Neugier nicht mehr im Zaum halten konnte. Sie löste ihre Hand von Nanouks, um diese flach vor sich auf die Tischdecke zu legen. Eine Strähne ihres blonden Haares legte sich auf ihre Wange.

»Ihr habt von mir und meinen Freunden gehört. Ihr wusstet oder zumindest habt Ihr geahnt, wer ich bin. Doch anstatt mich weiter suchen und Fragen … gefährliche Fragen stellen zu lassen, habt Ihr Eure Sandkrieger ausgesandt.«

»Ich sehe nicht, was dadurch Eure Vermutung bestätigt.« Nanouk betonte ihren Zweifel, indem sie die Lippen zusammenpresste.

Aithan stützte sich mit den Unterarmen auf dem Tisch auf, als er sich zu den Ältesten beugte. Er konnte nun die honigbraunen Sprenkel in den Augen Nanouks und die Sommersprossen auf Elaras Nasenrücken erkennen.

»Es ist kein Geheimnis, dass ich Hilfe brauche. Wenn Ihr meine Identität kennt, dann ist es nur ein Rechenspiel und schon wisst Ihr, dass ich Kämpfer brauche, um mein Reich zurückzuerobern. Aber für Manneskraft würde ich nicht in die Steppe gehen, in der es nur drei Städte gibt, von denen nur zwei überhaupt von Fremden betreten werden dürfen. Nein, jemand wie ich würde nur aus einem Grund hierherkommen – Webhexen«, schloss Aithan und ließ die Worte einen Augenblick wirken. »Ihr habt uns also zu Euch geholt, um herauszufinden, wie viel wir bereits wissen und … was zu geben wir bereit sind.«

Auf Nanouks Lippen erschien ein selbstgefälliges Lächeln, als sie sich ganz langsam auf ihrem Stuhl zurücklehnte.

»Eine wundervolle Geschichte und so voller Lücken.« Lachend tastete sie nach ihrem Glas Wein, ohne den Blick von Aithan zu nehmen. Sie ließ sich Zeit damit, an ihrem Getränk zu nippen. Und dieses Hinauszögern ihrer Antwort verriet Aithan, dass er trotz der lückenhaften Vorstellung seiner Gedanken recht gehabt hatte.

Ein Kribbeln breitete sich in seiner Magengegend aus, das von der Erkenntnis und der daraus resultierenden Aufregung hervorgerufen wurde. Er war seinem Ziel einen weiteren Schritt näher gekommen.

»Wollt Ihr also weiter verneinen, dass Ihr Kenntnis davon habt, wo sich die überlebenden Webhexen aufhalten, oder wollen wir zum geschäftlichen Teil übergehen?«, drängte Aithan, nachdem sich das Schweigen weiter unangenehm in die Länge gezogen hatte.

Ein Blick auf seine Freunde zeigte ihm, dass sie genauso nervös waren wie er. Allein Olivia schien nichts von der unterschwelligen Spannung zu spüren, da sie vollkommen fasziniert die roten und gelben Blüten auf dem Tisch betrachtete.

Wieder sahen sich Elara und Nanouk an. Wieder sprachen sie stillschweigend miteinander. Und erneut kamen sie zu einer Übereinkunft.

»Sie sind untergetaucht«, sagte Nanouk schließlich. Ihre Stimme eine Nuance tiefer als zuvor. »Wenn wir sie versammeln, werden sie ihr Leben riskieren müssen, um Euch zu helfen.«

Elara nahm den Gedanken wie einen Faden auf und spann ihn weiter. »Und deshalb müsst Ihr uns zuerst beweisen, dass Ihr es wert seid, bevor wir Euch unser Versprechen geben.«

»Was für eine Art von Beweis?« Aithan hatte bereits mit einer Bezahlung gerechnet. In dieser Welt hatte alles seinen Preis.

»Erwecke einen der alten Götter.«

Kapitel · 33

Nach einer halben Ewigkeit blickten sie endlich auf das rauschende Meer hinab. Es musste Ebbe sein, da sich der Strand scheinbar kilometerweit erstreckte, bis die ersten Wellen dunkle Abdrücke auf ihm hinterließen. Das Gekreische von Möwen weiter östlich lenkte ihren Blick auf eine einsame Hütte, vor der ein kleines Boot auf Holzbalken aufgebockt worden war. Ein Mann arbeitete daran, während mehrere Kinder um ihn herumliefen und lachend mit einem Papierdrachen spielten. Er stieg ein paar Meter in die Höhe, nur um dann steil hinabzustürzen.

»Siehst du, ich hatte recht.« Erik grinste sie an. Die untergehende Sonne tauchte sein wehendes Haar in rotes Licht und ließ ihn jünger, schelmischer wirken. Der Wind war schneidend und kühl.

»Ich habe nie behauptet, dass du unrecht hast«, murmelte sie und setzte den Weg fort. Ihr Magen knurrte bereits und ihre Füße schmerzten vom langen Wandern. Sie hätten wirklich nach einer Möglichkeit suchen sollen, die Pferde zu behalten.

Sobald der Fischer die Neuankömmlinge bemerkte, wies er seine vier Kinder an, ins Haus zu gehen. Wahrscheinlich musste man so weitab vom nächsten Dorf stets vorsichtig sein. Aus diesem Grund verhüllte Morgan die Waffen an ihrem Gürtel unter ihrem Umhang. Erik folgte ihrem Beispiel, sodass sein Schwert nicht länger sichtbar war.

»Sei gegrüßt.« Erik neigte ergeben den Kopf und wartete, bis der Fischer hinter seinem Boot hervortrat. Dadurch wirkte er weniger furchterregend und er überließ es dem Mann, sich mit den Fremden zu befassen.

»Seid gegrüßt«, sagte er schließlich nach einem Moment des Schweigens, in dem er Morgan und Erik aufmerksam gemustert hatte. Er rieb den Schmutz von seinen Händen und trat wie erhofft hinter dem Boot hervor, sodass sie sich ohne Barriere begegnen konnten. »Was treibt euch bis zu meinem Haus?«

»Wir sind auf dem Weg nach Blane, aber uns wurden unterwegs die Pferde gestohlen«, antwortete Erik und blieb nahe an der Wahrheit. Allerdings nicht nahe genug. Morgan spürte erneut den musternden Blick auf sich. Er hatte ihre Waffen sicherlich schon von Weitem gesehen.

»Wir hielten es für weiser, die Diebe ziehen zu lassen, anstatt unsere Leben bei einem Kampf zu verlieren«, fügte sie schnell ein, um seinen Argwohn im Keim zu ersticken.

»Ich nehme an, ihr braucht für die Nacht eine Unterkunft? Pferde kann ich euch nicht anbieten.« Er stemmte die Hände in die Hüften und wirkte viel sicherer. Es schien, als hätten Morgan und Erik alles richtig gemacht.

»Wir wären Euch sehr verbunden, werden aber weiterziehen, solltet Ihr keinen Platz für zwei Reisende haben.«

Der Mann, der etwa um die vierzig sein musste, nickte stramm, bevor er ihnen eine Hand entgegenstreckte. »Mein Name ist Daven. Willkommen in meinem bescheidenen Zuhause.«

»Vielen Dank, Daven. Ich bin Erik und das ist mei… Morgan.«

Morgan warf dem Hauptmann einen fragenden Blick zu, bevor sie Davens Unterarm mit ihrer Hand umfasste.

Sekunden später stürmten die Kinder auf Rufen ihres Vaters hinaus und stellten sich nacheinander vor. Davens Gemahlin war eine zierliche Person mit dem Namen Hana. Sie schien ehrlich erfreut über den Besuch und versprach mit einem glücklichen Glitzern in den Augen, dass sie etwas ganz Ausgezeichnetes zu Abend servieren würde.

Morgan und Erik legten ihre Mäntel und Waffen auf dem Dachboden, wo sie schlafen sollten, ab und kehrten nach draußen zurück. Dort versuchten die Kinder noch immer den Drachen steigen zu lassen – mit mäßigem Erfolg.

Sie zögerte nur kurz, dann bot sie ihnen ihre Hilfe an und sofort wurde sie in die Gruppe aufgenommen. Das Lachen der Kinder umhüllte sie wie eine warme Blase und erinnerte sie an eine längst vergessene Zeit …

Während Morgan den Strand mit der Schnur in der Hand ablief und eine Horde Kinder hinter sich herführte, lieh Erik Daven eine Hand. Zusammen schliffen sie den Bauch des Bootes ab, das Daven selbst gebaut hatte. Sein zweites Boot war im gestrigen Gewitters vollgelaufen, sodass er sich nun beeilen musste, damit er wieder hinaus aufs Meer fahren konnte, um seine Familie zu versorgen.

Als die Dunkelheit endgültig über sie hereingebrochen war und sie sich draußen nur mithilfe von ein paar Fackeln zurechtfinden konnten, fing Morgan Eriks Blick auf. Das kleinste Mädchen, Anitha, war gerade in ihre Arme gestürzt, um Morgan zu sagen, dass sie noch nie zuvor eine so schöne Frau gesehen hatte.

Die Wölfin hatte herzlich aufgelacht und das war der Moment gewesen, in dem sich ihre Blicke getroffen hatten. Die Zeit stand still. Zwischen ihnen existierte nur noch das Rauschen des Meeres, die Hitze der Fackeln und das Schlagen ihrer Herzen.

Einen Wimpernschlag später und die Kinder wirbelten weiter, die Blicke trennten sich. Es blieb nichts übrig.

Nichts außer den sanften Spuren im Sand.

Das Abendessen war eine laute Angelegenheit. Hana und Daven liebten ihre Kinder, was ziemlich eindeutig war. Sie beantworteten ihnen jede noch so kleine Frage, waren geduldig und lachten miteinander.

»Darf ich mit ihnen gehen, Vater?«, fragte der einzige Junge unter den Kindern mit einem besonders ernsten Gesichtsausdruck. Seine blonden Locken umrahmten sein pausbackiges Gesicht, das schon sehr bald den jungenhaften Ausdruck verlieren würde, wenn er zum Mann heranwuchs.

»Wieso denn, mein Sohn? Hast du hier nicht alles, was du brauchst?«

»Ich würde dich nicht vermissen, Jac«, sagte Dina, die älteste der Geschwister, und streckte ihm die Zunge raus.

»Dina«, wies ihre Mutter sie zurecht.

»Ich will die Welt sehen, Vater.« Er äußerte die Worte auf so selbstverständliche Weise, dass es ihnen allen kurzzeitig die Sprache verschlug. Was gab es darauf zu erwidern? Spürte nicht jeder dieses Verlangen, der fernab von jedem Dorf, jeder Stadt aufwuchs?

Daven räusperte sich leicht verlegen. »Nun, mein Sohn, vielleicht wenn du etwas älter bist. Ich bin mir sicher, dass unsere Gäste keine Zeit haben, um auf einen zwölfjährigen Tunichtgut aufzupassen.«

Jac blickte enttäuscht drein. Am liebsten hätte Morgan dem Vater widersprochen, nur um den Jungen aufzumuntern, aber sie wusste, dass sie es dadurch bloß schlimmer machen würde. Es war besser, wenn Jac auf seinen Vater hörte und noch ein paar Jahre wartete, ehe er sich in die Welt aufmachte.

»Das Essen schmeckt ganz fabelhaft, Hana«, kommentierte Erik und lockerte dadurch die angespannte Stimmung.

»Das freut mich, vielen Dank.« Auf Hanas blassen Wangen erschien eine verräterische Röte. Entweder war sie keine Komplimente gewöhnt oder sie mochte es, insbesondere von Erik ein Kompliment zu erhalten.

Daven schien einen ähnlichen Gedanken zu hegen, da sich seine Hand liebevoll um die seiner Frau schloss und er sie für einen Kuss an seinen Mund führte.

»Meine Gattin weiß, wie man aus wenig Nahrung etwas Gutes macht.« Das Rot ihrer Wangen vertiefte sich. Also schien doch Morgans erste Vermutung zu stimmen. »Seit die Priester ihre Magie dazu nutzen, um die Ware aus Idrela frisch zu halten, müssen wir mit dem Preis unserer Fänge runtergehen. Es sind schwierige Zeiten.«

Hana rieb ihrem Gatten mit dem Finger über die Wange. »Aber lasst uns über etwas Fröhliches sprechen. Was führt euch nach Blane?«

»Fröhlich, Mutter? Über Blane hört man nur die unheimlichsten Geschichten«, sprach Dina laut und mit gerecktem Kinn. Sie wirkte mehr wie eine junge Edeldame als eine Fischerstochter. »Blane ist eine grausame, dunkle Stadt.«

»Du glaubst auch alles, was dir der Tischlersohn sagt«, zog Jac seine Schwester auf und katapultierte mit dem Löffel ein paar weich gekochte Linsen in ihre Richtung.

Daraufhin brach ein so großer Tumult aus, dass das Thema fallen gelassen wurde.

Nach einem süßen Honigwein verabschiedete sich die Familie ins Bett und auch Morgan und Erik stiegen die knarzende Leiter in die Dachstube hinauf.

Sie war nicht sonderlich groß oder sauber, aber es gab eine weiche Matratze und frische Laken. Mehr also, als Morgan zu hoffen gewagt hatte, nachdem sie ihre Pferde verloren hatten.

Als Erik seine Waffen neu sortierte, begab sich Morgan an das einzige Fenster, das direkt aufs Meer hinaus zeigte. Mit ihren Händen fuhr sie sich über die Arme, um die Kälte zu vertreiben, die sich in ihrem Inneren eingenistet hatte.

»Was ist los?«

»Es ist … albern.« Sie zwang sich, über ihre Schulter zu ihm zu sehen und ihn anzulächeln.

»Erzähl es mir.« Seine Miene zeigte nicht die geringste Regung. Sie beschloss, ein weiteres Wagnis einzugehen. Bei Erik schien sie nichts anderes zu tun. Ein Risiko nach dem anderen. Bisher hatte er sie nicht enttäuscht. Er hatte sich auch nicht abgewendet, als er sah, wie sie Knochenmagie benutzte. Wäre es also jetzt so weit?

»Ich habe nur einst mit Cardea darüber gesprochen … manche der anderen Wölfe wissen davon, aber …« Sie drehte sich gänzlich zu ihm um, wich seinem Blick jedoch aus. So war es einfacher. »Ich hatte eine Familie. Eltern, einen Bruder, Schwestern. Heute hat es sich so angefühlt, als würde ich in die Vergangenheit sehen.«

Mit der Hüfte lehnte sie sich gegen das Fenstersims und führte gleichzeitig eine Hand an ihre Stirn. Warum wurde ihr schwindelig bei dem Gedanken an ihre Familie?

»Es war, als wäre ich Teil einer Familie. Einer Familie, die nicht stiehlt, hasst und tötet. Einer Familie, die liebt. Ich habe vergessen, wie …« *es ist.* Sie stockte. Konnte den Satz nicht beenden. Denn tief drin hatte sie immer gewusst, wie es einst gewesen war.

»Aber du besitzt Erinnerungen, nicht wahr? Wenn du dich einsam und allein fühlst, kannst du dich in ihnen verlieren.« Sie nickte langsam, verstand, was er ihr damit sagen wollte, noch bevor er weitersprach.

»Ich möchte deinen Schmerz nicht kleinreden, aber lieber hätte ich schöne Erinnerungen als gar keine.«

»Du hast recht. Natürlich.«

»Wie bist du zu einer Wölfin geworden, wenn ich fragen darf?«

Kurz überlegte sie, ihm die gleiche Antwort zu geben, die er ihr geschenkt hatte, nachdem sie ihn nach seiner Vergangenheit gefragt hatte. Doch sie entschied sich dagegen. Sie wollte ihn nicht von sich weisen. Wer nehmen wollte, der musste zuerst geben.

»Vor zehn Jahren hat mich der Alphawolf entführt. Ich bin gerade auf dem Weg zu meiner Großmama gewesen, als er mich entdeckte.« Sie biss sich auf die Unterlippe, als die Erinnerungen sie zu überschwemmen drohten. Ein Blick in Eriks klare blaue Augen führte sie jedoch zurück in die Gegenwart. »Er brachte mich über Umwege nach Yastia und begann mit meiner Ausbildung zu einer Wölfin.«

»Wieso?«

Sie zuckte mit den Schultern. »In all den Jahren hat er mir nie einen Grund genannt und bis auf ein paar wenige Male am Anfang habe ich nie wieder den Fehler begangen, ihn danach zu fragen.«

»Was meinst du mit *Fehler*?« Er trat einen Schritt vor. Alles an ihm nahm eine düstere Farbe an. Plötzlich wurde er zum Raubtier, das jeden zerfleischen würde, der ihnen zu nahe kam.

»Du kannst dir vielleicht denken, dass die Ausbildung nicht aus Blumen pflücken und Liedchen singen bestanden hat«, gab sie trocken zurück. »An manchen Tagen war er brutal und unbarmherzig, an anderen beinahe liebevoll und voller Zuneigung. Es ist anfangs schwer für mich gewesen, diese unterschiedlichen Seiten zu verstehen.«

»Das kann ich mir vorstellen. Du musstest viel austesten, nicht wahr?«

»So in etwa, ja.« Schweigen stellte sich ein und das nicht von der unangenehmen Sorte. Sie war erstaunt, wie offen sie gewesen war, aber durch Eriks bedachte Reaktion fühlte es sich nicht falsch an. Diese Erkenntnis ließ sie zuversichtlich werden, dass sie einen weiteren Schritt Richtung Freundschaft getan hatten. Wohin auch immer ihre Reise führen würde, sie würde sich auf Erik verlassen können. »Hast du eine Familie, zu der du zurückkehren könntest?«

»Ich schätze, ich könnte versuchen, meinen Vater zu finden, aber … ich will ihn nicht sehen. Nie wieder.« Seine Hände formten sich einen Moment zu Fäusten.

»Was hat er getan?«

»Es geht eher darum, was er nicht getan hat …« Er lockerte die Hände und fuhr sich damit nacheinander durch sein Haar. »Er hat sich nicht genug gekümmert. Wenn er nicht gerade geschlafen hat, hat er getrunken und gespielt. Wetten abgeschlossen, an die er sich nicht halten konnte. Geld verloren, das nicht seines war. Also kamen in einer Nacht seine Schuldner ins Zimmer und haben mich stattdessen genommen.«

»Sie haben dich an die Gärtnerin verkauft?«

Er nickte. »Ich habe sie nie persönlich getroffen, aber ja, ich gehörte ihr. Im Namenlosen Ort sperrten sie mich in einen der Käfige, markierten und verkauften mich an einen Edelmann in Brimstone. Kurz nachdem ich bei ihm ankam, verstarb er und König Deron nahm mich in seinen Haushalt auf. Ich wurde seinem ältesten Sohn als *Freund* an die Seite gestellt, um ihn vor allen anderen bloßzustellen. Der Prinz, der nur mit einem Sklaven redete. Die Ironie war, dass wir tatsächlich die besten Freunde wurden.«

»Aber wie bist du zum Hauptmann ernannt worden?« Morgan war so gefangen von seiner Geschichte, dass sie kaum bemerkte, wie er näher trat.

»König Deron eroberte Atheira und als Zeichen des guten Willens befreite er sämtliche Sklaven in seinem Haushalt. So auch mich.« Er hob eine Schulter. »Ich trainierte jeden Tag. Von morgens bis abends, bis ich der Beste wurde und mich niemand übersehen konnte. Ein paar gut gesponnene Intrigen meinerseits später und ich wurde zum Hauptmann auserwählt.«

»Du und Intrigen?« Sie lächelte unwillkürlich.

»Nur weil ich sie nicht mag, heißt es nicht, dass ich sie nicht beherrsche.« Das Blau seiner Augen vertiefte sich, erinnerte sie nun mehr an den wolkenlosen Nachthimmel als an ein Stück Eis.

»Ich weiß nicht, wie du das ohne eine einzige schöne Erinnerung durchgestanden hast.« Ungläubig schüttelte sie den Kopf.

»Eine hatte ich. Eine einzige Erinnerung, die mir … Kraft gegeben hat.« Er gluckste leise. »Ich schätze, sie ist der Grund, warum ich Gärten und die Natur so liebe.«

Sie erinnerte sich an sein Zimmer. Die Lesebrille, die aufgeschlagenen botanischen Bücher und die architektonischen Zeichnungen von Landschaftsgärten.

»Wie?«

Erik trat an ihr vorbei und lehnte sich mit der Schulter an die Wand. Direkt über seinem Kopf schrägte sie ab, sodass er sich hätte bücken müssen, wenn er nur ein paar Zoll größer gewesen wäre. Sie betrachtete seine Silhouette, während er durch das Fenster nach draußen blickte. Da sie nur Minuten zuvor das Gleiche getan hatte, wusste sie allerdings, dass er nicht mehr sehen konnte als das Kerzenlicht, das sich darin spiegelte.

»Als ich eingesperrt gewesen war, ohne Hoffnung, ohne den Willen weiterzuleben, erschien dieses Mädchen. Und seine Güte … Nun, sie hielt meine Hand und reichte mir eine Blüte in der Farbe des Sonnenuntergangs. Sie hatte sie noch von …«

»… zu Hause«, flüsterte Morgan unwillkürlich.

Als sich ihre Blicke dieses Mal trafen, war es, als würden zwei Felsen gegeneinanderstoßen. Die Wucht ließ beide schwankend und fassungslos zurück.

»Woher weißt du das?« Erik wich einen Schritt zurück und stieß mit der Schulter gegen den Holzbalken. Den Schmerz schien er kaum wahrzunehmen, da sich die Intensität, mit der er sie ansah, nicht im Geringsten veränderte.

»Ich kann es nicht glauben … Du bist es wirklich, oder?« Sie grub tiefer in ihre Erinnerung und sah den ausgezehrten Jungen mit den scharfkantigen Wangenknochen und den Augen blau wie das kalte Meer. »Deine Augen … Damals dachte ich, es sind die schönsten, die ich jemals gesehen hatte, und … ich …«

»Also sagst du, dass du dieses Mädchen gewesen bist?« Aus irgendeinem Grund schien er nicht von ihrer Begeisterung angesteckt zu werden. Womöglich war es der Schock, der sich in seinen Verstand grub und jeden klaren Gedanken verhinderte.

»Das ist genau das, was ich sage. Was für ein Zufall, nicht wahr?« Sie konnte nicht aufhören, ihn anzustarren. Den Jungen, dem sie kurz nach ihrer Entführung in dem Namenlosen Ort begegnet war. Larkin hatte ihr gezeigt, was auf sie wartete, wenn sie auf der Reise nach Yastia nicht gehorchte. Er würde sie einsperren lassen.

»Du lügst. Das kann nicht stimmen.«

»Nein, tue ich nicht … warum … Warum willst du, dass ich lüge?« Sie verstand die Welt nicht mehr. Die warmen Gefühle, die bei der Erkenntnis durch ihren Körper geronnen waren, verflüchtigten sich.

»Ich *will* nicht, dass du lügst«, raunte er und rieb sich über die Bartstoppeln. »Es ist nur … Wenn ich an das Mädchen gedacht habe, da habe ich es mir als heilige, unantastbare Nymphe vorgestellt. Sie hat mich gefunden und mich durch ihre Reinheit gerettet und …«

Morgan wich zurück. Für einen Moment war sie sich sicher, in Tränen auszubrechen. »Stattdessen bekommst du eine Hexe serviert. Ich verstehe.«

Niemals … Niemals zuvor hatten Glück und Schmerz so nahe beieinandergelegen. Eine Linie gezogen aus Erwartungen, Erinnerungen und Träumen, die mit einem Mal zu einer undurchdringlichen Mauer herangewachsen waren.

»Nein, tust du nicht. Es ist kompliziert. Lass es mich erklären …«

Als er eine Hand nach ihr ausstreckte, entzog sie sich ihm.

»Mach dir keine Mühe. Ich hoffe, du kannst mir den Umstand verzeihen, dass ich eine Enttäuschung bin, aber es ist ja nicht so, als bedeutete dies irgendetwas. Es ist vor langer Zeit geschehen. Die Blume ist unbedeutend. Das Mädchen vergessen. Lass uns … Wir sollten uns besser auf unsere Aufgabe konzentrieren.«

Am liebsten wäre sie aus dem Zimmer gestürmt, doch sie wollte die Situation nicht noch dramatischer machen. Also legte sie sich einfach aufs Bett, drehte sich auf die andere Seite und wartete. An Schlaf war nicht zu denken, dafür war sie viel zu aufgewühlt.

Irgendwann legte sich auch Erik hin, nachdem er die Kerzen gelöscht hatte.

Sie vernahm Eriks stetige Atmung, das Rascheln der Decke und die Bewegungen der Matratze, wenn er sich drehte.

Sie kniff die Augen fest zusammen und machte sich so klein wie möglich. Sie wollte nicht nachdenken. Wollte dem Schmerz keinen Raum geben.

In ihrem Inneren sah sie jedoch immer wieder den Jungen im Käfig und das Mädchen mit dem langen schwarzen Haar.

Eine Hand.

Ein Lächeln.

Hoffnung.

Kapitel · 34

Der Abschied von Davens Familie fiel Morgan schwerer als gedacht. Sie umarmte jedes Kind, ohne sich merkwürdig zu fühlen. Als wäre sie schon immer ein Teil von ihnen gewesen. Sie wusste schon jetzt, dass sie insbesondere Jac vermissen würde, der sie mit seinem wachen Verstand in der kurzen Zeit des Öfteren überrascht hatte.

Das war allerdings nicht der einzige Grund, warum ihr der Abschied so naheging. Sie wusste, dass sie die nächsten Stunden mit Erik allein verbringen würde. Da sie ein gutes Stück von einem befreundeten Bauer mitgenommen wurden, besaß sie nicht einmal die Ausrede, sich auf das Gehen konzentrieren zu müssen.

Auch wenn sie sich dadurch vielleicht wie eine verwöhnte Prinzessin aufführte, so konnte sie sich nicht dazu überwinden, mit Erik zu reden. Sie sprachen das Nötigste miteinander, aber sie suchte nicht nach weiteren Gesprächen. Sie würde sich ihm nicht noch einmal öffnen.

Er hatte sie in der Vergangenheit mit seiner eigenen Güte überrascht, aber auch er kannte offenbar Grenzen. Wenn es um seine eigenen Träume und Vorstellungen ging, war sie nicht mehr gut genug. Würde es nie sein.

Sie war keine unbefleckte Jungfrau oder magische Nymphe. Sie war eine Diebin, Mörderin und … eine Knochenhexe. Sosehr sie auch die Augen davor verschloss, sie trug all dies in sich und sie würde es niemals ablegen können.

Obwohl sich ihre Reise dadurch um drei Tage verlängerte, beschlossen sie, sich keine neuen Pferde zu besorgen und große Dörfer zu umgehen. Stattdessen bezahlten sie einfache Bauern und Händler, um sie ein Stück mitzunehmen.

Das Schweigen zwischen ihnen blieb bestehen.

Das eine oder andere Mal hatte Morgan das Gefühl, dass Erik das Gespräch erneut aufnehmen wollte, aber sie ergriff entweder die Flucht oder ihn verließ der Mut.

Am sechsten Tag nach ihrem Aufbruch aus Yastia erreichten sie schließlich Blane.

Die Silhouette der großen Hafenstadt im äußersten Norden Atheiras ragte wie eine dunkle Krone am wolkenverhangenen Firmament auf. Die Luft war kalt und frisch. Der raue Wind fand jede entblößte Stelle an ihrem Körper und fror diese förmlich ein.

Sobald sie zu Fuß das gigantische Tor aus dunklem Erz passiert hatten, wurden sie von dem Gestank nach Rauch abgelenkt. Zudem gruselte sich Morgan ein wenig vor den schwarzen Bauten, die so trist und düster waren, dass sie sich nicht vorstellen konnte, hier jemals zu wohnen. An den meisten Häusern wachten Wasserspeier mit grausigen Fratzen über den Eingängen. Es gab spitz zulaufende Türmchen auf den Dächern, die so schlank waren, dass sich nicht mehr als ein Raum in ihnen befinden konnte. Ein Raum, der zu klein für jeden normal gewachsenen Mann sein musste. Für was wurden diese Räume also genutzt?

Da dies das Territorium der Gärtnerin war, war die nächstliegende Erklärung die, dass die Räume für Sklaven bestimmt waren. Für jedes Haus ein Turm. Für jeden Turm ein Sklave.

Sie erschauderte bei dem Gedanken und zog die Geschwindigkeit an, um Erik in dem Gewusel aus dunkel gekleidetem Volk nicht zu verlieren.

»Wohin gehen wir?«

Kurz bevor sie Blane betreten hatten, hatten sie sich einen groben Plan zurechtgelegt. Glücklicherweise war keiner von ihnen der Gärtnerin jemals begegnet, doch sie hatten unzählige Gerüchte gehört. Angeblich liebte sie Reichtum und Luxus und suchte auch in diesen Kreisen ihre Gäste aus, denen sie ihre *Pflanzen* anbot, wie sie die Sklaven unter ihren Freunden und Bekannten nannte. Aus diesem Grund hatte ihnen Jeriah so viel Geld mitgegeben. Damit sie den Anschein erwecken konnten, besonders reiche Edelleute zu sein. Dafür wollten sie sich neue Pferde kaufen und eine teure Bleibe suchen.

Sie hofften inständig, dass ihnen die Garde nicht bis hierher gefolgt war und wenn doch, dass sie sich lediglich bei den preiswerteren Etablissements nach ihnen umsahen.

»Wir treffen uns in zwei Stunden wieder hier.« Er deutete auf den unheimlichen Springbrunnen mit den Drachen und Najaden als Wasserspeier. Ihre Körper wirkten seltsam verformt und Morgan glaubte zu wissen, dass Najaden nur zwei und nicht vier Reihen scharfer Zähne besaßen. Nein, Blane behagte ihr nicht. »Ich kümmere mich um die Pferde und die Kleidung.«

»Und ich suche uns ein schönes Gasthaus aus.« Sie zwinkerte ihm zu. Für einen Moment war es fast so wie früher. Als hätte er nie ausgesprochen, dass sie eine Enttäuschung war. Ihr Lächeln verrutschte. »Bis später.«

Er öffnete den Mund.

Sie wandte sich ab und mischte sich unter die Leute, die gerade ihre Einkäufe erledigten oder anderweitig beschäftigt waren. Es dauerte nicht lange, bis sie das teuerste Haus ausgemacht hatte. Sämtliche Bewohner der Stadt trugen zwar eine grimmige Miene zur Schau, aber sie hatten ihr stets hilfsbereit und freundlich geantwortet. Das konnte man nicht mal von den meisten Bürgern Yastias behaupten.

Kaum zu glauben, dass unter ihnen die mächtigste Sklavenhändlerin in ganz Ayathen lebte. Morgan fragte sich, welchen Handel sie mit dem König eingegangen war, um ihren Status zu behalten. Unter keinen Umständen glaubte sie, dass er ihre Anwesenheit einfach so duldete.

Nachdem sie das schönste Zimmer für zwei Nächte gebucht hatte, ging sie noch einmal nach draußen. Sie wollte sich weiter in der Stadt umschauen, damit sie sich sämtliche Fluchtwege einprägen konnte. Es war wichtig, sich nicht einkesseln zu lassen, und wenn es doch bei einer Verfolgung geschah, musste man stets einen Weg kennen, der hinausführte. Es gab immer eine Lösung. Immer einen Ausweg.

Sie wanderte zunächst zu den anderen beiden Stadttoren, nur um festzustellen, dass sie geschlossen waren. Das Gitter war heruntergelassen und mehrere Wachen achteten darauf, dass sich ihm niemand näherte. Sie bezweifelte, dass irgendjemand aus eigener Kraft das schwere Rad bewegen könnte.

»Hey, du da.« Sie hielt einen Straßenjungen an der Schulter fest. Als er vor ihr fliehen wollte, verstärkte sie den Griff. »Du bekommst einen Silberling, wenn du mir eine Frage beantwortest.«

Als sie sich sicher war, dass er ihre Worte verstanden hatte, löste sie ihren Griff. Langsam holte sie einen Silberling aus ihrer Tasche hervor und beobachtete mit Genugtuung, wie er die Aufmerksamkeit des Jungen auf sich zog.

»Eine Antwort, Herrin«, versprach er.

»Warum ist das Ost- und das Westtor geschlossen, das Haupttor aber geöffnet?«

Der Junge entspannte sich augenblicklich, als hätte er mit einer viel schwierigeren Frage gerechnet.

»Geister, Herrin, sie schleichen des Nachts in der Stadt herum, wenn wir die Tore nicht geschlossen halten.«

»Das verstehe ich nicht. Können sie nicht einfach durch die Tore hindurch?« Er schwieg und hob eine Augenbraue. Sie reichte ihm den Silberling, den er in Windeseile an seinem Körper versteckte. »Erkläre es mir genau und du bekommst einen weiteren.«

Der Junge beugte sich weiter vor. Da sie an der Ecke der Straße standen, die zum Osttor führte, war es durch die klappernden Wagen sehr laut.

»Die Geister können nur durch ein offenes Tor in die Stadt gelangen. Die Gitter sind aus Erz gefertigt und vertreiben die Gespenster.«

»Aber was ist mit dem offenen Tor? Und dem Hafen. Er ist doch offen.«

»Der Boden und das Tor selbst sind aus Erz geschlagen, Herrin, die Gespenster würden verschwinden, wenn sie hindurchschwebten.« Er machte mit seinen Händen eine Geste, als würden sie explodieren. »*Puff!* Und jeder weiß, dass sich Geister nicht über Wasser bewegen können.«

»Was passiert, wenn die Geister in die Stadt gelassen werden?«

Die Miene des Jungen verdüsterte sich, was ihn fast erwachsen erscheinen ließ.

»Dann ist niemand mehr sicher.«

Nachdenklich händigte Morgan ihm den zweiten Silberling aus und blickte dem Jungen nach, bis er zwischen den Leuten verschwunden war – nicht ohne einen Mann um seine Geldbörse zu erleichtern.

Schwarze Wasserspeier, Erztore und Gespenster – es wäre besser, Blane so schnell wie möglich zu verlassen.

Der Hauptmann und die Wölfin trafen sich am vereinbarten Ort, um gemeinsam das teure Lokal aufzusuchen. Ein livrierter Diener trug ein paar Kartons, die ihre Kleidung beinhalteten. Es gehörte alles zum Plan, die Gärtnerin auf sich aufmerksam zu machen, deshalb hatte ihnen Erik zu den Pferden auch eine glänzende schwarze Kutsche besorgt. Der Weg bis zur *Lachenden Dirne* war zwar nicht weit, aber Männer und Frauen mit Geld würden sich nicht die Blöße geben und ihre Stiefel in dem Matsch der gemeinen Leute zu verschmutzen.

»Ich habe dir ein paar Kleider gekauft, die dir hoffentlich passen werden. Außerdem habe ich dafür gesorgt, dass du ausreichend Versteckmöglichkeiten für deine Dolche hast«, sagte Erik, sobald sie allein im Innenraum saßen. Der Diener hatte sich auf den Kutschbock gesetzt.

»Danke.«

Auch wenn es ihr nicht behagte, es gab keinen Weg um ein Kleid herum. Die Gärtnerin würde von einer Edelfrau erwarten, dass sie wie alle ihres Standes kostbare Gewänder trug.

»Ich habe erfahren, dass heute Abend ein weiteres Bankett auf dem Anwesen der Gärtnerin stattfindet.« Er sprach so, als würde es sich bei ihrer Zusammenarbeit wahrhaftig nur um Geschäfte drehen. Anscheinend hatte er es aufgegeben, sie zum Reden bewegen zu wollen. Das war es doch, was sie gewollt hatte, oder? Aber wieso tat es dann so weh? »Ich schlage vor, dass wir uns umziehen und dann einfach zum Anwesen fahren. Als würden wir es nicht besser wissen.«

»Wir *wissen* es nicht besser«, murmelte sie, den Blick aus dem Fenster gerichtet. Sie hatten die Kreuzung zum schwarzen Tempel erreicht. Schon bald wären sie also am Gasthaus angekommen.

»Morgan …«

»Wir sind da«, unterbrach sie ihn. Sie wartete nicht darauf, dass ihr die Tür geöffnet wurde, sondern stieg von allein aus. Vielleicht gehörte es sich nicht als Edeldame, aber noch sah sie in ihren Lederhosen und dem weiten schwarzen Mantel nicht danach aus.

Es sah ihr nicht ähnlich, einer Konfrontation aus dem Weg zu gehen – es sei denn, sie war persönlicher Natur. Sie hatte nie gelernt, wie man sich dabei verhielt. Wie man seine eigenen Gefühle kontrollierte. Unter den Wölfen gewann der Stärkere. Derjenige, der nur Kälte in seinem Herzen trug, bekam die besten Aufträge, machte das meiste Geld und wurde mit dem größten Ansehen bedacht.

Wer konnte es ihr also übel nehmen, dass sie vor einem Gespräch mit Erik flüchtete, nachdem er sie während ihrer letzten richtigen Unterhaltung derart verletzt hatte?

»Herrin.« Die hochgewachsene, stämmige Wirtin eilte auf Morgan zu, sobald sie den warmen Innenraum betreten hatte. Das Licht des Kronleuchters über ihnen fing sich in dem strohfarbenen Haar der Hausbesitzerin. »Herrin, gut, dass Ihr bereits zurück seid. Es kam ein Brief für Euch und Euren Gemahl an. Mr Hemsworth.«

Sie verneigte sich tief, als auch Erik hinter Morgan eintrat und fragend von ihr zur Gastwirtin blickte. Natürlich reichte diese dem Hauptmann den Brief und nicht Morgan, schließlich hatten Frauen ihren Männern zu unterstehen.

»Vielen Dank …?« Er gab seiner Stimme zum Ende hin eine hohe Note, um damit eine Frage anzudeuten.

»Cathen, mein Herr«, stellte sie sich vor. »Euer Zimmer ist bereit. Wenn Ihr meiner Jemma folgen wollt, Herr.«

»Danke, Cathen.«

Hinter der Wirtin trat eine fast uralte Frau hervor, die jedoch keinerlei Probleme damit hatte, die vielen Stufen in den zweiten Stock hinaufzusteigen.

Erik, Morgan und der Diener mit den Kartons folgten ihr in einen geräumigen Raum mit angrenzendem Ankleidezimmer. Erik bezahlte den Diener und gab auch Jemma einen Silberling, nachdem sie noch einmal das Feuer geschürt hatte.

Sobald die Zimmertür verschlossen war und die Schritte verklungen waren, ließ Morgan ihren Umhang fallen und eilte an Eriks Seite. Er hatte von irgendwoher seine Brille geholt und aufgesetzt. Nur für einen kurzen Moment überraschte Morgan der Anblick, dann fand sie, dass er nie besser ausgesehen hatte. Den Brief hielt er nachdenklich in den Händen.

»Er ist an uns adressiert«, erklärte er und zeigte ihr, dass auf dem Umschlag ihr falscher Name stand. *Hemsworth.* Sie hatte ihn bei der Gastwirtin verwendet und Erik beim Pferdehändler und der Schneiderin. An einem dieser drei Orte musste die Gärtnerin ihre Spione haben. Vielleicht auch an jedem von ihnen. Denn die Blütenblätter, die den Umschlag einrahmten, verrieten eindeutig, von wem dieser Brief gekommen war.

»Öffne ihn.«

Mr und Mrs Hemsworth,

hiermit werdet Ihr zu einem Bankett der Gärtnerin eingeladen. Wir bieten Euch Erfrischungen und kleine Häppchen sowie eine Möglichkeit, sich in ihrem Garten umzusehen und die neuesten Blumen zu betrachten.

Das Bankett beginnt nach Sonnenuntergang. Eine Kutsche wird für Euch zu gegebener Zeit bereitstehen und Euch an den schönsten Ort in ganz Ayathen bringen.

In Vertretung der Gärtnerin
A.O.

P.S.: Es werden ausschließlich Kronen als Bezahlung erlaubt.

»Ich glaube, mir wird schlecht.« Morgan wandte sich von dem Brief ab und nahm ein paar tiefe Atemzüge. Durch das Feuer und die Kerzen war es so stickig, dass sie ein Fenster öffnen musste. Die kühle Brise vertrieb das Verlangen, sich übergeben zu müssen.

»Unser Plan hat jedenfalls funktioniert«, murmelte Erik.

Sie hörte, wie er den Brief erneut zusammenfaltete und sich dann an der Karaffe zu schaffen machte. Er schüttete ihnen beiden Branntwein ein und reichte Morgan das zweite Glas, das sie in einem Zug leerte. Er nahm seine Brille, die aus einem dünnen Drahtgestell bestand, wieder ab und steckte sie in seine Brusttasche.

»Unser Weg hinein ist also gesichert.« Sie genoss das Brennen von ihrer Kehle direkt in ihren Magen. »Wir sehen uns um und wenn wir Rhea entdecken, dann …«

»Dann finden wir einen Weg, sie zu befreien. Ich habe dafür gesorgt, dass unsere Satteltaschen mit Proviant gefüllt sind. Vom Anwesen bis zum Stall ist es nicht weit. Wir können es bis dorthin schaffen, ohne dass die Gärtnerin Rheas Verschwinden bemerkt.«

»Von dort aus müssen wir durch das Haupttor fliehen. Die anderen Tore sind geschlossen und werden ausschließlich tagsüber und nur mit Sondergenehmigung geöffnet«, dachte Morgan laut, die noch immer nicht glauben konnte, dass Blane derart abergläubisch war. Geister, die in der Stadt spukten? Wohl kaum.

»Das müsste funktionieren. Alles andere können wir erst vor Ort entscheiden.« Erik leerte nun auch sein Glas.

»Wir sollten uns umziehen.« Morgan schloss das Fenster, bevor Erik seine Hand auf ihre legte, die das Glas noch festhielt.

»Hör mir zu, ich weiß, dass wir unsere ... Probleme haben, aber wir müssen in dieser Sache zusammenhalten, in Ordnung?«

»Du kannst mir vertrauen.« Das war die Wahrheit. Ganz gleich, was sie auch empfand, sie würde ihn nicht hängen lassen oder absichtlich in Schwierigkeiten bringen. Sie war nicht wie Thomas oder Rhion.

»Ich weiß, trotzdem ... Vielleicht sollten wir noch einmal darüber reden.«

Es war das Schwerste, was sie seit sehr langer Zeit getan hatte, aber sie entzog ihm ihre Hand und entfernte sich von ihm. »Bitte. Nicht jetzt.«

Glücklicherweise ließ er sie gehen und verlangte auch nicht, das Ankleidezimmer mit ihr zu teilen. So konnte sie sich in Ruhe waschen, schminken und umziehen. Das Haar flocht sie zu einem Zopf zusammen, den sie sich wie einen Kranz um ihren Kopf legte. Die Frisur erinnerte sie an ihre Zeit in Tacoma zusammen mit Sonan und ... Aithan. Wie es ihm wohl ging? Hatte er sich von dem Verlust des Wunsches erholt?

Sie hatte Erik zwar von ihm erzählt, aber sie hatte ihm nicht verraten, wer genau Aithan war. Aithan hatte genug verloren. Sie wollte ihm nicht noch mehr nehmen, indem sie seinen Feinden verriet, dass er noch lebte und plante, sein Königreich zurückzuerobern.

Nachdem sie ein paar Strähnen aus dem Zopf gezogen hatte, welche die Frisur auflockern sollten, zwängte sie sich in die Korsage, die man glücklicherweise vorne zuschnürte. Bevor sie Erik um Hilfe gebeten hätte, wäre sie lieber ohne gegangen.

Sie entschied sich für ein dunkelgrünes Kleid mit schwarzer Spitze an dem herzförmigen Ausschnitt und langen, eng anliegenden Ärmeln, die ihre Schultern freiließen. Ihre Wangen betupfte sie noch etwas mit Rouge, dann verließ sie die Einsamkeit des Ankleidezimmers.

Erik stand erneut am Fenster. Dieses Mal trug er anstatt seiner unauffälligen Kleidung schwarze Hosen, eine Jacke mit dunkelgrünen Säumen und glänzenden Silberknöpfen. Das kurze Haar hatte er zurückgekämmt, sodass in dem weichen Licht der Kerzen sein attraktiv geschnittenes Gesicht noch besser zur Geltung kam.

»Ich kann mich nicht daran gewöhnen«, sagte er leise. Während sie ihn schamlos angestarrt hatte, hatte auch er sie gemustert.

»Woran?«

»Daran, dich in einem Kleid zu sehen.« Er räusperte sich. »Du siehst unglaublich aus.«

Hitze stieg in ihre Wangen, aber sie weigerte sich, sich einlullen zu lassen. Erik hatte sie verletzt und das würde er nicht mit einem Kompliment ungeschehen machen können. Trotzdem neigte sie dankend den Kopf und nahm seinen dargebotenen Arm an.

»Deine Waffen?«, fragte er, bevor er die Tür öffnete.

»Sind an diversen Stellen platziert.« Sie lächelte ihn verführerisch an. »Willst du dich selbst davon überzeugen?«

»Du meinst, eine Wiederholung von damals wäre angebracht?« Er hob beide Augenbrauen und die Hitze in ihrem Körper breitete sich weiter aus. Beide dachten an den Moment in Jeriahs Schlafgemach zurück, als Eriks Hände ihre nackten Beine hinaufgewandert waren, weil er sie nach Waffen abgesucht hatte. Sie konnte die Erinnerung so klar in seinen Augen sehen, als wären sie beide in der Zeit zurückgereist.

»Wenn du dich traust.«

Ihr Blick sank auf seinen leicht geöffneten Mund und ihr Herz raste. Es fehlte nicht viel und …

Ein festes Klopfen an der Tür unterbrach ihre Gedanken. Auch Erik schien dadurch aus seiner Starre zu erwachen. Blinzelnd öffnete er die Tür, sodass sie sich Jemma gegenübersahen.

»Eure Kutsche steht bereit.« Sie verneigte sich tief.

Die schwarze Kutsche ähnelte derjenigen, die Erik sich ausgeliehen hatte, nur dass an den Türen das Emblem der Gärtnerin zu finden war. Ein eingerahmter Garten aus grünen Pflanzen und bunten Blüten.

Obwohl die Fahrt bis zum Anwesen, das auf einer Anhöhe lag, nicht länger als eine halbe Stunde dauerte, kam sie Morgan wie eine Ewigkeit vor. Die wenigen Minuten, in denen zwischen ihr und Erik alles wie früher gewesen war, hatten sie ihr Verhalten überdenken lassen. Vielleicht sah sie ihren *Streit* zu eng. Vielleicht sollte sie ihm einfach verzeihen, um ihre Freundschaft nicht zu gefährden. Vielleicht … war nicht die Zeit gekommen, genau *jetzt* darüber nachzudenken.

»Sobald dir irgendetwas faul vorkommt, gehen wir«, erinnerte Erik sie noch einmal, als die Kutsche stehen geblieben war. »Wir können es nicht riskieren, festgehalten zu werden.«

Sie nickte. In ihrem Inneren brodelte es allerdings. Nur über ihre Leiche würde sie zulassen, dass die Gärtnerin ihre Hände an Erik legte. Niemals würde sie erlauben, dass er das Sklavendasein erneut ertragen müsste. Niemals.

Kapitel · 35

Die Tür öffnete sich. Erik stieg zuerst aus und reichte ihr die Hand, damit sie gemeinsam die dunklen Stufen hinaufsteigen konnten.

Das Herrenhaus wirkte wie das Anwesen eines dunklen Hexers, der sich einen Spaß daraus machte, in jedem seiner Zimmer einen anderen Menschen zu verfluchen.

Im Foyer wurden sie von zwei jungen Frauen begrüßt, die gut gekleidet waren, und trotzdem wirkten sie wie die unglücklichsten Wesen, die in Blane wandelten. Ihre Mienen verrieten keine Gefühle und gleichzeitig erzählten sie Morgan so viel. Die Sklaven waren nicht frei. Würden es vermutlich niemals wieder sein. Sie zeigten der Welt ihre aufpolierte Schale, aber das verrottete Innere mussten sie für sich behalten. Das Einzige, das sie noch ihr Eigen nennen konnten.

Am liebsten hätte Morgan ihnen zugerufen, davonzulaufen und sich zu verstecken, aber sie presste ihre Lippen fest zusammen. Für sie waren sie nicht hier. Es galt, Rhea zu finden und zu befreien. Das war ihre Aufgabe. Dafür würde sie bezahlt werden.

An dem angespannten Arm unter ihrer Hand bemerkte Morgan allerdings, dass sie nicht die Einzige war, die mit sich haderte. Für Erik musste dies sogar noch schlimmer sein. Im Gegensatz zu ihr war er für viel längere Zeit seiner Rechte und seines Menschseins beraubt gewesen.

Die Sklavinnen traten zur Seite und überließen den beiden den Vortritt, sodass sie durch eine geöffnete Glastür hinaustreten konnten. Sofort wurde es kälter.

»Mr und Mrs Hemsworth, nicht wahr?«

Vor ihnen am Eingang zu den Gärten stand ihnen die Gärtnerin selbst gegenüber. Sie war eine unscheinbare Persönlichkeit und besaß ein kaum bemerkenswertes Gesicht – nur ihre Augen strahlten wie silberne Sterne am finsteren Firmament. In ihrer überraschend großen Hand hielt sie ein Weinglas, mit der anderen deutete sie auf den dicht bepflanzten Garten hinter sich.

»Ich freue mich, dass Ihr meiner Einladung gefolgt seid.«

Morgan verbeugte sich nur ganz leicht, um die Gärtnerin nicht stutzig werden zu lassen. Auch Erik neigte den Kopf.

»Wir bedanken uns, dass Ihr so schnell auf unsere Anwesenheit aufmerksam geworden seid. Wir hätten es zutiefst bedauert, das Bankett zu verpassen.« Eriks Stimme klang so aalglatt, dass nicht einmal Morgan einen Tropfen Hass in ihr wahrnahm, obwohl sie genau darauf achtete.

Das Lächeln der Gärtnerin wurde breiter und erinnerte Morgan an Larkins wölfisches Grinsen. Ja, dieser Frau traute sie alles zu. Sie besaß weder ein Gewissen noch ein Herz – und wenn doch, dann war beides über die Jahre zu Eis erstarrt.

»Seht Euch in Ruhe um und wenn Ihr etwas seht, das Euch gefällt, gebt mir oder meinem Verwalter, Mr Ollensdale, Bescheid. Wir werden uns mit all unseren Kunden einig.«

Sie verabschiedeten sich vorläufig mit einer weiteren ehrerbietenden Geste. Morgan konnte erst wieder befreiter atmen, als sich die Gärtnerin den nächsten Gästen zugewandt hatte. Vor ihrem Auge blieben jedoch die grobschlächtigen Hände, mit denen sie sicherlich den einen oder anderen Sklaven gequält hatte.

»Geht es dir gut?«, flüsterte sie, als sie den mit Laternen beleuchteten Pfad entlangschritten.

Ein paar Meter vor ihnen bewegten sich bereits andere Paare, die kurz vor ihnen angekommen sein mussten. Ihnen wurden gerade von wartenden Dienstboten oder Sklaven Erfrischungen angeboten.

»Ich dachte nicht, dass es so schwer sein würde«, gestand er ihr und legte seine Hand auf ihre. »Sie zu sehen … zu begreifen, dass sie zu einem beachtlichen Teil die Schuld an den immer weiter ansteigenden Zahl von Sklaven trägt, ist nicht leicht.«

»Irgendwann wird ihr jemand das Handwerk legen. Davon bin ich überzeugt.«

»Ich hoffe, dass es Jeriah sein wird. Es …«

Er kam nicht dazu, den Satz zu beenden, da nun sie an der Reihe für Erfrischungen waren. Sie entschieden sich beide für einen Vinuthwein, hatten jedoch nicht vor, auch nur daran zu nippen. Wer wusste schon, welche Substanzen die Gärtnerin dazugemischt hatte.

Schließlich bekamen sie einen Sklaven zugeteilt, der sie herumführen würde.

»Seid Ihr eher an unseren weiblichen oder männlichen Blüten interessiert?«, fragte er mit so viel Kälte in der Stimme, dass Morgan beinahe applaudiert hätte. Wahrscheinlich malte er sich in seinem Inneren gerade aus, wie er sie beide auf möglichst grausame Weise verletzen könnte.

Als Erik stoisch schwieg, antwortete sie für ihn. Sie strich im Vorbeigehen über seine Wange und hoffte, dass er es schaffte, sich aus seiner Starre zu befreien. Sie brauchte ihn.

Dann begann die Beschauung und Morgan konnte sich nicht mehr länger um Eriks Wohlbefinden kümmern, weil sie sich auf ihr eigenes konzentrieren musste.

Die Sklavinnen waren wie Tiere in Stahlkäfige gesperrt worden, die zwischen Gestrüpp und neben Baumstämmen standen. So sollten sie wie die eleganten Blüten wirken, wie die Gärtnerin sie nannte. Morgan sah jedoch nur verhärmte Frauen, welche die Hoffnung aufgegeben hatten.

Sie wusste nicht, wie sie es schaffte, trotzdem auf ihre Haarfarben zu achten.

Nachdem ihr Führer ihnen allerdings die letzte Sklavin gezeigt hatte, tauschten Erik und sie enttäuschte Blicke aus. Rhea war nicht unter ihnen gewesen.

»Bring uns zurück zur Gärtnerin«, bat Erik mit zittriger Stimme.

Der Sklave ließ sich nicht anmerken, ob er sah, wie erschüttert Erik war. Er nickte lediglich und führte sie auf einem parallel verlaufenden Pfad zurück zum Haus. Auf einer Terrasse abseits des Eingangs saß die Gärtnerin mit einem Ehepaar an einem Tisch und amüsierte sich köstlich. Ihr Lachen war voll und durchdringend. Es trieb Morgan eine Gänsehaut über den Körper.

Die Gärtnerin sah von ihren Gästen auf, als sich ihr der Sklave näherte und sie auf Erik und Morgan hinwies.

Es konnte nicht mehr als eine Stunde vergangen sein, trotzdem wirkte die Dunkelheit um sie herum plötzlich dichter und einschüchternder. Als würde die Gärtnerin Erde in den Himmel werfen, um sie alle darin gefangen zu halten.

Die Knochenhexe in Morgan regte sich bei dem Gedanken an umschließende Erde. Eine Vorstellung, die ihr gefiel.

Schließlich entschuldigte sich die Gärtnerin und trat ohne den Sklaven zu Morgan und Erik.

»Ich hoffe, Ihr habt die Vorstellung genossen?« Als sie nichts sagten, sprach sie unbeirrt weiter. »Gibt es etwas, das Euch zugesagt hat?«

Etwas. Nicht jemand. Nicht eine Person, sondern eine Sache.

»Ich habe ein Auge für Schönheit und Ästhetik«, sprang Morgan in die Bresche, nachdem Eriks Griff um ihre freie Hand schmerzhaft fest geworden war. Sie erkannte, dass es nicht mehr viel brauchte und er würde die Gärtnerin mit einem seiner versteckten Dolch erstechen. »Für meine Winterresidenz in Idrela fehlt mir noch … wie soll ich es sagen …«

»Ein Juwel?«, bot die Gärtnerin hilfsbereit an. Ihre Augen glänzten in Erwartung einer Herausforderung.

»Ganz genau.« Morgan schenkte ihr das strahlendste Lächeln, das sie besaß. »Auch wenn ich Ihre Auswahl schätze, nichts davon hat mir zugesagt. Ich hätte gerne etwas Besonderes … eine Rothaarige vielleicht.«

»Ah, da hätte ich etwas für Euch, Mrs Hemsworth.« Sie wandte sich einem drahtigen Mann zu, den Morgan als unscheinbaren Diener abgetan hatte. Doch er war allem Anschein nach der Verwalter. »Mr Ollensdale, bring sie zu mir.«

In der Zeit, die Ollensdale brauchte, um hoffentlich Rhea zu ihnen zu führen, plauderte die Gärtnerin vor sich hin und berichtete von den vielversprechenden Blüten, die sie demnächst bekommen würde. Morgan hörte bloß mit halbem Ohr zu, da sie sich vielmehr darauf konzentrieren musste, Erik wortlos verständlich zu machen, dass er die Gärtnerin nicht hier und jetzt töten konnte. Überall zwischen den Käfigen versteckt wachten bis an die Zähne bewaffnete Söldner und würden sie beide bei dem geringsten Anlass niederstrecken.

»Da ist sie«, verkündete die Gärtnerin und umfasste das Kinn der herangebrachten Sklavin. »Ist sie nicht ein Goldstück?«

Schulterlanges rotes Haar, grüne Augen und gebräunte Haut. Sie wartete auf Eriks Kopfschütteln, obwohl sie bereits geahnt hatte, dass dies nicht Jeriahs Freundin war.

»Ein Goldstück mag sie sein.« Morgan löste sich von Erik und umkreiste die Sklavin, die in ein einfaches braunes Kleid gehüllt war. »Aber ein Juwel ganz sicher nicht. Ihre Haut müsste blasser sein.«

Die Gärtnerin kniff die Lippen zusammen, sodass sich ihre pausbackigen Wangen weiter aufplusterten. »Husch, bring sie fort, Mr Ollensdale.«

»Ich möchte ehrlich zu Euch sein, Gärtnerin. Wir sind nicht ohne Grund so schnell in Blane angereist.« Erik suchte ihren Blick, doch Morgan konnte sich jetzt nicht um ihn kümmern. Sie musste unbedingt in ihrer Rolle bleiben.

»Ach nein?«

»Die Wahrheit ist, dass wir von einem solchen Juwel bereits vor unserer Ankunft gehört haben. Sie soll rotes Haar, grüne Augen und blasse Haut besitzen. So rein, wie sie man heute selten findet.« Missmut wurde durch Enttäuschung ersetzt. Die Gärtnerin verlor das Interesse.

»Eure Informationen sind unglücklicherweise veraltet. Diese Sklavin habe ich schon vor ein paar Tagen verkauft.« Sie zupfte ein Taschentuch aus ihrem weiten Ausschnitt und tupfte sich damit über die Oberlippe.

»Wer hat sie gekauft? Vielleicht könnten wir einen Handel mit ihm eingehen?« Das klang viel zu verzweifelt, doch nun waren sie schon so weit gekommen …

»Vergebt mir, aber ich gebe keine Informationen heraus. Ihr versteht sicherlich die Notwendigkeit von Geheimhaltung.« Sie hob ihr Kinn. Wahrscheinlicher war, dass sie nicht von einem Handel zwischen ihnen beiden profitieren würde. »Und außerdem hat er bereits gestern mit seiner Besatzung den Hafen verlassen. Grobschlächtiger Riese war er. Hat sich gut mit meiner Blüte unterhalten. Ich bin mir sicher, dass er die Rothaarige mit an Bord genommen hat, wenn er ihrer nicht sofort überdrüssig geworden ist.«

»Bedauerlich, aber daran lässt sich nichts ändern.« Morgan ließ besonders viel Enttäuschung mitklingen. »Nun, mein Gemahl und ich werden noch ein paar Tage in der Stadt sein. Vielleicht dürfen wir

Euch mit einem weiteren Besuch beehren, falls mir eine der Blüten doch gefällt?«

»Natürlich, Mrs Hemsworth. Meine Gärten sind jederzeit für Euch geöffnet.«

»Ich danke Euch.«

»Eine Kutsche wird Euch zurück in Euer Gasthaus bringen.«

Erik nickte steif, bevor sie sich gemeinsam umdrehten und dieses verfluchte Anwesen verließen.

In der Kutsche selbst saß ihr Erik dieses Mal gegenüber. Seine Haltung war angespannt, seine Kiefer fest aufeinandergepresst und die Hände auf seinen Oberschenkeln zu Fäusten geballt.

»Wir haben die Grenze des Anwesens überschritten«, verkündete sie, nachdem sie hinter die dunkelroten Vorhänge gesehen hatte. »Du kannst dich jetzt entspannen.«

Erik wandte sein Gesicht bloß schweigend ab. Anscheinend wollte er sich nicht mit ihr darüber unterhalten. Wie auch immer, es war nicht so, als hätte sie nicht genug Dinge, über die sie sich Gedanken machen könnte.

Der Umstand beispielsweise, dass sich Rhea nicht mehr im Haus der Gärtnerin befand, sondern in Gewahrsam eines fremden Kapitäns. Um seine Identität herauszufinden, müssten sie an die Bücher des Verwalters kommen. Er notierte sicherlich jede Übergabe …

Die Kutsche kam ruckelnd zum Stehen. Erik stieg zuerst aus, und obwohl sie nicht damit gerechnet hatte, reichte er ihr die Hand. Sie hätte auch ohne seine Hilfe aussteigen können, aber das Kleid hätte jeden Versuch, es auf elegante Weise zu tun, vereitelt.

»Danke schön.«

Schweigend ließ er sie los, begrüßte die Wirtin und ging vor Morgan die Treppe hinauf. Was sollte sie mit ihm tun?

Jeriah hätte sie allein schicken sollen. Sie verurteilte Erik nicht für seine Reaktion, aber er hätte sie beinahe ihre falsche Identität gekostet. Nur einen Moment länger und er hätte sich auf die Gärtnerin gestürzt.

Mutlos schloss sie die Tür ihres Zimmers hinter sich und harrte aus, bis sich ihre Augen an das dämmrige Licht gewöhnten.

Plötzlich schlossen sich Eriks Arme um sie und pressten sie an eine harte Brust.

Sie war so überrascht, dass sie im ersten Moment nichts anderes tun konnte, als vollkommen zu erstarren.

Eriks Hand schob sich in ihr Haar, sodass ein paar Nadeln zu Boden fielen. Sein Mund wanderte zu ihrem Ohr.

»Danke«, hauchte er.

»Wofür?« Ihre Stimme war kaum mehr als ein Flüstern. Sie nahm seinen Geruch nach Tannenzweigen und Seife in sich auf.

Er löste sich ein Stück von ihr, damit er in ihre Augen sehen konnte. Seine Hand wanderte von dem Haar zu ihrer Wange, während die andere fest an ihrer Taille lag. Sie spürte den Druck eines jeden Fingers.

»Dass du Jeriahs Auftrag gerettet hast«, antwortete er. Dann tat er etwas, das sie vollkommen überraschte.

Er presste seine Lippen auf ihre. Nicht sanft. Nicht liebevoll. Hart und fordernd. Sie kostete Verzweiflung und … Angst. Aber da war noch etwas anderes, und dieses andere zog sie unter Wasser. Ließ sie ertrinken.

»Erik …«, flüsterte sie, weil sie ihn aufhalten wollte, doch sie zog ihn gleichzeitig näher an sich heran. Mit dem Rücken traf sie unsanft gegen die Tür.

Er nutzte ihre Ablenkung, indem er sie mit seiner Zunge neckte und sie dazu brachte, den Mund zu öffnen. Als sie sich in dieser Art und Weise verbanden, breitete sich Hitze in ihrem ganzen Körper aus. Eine wohlige Schwere bildete sich in ihren Brüsten, als Erik mit seinen Lippen eine brennende Spur bis zu ihrem Dekolleté hinterließ.

Mit den Fingern griff sie in sein Haar, zog seinen Kopf hoch und küsste ihn erneut.

Kannst du ihm einfach so verzeihen?, erklang die altbekannte Stimme, die sich in Eriks Anwesenheit noch nie gemeldet hatte. *Er hat dich als unwürdig und schmutzig abgestempelt. Du bist eine Enttäuschung für seine Träume.*

Eriks Kuss wurde verzweifelter und härter. Seine Hand schob sich unter ihren Rock, legte sich in ihre Kniekehle und hob ihr Bein sanft an.

Aber er will dich offensichtlich nicht für seine Träume. Für das hier *bist du wohl gut genug.*

»Erik«, murmelte sie an seiner Wange. Die Worte hallten jedoch weiter in ihrem Inneren nach und weckten sie aus dieser falschen Leidenschaft auf. »Erik. Halt!«

Augenblicklich ließ er sie los, entfernte sich aber nicht von ihr. Sein Atem ging stoßweise, das Haar lag durcheinander auf seinem Kopf und seine Jacke war irgendwann zu Boden gefallen, auch wenn Morgan sich nicht mehr an den genauen Moment erinnern konnte.

Als sie ihn so sah, mit dem von Leidenschaft verschleierten Blick, wäre sie fast wieder schwach geworden. Aber das durfte sie nicht. Niemals wieder würde sie sich unter Wert verkaufen. Niemals wieder würde sie akzeptieren, dass man sie auf diese Weise behandelte.

»Halt«, wiederholte sie noch einmal, obwohl er sie längst nicht mehr berührte. Das Wort galt jedoch gleichermaßen für sie wie für ihn. »Das ist … Das ist es nicht, was du willst, Erik. Ich bin es nicht.«

Er runzelte die Stirn. »Was redest du denn da? Natürlich bist du es.«

Beinahe, oh, beinahe hätte sie nachgegeben, als sie diese Worte hörte. Aber das wäre nicht richtig.

»Du bist verletzt und verwirrt. Anstatt dich deinen Gefühlen zu stellen, versuchst du, mich mit in den Strudel zu reißen. Das ist nicht gerecht.« Tief durchatmend strich sie ihr Kleid glatt und zupfte ihren Ausschnitt zurecht, in der Hoffnung, etwas von ihrer Würde zurückzugewinnen.

»Ich …« Erik blinzelte und wich einen Schritt zurück. »Morgan …«

»Es ist in Ordnung.« Sie wartete, bis er ihren Blick erwiderte. »Tu es nur niemals wieder.« Damit ließ sie ihn stehen und flüchtete ins angrenzende Ankleidezimmer.

Ganz sanft schob sie die Tür zu, bevor sie sich mit dem Rücken daran entlanggleiten ließ. Auf dem Boden sitzend zog sie ihre Beine an.

Sie versuchte dagegen anzukämpfen, versuchte es wirklich, aber nach der ersten Träne folgte sogleich die zweite.

Es schmerzte nicht, dass er sie benutzt hatte, um sich nicht mit seinen Gefühlen auseinanderzusetzen. Es schmerzte, wie sehr sie sich wünschte, dass er den Kuss ernst meinte.

Morgan stieg in dieser Nacht nicht in ihr gemeinsames Bett.

Mehrmals machte sie Anstalten, das Ankleidezimmer zu verlassen, um sich schlafen zu legen, doch jedes Mal verließ sie der Mut. Sie würde

Eriks Nähe nicht ertragen können. Zu frisch waren die Erinnerungen auf ihrer Haut. Hauchzart wie Schmetterlinge.

Irgendwann gab sie auf und zog stattdessen widerstandsfähige Kleidung an.

Als sie das Ankleidezimmer endlich verließ, lag Erik bereits im Bett. Sie konnte in dem schwachen Licht nicht erkennen, ob seine Augen geschlossen waren oder nicht, doch sie blieb nicht, um es herauszufinden.

Lautlos verließ sie das Zimmer und trat ungesehen aus dem Gasthaus, das auch zu so später Stunde noch gut besucht war.

Erst als sie durch die neblige Stadt wanderte, konnte sie frei atmen. Das Gewicht, das auf ihrer Brust gelastet hatte, löste sich auf. Blane war vielleicht kein Anblick für die Götter, aber die gepflasterten Straßen, schlanken Häuser und Statuen, so gruselig diese auch aussahen, erinnerten sie an zu Hause. An Yastia.

Nachdem sie sich ein weiteres Mal das Osttor angesehen hatte, vor dem in der Nacht sogar vier Wachmänner patrouillierten, zog es sie dieses Mal zum Hafen. Dieser war bei Weitem nicht so groß wie der in Yastia, aber er bot freie Sicht auf das tosende Meer. Gischt liebkoste ihr Gesicht, als sie den Pier verließ und einen der Dutzend Stege betrat.

Der Anblick der vor Anker liegenden Schiffe erinnerte sie an die Worte der Gärtnerin. Auch wenn sich Erik und sie nicht direkt darüber unterhalten hatten, war ihr klar gewesen, dass ihre Suche hier noch nicht endete. Der Auftrag war noch nicht abgeschlossen.

»Hey, was machst du da?«, erklang die Stimme eines raubeinigen Seemannes. Er stand mit einem Bein auf der Reling und hielt sich mit der linken Hand am Achterstag seines Segelschiffes fest. Sie blickte ungerührt zu ihm auf.

»Spricht man so mit einer Frau?«

»Mann, Frau, was auch immer, du hast hier nichts zu suchen.« Er spuckte in die andere Richtung. Also besaß er noch ein gewisses Maß an Anstand. Das war sein Glückstag.

Sie holte eine glänzende Krone hervor und schnippte sie nach oben. Er fing sie problemlos auf, biss allerdings erst einmal auf die Münze, um sich von ihrer Echtheit zu überzeugen. Grinsend steckte er das Geld ein und trat über eine Planke auf den Steg.

»Also, wie kann ich dir helfen, schöne Frau?« Der Gestank von Schweiß vermischt mit Rum wehte zu ihr herüber.

»Ich suche nach einem Kapitän, der bis vor ein paar Tagen noch mit seinem Schiff vor Anker gelegen hat«, erklärte sie langsam, erntete jedoch nur Gelächter.

»Hast du dich mal umgesehen? Hier legen täglich neue Schiffe an und verlassen den Hafen.«

»Er muss ein großer … sehr großer Kerl sein.« Die Gärtnerin hatte ihn als grobschlächtigen Riesen beschrieben. So jemand musste doch auffallen. »Außerdem hat er sich an den Blüten der Gärtnerin bedient.«

Der Gesichtsausdruck des Seemannes wurde plötzlich ernst und er beugte sich verschwörerisch vor. »Könnte sein, dass ich so einen gesehen habe. Eine rothaarige Blüte hat er mit sich genommen, jaja.«

»Könnte sein oder hast du?« Sie zügelte ihre Aufregung.

»Nun, vielleicht muss man meinem Gedächtnis ein wenig auf die Sprünge helfen.« Er deutete mit einem Blick auf den Geldbeutel an ihrem Gürtel.

»Wie du willst.« Innerhalb eines Wimpernschlages hatte sie ihren Dolch gezückt und den Seemann mit dem Rücken an sich gedrückt. Die Klinge presste sie fest an seine Kehle. »War der Sprung ausreichend?«

»Alles gut, Weib«, beeilte er sich zu sagen. »Du sprichst von Veer Sakinnen. Sein Schiff *Alberta* hat den Hafen vor drei Tagen in Richtung Yastia verlassen. Wichtiger Auftrag, sagte er.«

»Vielen Dank«, knurrte sie, ehe sie ihn vom Steg ins Wasser schubste.

»Ich bringe dir Frühstück«, verkündete Morgan beim Eintreten. Mit der Schulter drückte sie die Tür auf, da sie das Tablett nirgendwo ablegen konnte.

Erik kam ihr entgegen, riss das Tablett aus ihren Händen und stellte es mit einem lauten Knall auf den Tisch neben dem Kamin.

»Wo – bei allen Göttern – bist du gewesen?« Er sah nicht aus, als hätte er in der vergangenen Nacht ein Auge zugemacht. Ausgleichende

Gerechtigkeit, schließlich war auch sie bis zum Morgengrauen durch Blane gewandert.

»Ich habe Erkundigungen eingeholt«, sagte sie möglichst ruhig und zog ihren Umhang – *Eriks Umhang* – aus. »Du solltest mir dankbar sein.«

»Dankbar? Dankbar?« Er baute sich vor ihr auf. »Weißt du, was für Sorgen ich mir gemacht habe? Das hier ist eine gefährliche Stadt, Morgan. Du kannst nicht allein herumspazieren und davon ausgehen, dass dir nichts geschieht.«

»Ich verstehe, dass du einen ausgeprägten Beschützerinstinkt besitzt. Deshalb nehme ich dir deinen Ausbruch gerade auch nicht böse«, erklärte sie, ohne sich von seiner Größe einschüchtern zu lassen. »Das bedeutet allerdings nicht, dass du so mit mir reden darfst. Ich bin eine Wölfin und Knochenhexe, Erik. Das ist nicht das erste Mal, dass ich allein in einer fremden Stadt bin.«

Er atmete tief durch. »Du bist nicht allein.«

»Doch. Gestern war ich das.« Sie streute Salz in die Wunde, aber er musste verstehen, dass sie keine hilflose Dame war. »Ich habe Jeriah gesagt, dass ich am besten allein arbeite und gestern hast du mir bewiesen, dass ich damit recht hatte.«

»Das stimmt nicht«, widersprach er ihr leise. »Ja, vielleicht habe ich unterschätzt, was für Auswirkungen das Treffen mit der Gärtnerin auf mich haben würde. Aber du bist nicht allein. Ich habe mich gefangen.«

Morgan hielt seinen Blick, wartete, ob er seine Meinung änderte. Wartete, dass er sich für sein gestriges Verhalten hier im Schlafzimmer entschuldigte, doch es kam nichts und das erleichterte sie. Sie hätte eine Entschuldigung nicht verkraftet.

Nickend setzte sie sich an den Tisch und bediente sich an den saftigen Trauben. »Ich bin zum Hafen gegangen.«

Erik öffnete seinen Mund, nur um ihn nach einem Blick in ihr Gesicht wieder zu schließen. Statt etwas zu erwidern, setzte er sich ihr gegenüber. »Und weiter?«

»Ein Seemann war so freundlich, mir ein paar Fragen zu beantworten. Der Mann, den wir suchen, trägt den Namen Veer Sakinnen. Sein Schiff *Alberta* hat Blane tatsächlich verlassen. Du errätst allerdings nicht, wohin er gefahren ist.«

Erik zuckte mit den Schultern. Er trug nur sein aufgeschnürtes Leinenhemd, sodass seine goldene Haut daraus hervorlugte. Haut, die sie berührt hatte …

»Yastia.«

»Das darf doch nicht wahr sein«, rief er aus und legte den Kopf in den Nacken.

»Ich habe dem Hafenmeister einen Besuch abgestattet. In seinen Büchern stand das Gleiche. Scheint so, als könnten wir Blane wieder verlassen.« Sie beobachtete Erik bei ihren Worten genau, da sie bereits ahnte, was *ihn* die Nacht über wach gehalten hatte. Es war ganz sicher nicht ihr unangebrachter Kuss gewesen.

»Scheint so, ja.« Als er bestätigend nickte, wich er ihrem Blick aus.

Morgan seufzte und beugte sich über den Tisch. »Du willst sie befreien, nicht wahr?«

»Natürlich nicht«, entgegnete er stoisch. »Das wäre wahnsinnig.«

»Es ist wahnsinnig, vom Sklaven zum Hauptmann befördert zu werden, aber das hast du trotzdem geschafft. Ich schätze, Wahnsinn bedeutet nicht immer, dass etwas unmöglich ist. Also?«

Erik rieb sich die gerunzelte Stirn. »Nun, ich werde den Sklaven helfen. Allein.«

»Nein, wirst du nicht. Schon vergessen? Wir sind gemeinsam hier.«

»Sind wir das?« Er sah sie so offen und ehrlich an, dass sie die Möglichkeit fast dafür genutzt hätte, um ihm ihr Herz auszuschütten. Aber wenn es für so etwas wie Gefühlsduseleien keinen Zeitpunkt gab, dann war es dieser hier.

»Sind wir«, bestätigte sie ihm.

Er erwiderte ihr Lächeln und gemeinsam heckten sie über dem Frühstück einen Plan aus, mit dem sie sämtliche Sklaven befreien würden.

Die Nacht würde ihnen gehören. Der flinken Wölfin und dem gerissenen Fuchs.

Kapitel · 36

Erwecke einen der alten Götter, echote es in Aithan. Er konnte nichts anderes tun, als die beiden Ältesten anzustarren. Waren sie hier, fernab jeglicher Zivilisation, dem Wahnsinn anheimgefallen? Hatten sie den Sinn für Wirklichkeit verloren? Wussten sie wirklich, worum sie ihn da baten?

»Wie soll das gehen?«, zwang er sich zu fragen. Er hoffte, dass man ihm die verräterischen Gedanken über ihre geistige Gesundheit nicht ansah. Noch konnten sie ihm helfen. Es könnte ja sein, dass er sie lediglich falsch verstanden hatte.

Gerade als er diesen Gedanken hegte, stieg jedoch die Erinnerung an Cáel an die Oberfläche. Cáel, der weder alter noch neuer Gott war. Cáel, der verflucht war und nach Morgans Meinung versuchte, seine Familie zu erwecken. Bedeutete das, dass die Ältesten und er unter einer Decke steckten?

Sein Misstrauen war jedenfalls geweckt, auch wenn es noch keinerlei Beweise gab, dass die Vermutung stimmte.

»Es gibt eine Schlafstätte, die uns bekannt ist. Wir wissen allerdings nicht, welcher Gott in ihr ruht, nur dass es nicht Themera, alte Göttin des Feuers, ist«, antwortete Nanouk unglaublich ruhig.

»Weil sie dem Fluch entgehen konnte, nicht wahr?« Sonan beugte sich vor. Anscheinend war ihr Interesse geweckt.

»Genau«, stimmte ihr Elara mit einem zufriedenen Lächeln zu. »Ihr müsst zu dieser Schlafstätte, um den Gott oder die Göttin zu erwecken. Dazu braucht Ihr außerdem einen der seltenen Dornenkristalle und die Magie einer Blut-, Web- und Knochenhexe. Das Geschlecht ist nicht wichtig.«

»Einer unserer Webhexer hat den Kristall in Yastia gespürt. Dort müsstet Ihr mit Eurer Suche beginnen.«

Aithan merkte sich die Information für später, aber noch war er nicht überzeugt.

»Warum wollt Ihr, dass wir den Gott wiederbeleben? Es kann sich dabei auch nicht um Lesha handeln.«

»Die neuen Götter haben uns im Stich gelassen.« Nanouk umfasste erneut Elaras Hand, als sie sich auf ihrem Stuhl zurücklehnte. »Wir brauchen die alten Götter. Sie werden uns aus dieser düsteren Zeit führen. Magie wird zelebriert und nicht ausgerottet werden.«

Aithan war sich nicht ganz sicher, ob er das wollte, aber was blieb ihm anderes übrig? Einer seiner Pläne hatte schon versagt. Sollte er nun aufgeben, weil er zu feige war?

»Wenn ich diesen Gott erwecke, wird er mir dabei helfen, meinen Thron zurückzuerobern?«

»Vielleicht, vielleicht auch nicht«, gab Nanouk zu. »Aber du wirst unsere immerwährende Dankbarkeit besitzen – und die der Webhexen.«

»Tu das nicht, Aithan. Das ist Wahnsinn«, zischte sein Vetter, aber Aithan hatte gelernt, ihn zu ignorieren, wenn es die Situation verlangte.

»Was genau müssen wir tun?«

»Einen sehr alten Zauber anwenden. Keine Sorge, solange ihr die Hexen oder Hexer und den Kristall habt, müsst Ihr selbst nicht magisch begabt sein«, sagte Nanouk. »Wenn alles gut geht, wird der Gott erweckt werden und wir stehen mit den Webhexen für Euch bereit.«

»Und Ihr könnt wirklich für alle Webhexen sprechen?« Es war das erste Mal, dass Olivia sich zu Wort meldete. Es erstaunte Aithan, dass sie dem Gespräch bis hierhin gefolgt war, dabei hatte er nicht für einen Moment an ihrer Klugheit gezweifelt. Verwunderlich, dass es sein Innerstes trotzdem immer wieder vergaß.

»Natürlich nicht.« Elara lachte auf. »Aber für diejenigen in unserer Obhut.«

Aithan verengte die Augen. Etwas an ihren Worten ließ ihn stutzig werden. »Wie viele sind es?«

»Ah.« Nanouk senkte anerkennend den Kopf. Oder sie wollte ihre wahren Gefühle vor ihm verstecken. »Wir zählten das letzte Mal ein halbes Dutzend.«

»Du willst ihnen dabei helfen, einen Gott zu erwecken, nur um sechs Webhexen auf deiner Seite zu wissen?«, rief Mathis aus und erhob sich erregt von seinem Stuhl.

»Setz dich, Vetter«, befahl Aithan unterkühlt. Er wartete nicht, bis er ihm gehorchte, als er fortfuhr: »Sechs sind mehr, als ich angenommen hatte. Ich akzeptierte.«

Er war ganz sicher leichtgläubig und verhielt sich nicht sonderlich kraftvoll, aber er war auch verzweifelt. Ein Jahrzehnt schon wartete er darauf, erneut auf dem Thron seines Vaters Platz zu nehmen. Er würde nicht noch länger warten.

»Dann haben wir eine Abmachung. Ich erwecke den Gott für Euch und Ihr versichert mir im Gegenzug die Hilfe der Webhexen.«

»Abgemacht.« Aithan und Nanouk reichten sich die Unterarme. Als er seine Hand zurückziehen wollte, legte Elara jedoch ihre Handflächen auf seinen Arm und den ihrer Gattin. Für einen kurzen Moment strömte Hitze durch ihn hindurch, dann kühlte er genauso schnell wieder ab.

Erschrocken hob er seinen Ärmel an und sah die goldenen Schnörkel, die sich um seinen Unterarm wanden. Sie bewegten sich, wirkten wie dünne Schlangen.

»Ein Zeichen dafür, dass wir unser Wort nicht brechen werden«, erklärte Nanouk.

Und Ihr das Eure nicht, hing ungesagt zwischen ihnen.

Nanouk und Elara schickten sie mit den Sandkriegern als Geleit zurück nach Lezan, wo sie ihre wenigen Habseligkeiten zusammenpackten. Jetzt, da Aithan ein neues Ziel, ein *konkretes* Ziel vor Augen hatte, wollte er keine wertvolle Zeit verlieren.

Die Sandkrieger begleiteten sie sogar bis ans Ende der Steppe, um sie vor Sklavenhändlern zu beschützen, die seit geraumer Zeit die Gegend unsicher machten. Aithan war ihnen dankbar, auch wenn er dies nicht ausdrückte. Die Tücher vor den Gesichtern und die schwarzen Brillen lösten in ihm noch immer Unbehagen aus. Er konnte es nicht abschütteln und so war er froh, als sich am zweiten Tag ihre Wege endlich wieder trennten.

»Bist du dir sicher, dass das eine so gute Idee ist?«, war Mathis' erste Frage, nachdem die Sandkrieger sie auf der Hauptstraße, die direkt nach Yastia führte, zurückgelassen hatten. Wenn sie ihre Pferde unterwegs austauschten, könnten sie die Strecke schon in fünf Tagen hinter sich bringen. Aithan hatte nicht vor, sein Tier bis an die Grenzen zu treiben.

»Was bleibt uns anderes übrig?« Er überprüfte noch einmal die Gurte des Sattels, bevor er sich zurück auf den Pferderücken zog.

»Sie wollen, dass wir einen schlafenden Gott erwecken, Aithan. Das ist sicherlich mit Gefahren verbunden, sonst hätten sie nicht *uns* die Aufgabe gegeben.« Mathis beugte sich in seinem eigenen Sattel vor. »Wenn sie wissen, wie der Gott erweckt werden kann und wo sich seine Schlafstätte befindet, wieso, frage ich, haben sie ihn nicht schon längst selbst erweckt?«

»Während du dich so rührend um Olivias Wohlbefinden gekümmert hast, habe ich Nanouk die gleiche Frage gestellt, Vetter. Ich bin nicht so naiv, wie du immer denken magst«, entgegnete Aithan schneidend. Sein Blick hielt Mathis' einen Moment gefangen, dann ließ er ihn über Sonan, Lima und die Prinzessin wandern. Sie waren noch dabei, ihre Vorräte zu überprüfen.

»Und was hat sie gesagt?«

»Sie haben erst vor wenigen Wochen von dem Kristall erfahren und konnten den Gerüchten bisher noch nicht nachgehen, da ihre Wanderer sie brauchen, nachdem immer mehr von ihnen überfallen und versklavt werden«, wiederholte der Prinz die Worte, über die die Älteste nicht einmal hatte nachdenken müssen. »Außerdem vertraute sie niemandem dieses Wissen an, weil sie nicht sicher sein konnte, dass die Person die Information nicht an den König oder den Hohen Priester verkauft.«

»Was sie bei uns vollkommen ausschließen kann«, führte Mathis den Gedanken zu Ende.

»Ganz genau. Trotzdem bin ich mir sicher, dass da noch mehr dahintersteckt. Wahrscheinlich glauben sie nicht, dass wir den Versuch überleben werden.« Aithan tätschelte den Hals seiner schwarzen Stute. »Aber ich bin bereit, das Risiko einzugehen. Ich bin es überdrüssig, mich irgendwo zu verstecken, Mathis. Entweder ich gebe alles, um mein Königreich zurückzubekommen, oder ich sterbe bei dem Versuch.«

Mathis erwiderte nichts darauf, was Aithan nur recht war. Er wollte sich nicht schon wieder mit ihm streiten, aber er hatte das Gefühl, dass die Kluft zwischen ihnen größer war als jemals zuvor. Dabei wünschte er sich die Leichtigkeit zwischen ihnen zurück, die mit Morgans Auftauchen verloren gegangen war. Selbst Cáels Anwesenheit hatte diesen Keil nie zwischen sie treiben können.

Bis auf ein kurzes Gewitter hatten sie während ihrer Reise großes Glück, sodass sie gut vorankamen. Nach jedem Tag tauschten sie an einer Poststelle oder in einem Dorf ihre Pferde aus und nächtigten für wenige Stunden in einem der heruntergekommenen Gasthäuser.

Dann kam der Tag, an dem Aithan Yastia … *seine* Stadt zum ersten Mal seit ziemlich genau neun Jahren betrat. Neun Jahre, in denen er heimatlos gewesen war. Neun Jahre, die er mit einer Leere in seinem Herzen leben musste. Neun Jahre, seit seine Eltern auf dem Henkersplatz hingerichtet worden waren.

»Wie fühlt es sich an?« Sie waren von ihren Pferden gestiegen und führten diese nun an den Zügeln tiefer in die Stadt hinein. Olivia schritt neben ihm und sah ihn erwartungsvoll an.

Er wollte sich nicht mit ihr unterhalten. Wollte sie nicht einmal ansehen. Aber weil er trotz allem gut erzogen worden war, unterdrückte er diese schlechten Gefühle, die überhaupt nichts mit der Prinzessin zu tun hatten. Vielmehr mit den Erinnerungen, die bei ihrem Anblick in ihm ausgelöst wurden.

»Was meinst du?«

»Mathis erzählte mir von eurer Vergangenheit. Ich dachte mir, dass es nicht leicht für dich sein kann, zurück zu sein«, erklärte sie so leise, dass er sie kaum verstand. Um sie herum herrschte reger Betrieb und sie kamen nur sehr langsam voran.

»Warum fragst du dann nach?«

»E-Entschuldige«, stotterte sie. Die blasse Hand, die um den Zügel ihrer weißen Stute lag, verkrampfte sich so sehr, dass die Knöchel deutlich hervorstachen. »Ich dachte bloß, dass es dir hilft, darüber zu reden. Verzeih mir.«

»Wenn ich darüber mit jemandem reden wollte, dann mit Mathis und nicht mit dir«, entgegnete er forsch und beschleunigte seinen Schritt, damit er nicht die Tränen in ihren Augen sehen musste. Er brauchte kein schlechtes Gewissen zu haben. Von Anfang an hatte er ihr zu verstehen gegeben, dass sie sich nicht auf ihn verlassen sollte. Er hatte sie aufgeweckt, aber mehr auch nicht. Sie sollte so früh wie möglich lernen, auf eigenen Beinen zu stehen und nicht auf die Hilfe eines anderen zu hoffen.

Nachdem sie die Brücke überquert hatten, war es nicht mehr weit bis zum Künstlerviertel. Dort wohnte einer ihrer Informanten und sie hofften, dass sie bei ihm Unterschlupf finden würden. Aithan hatte Gennar in Brimstone kennengelernt. Er hatte damals als Bote gearbeitet und seine Zeit zwischen zwei Aufträgen an den Spieltischen verbracht, wo er öfter verloren als gewonnen hatte. Ein paar Jahre nach ihrem Kennenlernen wurde eines von Gennars Landschaftsgemälden für viel Geld verkauft und plötzlich war er ein hoch angesehener Maler. Obwohl er Brimstone für immer verließ, hielten sie Kontakt und Gennar stellte sich seitdem als unerschöpfliche Quelle für Informationen heraus.

Gennar wohnte im hinteren Teil seines Künstlerateliers, das direkt an die Stadtmauer grenzte. Hier hatte er seine Ruhe, war aber noch nahe genug am Zentrum, um sich in den Trubel der Stadt zu mischen.

Aithan klopfte an die Hintertür an, die einen Moment später aufgerissen wurde, als hätte Gennar ihre Ankunft geahnt. Doch als er Aithan erblickte, riss er seine Augen vor Überraschung auf, ehe er einen Freudenschrei verlauten ließ und den Prinzen in die Arme zog.

»Mein Freund, mein Freund«, rief Gennar aus und hätte damit sämtliche Aufmerksamkeit auf sich gezogen, wenn die Straße nicht so verlassen gewesen wäre. »Kommt doch alle herein!«

»Und die Pferde?«, erkundigte sich Mathis trocken.

»Oh, natürlich, am Ende der Straße gibt es Stallungen.« Er wedelte in eine bestimmte Richtung.

»Wir machen das schon«, bot sich Sonan an und sie, Lima und Olivia übernahmen Mathis' und Aithans Pferde.

»Was führt euch zu mir?«, fragte Gennar, nachdem sie sich in seinen Salon gesetzt hatten. Überall verteilt lagen Kleidung und

Malutensilien. Aithan fand ihn dennoch gemütlich. Er strahlte eine gewisse Unschuld aus.

»Eine unerfreuliche Entwicklung«, murmelte Aithan, der sich lieber nicht auf die Vergangenheit konzentrieren wollte. Gennar fuhr sich durch sein blondes Haar, das in alle Richtungen abstand. »Wir brauchen für ein paar Tage einen Unterschlupf.«

»Ihr seid natürlich herzlich willkommen! Alles, was ihr braucht oder wollt, sagt Bescheid.« Gennar schien ehrlich erfreut, Aithan und Mathis wiederzusehen. Das Lächeln auf seinen schmalen Lippen verschwand nicht für eine Sekunde.

»Vielen Dank, Gennar. Auch für deine Unterstützung in den letzten zwei Jahren.« Aithan ließ sich ein weiteres Mal von dem schusseligen Künstler umarmen, obwohl seine Tunika über und über mit Ölfarbe verschmiert war. Er hoffte, dass sie bereits getrocknet war.

»Doch nicht dafür.« Er winkte ab und von da an war alles wieder wie früher. Sie unterhielten sich über die neuesten Entwicklungen, Gennars Kunst und das gute Essen, das er ihnen bei der Rückkehr der Frauen servierte.

Die Stunden vergingen und fast hätte sich Aithan fallen lassen können. In seinem Hinterkopf schmiedete er jedoch weiter Pläne und dafür holte er sich irgendwann Sonan zur Seite, die zwar nicht glücklich über seinen Vorschlag war, ihm aber ihre Hilfe zusicherte.

So machten sie sich am Nachmittag auf den Weg ins Juwelierviertel.

Sonan besaß eine bewegte Vergangenheit, von der er erst kürzlich erfahren hatte. Bis zu einem verhängnisvollen Tag während der sterbenden Jahreszeit war sie aufopferungsvolle Mutter und Gattin gewesen. Sie kam gerade aus dem angrenzenden Wald zurück, in dem sie rote Beeren für einen Kuchen gesammelt hatte, den sie nur zu dieser Jahreszeit machen konnte, als sie das Blut an ihrer Haustür sah. Sie wollte nicht eintreten, aber ihr blieb nichts anderes übrig. Sie musste sich der Wahrheit stellen.

Jemand war in ihr Zuhause eingedrungen und hatte ihren Mann und ihre zwei Söhne brutal ermordet. Sie hatten keine Chance gehabt …

Lange Zeit hatte sich Sonan gefragt, warum gerade sie überlebt hatte. Nicht nur einmal war sie kurz davor gewesen, ihr Leben zu beenden. An solch einem Tag kreuzte sie den Weg eines Juweliers, der gerade von Krea nach Yastia reiste. Sie unterhielten sich. Er sprach mit ihr, als wäre sie eine normale Frau. Als wäre sie nicht zerbrochen. Und so nahm sie sein zweifelhaftes Angebot an und folgte ihm in die Stadt. Von da an half sie ihm dabei, andere Juweliere zu bestehlen, um die Diamanten auf dem Schwarzmarkt zu verkaufen. Auf einem dieser Streifzüge wurde sie erwischt, festgenommen und zu den Minen gebracht.

Zuerst hatte Aithan überlegt, den Schwarzmarkt aufzusuchen, um sich dort nach dem Kristall zu erkundigen, aber warum nicht direkt der Quelle einen Besuch abstatten? Ob legal oder illegal, Sonans Juwelier musste etwas von dem Kristall zu Ohren gekommen sein, wenn er tatsächlich in Yastia gewesen war.

Das Juwelierviertel befand sich in der Neustadt direkt an der Thoan. Seit Sonans Streifzügen gab es mehr engagierte Söldner als zuvor, aber niemand hielt sie auf, als sie *Juwelier Unjen* betraten. Unjen war jedoch kein untersetzter Mann, wie Sonan Aithan glauben gemacht hatte. Unjen war eine schlanke Frau in den Vierzigern mit unzähligen schwarzen Zöpfen und dunkler Haut.

»Sonan?« Ungläubig blinzelnd trat sie hinter ihrer Theke hervor und streckte die Arme nach ihrer ehemaligen Angestellten aus. Sie berührte sie an den Schultern, wie um sicherzugehen, dass Sonan kein rachsüchtiger Geist war, der gekommen war, um Schulden einzufahren.

So ganz falsch war der Gedanke jedoch nicht.

»Schließe am besten die Tür, Unjen, wir müssen uns unterhalten«, sagte Sonan mit flacher Stimme.

Sie und Aithan waren die Einzigen, die Unjen aufsuchten, da sie nicht mit fünf Leuten als bedrohliche Kraft vor ihrer Tür auftauchen wollten. Aithan konnte gar nicht ausdrücken, wie erleichternd es war, einmal nicht auf jeden in seiner Gruppe achten zu müssen.

Unjen gehorchte schließlich und befahl ihren Wachmännern, im Verkaufsraum zu bleiben, bevor sie ihre beiden Gäste in ihr hinteres Arbeitszimmer führte. Bis auf einen Schreibtisch stand es vollkommen leer, was Aithan nur einen Moment verwunderte. Mit so vielen illegalen Machenschaften wäre Unjen ganz schön dumm, ihre Dokumente in ihrem Geschäft aufzubewahren.

»Du bist es also wirklich«, murmelte die Juwelierin. »Ich dachte, jeder wäre bei dem Angriff auf die Minen umgekommen. Wie hast du es rausgeschafft?«

»Ich hatte Glück«, sagte Sonan bloß mit einem Seitenblick auf Aithan. Sie hatten vor ein paar Tagen in einem Gasthaus von dem Überfall gehört und es kaum fassen können. Ihr Lager war so nahe gewesen. Konnte es sein, dass sie ebenfalls gestorben wären, wenn sie nicht kurz davor aufgebrochen worden wären?

»Wir brauchen deine Hilfe.«

Noch einen Augenblick länger sah Unjen Sonan an, dann verschränkte sie die Arme und wirkte plötzlich wie eine eiskalte Geschäftsfrau. Keine Gefühle mischten sich länger in die Falten ihres attraktiven Gesichtes. Sie besaß einen fraulichen, starken Körper, als würde sie regelmäßig trainieren. Aithan nahm an, dass sie des Öfteren in Auseinandersetzungen geriet, aus denen sie sich selbst befreien musste.

»Worum geht es?«

Aithan und Sonan wechselten einen Blick und er nickte ihr aufmunternd zu. Sie kannte Unjen am besten, also sollte sie die Führung in dem Gespräch übernehmen.

»Wir sind auf der Suche nach dem Dornenkristall.«

»Dem Dornenkristall?« Unjen atmete laut. »Ich bin überrascht, dass ihr überhaupt davon gehört habt.«

»Du weißt also, was für ein Kristall er ist?«

»Natürlich. Er besitzt angeblich die Fähigkeit, Magie jedweder Art zu verstärken«, antwortete Unjen sofort. »Wieso denkt ihr, dass ich euch da weiterhelfen kann?«

»Wir hörten davon, dass einer dieser Kristalle zuletzt in Yastia gesichtet wurde. Wenn jemand etwas darüber weiß, dann du.« Sonan richtete sich zu ihrer vollen Größe auf. Wieder wurde ihm bewusst, was für einen langen Weg seine Kriegerin gekommen war.

»Ich fühle mich geschmeichelt, Sonan, aber du bist hier falsch.« Unjen begab sich zur Tür. Bevor sie sie öffnen konnte, hatte Sonan sie erreicht und dagegengepresst. Ihre Gesichter waren nur wenige Zoll voneinander entfernt.

Aithan lehnte sich mit der Hüfte gegen die Schreibtischkante. Es gab Schlimmeres, als dieses Schauspiel zu beobachten.

»Verarsch mich nicht, Unjen. Ich bin für dich durch die Hölle gegangen. Also raus damit«, zischte Sonan und erhöhte den Druck mit dem Unterarm gegen ihr Schlüsselbein.

»Du hast dich verändert, Sonan«, sagte Unjen langsam. Als keine Antwort folgte, ließ sie ein tiefes Seufzen verlauten. »Fein, du kannst mich jetzt loslassen.«

Sonan zögerte den Augenblick hinaus, dann trat sie zwei Schritte zurück.

»Der Dornenkristall sollte vor ein paar Wochen an den Alphawolf der Schmuggler übergeben werden. Die Information kam erst heraus, nachdem die Übergabe schiefgelaufen ist.« Unjen rieb sich den Hals. »Ich habe mich mit einem der Wölfe unterhalten, der den Kristall zum vereinbarten Zeitpunkt am Hafen abholen sollte. Als er jedoch angekommen war, waren die Männer tot und der Kristall spurlos verschwunden.«

»Jemand ist ihnen also zuvorgekommen?«

»Es scheint so. Das Merkwürdige war, dass die Männer Verbrennungen aufwiesen, als wären sie von einem Blitz getroffen worden. Allerdings befanden sie sich in einer Lagerhalle, also bin ich mir nicht sicher, ob man dem Wolf an dieser Stelle glauben kann.« Sie vollführte eine kreisende Bewegung mit dem Zeigefinger an ihrer Schläfe. »Jedenfalls sucht seitdem jeder nach dem Kristall. Jeder will zuerst davon wissen, wenn er wieder auf den Markt geworfen wird. Was – sollen wir ehrlich sein – früher oder später geschehen wird.«

»Wieso das?«, fragte Aithan, der durch die Erzählung neugierig geworden war.

»Der Diebstahl ist nicht von einem Sammler gewesen. Also muss dieser Jemand ein anderes Motiv gehabt haben. Ein anderes außer Geld fällt mir nicht ein.«

»Vielleicht hat er ja schon einen Sammler am Haken, der aber über sein Interesse schweigt?«, überlegte Aithan laut.

»Wieso bist du der Meinung, dass kein Sammler den Kristall gestohlen hat?«

»Nachdem ich mich mit dem Wolf unterhalten habe, bin ich selbst zum Lager gegangen, um mir ein eigenes Bild zu machen. Dort traf ich auf eine Wache, die an diesem Tag Dienst gehabt hatte. Sie sagte, dass sie einen jungen Mann mit dunklem Haar und strahlend grünen Augen gesehen hat. Er hatte schamlos mit ihr geflirtet, bis er sie dazu gebracht hatte, ihren Posten zu verlassen, um ihnen beiden etwas Kräftiges zu trinken zu besorgen.« Unjen schmunzelte leicht und wirkte verträumt, als stellte sie sich vor, selbst diesem jungen Mann zu begegnen. »Als sie zurückkehrte, war der Kerl natürlich schon längst über alle Berge. Da ich nicht an Zufälle glaube, bin ich mir sicher, dass er dahintersteckt.«

»Und du denkst nicht, dass er ein Sammler ist?«

»Schätzchen, ich kenne jeden Sammler in Atheira, glaub mir, wenn ich dir sage, dass die Beschreibung des Fremden zu keinem von ihnen passt.« Sie sah Aithan so an, als wäre er ein kleiner, dummer Junge. Im Normalfall hätte er eine schneidende Bemerkung gemacht, doch er wollte keinen Fehler begehen und sie darauf aufmerksam machen, dass er eine ganz gute Ahnung davon hatte, *wer* genau den Kristall gestohlen hat.

»Der Sammler hätte genauso gut jemanden engagieren können, um die Schmutzarbeit für ihn zu erledigen, Unjen, deine Argumente überzeugen mich nicht«, entgegnete Sonan.

»Ich habe euch gesagt, was ich weiß. Der Rest bleibt euch überlassen.« Sie verzog das Gesicht, als wäre es ihr tatsächlich vollkommen egal. In ihren Augen erkannte Aithan jedoch das Aufblitzen von Interesse.

»Danke für deine Zusammenarbeit«, sagte Aithan abrupt. »Wir sollten besser gehen.«

»So früh schon?« Anscheinend hatte Unjen vergessen, dass sie diejenige gewesen war, die das Gespräch beinahe unterbrochen hatte, bevor es richtig angefangen hatte.

»Du hast uns einige Informationen gegeben, über die wir nachdenken müssen.« Er packte Sonan am Ärmel. »Nehmen wir den Hinterausgang.«

Sonan hatte ihm von dem zweiten Eingang erzählt, bevor sie sich ins Juwelierviertel begeben hatten. Er wusste nicht, woher seine Vorsicht kam, nur dass er gut damit tat, auf sein Bauchgefühl zu hören.

»Wir sehen uns, Unjen.«

Sonan stampfte an der Juwelierin vorbei und Aithan folgte ihr, auch wenn es ihn störte, seinen Rücken derart ungeschützt zu lassen.

Unjen war allerdings nicht so direkt, ihn anzugreifen, sodass sie es tatsächlich zurück auf die Straße schafften. Die Sonne ging bereits unter, was Aithan ganz recht war.

Schatten konnten die besten Freunde sein, wenn man sie zu nutzen wusste.

Sobald die Tür hinter ihnen ins Schloss fiel, sahen sich Sonan und Aithan an.

»Der Gott«, sagten sie gleichzeitig, bevor sie sich in Bewegung setzten.

»Ich kann nicht glauben, dass sich unsere Wege erneut kreuzen«, murmelte er. »Komm, wir müssen unsere Verfolger abhängen.«

»Du meinst, Unjen lässt uns mit dem Wissen nicht einfach davonkommen?« Ihre Stimme tropfte vor Sarkasmus.

»Erinnere mich daran, dich vorher genau über deine ehemaligen Bosse auszufragen.« Er lachte.

Sie hatten bekommen, was sie gewollt hatten. Jetzt mussten sie nur noch einen Weg zurückfinden, ohne von Unjens Schergen überfallen zu werden. Er bedauerte wahrlich, dass Morgan nicht bei ihnen war. Sie kannte diese Stadt, die ihm während seiner Abwesenheit beinahe fremd geworden war, wie ihre Westentasche.

Auf der Brücke konnten sie sich immerhin unter die Arbeiter mischen, die den Weg nach Hause antraten. Sonan und er zogen ihre Kapuzen über, schlichen von Schatten zu Schatten und waren dankbar für das schwindende Licht.

Sie eilten durch die sich leerenden Straßen und huschten an Karren mit quietschenden Rädern und wiehernden Pferden vorbei. Hin und wieder meinte Aithan ein Kribbeln in seinem Nacken zu spüren, das ihn dazu veranlasste, weiterzulaufen. Noch schienen sie ihre Verfolger nicht abgeschüttelt zu haben.

Obwohl er gelegentlich die Orientierung verlor, nutzte er einen Teil seiner Aufmerksamkeit, um an die unglückselige Wendung zu denken. Unter Tausenden von Möglichkeiten musste es ausgerechnet Cáel gewesen sein, der den gleichen Kristall wie er brauchte – und ihn noch vor ihm stahl. Aithans Pech schien ihm auch bis nach Yastia gefolgt zu sein.

Irgendwann zog er Sonan in einen breiten und überdachten Hauseingang, wo sie angestrengt lauschten. Das Herz klopfte heftig vor Aufregung in seiner Brust. Es ließ ihn lebendig fühlen.

Schritte auf den unregelmäßigen Pflastersteinen ertönten, näherten sich ihnen und wurden wieder leiser.

Sie warteten noch ein paar Minuten, bis sie sich sicher waren, Unjens Leute abgehängt zu haben. Erst dann machten sie sich auf den Weg zu Gennar.

Im Salon angekommen, zogen sie ihre Umhänge aus und wärmten sich am Feuer auf. Gennar ließ ihnen eine neue Kreation seines persönlichen Koches servieren, den er eigentlich gar nicht brauchte, da er allein lebte. Lammfilet mit Rosenkohl und einer herzhaften Senfsoße. So etwas Gutes hatte Aithan schon lange nicht mehr gegessen.

Er und Sonan erzählten den anderen, was sie in Erfahrung gebracht hatten. Es war unabdinglich, Cáel zu finden. Entweder er war noch immer im Besitz des Kristalls oder er hatte ihn weiterverkauft. Auch wenn sich Aithan schon allein gegen die Vorstellung sträubte, ihm wieder zu begegnen, war er bereit, seinen Stolz hintanzustellen.

»Wenn wir nur einen unserer Bluthexer hätten«, grummelte der Prinz und stellte den nunmehr leeren Teller auf den Kaminsims.

»Höre ich da das Wort Bluthexer?« Gennar hielt mitten in der Bewegung inne, den Löffel an seinen Mund zu führen. Die Soße tropfte herunter und befeuchtete sein Hemd.

»Tatsächlich wäre so jemand ziemlich nützlich«, bestätigte Aithan. »In Vadrya hatten wir drei von ihnen auf unserer Seite, aber keiner von ihnen überlebte den Weg zum Schloss.«

»Bedauerlich«, stimmte Mathis zu, ohne so zu klingen.

»Wenn das so ist ...« Gennar lachte. »Alle drei Tage kommt einer von ihnen in mein Atelier und sieht sich meine neuen Bilder an. Aithan, ich weiß, dass er hinter dem Rücken des Hohen Priesters Zauber verkauft.«

»Also glaubst du, dass er vertrauenswürdig ist?«

»So weit würde ich nun nicht gehen.« Er winkte ab. »Allerdings lässt er sich mit ein paar Kronen sicherlich dazu herab, einen Zauber zu wirken, ohne den Dux Aliquis davon in Kenntnis zu setzen.«

»Gennar, ich könnte dich ...« Freude durchströmte Aithan und er lächelte breit.

»Besser nicht, alter Freund, wir wollen Mathis doch nicht eifersüchtig machen.« Gennar schüttelte lachend den Kopf.

Mathis' Blick verdüsterte sich.

Aithans Innere fühlte sich plötzlich an, als würden sich alle Teile zusammenfügen. Am Ende wäre er derjenige, der auf Atheiras Thron saß.

Der böse Sturm wütete in der Nacht.
Das Schiff wankte links
und wankte rechts,
bis es an den Felsen zerschellte
und alle in die See warf.

Kapitel · 37

Morgan kletterte auf die Mauer und sprang auf der anderen Seite hinab. Mehrere Sträucher und ein Ahornbaum mit vergilbten Blättern boten ihr genug Deckung, um nicht von den umherstreifenden Söldnern entdeckt zu werden. Erik folgte lautlos einen Moment später. Er hockte sich neben sie und überprüfte noch einmal seine Waffen.

Es war kalt in dieser Nacht, trotzdem hatten sie auf ihre Umhänge verzichtet. Sie wären nur hinderlich und damit würden sie in dem Garten sicherlich irgendwo hängen bleiben. Ihr Plan sah so aus, dass sie die Sklaven ohne Konfrontation befreiten. Das war der schwierigste Teil, da es allein zwanzig Käfige für die Frauen gegeben hatte und sie damit rechnen mussten, dass es ungefähr gleich viele für die Männer gab.

Morgan spürte das Kribbeln der Knochenhexe. Wie einfach es wäre, ihr die Kontrolle zu überlassen und mit einem einfachen Zauberspruch sämtliche Schlösser zu öffnen.

»Ich weiß, was du denkst, aber ich kann es dich nicht tun lassen.« Erik umfasste ihre Hand, mit der sie sich bis dahin auf dem Boden aufgestützt hatte.

»Du könntest mich nicht aufhalten.«

»Bitte benutze deine Magie nicht, Morgan«, flehte er sie an.

Sie entzog ihm ihre Hand und erhob sich. »Na, komm. Zeit, etwas Gutes zu tun.«

Sie waren in den vergangenen Stunden unzählige Pläne durchgegangen, aber keiner von ihnen schien sonderlich sicher zu sein. Letztlich hatte Morgan für sie entschieden, indem sie das Gasthaus verlassen und eine Bluthexe aufgesucht hatte. Es war nicht schwer gewesen, die Heilerin ausfindig zu machen, die fast auf ähnliche Weise wie Cardea arbeitete. Von ihr hatte sie den benötigten Fluch bekommen, sodass Erik ihrer Entscheidung letztlich nichts entgegenzusetzen hatte.

Während ihres Besuches hatten sie bereits die Söldner bemerkt, die das Gelände allerdings nicht abgelaufen waren, sondern feste Posten behielten. Das machte es einerseits einfacher, da sie immer wussten, wo sie sich befanden, andererseits müssten sie des Öfteren in ihrer unmittelbaren Nähe Schlösser knacken, da sich einige von ihnen neben Käfigen postiert hatten.

Also hatten sie beschlossen, zuerst mit den Käfigen zu beginnen, die nicht so streng bewacht wurden. Als sie nun an einen von ihnen herantraten, mussten sie sich jedoch schnell wieder in die Schatten zurückziehen. Ihnen näherten sich ausgerechnet die Gärtnerin mit ihrem schlaksigen Vertreter Mr Ollensdale.

»… Brief aus Yastia. Ich war so frei, ihn für Euch zu lesen«, sagte er gerade, während er versuchte, mit dem strammen Schritt seiner Herrin mitzuhalten.

»Was will der alte Kauz? Lange nichts mehr von ihm gehört.«

»Er ist auf der Suche nach einem Sklaven namens Artem.«

»Artem?« Die Gärtnerin klang, als würde sie sich den Namen durch den Kopf gehen lassen und gleichzeitig nach Erinnerungen suchen, die mit ihm zu tun hatten. »Larkin ist noch nie so spezifisch gewesen, wenn er einen Sklaven haben wollte.«

»Anscheinend ist Artems alter Meister verstorben und …«

Morgan hörte nicht mehr, wie Ollensdale den Satz beendete. Das Rauschen in ihren Ohren war zu laut. Ihr schwindelte es, als der Name wie ein Echo in ihrem Inneren widerhallte.

Artem

Artem

Artem

»Morgan, was ist los?«, wisperte Erik an ihrem Ohr. »Sie sind weg. Wir sollten uns beeilen.«

»Entschuldige«, murmelte sie, bevor sie ihm durch das Gestrüpp folgte. Den Pfad zu benutzen, auf dem sie die Gärtnerin und Ollensdale gerade gesehen hatten, wäre viel zu gefährlich.

Morgan atmete tief durch, als sie den ersten Käfig erreichten. Sie durfte nicht zusammenbrechen. Wen auch immer Larkin meinte, Artem konnte wohl kaum ihr Bruder sein, nicht wahr? Er war kein Sklave. Ihr Artem hingegen lebte glücklich und zufrieden in Scaonia. Etwas anderes könnte sie nicht akzeptieren.

Erik machte sich zum nächsten Käfig auf, damit sie so schnell wie möglich arbeiten konnten.

»Hey, bist du wach?«, zischte sie, während sie sich bereits mit den Nadeln an dem Schloss zu schaffen machte. Durch das Licht der in regelmäßigen Abständen angebrachten Fackeln konnte sie sehen, dass sich die Person regte und langsam an die Tür des Käfigs krabbelte.

»Wer bist du?«, fragte die Sklavin mit deutlichem Argwohn in der Stimme.

»Mein Freund und ich befreien euch.«

»Was …?« Ihre Stimme war viel zu laut.

Alarmiert blickte sich Morgan um, aber ihnen näherte sich niemand.

»Hör mir genau zu.« Die Sklavin nickte. »Wir werden jeden Einzelnen von euch befreien, aber *du* trägst die Verantwortung, dass sich alle an den Plan halten, verstanden?« Ein weiteres Nicken. »Gut, du läufst gleich Richtung Norden an der Ahornallee vorbei. Am Ende triffst du auf die Mauer, aber ihr müsst euch gedulden, bis ihr sie übersteigen könnt. Sobald wir euch das Zeichen geben, klettert ihr rüber und lauft davon. Danach können wir euch nicht mehr helfen. Aber wichtig ist es, dass ihr auf unser Zeichen wartet. Wir werden die Wachen von euch weglocken.«

»Was für ein Zeichen?«

»Glaub mir, du wirst es erkennen, wenn es so weit ist.« Sollten sie es wirklich schaffen. Und wenn nicht … Daran wollte Morgan nicht denken.

Das Schloss klickte. Morgan ließ die Sklavin frei und sie schloss sich den von Erik befreiten Gefangenen an. Es war ein Risiko, sie den Weg allein gehen zu lassen, aber es wäre noch schwieriger, mit ihnen im Schlepptau alle weiteren Käfige zu öffnen.

Auf diese Art und Weise arbeiteten sie sich von Käfig zu Käfig vor, beschrieben ihnen ihren Plan und hofften auf das Beste. Schließlich erreichten sie einen Stall, vor dem zwei Wachen positioniert waren. Alles in allem hatten sie nicht mehr als eine Viertelstunde verloren, doch es brauchte nicht mehr viel Zeit, bis die leeren Käfige entdeckt werden würden. Sie hatten zwar jede Tür wieder verschlossen, aber das gab ihnen auch nicht unendlich viel Zeit.

Erik und sie wechselten einen Blick, dann begab sie sich auf die andere Seite des Stalls. Während sie über den Morast schritt, erinnerte sie sich an Aithan und Cáel. Ständig hatten sie Morgan im Wald mit ihrem lautlosen Gang überrascht, bis sich die Wölfin selbst daran versucht hatte. Noch war sie nicht so gut wie der Prinz und der Gott, aber ihr Können reichte aus, sich an den rechten Wachmann anzuschleichen. Erik hatte die linke Wache gleichzeitig erreicht und so konnten sie sich ihrer mit einem Schnitt durch die Kehle lautlos entledigen. Mit einem dumpfen Schlag trafen sie auf den feuchten Boden auf.

Erik kümmerte sich bereits um die Sklaven im Inneren des Stalls, doch Morgan war wie hypnotisiert von dem Blut an ihren Fingern. Sie hatte sie nicht rechtzeitig zurückgezogen, sodass die warme Flüssigkeit von ihrer Hand zu Boden tropfte.

Die Knochenhexe gackerte, als wäre alles nur ein Spaß. *Nicht mehr lange und du lässt mich raus. Dann bin ich frei. Frei. FREI.*

»Morgan.«

Sie schüttelte den Griff der Knochenhexe ab und folgte Erik zum Haus. Sie hofften, dass sich keine Sklaven in ihm befanden, aber sicher konnten sie sich nicht sein.

Überraschenderweise stellte es sich als lächerlich einfach heraus, die Terrasse zu betreten, da die Gartentüren nicht verschlossen waren.

»Wir gehen nicht zu weit rein. Dort im Flur und weiter links«, überlegte Morgan gerade.

»Wer seid ihr?«, rief ein Wachmann, der plötzlich um die Ecke getreten war. In Sekundenschnelle hatte er sein Schwert gezogen und mit lauter Stimme Alarm geschlagen.

»Dann eben so«, hörte sie Erik murmeln, der einen der Hexenwindbeutel nahm und auf die Wache warf, bevor er sie erreichen konnte. Sofort suchten die Wölfin und der Fuchs Deckung, als eine Explosion das Haus erschütterte. Es gab kein Feuer, keine Glut, aber einen gigantischen Sturm, der durch den Flur und den Salon fegte, bevor er nach und nach abflaute. Fensterglas zerbrach und Stein bröckelte von der Decke.

Nicht genug.

Sie hatten die Wache zwar ausgeschaltet, doch sie hörten die Rufe von vielen weiteren. Das war zwar ihr Plan gewesen, aber sie hatten vorgesehen, innerhalb der Zerstörung des Hauses zu verschwinden.

»Komm«, rief sie Erik zu und gemeinsam rannten sie, als wären ihnen die Furien selbst auf den Fersen. Sie warfen die Windbeutel von sich und sprangen durch ein zersplittertes Fenster aus der Küche hinaus.

Kurzzeitig verloren sie die Orientierung, als sie von allen Seiten Söldner hörten, die sich ihnen näherten. Sie wusste nicht, welcher der schnellste Weg wäre, bis Morgan ihren Instinkten die Kontrolle überließ und sie Richtung Norden führte.

Zweige peitschten gegen ihre Gesichter und Arme, aber sie ließ Eriks Hand nicht los, bis sie die mit Efeu bewachsene Mauer erkennen konnte. Nebeneinander kletterten sie an der rauen Backsteinwand hinauf, sprangen auf der anderen Seite herunter und rannten weiter.

Die Wachen blieben ihnen allerdings dicht auf den Fersen. Wenn sie links abbogen, hörten sie kurze Zeit später wieder ihre Schritte. Nahmen sie eine Abzweigung nach rechts, tauchten sie an der nächsten Abzweigung wieder auf. Die Verfolgungsjagd dauerte bereits mehrere kräftezehrende Minuten an, als der erste Knall ertönte.

»Sie besitzen Pistolen«, rief Erik ungläubig aus.

»Was?« Morgan konnte kaum noch laufen, geschweige denn einen ganzen Satz formulieren.

»Das sind …« Er kam nicht dazu, seinen Satz zu beenden, da in diesem Moment ein weiterer Knall erklang und Morgan einen scharfen Schmerz an ihrem Oberarm spürte.

»Verflucht. Bist du verletzt?«

»Lauf«, herrschte sie ihn an, obwohl er es war, der ihre Hand packte und hinter sich herzog.

Sie wusste nicht wie – einer der neuen Götter musste mit einem milden Lächeln auf sie hinabgesehen haben –, aber sie erreichten ungesehen den Stall mit ihren Pferden. Sofort zogen sie ihre Umhänge an, sprangen auf und galoppierten aus dem Stall. Sie mussten das Tor erreichen, bevor die Gärtnerin die Möglichkeit bekam, Alarm zu schlagen. Sie besaß vermutlich genug Einfluss, um das Tor verschließen zu lassen, und dann wäre ihr einziger Ausweg das Wasser.

Das Glück war ihnen hold. Zwar wurden ihnen von einem Wachmann wüste Beschimpfungen hinterhergerufen, weil sie seinen Schlaf gestört hatten, aber sie wurden immerhin nicht aufgehalten.

Morgan und Erik ritten so schnell und weit wie möglich und machten erst halt, als sie kurz vor Tagesanbruch den Schutz eines Waldes erreicht hatten. In der Nähe eines Baches stieg Erik als Erster vom Pferd.

»Wir sollten weiterreiten«, überlegte Morgan laut. »Sie könnten uns noch immer verfolgen.«

»Sie sind wahrscheinlich zu sehr mit dem Durcheinander beschäftigt, das wir hinterlassen haben«, widersprach Erik. »Außerdem siehst du ziemlich blass aus. Geht es dir gut?«

»Es ist alles in Ordnung.«

»Warum steigst du dann nicht vom Pferd?«

Sie sah ihn wütend an. »Vielleicht gefällt es mir ja hier oben.«

»Morgan …«

»Es ist nur ein kleiner Kratzer, aber es könnte sein, dass ich deine Hilfe benötige«, gab sie zu. Sie rechnete es ihm hoch an, dass er sie nicht auslachte, als er ihr erlaubte, sich mit ihrem linken Arm an seiner Schulter abzustützen. Er legte seine Hände um ihre Hüften und hob sie vom Pferd, als wäre sie leicht wie eine Feder. Gut, ein übertriebenes Grunzen konnte er dann doch nicht unterdrücken.

Sie verdrehte die Augen, war aber dankbar, als er sich zunächst um die Pferde kümmerte. So konnte sie durch den Schmerz in ihrem rechten Oberarm atmen, damit sie genug Kraft sammeln konnte, um ihren Umhang auszuziehen und diesen am Ufer auszubreiten. Ganz langsam ließ sie sich darauf nieder, bevor sie mit ihrer Hand die Wunde abtastete. Warmes Blut verklebte ihre Finger, aber die Verletzung schien weniger schlimm zu sein als angenommen.

»Lass mich mal sehen«, verlangte Erik. Er kniete sich neben sie und drückte sanft mit einem Tuch auf die schmerzende Stelle. »Scheint nur ein Streifschuss gewesen zu sein.«

»Von dieser … Pistole?«

»Genau. Eine neumodische Waffe, die mit Schwarzpulver gefüllt ist. Man kann nur einen Schuss mit ihr abgeben, aber wenn man gut im Zielen ist …«

»Ziemlich gefährlich«, murmelte Morgan. »Ich kann mich nicht daran erinnern, dass unser Alphawolf etwas davon weiß.«

»Oder er hat dich nur nicht in das Geheimnis eingeweiht. Der König hat die Waffen verboten, aber sie sind schon seit einer Weile in Umlauf.«

»Wer hat sie erfunden?« Sie presste die Lippen zusammen und zog das Leinenhemd von ihrer Schulter, sodass Erik ihre Wunde besser versorgen konnte. Er befeuchtete das Tuch mit Wasser aus dem Bach und kehrte sofort wieder an ihre Seite zurück. Als er sich erneut neben ihr niederließ, wehte ihr sein Geruch entgegen. Sie erinnerte sich wieder an ihren Kuss und blickte unwillkürlich auf seinen Mund.

»Jemand aus Leistia. Du weißt, dass sie ausschließlich den Gott des Todes anbeten?«

Das Tuch färbte sich immer dunkler, während der Schmerz gleich blieb. Es würde wohl eine Weile dauern, ehe sie ihren Arm wieder schmerzfrei würde bewegen können.

»Es gehörte zu meinen Studien, darüber Bescheid zu wissen, ja.«

»So, jetzt nur noch ein Verband und du bist so gut wie neu.« Erik lächelte, woraufhin sie bloß seufzte. Manchmal erinnerte er sie an ein kleines Kind. Dann dachte sie wieder an den Jungen in dem Käfig, dem sie ihre einzige Blüte überlassen hatte. Eine Blüte, die sie an zu Hause und ihre Großmama erinnern sollte. Für ihn hatte sie sich davon getrennt. Seine traurig blickenden blauen Augen hatten direkt ihr Herz berührt.

Während er in den Satteltaschen nach geeignetem Verbandsmaterial suchte, löste sie ihr Lederkorsett, damit sie ihren Arm ganz aus dem Ärmel befreien konnte. Das Blut war bis zu ihrer Hand geflossen und sie wollte ihr eigenes genauso schnell loswerden wie das der Wache, der sie die Kehle durchgeschnitten hatte.

»Was tust du da?« Eriks Stimme klang so rau, dass sie fragend zu ihm aufsah. Sein Blick verdüsterte sich, als er von dem abgelegten Korsett zu ihrem nackten Arm wanderte.

»Das Blut abwaschen«, antwortete sie, verwirrt über seine Reaktion.

Er räusperte sich, bevor er sich wieder hinsetzte und sie dabei beobachtete, wie sie mit dem feuchten Tuch ihren Arm säuberte.

»Wer ist Artem?« Sie erstarrte mitten in der Bewegung, traute sich nicht aufzusehen. Wagte es nicht einmal, tief einzuatmen, geschweige denn auf die Frage zu antworten. »Über ihn haben sich die Gärtnerin und Ollensdale unterhalten. Du bist ganz seltsam geworden, als du seinen Namen gehört hast. Oder ging es um Larkin?«

Behutsam legte sie das Tuch fort und erlaubte Erik mit einem Nicken, dass er ihr den Verband umlegte. Sie zischte, als der Stoff ihre Wunde berührte.

»Der Name meines Bruders ist Artem«, sagte sie leise. Eriks Finger bewegten sich sanft, aber bestimmt über ihren Arm. Es verlangte sie danach, sie festzuhalten, sie zu berühren, die Kuppen mit Küssen zu bedecken, aber all das war es nicht, was Erik wollte.

»Sie muss nicht unbedingt von ihm gesprochen haben …«

»Ich weiß, aber … der Zufall wäre schon ein ziemlich großer, da der Name meines Alphawolfs Larkin ist.«

An Eriks Gesicht konnte sie ablesen, dass auch er nicht an Zufälle dieser Art glaubte. Letztlich waren ihnen jedoch die Hände gebunden, bis sie nach Yastia zurückkehrten.

»Denkst du, du wirst die Stadt einfach so betreten können? Nun, da du ein Deserteur bist?«, wechselte sie das Thema, um sich nicht weiter Horrorszenarien über ihren Bruder als Sklaven ausmalen zu müssen. Trotz allem hoffte sie, dass es ein Missverständnis war. Ihrer Familie ging es gut. Es musste so sein.

»Vermutlich nicht als ich selbst, nein.« Er verknotete den Verband. »Lass uns hier ein paar Stunden rasten und dann weiterreiten.«

Sie ahnten, dass etwas nicht stimmte, sobald sie das umgefallene Boot bemerkten. Gleichzeitig stiegen sie von den Pferden ab und näherten sich dem Fischerhaus. Die Tiere ließen sie zurück.

Die Tür des Hauses war aus ihren Angeln gerissen. Auf dem Sand gab es mehrere, teilweise vom Wind verwischte Fußspuren und ein paar dunkle Tropfen …

Morgan und Erik wechselten einen unheilvollen Blick, bevor sie mit erhobenem Dolch als Erste ins dunkle Haus schritt. Sofort schlug ihr der Geruch von Tod und Verwesung entgegen und sie musste ihren Unterarm vor Mund und Nase legen. Der Gestank sagte ihr bereits alles, was sie wissen musste, trotzdem ging sie weiter hinein. Auch Erik ließ sich nicht davon abschrecken.

»Hallo?«, rief er, bevor sie die erste Leiche fanden.

Daven, der Fischer, lag neben dem Tisch, an dem sie sich so gut unterhalten hatten. Seine Brust war wie von einem wilden Tier aufgerissen worden, sodass seine weißen Rippen deutlich hervorstachen. Blut und Eingeweide hatten sich um ihn gesammelt, Fliegen und Maden taten sich daran bereits gütlich.

Tränen sammelten sich in Morgans Augen, als sie sich abrupt abwandte, nur um Hana und ihre älteste Tochter Dina zu sehen. Sie hatten es nicht ganz bis zur Treppe geschafft, als sie von dem *Tier* eingeholt worden waren. Ihre Rücken wiesen tödliche Wunden auf. Hanas Arm lag noch über Dinas Körper, aber sie hatte ihrer Tochter nicht helfen können. Das Gesicht war von mehreren Kratzern entstellt worden.

»Oh ihr Götter, was ist hier geschehen?«, wisperte Morgan, die kaum noch atmen konnte. Ihr Herz wog schwer. Wer steckte hinter diesem bestialischen Angriff? Warum sollte jemand eine Fischerfamilie überfallen? Gab es hier in der Nähe überhaupt gefährliche Raubtiere?

»Lass uns oben nachsehen«, schlug Erik vor. Auch er hatte keine Antwort auf ihre Fragen. Es schien der sinnlose Mord an einer kleinen, unscheinbaren Familie zu sein.

Im oberen Stockwerk fanden sie noch die Leichen der beiden jüngsten Schwestern Anitha und Alamana, aber Jac war unauffindbar. Sie sahen sogar im Dachgeschoss nach, doch auch dort befand er sich nicht.

»Meinst du, er wurde von demjenigen entführt, der das hier angerichtet hat?«

»Oder er konnte fliehen. Vielleicht war es einzig ein wildes Tier, das sich verirrt hat.« Erik rieb sich über die Stirn. »Wir sollten sie anständig bestatten.«

»Es wird schwer, sie hier zu vergraben.«

»Wir könnten ihr Boot nehmen und sie darin verbrennen? So wird es in Idrela gemacht.«

Sie traten gerade aus dem Haus, als sie angegriffen wurden.

Jac stürmte brüllend und mit einem scharfen Küchenmesser in den Händen auf sie zu. Erik reagierte einen Moment schneller als Morgan, ließ sein Schwert fallen und packte Jac mit beiden Armen. Trotz des Messers presste er den Jungen mit dem Rücken eng an sich.

»Ganz ruhig, Kleiner«, sagte er sanft, trotzdem verstand ihn Morgan über das Gebrüll hinweg. »Wir sind es nur. Du bist in Sicherheit. Niemand tut dir etwas.«

Morgan steckte ihren Dolch weg, als sich der Junge tatsächlich zu beruhigen begann. Von Kopf bis Fuß war er mit Blut bedeckt, aber er schien bis auf ein paar Kratzer im Gesicht unverletzt.

Behutsam nahm sie ihm das Messer aus der Hand und warf es hinter sich in den Sand.

»Was ist passiert?«

Seine Augen waren weit aufgerissen, aber er schien Morgan gar nicht zu sehen. Er war in der Vergangenheit gefangen.

»Es war das *Schwarze Biest*. Es ist hinter dir her«, flüsterte er, bevor er seinen Blick direkt auf sie fokussierte. »Du solltest fliehen.«

Ein eiskalter Schauer rann Morgans Rücken hinab und sie konnte sich nur mit größter Selbstbeherrschung davon abhalten, sich über ihre Arme zu reiben.

»Kann ich dich loslassen, ohne dass du uns angreifst, Kleiner?«

Er schluckte, als würde er gegen Tränen ankämpfen, nickte dann jedoch. Ganz langsam lockerte Erik seinen Griff, bevor er Jac freiließ und ihn zu sich umdrehte.

»Du konntest dich verstecken, nicht wahr?«

»Mein Vater ... er hat das Biest abgelenkt, damit ich rauslaufen konnte«, stotterte er. »Aber er wurde ... das Blut ... Ich habe mich unter dem Boot versteckt.«

»Das hast du sehr gut gemacht, Kleiner«, lobte ihn Erik, während Morgan zu dem Boot schritt. Es lag noch immer falsch herum, aber nun erkannte sie ein kleines Loch im Sand, durch das sich der Junge in die Freiheit gezwängt haben musste. Das Holz wies mehrere Kratzspuren von außen auf, die Morgan mit ihren Fingern nachfuhr. Es musste eine grausame Kreatur gewesen sein. Hatte Jac recht? War sie hinter Morgan her gewesen? Wieso? Sie hatte noch nie von dem Schwarzen Biest gehört.

»Hilfst du dem Kleinen beim Waschen?«, fragte Erik lauter. »Ich suche nach sauberer Kleidung für ihn.«

Sie wusste, was Erik da tat. Er wollte ihr den Anblick der Familie ein weiteres Mal ersparen.

Auch wenn sie diese Art von Schutz nicht brauchte, hieß das nicht, dass sie nicht dankbar war. Sie streckte die Hand aus, um sie dem Jungen auf die Schulter zu legen, doch er duckte sich weg. Wahrscheinlich war ihm gerade jede Nähe zu viel. Wie gut konnte sie ihn verstehen.

Sie schritten zusammen ans Meer und sie befreite ihn von der blutdurchtränkten Kleidung – als hätte er sich neben die leblosen Körper seiner Eltern und Geschwister gelegt – und wusch seine Wunden aus. Er zuckte nicht einmal zusammen, als sie dafür das Salzwasser benutzte.

Erik brachte ihm schließlich neue Kleidung und sammelte die alte ein, um sie ins Boot zu legen.

»Warum wartest du nicht bei den Pferden und passt auf sie auf, hm?«, schlug Morgan vor. Wenn sie ehrlich war, hatte sie nicht den blassesten Schimmer, was sie tat. Sie wusste nicht, wie man mit traumatisierten Kindern umging. Was sie von anderen brauchten.

Jac schien mit dem Vorschlag jedoch zufrieden. Er sagte zwar nichts, aber er folgte ihr zu den Pferden, die sich an dem hohen Gras auf den Dünen satt fraßen. Er setzte sich schweigend neben sie und nahm sogar den Wasserschlauch entgegen, den Morgan ihm reichte.

»Es tut mir so leid«, flüsterte sie, bevor sie sich abwandte, um Erik dabei zu helfen, die Körper in das Boot zu hieven. Es war keine schöne Aufgabe, aber sie fühlte sich richtig an. Diese Familie hatte ihnen ein Mahl und einen Schlafplatz angeboten, obwohl sie Fremde gewesen waren. Sie hatten es nicht verdient, in dem Haus zu verwesen.

»Meinst du, er hat recht? Dass das Biest auf der Suche nach mir gewesen ist?«, zwang sie sich zu fragen, nachdem sie ein paar Möbel zerkleinert hatten, damit das Boot besser brennen konnte. Sie legten das Holz um die Familie herum, während der Wind um ihre Ohren pfiff und an ihrer Kleidung zerrte. Der Himmel hatte sich zugezogen und zeigte sich in einem tiefen Grau.

»Noch steht er unter Schock. Es kann gut sein, dass er etwas durcheinandergebracht hat«, gab Erik zu bedenken. »Wir sollten ihm erst einmal zeigen, dass er nun in Sicherheit ist. Vielleicht können wir dann mit ihm reden.«

Sie wusste nicht, ob sie es ertragen würde, sollte sich wirklich herausstellen, dass die Familie ihretwegen gestorben war. Aber wer besaß die Kontrolle über ein solches Wesen? Larkin traute sie dies beim besten Willen nicht zu. Er hatte sich stets von Magie und magischen Wesen ferngehalten.

Es war schließlich Jac, der die brennende Fackel auf das Boot warf, bevor es das Meer zu weit hinaustrug. Sofort fingen das Stroh und die Kleidung, die sie darauf verteilt hatten, Feuer und schon bald brannte das ganze Boot lichterloh.

Obwohl die Zeit drängte, blieben Erik, Morgan und Jac so lange am Strand sitzen, bis das Boot in der nahenden Dunkelheit zu einem glühenden Punkt am Horizont zusammengeschrumpft war. Jac verlor nicht eine einzige Träne. Wie hypnotisiert sah er aufs Meer hinaus, als sich eine gewisse Entschlossenheit über seine Züge legte, die Morgan Sorge bereitete. Sie wusste vielleicht nicht viel von Kindern, aber ihr war klar, dass Trauer wichtig war, um mit der Vergangenheit abzuschließen.

Mit Jac auf Eriks Pferd verließen sie schließlich diesen unglückseligen Ort, um für die Nacht einen anderen Unterschlupf zu finden. Und vielleicht bekamen sie ja auch aus dem Jungen raus, ob er Verwandte besaß, zu dem sie ihn bringen konnten. Morgan war nicht bereit, sich in ihrer jetzigen Situation um ein Kind zu kümmern.

Auch wenn sich ihr Herz bei dem Anblick von Erik erwärmte, der sich so aufopferungsvoll um ihn sorgte. Es gab jedoch Gefahren, die auf sie lauerten, und sie konnten nicht verantworten, Jac in sie hineinzuziehen.

Kapitel · 38

Sie betraten Yastia als älteres Ehepaar verkleidet. Jac spielte ihren Sohn, was ihnen sehr gelegen kam. Die Wachmänner hielten schließlich nach ihrem Hauptmann Ausschau und nicht nach einer ganzen Familie. So wurden sie mit dem Rest der Menge problemlos in die Stadt geschwemmt.

In den vergangen anderthalb Tagen hatte der Junge kaum ein Wort gesagt, geschweige denn erklärt, was er mit seiner Warnung gemeint hatte.

Morgan wollte mehrmals nachfragen, doch jedes Mal, wenn sie in seine traurigen Augen sah, konnte sie sich nicht dazu überwinden, Druck auszuüben. Auch Erik schien nicht gegen den Blick immun zu sein.

Sie mieteten ein Zimmer im Gartenviertel. Es war der Hauptmann, der sich dafür entschied und Morgan konnte nicht umhin anzunehmen, dass dies eine Art Entschuldigung war. Er wusste, wie sehr sie Gärten und Pflanzen liebte. Aber er schwieg und weil sie sich nicht lächerlich machen wollte, indem sie ihre Gedanken laut aussprach, verabschiedete sie sich mit einem knappen Nicken von ihm.

Während er Jeriah und Cardea eine Nachricht zukommen ließ (den Brief an ihre Freundin hatte sie selbst verfasst), suchten sie und Jac den Hutmacher auf. Es war gefährlich, ihn zu besuchen, da sein Quartier direkt an das der Wölfe grenzte, aber Morgan blieb keine andere Möglichkeit. Wenn sie wissen wollte, was Larkin in ihrer Abwesenheit angerichtet hatte, musste sie zu ihm gehen. Vielleicht konnte er ihnen auch etwas zum Schwarzen Biest sagen.

»Ist dir warm genug?«, fragte sie Jac, nachdem sie zurück auf die Straße getreten waren. Sie hatten ihm auf dem Markt noch eine Mütze und Handschuhe gekauft, da es mit jedem Tag kälter wurde.

Morgan selbst trug eine hässliche braune Fellmütze, eine unförmige Jacke, in die sie sich vermutlich drei Mal hätte wickeln können, und bis zu den Knien reichende Schnürstiefel. Unter dem langen Mantel sah man gerade einmal die Schuhspitzen, was ihr ganz recht war. Niemand würde sie darin erkennen. Sie bewegte sich langsam und schwerfällig, was hoffentlich jeden Blick über sie hinweggleiten ließ. Jacs Hand lag in ihrer.

»Mir geht es gut«, sagte er abwesend. Er sah sich mit großen Augen um, nahm jede Einzelheit in sich auf und lagerte sie für später, um sie zu verarbeiten. Er war noch nie zuvor in einer so großen Stadt gewesen und Morgan wünschte sich insgeheim, dass dies auch für ein paar Jahre nicht der Fall gewesen wäre.

»... hat während eines Banketts alle anwesenden Bedienstete köpfen lassen«, hörte Morgan im Vorbeigehen. Zwei Waschfrauen standen an einer Ecke und hielten die Körbe mit den erstandenen Lebensmitteln fest an ihre fülligen Bäuche gedrückt.

»Sie hat nach der Entführung von Prinz Jathal wohl vollkommen den Verstand verloren«, erwiderte die andere Frau kopfschüttelnd. Dann waren Morgan und Jac auch schon zu weit entfernt und das Rattern eines Wagens verhinderte, dass sie noch mehr von der Unterhaltung verstanden.

Durch ein paar andere belauschte Gespräche hatten Erik und sie bereits erfahren, dass der König vorhatte, Yastia für Drarath zu verlassen. Ihm hatte der Circus so gut gefallen, dass er mit der Drarathischen Delegation in ihre Hauptstadt Ascil fahren wollte. Die Reise würde mehrere Wochen in Anspruch nehmen, aber offensichtlich fand er, dass sich sein Königreich in einer guten Lage befand. Als Kronprinz würde Jeriah die Zügel in die Hand nehmen, allerdings war sich Morgan fast sicher, dass die Macht des Dux Aliquis nicht mit der Abwesenheit des Königs schwächer werden würde. Ganz im Gegenteil.

»Hier müssen wir runter, Jac«, verkündete sie, nachdem sie auf einen kleinen, abgeschotteten Hinterhof getreten waren.

»In die Kanalisation?«

Sie hatte es nicht für möglich gehalten, aber seine Augen wurden noch größer. Amüsiert verkniff sie sich ein Lachen und hob den schweren Deckel an.

»Na, geh schon rein. Aber zieh am besten deine Handschuhe vorher aus, dann kannst du die Eisensprossen besser packen.«

Er nickte aufgeregt und gehorchte. Augenblicke später verschwand sein blonder Schopf in der Kanalisation. Sie selbst sah sich noch einmal um, aber als sie niemanden entdecken konnte, folgte sie ihm. Mit einem lauten Kratzen zog sie den Deckel zurück an seinen Platz.

Unten angekommen wartete Jac zitternd auf sie. Eilig entzündete sie eine der Fackeln, die hinter der Treppe in einer Einbuchtung lagerten. Sofort erhellte sich das feuchte Innere des Tunnels und sie führte Jac leise den Weg entlang.

Dieses Mal waren sie nur noch einen Block von der Hutmacherei entfernt. Es war ein Risiko gewesen, aber sie wollte Jac nicht länger als nötig durch die triste Kanalisation gehen lassen. Er war schon traumatisiert genug, da brauchte er nicht noch mehr Nahrung für seine Albträume.

Sie ging vor Jac in die Hocke und nahm seine Hände in ihre linke.

»Du musst jetzt ganz leise sein. Niemand darf uns hören. Niemand sehen. Wir sind Schatten, in Ordnung?«

»Wir sind Schatten.« Er wirkte wild entschlossen, sie nicht zu enttäuschen, also setzten sie ihren Weg fort.

Die ersten Kreuzungen lagen wie leblos da. Es gab keine Anzeichen dafür, dass die Wölfe zu dieser Stunde hier patrouillierten. Die Stadtwache traute sich ohnehin nicht so tief in die Kanalisation.

Jac folgte ihren Schritten so genau, dass er nur sehr leise zu hören war. Hin und wieder gab es auch Strecken, da wurde er gänzlich zum Schatten und sie hätte nicht stolzer sein können.

Bevor sie in den Tunnel einbog, an dem sowohl das Quartier der Wölfe als auch das des Hutmachers abzweigte, lauschte sie noch einmal. Sie war kurz davor, um die Ecke zu biegen, als sie das Öffnen eines Deckels vernahm. Es war ein leises Quietschen. Anscheinend hatte jemand vergessen, es zu ölen. Das kam eindeutig aus der Richtung des Schmugglerquartiers.

Lautlos drückte sie Jac in eine andere Abzweigung, löschte in einer Pfütze ihre Fackel und presste sich dann mit dem Rücken gegen Jac. Sie verschmolzen mit der Wand.

Das Herz pochte heftig in ihrer Brust, als sich ihre Augen langsam an die Dunkelheit gewöhnten. Wasser tropfte herab und mischte sich mit den näher kommenden Schritten. Sie gehörten also keinem der wirklich guten Wölfe. Sie alle konnten lautlos und mit geschlossenen Augen durch die Kanalisation wandern.

Sekunden vergingen. Dann sah sie das Licht der Fackel, das schwarze Schatten an die abgerundeten Wände warf. Es kam näher und näher und … entfernte sich wieder.

Sie gestattete sich erst auszuatmen, als sie die Schritte nicht mehr hören konnte.

»Schnell.«

Es war ihr gleich, dass ihre Schritte nun lauter waren. Sie brauchten die Sicherheit des Hutmachers und könnten das Risiko, entdeckt zu werden, nicht noch einmal eingehen.

Morgan öffnete die Luke und stieg zuerst in den vollgestellten Keller. Jac folgte ihr ohne zu zögern und sobald der Deckel geschlossen war, lächelten sie sich beide an. Wieder tat ihr Herz weh, weil dieser Junge in so jungen Jahren so großen Schmerz erfahren hatte.

»Kann ich jetzt wieder reden?«, flüsterte er.

»Erst müssen wir nachsehen, ob der Hutmacher allein ist.« Sie zog ihre Mütze und ihren Mantel aus, legte beides auf einen Tisch und half auch Jac dabei, sich zu entkleiden. Anschließend stiegen sie die Treppe hoch, übergingen die knarzenden Stufen und betraten das Dach. Eine Petroleumlampe war bereits entzündet worden und der Tisch gedeckt.

»Hat er uns erwartet?« Jac blinzelte erstaunt von ihr zu dem Tisch mit der gefüllten Glaskaraffe. Honigwein.

»Es würde mich nicht wundern.« Sie schmunzelte. »Bedien dich ruhig. Dafür hat er es ja hingestellt.«

Das ließ sich Jac nicht zweimal sagen. Er trank etwas von dem süßen Wein und naschte einen Keks. Es dauerte jedoch nicht lange, bis ein kräftiger Windzug durch das Haus fuhr und die Tür klappern ließ.

»Ich glaube, wir können uns nach unten begeben«, deutete sie das Zeichen des Hauses. Sie wusste nicht, ob sie wirklich daran glaubte, dass sich das Haus mitteilen konnte, aber sie war für den Moment bereit, es zu akzeptieren.

Mit der Petroleumlampe in der Hand führte sie Jac hinab in den Wohnbereich des Hutmachers. Er hielt sich wie erwartet in der Küche auf und bereitete gerade das Abendessen zu.

»Meine Wölfin«, rief er aus, nachdem Morgan eingetreten war. Sofort zog er sie in seine Arme und schenkte ihr all die Liebe, die er ihr nie verweigert hatte. »Du bist zurück.«

»Endlich.« Sie lachte.

»Das kann ich nur betonen. Wen haben wir denn da?«

Morgan trat aus dem Weg, damit sich Jac und der Hutmacher gegenseitig betrachten konnten.

»Hutmacher, das ist Jac. Jac, der Hutmacher.«

»Höre ich das richtig? Hutmacher?« Er zog die Nase kraus.

»Oh, ein kleiner Frechdachs, hm? Ja, du hast richtig gehört.« Der Hutmacher zwirbelte seinen Schnurrbart.

»Wieso hast du keinen Namen?«

»Das ist mein Name.«

»Es ist ein dummer Name.«

»Jac!« Morgan lachte auf. Sie wusste, dass sie ihn vermutlich zurechtweisen musste, aber dazu fehlte ihr die Ernsthaftigkeit. Der Junge war einfach wundervoll.

»Schon gut, schon gut.« Der Hutmacher deutete auf den Tisch. »Möchtest du vielleicht schauen, warum die Uhr nicht funktioniert? Ich habe sie geöffnet, aber all die Räder und Zähne … nun, ich bin eben nur ein Hut- und kein Uhrmacher.«

Jac verengte die Augen, aber seine Neugier gewann die Oberhand und er schlich rückwärts zum Tisch. Es wäre lustig gewesen, wenn dieser Argwohn Morgan nicht an das Schicksal seiner Familie erinnert hätte.

»Darf ich die Werkzeuge benutzen?« Jac hatte sich vor die Kuckucksuhr gesetzt, deren Innenleben durch eine geöffnete Kappe sichtbar war. Neben der Uhr lag eine Ledermappe, in der mehrere metallene Utensilien glänzten.

»Dafür sind sie ja da, Junge.«

Und so hatte er Jac ausreichend abgelenkt, um sich in Ruhe mit Morgan unterhalten zu können. Sie bewunderte seine Gerissenheit.

»Die Stadt ist gefährlich, kleine Wölfin.« Er bedachte sie mit einem ernsten Blick aus seinen silbernen Augen. »Es war ein Wagnis, zurückzukehren.«

»Larkin?« Sie standen dicht neben dem Herd, auf dem diverse Kochtöpfe standen und einen wunderbaren Duft verbreiteten. Das

Brodeln des Wassers war laut genug, um ihre gedämpften Stimmen zu verschlucken.

»Er hat jeden einzelnen Wolf auf dich angesetzt. Du hast ihn in seiner Ehre gekränkt, so scheint es.« Der Hutmacher griff nach seinem Stock, den er gegen die Küchenzeile angelehnt hatte. Die Runen an seinen Händen bewegten sich langsam. »Dabei dachte ich, er würde sich über die Nachricht deines Überlebens freuen.«

»Er wollte mich zu sich zurückholen, in der Nacht, als ich mich mit Thomas traf.« Sie berichtete ihm leise von den Ereignissen in jener Nacht und wie sie den Wölfen nur knapp entkommen waren. »Thomas wollte mir etwas Wichtiges mitteilen, aber leider wurde unser Gespräch unterbrochen. Jedenfalls glaube ich, dass noch viel mehr hinter dem Verrat an mich steckt. Thomas, Rhion … Irgendjemand hatte einen Plan. Vielleicht gab es auch mehrere und sie durchkreuzten einander.«

Morgan rieb sich über die gerunzelte Stirn. Frustriert und erschöpft von der langen Reise.

»Es scheint mir, als würdest du ein weiteres Gespräch mit ihm führen müssen. Koste doch mal.« Er reichte ihr den Kochlöffel, den er zuvor in die dunkle Soße getaucht hatte. Morgan nahm den Löffel in die Hand und probierte die köstlichste Soße, die sie seit langer Zeit gegessen hatte. Ente, Petersilie, dunkler Pfeffer. »Ah, es schmeckt dir also.«

»Mein Gesichtsausdruck war eindeutig, nicht wahr?« Sie lachte und legte den Holzlöffel zur Seite.

»Könnte man so sagen. Kannst du genauso meine nächste Frage erkennen?« Er sah sie an.

Seufzend wandte sie sich ab und lehnte sich an den Küchenschrank, während er mit den Vorbereitungen für das Essen fortfuhr.

»Seine Eltern sind vom Schwarzen Biest überfallen worden. Keine Ahnung, was das ist und was es wollte, aber Jac ist der Einzige, der überlebt hat. Wir konnten ihn wohl kaum zurücklassen …«

»Interessant. Von solch einem Biest habe auch ich noch nicht gehört. Ich werde mich einmal erkundigen. Wo genau war der Überfall?« Sie nannte ihm die zwei nächsten Dörfer. »Was habt ihr so weit im Norden getan? Ich war der Meinung, dass du dich in den Süden absetzen würdest.«

»Erik und ich sind nach Blane gereist, um der Gärtnerin einen Besuch abzustatten.«

Der Hutmacher bewegte sich so schnell, dass er den Gehstock neben sich anstieß. Morgan konnte ihn gerade so noch festhalten, bevor er auf den Holzfußboden knallte.

»Alles in Ordnung?« Jac blickte von der Uhr auf.

»Ja, nur ein Versehen«, beschwichtigte sie ihn und wartete, bis er sich erneut abwandte. Dann reichte sie dem Hutmacher den Stock. »Ich nehme an, du kennst ihren Ruf?«

»Nur zu gut«, murmelte er. »Ihr habt eine Begegnung mit ihr heil überstanden, das ist gut.«

»Sie allerdings nicht.« Während sie den Tisch deckten und Jac die Uhr an den Rand schob, berichtete sie ihm von ihrer Befreiungsaktion. »Wahrscheinlich werden wir nun auch in Blane gesucht. Bald gibt es keine Stadt mehr, in der kein Kopfgeld auf mich ausgesetzt ist.«

»Du solltest vorsichtiger sein.« Es war ungewohnt, ihn auf diese väterliche Weise sprechen zu hören, aber sie akzeptierte den Rat mit einem Nicken. Es war ja nicht so, als würde sie täglich mit fürsorglichen Bemerkungen bedacht werden. »Ich hoffe, es schmeckt euch. Greift zu.«

Morgans Appetit war nach dem Gespräch nicht sonderlich groß, aber sie genoss es, Jac beim Essen zuzusehen. Auch wenn er noch immer nicht über das Geschehene gesprochen hatte, so schien es ihm doch von Moment zu Moment besser zu gehen. Oder sie redete sich das nur ein, weil sie es nicht ertragen könnte, etwas anderes zu sehen.

Irgendwann begann der Hutmacher, wie so oft, vor sich hin zu summen. Morgan hörte kaum hin, bis ihr etwas an der Melodie bekannt vorkam. Sie horchte auf. Die Melodie wiederholte sich.

»Was ist das für eine Melodie, Hutmacher?«

»Das hier?« Er summte die Melodie erneut und wartete auf Morgans bekräftigendes Nicken. »Sie gehört zu einem vinuthischen Kinderreim.«

Sie hatte die gleiche Melodie in Larkins Arbeitszimmer gehört, als er seine Spieluhr geöffnet hatte. Aufgeregt beugte sie sich vor. Sie hatte keine Ahnung, warum es so wichtig war, aber es fühlte sich an, als wäre sie etwas Bedeutendem auf der Spur.

»Kennst du den Reim auswendig?«

»Natürlich. Aber lass mich vorher ein Glas Wein zu mir nehmen. Nur für die Stimmung.« Er erhob sich mithilfe des Gehstocks und kehrte Augenblicke später mit dem Glas zurück. »Nun gut, ich singe ihn euch vor, aber lacht nicht über meine Stimme.«

»Ich lache schon jetzt«, murmelte Jac so leise, dass sich selbst Morgan nicht sicher war, ihn verstanden zu haben. Bevor sie ihn rügen konnte, setzte der Hutmacher an:

»Die Schicksale gewoben mit ihren Händen.
Drei Göttinnen im Haus der weißen Wände.
Nur ihnen gehört die unvorstellbare Macht,
Während sie über die Fäden streichen – Nacht um Nacht.

Der Ort, an dem sie einsam verweilen,
Über das Schicksal der Sterblichen entscheiden,
Er ist geschützt von Abertausend Najaden,
Bewacht durch goldene Speere der Oreaden
Und verschleiert, ganz tief versteckt
Im immerschlagenden Herzen der Korrigans –

Niemand wird die Insel betreten.
Jeder Weg ein anderer.
Die Magie von Grainne im Fleisch der Sieben,
Mathas Lächeln geritzt im Baum der Zeit
Und Clidnas Stimme eingebrannt – eine Ewigkeit
Im vergifteten und entblößten Hexengeist.«

»Das habe ich noch nie gehört«, sagte Morgan mit gerunzelter Stirn. »Du bist sicher, dass es in Vinuth gesungen wird?«

Der Hutmacher nickte. »Manche sind der Meinung, es würde den Weg auf die Insel der Schicksalsgöttinnen weisen. Aber jeder, der sich allein mit dem Reim als Hinweis auf den Weg begeben hat, ist nicht mehr zurückgekehrt.«

»Deine Stimme ist scheußlich«, grummelte Jac und erhob sich abrupt. »Aber ich habe die Uhr repariert. Du kannst sie wieder zusammenbauen.«

Er wartete keine Antwort und auch kein Lob ab. Stattdessen floh er aus der Küche in den Wohnraum. Morgan wollte ihm hinterhereilen, aber der Hutmacher hielt sie mit einer Hand an ihrem Unterarm davon ab.

»Lass ihn bei mir, Wölfin.« Seine Stimme war leise, aber bestimmt. »Deshalb hast du ihn mitgenommen, nicht wahr?«

Ihre Wangen färbten sich rot. So leicht waren ihre Handlungen also zu durchschauen?

»Ich würde dich nicht darum bitten, wenn ich nicht in dieser Gefahr schweben würde. Ich kann mich kaum selbst beschützen, wie soll ich da verantworten, ihn bei mir zu behalten?«

»Du bittest mich nicht darum. Ich habe es angeboten.« Der Hutmacher nahm einen tiefen Schluck von seinem Glas. »Ich werde ihn beschützen, bis du dich selbst um ihn kümmern kannst.«

»Das würdest du tun?«

»Du musst mir nur einen kleinen Gefallen tun.«

»Alles.«

»Halte dich von der Gärtnerin fern.«

Kapitel · 39

Der Abschied von Jac fiel Morgan schwerer als gedacht. Er begegnete ihr mit ausgesuchter Kälte, als wäre es ihm ganz gleich, wohin sie ihn verfrachtete. An seinen zusammengepressten Lippen und dem springenden Kehlkopf konnte sie jedoch erkennen, dass es ihm genauso wehtat wie ihr. Sie umarmte ihn trotz seiner Proteste und überraschte sich selbst wahrscheinlich am meisten damit.

Bevor sie von ihrer Entscheidung ablassen konnte, verließ sie das Haus auf dem gleichen Weg, wie sie es betreten hatte. In der Kanalisation war es so ruhig, dass sie ein paar Blocks mehr in ihm voranschritt, bis sie den Henkersplatz erreichte. Von dort aus ging sie überirdisch weiter, grub sich tiefer in ihren Mantel und betrat schließlich das Gasthaus, in dem sie Erik treffen würde.

Ein musternder Blick des Schenkraumes später und sie fand ihn in der hintersten, leicht erhöhten Ecke. Eine schwarze Kappe warf einen tiefen Schatten über sein Gesicht, aber die untere Partie würde sie immer wiedererkennen. Ob unrasiert oder wie jetzt mit einem ruppigen Bart.

Sie schlenderte zu ihm hinüber, machte sich klein und unscheinbar. Blicke streiften sie, zogen weiter.

»Ist hier noch ein Plätzchen frei, guter Herr?« Sie legte eine Hand auf den einzigen freien Stuhl zu seiner Linken.

»Wo ist Jac?«

Ihr Herz krampfte sich zusammen, aber sie ließ sich nichts davon anmerken. Mit gezielt langsamen Bewegungen setzte sie sich hin und zupfte nacheinander die Handschuhe von ihren Händen. Ein Bein schlug sie über das andere.

»Ich habe ihn beim Hutmacher gelassen.« Sie hob eine Hand. »Bevor du dich jetzt aufregst, denk bitte nach. Ist er an unserer Seite wirklich sicher? Können wir es verantworten, ihn bei uns zu lassen, obwohl wir wissen, dass gleich mehrere … Personen auf uns Jagd machen?«

Er presste die Lippen zusammen, wirkte so wütend, als wäre er kurz davor, die Beherrschung zu verlieren. Aber er atmete tief durch die Nase ein. Dachte über ihre Worte nach.

»Du hättest mir die Möglichkeit geben sollen, mich von ihm zu verabschieden.«

»Wir sehen ihn schon bald wieder, Erik.«

»Der Junge wurde von seiner ganzen Familie verlassen. Glaubst du nicht, dass es ihm wehtut, nun auch von uns getrennt zu werden?«

»Ihm oder dir?«

Er runzelte die Stirn. »Was willst du damit andeuten?«

»Nichts … Hör zu, es tut mir leid, aber es war richtig so. Der Hutmacher wird gut auf ihn achtgeben«, versprach sie ihm und lächelte zuversichtlich. Nach und nach verließ ihn der Zorn, sodass nunmehr Erschöpfung zurückblieb.

»Und du vertraust ihm? Dem Hutmacher?«

»Mit meinem Leben«, antwortete sie wahrheitsgemäß. Es war das Einzige, was ihn beruhigte.

Während sie zu Abend aßen, teilte ihr Erik mit, dass er sowohl Cardea als auch Jeriah eine Nachricht hinterlassen hatte. Er hoffte, dass sich Jeriah spätestens am nächsten Morgen mit ihm in Verbindung setzen würde. Um Cardea würde sich Morgan später kümmern, dann, wenn sie entschieden hatte, dass es sicher wäre, sich ihr und Thomas zu nähern. Sie wollte Larkin nicht direkt am ersten Tag nach ihrer Rückkehr zu ihrer Schwachstelle führen.

Da sie bereits beim Hutmacher gegessen hatte, rührte sie lustlos in ihrem Eintopf.

In ihrem Kopf herrschte großes Durcheinander. Der Kinderreim grub sich immer tiefer in den Verstand und löste eine Lawine an Fragen aus, die sie nicht beantworten konnte. Wo hatte sie ihn schon einmal gehört? Warum besaß Larkin eine Spieluhr mit einer vinuthischen Melodie, wenn er doch Atheiraner war? Oder war er vielleicht in Vinuth geboren? Ihr fiel ein, dass sie sich nie nach seiner Herkunft erkundigt hatte.

»Erik«, sagte sie zögerlich und wartete, bis er ihren Blick erwiderte. »Kennst du den vinuthischen Kinderreim über die drei Moiren?« Sie rezitierte die erste Strophe.

»Ja, in Lohnam wurde er immer zum Fest der Drei gesungen.«

Stirnrunzelnd dachte sie darüber nach, konnte sich aber wirklich nicht an eine derartige Feierlichkeit erinnern. »Ich glaube, bei uns gab es das nicht. Oder wenn, war es sicherlich nur sehr rudimentär. Mein Dorf ist ... war ganz klein.«

»Nun ja, es war die einzige Zeit im Jahr, die ich genießen konnte.« Er schob die Schüssel beiseite, um seine Unterarme vor sich auf den Tisch zu legen. Sein Mundwinkel zuckte leicht, als würde ihn eine angenehme Erinnerung heimsuchen. »Mein Vater vergrub sich meistens so tief in den Branntwein, dass er nicht mehr ansprechbar war und deshalb auch nicht spielen gehen konnte. Ich schloss mich dann den anderen Kindern an und verkleidete mich als einen der Verfluchten Sieben. Es gab auch einige, die sich als Baum der Zeit oder die Hexe kostümierten. Frauen trugen weiße Perücken, um als Moiren durch die Straßen zu wandern. Der Anblick war nicht immer willkommen.«

»Also kennt in Lohnam jeder dieses Lied?«

»Es ist sehr bekannt, ja. Wieso fragst du?«

Bedeutete das vielleicht, dass Larkin in Lohnam geboren worden war oder dort zu einem Zeitpunkt in seinem Leben viel Zeit verbracht hatte?

»Es kam mir so bekannt vor, nachdem der Hutmacher die Melodie vor sich hin gesummt hat, aber ich kann mich nicht erinnern, wo ich sie schon einmal gehört habe.« Abgesehen von Larkins Arbeitszimmer. »Der Hutmacher sagte außerdem, dass es den Weg zur Insel Claoni beschreibt? Um die Schicksalsgöttinnen aufzusuchen.«

»Das galt als allgemeine Wahrheit, aber ich kenne niemanden, der es gewagt hätte, mit nichts anderem als mit einem Reim bewaffnet aufzubrechen.« Er zwinkerte ihr zu. »Womöglich hat dir den Reim jemand als Kind vorgesungen und deshalb kannst du dich nicht mehr an den genauen Moment erinnern?«

»Das könnte sein.« Sie stimmte ihm nur zu, weil sie sich nicht weiter darüber unterhalten wollte. Es war besser, ihre Theorien und Gedanken vorerst für sich zu behalten. Denn neben dem Reim beschäftigte sie noch immer der Verrat und sie spürte, dass sie nur einen Zoll von der Wahrheit entfernt war. Nachdem sie sich noch einmal mit Thomas unterhalten hatte, würde sie definitiv einen Weg finden müssen, um Rhion zur Rede zu stellen. Allerdings würde dieses Unterfangen auf einen späteren Zeitpunkt verschoben werden müssen.

Schweigend kehrten sie irgendwann in ihr gemietetes Zimmer zurück. Obwohl sie sich nicht gestritten hatten und Erik letztlich eingesehen hatte, dass es besser war, Jac beim Hutmacher zu lassen, herrschte eine gewisse Anspannung zwischen ihnen. Keiner von beiden machte Anstalten, diese aufzulösen, sodass sie in verschiedenen Betten einschliefen.

Das Klicken von etwas Hartem gegen die Fensterscheibe ließ Morgan aus ihrem Traum aufschrecken. Für einen kurzen Moment hatte sie gedacht, dass der Spinnenvogel, der sie im verwunschenen Wald attackiert hatte, ihr bis nach Yastia gefolgt war.

Sofort griff sie nach ihrem Dolch und trat damit an das einzige Fenster in ihrem Zimmer. Auch Erik war durch das Klicken erwacht und näherte sich ihrem Ziel von links.

»Ist das eine Krähe?« Es war noch immer dunkel, trotzdem konnte sie die Umrisse des Vogels erkennen. Er stieß in einem stetigen Takt mit der Schnabelspitze gegen das Fenster, als würde er um Einlass bitten.

»Das ist … seltsam.« Erik trat noch näher, um einen besseren Blick auf das Tier zu erhaschen. »Es ist wirkliche eine Krähe. Und sie trägt etwas am Bein.«

»Vielleicht eine Nachricht … Ich öffne das Fenster, du schnappst dir den Vogel. Oder die Nachricht.«

»Wir könnten auch die Rollen tauschen«, schlug er grinsend vor.

Morgan stieß ein tiefes Seufzen aus, bevor sie die Hand auf den Fensterverschluss legte.

»Bereit?« Sie wartete sein Nicken ab, dann öffnete sie das Schloss und schob das Fenster hoch.

Anders als erwartet, blieb die Krähe brav auf dem Sims sitzen und streckte lediglich das Bein mit der Nachricht aus. Erik sah Morgan kurz an, dann löste er vorsichtig die kleine Pergamentrolle von ihrem Fuß. Die Krähe stieß einen lauten Schrei aus, der Morgan durch Mark und Bein ging, bevor der Vogel davonflatterte.

»Wer weiß, dass wir uns hier ein Zimmer gemietet haben?«, überlegte Morgan laut, während Erik die Nachricht aufrollte, um sie ihr dann zu reichen. »Dieser verfluchte …«

»Es scheint so, als hätte Jeriah dem Falschen vertraut«, kommentierte Erik mit zusammengebissenen Zähnen, nachdem er seine Brille aufgesetzt und den Brief selbst gelesen hatte. »Ich hätte es wissen müssen.«

»Er hat nicht nur Jathal, Erik, irgendwie hat er seine dreckigen Hände auch an Cardea bekommen.«

Meine liebste Morgan,

du strahlst wie der hellste Morgen und der romantischste Abend. Wärest du nur an meiner Seite, dann …

Lassen wir das, du weißt bereits, wie mich deine Schönheit berührt. Ich erwarte dich und Jeriah innerhalb der nächsten zwei Tage in der kleinen Stadt Katta östlich von Yastia, damit er seine Seite des Handels einhält. Cardea und Jathal erwarten eure Ankunft. Cardea sieht übrigens ganz zauberhaft aus mit ihrem goldenen Haar und den grauen Augen.

Cáel

Ganz unten klebte eine kurze Strähne goldenen Haares, um Morgan zu beweisen, dass er Cardea wirklich in seiner Gewalt hatte. Wenn sie Thomas zuvor für unfähig gehalten hatte, so sah sie ihn jetzt als vollkommenen Versager. Wie hatte er zulassen können, dass Càel Cardea entführte?

Oder vielleicht hatte er dies gar nicht zugelassen, sondern war bei dem Versuch, sie zu verteidigen, gestorben? Ein Gedanke, der sie glücklicher machte, als sie rechtfertigen könnte.

»Was genau will er?« Erik nahm den Brief ungefragt wieder aus ihren Händen und studierte ihn ein weiteres Mal.

»Ich war nicht ganz ehrlich zu dir«, gestand Morgan und rieb sich über den Nasenrücken. Wahrscheinlich würde sie Kluft zwischen ihnen gleich weiter auseinanderreißen, aber es blieb ihr keine andere Möglichkeit. Sie konnte ihn nicht blind in diese Sache verwickeln.

»Ach ja?«

»Am besten setzt du dich«, murmelte sie.

»Danke, ich stehe lieber.« Er zerknüllte den Brief, als er die muskulösen Arme vor seinem nackten Oberkörper verschränkte. So warm war es in diesem Zimmer nun auch wieder nicht …

»Cáel ist, wie du schon weißt, kein Herzog aus Leistia. Er ist …« Sie schluckte. »Er ist nicht mal ein Mensch.«

»Was meinst du damit? Ist er auch ein Knochenhexer?«

»Nein, nicht ganz. Er ist der Sohn der alten Feuergöttin Themera und lebt bereits seit ein paar Jahrhunderten. Oder Jahrtausende? Ich bin mir nicht ganz sicher.« Sie hob eine Schulter. »Ziemlich verrückt, ich weiß, aber es ist die Wahrheit. Ich lernte ihn in meiner Zeit nach den Minen kennen und seitdem hat er versucht, mich aus dem Weg zu schaffen.«

»Ein Gott?« Erik schüttelte den Kopf. »Er kommt mir eher wie ein gemeiner Krimineller vor als ein *Gott.*«

»Das liegt vermutlich daran, dass er ein krimineller Gott ist.« Tatsächlich brachte sie die Bezeichnung zum Schmunzeln. »Jedenfalls ist er verflucht oder etwas in der Art. Er kann seine Macht nicht benutzen, weshalb er bereits in der Vergangenheit versucht hat, diesen Umstand rückgängig zu machen. Das glaube ich jedenfalls. Könnte auch sein, dass er versucht, seine Familie zu erwecken. Er hält sich da immer sehr bedeckt.«

»Du scheinst dich ja wirklich lange mit ihm beschäftigt zu haben«, knurrte Erik. Sie sah ihm nicht an, ob er ihr die Sache mit dem Gott bereits glaubte oder noch damit haderte.

»Ich habe mich unfreiwillig in seiner Nähe befunden und letztlich hat er mich das gekostet, was mir am meisten am Herzen gelegen hat«, sagte sie leise. Frustriert von diesem Gespräch strich sie sich übers Gesicht und wandte sich ab, um hin und her zu laufen. »Durch einen unglückseligen Umstand … vielleicht auch glücklichen, kann er mir nicht mehr schaden. Das heißt für ihn aber anscheinend nicht, dass er nicht meine Freunde als Druckmittel einsetzen kann. Du hast gefragt, was er will? Nun, es gibt nur eine Möglichkeit, das herauszufinden.«

»Ich werde Jeriah nicht absichtlich in Gefahr führen, Morgan! Wenn das wirklich stimmt, was du sagst, dann … Ein Prinz kann nicht gegen einen Gott bestehen.«

»Jeriah hat Cáel sein Wort gegeben, dass er ihm sein Blut und seine Magie zur Verfügung stellt, wenn die Zeit gekommen ist«, erinnerte ihn Morgan an die Abmachung. »Solange Cáel diesen Gefallen nur einlösen will, wird Jeriah nichts geschehen.«

»Aber warum hat er dann Cardea entführt und verlangt nach deiner Anwesenheit?«

»Das ist die Frage, nicht wahr?«

»Morgan, ich glaube nicht, dass wir uns darauf einlassen sollten.« Erik trat vor und berührte sie scheinbar unbewusst an ihrer Schulter. Er sah sie durchdringend an. Fast gab sie nach. Fast handelte sie gegen ihre eigenen Instinkte.

»Uns bleibt keine andere Wahl. Wir müssen Jeriah zu ihm bringen.«

Auch wenn Erik nicht glücklich darüber war, gab er schließlich nach. Er würde Jeriah Cáels Nachricht überbringen und dann ihn die Entscheidung treffen lassen. Sein Freund würde ihm andernfalls nicht verzeihen.

Am Nachmittag machten sie sich gemeinsam zum Hafen auf, in der Hoffnung, Jeriah anzutreffen. Noch hatte er ihnen keine Nachricht zukommen lassen, also hofften sie, so einen Moment zu bekommen, in dem sie sich unterhalten konnten. Das Problem war bloß, dass er sie nicht erkennen durfte. Sie hatten sich erneut verkleidet. Dieses Mal sogar noch um einiges sorgfältiger als bei ihrer Ankunft in der Stadt, weil sie mit vielen bekannten Gesichtern rechneten. Erik und sie trugen löchrige Lumpen, die aus verschiedenen Stofflagen bestanden, unter denen sie problemlos ihre Waffen verstecken konnten. Morgans Haar hatte sie unter einer rauen Wollmütze versteckt und Eriks eigenes ließ er wirr in sein Gesicht fallen, das bereits durch den wuchernden Bart kaum wiederzuerkennen war. Der Schatten seiner Mütze half ihm zusätzlich dabei, den bohrenden Blicken der Wachmänner zu entgehen.

Heute verabschiedete sich der König auf seinem Weg nach Darath. Morgan und Erik wollten die Gelegenheit zudem nutzen, um nach Veer Sakinnens Schiff *Alberta* Ausschau zu halten.

Das Schicksal wollte es, dass ebenjenes Schiff dazu auserkoren worden war, die königliche Flotte zu begleiten, um die Handelsroute zwischen den beiden Ländern zu festigen. Der König war eingeladen worden, das königliche Gefolge aus Drarath auf ihrem Schiff zu begleiten, doch König Deron wäre nicht er selbst gewesen, wenn er kein ganzes Schiff allein für sich gebraucht hätte.

Morgan und Erik befanden sich so weit von dem Steg entfernt, auf dem er verabschiedet wurde, dass sie ihn nur an seiner purpurroten Jacke erkennen konnten. Um ihn herum mussten Familie und Priester stehen, aber bis auf ein kurzes Aufblitzen von hellbraunem Haar konnte Morgan den Kronprinzen in der Menge nicht ausmachen.

Überall hatten sich die Bewohner der Stadt versammelt und applaudierten, als sich der König mit einer Abschiedsrede an sie wandte. Nur einzelne Worte wehten zu Morgan hinüber, aber sie reichten aus, um sich den Sinn erschließen zu können. Er würde seine Heimat vermissen, aber seine Neugier zog ihn in dieses fremde Land, von dem sie viel lernen konnten. Über Jathal und seine Entführung ließ er kein Wort verlauten.

Jemand unmittelbar hinter ihnen räusperte sich. »Seid Ihr Erik Medean?«

Alarmiert drehten sich Erik und Morgan um. Hände auf Dolch und Schwert.

Ein kleines Straßenmädchen blickte zu ihnen hoch. Es wirkte keineswegs gefährlich, aber das hatte in dieser Stadt wenig zu bedeuten.

»Das bin ich«, bestätigte Erik. »Woran hast du mich erkannt?«

»Seine Hoheit Prinz Jeriah Cerva hat mich darauf hingewiesen, dass ihr ein Schwert mit einem Hirschkopf tragt.« Erik und Morgan blickten beide sofort an seine Seite, an welcher der Schwertknauf deutlich zu sehen war. Sofort ließ er seinen löchrigen Umhang darüberfallen. »Er war bei Eurer Ankunft nur kurz sichtbar, keine Sorge. Der hier ist für Euch.«

Sie reichte ihm einen kleinen, gefalteten Brief und wartete, bis Erik sie mit einem Silberling belohnte, bevor sie sich flink in der Menge entfernte.

»Und ich dachte, unsere Verkleidung ist perfekt.« Sie hatte sich wirklich Mühe gegeben. Um ihren Bauch trug sie sogar ein Kissen, um sie fülliger wirken zu lassen, was Erik mit einem Lachen kommentiert hatte. Letztlich war ihre Verkleidung aber besser als seine gewesen, schließlich war er von einem einfachen Straßenmädchen erkannt worden.

»Was schreibt er?« Sie lehnte sich zu ihm und gestattete sich einen Moment, seine Nähe zu genießen, als er den Brief weit von seinem Gesicht hielt. Anscheinend hatte er seine Lesebrille vergessen oder er traute sich nicht, sie aufzusetzen.

»Wir treffen ihn heute Nacht in der Ahnengalerie.«

»Du meinst, *im* Palast? Wie sollen wir uns Zugang verschaffen?«

»Vertrau mir, ich kenne einen Weg.« Er steckte den Brief ein, bevor sein Blick von etwas angezogen wurde, was sich hinter ihr abspielte. Neugierig drehte sie sich um, konnte jedoch nicht erkennen, was seine Aufmerksamkeit so gefangen hielt. »Da ist Rhea.«

Sie sah noch einmal über die Menschenmenge und die Königsfamilie hinweg und schließlich zu Veers Schiff, das nicht angedockt war, sondern vor Anker lag. Über der Galionsfigur stand eine Gestalt mit wehendem roten Haar und aufgebauschtem Kleid. Morgan konnte ihre Gesichtszüge nicht erkennen, aber die blasse Haut wirkte, als wäre sie aus den Wolken am Himmel gefertigt. Und während Morgan Rhea anstarrte, hatte sie kurzzeitig das Gefühl, als würde die junge Webhexe zurückschauen. Über ihren Körper breitete sich eine Gänsehaut aus, die sich auch nach mehreren Atemzügen zunächst nicht vertreiben ließ. Erst als Morgan den Blick abwandte, schien der Zauber gebrochen.

»Sie ist nicht in Ketten«, sagte sie leise. »Das ist gut.«

»Es muss nicht bedeuten, dass sie frei ist. Verfluchte Götter … Dieser Sakinnen nimmt sie anscheinend mit nach Drarath und damit ist sie verloren.« Erik fluchte noch einmal ausgiebig.

»Wir haben getan, was wir tun konnten. Sieh nur, sie holen bereits den Anker ein.«

»Ich habe Jeriah versprochen, ihr zu helfen«, entgegnete er leise. Das Gefühl des Versagens hallte deutlich in seinen Worten nach.

»Ich weiß.« Sie rieb über seine Schulter. Ganz gleich, was sie sagte, er würde nicht aufhören, sich Vorwürfe zu machen. »Wir sollten gehen, bevor wir noch von jemand anderem außer dem kleinen Mädchen entdeckt werden.«

Kapitel · 40

Erik führte sie im Schutz der Nacht durch den dunkelsten Geheimgang, den er finden konnte. So kam es Morgan jedenfalls vor. Er erlaubte ihr nicht, ein Licht zu entzünden, sodass sie sich damit zufriedengeben musste, seine Hand zu halten.

Es gab eindeutig schlimmere Opfer.

Trotzdem behagte es ihr nicht, ihm derart die Führung zu überlassen. Es widersprach ihrer Natur.

Ihr kam der Gedanke, dass er sich vermutlich ganz ähnlich gefühlt hatte, als sie ihn nach ihrem Treffen im Botanischen Garten quer durch die Stadt geführt hatte. Damals war ihr nicht bewusst gewesen, dass auch Erik nicht gerne folgte, sondern genauso wie sie ein Anführer war. Er hatte sich jedoch bis auf das eine Mal nicht beschwert und das ließ ihren Respekt für ihn weiter ansteigen.

Den Tunnel hatten sie in Yastia selbst betreten, aber sie hatten sich in einem Teil des Elendsviertels begeben müssen, dem Morgan kaum jemals einen Besuch abgestattet hatte. Sie waren in die Kanalisation gestiegen – zumindest hatte Morgan dies zunächst geglaubt, bis sie unten angekommen waren. Der Tunnel war von allen Seiten versperrt, als würde er überhaupt nicht für das Abwasser genutzt werden. Dann führte Erik sie an die gegenüberliegende Wand, betätigte einen geheimen Mechanismus und offenbarte dadurch eine Tür, die zuvor nicht da gewesen war. Wahrlich, sie war beeindruckt.

Von dort schritten sie ohne Licht voran und Erik versicherte ihr, dass er den Weg auswendig kannte. Trotzdem mussten sie aufpassen, falls der Tunnel doch von den Schergen des Hohen Priesters bewacht wurde. Bis zu seiner abrupten Abreise hatten sie ihn allerdings nicht entdeckt.

»Hätte ich gewusst, dass es diese Geheimgänge gibt, hätte ich mir niemals die Mühe gemacht, mich als Dienstmädchen und Bauchtänzerin zu verkleiden.« Seit gefühlt Stunden waren sie bereits unterwegs und der Tunnel wand sich in immer neue Richtungen, wie sie durch die Hand an der Wand bemerkte. Den Palast hatten sie sicherlich schon sechs Mal umrundet.

»Das wäre ein Verlust für uns alle gewesen. Besonders was die Verkleidung angeht, die ich vor deiner gestrigen bevorzuge.« Er besaß doch tatsächlich die Dreistigkeit, über sie zu lachen.

Schnaubend verstärkte sie den Griff ihrer Hand, doch er schien den Druck nicht mal zu merken. Mistkerl.

Schließlich hielt Erik vor einer weiteren Geheimtür an, die dieses Mal direkt in die Ahnengalerie führte. Der Gang wurde nur von einer Fackel erhellt, aber sie erkannte in dem flackernden Licht genug, um zu wissen, dass sie noch nie hier gewesen war. Selbst nicht während ihres eigenen unerlaubten Rundgangs.

Die Tür befand sich hinter einem unauffälligen, verblichenen Wandbehang, sodass sie auch von niemandem durch Zufall bemerkt werden würden.

»Ich wusste gar nicht, dass Jeriah solch gut aussehende Ahnen hatte.« Sie steuerte auf das Porträt eines Mannes in mittleren Jahren zu. Er stand in einem dunkel gehaltenen Salon, einen Fuß auf den Hocker gestemmt und die Hand in nachdenklicher Pose unter dem Kinn. Morgan ahmte seine Haltung nach und erntete ein Lachen von Erik. Er schritt zum nächsten Bild und positionierte sich wie dieser ehemalige König. Breitbeinig und mit den Händen in den Hüften thronte er über einem erlegten Hirsch.

»Wie ich sehe, habt ihr großen Spaß«, erklang Jeriahs Stimme im gleichen Moment, da er um die Ecke kam.

Erik richtete sich sofort auf und wartete, bis sein Freund zu ihm aufgeschlossen hatte, um ihn mit einer anständigen Umarmung zu begrüßen. Sie schlugen sich auf die Schulter, bevor der Hauptmann den Prinzen zu Morgan durchließ. Ihre Begrüßung fiel um einiges ernster aus und belief sich auf ein knappes Nicken.

»Gerade genug Spaß, um die Warterei erträglich zu gestalten.« Erik zwinkerte Morgan zu.

»Ich bin froh, dass ihr meine Nachricht erhalten habt. Das kleine Mädchen hat mir schon das eine oder andere Mal geholfen.« Jeriah verschränkte die Arme und stellte sich so hin, dass er sowohl Morgan als auch Erik im Blick behalten konnte.

»Die Kleine hat einen ausgesprochenen Sinn für ihre Umgebung«, stimmte Erik ihm zu.

»In der Tat. Schön, dass ihr wohlauf seid.« Seine Stimme verlor zum Ende des Satzes ein gewisses Maß an Sicherheit. »Ich würde euch nach Rhea fragen, wenn ich sie nicht selbst an Bord des Schiffes gesehen hätte. Sie kann von Glück reden, dass der Dux Aliquis nicht bei der Verabschiedung meines Vaters dabei gewesen ist.«

»Vergib mir, aber wir waren nicht schnell genug.« Erik senkte für einen Moment den Kopf, als würde er tatsächlich eine Strafe erwarten.

»Ich gebe dir nicht die Schuld, mein Freund«, versicherte ihm Jeriah und legte ihm eine Hand auf die Schulter. »Was ist geschehen?«

Mit einem kurzen Blick auf Morgan rekapitulierte Erik die Ereignisse, ohne das Schicksal der Fischerfamilie zu erwähnen. Auch Jac ließ er unerwähnt, als würde er ihn so fern wie möglich von diesem verfluchten Palast halten wollen. Anders als das Schloss in Vadrya war nicht das Gebäude selbst verwunschen, sondern die Menschen, die in ihm lebten. Verdorben bis ins Mark.

»Durch die Flucht vor der königlichen Wache verloren wir unsere Pferde und drei wichtige Tage. Als wir in Blane ankamen, war Rhea bereits an den Kapitän verkauft worden.«

»Aber ihr seid nicht sofort zurückgekehrt?«

Als Erik schwieg, trat Morgan einen Schritt vor und gab sich Mühe, möglichst gelangweilt auszusehen.

»Ich habe darauf bestanden, die Sklaven zu befreien. Es war keine große Sache und Erik hat mir nur geholfen, weil ich ihm gedroht habe, seinen Hintern in einen der Käfige zu befördern.« Sie hob eine Schulter. »Für Rhea konnten wir ohnehin nichts mehr tun.«

»Wenn ihr früher hier gewesen wärt, hättet ihr vielleicht noch eine Möglichkeit gefunden, sie von ihrem Schiff zu holen«, entgegnete Jeriah, ohne dass sie seine Miene lesen konnte. Auch seine Stimme war bar jedweden Gefühls.

»Vielleicht«, gab sie zu und trat näher an Jeriah heran. Ganz egal, wie sehr sie ihn mochte, er würde weder ihr noch Erik ein schlechtes Gewissen einreden können. Sein Freund hatte genug für ihn aufgegeben. Hatte seinen Platz am Hof verloren. Seine Zukunft, für die er so hart gearbeitet hatte. »Allerdings war dies nicht mein Auftrag.«

»Morgan«, ermahnte Erik sie. »Es war meine Entscheidung.«

Jeriah hob eine Hand. »Es ist mir gleich, wessen Entscheidung das war, denn es war die richtige. Vielleicht … Meine Enttäuschung hat für einen Moment mein Urteilsvermögen getrübt. Ich habe mich schon immer gegen Sklaverei gestellt, das soll sich nicht ändern, nur weil ich dadurch eine persönliche Niederlage erlitten habe.«

»Rhea ist noch nicht verloren. Drarath ist weit entfernt, aber nicht so weit«, versuchte der Hauptmann seinen Freund aufzuheitern.

»So oder so, es gibt noch eine andere, dringendere Angelegenheit, weshalb wir dieses Treffen möglichst schnell hinter uns bringen sollten. So sicher es hier auch im Augenblick erscheint, ich würde mich wohler fühlen, den Palast zu verlassen«, lenkte Morgan die Aufmerksamkeit auf das Wesentliche. Cáels Nachricht.

Erik nahm seufzend ihren Themenwechsel auf und reichte Jeriah den Brief, den sie einen Tag zuvor erhalten hatten. Jeriah brauchte nicht lange, um den Inhalt durchzulesen, und seine Entscheidung stand fest, noch bevor er den Blick vom Papier hob. Morgan konnte die Entschlossenheit an seinen zusammengepressten Lippen und der steilen Falte zwischen seinen Augen erkennen.

»Lasst uns gehen«, sagte er. »Ich werde mein Wort halten.«

»Jeriah, denk einmal darüber nach, in was für eine Gefahr du dich damit begibst«, bat Erik beinahe flehend. Morgan hatte gewusst, dass er versuchen würde, seinen langjährigen Freund zu schützen, aber mittlerweile war sie sich sicher, dass es ihm nicht gelingen würde.

»Ich weiß deine Sorge zu schätzen, aber ich habe vorher gewusst, auf was ich mich bei dem Pakt einlasse.«

»Das bezweifle ich.« Morgan schmunzelte. »Es gibt da noch etwas, das du wissen solltest, was dich aber hoffentlich nicht von deiner Entschlossenheit abbringen lässt. Das wäre bedauerlich, da ich dich dann eigenhändig nach Katta bringen müsste.«

»Was ist es?« Er verengte die Augen zu Schlitzen. Argwohn spiegelte sich in seiner ganzen Haltung wider.

»Cáel ist ein Gott.«

Schweigen.

»Erik?«

»Ich wollte es auch nicht glauben, aber sie hat ein paar überzeugende Argumente vorgebracht. Ob es nun stimmt oder nicht, es kann nicht schaden, vorsichtig zu sein«, gab er seine Meinung kund.

»Könnten wir …«

Morgan reagierte, bevor sie sich selbst bewusst war, was geschah. Sie stürzte sich auf Jeriah und stieß ihn zur Seite. Nur einen Moment bevor sich ein Pfeil in die Wand bohrte, an der Stelle, an der er gestanden hatte.

Atemlos positionierte sie sich vor ihn und zog ihren Dolch. Auch Erik zog seine Waffe und gemeinsam standen sie Talia gegenüber.

Sie lachte. »Morgan Vespasian, die sich aufopferungsvoll vor den Kronprinzen stellt. Neel würde es mir nicht glauben, selbst wenn ich es ihm in all seiner prachtvollen Einzelheit berichten würde.«

»Was tust du hier?« Es war lange her, seit sie ihren Nachnamen gehört hatte. In einem Moment der Schwäche hatte sie ihn damals den beiden Assassinen genannt. Ihr schnell schlagendes Herz für Neel hatte sie allen Misstrauens beraubt.

»Nachdem du meinen ersten Auftrag doch tatsächlich verhindert hast und ich meine Strafe abgesessen habe, hat mich mein Meister erneut auf ihn angesetzt. Die Königin hat nach Jathals Verschwinden wohl keine Geduld mehr.«

Talia befestigte ihren Bogen an der Halterung an ihrem Rücken, bevor ihre Finger über die Messerreihe an ihrem Gürtel tanzten. Noch zog sie keinen, was allerdings wenig bedeutete. Morgan wusste, wie schnell die Auftragsmörderin sein konnte.

»Wie hast du uns gefunden?«, fragte Erik. Jeriah stand glücklicherweise weiter schweigend hinter ihnen, was es Morgan und ihm vereinfachte, ihn zu schützen.

»Ich bin dem Prinzen von seinem Gemach aus gefolgt, aber er hat mich gleichzeitig mit seiner Leibwache abgehängt. Es hat ein bisschen gedauert, bis ich die Spur erneut aufnehmen konnte.« Sie redete, als hätten sie sich alle zu einem gemeinsamen Abendmahl getroffen und würden jeden Moment an den Tisch geführt werden. »Nachdem auch der letzte Versuch vereitelt wurde, ist dies hier meine letzte Chance.«

»Du hast die Stallungen in Brand gesetzt!«, rief Jeriah aus und ließ Morgan ratlos zurück. Nicht so Talia, deren Lächeln breiter wurde.

»Schade nur, dass du dich rechtzeitig vor den wild gewordenen Pferden in Sicherheit bringen konntest«, erwiderte sie und klang nicht im Mindesten so, als würde sie es tatsächlich bedauern.

»Ich gebe dir eine einzige Möglichkeit, lebend von hier zu verschwinden«, zischte Jeriah, überhaupt nicht von ihrem Geständnis beeindruckt.

»Ach ja? Und was wirst du tun, wenn ich mir die Möglichkeit entgehen lasse?« Sie lachte höhnisch und das Grün ihrer Augen glänzte beinahe wie im Wahn. Morgan wusste nicht, wie sie die junge Frau erreichen konnte, die zu einem Zeitpunkt in der Vergangenheit ihr so etwas wie eine Freundin gewesen war.

»Das hier.«

Wie aus dem Nichts stoben verschiedenfarbige leuchtende Fäden auf Talia zu. Sie versuchte nicht einmal aus dem Weg zu springen, als sie sich wie gierige Schlangen um ihren Körper wanden und sie an Ort und Stelle fesselten.

»Das ist alles?« Ihr Lachen wurde grausamer, dann zersprangen die Fäden und stoben wie Funken auseinander. »Ich diene Ewen, dem Gott des Todes. Er schützt alle Assassinen vor der verräterischen Webmagie.«

»Unmöglich«, wisperte Jeriah, einen Moment bevor Talia ihr erstes Messer warf. Erik warf sich dazwischen, während sich Morgan auf die Mörderin stürzte. Sie hoffte, dass er das Messer auf andere Weise als mit seinem Körper gestoppt hatte, aber ihr blieb keine Zeit, sich von seiner Unversehrtheit zu versichern.

Ein harter Kampf entbrannte zwischen Talia und ihr. Sie kannten einander, wussten, wie die andere reagierte, noch bevor sie es tat. Obwohl sie vor Jahren das letzte Mal gegeneinander gekämpft hatten, schien sich das Grundlegende in ihren Bewegungen nicht verändert zu haben.

Aber anders als damals war Morgan nun stärker, selbstsicherer und flinker, sodass sie Talia eines Messers nach dem anderen beraubte, auch wenn sie mehrere Schnitte und Verletzungen an ihren Armen und ihrer Wange davontrug. Nicht für eine Sekunde ließ sie in der Heftigkeit ihrer Angriffe nach.

Sie duckte sich unter ihrem Angriff hindurch, stieß mit ihrem Ellbogen Talia in die Niere und wirbelte hinter ihr herum. Dort begegnete sie ihrem Konter mit der Breitseite ihres Dolches. Sie konnte das Aufeinanderprallen der Klingen bis in ihre Schulter spüren, aber sie hatte gelernt, die Kraft in sich aufzunehmen und selbst zu verwenden.

Mit einem gezielten Tritt gegen Talias linke Wade brachte die Wölfin sie aus dem Gleichgewicht und ihr gelang es, ihre Verteidigung zu durchbrechen. Ein Schnitt an Talias Hals, mehr erlaubte die Assassinin nicht, bevor sie sich wieder fing.

Schweiß perlte von Morgans Stirn und ihre Atmung ging nur noch stoßweise, aber sie konnte die gleichen Anzeichen von Schwäche an Talia sehen. Ihre Schultern beugten sich leicht nach vorne, Blut rann seitlich ihren Hals hinab und sammelte sich in ihrem dunklen Kragen. Für einen Augenblick war Morgan abgelenkt und diesen nutzte Talia aus. Sie wendete sich flink und entriss Morgan ihren Dolch. Er fiel klirrend zu Boden. Talia stürzte auf sie zu und stieß sie mit voller Wucht gegen die Wand, sodass ihr Hinterkopf schmerzhaft gegen ein Gemälde und die dahinterliegende Steinwand knallte. Vor ihren Augen bildeten sich dunkle und helle Punkte. Aber sie wusste damit umzugehen. Sie konzentrierte sich auf die Schemen dazwischen und hob ihren Arm rechtzeitig vor ihr Gesicht, um zu verhindern, dass Talia dieses mit einem Stiletto aufreißen konnte.

»Hör auf, Talia, ich will dir nicht wehtun«, flehte Morgan. Es würde Neel das Herz brechen, und wenn sie ihn jemals wiedersehen würde, würde er ihr nicht verzeihen.

»Dass ich nicht lache. Pass lieber auf, dass ich *dich* nicht verletze!«

Erik tauchte hinter Talia auf, schlug ihr hart gegen den Hinterkopf, sodass sie nach vorne stolperte. Morgan nutzte die Möglichkeit und entwaffnete die Auftragsmörderin. Bevor sie die Waffe jedoch loswerden konnte, stürzte sich Talia erneut auf sie, um sie allein mit ihrem Körper, der ihre ganz eigene Waffe war, auszuschalten.

Morgan dachte nicht länger nach, handelte rein instinktiv – und stieß Talia das silberne Stiletto direkt in die Brust. Es ging viel zu leicht. Viel zu schnell bohrte sich die Klinge in ihre Haut, durch Muskeln, streifte das Herz.

Aus dem Augenwinkel hatte sie das Aufblitzen eines Pfeils in Talias Hand gesehen und sich gegen ihren unmittelbaren Tod verteidigt. Das sagte sie sich zumindest, als sich Talias Augen weiteten, während sie langsam zu Boden sank. Den Pfeil noch immer festhaltend und die andere Hand auf ihre Wunde gedrückt.

Blut tränkte ihre graue Tunika in dunkle Farben. Wirkte wie eine Krankheit, die sich auf ihrem Körper ausbreitete. Es gab kein Entkommen.

»Talia«, rief Morgan aus, nachdem sie sich aus ihrer Starre befreit hatte. Ihr war noch immer schwindelig von dem heftigen Aufprall, dennoch kniete sie sich neben ihre Feindin, die in ihrem vorherigen Leben ihre Freundin gewesen war. »Atme tief durch.«

Talia stieß ein unfreundliches Lachen aus, bevor sich kleine Blutbläschen an ihren Mundwinkeln bildeten. »Du bist … schon immer zu weich gewesen. Neel wäre an dir verzweifelt. Früher oder später.«

»Talia …«

Ihr Lachen hallte auch dann noch nach, als ihre Augen längst ins Nichts starrten. Ewan hatte sich seine Dienerin zurückgeholt.

»Und schon wieder hast du es geschafft zu überleben«, erklang die Stimme der Königin. Morgan könnte sich selbst dafür ohrfeigen, dass sie nicht auf ihre Umgebung geachtet hatte, aber ihr Herz wog schwer.

Erik hob sein Schwert und richtete es mit der Spitze tatsächlich auf seine Königin, der er bis vor Kurzem noch gedient hatte. Für die er sein Leben niedergelegt hätte, wenn es von ihm gefordert worden wäre. Oder hätte er das wirklich? Sie war eine ständige Bedrohung für seinen besten Freund gewesen, trotzdem besaß Erik ein einzigartiges Ehrgefühl.

»Es scheint mir, als würdest du in der Gunst der neuen Götter stehen. Wenig überraschend. Trotzdem wirst du sterben.« Links und rechts von der Königin, die eine eiskalte Schönheit ausstrahlte, wurde sie von zwei Frauen begleitet. Morgan erkannte an ihren Gewändern, dass sie Heilerinnen und somit Bluthexen waren. Wieso würde sich die Königin gerade von ihnen und nicht von Bluthexern begleiten lassen? Heilerinnen war es verboten, Flüche und Bannzauber anzuwenden. Sie durften sie nicht einmal erlernen.

»Mutter«, entfloh es Jeriah. Morgan löste sich von Talias leblosem Körper und stand langsam auf, um niemanden aus Versehen zu provozieren. In ihren Fingern kribbelte die Magie der Knochenhexe, die sie noch unterdrücken konnte. »Wieso hasst du mich so?«

Die Bluthexen wirkten vollkommen regungslos, als wären sie nicht wirklich an Ort und Stelle, sondern als würden ihre Seelen tief schlafen. Trotzdem traute sich Morgan nicht, sie auch nur für einen Moment aus den Augen zu lassen.

»Weißt du es denn noch nicht? Du bist nicht mein Kind, Jeriah.« Sie schürzte die Lippen, genoss das blanke Entsetzen auf dem Gesicht des Prinzen. Das Licht der Fackel warf einen tiefen Schatten über ihre eigenen Züge, als würden sie sich an ihrer Abscheu ergötzen. »Die Nacht, in der du empfangen wurdest, war die Nacht von *levengrond* und mein Körper diente als Hülle für Diama. Göttin des Triumphes. Du bist ihr Kind, nicht das meine.«

»Du … Du lügst«, entgegnete Jeriah wenig überzeugend. Morgan bekam große Lust, sich auf diese Furie von Königin zu stürzen und ihre Augen auszukratzen. Was auch immer sie im Schilde führte, es konnte nichts Gutes sein. Wäre es da nicht besser, sich ihrer hier und jetzt zu entledigen?

»Denk nicht einmal daran, Wölfin«, zwitscherte sie, ohne Morgan anzusehen. »Meine Dienerinnen würden dich mit ihrer Magie in der Mitte zerteilen, noch bevor du mich erreicht hättest.«

»Sei nicht albern, Mutter, Heilerinnen sind nicht in dieser Art von Blutmagie bewandert.«

»Nur weil sie allen ihre Gehorsamkeit glauben machen, heißt es nicht, dass es der Wahrheit entspricht. Frauen sind weitaus stärker, als du und dein Vater es sehen wollt. Wir bewegen uns schon sehr lange Zeit auf einem schattenreichen Pfad, der bisher von Männern wie euch unentdeckt blieb, und nun, da Deron fort ist, werden wir uns entfalten. Wir atmen die gleiche Luft, aber in unserem Inneren pulsiert eine andere Welt. Wir befreien sie mit jedem Atemstoß und sie setzt sich in den Winkeln der Herrschaft der Männer fest. So lange, bis wir sie stürzen.«

Morgan konnte nicht anders, als die Königin von Atheira sprachlos anzustarren. Ihre Worte sollten wie eine Drohung in ihren Ohren klingen, aber sie verfehlten ihre Wirkung. Stattdessen spürte Morgan so etwas wie Bewunderung in sich aufsteigen. Konnte es wirklich sein, dass sie die Königin falsch eingeschätzt hatte, weil sie Worte von Männern über ihr kaltes Herz vernommen hatte? War sie so naiv gewesen und dem Weg des Mannes gefolgt, ohne den Weg der Frau zu sehen?

Ihr Herz schlug schneller und sie wich einen Schritt zurück. Die Verwirrung hielt sie in einer festen Umklammerung und selbst wenn sie gewollt hätte, hätte sie sich nicht bewegen können.

In der Königin gab es tiefere Tiefen, als sie für möglich gehalten hatte. Ein Ozean aus faszinierenden Wahrheiten und klingenden Veränderungen.

»Und Cillian ist kein Mann?«

»Cillian ist mein Mittel zum Zweck.«

Erik schnaubte.

»Du musst mich gehen lassen, Mutter«, hörte Morgan Jeriah über das Rauschen in ihren Ohren hinweg sagen. »Ich weiß, wo Jathal ist und ich kann ihn retten. Trotz all unserer Zwistigkeiten weiß ich, dass du ihn liebst. Unseren lieben, sanften Jathal.«

Königin Phaedra legte den Kopf schief und nahm sich Zeit, die drei Überlebenden des vorangegangenen Kampfes aus ihren kühlen blauen Augen zu betrachten. Morgan konnte fast sehen, wie sie die Gedanken dahinter verschob und neu sortierte.

»Du wirst ihn retten?«

»Du hast mein Wort«, versprach Jeriah und legte eine Hand über sein Herz. Noch nie hatte er tapferer ausgesehen. Nachdem die Königin ihn mit dieser schrecklichen Wahrheit konfrontiert hatte, fand er noch immer die Ehre und den Mut in sich, für seinen jüngeren Bruder zu kämpfen.

»Dann lasse ich dich dieses eine Mal noch gehen, Jeriah«, verkündete die Königin schließlich ihr Urteil, bevor sie sich ihm näherte. Erik trat widerwillig zurück, da er die Heilerinnen vermutlich nicht provozieren wollte. »Aber sei gewarnt, wenn du zurückkommst, werde ich keine Gnade walten lassen. Du wirst sterben, sobald du den ersten Schritt in den Palast getan hast.«

»Was wirst du Vater sagen?«

»Es wird noch eine Weile vergehen, bis er zurückkehrt.« Es war keine richtige Antwort. Das bedeutete jedoch nicht, dass die Königin nicht bereits einen Plan für seine Rückkehr bereithielt. »Nun geht!«

Morgan erwachte aus ihrer Starre und besaß die Geistesgegenwart, Talia um den Anhänger zu erleichtern, den sie bei ihrer Initiation zur Assassinin erhalten hatte. Sie brachte es nicht über sich, ihn der Königin zu überlassen.

Da sie dieser nicht den Eingang zu dem geheimen Tunnel offenbaren wollten, liefen sie rückwärts auf den Gang und hielten ihre Waffen bereit, bis sie einen anderen Eingang nehmen konnten. Morgan war nicht nach Reden zumute und den anderen ging es genauso. Niemand sagte ein Wort, während sie den Ort des Grauens verließen.

Kapitel · 41

Rhea hatte ihn gesehen. Hatte seine Nähe gespürt. Hatte sich vorgestellt, wie es war, seine Lippen auf ihren zu fühlen. Seine Haut auf ihrer. Fast war sie wieder mit ihm in ihrer Zelle, die doch ein Garten aus tausend Rosen war. Hatte in seinen Armen gelegen und hatte ihm gestanden, wie sehr sie ihn liebte. Noch immer liebte, obwohl sie so schrecklich versagt hatte.

Als sie vor der Wahl gestanden hatte, ob sie weiterhin bei der Gärtnerin bleiben oder mit Veer nach Yastia fahren sollte, war ihr nichts leichtergefallen. Sie hatte nur Jeriah vor ihren Augen gesehen und schon hatte ihre Entscheidung festgestanden.

»Ich konnte meine Frau nicht retten, lass mich etwas Gutes für dich tun«, hatte er ihr gesagt, bevor er die Gärtnerin für Rheas Freiheit bezahlt hatte. Er weigerte sich, auf ihrem Arm sein Symbol zu vermerken, weil er sie nicht als Sklavin wollte.

Zunächst war sie sich trotz ihrer schnell getroffenen Entscheidung unsicher über seine Motive gewesen. Konnte sie diesem grobschlächtigen, riesigen Mann wirklich ihr Schicksal anvertrauen? Was wusste sie schon von ihm? Er hätte sie mit der Geschichte über seine Frau auch nur einwickeln können, um sie damit fügsam zu machen …

Letztlich hatte sie die Zweifel runtergeschluckt und war mit ihm auf sein Schiff gegangen. Es war ein sehr elegantes und besaß eine auffällige Galionsfigur, die eine Najade mit aufgerissenem Maul zeigte. Unzählige messerscharfe Zähne konnte man selbst aus großer Entfernung noch erkennen und warnten jeden Piraten davor, sich mit der *Alberta* anzulegen. Das hatte ihr zumindest der Erste Maat gesagt, als sie am ersten Abend gemeinsam in der Kapitänskajüte gespeist hatten. Er war ein drahtiger Mann mit schütterem Haar, aber seine Arme waren muskulös und sie traute ihm zu, das Schiff durch alle Gewässer zu führen. Sein Verstand war zudem so geschärft, dass sie es genoss, sich ausgiebig mit ihm zu unterhalten.

Veer genoss es lieber, schweigend seinen Rum zu trinken und die beiden bei ihrer lebhaften Unterhaltung zu beobachten. Es war während einer dieser Gespräche, dass der Erste Maat, Elwin, sie vor seinem Kapitän warnte.

»Er kann manchmal sehr besitzergreifend sein und wenn er sich etwas in den Kopf gesetzt hat, verfolgt er dies geradezu wie ein Besessener.« Und obwohl er und Veer in Gelächter ausbrachen, bildete sich Rhea ein, die Warnung in Elwins klugen Augen aufblitzen zu sehen. Natürlich ergab sich keine Möglichkeit, ihn weiter darüber auszufragen, aber das Gespräch behielt sie im Hinterkopf.

Selbst noch, als sie das Schiff nicht verließ, um Yastia zu betreten.

Sie war gegangen, um ihre Magie besser kennenzulernen und zu kontrollieren, und nun kehrte sie als Versagerin zurück. Zwar hatte sie ihre Freiheit zurückgewonnen, aber der Preis war ihre Magie gewesen. Der Funke in ihr wärmte sie noch immer, doch gewachsen war er nicht. Aiofe hatte ihr so viel genommen. Wie sollte sie da Jeriah retten?

Als sie ihn über das Meer hinweg betrachtete, erkannte sie plötzlich, dass sie ihm nicht würde begegnen können. Sie respektierte sich selbst nicht. Wie sollte sie da erwarten, von ihm respektiert … von ihm geliebt zu werden?

»Ich möchte mit nach Drarath reisen«, verkündete sie Veer ihre Entscheidung. »Du hast mir doch von deiner Großmutter erzählt, die dort lebt und eine Art magische Heilerin ist. Vielleicht kann sie mir helfen.«

Bereits am ersten Abend hatte sie ihm von ihrer gestohlenen Magie erzählt. Sie wollte keine Geheimnisse vor ihm haben und in der ständigen Angst leben müssen, von ihm verstoßen zu werden.

»Bist du dir sicher? Dein Freund erwartet dich sicherlich.« Er saß neben ihr auf einer Bank und ragte über ihr auf. Seine Größe war sowohl einschüchternd als auch beruhigend. Er würde nicht zulassen, dass ihr etwas geschah. Trotz Elwins warnender Worte war sie sich dessen sicher.

Andererseits hatte sie auch Aiofe vertraut und man sah, wohin sie das geführt hatte.

»Ich bin mir sicher«, sagte sie und mehr brauchte es nicht, um Veer zu überzeugen.

Kurz nachdem der König sein eigenes Schiff betreten hatte, holten sie den Anker ein und fuhren aus dem Hafen von Yastia. Als Rhea am Bug stand, um niemandem im Weg zu sein, spürte sie eine gewisse Aufregung in sich aufsteigen. Vor wenigen Monaten hatte sie nicht geglaubt, jemals den Garten außerhalb ihrer Zelle zu sehen. Nun aber würde sie die Welt bereisen!

Eine Wende ihres Schicksals, die sie so ganz noch nicht begreifen konnte.

Die Fahrt in die Nacht hinein war fast schon argwöhnisch ruhig und ihr Misstrauen gegenüber dem Gott des Meeres sollte wohl begründet sein.

Sie lag bereits in ihrem schmalen Bett in einer einsamen Kabine, die nicht größer war als der Rahmen des Bettes, als das Schiff gefährlich zu schaukeln begann. Donner und Blitz folgten sogleich und tauchten die Kabine durch das schmale Fenster in grünes Licht.

In ihrem Bauch spürte sie, dass etwas ganz und gar nicht richtig war. Ob es allein ihren Instinkten oder gar ihrer übrig gebliebenen Magie geschuldet war, konnte sie nicht sagen. Dieses Gefühl war es jedoch, dass sie dazu brachte, sich anzukleiden und an Deck zu wanken. Wasser rollte durch die herausgerissene Tür und schwappte ihr entgegen. Sie wurde durch das Gewicht ihrer nassen Kleidung beinahe zurück in den Bauch des Schiffes gezogen, wenn sie sich nicht im rechten Moment an der hölzernen Reling festgehalten hätte.

»Veer!«, rief sie über den Sturm hinweg, obwohl er sie nicht hören konnte – selbst wenn er direkt neben dem Eingang auf der Treppe zur Brücke gestanden hätte. Der tosende Wind war viel zu laut und das Brüllen des Meeres packte ihre Ohren in Watte. Sie verstand ihre Stimme kaum selbst. All dies hielt sie jedoch nicht davon ab, weiter nach ihrem Freund zu rufen und sich die letzten Stufen hinaufzukämpfen.

Ihre Hände rutschten über das feuchte Geländer, um das sie sich so festkrallte, dass sich einzelne Splitter in ihre Haut gruben. Und immer mehr Wasser krachte von oben herunter, versuchte, sie unter sich zu begraben.

»Ich. Gebe. Nicht. Auf«, zischte sie, hustete und ging weiter.

Sie wusste nicht, wie viel Wasser sie geschluckt hatte, bevor sie das zerstörte Deck erreichte.

Seemänner liefen verzweifelt herum, brüllten sich gegenseitig Befehle zu, die im gleichen Atemzug verschluckt wurden. Rhea sah einen Matrosen, der von einer Welle erfasst und von Bord gerissen wurde. Als wäre das Meer darauf aus, jeden von ihnen in seinen dunklen Schlund zu ziehen. Nichts anderes als ein nasses Grab erwartete sie in dieser Nacht.

»Rhea«, rief Veer, der sich von hinten auf sie stürzte und sie beide zu Boden riss. Sie hob ihre Hände gerade noch rechtzeitig hoch, bevor sie direkt mit ihrem Gesicht auf die Planken aufschlagen konnte.

Zunächst wusste sie nicht, warum Veer sie zu Boden geschmissen hatte, bis sie sich einen Blick über ihre Schultern erlaubte. Über ihnen wankte ein halb zerbrochener Mast. Ohne Veers Eingreifen hätte er sie erschlagen. Weiteres Holz barst unter dem Reißen des Windes. Es gab kein Entkommen.

»Danke«, keuchte sie und ließ sich von Veer aufhelfen. Gischt spritzte ihr ins Gesicht und das Salz brannte in ihren Augen, als sie versuchte, ihr Gleichgewicht zu behalten. Veers Hand an ihrer Schulter stützte sie.

»Komm mit!« Seine Kleidung war wie ihre vollkommen durchnässt und über seiner Stirn blutete eine hässlich aussehende Platzwunde, dennoch zerrte er sie sicher zur Brücke. Elwin hielt stoisch das hölzerne Ruder, obwohl in Veers Gesicht bereits geschrieben stand, dass die Mühe umsonst wäre.

Sie würden untergehen.

»Halt dich hier fest«, befahl ihr Veer und deutete auf die Reling. Sie gehorchte augenblicklich, da sie nichts anderes zu tun wusste.

Eine weitere Welle erschütterte das Schiff, bevor sich sogleich die nächste aufbäumte und wie das Ende der Welt vor ihnen aufragte. Dunkel und bedrohlich. Himmel und Meer verschmolzen.

Rhea erwartete Furcht oder Panik, konnte in sich jedoch nur Enttäuschung finden. Enttäuschung darüber, dass sie damit ihr Leben, das sie gerade erst begonnen hatte, verlieren würde. Dass sie Jeriah nicht noch einmal küssen und in ihren Armen halten würde.

Regen und Gischt peitschten ihr weiterhin ins Gesicht, aber sie machte keinerlei Anstalten mehr, sie wegzuwischen. Ihr Kleid wog schwer und als das Schiff sich ein weiteres Mal zur Seite neigte, löste sie den Griff um die Reling.

»Rhea!«

Veer erreichte sie, packte sie am Arm, aber es war zu spät. Mit einem ohrenbetäubenden Krachen wurde das Schiff auseinandergerissen und die Wucht des zerberstenden Holzes fuhr wie ein Beben durch das gesamte Schiff. Es zog ihnen den Boden unter den Füßen weg und beförderte sie mit einem harten Schlag ins tosende Meer.

Rhea konnte nicht sagen, ob Veer noch an ihrer Seite war und sie festhielt, oder ob sich die einzelnen Wellen des Meeres um sie stritten und sie auseinanderzerrten. Hatte sie ihre Augen geöffnet oder bestand die Dunkelheit nur aus den Innenseiten ihrer Lider?

Sie sank und sank. Ihre Brust verengte sich und die Luft entwich in kleinen Blasen ihrem Mund, als sie einzelne Lichtstrahlen erkannte. Wie Spinnweben zogen sie sich durch die Finsternis und erhellten ihr nasses Grab.

Neugier entfachte ein Feuer in ihrer Brust, aber bevor sie nach den Lichtern greifen konnte, wurde sie ein letztes Mal von der Schwärze überrollt.

Gretel schob mit ihrem Brüderchen
die Hexe in den heißen Ofen.
Sie schrie und zeterte,
aber erst ihr Haar und dann ihr Kleid
brannten bald schon lichterloh.

Kapitel · 42

Katta war eine alte, abergläubische Stadt, die noch so lebte wie vor hundert Jahren. Selbst Derons drohende Strafen hatten die Wege nicht ändern können, die sie seit Generationen beschritt. Vor ihren Fenstern hingen mehrere neue und auch ältere Fäden in von der Sonne verblichenen Farben. Ein Zeichen ihrer Ehrerbietung gegenüber den drei Schicksalsgöttinnen.

Argwöhnisch zusammengezogene Augenbrauen und verkniffene Münder verfolgten Morgan, Erik und Jeriah auf ihrem Weg zum einzigen Gasthaus, das diese kleine Stadt beherbergte. Sie hatten es noch rechtzeitig vor Ablauf des zweiten Tages geschafft, Yastia ungesehen zu verlassen und auf gestohlenen Pferden Katta zu erreichen.

Noch immer hatte Morgan nicht den blassesten Schimmer, warum Cáel sie gerader hierherbestellt hatte, doch wenn sie ehrlich mit sich war, waren ihre Gedanken in den letzten Stunden auch um etwas anderes gekreist. Das Blut einer einstigen Freundin klebte an ihren Händen und es ließ sich mit keinem Wasser der Welt abwaschen. Sie wusste, sie sollte sich um die bevorstehende Begegnung kümmern, sich darauf konzentrieren, was sie Cáel sagen sollte, aber ihr Herz schmerzte.

Allein die Angst, auch Cardea zu verlieren, trieb sie zum Weitermachen an.

Sie hatten sich gemeinsam dazu entschlossen, das Gasthaus aufzusuchen, weil sie nicht noch größere Aufmerksamkeit auf sich ziehen wollten, indem sie stundenlang auf dem Marktplatz herumlungerten. Wer wusste schon, wann sich Cáel dazu herabließ, sich ihnen zu zeigen?

Die Pferde banden sie vor dem Haus an der Stange fest, da sie keinen Stall gefunden hatten. Wahrscheinlich müssten sie den Wirt um dessen Hilfe bitten. Der Wind streifte ihre Wangen und brachte das Versprechen von Regen mit sich, dem Morgan nur zu gerne entfliehen würde.

Obwohl sie von Erik einen finsteren Blick erntete, betrat sie als Erste das Etablissement …

… und erstarrte zu Stein.

Sie fühlte sich, als würde ihr jemand mit Seilen den Brustkorb zuschnüren. Immer fester, immer erbarmungsloser.

»Was bei allen Fäden tut ihr hier?«, fauchte sie und schritt auf den einzigen besetzten Tisch zu. Abgesehen von ihnen saßen nur zwei Männer an der Theke und diese beäugten die Neuankömmlinge neugierig. Das war ihr egal. Alles war ihr egal.

Aithan erhob sich ganz langsam, ohne sie aus den Augen zu lassen.

Sie wollte ihn töten.

Wollte ihn umarmen.

Wollte ihn erwürgen.

»Lasst uns oben darüber reden«, sagte er so gefasst, als hätte sie ihm nie etwas bedeutet. Obwohl sie seinem Vorschlag zustimmte und ihm und Mathis nach oben folgte, fühlte sie sich wie in Eiswasser getaucht.

Nichts war mehr, wie es hätte sein sollen.

Sie befanden sich im verwunschenen Palast. Sie stand neben ihm, betrachtete ihn aufmerksam und achtete auf jede Bewegung ihres Feindes. Cáel. Auf Cáel musste sie aufpassen. Cáel würde bald handeln. Er war der Feind.

Sie würde Aithan retten. Sie würde ihm die Wahrheit sagen. Sie …

»Wer ist das?«, zischte Erik hinter ihr und umfasste ihren Ellbogen. Er riss sie brutal aus der unveränderlichen Vergangenheit. Es waren Monate vergangen. Sie hatte das verloren, was ihr am wichtigsten gewesen war. Der Schmerz in ihrem Herzen war zu einem dumpfen Echo abgeschwächt, und obwohl sie den Hutmacher damals ausgelacht hatte, als er ihr sagte, wie ihr Herz heilen würde … so hatte er doch recht behalten. Ganz langsam und bedächtig waren Worte des Vertrauens und Worte der Freundlichkeit zu Nadel und Faden geworden. Mit jedem weiteren Wort wurde ihr Herz geflickt. Es heilte. Morgan heilte.

»Nicht hier.« Sie hätte Erik gerne nach draußen gezogen, ihm vorher alles erklärt, aber das konnte sie nicht. Es würde Aithan und Mathis bloß Zeit geben, zu verschwinden oder … etwas anderes zu tun. Sie war so verwirrt. Was suchten sie hier?

Aithan führte sie in eines der Gästezimmer und wartete mitten im Raum, bis sie allesamt eingetreten waren. Morgan sah sich ganz genau um, aber vorausgesetzt, es versteckte sich niemand unter dem Bett, dann war der Raum leer. Keine Falle.

Trotzdem drückte die Decke auf sie nieder. Das Zimmer wirkte viel zu klein für sie fünf, von denen alle bis auf einen hartgesottene Krieger waren. Morgan zählte sich selbstverständlich dazu. Von Jeriah wusste sie nicht recht, ob auch er kampferprobt war, aber er besaß immerhin seine Magie.

Eriks Blick verdüsterte sich, als Aithan einen Schritt näher tat und erst Morgan von oben bis unten musterte und dann Jeriah, an den er das erste Wort richtete. Mathis blieb wie immer im Hintergrund. Ein Schatten, den sie einst als Freund bezeichnet hätte.

Es schien ihr Fluch zu sein, einstigen Freunden irgendwann als Feind gegenüberzustehen.

»Du bist also der Prinz, der meinen Platz eingenommen hat. Interessant und ein klein wenig enttäuschend.« Diese höhnische Stimme … Noch nie zuvor hatte Morgan sie bei Aithan vernommen.

Zu klein und zu zerbrechlich, hallte es in ihr nach und strafte ihre Gedanken Lügen. Bevor er sie als ebenbürtige Kämpferin angesehen hatte, war er ihr mit dieser Arroganz begegnet. Wie hatte sie das nur vergessen können?

Sie reckte das Kinn und wollte sich zwischen Jeriah und ihn stellen, als der Prinz selbst vortrat.

»Was hat das zu bedeuten? Wo ist mein Bruder?«

»Vergib mir, ich wollte nicht unhöflich sein.« Aithan vollführte eine spöttische Verbeugung. »Mein Name ist Julius Aithan Zaheda und ich bin der rechtmäßige Erbe des Königreiches von Atheira. Ich würde gerne sagen, dass es mich freut, deine Bekanntschaft zu machen, aber ich möchte sie nicht damit beginnen, indem ich lüge.«

»Wie großzügig von dir«, zischte Jeriah.

»Hör auf damit«, warnte Morgan Aithan, die spürte, dass Eriks Geduld sich rasant dem Ende zuneigte. »Was hast du hier zu suchen?«

Vielleicht bildete sie es sich nur ein, aber sie glaubte, dass der aus Atheira verbannte Prinz absichtlich ihrem Blick auswich. Bevor er antworten konnte, meldete sich Erik zu Wort.

»Woher kennt ihr euch?« Eine so einfache Frage, die so große Verzweiflung in ihr hervorrief.

»Ach, sie hat euch nicht erzählt, dass sie den Sommer über mit dem vergessenen Prinzen zusammengearbeitet hat?« Aithan hob eine Augenbraue, sah sie aber noch immer nicht richtig an. »Da stellt sich mir doch die Frage, ob sie weiterhin nur ihren eigenen Zielen dient und euch genauso wie mich an der Nase herumführt.«

»Ich habe dir bereits gesagt, dass ich nicht vorhatte, dich zu betrügen. Du warst bloß zu stur, um das zu erkennen«, fauchte sie, nicht länger bereit, ihm die Bühne zu überlassen. »*Du* hast mich einfach beiseitegekehrt, als du von deiner Enttäuschung übermannt worden bist. Alles, was passiert ist, *war* und *ist* deine Schuld, Aithan. *Du* bist derjenige, der Cáel vertraut hat. Also hör endlich auf, die Schuld bei mir zu suchen. Ich habe nichts anderes getan, als dir mein Herz zu schenken. Aber das hast du nicht zu schätzen gewusst. Für dich waren mein Herz und ich selbstverständlich. All das ist dein Fehler, nicht meiner.«

Sie traute sich nicht, Erik anzusehen. Auf ihrer Reise nach Blane hatte sie ihm grob von Aithan erzählt, ohne Namen zu nennen. Nun musste einiges für ihn klar sein.

Der Prinz räusperte sich leicht, was sie als Triumph wertete.

»Wir sind euer Begrüßungskomitee«, sagte er schließlich nach einem weiteren Moment des Schweigens. Er holte tief Luft, als würde er sich für etwas wappnen, als sein Blick zum ersten Mal auf ihren traf. Sie sah noch immer diese unendliche Enttäuschung darin, unter der sie auch bei ihrer letzten Begegnung gelitten hatte, doch etwas hatte sich an ihrer Art geändert. Morgan konnte nur nicht recht sagen, was. »Cáel und ich arbeiten für den Moment zusammen.«

Es war, als würde sie in ein tiefes Loch fallen. Regungslos starrte sie Aithan an. Sie konnte nicht einmal sagen, ob sie noch atmete, so losgelöst und gleichzeitig festgewachsen fühlte sie sich.

»Und er hat meinen Bruder?«

»Wir bringen euch zu ihm.«

»Das kann nicht dein Ernst sein!«, herrschte Morgan Aithan an. »*Du* arbeitest mit ihm zusammen? Nachdem er dich ein Jahr lang hinters Licht geführt hat? Nachdem er … Du lässt zu, dass er eine unschuldige Frau entführt, nur um mich dazu zu bringen, ihm zu helfen?«

Aithan wandte sein Gesicht ab, die Hände wie so oft hinter seinem Rücken verschränkt. »Ich warte unten auf euch.«

Morgan besaß nicht die Kraft oder den Willen, ihn und Mathis aufzuhalten. Ohne sie anzusehen, schritten sie aus der Tür.

»Ich behalte sie besser im Auge«, verkündete Jeriah. Irgendetwas musste er in ihrer Miene gesehen haben, was ihn dazu veranlasste, ihr Zeit zu geben. Sie wusste, dass sie eine Schwäche offenbarte, die sie besser für sich behalten hätte, aber diese unerwartete Begegnung und Aithans Bekenntnis … Es fiel ihr schwer, dies in Einklang mit ihren Gefühlen zu bringen.

Sie drehte sich um, weil sie sich durch die Schwäche kämpfen und Jeriah nach unten folgen wollte, doch plötzlich war Erik da. Er zog sie fest in eine Umarmung.

Im ersten Moment wollte sie sich dagegen wehren. Sie brauchte sein Mitleid nicht und ihn sowieso nicht, doch ihr Körper sah das anders. Er entspannte sich unter seiner Berührung.

»Wofür war das?«, fragte sie, als sie sich von ihm löste.

Er sah sie durchdringend an. »Es tut mir leid, was ich damals in der Fischerhütte gesagt habe. Du bist keine Enttäuschung, Morgan. Du bist stark, klug und unfassbar schön. Deine Gnade half mir dabei, weiterzumachen, und sie ist auch noch heute ein Teil von dir. Ich …«

Morgan wusste nicht wieso, aber sie konnte ihn nicht weitersprechen lassen. Nicht hier, während Aithan sich noch im selben Haus befand und Cáel alles zerstören könnte. Also stellte sie sich auf Zehenspitzen, umfasste Eriks Schultern und presste ihre Lippen auf seine. So weich, so voller Leben.

Seine Überraschung hielt nicht lange vor. Sofort erwiderte er den Kuss und drückte sie eng an sich. Seine Hand fuhr in ihren Nacken, streichelte ihn. Sie verlor sich in seinen Berührungen, erinnerte sich an den Moment in Blane, als er sich wie ein Ertrinkender an sie geklammert hatte. Dabei war sie es gewesen, die unter Wasser gezogen worden war. Und genauso fühlte es sich jetzt auch an – nur besser. Dieses Mal war er vollkommen bei ihr. Er *sah* sie durch und durch. Es gab nichts, vor dem er zu flüchten versuchte.

Seine Bartstoppeln kratzten über ihre Haut, als sie einen Arm um seinen Nacken legte. Vielleicht war es falsch, was sie tat. Vielleicht sollte sie gegen die Strömung ankämpfen und ans Ufer waten, aber das Meer war zu verlockend.

Erik küsste sie noch einmal fest, bevor sie sich voneinander lösten. Atemlos taten sie nichts anderes als sich anzusehen.

»Ich vertraue Aithan nicht«, sagte sie schließlich, weil ihnen die Zeit davonlief. »Wir sollten Jeriah nicht allzu lange mit ihm allein lassen.«

Er näherte sich ihr erneut. Ein Lächeln zupfte an seinem Mundwinkel und das Blau seiner Augen leuchtete so intensiv, dass es in ihrem Bauch zu flattern begann.

»Jeriah kann sich mit seiner Magie verteidigen«, raunte er, bevor er sie erneut erreichte. Er legte einen Finger unter ihr Kinn, zwang sie so, ihn anzusehen. Ganz langsam beugte er sich hinab und hauchte mehrere Küsse auf ihre Kinnlinie.

»Erik ...«

Sie spielte tatsächlich mit dem Gedanken, seinen Mund erneut auf ihren zu ziehen, aber dann siegte ihr Pflichtbewusstsein. Seufzend entzog sie sich ihm und schritt eilig zur Tür. Über ihre Schulter hinweg warf sie ihm einen verführerischen Blick zu, wie sie ihn von der Bauchtänzerin Shina gelernt hatte.

»Wenn wir Cardea und Jathal gerettet haben, gibt es mehr davon.«

Er lächelte und es traf sie mitten ins Herz. »Dann verlieren wir besser keine Zeit mehr.«

Aithan und Mathis führten sie zu Fuß durch Katta, nachdem sie ihre Pferde in dem Stall hinter dem Gasthaus untergestellt hatten. Wieder fühlte sich Morgan von den Bewohnern der Stadt beobachtet und das nicht auf angenehme Weise. Die Fäden vor den Fenstern flatterten im stärker werdenden Wind, während sich der Tag allmählich dem Ende neigte.

Obwohl Morgan Erik versprochen hatte, ihre Magie nicht zu benutzen, umklammerte sie sicherheitshalber die Fingerknochen in ihrem Beutel. Vorsicht war besser als Nachsicht und Erik würde es sicherlich verstehen, wenn sie dadurch sein Leben rettete.

Morgan schloss erst zu Aithan auf, als sie die Stadtgrenze hinter sich gelassen hatten. Nun musste sie sich nicht mehr zusammenreißen und konnte ihre Wut, ihren Hass allein auf den vergessenen Prinzen richten.

Sie packte ihn am Arm und wirbelte ihn zu sich herum. Mathis zog augenblicklich sein Schwert, aber Erik stand bereits hinter ihm und presste die Spitze seines Dolches in Mathis' unteren Rücken. Genau dort, wo er die Leber punktieren und den Vetter des Prinzen damit zu einem schnellen Tod verhelfen würde.

»Mir ist verflucht noch mal egal, welchen Handel du mit Cáel abgeschlossen hast.« Für Morgan waren die Nettigkeiten vorbei. Wenn Aithan ihr die kalte Schulter zeigen wollte, dann würde er nichts anderes von ihr bekommen. Kaltes Feuer fühlte sich neuerdings an wie ihr Element. »Wenn Cardea auch nur ein Haar gekrümmt wurde, werde ich euch beide töten.«

Aithan neigte leicht den Kopf. »Dir sei versichert, dass der Bluthexe nichts geschieht, solange sie ihre Aufgabe erledigt.«

»Eine andere Warnung als diese hier bekommst du nicht mehr, Aithan. Von nun an stehen wir auf verschiedenen Seiten.« Sie nickte Erik zu, der Mathis daraufhin nach vorne schubste. Er warf dem Hauptmann einen finsteren Blick zu, steckte sein Schwert jedoch wieder ein.

Angespannt setzten sie ihren Weg durch den dunklen Mischwald fort. Die meisten Laubbäume hatten sich bereits von ihren gefärbten Blättern getrennt, sodass sich nicht einmal Aithan lautlos auf dem morastigen Boden bewegen konnte.

»Ich freue mich wirklich darauf, zu erfahren, wie ihr euch kennengelernt habt«, murmelte Jeriah neben Morgan.

»Du wirst es nie erfahren.«

Er wirkte nicht wirklich davon überzeugt und schenkte ihr ein wissendes Lächeln, nicht ahnend, dass sie sich eine ähnliche Frage gestellt hatte. Wie hatten sich Aithans und Cáels Wege erneut gekreuzt und was konnte groß genug sein, um sie zu Verbündeten zu machen? Anders als Jeriah würde sie um diese Antwort jedoch kämpfen, um Cardea in Zukunft besser beschützen zu können.

Nachdem die Sonne bereits untergegangen war, erreichten sie die heruntergekommenen Ruinen. Keines der noch stehenden Gebäude besaß ein Dach und mindestens eine Wand fehlte jeweils. Steine waren vom Lehm gebrochen und mit der Zeit abgebröckelt.

Aithan und Mathis führten sie an den Häusern vorbei zu einem riesigen, halb verfallenen Tempel. Trotzdem ließen sich noch die über dem Eingang in den hellen Stein gemeißelten Moiren erkennen. Dies musste ein sehr alter Gebetsort für die drei Schicksalsgöttinnen sein. Morgan hatte noch nie von einem derartigen Tempel gehört. Wann und wieso war er zerstört worden?

»Hier sind ein paar Fackeln.« Mathis reichte Jeriah ein Licht und behielt für sich selbst und Aithan eine. Das war Morgan nur ganz recht, da sie ihre Hände lieber frei hielt, um möglichst schnell an ihre Waffen zu kommen.

Da der Eingang trotz einer zerstörten Säule noch immer offen war, ließ sich das Innere problemlos betreten. Es gab mehrere steinerne Bankreihen, einen Säulengang und eine Decke, an der noch blasse Überreste von einstigen Bildern zu erkennen waren.

Auf dem Podium, auf dem normalerweise der Altar stand, lag ein riesiger Geröllhaufen, dessen Spitze fast bis zur Decke reichte. Morgan konnte die Wand dahinter nicht mal erkennen, trotzdem steuerte Aithan zielstrebig darauf zu.

»Das gefällt mir ganz und gar nicht«, flüsterte sie.

»Bleibt uns eine andere Wahl, als ihnen zu folgen?« Erik und sie bildeten das Ende ihrer Gruppe. Jeriah erreichte gerade den Geröllhaufen und begann nach einem tiefen Seufzen, hinaufzuklettern. Mathis und Aithan hatten die Hälfte bereits überwunden.

Sie schüttelte den Kopf. »Trotzdem habe ich eine Bitte an dich.«

»Warum habe ich das Gefühl, dass sie mir nicht gefällt?«

»Erik … Wenn es zu einer Situation kommt, in der Cáel und die anderen abgelenkt sind, dann kümmere dich um das Wohl der anderen. Ich werde meinen Weg immer finden, aber Cardea …« Ihre Stimme brach. »Du musst ihr helfen.«

Er strich eine Strähne aus ihrem Gesicht. »Versprochen.«

»Kommt ihr nun?«, rief Aithan zu ihnen herab. Aus der Entfernung konnte sie sein Gesicht, das im Schatten lag, nicht erkennen, aber aus seiner Stimme hörte sie genug Gehässigkeit, um eine ganze Armee zu vergiften.

Erik überließ ihr den Vortritt, da er die Fackel trug und ihr nicht das Licht wegnehmen wollte.

Nachdem sie auf der anderen Seite wieder heruntergeklettert waren – Morgan hatte den Blick nach unten so gut wie möglich vermieden –, betraten sie einen düsteren Tunnel. Erst dort vernahm Morgan die Atmung anderer Personen, das gedämpfte Rascheln von Bewegungen. An den Wänden begannen plötzlich dünne hellbraune Linien, die wie Adern pulsierten und leuchteten. Das Licht der Fackeln wollte Morgan zwar trotzdem nicht missen, aber sie war froh, dass es noch eine zweite Lichtquelle gab.

Sie drängte sich an Aithan vorbei und trat rund eine Meile nach dem Betreten des Tunnels als Erste in den Lichtkreis aus Fackeln. Cáel stand neben einem gefesselten Thomas und begrüßte Morgan mit einem spöttischen Lächeln. Doch sie achtete nicht weiter auf ihn. Stattdessen eilte sie an Cardeas Seite.

Ihre Freundin war ebenfalls gefesselt und saß auf dem Boden neben Jathal. Sofort umarmte Morgan Cardea und suchte fieberhaft nach irgendwelchen Verletzungen, doch abgesehen von den wunden Stellen an ihren Handgelenken schien sie wohlauf.

Sie holte ihren Dolch hervor und löste ihre Fesseln und die von Jathal, neben dem sein Bruder kniete. Jathal wirkte sehr jung und sehr schmal, ähnelte Jeriah nur in der Haarfarbe. Seine Augen glühten in einem dunklen Braun. Sie hatte Mitleid mit ihm. Ohne zu wissen, was hier vor sich ging, war er in die Machenschaften eines Gottes gezogen worden.

Nachdem sie ihn befreit hatte, sah sie wieder Cardea an. Nun, auch ihre Freundin wusste nicht viel mehr, als sie ihr mitgeteilt hatte.

»Wie schön, dass wir hier alle zusammen sind«, verkündete Cáel, der sich noch immer nicht von Thomas wegbewegt hatte.

»Was willst du?«, zischte Morgan und hob ihren Dolch. Erik stellte sich vor Cardea und an Morgans Seite.

»Geduld.« Seine linke Hand zuckte unruhig. Mathis und Aithan waren so ruhig, als würden sie tatsächlich Cáel die Führung überlassen.

Sie verstand einfach nicht, wieso. Was hatte sie dazu veranlasst, ihm zu helfen?

»Als Zeichen meines guten Willens bin ich bereit, einen der beiden Bluthexer gehen zu lassen. Jathal oder Cardea? Ich brauche für das, was ich vorhabe, nur einen von ihnen.«

»Lass Jathal gehen, Morgan.« Cardea berührte die Wölfin leicht an der Hand. »Ich komme schon zurecht.«

»Bitte«, flehte Jeriah, der den Arm um seinen kleinen Bruder gelegt hatte. Neben dem Prinzen wirkte der angehende Priester in seiner Robe noch unscheinbarer und verletzlicher.

Auch wenn es Morgan widerstrebte, gab sie sich geschlagen. Cardea traf ihre eigenen Entscheidungen und auch wenn Morgan sie nicht mochte, so musste sie doch einsehen, dass sie recht hatte.

Jathal wirkte nicht so, als wäre er dem gewachsen, was auch immer Cáel und Aithan vorhatten.

»Geh zum Gasthaus in der Stadt Katta, Jathal, und warte dort auf uns«, bat ihn sein Bruder, während er ihn eindringlich ansah.

»Ihr kommt wirklich zurück?« Sein Blick huschte von Jeriah zu Erik und wieder zurück.

»Versprochen.« Er küsste seinen Bruder auf die Stirn und reichte ihm dann seine Fackel. »Nun geh!«

Noch ein paar Mal sah Jathal zurück, bis er schließlich an der nächsten Biegung verschwand. Morgan gestattete sich, einen Moment auszuatmen. Einer von ihnen war immerhin in Sicherheit.

Kapitel · 43

»Und was genau hält uns jetzt hier?«, fragte Morgan, den Blick allein auf Cáel gerichtet. Sie ertrug es nicht, Aithan oder Mathis anzusehen. »Du wirst uns nicht aufhalten können.«

»Das vielleicht nicht, aber ist Jeriah bereit, sein Wort zu brechen? *Obwohl* ich Jathal gehen gelassen habe und *obwohl* ich verspreche, dass ich niemandem von euch etwas tun werde?« Er zeigte die Zähne. »Nun, abgesehen von einem kleinen Schnitt in die Handfläche.«

»Wir wissen ja alle, was deine Versprechen wert sind«, zischte sie.

»Ich habe mein Versprechen nie gebrochen, Morgan, auch wenn du etwas anderes denken magst.« Er legte den Kopf schief. »Ich habe Aithan nie versprochen, ihm den Wunsch zu überlassen.«

»Du hast versprochen, mich zu töten«, erinnerte sie ihn, auch wenn es ihr sauer aufstieß, dass Aithan Cáels Antworten einfach so hinnahm. Er ließ den vergessenen Prinzen immer mehr wie eine Puppe in einem Spiel von Riesen erscheinen.

»Dafür ist noch Zeit, nicht wahr?«

»Es ist in Ordnung, Morgan, ich werde mein Wort halten«, mischte sich Jeriah ein. »Vorausgesetzt, es passiert noch in dieser Nacht.«

»Wir gehen bis zum Ende des Tunnels, ihr drei gebt mir etwas von eurem Blut, eine Prise Magie und dann habe ich keine Verwendung mehr für euch. Was ihr mit eurer Freiheit anstellt, ist mir gleich.« Cáel wedelte mit einer Hand in der Luft herum.

»Was hast du vor?« Morgan verengte die Augen zu Schlitzen.

»Lasst euch überraschen.«

»Fein. Jeriah kann dir ja gerne helfen, aber Cardea und ich werden gehen. Wir haben dir nichts dergleichen versprochen.« Sie umfasste die Hand ihrer Freundin, die sich jedoch nicht von der Stelle bewegte.

»Nicht so schnell.« Cáel lachte und stieß mit der Fußspitze gegen Thomas' Bein. Er saß noch immer vor ihm auf dem Boden und trug eine grimmige Miene zur Schau. Es passte ihm anscheinend gar nicht, wie ein Sklave gefesselt und erniedrigt worden zu sein. Morgan spürte ein gewisses Maß an Genugtuung in sich aufsteigen, als sie an die Situationen zurückdachte, in denen er sie erniedrigt hatte.

»Ihr wollt doch nicht, dass Thomas etwas passiert, oder doch?«

Morgan hätte keinerlei schlechtes Gewissen, ihn zurückzulassen, aber sie ahnte, dass sich Cardea nicht vom Fleck bewegen würde. Tatsächlich entzog sie sich dem Griff der Wölfin und blickte sie flehend an.

»Ich kann nicht«, wisperte sie.

»Verfluchte Götter …« Morgan zog ihren Dolch hervor und schnitt sich selbst in den Arm, doch Cáel zog lediglich verwundert die Augenbrauen zusammen. Interessant, aber das half ihr gerade nicht weiter.

Das Blut ignorierend schob sie Erik den Dolch in die Hand.

»Schneide mich«, wie sie ihn an und führte den Dolch an ihre Kehle. »Tu es jetzt.«

Sie wusste nicht, was sie erwartet hatte. Vielleicht, dass Erik erst versuchen würde, mit ihr darüber zu diskutieren. Oder dass er den Dolch einfach fallen lassen würde.

Stattdessen verlangsamte sich die Zeit. Der Moment hielt eine Unendlichkeit an. Cáel tat einen Schritt auf sie zu, aber er war zu langsam. In seinem Gesicht spiegelte sich blankes Entsetzen.

Die Klinge riss ihre zarte Haut auf. Ganz sanft. Ganz leicht. Warmes Blut tropfte von der Wunde. Erik zog den Dolch langsam fort und präsentierte dadurch den blutenden Schnitt an ihrer Kehle. Den gleichen Schnitt, der sich nun an Cáels Kehle spiegelte.

Zeitgleich hoben Morgan und er ihre Finger, um sie an die Verletzung zu legen.

Absolutes Schweigen herrschte unter der Gruppe. Niemand ließ auch nur einen Ton verlauten und nur das Zischen der Fackeln erinnerte sie daran, wo sie waren.

Warmes Blut rann von ihren Fingern und tropfte zu Boden.

»Wenn du ihn nicht gehen lässt, werde ich ihn noch viel Schlimmeres mit mir anstellen lassen. Mit *dir*«, drohte sie dem verwunschenen Gott und ließ ihre Hand langsam sinken. Sie hatte wahrlich nicht geglaubt, dass ihr einmal die durch den Wunsch entstandene Verbindung zwischen ihnen zugutekommen würde. »Ich habe es satt, von dir wie ein Spielball benutzt zu werden, Cáel. Anders als Aithan sagt mir die Rolle nicht zu.«

Sie hörte den Prinzen leise fluchen, aber ihr Augenmerk war allein auf Cáel gerichtet.

»Wie wäre es mit einem Kompromiss? Er bleibt hier sitzen und ihr könnt ihn auf dem Rückweg wieder mitnehmen?«

Morgan und er sahen sich an. Keiner von beiden wollte nachgeben.

»Das ist mein letztes Angebot, sonst stirbt er hier und jetzt.«

So schnell würde sie ihre Magie nicht einsetzen können und sie konnte nicht davon ausgehen, dass sich Jeriah gegen Cáel stellen würde. Er war immerhin ein Gott und rief in normalen Menschen Ehrfurcht hervor. Sie nahm an, dass es bei Erik und Jeriah genauso war.

»Abgemacht«, gab sie sich mit einem letzten Blick auf Cardea geschlagen.

»Dann sollten wir besser keine Zeit verlieren.« Er holte ein Tuch hervor und wischte sich damit über die Wunde, von der nichts mehr zu sehen war, anders als von ihrer.

»Ich möchte Thomas noch ein paar warnende Worte mit auf den Weg geben«, verkündete Morgan, bevor sie an Cáel vorbeitrat und sich zu dem Wolf hinabbückte. Dabei achtete sie darauf, dass sie mit ihrem Körper die Hand verbarg, mit der sie ein kleines Stiletto neben Thomas ablegte. Mit der anderen Hand presste sie den Ärmel gegen ihre Verletzung, um die Blutung zu stillen.

»Finde Jathal und bringe ihn von hier fort. Ich vertraue keinem von ihnen.«

»Aber du vertraust mir?« Sein kupferrotes Haar hing so tief in seine Stirn, dass sie seine Augen nicht sehen konnte.

»Für den Moment.«

Cardea schritt an Thomas vorbei, ohne ihn mit einem Abschiedskuss zu bedenken. Stattdessen sagte ihr Blick mehr, als es Worte oder Gesten hätten tun können.

Ein paar der Fackeln ließen sie für Thomas zurück, aber sie besaßen genug, um weiter den Tunnel hinabschreiten zu können. Niemand vertraute darauf, dass die Bernsteinadern bis zum Ende des Tunnels reichten. Er wurde immer enger und gedrungener, sodass sich Morgan schon bald sicher war, in eine Sackgasse zu laufen.

Sie führte die Gruppe gemeinsam mit Cáel an, da sie ihm keine Sekunde über den Weg traute. So kam es auch, dass sie den Kristall sah, mit dem er in seiner freien Hand spielte. Der untere Teil war milchig weiß und lief in der Mitte schwarz an, was bis zu den unregelmäßigen Spitzen reichte.

»Der Dornenkristall«, flüsterte sie ehrfürchtig. Sie erinnerte sich an Larkin zurück und das Gespräch, das er mit seinen Wölfen im Arbeitszimmer geführt hatte. »Du hast ihn von den Wölfen gestohlen.«

»Nicht direkt von ihnen, aber ja. Ich brauchte ihn.« Er zuckte mit den Schultern. Es fühlte sich seltsam, so nahe neben ihm zu gehen. Plötzlich kam er ihr größer und mächtiger vor als bei ihrer letzten Begegnung in dem königlichen Stall. Er hatte ihr Leben gerettet und dort … hatte er auch schon den Kristall besessen. All dies hatte er bereits geplant.

»Wie … Wie hast du die Schmuggler getötet? Die Wölfe sagten, dass es kein Anzeichen von körperlicher Gewalt gegeben hat.«

Er hob den Kristall an, sodass das Licht der Fackel in ihm schimmerte. »Ich habe meine Gabe benutzt.«

»Bist du denn nicht mehr verflucht?« Warum schlug ihr Herz plötzlich so schnell? War es Angst? Was würde sie tun, wenn der Gott all seine Fähigkeiten nutzen konnte? Niemand wäre mehr sicher.

»Doch«, antwortete er heiser. »Aber der Kristall erlaubt es mir, einen Teil davon zu benutzen. Den Blitz beispielsweise.«

Morgan riss die Augen auf. »Du hast sie durch … Blitze getötet?

»Keine große Sache. Ich brauchte ein paar Versuche, aber ja, letztlich hat es doch funktioniert.« Er sah sie aus dem Augenwinkel an und lächelte beinahe sanft. »Fürchtest du dich jetzt vor mir?«

»Wohl kaum.« Sie schnaubte, da sie sich endlich von ihrem Schock erholt hatte. »Allerdings … wieso hast du dich auf den Kompromiss mit mir bezüglich Thomas eingelassen? Du könntest uns alle einfach zwingen, indem du uns mit dem … Blitztod drohst.«

»Es war doch ganz lustig, findest du nicht? Und sehr dramatisch, deine Vorstellung mit dem Dolch. Für einen Moment …« Er gluckste leise. »Ich habe deinen Freund unterschätzt. Der Hauptmann?«

»Er kennt seine Prioritäten und hält sich daran. Was man von anderen nicht behaupten kann.« Sie blickte über ihre Schulter zu Aithan und Mathis, die in der Mitte ihrer kleinen Gruppe gingen.

»Ich habe dir gesagt, dass dir Aithan niemals glauben würde. Du hättest damals auf mich hören sollen.« Er klang fast schon … ehrlich.

»Und du hättest dein Geheimnis besser für dich behalten *und* mir mit mehr Respekt begegnen sollen. Wenn du mich nicht ständig mit Morddrohungen bedrängt hättest, dann wäre ich nie misstrauisch geworden. Dann hätte ich Aithans Vertrauen nie missbraucht.«

»Ja, ich sehe ein, dass das ein Fehler gewesen ist. Leider konnte ich mich nicht von dir fernhalten.«

»Was meinst du damit?«

»Gute Frage.«

Daraufhin schwieg Morgan. Es gab nichts mehr zu sagen, was die Situation verbessert hätte. Cáel zwang sie dazu, diesen muffigen, feuchten Tunnel hinabzusteigen und sie konnte nichts anderes tun, als ihn brav zu begleiten. Er würde ihr keine wichtigen Antworten geben.

Der Tunnel wurde schließlich so eng, dass sie nur noch hintereinander weitergehen und sich irgendwann auch bücken mussten. Immerhin ließen die Bernsteinadern sie nicht im Stich und erhellten zusätzlich zu den Fackeln ihren Weg.

Die Luft wurde immer dünner. Morgan war sich sicher, dass sie schon bald ersticken würden, als sie das sanfte Plätschern von Wasser vernahmen. Es wurde immer lauter und die Luft füllte endlich wieder ihre Lunge aus, als sie das Ende des Tunnels erreichten.

Vor ihnen eröffnete sich eine Art Gruft mit unzähligen Säulen, kleinen Wasserbecken und einer niedrigen Steindecke. Sobald Cáel über den Wassergraben gesprungen und sich weiter von ihnen entfernt hatte, entzündeten sich wie von Magie die Fackeln in ihren Halterungen und erhellten das weite Innere. Erst jetzt erkannte Morgan, dass der Wassergraben eine … Krypta einfasste.

Hinter ihnen verblassten die leuchtenden Bernsteinadern, als sie im Gegensatz zu Cáel die Brücke benutzten und das Plateau betraten.

Die Rundbögen zwischen den Säulen waren so gleichmäßig gemeißelt, dass man schnell die Orientierung verlieren konnte.

Allein Cáel ließ sich nicht von der unerwarteten Pracht ablenken und lief zielstrebig auf etwas zu, das Morgan erst wenig später erkennen konnte.

Einen Sarg.

Er war gold umrandet und stand auf einem steinernen Podest. Die Plattform wurde einem Graben aus Erde, die einen süßlichen Duft verströmte, eingerahmt. Morgan traute sich kaum, näher heranzutreten. Ein kühler Lufthauch rief einen Schauer über ihren Rücken hervor.

»Was ist das hier?«, rief Cardea aus, die direkt neben Morgan stand. Sie streckte eine Hand aus und strich mit dieser über den glatten Stein der Säule. Die Krypta musste bereits jahrhundertealt sein, anders konnte sich Morgan ihre Existenz nicht erklären. Die Allgemeinheit hätte von ihr gewusst, wenn sie in den letzten drei oder vier Jahrhunderten gebaut worden wäre. Aber allein die Ruinen waren schon so mit Pflanzen überwuchert gewesen, dass klar war, dass seit sehr langer Zeit niemand mehr in ihnen gelebt haben konnte.

»Die Schlafstätte eines Gottes«, erklärte Cáel, der sich vor den Sarg gestellt hatte. Noch machte er keinerlei Anstalten, das Erdbecken zu überspringen. »Und wir werden ihn erwecken.«

Kapitel · 44

»Hier liegt Gawan, der alte Gott der Erde«, sprach Cáel weiter, als sich niemand mehr als ein Keuchen entlocken ließ.

»Das soll wohl ein Scherz sein.« Morgan packte Aithan am Arm. »Sag mir, dass du nichts davon gewusst hast. Dass du nicht dieses … wahnsinnige Unterfangen unterstützt!«

»Ich habe einen Pakt mit den Wanderern geschlossen. Sie wollen genauso wie Cáel, dass dieser Gott erweckt wird.«

»Lass ihn los.« Mathis bedrohte sie mit einem Dolch, den er in die Nähe ihres Bauches streckte. Sie verdrehte die Augen.

»Du musst todunglücklich sein, Mathis. Da hast du ein Jahr lang versucht, Aithan von Cáels Bösartigkeit zu überzeugen, und nachdem Aithan es mit eigenen Augen gesehen hat, hat er nichts Besseres zu tun, als sich Monate später wieder mit ihm zusammenzutun.« Sie verzog abfällig den Mund, ließ Aithan aber los. »Euch kann man nur bemitleiden.«

»Wie habt ihr einander gefunden, wenn ihr nicht von Anfang an zusammengearbeitet habt?«, fragte Cardea, deren Urteilsvermögen ganz eindeutig nicht von überbrodelnden Gefühlen beeinflusst wurde.

»Wir waren eigentlich auf der Suche nach dem Dornenkristall und fanden durch einen Zufall heraus, dass er von Cáel gestohlen wurde.« Aithan richtete seinen Ärmel neu. »Ein Ortungszauber später und wir kannten seinen ungefähren Aufenthaltsort.«

»Und du hast sie einfach mit offenen Armen empfangen?« Das konnte sich Morgan nur schwer vorstellen.

»Natürlich überlegte ich erst, mich ihrer zu entledigen«, antwortete Cáel mit deutlicher Ungeduld in der Stimme. »Allerdings erinnerte ich mich dann wieder daran, wie gut Aithan und ich zusammengearbeitet haben.«

»Was bedeutet das?« Argwöhnisch blickte sie von ihm zum Prinzen.

»Das bedeutet, dass ich ihnen erlaubte, mich zu begleiten und sie kümmerten sich darum, Cardea zu entführen, um deine Zusammenarbeit zu sichern. Also würde ich sagen, dass unser Handel nicht übel war.« Cáel lächelte zufrieden.

»Ihr habt was?«

Morgan wollte sich auf Aithan stürzen, seine Augen auskratzen und ihn so leiden lassen, wie er sie hatte leiden lassen. Doch Cáel nutzte genau diesen Moment, um mit einem gezielten Sprung den Graben zu überqueren. Er kam unversehrt auf der anderen Seite an und näherte sich dem Sarg.

Es geschah erst schleichend.

Kleine Blasen, die sich auf der Oberfläche des Grabens bildeten. Sie wurden immer größer und zerplatzten, als würde sich die Erde in dem Viereck erhitzen. Das Geräusch von kochendem Wasser. Das Zittern der Erde.

Gleichzeitig zogen sie ihre Waffen und brachten sich in Kampfstellung. Nur Cáel wirkte beinahe gelassen, obwohl er von dem brodelnden Viereck eingesperrt wurde. Er stand vom Sarg abgewandt.

»Das dürften dann die Erdwächter sein«, verkündete er über das Zerplatzen der Blasen hinweg.

Der erste Wächter erhob sich mit einem tiefen Grollen aus seinem Grab.

Morgan hatte noch nie ein derart abscheuliches Wesen gesehen. Es besaß die Gliedmaßen und den Kopf eines Menschen, doch sie waren um ein Vielfaches vergrößert. Schlamm tropfte von den riesigen Pranken und dem schleimigen Kopf, in dem Augen und Mund bloß konturverändernde Löcher waren.

Es stieß ein markerschütterndes Brüllen aus, bevor es mit einem Arm ausholte und damit über sie hinwegfegte. Es schien seine Arme und Beine nach der langen Zeit in der Tiefe noch nicht richtig benutzen zu können, was ihr Glück war. Denn ihm folgten gleich drei weitere Wächter, die sich schwerfällig aus ihrem Grab hievten.

»Wie sollen wir uns gegen sie verteidigen?«, rief Aithan, der einem weiteren Schlag nur knapp ausweichen konnte. Er rollte über den Boden und versteckte sich hinter einer Säule, die kurz darauf zerschmettert wurde.

»Mit allem, was wir haben«, hörte sie Erik neben sich murmeln. Er hob sein Schwert und stürmte auf eine dieser Kreaturen zu. Sie sah ihn nicht kommen, sodass sich die Klinge tief in ihr Bein bohrte. Der Schmerzensschrei ließ die gesamte Krypta erzittern. Erik wurde von einem Schlag getroffen, aber Morgan blieb keine Zeit, sich um ihn zu sorgen, da sie selbst in einen Kampf gezogen wurde.

Sie trauerte einen Moment ihren Beilen nach, mit denen sie einen viel größeren Schaden hätte anrichten können. Nun musste sie sich lediglich mit zwei Dolchen bewaffnet gegen einen der Schlammriesen zur Wehr setzen. Sie wich den groben Schlägen aus, duckte sich unter umherfliegende Steine hinweg und versenkte die Klingen immer wieder in sein Bein. Es war ein eigenartiges Gefühl, nicht ganz wie menschliches Fleisch, aber auch nicht wie undurchdringlicher Stein. Trotzdem schienen ihre Attacken keinerlei Auswirkungen zu haben.

Aus dem Augenwinkel nahm sie wahr, dass Jeriah Webmagie wirkte. Fäden glänzten um einen Riesen herum, aber dieser konnte sich nach ein paar Momenten des Kampfes von ihnen befreien. Jeriah wurde von der Wucht seines eigenen fehlgeleiteten Fluches zurückgeworfen.

Cardea positionierte sich vor ihm, schnitt in ihre Unterarme und benutzte ihr Blut, um einen Schutzkreis um sie beide zu ziehen. Gute Taktik.

Morgan rollte über den Boden, hob mit der freien Hand einen Stein auf und warf diesen mehr aus Frustration als aus etwas anderem gegen den Hinterkopf des Riesen. Er spürte kaum etwas, stolperte nicht einmal in seiner Raserei.

»Ihr müsst sie ins Wasser locken«, hörte sie Cáel rufen, der von den Wesen nicht beachtet wurde. Es war, als würden sie ihn auf dieser Insel nicht mal sehen. Wenn Morgan sich nicht davor gefürchtet hätte, von dem Schlamm in die Tiefe gezogen zu werden, hätte sie allen zugeschrien, auf die Insel mit dem Sarg zu flüchten.

Ihr Blick huschte daher zu dem rauschenden Bach, der zwischen Tunnel und Krypta floss. Wie sollten sie die Erdwächter dort hineinbefördern?

Ihre Unkonzentriertheit kam ihr teuer zu stehen.

Der Erdwächter, mit dem sie sich angelegt hatte, erreichte sie und packte sie mit einer schlammbesudelten Hand. Die Finger, die sie mehr erahnen als fühlen konnte, umschlossen ihren Körper und drückten immer fester zu. Ihre Arme wurden eng an ihre Seiten gepresst.

Jeden Moment würde sie ersticken. Oder zerquetscht werden. Ihre Rippenbögen ächzten unter dem Druck.

Die Knochenhexe erwachte plötzlich ohne Morgans Zutun. Ganz im Gegenteil. Obwohl sie ihrem Tod ins Auge sah, wollte sie ihr Versprechen Erik gegenüber nicht brechen. Und nur diese Entschlossenheit konnte die Hexe zurückdrängen.

Das Aufflackern der Magie hatte allerdings gereicht, um den Erdwächter abzulenken.

»Beschützen?«, gurrte er. Oder war er eine sie? Die Stimme besaß eindeutig eine weibliche, fast kindliche Note.

Seine … Ihre Hand lockerte sich, sodass Morgan ihre Arme befreien und sich an dem obersten Finger festhalten konnte, um nicht hinabzustürzen.

»Er braucht nicht beschützt zu werden«, sagte sie einem Instinkt folgend. »Wir sind Freunde. Hört auf zu kämpfen.«

»Freunde?«

Morgan bildete sich beinahe ein, wie sie den Kopf schief legte, dabei tropfte einfach nur mehr Schlamm zu Boden.

»Wir wollen dem Gott helfen«, sprach Morgan schnell weiter, da sie nun die Aufmerksamkeit der Wache hatte. »Wir wollen nichts Böses. Ihr könnt wieder einschlafen.«

»Schlafen«, echote sie und senkte ganz langsam den Arm. Morgan konnte mit den Fußspitzen bereits den Boden spüren, als ein lauter Knall ertönte.

Ein Blitz bohrte sich in den Riesen zwei Säulengänge rechts von ihr. Der Geruch nach verbranntem Holz stieg Morgan in die Nase, als sich die Hand um sie vor Schreck löste und sie zu Boden torkelte. Der getroffene Wächter zerfloss über den Boden und Jeriah nutzte die

Gelegenheit, um die Überreste mithilfe seiner Magie ins Wasser zu befördern. Fäden glühten auf und woben sich um die Masse, zerrten sie in den Graben.

»Nicht schlafen.« Der weibliche Riese schrie laut auf. »Bruder.«

»Cáel, du verfluchter Mistkerl!« Wenn er sich nicht jenen Moment ausgesucht hätte, anzugreifen, dann hätte sie die Erdwächter vielleicht mit ihren Worten erreichen können.

Immerhin ließ er sie nicht erneut im Stich und griff die Riesen nach und nach mit seinen Blitzen an. Er stand breitbeinig da, die Handflächen an den Seiten geöffnet und den Blick grimmig auf das Geschehen gerichtet. Jedes Mal, wenn einer seiner Blitze auf den Boden traf, entstand ein schwarzer Krater. Über einen von ihnen stolperte Morgan, als sie eine Wache möglichst nahe an den Bach locken wollte.

Cáel traf den Wächter im letzten Moment und Morgan wurde von Kopf bis Fuß mit Schlamm bespritzt. Ein lautes Piepen setzte sich in ihr rechtes Ohr und beeinträchtigte ihren Gleichgewichtssinn.

Cardea übernahm den Rest und nutzte ihre Magie, um den Schlamm ins Wasser zu schieben, während Morgan sich schüttelte.

»Das war der Letzte«, verkündete Erik atemlos und verdrängte das Piepen für ein paar Momente. Er legte eine Hand an ihren unteren Rücken und hauchte trotz des Drecks einen Kuss auf die Stelle unter ihrem linken Ohr. »Ich bin stolz auf dich.«

»Was? Weil ich mich im Schlamm gewälzt habe?« Sie lachte, genoss aber seine Nähe, die auf der einen Seite so selbstverständlich, auf der anderen noch so fremd wirkte. Erleichterung, dass sie diesen wahnsinnigen Kampf allesamt überlebt hatten, breitete sich in ihr aus und sie hätte Erik am liebsten umarmt.

»Du weißt, wieso.«

Und das tat sie tatsächlich. Sie war standhaft geblieben und hatte nicht der Versuchung nachgegeben.

»Nachdem dieses Hindernis nun überwunden ist, kommt an meine Seite, damit wir mit der Zeremonie beginnen können.« Cáel stand mit verschränkten Armen vor dem Sarg und lächelte sie an. Er war der Einzige, der keine Verletzungen aufwies und dessen Kleidung anstandslos aussah.

»Auf gar keinen Fall. Nicht mal, wenn du mir damit drohst, mich mit deinem Blitz zu erschlagen, hast du verstanden? Ich werde meine Knochenmagie nicht einsetzen, um einen *Gott* wiederzuerwecken. Es reicht mir schon, dass einer von euch auf dieser Erde wandelt«, herrschte sie ihn über den Graben hinweg an.

Cáel sah sie an. Sie rechnete mit einer weiteren Drohung. Einer Handbewegung in Richtung Erik oder Cardea. Aber wieder einmal überraschte er sie.

»Ich werde dir ein Geheimnis verraten, Morgan Vespasian.« Sie traute sich kaum zu atmen. Woher kannte er ihren Nachnamen? »Ein Geheimnis, das alles für dich verändern wird.«

»Ich vertraue dir nicht.«

Sie ballte die Hände zu Fäusten, beobachtete, wie er sich ihr näherte, sodass sie nur noch von dem Graben getrennt wurden. Jeder um sie herum schien den Atem anzuhalten.

Doch ihr war es egal, was er sagte. Er würde sie nicht umstimmen, da er nichts wissen konnte, was …

»Erinnerst du dich an das letzte Mal, als ich dich aus dem Griff der Knochenhexe befreite?« Mit einer Hand schob er sein schwarzes Haar zurück. »Mir wurde ein Blick in deine Vergangenheit gestattet. Ich konnte sehen, was *sie* dir angetan haben.«

»Was meinst du damit? Wer ist *sie*? Die Wölfe?«

Er schüttelte den Kopf und senkte seine Stimme beinahe zu einem Flüstern, das doch in der nunmehr leeren Krypta widerhallte. »Hilf mir und ich schwöre auf meine eigene Unsterblichkeit, dass ich es dir verraten werde.«

Zweifel schlichen sich an. Sie blickte Erik an, der mit dem Daumen zärtlich über ihre Wange strich. Sie spürte ihre Erschöpfung und die vielen kleinen Verletzungen mehr als Sekunden zuvor, als wäre er ihr Anker zur Sterblichkeit.

»Tu, was du tun musst, Morgan«, sagte er leise.

Sollte sie es wagen? Sollte sie darauf vertrauen, dass Cáel wirklich etwas Bedeutendes über ihre Vergangenheit wusste?

»Aber du hast gesagt, dass du mir nicht vertrauen kannst, wenn ich die Magie einsetze, und …«

»Das war falsch von mir. Ich habe einen Unterschied gemacht zwischen dir und *ihr.*« Er verschränkte seine Hand mit ihrer. »Du bist sie, aber du bist noch so viel mehr. Ich vertraue darauf, dass du zu mir zurückfindest.«

Danke, hauchte sie. Abgesehen vom Hutmacher war er der Erste, der sie in ihrer Ganzheit akzeptierte; der sich nicht nur den besten Teil herauspickte.

»Gut. Lass uns diese Sache endlich hinter uns bringen.«

»Wir warten alle nur auf dich«, hörte sie Mathis murmeln und wäre ihm am liebsten an die Gurgel gesprungen. Wie hatte sie sich jemals von seiner netten Art einwickeln lassen können? In ihm herrschten dunklere Gefühle, als sie sich bisher bewusst gewesen war. Dann schien es ihr wie Schuppen von den Augen zu fallen und sie konnte den Blick nicht mehr von ihm wenden.

Sie erinnerte sich an Cáels Geständnis, dass nicht er es gewesen war, der Ren auf sie angesetzt oder sie im Kampf gegen die Plagezähne geschubst hatte. Ihr Herz schlug schneller und verteilte Wut und Unglaube in ihren Adern. Plötzlich ergab alles einen Sinn.

Mathis, der sich immer weiter von ihr entfernte, je näher sie Aithan kam.

Mathis, der nach ihrer Rückkehr vom See so überrascht gewesen war.

Mathis, der ihr im Schloss plötzlich mit so großer Feindseligkeit begegnet war.

Mathis …

»*Du* bist es gewesen«, sagte sie lauter, als sie beabsichtigt gehabt hatte. Wieder hielten alle inne.

Kapitel · 45

Dieses Mal blickte Morgan Mathis beschuldigend an. Sie konnte nicht glauben, wie blind sie gewesen war.

»Was ist denn jetzt schon wieder?« Genervt rollte er mit den Augen.

»*Du* hast Ren dazu gebracht, mich am See anzugreifen. *Deshalb* hat er so seltsam geguckt, als ich ihm eine Nachricht für Cáel gegeben habe. *Deshalb* hast du meine Rückkehr nicht erwartet.« Sie spürte die Wut wie ein Inferno in sich aufsteigen. Zerstörerisch und unaufhaltsam. »Und du hast mich im verwunschenen Wald gegen den Plagezahn gestoßen, weil du … weil du eifersüchtig gewesen bist!«

»Das ist albern. Du hast den Verstand verloren.«

Fast hätte sie ihm geglaubt. Fast hätte sie das Zucken seiner Hand übersehen, so sehr hatte er seine Gesichtszüge unter Kontrolle.

»Pass auf!«, rief Aithan, aber sie hatte das geworfene Messer schon kommen sehen, sodass sie sich rechtzeitig ducken konnte. Erik stieß sie jedoch zur Seite und das Messer bohrte sich tief in seinen Oberarm. Ein Stöhnen konnte er nicht unterdrücken, als er sich auf die Knie sinken ließ.

»Oh Götter, geht es dir gut?« Sofort kniete sie sich neben ihn und begutachtete seine Wunde. Nur aus dem Augenwinkel nahm sie wahr, wie sich Aithan um Mathis kümmerte.

»Ging schon mal besser«, presste er hervor. »Kannst du es rausziehen?«

»Lasst mich«, bat Cardea und drängte sich vor. Nur widerwillig machte ihr Morgan Platz, aber es war das Beste. Sie würde Erik mit ihrer Blutmagie helfen können.

Sie hauchte Erik einen Kuss auf den Mundwinkel, dann spannte sie ihre Schultern an und näherte sich mit einem gefährlichen Lächeln ihrer Beute. Aithan hatte sich jedoch dazu entschlossen, sich schützend vor seinen Vetter zu stellen.

»Ich weiß, dass er falsch gehandelt hat, Morgan, aber es war aus dem Herzen«, versuchte er Mathis zu verteidigen. Jener blickte Morgan über seine Schulter hinweg an. Sie fixierte ihn mit ihrem Blick.

»Es ist mir gleich, ob es aus dem Herzen oder seinem Arsch kam«, sagte sie seelenruhig. »Du wirst dafür bezahlen, Mathis. Ganz gleich, wohin du gehst, ganz gleich, wo du rastest, ganz gleich, wen du um dich hast, ich werde dich begleiten. Mit jedem Atemzug werde ich an deiner Seite sein und auf den Moment warten, an dem deine Angst so bittersüß auf meine Lippen tropft, um mich an dir zu rächen.«

»Morgan …«, flehte Aithan beinahe.

»Versuch es nur, du Schlampe«, zischte Mathis, der seine Maske nun vollends fallen gelassen hatte.

»Du kannst dich nicht vor meiner Rache verstecken«, sagte sie milde lächelnd und wandte sich endgültig von ihm ab. Die Wut in ihr war nicht erloschen, aber die Knochenhexe nährte sich nun stetig von ihr, um sie eines Tages gegen diesen erbärmlichen Feigling zu benutzen.

Nachdem sie überprüft hatte, dass Cardea Eriks Wunde geheilt hatte, gab sie endlich dem Drängen des Gottes nach. Ihnen lief die Nacht davon.

Cáel, Jeriah, Cardea und Morgan positionierten sich um den Sarg herum. Cáel schnitt mit einem schmalen Federmesser in seine Handfläche und umfasste damit den Dornenkristall. Dunkles Blut klebte wie Honig daran fest.

Da Morgan nun an derselben Stelle blutete, wurde es ihr erspart, sich selbst weiteren Schaden zuzufügen. Sie umschloss den Kristall ebenfalls und gab ihn dann an Cardea weiter. Als Letzter tränkte Jeriah den Kristall mit seinem Blut.

Nachdem er wieder in Cáels Besitz übergegangen war, legte er den Edelstein in die Mitte der goldenen Schnörkel, die die obere Seite des Sarges schmückten. Runen eines Zeitalters, das längst vergangen war.

»Den Knochen wirst du für deine Magie brauchen.« Er gab Morgan einen schmalen, glänzend weißen Knochen. Fragend sah sie ihn an. »Der Knochen einer Knochenhexe. Was für eine Ironie, nicht wahr?

Aber wir brauchen die mächtigste Magie in dieser Nacht, und da ich keinen Gott für dich habe, muss dies herhalten.«

»Ich hätte da einen Gott.« Sie sah ihn bedeutungsvoll an, aber er würdigte sie mit keiner Antwort.

Morgans Hand zitterte, als sie den Knochen annahm und in ihren Mund legte. Sie traute sich nur kurz, in Eriks Richtung zu sehen, der abseits von Mathis und Aithan stand. Sein linker Ärmel war blutdurchtränkt, aber er stand fest auf beiden Beinen. Auch wenn er ihr gesagt hatte, dass er sie und die Knochenhexe nicht mehr unterschied, fürchtete sich ein kleiner Teil in ihr doch davor, dass er sie dafür verabscheute.

»Konzentriert euch auf eure Magie und lasst sie durch euch hindurchfließen«, wies Cáel sie an, nachdem sie sich ihre Hände gereicht hatten.

Morgan schloss ihre Augen und spürte sofort das Erwachen der Knochenhexe. Sie hatte darauf gewartet, an diesem Ort der Macht hervorzukommen, und so verschlang sie den Knochen und kam brüllend zum Vorschein.

Das Fleisch wurde von ihren Knochen gebrannt, das Licht flimmerte und Morgan war nur noch die Essenz ihrer selbst, bevor sie von der Web- und auch der Blutmagie ausgefüllt wurde. Sie schrie auf. Die Magie vermischte sich in ihr, wuchs zu einem gigantischen Sturm heran, der schließlich wie ein stetiger Strom aus ihr hinausfloss, um sich in dem Dornenkristall zu sammeln.

Morgan fiel und fiel und fiel.

Es gab kein Ende, keinen Anfang. Die Macht umhüllte sie wie eine eigene Welt, schnitt sie von allem anderen Leben ab.

Sie vergaßen,
atmeten
und starben.

Der letzte Atemzug, und dann wurde die Magie plötzlich abgeschnitten.

Unwillkürlich löste sie die Verbindung mit Cáel und Cardea und taumelte rückwärts zurück. Die Erde erzitterte, als sich der Sarg mit einem gequälten Raunen zu öffnen begann. Der Stein wurde von unsichtbarer Hand zur Seite geschoben, bis er vor Morgans Füße zu Boden fiel und in tausend Teile zerschmetterte.

Aber statt eines Körpers wurde das Innere des Sarges von so grellem Licht erfüllt, dass Morgan nichts erkennen konnte.

Sie hob schützend einen Arm vor ihr Gesicht und suchte den Weg von der Plattform herunter. Die Erde wurde durch die Magie so erschüttert, dass die ersten Säulen in sich zusammenfielen. Sandwolken hüllten sie ein und erschwerten ihnen das Atmen.

»Ich bin hier«, hörte sie Erik rufen.

Obwohl sie kaum etwas sehen konnte, übersprang sie den Erdgraben und traf genau vor Erik auf, der sie kurz in seine Arme schloss.

»Wir müssen hier weg«, rief Jeriah, der Cardeas Hand in seiner hielt. »Dort entlang.«

Morgan achtete nicht auf Aithan oder Mathis. Von ihr aus könnten sie hier unten lebendig begraben werden. Aber Cáel würde sie nicht so leicht davonkommen lassen. Sie würde das Geheimnis von ihm erfahren. Koste es, was es wolle.

Das war der einzige Grund, warum sie die Flucht hinauszögerte, bis der schwarzhaarige Gott hinter ihr auftauchte. Er lief direkt auf sie zu, sodass sie das Vergnügen in seinen Augen erkennen konnte, bevor sie selbst die Säule wahrnahm, die direkt auf sie zustürzte. Ein ohrenbetäubender Knall gesellte sich zu dem Brüllen des Gemäuers und die Säule zersprang durch den Blitz, kurz bevor sie Morgan erschlagen konnte.

Die Wölfin hob schützend die Arme über ihren Kopf, aber sie wurde bloß von ein paar kleinen Geröllstücken getroffen. Erik war glücklicherweise auch wohlauf.

»Bleibt nicht stehen«, zischte Cáel sie im Vorbeilaufen an. »Ich rette euch nicht noch einmal.« Nicht dass ihm etwas anderes übrig blieb, schließlich würde er ihre Verletzungen widerspiegeln.

Als sie den Tunnel erreichten, liefen sie noch schneller. Es wäre schlimm genug gewesen, in der Krypta eingesperrt zu werden, aber in einem Tunnel, der so eng war, dass man sich kaum darin bewegen konnte? Morgan würde lieber direkt erschlagen werden.

Hustend kämpften sie sich auch durch die letzte Meile, ohne dass ihnen Thomas begegnete. Wie Morgan vorausgesehen hatte, hatte er sich befreien und fliehen können. Sie hoffte, dass er sich tatsächlich um Jathal kümmerte.

»Wo ist er?«, keuchte Cardea.

»In Sicherheit«, versprach Morgan, obwohl sie es nicht wusste. Aber da Thomas ihnen nicht gefolgt war, musste es ihm gut gehen.

Das halbe Dach des Tempels war bereits eingestürzt und erschwerte ihnen dadurch den Aufstieg des Geröllhaufens. Die Steine lösten sich trotz der Pflanzen, die zwischen ihnen gewachsen waren, schneller und kreierten so unzählige Stolperfallen.

Die Erde bebte weiterhin und ein heftiger Sturm zog über die Ruinen hinweg, als sie erschöpft, verwundet und schwer atmend durch die Straßen liefen. Ein tiefes Grollen fuhr unter ihren Füßen hindurch und hinter ihnen sackte der Tempel ein. Es war, als würde die Erde alles und jeden verschlingen wollen.

Ihre kleine Gruppe brauchte nicht mehr Ansporn, um noch schneller zu laufen.

Morgan spürte ihre Beine kaum noch und war sich sicher, keinen weiteren Schritt mehr tun zu können, als sie endlich den sicheren Hügel erreichte. Ihr rettender Hafen. Mit den Händen stützte sie sich auf ihren Knien auf und versuchte, zu Atem zu kommen.

Als sie wieder fähig war, einen klaren Gedanken zu fassen, blickte sie sich um. Von ihrer erhöhten Position aus konnten sie auf die Ruinen hinabblicken, die in rasender Geschwindigkeit in der Erde verschwanden.

»Oh bei allen Göttern«, wisperte Cardea ehrfürchtig und machte eine Geste des Schutzes. »Was haben wir bloß getan?«

Dort wo zuvor noch die Ruinen der Stadt gewesen waren, befand sich nun ein riesiger Krater. Die Dunkelheit und die Staubwolken verhüllten noch das gesamte Ausmaß der Zerstörung, aber schon jetzt wurde ihnen eine Kostprobe gegeben.

»Heißt das, es hat nicht funktioniert?« Mathis rieb sich mit dem Handrücken Blut und Schmutz vom Kinn. Unglücklicherweise hatte er überlebt.

»Wer weiß? Es wird jedenfalls verflucht schwer werden, falls er erwacht ist, durch die Erde an die Oberfläche zu gelangen«, bemerkte Jeriah. Der starke Wind blies ihm das Haar in die Stirn, was er mit einer Hand wieder zu richten versuchte. Einzelne Regentropfen fielen auf sie nieder und kreierten mit dem Rauschen der umherstehenden Bäume ein sanftes Stück. »Meine Schuld ist beglichen, Cáel. Wir gehen.«

Cáel wedelte lediglich mit einer Hand, ehe er sich abwandte und ein paar Schritte von ihnen weg tat, um den Krater anzustarren. Die Erde hatte aufgehört zu beben, war von dieser jahrhundertealten Stadt gesättigt.

»Kann ich kurz mit dir reden?«, fragte Aithan plötzlich. Sie blickte von ihm zum verwunschenen Gott und zögerte. Am liebsten hätte sie von Cáel sofort eine Antwort verlangt, aber sie war ebenso neugierig, was Aithan zu sagen hatte. Erklärte er ihr nun die Beweggründe für das Fehlverhalten seines Vetters? Würde er um Erbarmen betteln?

Sie nickte und führte ihn ein wenig weg von der Gruppe, sodass sie von niemandem gehört werden konnten. Abwartend verschränkte sie die Arme.

»Es fällt mir nicht leicht, das zu sagen, aber …« Er rieb sich verlegen übers Gesicht. Was sie vor Monaten vielleicht noch für liebenswert gehalten hätte, fand sie nun nur noch nervend. Sie hatte sich weiterentwickelt, hatte an Stärke gewonnen und Aithan endlich hinter sich gelassen. Ganz egal, was er sagte, er hatte keinerlei Macht mehr über sie. Oder ihr Herz. »Ich habe womöglich überreagiert damals und … Ich würde gerne behaupten, dass es der Situation verschuldet war, aber ich schätze, es liegt eher an mir. Mir tut es leid, was ich dir gesagt und wie ich dich behandelt habe.«

»Das ist alles?« Morgan bemühte sich, ihn nicht auszulachen.

»Nun, vielleicht freut es dich zu erfahren, dass Sonan und Lima wohlauf sind? Sie befinden sich in Yastia und …«

Natürlich erfreute es Morgan, aber es schürte ihre Wut, dass er ausgerechnet diesen Moment nutzte, um ihr dies mitzuteilen. Als wäre alles nur ein Spiel. Als hätten sie gerade nicht versucht, einen alten Gott zu erwecken.

»Eine ganze Weile konnte ich an nichts anderes denken als daran, welchen Schmerz du mir zugefügt hast, Aithan«, sagte Morgan leise und entschlossen. Sie sah ihn an und doch blickte sie durch ihn hindurch. »Du hast meine schlimmsten Ängste bestätigt, indem du dich von mir abgewendet hast, weil du mich verabscheutest. Aber es war nicht ich, der dein Hass gegolten hat, nicht wahr?«

»Ich weiß nicht, wovon du sprichst.« Dennoch wich er vor ihr zurück.

»Erinnerst du dich an den Moment, in dem ich dir sagte, dass du einer der Guten bist, Julius Aithan Zaheda?« Sie näherte sich ihm wieder, erlaubte ihm diesen Rückzug nicht und dieses Mal sah sie ihm fest in die Augen. »Damit lag ich falsch. Du wirst niemals aufhören, für das zu kämpfen, was dir niemals gehört hat. Dich interessieren nicht die Konsequenzen oder wer für deinen Wunsch leiden muss. Im Inneren weißt du es bereits und dafür hasst du dich selbst, auch wenn du es dir noch nicht eingestanden hast.«

»Hast du vergessen, dass du ein Teil meiner Gruppe gewesen bist? *Du* hast mich unterstützt!«

Morgan lächelte traurig. »Der Unterschied ist der, dass ich nie behauptet habe, *gut* zu sein. Leb wohl, Aithan.«

Sie trat an ihm vorbei. Ihr Herz pochte schnell, aber es fühlte sich leicht und neu an. Endlich hatte sie mit Aithan abschließen, ihn gehen lassen können. Sie war nicht mehr für ihn oder sein Geheimnis verantwortlich.

Mathis schritt mit mörderischem Blick auf sie zu.

»Kannst du ihn nicht endlich gehen lassen?«, zischte er.

»Du hast ihn ganz für dich allein, Mathis. Bis die Zeit für meine Rache gekommen ist.«

Sie rempelte ihn im Vorbeigehen an und genoss die Aura der Furcht, die er wie Gestank aussandte.

Erik sah sie ernst an, aber in seinen eisblauen Augen fand sie das Lächeln, nach dem sie gesucht hatte. Sie konnte nicht umhin, als für einen Moment darin zu versinken.

»Hinter den Bäumen gibt es eine Scheune«, sagte er leise. »Dort können wir uns ausruhen, bevor wir uns auf den Rückweg machen. Ich glaube, Jeriah braucht auch etwas Zeit, um die Dinge zu verarbeiten.«

»Und du nicht?« Sie lächelte schelmisch und erntete ein tiefes Lachen.

Erik nahm ihre Hand, um sie wegzuführen, als sie sich an Cáel und sein Versprechen erinnerte.

»Keine Sorge, ich bewege mich nicht vom Fleck«, versicherte er ihr fast so, als hätte er ihr Gespräch belauscht.

Auch wenn es ihr in den Fingern brannte, ihn *jetzt* nach Antworten zu fragen, sah sie ein, dass sie wie alle anderen einen Augenblick brauchte, um durchzuatmen. Außerdem, so gestand sie sich ein, fürchtete sie sich vor der Wahrheit. Wie kam es, dass es so viele Geheimnisse in ihrem Leben gab?

Cardea und Jeriah schritten ihnen voran und unterhielten sich leise. Wahrscheinlich schenkten sie sich gegenseitig Trost. Beide hofften auf die Sicherheit einer ihnen nahestehenden Person und Morgan trug Schuld daran, dass zumindest einer von ihnen nicht auf sie gewartet hatte. Wo auch immer Thomas war, sie hoffte, dass sie sich nicht in ihm getäuscht hatte. Obwohl sie ihm nach wie vor den Tod wünschte, war er ihr noch Antworten schuldig.

Nachdem sie den düsteren Wald betreten hatten, trennten sich Aithan und Mathis von ihnen. Niemand hielt die beiden Verräter auf, obwohl es für Jeriah ein Leichtes gewesen wäre, sich mit seiner Webmagie des verbannten Prinzen zu entledigen. Doch so grausam war er nicht. Außerdem hatte er momentan wohl andere Sorgen.

»Ich kann nicht glauben, dass wir das lebend überstanden haben«, murmelte Erik. Sie genoss seine Anwesenheit an ihrer Seite, auch wenn ihr die Gefühle Sorgen bereitete. Innerlich fühlte sie sich nicht bereit, sich erneut fallen zu lassen, gleichzeitig krampfte sich ihr Herz allein bei dem Gedanken zusammen, ihn jemals gehen zu lassen. Eine wundervolle Zwickmühle.

»Wir hatten ungeheures Glück«, stimmte sie ihm zu. »Wenn ich Aithan das nächste Mal begegne, werde ich ihn spüren lassen, was für ein verfluchter Mistkerl er ist. Er hätte Cáel niemals helfen sollen.«

»Wir haben uns ihm auch nicht in den Weg gestellt«, entgegnete er, als die heruntergekommene Scheune in Sicht kam. Es gab nur noch eine Tür und die schaukelte quietschend in ihren Angeln hin und her. Immerhin besser als nichts.

»Verteidigst du ihn etwa?« Da sie das nicht glauben konnte, regte sie sich trotz der Frage nicht weiter auf. Erik wollte ihr sicherlich etwas anderes damit sagen.

»Du kennst die Antwort darauf schon«, sagte er und bestätigte damit ihren Verdacht. »Ich meine nur, dass es manchmal Situationen gibt, in denen uns die Hände gebunden sind. Niemand ist wirklich gut, niemand wirklich böse.«

»Außer die Königin«, warf sie ein, drückte aber Eriks Hand, um ihm verständlich zu machen, dass sie ihn gehört und verstanden hatte. Ihre Zustimmung hielt sie ihm allerdings vor.

Sie traten hinter Cardea und Jeriah ins karge Innere. Jemand von ihnen hatte ein Hexenlicht bei sich gehabt, da dieses die Scheune nun in gelbliches Licht tauchte. Der Stein lag auf der letzten Sprosse einer heruntergekommenen Leiter, die ins obere Stockwerk führte. Da der Boden zur Hälfte durchbrochen war, machten sie sich nicht die Mühe, hinaufzugehen.

»Was machen wir, wenn der Erdgott erscheint?«, fragte Cardea in ihr Schweigen hinein. Nacheinander setzten sie sich auf den platt gestampften Boden, auf dem nur vereinzelt Stroh lag.

»Vermutlich wäre es das Beste, wenn wir uns verstecken«, schlug Morgan vor. Sie hatte nicht wirklich Lust, einem weiteren Gott zu begegnen, wenn er so war wie Cáel, gleichzeitig spürte sie eine gewisse Neugier. Was, wenn es zu einem Machtkampf zwischen den neuen und alten Göttern kam? Wenn es Cáel gelang, auch seine restliche Familie zu erwecken?

»Ein fürchterlicher Gedanke«, kommentierte Jeriah ihre Gedanken, nachdem Morgan sie laut ausgesprochen hatte. »Immerhin scheint er den Dornenkristall nur einmal nutzen zu können.«

»Wäre es so schwer, an einen weiteren zu kommen?« Cardea zog ihre Beine an und zog den Stoff ihres Kleides zurecht. Obwohl sie schmutzig und verletzt war, strahlte sie noch immer eine fast noble Aura aus. Es wäre nicht schwer, sie an der Seite von Jeriah zu sehen – anstatt von Thomas.

»Wer weiß.« Der Prinz hob eine Schulter und rollte dann seinen Kopf. »Ehrlich gesagt habe ich es mir anders überlegt. Ich werde mich in dieser Scheune nicht entspannen können, so nah an den Ruinen. Wir sollten los. Jathal wartet sicherlich schon auf mich.«

Morgan biss sich auf ihre Unterlippe. »Ich muss vorher noch mit Cáel sprechen, aber ihr könnt schon vorgehen. Ich werde zu euch aufholen.«

Cardea und Jeriah wechselten einen Blick. »Wir warten«, sagten sie gleichzeitig und auch Erik nickte zustimmend, als hätte er nichts anderes erwartet.

»Gut.« Auf der einen Seite freute sich Morgan, dass sie ihnen wichtig genug war, auf sie zu warten, auf der anderen spürte sie erneut dieses Gewicht auf ihrer Brust. Mit jedem Zeichen der Freundlichkeit stiegen die Erwartungen an sie und mit ihnen die Verantwortung.

»Ich begleite dich noch ein Stück«, verkündete Erik und erhob sich. Gemeinsam schritten sie durch die offene Scheunentür und zurück in den Wald. Es tropfte immer noch vom Himmel, aber solange der Regen nicht stärker wurde, käme sie damit zurecht.

Sie kratzte sich gerade ein besonders hartnäckiges Stück getrockneten Schlamm vom Handrücken, als Erik sie an der anderen Hand zurückhielt. Erstaunt blickte sie zu ihm auf.

»Du musst damit rechnen, dass er dir nicht die Wahrheit sagt«, begann er und überraschte sie damit erneut. Jeder andere hätte sie wahrscheinlich beschworen, Cáel nicht einmal anzuhören, doch nicht Erik. Er wusste, wie wichtig die Wahrheit für sie war. »Sei auf der Hut und wenn du mich brauchst, ich bin gleich hier.«

Sie sah ihn lange an, prägte sich seine Gesichtszüge und die Farbe seiner Augen ein, bevor sie ihn auf die Wange küsste. »Danke.« Damit schritt sie ans Ende des Hügels und auf Cáel zu. Bei seinem Anblick hielt sie unwillkürlich den Atem an. Er stand mit dem Rücken zu ihr, blickte regungslos auf den Krater hinab. Sein schwarzes Haar bewegte sich leicht im Wind und der Saum seiner dunklen Tunika flatterte leise.

Es war das erste Mal, dass er wahrhaftig wie ein Gott aussah. Ein Gott des Blitzes. Ein Gott der Stärke. Ein verwunschener Gott.

»Ich kann ihn fühlen«, sagte er, sobald sie an seiner Seite stand. Der Wind drückte sie nach vorn, aber ihre Sohlen blieben in der Erde verwurzelt. »Er ist hier. Irgendwo unter der Oberfläche.«

»Er ist mir egal, solange er sich mir nicht in den Weg stellt«, unterbrach Morgan seinen sehnsuchtsvollen Monolog, auch wenn sie sich darin widergespiegelt sah. Für ihn war der Erdgott ein Teil seiner Familie und er sehnte sich nach ihm. »Ich will die Wahrheit wissen, Cáel.«

Sie war nicht auf seinen offenen Blick vorbereitet, als er sich zu ihr umwandte. Es schien, als würde er direkt in ihre Seele blicken und sie in die seine. Die Verletzlichkeit war in dem halben Lächeln seiner

Lippen und den zusammengezogenen Augenbrauen erkennbar. Er fürchtete sich davor, ihr wehzutun, aber das konnte nicht sein, oder?

»Du denkst, du hast eine Familie in Vinuth. Du denkst, dass du geliebt wurdest. Aber sie sind nicht wirklich, Morgan. Sind es nie gewesen.« Ihr Herzschlag stockte. »Jemand hat all diese Erinnerungen in deinen Verstand gepflanzt. Es hat nie einen Vater, nie eine Mutter für dich gegeben. Keine Schwester, keinen Bruder. Nur eine Wanne gefüllt mit Blut in einer dunklen, dunklen Hütte. Mitten in einem Wald aus weißen Knochen.«

»Was …« Sie wich einen Schritt zurück und wäre dabei fast den Hügel hinabgestürzt, hätte Cáel nicht rechtzeitig ihre Oberarme umfasst. »Was redest du da? Das ist nicht möglich.«

Jedes Wort ein Messerstich.

»Ich lüge nicht, falls du das denkst.« Er verstärkte den Griff, sodass er schmerzte, aber Morgan konnte sich nicht von ihm lösen. War gefangen in dem Netz, das er um sie gesponnen hatte. »Du hattest keine Kindheit. Zumindest keine glückliche. Ich konnte immer nur diesen Raum und den Wald aus Knochen sehen. Beides wurde von den glücklichen Erinnerungen einer Familie, die es nie gegeben hat, überlagert, aber die Zeit hat sie blasser werden lassen.«

»Ich … Das ist … Kannst du es noch einmal versuchen, Cáel? In meine Erinnerungen sehen? Sie irgendwie hervorholen?«

»Was bekomme ich im Gegenzug?«

»Immer ein Handel mit dir …« Sie war so verzweifelt, dass sie sich zu allem bereit erklären würde. Cáel konnte es ihr deutlich ansehen und ihr … ihr war es egal. Sie konnte sich nicht daran erinnern, ob ihr jemals derart rohe, kalte Panik die Kehle zugeschnürt hatte.

»Ich verlange nur einen Gefallen, Morgan. Irgendwann in der Zukunft.«

»Nur einen Gefallen?«

Er nickte, löste seinen Griff und umfasste ihr Kinn. »Du wirst das tun, worum ich dich bitte. Du stellst keine Fragen. Gibst keinen Widerspruch.«

Sie sollte sich nicht darauf einlassen. Sollte sich nicht in diese Gefahr begeben.

Ihr blieb keine andere Wahl.

»Tu es.«

Er nickte, bevor er ihr Gesicht umfasste und sein Blick sich vollkommen in ihrem verlor. Alles in ihr füllte sich mit dem Grün seiner Augen. Ein Meer schwemmte über sie hinweg, riss sie in die Tiefe und führte sie an den Rand ihres Verstandes. Sie konnte nicht sehen, was Càel sah, aber sie konnte es fühlen.

Schrecken. Angst. Verwirrung. Große, große Dunkelheit und der schlimmste Schmerz, den ein Mensch spüren konnte.

Lauf
lauf
hör nicht auf
lauf
töte mich nicht
lauf
hör auf
nicht
MORGAN

Schwer atmend tauchte sie aus Cáels Griff auf. Sie sah in sein Gesicht und erkannte, dass er mehr gesehen hatte, als er ihr sagen würde. Auch er fürchtete sich.

Der verwunschene Gott fürchtete sich.

»Die Magie ist zu stark für mich. Ohne den Kristall …« Er schüttelte den Kopf. »Alles, was ich sehen konnte, war ein Mann mit Ballonmütze. Er war in fast jeder Erinnerung an deiner Seite.«

»Rhion …«

»Wenn er so heißt.« Er ließ sie los, aber sein Blick hielt sie weiterhin gefangen. »Du bist nicht die Person, die du geglaubt hast zu sein.«

»Bin ich überhaupt eine Person?«, keuchte sie, eine Hand auf ihr Herz gelegt. Ein Herz, das ihres war, und das doch nicht ihr gehörte. Wer *war* sie?

Morgan Vespasian.

»Geht es dir gut?« Erik tauchte plötzlich auf und legte nun einen Arm um ihre Schultern. »Du zitterst ja.«

»Lass uns gehen«, bat sie ihn, ohne sich weiter um Cáel zu kümmern. Sie wollte nicht wissen, was er noch gesehen hatte. Wollte nicht wissen, was einem Gott solch große Furcht bereiten konnte.

Ihre ganze Welt war gerade vor ihren Augen zersplittert.

Zumindest hatte ich meine Erinnerungen, hatte sie zu Erik gesagt.

Sie hatte nichts mehr.

»Bis zum nächsten Mal«, wisperte Cáel mit dem Wind.

Die Wölfin wandte sich von dem verwunschenen Gott ab, während in ihrem Herzen bereits eine alte Erinnerung heranwuchs. Sie schlug Wurzeln in seinen Kammern und nährte sich von ihrem Blut.

Ein Wald aus weißen Knochen.

Eine dunkle, dunkle Hütte.

Eine Wanne gefüllt mit Blut.

Danksagung

Es wird nicht einfacher. Jedes Buch, jedes Kapitel und jeder Satz – ach, was sage ich da? – jedes Wort ist eine Herausforderung, die ich niemals allein meistern könnte.

Ich danke euch. Jedem einzelnen.
Ihr seid Licht in einer Nacht voll Schatten.